GARDEN OF EVIL
Von Don Both und Maria O'Hara
Deutsche Erstausgabe Oktober 2019

Kontakt: https://www.facebook.com/DonBothMariaOHara/
Trailer zum Buch: https://youtu.be/NQnnb8-9n3k
Mit besonderem Dank an Kerstin Patze und Nicole Zdroiek
Cover: Marie Grasshoff
Erschienen im A.P.P.-Verlag
Peter Neuhäußer
Niederlassung Deutschland:
Gemeindegässle 05
89150 Laichingen
Mobi: 978-3-96115-572-9
E-Pub: 978-3-96115-573-6
Print: 978-3-96115-574-3

Don Both
Maria O'Hara

Garden of EVIL

A.P.P.
Romance

GARDEN OF EVIL

PROLOG

Wir sind entfesselt, Alayna, und keiner von uns wird jetzt noch Gewissen oder Reue zeigen.
Ich habe dich gewarnt, aber du hast mit dem Teufel getanzt und er hat dich zerschmettert.
Deine Zeit war von Anfang an begrenzt. Jetzt ist sie vorbei – und du bist uns verfallen. Es gibt kein Zurück mehr. Es gibt nur noch Lust und Schmerz und Besessenheit. Es gibt nur noch eine Welt in der Dunkelheit – eine Welt in der Mafia.

Warum bist du nicht gelaufen?

1. Dich hat der Teufel geschickt, Isabelle

Caden

Sie heißt Isabelle, Alayna.

Sie ist süße achtzehn Jahre alt und sie ist hier, weil sie meinen Bruder sucht.

Die Musik übertönt alles und die Scheinwerfer strahlen über ihre reine Haut, während ich sie genauer betrachte. *Isabelle* … Den Namen habe ich schon mal gehört, am Tisch, als Carter so aufgeregt war, weil Ava von ihrer Schulfreundin Isabelle – die natürlich nicht dieselbe ist – erzählt hat. Allein der Name hat ihn schon so durcheinandergebracht. Ich muss unbedingt erfahren, was dahintersteckt.

Also habe ich mich mit ihr in eine Lounge zurückgezogen, während du hier auf meiner Geburtstagsparty fröhlich mit meinem Bruder rummachst und ihn trockenfickst.
Ja, du hast dich für den lieben, guten Carter entschieden, wie sie es alle tun. Diese Geschichte ist wohl dazu verdammt, sich immer wieder zu wiederholen. Aber dieses Mal werde ich nicht so nett sein wie bei Melissa oder Danielle. Ich will Rache. Ich will Rache dafür, dass du das Gehirn von meinem Bruder verpestet hast. Dafür, dass du einen Keil zwischen uns getrieben hast. Dafür, dass du eine Scheißschlampe bist, die mir mein Scheißherz gebrochen hat. Dafür, dass ich *einmal* selbstlos war und dich für dein Wohl habe gehen lassen, und du mich dafür hinterrücks gefickt hast. Du verdienst es nicht einmal, dass mein Bruder in deine Richtung *schaut*. Er ist zu gut für dich. Und ich dachte die ganze Zeit, wir beide wären nicht gut genug für dich, dabei ist es umgekehrt. Du bist Dreck, Alayna, und wir verkehren nicht mit Dreck – normalerweise. Manchmal dauert es eben ein bisschen, bis Carter checkt, dass es sich um ein Glasstück handelt und nicht um einen echten Diamanten.

»Und dann habe ich diesen Kerl gefragt, ob er einen Carter Rush kennt, und er hat gesagt: KLAR, DEN KENNT DOCH JEDER, PÜPPCHEN! Und dann hat er mir erzählt, dass du und dein Bruder heute hier Geburtstag feiern. Und herzlichen Glückwunsch und … CARTER? HÖRST DU MIR EIGENTLICH ZUUUUU?«

Ich schaue von dir und meinem Bruder, wie ihr immer noch an der Bar sitzt und rummacht, direkt zu ihr – in diese riesigen, giftgrünen Augen, die geradewegs auf Teile von mir zu blicken scheinen, von denen ich nicht mal eine Ahnung hatte, dass es sie gibt.

Was zur Hölle ist das denn?

»Klar höre ich dir zu, Baby«, sage ich träge, so, wie Carter meistens spricht. Ich liebe es, dass ich gerade schon wieder spiele, ohne dass mein Bruder es weiß, Alayna. Wahrscheinlich ist es Zeit, sich von dir abzukapseln, zumindest gedanklich, denn du wirst nicht mehr lange Teil unseres Lebens sein und ich sollte aufhören, dich als DU zu sehen. Als eine Person, die es würdig ist, von mir als wichtig erachtet zu werden. Du kleine Gossenratte. Aber offensichtlich bin ich noch nicht ganz bereit und ich gebe mir die Zeit. *Ich* habe Zeit. *Du* nicht. Nicht mehr viel. *Ticktack, Alayna.*

»Und dein Bruder ist also wirklich immer noch mit ihr zusammen? Wie hieß er gleich? Clayton?« Sie folgt meinem Blick zur Bar und richtet ihn dann wieder auf mich.

Ich verziehe das Gesicht, weil das der hässlichste Name ist, den ich je gehört habe. »Caden«, knurre ich. »Und ja, wie du siehst, sind sie das noch.«

»Echt? Nach allem, was du mir erzählt hast?« Sie runzelt die Stirn. »Dein Bruder scheint ja ein richtiger Soziopath zu sein.« Alayna, ich frage mich, seit wann Carter so ein Tratschmaul ist. Und das auch noch bei irgendeiner Bitch. Okay, sie ist heiß, aber trotzdem nur irgendeine Frau, die er wahrscheinlich ein paarmal gefickt hat.

Sie wirft ihr pechschwarzes Haar über eine Schulter und überschlägt die Beine, stützt sich mit der rechten Hand auf dem Polster des Sitzes ab und lehnt sich zu mir rüber. »Und du?«, fragt sie. »Stehst du noch auf sie? *Immer noch*?«

Gott, Alayna, ich will so gern wissen, was zwischen Carter und *Isabelle* so passiert ist und woher sie sich kennen. Du sicher auch, oder? Das muss dich doch ebenfalls interessieren. Du bist ja jetzt seine *Freundin*. Und sie scheinen eine ziemlich enge Verbindung zu haben, wenn Carter ihr schon so viel erzählt hat.

»Ahh«, seufze ich und lehne mich zurück, den Kopf schief gelegt. »Ich glaube, ich stehe jetzt auf wen anders.« Dabei sehe ich sie eindeutig an.

Sie lacht auf. Es klingt glockenklar und angenehm. Nicht so penetrant wie bei anderen Bitches. »Ich wusste genau, dass ich dir das Hirn weggeblasen habe. Wortwörtlich.« Sie grinst mich an, Alayna. Ich wünschte, du würdest das hier hören. Der böse, böse Carter. Ich fasse es nicht, und er hat mir nicht mal was von diesem kleinen Geheimnis erzählt, also muss es wirklich wichtig sein. Denn wie wir gelernt haben, teilt er die richtig wichtigen Dinge nicht mit mir.

»Das beruht wohl auf Gegenseitigkeit, oder wieso bist du sonst hier, *Isabelle*?« Ich lasse den Namen sinnlich von meinen Lippen rollen.

Sie lehnt sich mir noch ein bisschen mehr entgegen, aber ich will nicht, dass Carter sie sieht. Ich will, dass er morgen früh vor Schock gemeinsam mit dir vom Stuhl fällt, wenn wir mit der ganzen Familie am Tisch sitzen und ich *Isabelle* dabeihaben werde, weil ich sie die Nacht zuvor gefickt habe. Immer und immer wieder. Das ist mal ein Plan, der mir gefällt.

»Mhmmmm ... das weißt du doch ganz genau, Carter.« Wow, sie hat eine Sexstimme drauf, Alayna, von der du noch viel lernen kannst, und sie ist auch noch jünger als du. Sie macht mich steinhart, Alayna, was eigentlich nicht so schnell passiert.

»Komm her«, sage ich seufzend. »Ich sehe doch, dass du gleich platzt.«

Und verdammt, sie kommt. Ohne zu zögern, setzt sie sich rittlings auf meinen Schoß und die enge Jeans spannt über ihren runden Arsch. Ich lege meine Hände fest darauf, wie Carter es immer bei dir tut, und drücke sie noch ein bisschen enger an mich. Als sie mit geneigtem Kopf zu mir runterschaut, öffnen sich ihre Lippen einen Spalt und ihre Lider senken sich ein wenig. Fuck, sie ist so verdammt scharf. Sie beißt sich auf die Unterlippe und bewegt leicht ihre Hüften, sodass sie sich an meinem Ständer reibt.

»Ich bin aber nicht die Einzige, die bald platzt, oder?«, murmelt sie und vergräbt ihre Hände in meinem Haar, bevor sie ihre Lippen auf meine presst.

Und mich wahnsinnig macht.

Ich fahre Auto. Ich will nach Hause, Alayna. Wegen Isabelle habe ich meinen gesamten Abendplan geändert und dich sogar einfach mit Carter da stehen lassen. Jetzt bringe ich Isabelle zu uns nach Hause in mein Zimmer und werde sie in allen Positionen, die mir einfallen, ficken.

Happy Birthday to me!

Ich werde sie heute nicht mit Carter teilen, wie es an unseren Geburtstagen eigentlich unsere Tradition ist. Und ich will es gerade auch gar nicht, weil sie zu scharf ist und ich sie erst mal allein genießen muss. Vielleicht – sie kennen sich ja schon – wird *sie* diejenige sein, die dich bald ersetzt. Carter wird merken, was für eine Sauerstoffverschwendung du bist und dich endlich verlassen, und wir können uns ganz Isabelle widmen, die jetzt ihren Gurt löst, weshalb mein Auto protestierende Pieptöne von sich gibt, während ich es über die Straße lenke. Dann zieht sie einfach ihren Pullover aus. Ich muss zweimal hinschauen und mich gleichzeitig aufs Fahren konzentrieren.

Scheiße.

Dieser Körper.

Oh mein Gott.

Sie trägt einen schwarzen BH, der ihre Brüste zusammendrückt, die alles, aber nicht gerade klein sind. Ein kleines goldenes Kreuz hängt an ihrem Hals, was halb in ihrem üppigen Dekolleté verschwindet. Dazu besitzt sie eine Wespentaille, ausladende Hüften und eine natürliche südländisch gebräunte Haut, die so fucking weich aussieht. An ihrem Bauchnabel glitzert ein Piercing. Ihre Schlüsselbeinknochen schauen leicht hervor und die schlanken Schultern heben sich daneben ab. Fuck, sie entspricht genau Carters Typ. Carters Typ, bevor es dich gab, Alayna. Sie sieht aus wie Melissa, nur heißer und südländischer mit ihrem spitzen Kinn und den hohen Wangenknochen.

Fuuuuuuck.

Frech grinst sie mich an, dreht meine Musik lauter, fasst an ihren Rücken, schnippt einfach den BH auf und sitzt wie eine Göttin in Jeans neben mir.

FUCK! FUCK! FUCK!

Das Auto macht einen Schwenker, weil ich sie etwas zu lange angestarrt habe, doch ich reiße das Lenkrad wieder rum. Dann kniet sie plötzlich neben mir auf dem Leder und lehnt sich zu mir rüber. Ich lasse den Kopf gegen die Sitzlehne fallen, als sie mir ins Ohr flüstert: »Ich will, dass du jetzt in meinem Mund kommst.«

Wer bin ich, da Nein zu sagen, Alayna?

Ich mache eine einladende Handbewegung in Richtung meiner weißen Hose. Sie grinst mich an, bevor sie sich nach unten beugt und ihre Haare sich über meinen Körper legen wie ein Vorhang. Ich lasse eine Hand am Lenkrad, wickle ihre Strähnen um meine freie Faust, während sie stöhnt, als sie meine Hose öffnet.

Alayna, ich dachte immer, du wärst ein böses Mädchen. Aber das bist du gar nicht. Nicht neben ihr. Sie hat das Böse erfunden.

Und was sie kurz darauf mit ihrem Mund macht, ist der Inbegriff eines Blowjobs. Sie nimmt mich tief in sich auf, ihre Zunge wirbelt wie die eines Profis und sie benutzt zusätzlich ihre Hände. Ich schaue nach rechts, wo sie ihren Arsch nach oben streckt, und fahre total langsam, weil ich das Auto nicht um einen Baum wickeln will. Meine Finger am Lenkrad zucken und ich muss sie gar nicht weiterdrücken, weil Isabelle mich bis in ihre verdammte Kehle aufnimmt.

Als sie um mich herum stöhnt, explodiere ich einfach, ohne dass ich es aufhalten oder kontrollieren kann. Dabei kann ich es normalerweise *immer* kontrollieren. Egal wie heiß die Tussi auch ist – und egal was sie tut.

Sie schluckt wirklich alles.

A

L

L

E

S.

Grinsend richtet sie sich wieder auf und wischt sich mit Daumen und Zeigefinger über die Lippen.

»Danke, das war köstlich«, sagt sie fröhlich. So fröhlich, wie ich immer mit dir rede, wenn ich dich reize, bis du kochst.

Ich schließe meine Hose mit einer Hand und lasse meinen Nacken knacken. »Aber bitte, gerne doch«, erwidere ich leicht perplex und drücke wieder aufs Gas.

Scheiße, ich muss nach Hause, irgendwo in mein Zimmer, wo ich sie auf alle Arten, die es gibt, ficken kann.

Ich glaube nicht an Gott.

Ich glaube an den Teufel.

Und der muss sie mir geschickt haben.

2. Ich weiß, wer du bist, Caden Rush

Isabelle

Ich weiß natürlich, dass du nicht Carter bist, Caden. Das habe ich ab dem Zeitpunkt gewusst, als wir zusammen in der Lounge saßen und du deinen superhypnotischen Blick auf mich losgelassen hast. Oh Baby, du bist so süß, weil du denkst, dass du mich manipulieren und um den Finger wickeln kannst. Carter hat mir alles über dich erzählt. Alles. Tabulos und ohne etwas auszulassen. Er hat in den sechs Wochen, in denen er sich eine Auszeit von zu Hause genommen hat und im widerlichsten Viertel Chicagos abgefuckt ist, jemanden gebraucht, der ihm zuhört, ihm das Gehirn wegfickt und mit ihm Weed raucht. Ich war da und wir haben uns super verstanden. Wir waren viel zusammen unterwegs und haben uns tiefer kennengelernt, als es zunächst beabsichtigt war. Wir hatten ein paar … *Momente* miteinander. Intensive unvergessliche Momente …

Aber jetzt hat er anscheinend das Mädchen abbekommen und ja … ich freue mich für ihn. Wie auch immer, denn Caden, er war echt fertig wegen dir. Das war nicht okay, wie du dich benommen hast. Jemand muss dir zeigen, wie man sich seinem Bruder gegenüber richtig benimmt. Aber deswegen bin ich eigentlich nicht hier. Eigentlich wollte ich wirklich mit Carter reden, weil ich seine Hilfe brauche, denn ich weiß, dass ich bei ihm immer Hilfe finden werde, wenn ich sie brauche. Und ja, ich wollte ihn sehen, nur ein einziges Mal.

Doch dann warst *du* da und wir haben uns geküsst. Du bist genauso interessant und verschlagen, wie ich mir dich nach Carters Erzählungen vorgestellt habe. Ich muss zugeben, dass Carter und ich uns wirklich … *intensiv* angefühlt haben. Ich habe geglaubt, bei ihm was gefunden zu haben, was ich nirgendwo sonst finden kann. Außer bei … *ihm*, doch an *ihn* will ich jetzt nicht denken. Das verbiete ich mir schon seit so langer Zeit vehement.

Aber das ist jetzt egal.

Er hat sie endlich und du, Caden, du bist interessanter, als ich es mir je hätte vorstellen können. Wir sind vom gleichen Schlag, Caden, aber das werde ich dich noch spüren lassen.

Jetzt bin ich die Süße, die Kleine, die dir mit ihrer Zunge und ihren Lippen dermaßen das Hirn wegblasen wird, dass du erst mal an nichts anderes denken kannst. So gehe ich meinen Scheiß an. Du wirst mich nicht mehr aus deinem Bett lassen wollen. Doch ich werde dich nicht mehr an mich ranlassen. Einfach, weil ich alles in den Abgrund reiße, was ich an mich ranlasse. Aber das weißt du jetzt noch nicht.

Wir kommen vor eurem Haus an und ich muss sagen, ihr lebt echt schön, obwohl ich Heftigeres gewohnt bin. Aber das musst du nicht wissen und das wirst du nie erfahren. Niemand wird und darf das je erfahren. Auch Carter nicht.

Ihr habt ein hübsches Einfamilienhaus am Stadtrand. Inklusive Vorgarten, der alles andere als gepflegt ist. Herbstlaub liegt wild durcheinander und auf der Veranda stehen leere Töpfe und Tüten. Sämtliche Lichter im Haus sind aus. Carter hat mir erzählt, dass ihm die Garage gehört, und du, Caden, hältst direkt davor. Ich bin immer noch oben ohne, damit du nicht vergisst, was dich erwartet. Ich habe dich heißgemacht und das muss auch so sein. Schließlich brauche ich dich noch.

Du stellst den Motor ab und steigst aus. Ich folge dir mit meinen Augen, als du die Motorhaube umrundest, meine Tür aufreißt und mich aus dem Auto ziehst. Der kühle Wind streicht über meine nackten Brüste, woraufhin sich meine Nippel aufstellen.

Ist da jemand ungeduldig? Ich dachte, du hättest das mit der Geduld drauf. Tja, kommt wohl auf die Frau an.

Deine Kiefer sind zusammengepresst. Musst du dich etwa zusammenreißen? Du ziehst mich über die Veranda zur Haustür, wo ein automatisches Licht angeht und nichts der Fantasie überlässt. Kurz schaust du mich über die Schulter an, während du hektisch am Schlüssel fummelst und zischst: »Fuck!« Dann stößt du die Tür auf, ziehst mich rein und drängst mich gegen das dunkle Holz, sodass ich mit dem Rücken dagegenkrache und mir die Luft aus meinen Lungen zischend entweicht.

Dein warmer Körper presst sich unmittelbar an meinen und du lässt mich wie im Club in deinem Haar wühlen. Großer Fehler, Baby. Ich weiß, dass Carter das hasst. Irgendwie bist du aus der Rolle, oder? Dabei dachte ich, du spielst so gut. Denn ich spiele nur mit Profis.

Deine Lippen finden meine und du küsst mich hart, während du nach meinem Oberschenkel greifst und ihn dir um die Hüfte legst, sodass ich dich zwischen meinen Beinen spüren kann. Ich mag, was ich spüre.

Eine Hand von dir wandert zu meiner Brust und ich stöhne auf, als du sie fest knetest. Die Ungeduld ist in jeder einzelnen deiner Berührungen zu merken, und dein Stöhnen an meinen Lippen ist so heiß.

Deine Zunge drängt sich in meinen Mund, und dich zu schmecken ist noch mal eine ganz andere Liga der Sinnlichkeit. Deine Finger fahren von meiner Brust zu meiner Taille, die du mit beiden Händen komplett umfasst. Du reißt mich ruckartig an dich, sodass kein

Blatt mehr zwischen uns passt, und beißt mir in die Unterlippe, Caden.

Das tust du eigentlich nicht so oft, oder? Du bist nicht der Typ, der so ungeduldig, drängend und grob ist wie Carter. Überwältigt es dich gerade ein bisschen? Überwältige *ich* dich? Oh Baby, mir geht es überraschenderweise nicht anders. Ich nestle an dem Saum deines Oberteils, was du dir in einer flüssigen Bewegung über den Kopf ziehst. Der Mond scheint ins Haus, genau wie die Straßenlaternen, und deine tätowierte Haut schimmert in dem sanften Licht. Das Geknutsche macht mich wahnsinnig.

Ich kralle meine Fingernägel in deinen Bizeps und du greifst nach meinem Kinn, reißt meinen Kopf nach hinten. Deine Lippen erkunden meinen Hals, was mir eine Gänsehaut beschert. Fuck. Es ist, als würdest du jeden Winkel meines Körpers sofort kennenlernen wollen, und hättest keine Zeit, um es langsam anzugehen. Du schiebst meinen Schenkel von deiner Hüfte und *reißt* meine Hose fast schon auf. Ich strample sie von meinen Beinen, bis ich nur noch in meinem Höschen vor dir stehe. Du nimmst den Kopf zurück und musterst mich von oben bis unten. Es gefällt mir. Ich liebe es, wie du mich ansiehst. Unter deinem Blick zieht sich alles in mir zusammen und ich atme schneller. Mein Herz rast, dann schaust du mir wieder in die Augen, packst mich und fegst mit einem Arm die ganzen Schlüssel sowie den Krimskrams von der Kommode im

Flur, direkt neben uns, auf die du mich anschließend setzt.

Du küsst wieder meinen Hals und reißt mir gleichzeitig den Slip nach unten. Nun bin ich ganz nackt. Deine Hand drängt sich über meinen Schenkel zwischen meine Beine und direkt auf meine erhitzte Mitte.

Ruckartig schiebst du zwei Finger in mich. Ich zucke, stöhne und bäume mich auf, weil sich das so heftig anfühlt. Du berührst sofort diesen einen Punkt, als wüsstest du genau, was und wo du es tun musst. Als hättest du es studiert. Ich kenne das schon von jemand anderem, aber daran will ich jetzt nicht denken. Und nein, es ist nicht Carter. Mein Leben ist ein bisschen kompliziert, Caden Rush.

Ich beiße mir auf die Unterlippe, damit ich nicht den falschen Namen stöhne. Du hinterlässt eine feuchte Spur, als du mit deiner Zungenspitze von meinem Hals bis zu meinem Ohr fährst und mir ins Ohrläppchen beißt. Dein Daumen findet sich auf meinem Kitzler wieder. Du drückst darauf und bewegst ihn leicht und ich komme sofort. So plötzlich. Breche aus wie ein verfluchter Vulkan und stöhne laut, weil ich es mir nicht verkneifen kann. Du verschließt meine Lippen mit deinen und küsst mir den Orgasmus vom Mund.

»Scheiße«, flüstere ich und öffne meine Augen. Mein Herz flattert richtiggehend. Ich spüre es und höre es in meinen Ohren pulsieren. »Fuck!«

Du legst den Kopf schief und musterst mich interessiert, dabei ziehst du deine Finger aus mir zurück und wanderst damit an deinen Hosenbund. Während du die Jeans langsam öffnest, lässt du mich nicht aus den Augen. Ich halte deinem Blick schwer atmend stand. Wieso ist das so intensiv? Was ist das?

Bevor du die Jeans zu Boden gehen lässt, ziehst du deine Geldbörse hervor. Du lässt mich immer noch nicht aus den Augen, als du sie mit einer Hand öffnest und blind etwas rausziehst. Ich gehe davon aus, dass es ein Kondom ist. Dabei hasse ich es. Ich will dich lieber pur spüren, aber du hast ja recht. Wir haben keine Ahnung, wer der jeweils andere ist. Na ja, zumindest hast du nicht so viel Ahnung wie ich. Ich weiß genau, welche Frauen du in den letzten sechs Monaten hattest. Wenn Carter stoned ist, ist er echt mitteilungsbedürftig. Und es gab ein paar tiefgründige Gespräche zwischen uns, die mit Sex und Alkohol endeten.

Caden, du drückst mir das verpackte Kondom in die Hand und forderst stumm, dass ich es dir überziehen soll. Klar, Baby, kein Thema.

Ich reiße es mit den Zähnen auf, starre dich immer noch an. Du legst den Kopf auf die andere Seite, während du dich deiner Shorts mit einer Hand entledigst.

Ich beuge mich leicht vor und umfasse dich. Deine Zähne mahlen, als ich dir den Gummi überrolle. Und zwar langsam. Ich weiß, dass du nicht der schnelle Typ bist, und nein, das hat Carter mir nicht erzählt. Ich weiß, dass du jede Sekunde beim Sex eigentlich genießt und auskostet. Ich sehe sofort, mit wem ich spiele. Jemand, der mir mal was bedeutet hat, brachte mir viel über

Menschenkenntnis bei, deshalb weiß ich, wer du bist, Caden Rush.

Du schiebst deine Hüften nach vorn. So zielsicher, ohne von mir wegzusehen. Während du in mich stößt, packst du meine Oberschenkel und ziehst mich dir entgegen, bis ich nur noch am Rand der weißen Kommode sitze.

Du versinkst gleich bis zum Anschlag in mir. Ich stöhne tief, so wie du, und wir verharren kurz. Scheiße, Caden. Du fühlst dich ganz anders an als Carter. Mich könntet ihr zwei nicht verarschen, und wenn ihr es noch so sehr darauf anlegt.

»Scheiße!«, flüstern wir gleichzeitig, weil es sich so gut anfühlt. Deine Lider schließen sich, Caden.

Deine Stirn fällt gegen meine Schulter. Ich umklammere dich mit meinen Beinen und ziehe dich wieder in mich, als du deine Hüften zurückgleiten lässt.

Oh Gott, ich wünschte, das würde nie aufhören, dabei hat es doch gerade erst begonnen.

* * *

Caden

Du schläfst, Isabelle.

Irgendwie hast du dich so tief in mein Gehirn gefickt, dass du das neue Du für mich bist, und zwar schon nach einer verdammten Nacht. Du hast mich SIE vergessen lassen, wenigstens für ein paar Stunden. Und das ist davor praktisch noch nie passiert. SIE war immer da. Überall.

Ich habe meine Schläfe auf eine Faust gestützt, den Ellbogen auf das Bett gelehnt, und beobachte dich skeptisch. Wer zur Hölle bist du? Und aus welcher Hölle bist du gekrochen?

Du hast meine Welt gefickt, Isabelle. Dabei dachte ich, dass ich das eigentlich sonst nur bei anderen tue. Aber jetzt liegst du hier nackt in meinem Bett, die Decke über die Brust gezogen, auf der Seite liegend. Noch nicht mal im Schlaf siehst du friedlich aus, sondern wie eine kleine Dämonin, die bereit ist, mich bei lebendigem Leib in Flammen aufgehen zu lassen und meine Welt in Schutt und Asche zu legen. Fuck! Fuck!

Deine schwarzen gewellten Haare sind überall auf meinen weißen Kissen verteilt, deine perfekten Brüste heben und senken sich bei jedem tiefen Atemzug, den du machst; deine geröteten Lippen sind leicht geöffnet und deine Schminke ist ein bisschen verschmiert. Dein heißer Atem bricht sich an meiner Brust und ich lege den Kopf schief, als du murmelst: »Wie lange willst du mich noch anstarren?« Damit öffnest du deine giftgrünen Augen.

Ich hebe eine Braue. »Was?«

Du seufzt zufrieden, drehst dich auf den Rücken und streckst dich. Dabei rutscht die Decke von deinen Brüsten. Ich lege den Kopf auf die andere Seite, und Scheiße, hat die Welt jemals so was Heißes wie dich gesehen? Ich glaube nicht.

»Du starrst mich an. Ich hoffe, du hast dich nicht in mich verliebt, Caden Rush.«

Ich glaube, mich verhört zu haben, und runzle meine Stirn. Hast du mich gerade Caden genannt? Habe ich dir letzte Nacht nicht den Carter gemacht? Woher weißt du überhaupt, wer ich bin? Wie viel hat Carter dir erzählt? Und wie konntest du uns unterscheiden, ohne mich zu kennen?

Fuck, wer bist du, Isabelle?

Du besitzt echt die Dreistigkeit, deinen Zeigefinger auszustrecken und ihn unter mein Kinn zu tippen, sodass mein Mund sich wieder schließt.

»Ich wusste von Anfang an, dass du nicht Carter bist. Carter küsst ganz anders als du.« Fuck, ich will gar nicht daran denken, wie du Carter küsst. Und vor allem, wen Carter jetzt küsst.

»Woher kennst du eigentlich Carter?«, frage ich langsam. Du, Isabelle, setzt dich auf und streckst dich noch mal genüsslich. Ich schaue mir deinen schlanken Rücken an und die Linie, die sich über deine Wirbelsäule zieht, sowie die gebräunte Haut, die im Sonnenlicht richtiggehend schimmert, und deine schwarzen Haare, die über deine Haut fallen.

Fuuuuck!

»Ach, als er in den sechs Wochen verschollen war, war er eigentlich die ganze Zeit mit mir zusammen in einem totalen Abfuckviertel Chicagos. Wir waren ein bisschen wie Bonny und Clyde. Es war … schön.« Du drehst den Kopf über die Schulter und strahlst mich an. Ich mag es nicht, wie du mich anstrahlst, Isabelle.

»So?« Ich fahre mit meinem Finger deine Rückenlinie nach; ich will dich konditionieren, ganz langsam auf mich abstimmen und gucken, wie weit ich bei dir gehen kann.

Du stehst einfach auf. Einfach so, als hätte ich dich gar nicht berührt, und erscheinst nackt vor mir. Sogar im Tageslicht bist du einfach perfekt. Du bist nicht so dünn wie andere Tussis, du hast die richtigen Rundungen an den richtigen Stellen. Deine Oberschenkel sind perfekt geformt und deine Füße sind die kleinsten, die ich je gesehen habe, und deine Zehen rot lackiert.

Ich sehe wieder in deine Augen. »Und? Was willst du jetzt machen, Isabelle?« Ich stütze mich auf die Ellbogen und natürlich gleitet dein Blick über meine Brust. Natürlich blitzt Verlangen in deinen Augen auf. Aber du suchst deine Klamotten zusammen.

»Ach, ich muss unbedingt mit Carter reden, hab ich doch gesagt.«

Mein Blick verdunkelt sich. »Carter hat jetzt eine *Freundin*. Du kannst auch mit mir reden.«

»Ich wollte ihn nicht ficken. Wenn seine Freundin es erlaubt, würde ich gern mit ihm reden. Nur reden. Ich ficke keine vergebenen Männer. Und ich freue mich für ihn, dass er die Kleine gekriegt hat. Das ist doch Alayna, oder? Die legendäre *Alayna*?« Du klingst aber nicht sehr erfreut darüber, egal was du versuchst, mir weiszumachen, Isabelle.

Du ziehst deinen Slip an, dann deine Jeans, die deinen Arsch noch perfekter macht. Ich stehe auf, nackt wie ich bin, während du einfach nach dem Oberteil greifst, was ich gestern anhatte, weil deins noch in meinem Auto rumfliegt, genau wie dein BH. Während ich meinen Nacken knacken lasse, schlüpfst du einfach in das Oberteil. Ich liebe es ein bisschen, wie fucking gut dir meine Sachen stehen. Fast so gut wie Alayna. FUCK, wieso kann ich nicht aufhören, an diese Bitch zu denken?

Als ich vor dir stehen bleibe, ziehe ich dein Haar aus dem Kragen und fahre es bis zu den Spitzen nach.

»Dann geh, wenn du gehen musst, Isabelle.«

Du hebst eine Braue. Das ist *mein* Ding, Isabelle. »Das hatte ich vor, Caden.«

»Okay.« Ich mache eine ausladende Handbewegung zur Tür. »Er wohnt in der Garage. Mit der legendären Alayna.«

»Schön, dann lerne ich sie auch mal kennen«, sagst du breit grinsend. Du provozierst mich anscheinend absichtlich; und ich weiß nicht, was ich mit dir machen soll, Isabelle. Sonst wollen die Frauen dieses Zimmer gar nicht mehr verlassen, nachdem sie es einmal betreten haben. Aber dir kann es nicht schnell genug gehen. Genau wie bei Alayna …

»Okay«, sagst du jetzt. »Wir sehen uns, Caden!« Du stülpst deine Socken über, greifst nach deinen Sneakers und gehst einfach, während ich dir total fassungslos dabei zusehe.

What the fuck, Isabelle?

3. Zwei Teufel an einem Tisch, Alayna

Carter

Du bist so müde, Baby, und ich auch.

Wir haben in der letzten Nacht so was wie einen Sexmarathon mit Caden und irgendeiner Tussi gehabt. Das Stöhnen kam mir bekannt vor, aber ich denke, ich habe mir nur was eingebildet.

Mein Bruder und ich hatten beide die Fenster offen und haben versucht, uns gegenseitig mit euren Schreien zu übertrumpfen. Ich habe keine Ahnung, wer die Bitch in seinem Bett war, aber du warst meine Bitch letzte Nacht und du warst so verdammt versaut, Alayna. Wir haben uns eine Woche nicht angerührt, weshalb sich von beiden Seiten einiges aufgestaut hat. Jetzt bist du hier mit mir, das erste Mal offiziell als mein. Ich muss kein Geheimnis daraus machen, egal wie angewidert mein Dad guckt. Mir ist klar, was ihm durch den Kopf geht. Dass du vor ein paar Wochen noch aus Cadens Zimmer gestöhnt hast und jetzt neben mir sitzt. Aber er versteht das nicht, Baby. Niemand versteht das außer uns. Ich habe Caden gestern kaum mehr gesehen und weiß nicht, in welcher Verfassung er heute wieder ist und wie schlimm seine Schikanen gegen dich werden, aber im Fall der Fälle hast du mich hinter dir. Diesmal weiß ich, zu wem ich halten muss. Und meine Faust, die im Zweifelsfall in seinem Gesicht landet, ist auch noch da.

Mom hat Pancakes gemacht. Heute ist Sonntag und es ist eiskalt draußen. Der Regen peitscht gegen die Fenster, obwohl die Sonne scheint. Am Himmel bildet sich ein Regenbogen. Das Wetter ist genauso durcheinander wie wir. Ich weiß, dass ich dich will, Baby, und ich weiß, dass es nicht leicht wird. Ich weiß auch, dass Caden uns Probleme machen wird, weil er insgeheim immer noch an dir hängt. Aber irgendwie ist es anders als bei Melissa. Bei dir fühle ich mich ihm gegenüber nicht so machtlos wie bei ihr. Weil du selbst stark bist und keinen Beschützer brauchst. Das erleichtert mich. Du hast ihm widerstanden, das hat Melissa kaum bis gar nicht geschafft.

Mom sitzt neben Dad und verteilt großzügig Schokosirup auf ihren Pfannkuchen. Dad schaut sie mit einer erhobenen Braue an. Sie wird rot, aber sie stellt auf den Tod diese Tube nicht weg. Sie verteilt und verteilt und verteilt … Und du, Alayna, siehst ihr mit gerunzelter Stirn dabei zu.

»Baby«, *haucht* Dad und legt seine Hand auf ihre. »Es reicht jetzt, sonst haben *wir* ja gar nichts mehr.«

Mom schluckt. What the fuck? Dann stellt sie die Soße wieder hin und schneidet sich einen Pancake zurecht. Ava schläft noch, weshalb uns jegliches dummes Gemotze erspart bleibt. Ich wünsche niemandem eine kleine Schwester, Alayna. Ehrlich nicht.

Du trinkst müde von deinem Kaffee und Dad stichelt los. »Und? Wie war euer Geburtstag? Hat sich mehr angehört, als hättet ihr hier gefeiert. Apropos, Alayna, du weißt schon, dass das Carter ist, oder?«

Deine Wangen werden rot und du versinkst in deinem Stuhl. »Ja, ich weiß«, sagst du leise.

»Wir sind jetzt zusammen«, verkünde ich. »Also lass sie in Ruhe, Dad!«

»Häääää?«, macht Mom. »Wie, ihr seid jetzt zusammen? Was ist denn mit Caden? Was ist hier eigentlich los? Wieso weiß ich nie von irgendwas?«

Dad lächelt sie leicht an. »Baby, weil ich dir jeglichen psychischen Schaden ersparen will. Es ist besser, nicht alles zu wissen. Vertrau mir. Und der nächste Gast kommt in drei, zwei, eins … Hallo!«, sagt er zur Tür gewandt. »Und du bist?«

Meine Augen werden riesengroß, als ich sehe, wer da im Durchgang zur Küche steht und wessen Schritte ich gehört habe, aber nicht zuordnen konnte, und als ich spüre, wie mein Herz kurz stoppt. »*Isabelle?*«

Sie sieht mich an. Einen ganzen Moment. Mein Herz schlägt nach seinem Aussetzer nun immer schneller.

Dann verändert sich ihre Miene, weil wir hier nicht allein sind. »Carter«, ruft sie erfreut und ihre grünen Augen funkeln. Fuck, Alayna! »Endlich!«

Sie trägt Cadens Shirt – WIESO? – sowie enge Jeans. Ihre schwarzen Haare sind total durcheinander. Sie läuft um den Tisch herum, umarmt mich und ruft: »HI!« Ich bin kurz wie erstarrt. Ihr Duft kriecht in meine Nase und wirbelt einen Tornado in mir auf, den ich schnell wieder runterwürge. Was zum Teufel?

Dann beugt sie sich nach unten und umarmt dich. Du sitzt noch total verwirrt auf deinem Stuhl und kratzt dich irritiert am Kopf.

Isabelle zieht sich wieder zurück. »DU bist also Alayna!«

Ich verstehe gar nichts mehr, Alayna, und ich starre sie an, als wäre sie ein Marsmännchen. Sie sieht immer noch aus wie sie aussah, als sie mit mir unterwegs war, aber ich kann mir nicht erklären, was sie hier macht und wie sie dazu kam, die Nacht bei Caden zu verbringen, was ja ziemlich offensichtlich ist. Fuck, was ist hier los? Ich verkrampfe meine Hand und atme tief ein. Das hier gefällt mir nicht. Gar nicht.

Isabelle und ich waren nie wirklich ein Paar oder so. Sie ist einfach ein unglaublicher Mensch und ich habe viel Zeit mit ihr verbracht, als ich nach der Sache im

Club richtig durchgedreht bin und Caden verprügelt habe. Wir haben ein paar irre Sachen zusammen erlebt. Ja … es war intensiv und echt und ging mir unter die Haut. Aber meine Gedanken waren immer bei dir, Baby. Sie hat mich letztendlich dazu bewegt, wieder nach Hause zu fahren, zu meiner Familie und zu dir. In der ganzen Zeit hat sie mir nie erzählt, was sie in diese abgefuckte Ecke getrieben hatte, was okay war. Sie allerdings zurückzulassen, hat mir gar nicht gefallen. Es war wirklich hart, doch ich habe es akzeptiert. Sie ist eine Kämpferin, aber es ist kaum zu übersehen, dass sie vor irgendwas flüchtet. Keine Ahnung, wovor – in diesem Alter.

Jetzt ist sie jedenfalls hier und du siehst nicht glücklich aus.

»Das ist Isabelle«, sage ich unbehaglich an meine Eltern gewandt und weiche deinem Blick aus, der mir ein Loch in die Seite starrt.

»Ja, hi Isabelle«, meint Mom verwirrt. »Und du warst bei Caden die Nacht, oder …?«

»Ja, das war sie«, erklingt jetzt die nächste Stimme. Die Stimme meines Bruders. Mein Blick schießt automatisch an Isabelle vorbei zu ihm. Er hat sich was Lockeres angezogen und schlendert barfuß an den Esstisch – dieser Dämon. Seine Haare hat er nicht gebändigt und im Gesamten sieht er aus wie ich gerade. Oberkörperfrei mit Jogginghose und verschlafen, aber mit diesem Ich-hatte-den-Sex-meines-Lebens-Glitzern in den Augen. Und das glaube ich ihm, denn ich kenne

Isabelle. Versteh mich nicht falsch, Baby, du bist meine Granate, aber ich weiß, wie sie einen Mann süchtig machen kann, und das hat sie bei ihm anscheinend schon nach einer Nacht geschafft.

Er zieht ihr locker einen Stuhl zurück und nickt in dessen Richtung. »Setz dich, Isabelle. Frühstücke mit uns.«

Oh Gott, neinnnnnnnn, denke ich genervt und sehe vorsichtig in deine Richtung. Du könntest nicht mehr durcheinander sein.

»Super«, ruft Dad. »Und woher kennen sich hier alle am Tisch? Würde uns mal jemand aufklären? Setz dich doch endlich, Isabelle!«

Sie tut es und lässt sich auf den Stuhl plumpsen, den Caden an den Tisch rückt, bevor er sich neben sie setzt. Oh Gott, Alayna, die beiden nebeneinander vermitteln mir kein gutes Gefühl. Unterschätze diese süße Hülle nicht, niemals. Isabelle hat es faustdick hinter den Ohren. Und es vermittelt mir auch kein gutes Gefühl, dass sie an Caden geraten ist. Die beiden können nur für Chaos sorgen.

»Jaaaaa, das kann ich erklären«, ruft Caden begeistert und greift nach dem Orangensaft. »Isabelle war gestern auf der verzweifelten Suche nach Carter. Alayna, hast du gewusst, dass die beiden sechs ganze Wochen miteinander verbracht haben? Du weißt schon, in der Zeit, als es dir so mies ging und ich dich verlassen habe. Wusstest du, dass sie sich gegenseitig das Hirn aus dem Schädel gefickt haben?« Ungerührt trinkt er von seinem Saft.

»Carter?«, fragst du zickig von der Seite. Ich hasse es, von der Seite angezickt zu werden, Alayna, noch vor meinem ersten Kaffee!

»Warte mal, was?«, erkundigt sich Dad total abgefuckt. Er hat keine Lust mehr auf unsere Dramen. Ich verstehe ihn ja. Ich habe auch langsam keine Lust mehr drauf.

»Ja«, sage ich langsam und sehe dich immer noch nicht an. »Isabelle ist eine sehr gute Freundin von mir, aber wir haben uns eine Zeit lang nicht gesehen. Ich habe keine Ahnung, was sie hier macht und warum sie aus Cadens Bett kommt. Also hör auf, mich so anzustarren, Alayna. Sonst flippe ich aus.« Ich werfe dir einen Todesblick zu. Du zuckst zusammen und wendest dich grummelnd wieder deinem Kaffee zu. Okay sehr gute Freundin war wohl etwas untertrieben, aber was soll ich dir sonst erzählen, Alayna?

»Ahh, Alayna, dein Prinz ist anscheinend gar nicht so ein Prinz, nicht wahr?«, bohrt Caden natürlich. Was auch sonst?

»Was auch immer«, ruft Isabelle. »Danke für Ihre Gastfreundschaft, Mr. und Mrs. Rush. Also das ist so: Meine Eltern haben mich von zu Hause rausgeschmissen, deswegen streune ich durch die Gegend. Und Carter hat gesagt, wenn was ist, soll ich mich bei ihm melden. Eventuell brauche ich einen kleinen Unterschlupf. Ich hab Geld und zahle auch

Miete, wenn es sein muss, und kaufe auch gerne ein. Und ich klaue nichts und ich habe Manieren.«

»Das habe ich letzte Nacht gehört, direkt über meinem Kopf«, bemerkt Dad trocken.

Isabelle schämt sich nicht mal und redet einfach weiter. »Und es wären nur ein paar Tage.«

»Ich finde, wir sollten lieber deine Eltern kontaktieren«, meint Dad. Jetzt sieht man eine Regung in Isabelles Zügen. Sie wird nämlich blass und Caden mustert sie mit schief gelegtem Kopf von der Seite.

»Oh nein!«, erwidert sie total panisch und die grünen Augen weiten sich. »Nein, das ist keine Option, und ich bin schon achtzehn und kann das selbst entscheiden. Ich brauche nur ein paar Tage, dann bin ich wieder weg! Und ich wäre gar nicht aufgetaucht, hätte Carter mir nicht das Gefühl vermittelt, dass das kein Problem ist.«

Ich seufze tief und weiß, dass du ausrasten wirst, aber na ja … Ich rede einfach los, wie das meine Art ist. Außerdem scheint sie Caden gut von uns abzulenken. Was willst du mehr, Baby? Abgesehen davon würde und könnte ich Isabelle nie was abschlagen. Sie hat einen ganz besonderen Platz in mir eingenommen.

»Dad, Isabelle ist wirklich voll okay. Sie wird keine Scheiße bauen. Ich lege meine Hand für sie ins Feuer. Außerdem war sie für mich da. Ohne sie wäre ich nicht zurückgekommen.«

»Mason«, tadelt Mom und fuchtelt mit ihrer Hand in der Luft herum. »Ein paar Tage sind okay.«

Dad seufzt tief, aber ich weiß, dass er eine Frau in Nöten niemals vor die Tür setzen würde. »Du kannst das Gästezimmer haben. Carter bürgt für dich, nicht wahr, Carter? Wenn was ist, fällt es auf dich zurück, das weißt du, ja?«

»Ohhh … jaaaa«, stöhne ich und trinke noch mehr Kaffee. Ich bin noch nicht wach genug für den Scheiß und spüre immer noch, wie du brodelst. Ich will dich wieder auf den Boden der Tatsachen zurückficken, Alayna. Du hast nicht zu brodeln. Du brodelst in letzter Zeit zu oft. Du bist jetzt meine Freundin und jetzt wirst mich erst richtig kennenlernen. Ich werfe dir einen Blick zu, wie Dad ihn Mom zuwirft, wenn er die Schnauze voll hat, und du kriechst fast in dich selbst zurück.

»Danke, Mr. Rush, Sir«, säuselt Isabelle und hat ihre süße Nummer wieder ausgepackt. Dank ihr und ihrer gespielten süßen Lolita-Art bin ich aus einiger Scheiße rausgekommen.

Caden zieht die Augenbrauen hoch. Er ist so angeturnt von ihr. Das ist etwas, was mir gar nicht gefällt. Aber Alayna, er hat dich kaum angesehen, seit er am Tisch sitzt, und das ist gut so. Ich hoffe, dass das auch so bleibt, solange Isabelle da ist und ihn ablenkt. Ablenken kann sie nämlich wirklich gut.

»Carter, kannst du mich dann mit deiner Freundin kurz an den Bahnhof fahren? Im Schließfach hab ich noch zwei Koffer, die ich holen muss.«

»Äh …«, fange ich an, da unterbricht Caden mich schon. Er hat seinen Arm auf ihrer Stuhllehne und spielt mit ihren Haaren. Oh mein Gott, das ist so ein komisches Bild. Als würde ein Teufel versuchen, den anderen Teufel zu zähmen. Und so … falsch. Sie gehört irgendwie nicht an seine Seite. Ich lese in deinen Augen, dass es dich auch stört, und versuche wirklich, das zu übersehen, Alayna.

»Ich fahre dich«, beschließt er und du kannst kaum dein Schnauben unterdrücken. Du *starrst* auf seine Hand an ihrem Haar, Baby. Merkst du es?

Isabelle schaut ihn über die Schulter an und schmiegt ihren Kopf in seine Hand. Oh mein Gott, diese ganze Energie hier … Du spürst sie auch, Baby, und betrachtest das Bild genauso befremdet wie ich. Und ein bisschen angepisst, Alayna. Was ist das jetzt? Ich weiß nicht, was mich gerade mehr ankotzt. Dass sie da mit ihm sitzt oder dass es dir was ausmacht.

»Das würdest du tun?«, fragt sie sanft und ich verdrehe die Augen. Sie lässt ihn jetzt mächtig fühlen, das ist ihre Masche. Ich habe jeden verdammten Tag mit ihr verbracht und kenne jede einzelne Masche. Und es fickt mich ein bisschen, weil ich nicht weiß, wer mit wem spielt.

»Klar«, meint er gönnerhaft und du schaust mich an. Ich erwidere deinen Blick und zucke mit den Schultern.

Ich weiß, Baby, sage ich mit meinem Blick.

Du schüttelst den Kopf und antwortest stumm: *Ich kotze gleich.*

Wieder nicke ich. Tut dir das insgeheim ein bisschen weh, Alayna? Ihn mit einer anderen zu sehen? Mich fickt es nämlich schon ein bisschen ab, dass sie neben ihm sitzt. Aber das würde ich nie laut sagen.

Dad steht auf. »Gott, dieses ganze Geblickficke jeden Morgen an meinem TISCH«, motzt er. »Könnt ihr euch nicht in die Antarktis verziehen? Ich hab die Schnauze voll. So viel Karma habe ich auch nicht verdient.« Damit geht er und Mom folgt ihm lachend.

»Fühl dich wie zu Hause, Isabelle, und du kannst auch gleich den Tisch abräumen«, flötet sie fröhlich und grinst. Isabelle lacht. Fuck, ich erinnere mich noch zu gut an ihr Lachen.

Sie scheut sich nicht vor Arbeit und ist dankbar, wenn man ihr was gibt. Wahrscheinlich wird sie die nächsten Tage das ganze Haus putzen.

»Können wir aufstehen?«, fragst du leise und ein bisschen verunsichert.

»Klar.« Ich nicke steif. Wir erheben uns und Isabelle ruft: »War schön, dich endlich mal kennenzulernen, Alayna. Du bist eine richtige Legende!«

Ich verdrehe die Augen in ihre Richtung und mein Blick sagt: *Hör auf, Isabelle*, als ich dich in die Garage ziehe.

Fuck.

4. Ich muss dir vertrauen, Carter

Alayna

Oh Carter, oh Carter. Es muss immer alles noch komplizierter werden, als es sowieso schon ist. Immer das Gleiche. Gerade haben wir einen Sturm überstanden, schon braut sich der nächste zusammen. Ich bin sauer, als wir in deiner Garage ankommen. Die letzten Wochen waren nicht leicht, für keinen von uns drei, am allerwenigstens aber für uns beide. Ich dachte, jetzt, da du dich endlich vor Caden zu mir bekannt hast, könnten wir all die verliebte Pärchenkacke machen, die Pärchen so machen. Aber es scheint, als würden wir niemals zur Ruhe kommen.

Also reiße ich meine Hand von dir los und fahre zu dir herum. »ISABELLE?«, frage ich mit großen Augen und schneidender Stimme.

Du schließt die Tür hinter uns und stöhnst genervt auf. »Ja, Alayna. Isabelle. So heißt sie. Aber du kannst sie auch, wenn sie dich nervt, *Bella* oder *Amore* nennen, das hasst sie.«

Du schlenderst lässig an mir vorbei, lässt dich auf deine Couch sinken und schaltest den Fernseher ein. *Carter!*

Ich stelle mich vor das Bild und stemme die Hände in die Hüften. »Wie stellst du dir das vor? Ich soll also mit irgendeiner Tussi, die du sechs Wochen am Stück gefickt hast, unter einem Dach leben? Und dann turtelt sie noch mit Caden rum? Mit CADEN? EHRLICH, CARTER?«

Jetzt habe ich deine Aufmerksamkeit, und zwar die volle, als du zu mir hochschaust und deine Brauen hebst. »Nenn sie nicht so. Und stört dich das, Alayna? Dass Caden eine andere fickt?«, fragst du warnend. »Willst du wieder zurück in sein Bett kriechen?«

»WOAH!«, rufe ich und stampfe mit dem Fuß auf. »Carter! Das hast du jetzt nicht wirklich gesagt, oder?« Natürlich ist es irgendwie komisch, Caden mit einer anderen zu sehen, und ja, da nagt ein bisschen die Eifersucht an mir, aber das ignoriere ich. So was kann ich grandios ignorieren, wenn ich es will. Er hat mir genug wehgetan, das überwiegt.

Du verschränkst die Arme vor deiner nackten Brust. »Beantworte meine Frage, Alayna. Und dann beweg deinen Arsch zur Seite!« Ja, es stört mich, Carter, aber das wirst du nicht erfahren, denn ich hänge an meinem Leben.

»Weißt du, was mich wirklich stört?«, zische ich aufgebracht. »Mich stört, dass ich keine Ahnung davon habe, was du den ganzen Tag so treibst, aber irgendeine dahergelaufene Tussi anscheinend genauestens über dich Bescheid weiß!« Ich fuchtele wild mit den Händen in der Luft herum.

»Nenn sie nicht *dahergelaufene Tussi*«, knurrst du. »Du hast keine Ahnung, wer sie ist.«

Ich bin kurz davor, wieder auf dich loszugehen, Carter. Niemand kann mich so wütend machen wie du oder dein Bruder und mich so sehr zur Weißglut treiben. Weil ihr mir am meisten bedeutet. Trotz allem.

»Na, wenn das so ist«, rufe ich. Ich bin so eifersüchtig und brodle geradezu. »Geh doch zu ihr, dann kannst du sie mit Caden abwechselnd ficken. Das ist euer Ding, oder? Nicht dass es dir zu langweilig mit mir wird, Carter! Ich glaube, ich sollte jetzt nach Hause gehen!« Damit wirble ich herum und marschiere nach oben, wo meine Klamotten liegen. Ich werde sicher nicht deinen Pullover anlassen. Ganz bestimmt nicht, Mister! Was fällt dir eigentlich ein, sie zu beschützen, zu verteidigen, für sie zu bürgen und sie hier wohnen zu lassen? Es ist mir scheißegal, was sie durchgemacht hat. Du hattest was mit ihr. Was genau, weiß ich nicht. Ich weiß nicht mal, was du treibst, wenn du in der Nacht einfach so verschwindest. Aber ihr wart so vertraut. Ich habe es genau gespürt!

Ob Caden sie nun fickt oder nicht, interessiert mich einen Scheiß. Fuck, okay, doch, auch das interessiert mich. Ich will gar nicht so genau wissen, was sie machen, aber das schiebe ich beiseite. DU interessierst mich, obwohl du ein Arschloch bist. Aggressiv schlüpfe ich in meine Klamotten und in meine Schuhe und greife nach meiner kleinen Tasche. Gerade, als ich das Schlafzimmer verlassen und nach unten gehen will, merke ich, dass du im Türrahmen stehst. Die Beine breit und die Arme vor der Brust verschränkt.

»Was denkst du, was du da gerade tust, Alayna?«, fragst du wirklich interessiert.

»Ich gehe, Carter! Was glaubst *du*, was du hier gerade abziehst? Da ist diese total fremde, wunderschöne Frau vor meiner Nase und sie soll hier wohnen, und ich erfahre durch *sie*, dass du mal was mit ihr hattest – oder noch schlimmer, durch Caden! Und das soll ich so hinnehmen? Lass mich jetzt vorbei, verdammt, Carter!«

Du betrittst das Schlafzimmer und schließt die Tür hinter dir. Mein Puls flattert, als du auf mich zukommst und ich nach hinten zurückweiche, bis ich mit den Kniekehlen ans Bett stoße.

»Jetzt hörst *du* mir mal zu, Alayna, und ich sage es dir nur noch ein verficktes Mal. Ich. Ficke. Dich. Und keine andere Tussi. Mag sie Isabelle, Samantha oder

Rosamunde heißen, verstanden? Und ja, du kriegst das hin, hierherzukommen, obwohl sie hier wohnt. Denn ich kriege es ja auch hin, meinem Bruder jeden Tag ins Gesicht zu sehen, nach allem, was war. Und du wirst nie wieder vor mir davonlaufen, denn ich werde dich immer wieder einfangen, Alayna. Sonst noch was?«

Ich bin immer noch sauer, weshalb ich schlucke und die Arme vor der Brust verschränke. »Wo bist du nachts, wenn du weggehst? Was hast du mit Isabelle erlebt? Wer ist sie überhaupt? Und wie soll ich nachts ruhig schlafen, wenn du hier bist und sie auch, ich aber nicht?«

Du schubst mich leicht und ich sinke in die weiche Matratze, aus der ich erst vor zwei Stunden aufgestanden bin. Dann bist du über mir und dein Becken drückt mich in die Laken. Deine Arme sind ausgestreckt neben mir abgestützt und deine Augen glühen, als du so eindringlich in meine schaust.

»Es gibt Sachen, die werde ich dir nie erzählen. Und das hat einen Grund: deine Sicherheit. Und was Isabelle angeht, Isabelle ist keine Frau, die sich an vergebene Männer ranschmeißt. Isabelle hat mir durch die abgefuckteste Zeit meines Lebens geholfen. Sie war für mich da, als ich sie gebraucht habe, und ich begleiche meine Schulden.« Ich weiß, dass da noch mehr zwischen euch war, was du mir nicht erzählst. Und das versuche ich beiseitezuschieben, auch wenn es nicht leicht ist.

Ich atme tief ein, um mich zu entspannen. »Verdammt, Carter, ich will dir ja vertrauen, aber nach allem, was wir erlebt haben …«

Du beugst dich zu mir runter und streifst zart meine Lippen. »Du wirst es einfach tun müssen, Alayna. Und ich auch. Glaub mir, mir fällt das sicherlich nicht so leicht, wie du denkst. Ich sitze jeden Tag mit dir und Caden an einem Tisch. Glaubst du nicht, dass das ein bisschen komisch für mich ist? Denkst du nicht, dass ich Angst habe, wenn ich nicht da bin, dass er wieder irgendein krankes Spiel spielt und du es nicht checkst? Glaub mir, ich weiß, wie du dich fühlst. Aber du musst dich zusammenreißen, genau wie ich. Schaffst du das?«

So habe ich das noch nicht gesehen, also schlucke ich schwer an dem Kloß in meinem Hals und nicke zaghaft, bevor ich meine Hände hebe und sie durch dein Haar gleiten lassen.

»Das schaffe ich«, sage ich leise.

Du hebst eine Braue. »Besser ist es.«

5. Ich entscheide, Isabelle

Isabelle

Du bist einer der heißesten Männer, die ich je gesehen habe, Caden Rush. Und glaube mir, ich kenne einige heiße Männer, an die ich jetzt nicht denken will.

Ich dachte, die letzte Nacht würde einfach an mir vorbeigehen wie mit jedem anderen auch, den ich in den letzten Monaten für meine Zwecke ausgenutzt habe – ausgenommen Carter, ihn habe ich nie benutzt –, aber du bist nicht wie die anderen, Caden. Du bist der absolute Wahnsinn.

Dein Verdeck ist offen, obwohl es ein bisschen kühl ist, aber der Regen hat aufgehört und die Sonne strahlt. Sie lässt deine Augen noch ein bisschen mehr funkeln. Dein linkes Handgelenk liegt locker auf dem Lenkrad und deine silberne Uhr reflektiert die Sonnenstrahlen. Deine Hände sind groß und tätowiert. Du legst einfach, als wäre es selbstverständlich, eine davon auf meinen Oberschenkel, ohne mich anzusehen. Der dünne, weiße Pullover schmiegt sich um deinen Bizeps sowie deine Brust wie eine zweite Haut. Du starrst geradeaus, aber ich habe das Gefühl, dass du trotzdem alles siehst, was ich tue und wie ich mich bewege. Deine schwarzen Haare liegen nach hinten gekämmt an, nur der Fahrtwind schafft es, sie immer wieder ein bisschen durcheinanderzubringen. Wenn ich daran denke, was du gestern mit mir gemacht hast und wie ich mich in deinen Haaren verkrallt habe, würde ich mich am liebsten beim Fahren auf deinen Schoß setzen und da weitermachen, wo wir aufgehört haben.

»Siehst du was, was dir gefällt, Isabelle?«, fragst du, ohne mich anzublicken. Wie du meinen Namen aussprichst, Caden, das macht mich ganz verrückt. Ich will ihn wieder von deinen Lippen hören, wenn du kommst und dabei in mir bist.

Ich weiß, was du für einer bist, Caden Rush. Du denkst, du könntest die Welt kontrollieren und deine Marionetten an ihren Fäden ziehen, wie es dir passt. Du denkst, du könntest die Welt gestalten, wie sie dir gefällt, weil das alles für dich nur ein großer Spielplatz ist. Woher ich das weiß? Weil ich auch so bin. Allerdings auf eine andere Art und Weise. Ich weiß nicht, ob du mich auch schon durchschaut hast, wie ich es bei dir getan habe. Aber ich glaube schon – spätestens heute beim

Frühstück. Du bist einer, der noch an seiner Ex hängt und es auf den Tod nicht zugeben würde, weil er zu stolz ist. Genau wie ich. Du bist einer, der lieber als der widerliche Bastard gesehen wird, als der schwache, liebende Typ, dessen Herz gebrochen ist. Dann lenken wir uns eben gegenseitig ab, oder?

Ich kenne viele gefährliche Männer und du bist eindeutig einer von ihnen.

»Ja, vielleicht«, sage ich und klemme deine Hand zwischen meinen Schenkeln ein. Da, wo deine Finger mich berühren, ist meine Haut so heiß und kribbelt trotz des dicken Jeansstoffes. Du streichst mit deinen Fingerspitzen nach oben und unten. Ich muss an mich halten, um nicht meine Beine zu spreizen, weil es genau das ist, was du mit dieser Berührung bezwecken willst. Weil du versuchst, mich auf dich zu trimmen und mich dazu zu bringen, alles zu tun, was du willst. Oh Baby, dafür musst du mich aber nicht dressieren, ich mache das auch von allein. Du wirst so viel Spaß mit mir haben, solange ich da bin. Und ich bleibe nie lange, also genieße es.

Wir sind wie zwei seltene Überlebende einer Spezies und sprechen dieselbe Sprache, die kein anderer versteht. Ja, Caden, das alles weiß ich schon nach zwölf Stunden über dich. Das wusste ich schon nach den ersten fünfzehn Minuten.

Als ich meine Beine nicht spreize, wirfst du mir einen kurzen Seitenblick zu, und ich hebe herausfordernd eine Braue. »Ist was, Caden?«, frage ich trocken. Du denkst, du könntest mich auf dich programmieren. Oh Baby, wenn du wüsstest, mit was für Leuten ich vor dir zu tun hatte. Ich bin immun.

Du lachst auf. Deine Zähne sind gerade und weiß und dein Lachen ist so attraktiv.

»Nein, Babygirl, es ist nichts. Gar nichts«, sagst du rau.

»Und?«, erkundige ich mich geradeheraus. Deine Hand streicht jetzt leicht über mein Knie und krault über die empfindliche Haut. Irgendwie ist jede Stelle übersensibel, die du berührst. »Liebst du deine legendäre Alayna noch?« Ich weiß, dass du es tust. Aber du wirst es nicht zugeben.

Du atmest seufzend aus und biegst einfach auf einer Spur, die geradeaus führt, nach links ab. Ich beobachte ein bisschen irritiert, wie du das Hupen der anderen ignorierst. Aber so bist du, nicht wahr? Für dich gelten die Regeln der Normalsterblichen nicht.

»Was weißt du über Alayna und den ganzen Scheiß?«

»Hmmm«, mache ich. »Mal überlegen. Ich könnte es dir sagen, aber ein guter Spieler verrät seine Züge nicht, schon gar nicht, ohne was dafür zu bekommen.« So ist das in meiner Familie.

Du schaust mich träge von der Seite an und ich zwinge mich, nicht zu erschauern. »Was willst du denn von mir, Isabelle?«

Ohhh … am liebsten würde ich sagen, dass ich alles von dir will, Caden Rush, aber ich verkneife es mir. »Ich würde gern mal ein Spiel mit dir spielen, Caden.«

»Du hast meine volle Aufmerksamkeit, Isabelle.«

»Willst du mich noch mal ficken?«

Deine Finger an meinem Knie stocken und du legst den Kopf schief, den Blick nach vorn gerichtet, als würdest du kalkulieren, welchen Zug du jetzt machen sollst und wie hoch dein Einsatz werden kann. Oh Gott, es macht so viel Spaß mit dir, Caden! Wir werden uns gegenseitig so gut ablenken!

»Welcher Mann würde dich nicht ficken wollen, Babygirl?«

»Du hast recht«, sage ich ernst nickend. »Die Schlange ist lang.«

Du mahlst kurz mit den Zähnen und lässt deinen Nacken knacken. Ich weiß, dass du das tust, wenn du angespannt bist, das tut Carter nämlich auch.

»Also«, fahre ich fort. »Du willst mich ficken. Ich will dich auch ficken, Caden.«

Du ziehst deine Augenbrauen nach oben und schmunzelst ein bisschen. Ich liebe es, weil es so sexy aussieht.

»Ich muss dich warnen, Babygirl«, meinst du jetzt rau. »Die meisten Frauen, die das wollten, wie soll ich sagen … haben kein gutes Ende gefunden.«

Ich lache. »Alayna lebt und atmet, oder?«

»Noch. Weil ich es ihr erlaube.«

Ich schweige und speichere diese Information. Ich weiß nicht genau, wie das alles ausging und was noch passiert ist, nur das, was Carter mir erzählt hat, und das war echt übel. Caden, du bist so ein gewissenloser Bastard. Aber das macht mir nichts aus, ich bin mit gewissenlosen Bastarden groß geworden und kann damit umgehen.

»Ich habe keine Angst vor dir, Caden Rush.«

Eine Braue zieht sich nach oben. »Das solltest du aber.«

»Ahhh«, seufze ich und rutsche tiefer in den Sitz, wobei deine Hand weiter hochrutscht. »Vielleicht solltest du auch Angst vor mir haben, Caden.« Ganz sicher solltest du das.

»Es ist nicht mein Ziel, Angst zu haben, Isabelle. Angst kann nur jemand haben, der noch was zu verlieren hat.« Es ist so amüsant, dass du denkst, du hättest nichts zu verlieren, dabei ist da so viel. Deine Familie, dein Bruder vor allem, und Alayna, für die du sterben würdest. Aber rede dir nur weiter so eine Scheiße ein, ich tue ja nichts anderes.

»Wie schön«, erwidere ich. »Dann brauche ich ja auch keine Angst mehr zu haben.«

Du siehst mit schief gelegtem Kopf zu mir rüber und ich sehe in deinen Augen, wie sehr ich dich schon an der Angel habe. Und wie verdammt neugierig und fasziniert du bist.

»Also«, sage ich etwas lauter. »Du darfst mich wieder ficken, wenn du die Frau, die ich gleich am Bahnhof für dich aussuche, innerhalb von fünf Minuten überzeugst, sich auf dich einzulassen, und ihr in der Zeit mindestens einen Orgasmus bescherst. Während ich dabei zusehe.«

Ich sehe, wie sehr dich diese Vorstellung anmacht, Caden. Du lässt schon wieder deinen Nacken rollen. Deine Muskeln spielen dabei, deine Finger zwischen meinen Beinen trommeln auf meinem Oberschenkel.

»Das ist keine große Herausforderung, Babygirl. Sicher, dass du das willst?«

Ich ziehe meine Brauen hoch. »Ich sage niemals etwas, was ich nicht meine, Caden.«

»Okay.« Damit biegst du auf den Parkplatz. Wir steigen aus und laufen zu den Schließfächern. Du siehst so gut aus neben mir, wie ich im Schaufenster sehen kann. Ich bin locker zwei Köpfe kleiner als du und so viel zierlicher. Dabei wünsche ich mir, du würdest den Arm um meine Schultern legen, damit ich deinen Bizeps in meinem Nacken spüren und meine Nase an deinen Hals heben kann. Wie es damals mit Carter war.

Es ist so viel los an den verschiedenen Bahnsteigen und in der Haupthalle strömen Menschen an uns vorbei, während Verspätungen durch die Lautsprecher angesagt werden. Ich schwinge mich auf eine halbhohe Mauer und du lehnst dich mit einem Ellbogen neben mich, während meine Beine vor und zurück schwingen.

»Und?«, fragst du. »Wer soll es sein?«

»Immer mit der Ruhe, *Baby*.«

Dein Unterarm berührt mich, was ich nicht mag, weil mich das ablenkt. Aber das beabsichtigst du, nicht wahr? Trotzdem lasse ich meinen Blick schweifen. Eine arabisch aussehende Reisegruppe ist gerade angekommen, daneben breitet sich eine Familie aus und die Kinder heulen. Eine fünfköpfige, betrunkene Männergruppe schiebt sich an ihnen vorbei und rennt, um noch den Zug zu erwischen.

Ahhhh … und dann entdecke ich sie an einem Coffeeshop-Stand. Sie trägt eine Brille, hat einen strengen Dutt aus ihren brünetten Haaren geformt und ist in ein Businesskostüm in Dunkelblau gekleidet, was sich eng um ihren prallen Arsch schmiegt. Sie ist heiß, auch, wenn sie es selbst nicht sieht. Aber das ist gut für dich, Caden. Und für mich. Ich will ja auch was zum Sehen.

»Die da«, sage ich und deute mit dem Zeigefinger auf sie. Du legst den Kopf schief, deine freie Hand hat dein Handgelenk umschlungen. Dann neigst du den Kopf zur anderen Seite und ziehst einen total sexy abwägenden Schmollmund.

»Okay«, erwiderst du und stößt dich von der Mauer ab. »Dann folge mir mal unauffällig, Babygirl.«

Schon schlenderst du auf sie zu und ich bin echt ein bisschen baff, weil du überhaupt nicht zögerst. Du gehst direkt auf sie zu und stützt dich neben sie an den Tresen. Ich stelle mich einen Stehtisch weiter von euch, weshalb ich euch nicht hören kann. Doch ich sehe ihren Blick, wie sie direkt deinen perfekten, großen, muskulösen Körper abcheckt … und dann deinen hypnotischen Augen erliegt.

Und, oh mein Gott, es dauert nicht mal eine halbe Minute, dann nimmst du sie an der Hand und sie folgt dir einfach runter zu den siffigen Bahnhofstoiletten. Ich folge euch in einigem Abstand und versuche, euch nicht aus dem Blick zu verlieren. Mein Herz rast, das ist so aufregend.

Als ich um die Ecke biege, sehe ich euch. Du hast dir nicht einmal die Mühe gemacht, sie in eine Kabine zu bringen, Caden, sondern sie direkt neben der Tür an die Wand gedrückt. Dein Unterarm lehnt neben ihr und deine andere Hand ist unter ihrem Rock. Sie stöhnt und ich lege den Kopf schief. Du siehst mich an, während du sie küsst. Ich erkenne deutlich das Lächeln auf deinen Lippen, auch wenn sie gerade auf ihr liegen. Deine Augen verschlingen mich und sagen mir: *Gleich bist du dran.*

Drei Minuten, Caden. Länger brauchst du nicht. Von dem Moment, in dem du sie angesprochen hast, bis zu dem Moment, als sie lautstark um deine Finger herum explodiert, weil du genau weißt, was du tust. Sie lässt den Kopf mit geschlossenen Augen gegen die Wand fallen und ist total fertig. Du streichst ihr noch über den Kiefer und wisperst ihr was ins Ohr ... und ich bin atemlos und feucht.

Als du dich von ihr abstößt, husche ich in eine der Kabinen. Du folgst mir wie ein Raubtier und donnerst die Tür hinter dir zu, bevor du sie abschließt.

Ich lächle dich an und winke dich mit dem Zeigefinger zu mir. Du lässt schon wieder deinen Nacken knacken,

Caden. Fordere ich dir so viel Beherrschung ab? Aber bei mir kannst du dich doch ausleben.

Du kommst auf mich zu, nimmst mich am Arm, wirbelst mich herum und presst mich mit dem Gesicht an die Wand. Deine Finger, die eben noch in einer anderen waren, greifen um mein Becken herum. Du öffnest meine Hose und ich senke den Kopf zwischen meine Schultern, als du mir das Haar aus dem Nacken schiebst und zeitgleich meine Hose und den Slip nach unten. Du reibst deinen Schwanz zwischen meinen Beinen – ohne Kondom –, dringst aber nicht in mich ein.

»So feucht, Babygirl.« Du schiebst kurz deine Spitze in mich. »So heiß darauf, von mir gefickt zu werden.« Du ziehst dich wieder zurück und ich möchte dich anbrüllen, was mir sonst nie passiert. »Aber Baby, ich werde dich jetzt nicht ficken, denn du stellst hier nicht die Regeln auf. Das tue ich und ich entscheide, wann du meinen Schwanz bekommst.« Mit einem Ruck schiebst du dich komplett in mich und ich stöhne. Du drückst mich am Nacken nach unten, verharrst einige Sekunden in mir, ziehst dich prompt wieder zurück und lässt mich atemlos einfach stehen.

Heilige Scheiße!

* * *

Als ich nach oben zu deinem Auto komme, hast du bereits meine Koffer geholt, lehnst am Wagen und rauchst eine. Du strahlst mich an, als ich in die Sonne trete und in einiger Entfernung stehen bleibe, um dich zu mustern. Während du mich betrachtest, ziehst du an der Kippe und eine dichte Rauchwolke entweicht deinen vollen Lippen.

Es ist wie in einem Wild-West-Film, wenn die Kontrahenten sich gegenüberstehen und die Kräfte des anderen abschätzen. Mir wird klar, Caden Rush, dass du tatsächlich ein würdiger Gegner bist, und das alles macht gleich noch mehr Spaß.

Ich gehe auf dich zu, nehme dir die Kippe aus dem Mund und ziehe selbst tief daran, bis sie heißgeraucht ist, dann schnippe ich sie weg, lege meinen Kopf weit zurück und stoße den Rauch gen Himmel. Auf einmal spüre ich deinen Finger, wie du von meinem Kinn abwärts streichst, über meine Kehle und zwischen meine Schlüsselbeinknochen.

»Mmmmm«, machst du rau und ich sehe dich wieder an. »So zart und so zerbrechlich, Isabelle«, murmelst du. »Und du musst noch so viel lernen.« Das denkst du vielleicht, aber du hast ja keine Ahnung, Caden Rush.

Ich überbrücke den kleinen Abstand zwischen uns und stehe nun direkt vor dir. Meine Brust berührt deinen Körper und ich sehe zu dir auf, als wärst du das Highlight meines Lebens, als wäre ich dein größter Fan, als würde ich dich vergöttern. Ihr Männer liebt diesen Scheiß, oder?

»Dann bring es mir doch bei«, hauche ich, stelle mich auf die Zehenspitzen, streife zart deine Lippen und drücke mein Becken gegen deinen harten Schwanz.

»Immer noch hart, Caden?«, frage ich raunend. »Wer will hier wen ficken?«

Damit sinke ich wieder auf meine Fersen, öffne die Tür und setze mich auf meinen Platz.

Du, Caden, brauchst noch ein paar Sekunden.

6. Aus welcher Hölle kommst du, Isabelle?

Caden

Ja, ich muss gestehen, Isabelle, du bist eine heiße, kleine Bitch, und es war nicht leicht, dich auf dieser versifften Bahnhofstoilette nicht so hart zu ficken, dass du das ganze Gebäude zusammenbrüllst. Aber Selbstbeherrschung ist mein zweiter Vorname. Das muss er sein, bei dem, was in mir lebt.

Bisher hat es nur eine Frau geschafft, mich so sehr anzumachen und herauszufordern, Baby, und an die will ich jetzt nicht denken. Ich wusste sofort, dass du was Besonderes bist. Schon, als du mich im Club angesprungen hast. Die Gefahr ignorierend, die jeden anderen Menschen zurückschrecken lässt. Bis ich entscheide, ihn näher zu holen. Ganz zu schweigen von der Tatsache, dass du es so lange mit meinem Bruder ausgehalten hast.

Schon wieder muss ich meinen Nacken entspannen, weil ich sonst über dich herfalle wie ein Tier, und Baby, das gönne ich dir gerade einfach noch nicht. Wir spielen doch noch und müssen uns hier beide was verdienen.

Ohne die Tür aufzumachen, schwinge ich mich auf meinen Sitz. Du schüttelst den Kopf und deine Augen sagen: *Du bist so ein Angeber.*

Ich starte den Motor und fahre einfach los; ich darf dich jetzt nicht anschauen, Isabelle, weil ich sonst rechts ranfahre und dich nehme. Also drehe ich die Musik ganz laut. Manson brüllt was von *Spell on you.*

Aber dann bemerke ich eine Bewegung im Augenwinkel und muss mit ansehen, wie du deine Hose öffnest, Isabelle.

I put a spell on you because you're mine
You better stop the things that you do
I ain't lyin', no, I ain't lyin'
I just can't stand it babe
The way you're always runnin' 'round.

»Was machst du da, Isabelle?«

Isabelle, du kleines Flittchen, du streichst mit einer Hand an dir rum, an deinem Dekolleté und deinem Hals und über deine Brüste. Deine Nippel werden hart, ich sehe es ganz genau. Verdammte Scheiße, ich werde dieses Auto noch irgendwo gegenfahren und dann sind wir tot – wegen dir.

»Du wolltest mir nicht helfen, also helfe ich mir selber.« Damit schiebst du eine Hand in deine Hose und unter dein Höschen. Ich stöhne fast auf, weil ich fühle, was du gerade fühlst. Du lässt stöhnend deinen Kopf nach hinten fallen und deine Augen sind geschlossen. Dein Becken kreist deiner Hand entgegen und du stöhnst schon wieder … lässt dich völlig fallen in die Lust, als wärst du allein in deinem Bett und nicht mitten in der Stadt in einem offenen Cabriolet, Isabelle.

I just can't stand it, the way you always put me down
I put a spell on you because you're mine
I put a spell on you because you're mine
You better stop the things that you do
I ain't lyin', no, I ain't lyin'.

Der Typ neben uns im Jeep, mitsamt seiner Frau, schaut mit Riesenaugen zu uns rüber. Ich lächle ihn schadenfroh an. *Kann halt nicht jeder so ein Glück haben, Bro.*

Ich drücke das Gas durch, sobald es grün wird, und fahre schneller, je lauter du stöhnst. Manson nähert sich seinem Höhepunkt genauso wie du, und als du kommst, stöhnst du: »Ahh … Caden!« Ich bin *so* kurz davor, rechts ranzufahren und dich einfach über die Motorhaube zu legen.

Du ziehst deine Hand zurück, lässt die Hose offen und siehst mich schwer atmend an. Deine Augen sind noch ganz trüb und deine Lippen geöffnet, dann beugst du dich zu meiner Anlage und machst sie lauter.

»Ich liebe den Song«, murmelst du atemlos und ich schüttle perplex, aber total fasziniert meinen Kopf.

Ich will dich für mich, Babygirl. Nur für mich und *das* hatte ich tatsächlich nur bei *ihr*, auch wenn ich es mir nicht eingestehen konnte, bis es zu spät war.

* * *

Als wir zu Hause ankommen, habe ich den Ständer meines Lebens. Manson grölt immer noch. Ich halte direkt vor Carters geöffneter Garage und stelle den Motor ab. Wir haben beide den Kopf an die Lehne gelegt. Ich sehe dich von der Seite an und du mich. Wir sind ein bisschen außer Atem. Ich kann mich nicht bewegen und du anscheinend auch nicht.

Scheiße, Isabelle, was bist du für ein Teufel und aus welcher Hölle kommst du? Ich dachte, ich wäre schon in jeder gewesen. Trotzdem habe ich dich nirgends getroffen.

Als du dich streckst, rutscht dein Oberteil über deine Schulter und du rollst deinen Nacken, wie ich es immer tue. Fuck. Manipulierst du mich?

Ich starre dich nur an, als wärst du eine Erscheinung, weil ich es nicht glauben kann. Vor allem kann ich nicht glauben, dass mein Bruder mir nichts von dir erzählt hat. Was für ein egoistischer, kleiner Scheißer. Ich wette, Isabelle, du könntest sogar Alayna aus seinem Kopf vögeln. Bei dem Gedanken stutze ich, denn mit ihr habe ich noch eine Rechnung offen. Du hast es wirklich geschafft, sie für eine Weile aus meinem Kopf zu vertreiben, und das ist nicht leicht, weil meine Gedanken sich in letzter Zeit nur noch um sie drehen.

»Was?«, fragst du skeptisch.

»Was? Nichts. Wieso?«

»Du hast dieses Glitzern in deinen Augen.«

Ich lächle dich an. »Manche Dinge müssen einfach geheim bleiben, Isabelle, das weißt du doch. Oder?«

»Ich kann Geheimnisse bewahren.«

Ich lache auf. »Ich erzähle es dir, wenn du mir eins erzählst.«

Du beugst dich mir entgegen und hauchst direkt an meinem Ohr: »Ich hab an deinen Schwanz gedacht, als ich gekommen bin, Caden.« Ein Schauer fährt durch mich und das passiert sonst nicht bei jemandem, den ich kaum kenne, Isabelle.

»Jetzt bist du dran«, sagst du. Du bist immer noch direkt an meinem Gesicht. Ich spüre deinen heißen Atem an meiner Wange und deine Lippen, als du sie wieder an mein Ohr legst. »Los!«

»Fuck«, murmle ich. »Ich überlege gerade, wie ich Alayna vernichten kann.«

Deine Finger tänzeln über meine Brust, Isabelle, und bleiben über meinem schlagenden Herzen stehen. »Hat sie dich verletzt?«

»Könnte man so sagen.« Das ist noch nett ausgedrückt. Du tänzelst weiter nach unten über meinen Bauch. »Du bist dran.«

»Ich habe die Waffe unter deinem Bett gefunden«, wisperst du und tänzelst weiter, meine Bauchmuskeln zucken. »Wofür brauchst du eine Waffe, Caden Rush?« Fuck, ich sollte echt angepisst sein, dass du rumschnüffelst, aber du bist schon an meinem Hosenbund und ich kann nur noch daran denken, wie deine kleinen Lippen um meinen Schwanz liegen. Wie machst du das, du Dämon? Du bist wie ich, aber doch ganz anders.

»Ich mag keine Schnüffler, Isabelle. Weder in meinem Zimmer noch in meinem Kopf.«

»Mmmmm«, stöhnst du in mein Ohr. »Aber ich wüsste so gerne, was in deinem hübschen Köpfchen vor sich geht.« Damit öffnest du meine Hose und willst meinen Schwanz gerade rausholen, als es mit voller Wucht auf meine Motorhaube kracht. Wir schrecken auseinander wie zwei Verbrecher, die dabei waren, eine Bank auszurauben. Als ich den Blick herumfahren lasse, sehe ich Carter, der mit zwei ausgestreckten Armen auf der Motorhaube lehnt. In seinen Augen erkenne ich, dass er es jetzt darauf angelegt hat, mich zu ficken, wie ich ihn mit Alayna gefickt habe.

Fuck, Isabelle.

»Und?«, ruft er laut und du zuckst zusammen. »Wo wart ihr denn so lange? Wollt ihr nicht mal aussteigen?«

Ich schließe schnell meine Hose, während du aus dem Auto steigst. Dabei beobachte ich genau, wie du ihn ansiehst und was da zwischen euch ist, aber wenn da was ist, verbergt ihr es beide bestens.

Du schlenderst auf Carter zu, Isabelle. Er trägt kein Shirt und ich sehe Alayna nirgendwo. Dann stehst du schon vor ihm und ich beiße hart meine Zähne zusammen.

Du tippst gegen sein Kinn und er legt den Kopf schief. Er sieht dich an, als würde er daran denken, wann du das schon einmal gemacht hast. Seine Augen funkeln ein bisschen. »Nimm deine Hand runter, Prinzessin.«

Du lachst einmal auf. »Ich bestimme, wann ich meine Hand runternehme, Carter. Das weißt du doch.« Dann zwinkerst du ihm zu, ISABELLE! Er verdreht die Augen. Wenn Alayna nicht wäre und ich auch nicht, würde er dir jetzt wahrscheinlich auf den Arsch hauen, während du vorbeigehst, um dir dann zu folgen und dich zu vögeln.

Aber das tut er natürlich nicht. Ich steige nun ebenfalls aus, weil sich mein Ständer bei eurem Anblick beruhigt hat, und hole deine Koffer aus dem Auto, ohne Carter zu beachten. Denn mein letzter Stand ist ja, dass er für Alayna auf mich scheißt. Aber das werden sie beide noch bereuen. Wenn die Zeit reif ist.

Ich folge dir, Isabelle. Als ich seinen Blick in meinem Rücken spüre, schaue ich ihn mit einer erhobenen Braue über die Schulter an.

Er legt schon wieder den Kopf schief und hebt auch eine Braue.

Ich sage: *Fick dich* mit den Augen.

Und dann schmunzelt er.

7. Chaos und Vernichtung, Isabelle

Caden

Du stehst in der geöffneten Tür des Gästezimmers, Isabelle, aber ich trage deine Koffer einfach an dir vorbei nach oben auf meinen Dachboden.

»Heeey!«, rufst du irritiert.

»Du schläfst hier«, bestimme ich. »Komm jetzt.«

Ich drehe meinen Kopf zu dir und sehe, dass du grinsend mit den Schultern zuckst, ehe du mir folgst. Sobald wir hier oben sind, schließt du die Tür hinter dir. Ich will auf dich zumarschieren und dich an meiner Glaswand ficken, aber du hast offenbar andere Pläne, denn du stößt mich weg, Isabelle. Niemand stößt mich weg.

»Ich will duschen«, sagst du gelassen, gehst an mir vorbei und wühlst in einem deiner Koffer nach frischen Klamotten, wobei du mir deinen kleinen Apfelarsch entgegenstreckst. Ich will ihn spüren. Und ich will wissen, was mit dir und Carter ist, und außerdem, was da einmal war.

Ich sehe dir dabei zu, wie du mit deiner Kleidung im Arm zur Tür marschierst. Du öffnest sie und willst gerade gehen, doch das passt mir nicht, also strecke ich meine Hand aus und knalle die Tür vor deiner Nase wieder zu.

Du funkelst mich vorwurfsvoll an und ich nicke zu meinem Bett. »Du kannst danach duschen.«

»Nach was?«, fragst du rotzfrech.

»Nachdem ich dich in den Himmel gefickt habe, Isabelle. Leg dich hin.«

Du reckst das Kinn. »Nein!«

»Was?«

»Nein – N. E. I. N. Bedeutet, dass man etwas nicht will, oder aber, dass man etwas nicht mag. Auf jeden Fall bedeutet das aber, kein Sex mit mir. Darf ich jetzt?«

Ich schüttle den Kopf. »Nein.«

»Caden, ich will duschen.«

»Ich sage dir jetzt, was du willst.« Ich dränge dich mit meinem Körper gegen die Wand hinter der Tür und die Klamotten fallen dir aus der Hand. »Du willst dich ausziehen. Und dann willst du, dass ich in dir bin, und zwar tief. Und hart. Ohne Gummi. Und du willst, dass ich dich geradewegs von einem Orgasmus in den nächsten ficke. Das willst du. Nicht wahr, Isabelle?«

Deine hellgrünen Augen sehen zu mir auf und ich bemerke das Verlangen darin. Ich finde es so süß, wie du versuchst, gegen mich standzuhalten. Das schafft niemand, Baby, nicht auf Dauer. Langsam führe ich meine Hand an den Saum deines Oberteils und streiche ihn mit einem Finger deinen Bauch nach oben. »Du willst«, fahre ich leiser fort und stütze mich mit einer Hand neben deinem Kopf ab, während ich meine Lippen den deinen leicht entgegenneige, ohne sie zu berühren. »Du willst fühlen, wie ich mich in dich schiebe, und du willst fühlen, wie ich in dir komme.«

Jetzt stöhnst du und deine Lider senken sich halb, weil es genau das ist, was du willst, Isabelle. Mit einem Ruck ziehe ich den Pullover über deinen Kopf und reiße dir den BH runter, wobei die Häkchen abreißen. Dann schleudere ich ihn quer durch mein Zimmer, bevor ich meine flache Hand von deinem Bauch nach oben und direkt auf deine Brust führe. Ich massiere sie fest und dein Kopf fällt gegen die Wand.

»Oder soll ich aufhören?«, frage ich, während ich langsam wieder nach unten zu dem Bund deiner Jeans wandere. »Was sagst du?«

»Oh Gott, fick mich einfach«, verlangst du heiser.

Ich lache ein bisschen. Jetzt gibt es kein Halten mehr für mich: Ich reiße auch deine Jeans von deinem Körper mit deinem Scheißslip. Dann dränge ich dich auf mein Bett und du fällst keuchend in meine Matratze. Ich betrachte dich eine Weile vom Fußende aus, während ich langsam meine Kleidung ausziehe. Die Sonne scheint direkt auf deinen Körper und lässt ihn strahlen. Ich sehe die Ungeduld in deinen Augen und das kleine Tattoo an deiner Leiste, was mir in der letzten Nacht nicht aufgefallen ist. Eine kleine, schwarze Krone, Isabelle. Was soll ich davon halten?

Als meine Boxershorts zu Boden gehen, gleiten deine schamlosen Augen zu meinem Schwanz. Du bist so gierig, Isabelle. Genieß es doch mal.

Ich gleite zwischen deine Beine, reiße dich an den Waden nach unten und senke meine Zunge direkt an deine kleine, heiße Pussy. Als ich an deinem Kitzler auf und ab gleite, spüre ich dein Piercing. Du schmeckst wie der fucking Himmel, Baby. Deine Finger vergraben sich in meinen Haaren und du drückst meinen Kopf gegen dich, während du dein Becken hebst und lauthals stöhnst.

Ahhh … ich mag es. Ich liebe es, wie du dich sofort deiner Lust ergibst. Ohne Zögern. Ohne Scham. Ohne Bedenken.

Ich stöhne heiser zwischen deinen Beinen und du schreist leise auf. Dein Becken zuckt mir wieder entgegen. Ich könnte dich, wie du weißt, in drei Minuten zum Orgasmus bringen, aber das werde ich jetzt nicht tun, Isabelle, schließlich habe ich noch einen gut bei dir.

Du starrst mich empört an, als ich zurückweiche. Genau in dem Moment, als du anfängst zu zucken.

»CADEN!«, brüllst du total außer dir. Oh Baby, so viele Frauen haben meinen Namen gebrüllt – aus unterschiedlichen Gründen –, aber nur eine hat es bisher wie du gemacht. Ich werde direkt noch ein bisschen härter.

»Hach, was machen wir jetzt mit dir?«, frage ich und sehe dich lange an. »Du warst so ein böses Mädchen. Wir spielen jetzt ein anderes Spiel. Du musst mich in drei Minuten zum Orgasmus bringen, sonst kriegst *du* heute keinen mehr. Wie findest du das, Babygir ?«

Du grinst diabolisch. »Komm her«, sagst du heiser und winkst mich mit einem Zeigefinger an dein Gesicht. Ich krieche an dir hoch und stütze ein Knie neben deinem Kopf aufs Bett. Du grinst mich immer noch an, als du dich vorbeugst, dich mit den Ellbogen aufrichtest und mit deiner Zungenspitze einmal von meinem Ansatz meiner Erektion bis nach vorn leckst.

»Fuck«, stöhne ich leise und lasse den Kopf nach hinten fallen, ehe ich meine Hüften nach vorn schiebe, sodass ich in deinem Mund bin. Komplett. Du stöhnst lange und tief und schließt die Augen genüsslich. Es vibriert um mich herum, sobald du mich schmeckst. Meine Finger krallen sich in dein langes Haar und dann sind da deine Hände an mir, die nachhelfen. Ich kann es nicht fassen, Isabelle. Du brauchst *nicht mal* drei Minuten, denn ich bin schon den ganzen Tag heiß auf dich, ehe ich tief in deinem Rachen komme.

Du lachst ein bisschen, lässt dich zurück in die Kissen fallen und siehst stolz aus, als du dir mit einem Finger über den Mundwinkel wischst.

»Das war gut, Babygirl. Wie willst du deinen Orgasmus? Mund, Finger oder Schwanz?«

Deine Augen fahren von unten nach oben an mir herauf. Du checkst mich ab, Isabelle. Dann nickst du zu meinem Schwanz, wie von mir erwartet, und ich schiebe mich zwischen deine Beine, küsse deine vollen Lippen und erlaube dir, in meinem Haar zu wühlen, während ich mich gegen deine heiße Mitte drücke. Es dauert nicht lange, bis ich wieder steinhart bin, meine Hüften zurückziehe und du dich mir erwartungsvoll entgegenreckst, während deine Zunge in meinem Mund ist.

Ich kann mich kaum zurückhalten, aber ich flüstere an deinem Mund: »Nimmst du die Pille?« Du nickst total genervt und wedelst mit deiner Hand rum, dass ich mich beeilen soll. Ich lächle ein bisschen in den Kuss, bevor ich mich mit einem harten Stoß in dich schiebe und du schreist.

»Oh Gott, Caden!« Du bäumst dich auf.

Ich kann mich beim besten Willen nicht zurückhalten und treibe mich hart und schnell in dich. Deine scharfen Fingernägel zerkratzen meine Oberarme sowie meinen Rücken und dein Kopf fällt zurück. Du bist das Heißeste, was es auf dieser Welt gibt. Ich packe deine Beine, ziehe sie über meine Schultern und knie zwischen ihnen. Jetzt bin ich so tief in dir, dass ich selbst fast ausraste. Normalerweise gehe ich den Sex langsam an, genüsslich, nehme mir Zeit, treibe die Frau bis an ihre Grenzen. Aber Baby, *du* treibst *mich* an meine Grenzen und ich kann das bei dir nicht. Ich kann mich nicht zurückhalten, kontrollieren oder sonst was, du saugst jede Beherrschung aus mir raus, wortwörtlich.

Du schreist schon wieder meinen Namen und ich spüre, wie du um mich herum zuckst. Ich hebe deinen Arsch und halte mich tief in dich gedrückt, als wir zusammenkommen und mein Kopf zurückfällt.

»Oh fuck, Isabelle«, keuche ich und das habe ich auch nur bei einer getan.

Du streichst dir über das Gesicht und siehst mich schwer atmend an, wie einen Gott, und diesmal, Baby, ist es nicht gespielt.

* * *

Wenn es einen Gott gibt, dann hat er mir dich geschickt, du kleine Nymphe.

Ich hatte noch nie einen wunden Schwanz, Isabelle, aber heute ist es so weit. Und ich habe noch nie weitergeschlafen, wenn die Person neben mir schon aufgestanden ist, aber auch das ist passiert, denn als ich die Augen öffne, bist du weg. Kurz überlege ich, ob ich das alles geträumt habe. Mein Gehirn ist schließlich genial genug, um mir so was vorzuspielen. Aber Baby, ich habe Schmerzen an Stellen, an denen ich noch nie Schmerzen hatte, und die können nur von dir kommen.

Ich stehe auf. Es passt mir nicht, dass du weg bist. Mein Bruder läuft hier irgendwo rum, und ich weiß, wie gut ihr euch kennt. Ich muss zugeben, es macht mich ein bisschen nervös, dass du möglicherweise mit ihm allein sein könntest, auch wenn er jetzt *Alayna* hat, die er bald nicht mehr haben wird. Rein aus Prinzip und weil sie eine Schlampe ist und ich sie nicht in der Nähe meines Bruders sehen will. Und weil ich sie sonst nie vergesse. Und weil ich sonst nie vergesse, wie sie sich das letzte Mal unter mir angefühlt hat.

Ich ziehe mir eine lockere Hose über, mache mich im Bad unten kurz frisch und rieche schon den Duft von Bacon, Eiern und Kaffee, bevor ich die Küche betrete.

Ich muss kurz stehen bleiben und das mir gebotene Bild näher betrachten. Baby, es ist erst sieben Uhr, alle schlafen noch, nur du nicht. Du hast das Radio angemacht, tänzelst durch die Küche und machst Frühstück für die Familie.

»I'm walking on sunshine«, grölst du zum Takt der Musik durch den Raum und benutzt unseren Pfannenwender als Mikrophon. Die Herbstsonne strahlt in die Küche und verleiht deinen schwarzen Haaren einen roten Schimmer, die wellig über deinen Rücken fallen. Du trägst einen langen, weißen Pullover von mir, der dir fast bis zu den Knien geht. Und er schwingt hin und her, weil du deinen Arsch hin und her bewegst. Ich lehne mich mit verschränkten Armen an die Wand und mustere dich. Ich kann dich nicht einschätzen, Isabelle. Bist du der Sonnenschein oder die Dunkelheit? Und das passiert mir sonst nicht, Baby. Das mag ich nicht. Sonst reichen mir fünf Minuten, um einen Menschen einschätzen zu können, doch du bist so anders.

Du fährst zu mir herum, als wüsstest du schon die ganze Zeit, dass ich da bin; du bist ungeschminkt. Deine grünen Augen strahlen regelrecht, und als du mich anlächelst, sehe ich deine weißen, geraden Zähne.

Du hast leichte Grübchen, Isabelle.

Du tänzelst auf mich zu und ich lege den Kopf schief, während du immer näherkommst und den Geruch von frischer Dusche mitbringst.

»*And don't it feel gooooooood!*«, singst du und legst die Arme um meinen Nacken, gibst mir einen Kuss und drehst dich wieder um, um weiterzumachen, mit was auch immer. Der Tisch ist gedeckt, du hast Orangensaft hingestellt sowie andere Frühstückssachen, und jetzt bist du wieder am Herd, wo der Bacon brutzelt.

Ich bin so abgelenkt von dir, dass ich gar nicht merke, dass Carter kommt. Der ist wie immer total genervt, immer noch stoned und verpennt. Er trägt nur Boxershorts und seine Haare sind total durcheinander. Neue Kratzer zieren seine Oberarme. Schon wieder. Sobald er auf mich aufmerksam wird, sieht er total angepisst aus. Das war nicht immer so, um ehrlich zu sein, nie. Wir beide waren immer eine Einheit, und ich würde lügen, wenn ich behaupten würde, dass er mir nicht fehlt. Normalerweise halte ich keine drei Tage ohne Carter aus, aber seit diese Scheiße mit Alayna so eskaliert ist, sind wir wie zwei Fremde. Ich hasse es.

Er hat sich ganz klar für eine Seite entschieden, doch ich werde diese Entscheidung nicht akzeptieren. Niemals.

»Guten Morgen, Bro«, sage ich entspannt, gehe weiter in den Raum und merke, dass ich *tatsächlich* total entspannt bin. Weil du es geschafft hast, meine Gedanken komplett von diesem ganzen Scheiß wegzulenken.

Du drehst den Kopf über die Schulter und lächelst Carter kurz an. Aber doch zu lange. »Hast du überhaupt geschlafen?«, fragst du, eine Braue erhoben.

Er schüttelt den Kopf und du verdrehst die Augen, bevor du dich wieder dem Herd zuwendest. Ich bin verwundert, dass du so fit bist. Wir sind erst vor drei Stunden eingeschlafen. Oder besser gesagt, in einen komatösen Zustand gefallen. Und ich bin scheißmüde.

Du schenkst Carter Kaffee ein und weißt genau, wie er ihn mag. Dann schlenderst du zu ihm rüber und ich lege den Kopf schief, als du ihm die Tasse reichst. »Schwarz und süß, wie du es magst?«

Er hebt lächelnd eine Braue. »Danke, Isabelle«, und setzt sich auf seinen Platz.

Über den Rand der Tasse hinweg funkeln seine Augen amüsiert in meine Richtung, und nachdem er den ersten Schluck genommen hat, fragt er: »Ist was, Bro?«

»Nope«, sage ich gelassen und setze mich ihm gegenüber. »Gar nichts.« Isabelle, ich darf ihm nicht zeigen, wie sehr ich möchte, dass dein Arsch nur mir gehört, denn ich sehe ihm an, dass er sich nur zu gern für diese ganze Alaynascheiße an mir rächen will. Dabei habe ich doch gar nichts gemacht. Ich habe es doch immer nur gut gemeint. Oder?

Deshalb darf er niemals wissen, dass deine Pussy für mich eine wahre Goldmine ist, die ich absolut nicht bereit bin zu teilen.

Auch nicht deine Lippen.

Oder dein Lächeln.

Oder deine Finger.

Oder irgendwas an dir.

Du stellst die Pfanne auf einen Untersetzer zwischen uns auf den Tisch. Ich höre, dass unsere Eltern oben langsam zum Leben erwachen, genau wie Ava, die es sich nicht nehmen lässt, gleich am Morgen Girly Pop einzuschalten. Dad brüllt: »MACH DIE SCHEIßE AUS, AVA! SOFORT!« Und das Gequietsche erstirbt.

Du grinst, als du ihn hörst, und suchst im Kühlschrank noch nach irgendwas, wobei du deinen Arsch ganz toll in unsere Richtung streckst. Carter lehnt sich in seinem Stuhl zurück, legt den Kopf schief und mustert ihn.

Ich trete ihm unter dem Tisch gegen das Schienbein und er dreht seinen Kopf zu mir um. »Problem?«

Ich deute ihm mit den Augen an, was mein Problem ist.

»Solange ich zu Hause esse, Bro …« Er zuckt mit den Schultern. »Darf ich mir Appetit holen, und wir beide hatten doch nie ein Problem mit so was. Du *stehst* doch darauf. Bei Alayna fandest du es ganz toll, wenn ich sie abgecheckt habe. Du hast sie dann auch noch abgecheckt, als ich das gar nicht mehr wollte. Aber wir sind Brüder, das ist schon okay so. Oder?«

Ich wusste es, Isabelle. Er ist noch nicht fertig mit mir, aber dafür bin ich noch nicht fertig mit Alayna. Denn sie wird dafür bluten, was sie getan hat. Es könnte also noch sehr lustig werden in nächster Zeit.

Du setzt dich zu uns und Ava poltert in die Küche. Sie ist total verwundert über den gedeckten Tisch. Ihre Augen werden groß, dann sieht sie dich das erste Mal.

»Oh«, ruft sie. »Wer bist du?«

Du bist überhaupt nicht schüchtern oder so und strahlst sie an. »Isabelle.«

»Oh …« Ava schaut fragend von mir zu Carter, doch mein Bruder schüttelt den Kopf und hebt abwehrend die Hände.

»Nicht mein Scheiß!«

»Okaaaay …«

»Setz dich doch«, forderst du sie auf, als würde sie hier nicht wohnen. Sie setzt sich irritiert auf ihren Platz.

»Wow, was für ein Frühstück. Mom macht das nie so schön!«

»WEIL«, grölt Mom hinter uns irgendwo. »ICH SCHWER MIT WÄSCHE VON DREI SCHEIßERN BESCHÄFTIGT BIN, DIE EIGENTLICH SCHON SELBST WASCHEN KÖNNTEN. UND DAMIT, DIESEM KERL DA OBEN DEN ARSCH ZU PUDERN, OKAY? Ava, du kannst ja auch mal Frühstück machen.«

Wow, Mom hat richtig gute Laune heute, aber sie bleibt auch erst mal stehen und bewundert den Tisch. »Wow.« Du hast sogar irgendwelche Blumen im Garten gefunden – und das im Herbst – und bunte Blätter verteilt. Wann bist du aufgestanden? Oder hast du gar nicht geschlafen, du Dämon? Du Vampir. Saugen kannst du ja grandios.

Mom setzt sich und Dad folgt ihr träge, dann beugt er sich neben sie und flüstert ihr was ins Ohr. Sie verdreht die Augen. Nachdem er ihr wieder etwas zuflüstert, wird sie blass, und Dad setzt sich an seinen Platz.

»Und? Wo ist Alayna?«, frage ich und nehme mir eine Cherrytomate, die ich mir lässig in den Mund schmeiße.

»Sie schläft noch«, sagt Carter lässig. »Sie ist ein bisschen kaputt, Bro.« Oh Gott, er sollte mich wirklich nicht so reizen.

Ich will gerade zu einer nicht gerade netten Erwiderung ansetzen, als ich deine Hand auf meinem Oberschenkel spüre. »Gibst du mir bitte auch eine Tomate, Caden?«

Oh fuck, Baby, ich würde dir auch alle Tomaten der Welt geben.

Ich schnippe dir eine in den Mund und alle schauen uns ein bisschen angewidert an. Dad stöhnt und murmelt etwas, bevor er seinen Bacon aufisst.

Carter beobachtet mich, wie ich dich beobachte, und ich weiß, was er denkt. Deine Hand liegt immer noch auf meinem Oberschenkel, und der Stoff meiner Hose reibt über meinen Schwanz, als er schon wieder hart wird. Gott, Isabelle, irgendwann muss ich ihn abhacken, wenn das so weitergeht.

Mom redet mit Ava über irgendeine Klausur, die sie verhauen hat. Dann wird Ava ganz steif, als Dad von

Donovan Wild erzählt und was sie heute für einen Auftrag haben. Ich verdrehe die Augen. So dramatisch dieses Teenieleben. Und du, Isabelle, ich merke es genau, siehst kurz zu Dad, als der Name fällt, und wendest den Blick dann schnell wieder ab. Was war das? Aber es könnte auch einfach nur ein Zufall gewesen sein.

Als ich gerade in eine Scheibe perfekt gebratenen Bacon beißen will, geht die Tür auf, die zur Garage führt, und Alayna kommt rein. Es ist schon so selbstverständlich, dass sie da ist. Auch dir scheint das klar zu sein, denn du hast für sie mitgedeckt. Es stehen sieben Teller auf dem Tisch.

Ihr Blick gleitet wie immer erst mal zu mir, weil sie meine Stimmung abschätzen will. Ich mag das. Sie trägt genau wie du von mir einen schwarzen Pullover von Carter, der ihr bis zu den Knien reicht, und sie hat sich wieder dieses Vogelnest auf den Kopf gewuselt, wie sie es immer tut, wenn sie in Eile ist. Heute Morgen haben ihre Alarmglocken sicher genauso geschrillt wie meine. Denn sie wusste, dass du hier bist, und sie wollte dich auch nicht allein mit Carter sehen. ENDLICH haben wir mal was gemeinsam!

Wieso sieht diese Frau sogar am Morgen so scheißgut aus und wieso interessiert mich das überhaupt noch?

Ich verschränke die Arme und lehne mich demonstrativ zurück, lasse sie nicht aus den Augen, weil ich weiß, dass sie mein Blick total nervös macht. Als sie zur Kaffeemaschine schlurft, bin ich schon fast versucht, zu probieren, ob meine Manipulation noch funktioniert und sie mir Kaffee bringen würde, als Carter mir gegen das Schienbein tritt.

»Ist was, Bro?«, frage ich ihn jetzt, ohne den Blick von Alayna zu nehmen, die immer nervöser wird und ein bisschen Milch verschüttet.

»Nimm deine Scheißglupscher von meiner Frau«, knurrt er drohend leise.

»WILLST DU NOCH BACON, CADEN?«, fragst du laut. Meine Augen wandern automatisch zu dir und deinen Lippen. Ich halte dir meinen Teller hin und du häufst mir noch was auf. Dann leckst du dir das Fett von den Fingerspitzen. Ich möchte deine Hand nehmen und das für dich tun, aber dann würden meine Eltern wahrscheinlich endgültig den Verstand verlieren … obwohl es mir eigentlich egal ist. Aber ich will nicht riskieren, dass du am Ende gehen musst, weil ich die Finger nicht bei mir behalten kann.

Scheiße, ich werde noch härter, Isabelle, und muss ein gequältes Stöhnen unterdrücken. Du grinst mich an, schaust auf meinen Schritt und dann wieder in meine Augen, ehe du dir auf die Unterlippe beißt. Ich bin so von deiner Show gebannt, dass ich zusammenzucke, als mich eine Cocktailtomate an der Stirn trifft.

Dad.

»Hör mit dem Blickgeficke auf und iss. Oh Gott, ihr seid so widerlich!«

»Das sind die Gene, Dad«, erkläre ich nüchtern und esse die Tomate, die er nach mir geworfen hat. Natürlich spüre ich, wie Carter mich anschaut und dass Alayna total baff ist. Was ist es? Eifersucht? Bei beiden? Wieso sind sie denn so angespannt, Isabelle?

Ich beschließe, sie weiter zu verunsichern.

»Und, Alayna? Was hast du heute so vor?«

»Dir aus dem Weg gehen«, motzt sie los.

Ich lächle ein bisschen. Sie ist so verdammt süß, wenn sie mich anmotzt. Ich liebe es. »Aber wieso denn? Wir hatten doch immer so viel Spaß! Zum Beispiel das eine Mal am See.« Jetzt verschluckt sie sich fast und ich lächle breiter.

So süß.

»Caden, halt die Klappe!« Mein Bruder ist kurz vorm Platzen und ich seufze dramatisch.

»Wieso hat denn nur jeder so ein Problem damit, wenn man ein bisschen in der Vergangenheit schwelgt? Ich meine, wir haben nun mal eine. Das ist eine Tatsache, das lässt sich nicht einfach auslöschen. Und wenn ich dann bald dein Schwager werde, Alayna, dann sollten wir doch schauen, dass wir uns gut verstehen.«

Carter wird blass. Ich weiß, was er vom Thema Heiraten hält, nämlich gar nichts.

Mom schrickt auf. »Schwager? Was? Hat er dir einen Antrag gemacht? Oh Gott, Alayna, bitte nicht! Du hast noch dein ganzes Leben vor dir! Mit dem, das …« Sie schüttelt den Kopf und fuchtelt mit der Hand in Richtung Carter.

Dad klinkt sich mit ein. »Hat er dich gezwungen? Erpresst er dich? Sag es einfach. Du kannst uns alles sagen, Alayna.«

»Woah! HA, HA«, macht Carter angepisst. »Es gibt keine Verlobung und keine Hochzeit, okay? Chillt mal alle eure Eier.«

»Hätte ich das bloß mal getan«, murmelt Dad.

»Also ich finde, ihr seid ein total schönes Paar, und Alayna im Brautkleid, wow«, sagst du und trinkst einen Schluck, bevor du dein Kinn auf eine Handfläche stützt und verträumt seufzt. Fuck, Baby, warum spielst du gegen mich? Versuchst du, Carter zu provozieren, oder was wird das? Nervt es dich, dass er mit Alayna zusammen ist? Hast du dir was anderes erhofft?

Alayna kratzt sich am Kopf. Sie ist noch gar nicht richtig wach und blinzelt verwirrt in Carters Richtung. »Was reden die, Baby?«

Er zwinkert ihr zu. »Trink erst mal deinen Kaffee, Babe.«

Sie nickt. »Gute Idee.« Und leert ihn in fast zwei großen Schlucken.

Ich bin angepisst. Wieso sind die eigentlich, verdammte Scheiße noch eins, so vertraut und fluffig miteinander nach allem, was passiert ist? Eigentlich müsste Alayna ausflippen wegen dir. Du hattest was mit Carter – lange. Sie sollte an die Decke gehen, weil du vorübergehend hier wohnst und weil du Frühstück gemacht hast und meine Eltern dich mögen und weil du mit deinem kleinen sexy Arsch hier rumtänzelst. Weil du mit mir vögelst. Aber nach dem ersten Schock gestern wirkt sie ganz entspannt, und das verwirrt mich.

Ich will Chaos. Ich will die totale Vernichtung.

Und die werde ich auch kriegen.

8. Ich kann nicht klar denken mit dir, Isabelle

Caden

Etwas später sind Mom und Dad zur Arbeit gefahren und haben Ava mitgenommen, um sie an der Schule abzusetzen. Alayna ist in der Uni, aber ohne Carter, weil er keine Lust hat. Ich prophezeie, dass er schon bald abbrechen wird. Mal sehen, was Dad dazu sagt, aber gut. Momentan schläft er noch ein bisschen, anscheinend noch total k. o. von letzter Nacht. Ich verdrehe die Augen, als ich daran denke, und schlucke die Wut runter.

Du bist irgendwo unten, Baby, als ich aus der Dusche komme, denn ich höre Geschirr klappern. Ich mag es, dass du so dankbar bist und versuchst, meiner Mom unter die Arme zu greifen. Sie hat natürlich sofort dein Angebot, den Tisch abzuräumen, angenommen und ist geflüchtet.

Ich gehe in mein Zimmer und ziehe mir dunkle Jeans sowie einen cremefarbenen, eng anliegenden Rollkragenpullover an. Dann fahre ich mir ein paarmal durch das feuchte Haar und greife nach meiner Laptoptasche. Mir gefällt der Gedanke eigentlich nicht, dich hier zu lassen, wenn Carter da ist, aber ich muss in die Uni. Schon allein, weil ich Alayna abfangen, sie ein bisschen verunsichern und manipulieren will.

Aber du, Baby, durchkreuzt alle meine Pläne, als ich dich unten sehe. Denn du putzt unser Haus. Du hast alle Stühle nach oben gestellt und die Sessel zur Seite geschoben. Und du bist nackt. Völlig nackt, während du zur Musik mitsummst und auf dem Boden kniest, um einen besonders hartnäckigen Fleck wegzuschrubben. Dein Arsch und deine Pussy ragen mir nur so entgegen und ich muss aufpassen, dass mir die Laptoptasche nicht aus der Hand fällt.

Fuck.

Ich lege sie leise ab und gehe lautlos um dich herum, um dich erst mal von allen Seiten zu betrachten, bevor ich mit meinen Schuhen in dein Blickfeld trete, direkt vor dich, und die Arme vor der Brust verschränke. Du stockst, als du meine Schuhspitzen siehst, und schaust dann langsam an meinem Körper hoch.

Deine grünen Augen funkeln unschuldig. »Oh Caden, was für ein Zufall«, schnurrst du. Ich lege den Kopf schief und gehe vor dir in die Hocke, die Unterarme auf meine Knie gestützt.

»Was wird das, Babygirl?«

Du weichst auf die Knie zurück. »Ich putze. Siehst du doch.«

Meine Augen wandern über deine Brüste, die aufgerichteten Nippel und deinen flachen Bauch, über deine Hüften und zwischen deine Beine, wo dein Piercing, genau wie das an deinem Bauchnabel, das Sonnenlicht reflektiert. Am liebsten würde ich meine Hand ausstrecken und mit den Fingern zwischen deinen Beinen entlangstreichen. Aber ich tue es nicht.

Du streckst dich genüsslich. »Oh, mein Rücken tut total weh von dieser Putzerei!«

Ich komme dir mit dem Oberkörper näher, ohne dich zu berühren, und bin erfreut, dass du dich zurücklehnst, bis du auf deinem Arsch landest. Also dränge ich dich weiter auf den kalten Küchenboden, sinke zwischen deine Beine, und als du auf dem Rücken liegst stütze ich meine Hände neben deinem Kopf ab. Deine Haare verteilen sich auf den weißen Fliesen.

Ich berühre dich nicht, mit keiner einzigen Faser meines Körper, und schwebe zentimeterweit über dir, spüre deine Wärme. »Willst du mich reizen, Isabelle?«

Du grinst mich an. »Japp.«

»Und was soll ich jetzt mit dir tun, Isabelle?«, frage ich heiser und mein Blick liegt auf deinen leicht geöffneten Lippen.

»Küss mich hier.« Du zeigst auf deine Brust.

»Mmmmm«, mache ich nachdenklich und streiche hauchzart mit dem Zeigefinger über deinen Nippel. »Hier? Was kriege ich dafür, Babygirl?«

Du greifst zwischen uns und deine Finger streichen über die Beule in meiner Jeans, weshalb ich zische.

»Oh, mhhh, da kann ich ja gar nicht Nein sagen.« Ich beuge mich hinab und mein Atem streicht über deinen Nippel, bevor ich meinen Mund darum schließe und sanft daran sauge. Dann puste ich leicht darüber. Du biegst deinen Rücken durch und stöhnst heiser.

Langsam gehe ich wieder nach oben. »Und jetzt?«

»Küss mich hier.« Du zeigst auf deinen Bauch.

Ich lasse meinen Nacken knacken, weil ich dich – verdammte Scheiße – schon wieder ficken will, aber ich folge deinem Wunsch und ziehe mit meiner Zungenspitze einen feuchten Streifen zwischen deinen Brüsten bis zu deinem Bauchnabel hinab. Du drängst mir ungeduldig dein Becken entgegen.

Ich weiche sofort zurück und knie zwischen deinen Beinen. »Und jetzt?«

Du bist außer Atem und musterst mich wieder wie einen Gott, als ich über dir aufrage. »Jetzt zieh deinen Pulli aus.«

Mit einer Hand greife ich nach dem Saum und ziehe den Pullover über meinen Körper. Mein Brustmuskel zuckt und du kicherst aufgeregt.

»Mach das noch mal!«

Ich verdrehe die Augen, gehorche aber. Du wirst ganz rot und kicherst noch mehr.

»Du bist so heiß.«

»Und was willst du jetzt?«, frage ich rau.

Du ziehst deine Knie auseinander und deutest zwischen deine Beine. Oh Gott, Isabelle, ich komme gleich in meiner Hose.

Mit beiden Armen greife ich unter deinen Arsch und hebe dich mit mir zusammen hoch. Du krallst sofort deine Hände in meine Schultern und suchst meine Lippen, während ich dich zum Küchentisch trage. Deine Zunge wildert in meinem Mund und deine Finger kratzen über meine Haut. Du stöhnst an meinen Lippen und meine Finger an deinem Arsch werden ein bisschen gröber.

Ich setze dich auf den Tisch und sinke zwischen deine Beine.

»Oh Gott«, stöhnst du und reckst mir dein Becken entgegen. Wie du auf mich herabsiehst, hast du wirklich was von einer Göttin. Ich lege meine Hände auf deine Knie und schiebe sie weiter auseinander, bevor ich über deine Waden streiche und sie mir über die Schultern lege. Mit der Zunge fahre ich über deine heiße Mitte von unten nach oben. Langsam, bevor ich gegen deinen gepiercten Kitzler schnalze und du zusammenzuckst.

Ich mache genüsslich »Mmmm« und du lässt dich mit einem »Scheiße« auf den Rücken fallen. Mit einer Hand massiere ich deine Brust, während ich mich ausgiebiger deiner Klitoris widme und dir die sinnlichsten Töne entlocke.

»Woaaaaah! FUCK, SCHEIßE!«, höre ich meinen Bruder plötzlich hinter mir rufen, mache aber einfach weiter. Deine Augen schnellen zu ihm, weil er in der Küche steht und offenbar total genervt ist. Du machst den Mund auf, um etwas zu sagen, doch ich dränge zwei Finger mit einem Ruck in dich, genau dahin, wo ich weiß, dass es dich explodieren lässt.

Und du explodierst laut stöhnend, den Oberkörper aufbäumend, und kannst gar nichts mehr zu meinem Bruder sagen. Das ist auch besser so, Isabelle.

* * *

Du trägst meinen Pullover und ich nur eine Jeans, als wir auf der Couch sitzen. Eigentlich willst du noch weiterputzen, aber mir ist wichtiger, erst mal zu erfahren, wen ich ficke.

Ich habe versucht, dich zu stalken, aber ich kenne nicht mal deinen Nachnamen, Isabelle und *Isabelles* gibt es massig. Außerdem besitzt du kein Handy und ich habe auch deinen Ausweis nicht gefunden. Du bist wie ein Phantom, Isabelle, und so bleibt mir wohl nichts übrig, als das erste Mal in meinem Leben richtig nachzufragen, statt zu spionieren, wie ich es sonst gern tue – wie zum Beispiel bei Alayna. Ich mag es nicht,

Isabelle. Du sitzt da, hast die Beine ausgestreckt und starrst mich an, während du mit deinen langen Haarspitzen spielst.

»Was?«, fragst du.

Ich mustere dich prüfend, einen Arm über die Couchlehne gestreckt, meine Schläfe auf die Faust gestützt, und total geduldig.

»Ich habe mich gerade gefragt, wie du wohl mit Nachnamen heißen magst.«

Du lächelst mich an. »Wieso denn? Willst du ihn stöhnen, während ich dir einen blase?«

Ich schüttle amüsiert den Kopf. Du bist nicht normal, Isabelle.

»Du kennst meinen. Du kennst mein ganzes Leben. Du weißt, wer mein Bruder ist, meine Schwester, meine Eltern. Du weißt, wer meine Ex ist und was ich studiere und wann ich Geburtstag habe. Das ist nicht fair, oder?«

Du lachst glockenhell auf. »Ich habe nie gesagt, dass ich fair spiele, Caden. Nur, dass ich spiele.«

Du amüsierst mich, Isabelle, und forderst mich heraus. Und du machst mich neugierig. Ich liebe es.

»Was muss ich tun, damit du mir eine Frage beantwortest?«, erkundige ich mich direkt, denn ich weiß, dass es darauf hinausläuft. Bei dir kriegt man nichts umsonst.

Ein Leuchten blitzt in deinen Augen auf und du setzt dich aufrecht hin. »Was würdest du denn dafür tun?«

»Einiges.«

»Ich sage dir, wann ich Geburtstag habe und wie ich mit Nachnamen heiße, wenn du mir deine Knarre gibst, Caden. Ich muss sie mir vielleicht eine Weile ausleihen.«

Ich kann die Überraschung in meinem Gesicht kaum verbergen und das ist eigentlich gar nicht meine Art. Meine Gefühle sieht man mir normalerweise nie an. Aber du bist wirklich, wirklich anders, Baby. Ich kann es nicht oft genug sagen. Und so sehr mich die Vorstellung von dir in Strapsen mit meiner Knarre in der Hand auch anturnt … wofür brauchst du sie?

»Ich gebe sie dir, wenn du mir dazu noch sagst, warum du sie haben willst.«

»Ah, ah! *No, Signore*«, sagst du kopfschüttelnd.

»Dann steht das leider nicht zur Debatte, Isabelle. Aber ich kann gern jemanden für dich erschießen, wenn du das willst.«

»Das würdest du für mich tun?«, fragst du erfreut. Ah, du hast keine Ahnung, was ich für dich tun würde, Babygirl. Du hast mir den Kopf weggeblasen, wie es bisher nur eine geschafft hat, und die vögelt jetzt mit meinem Bruder.

»Das meinst du ernst, oder?«, willst du prüfend wissen.

»Geburtstag und Namen, dann beantworte ich dir die Frage.«

Du runzelst die Stirn. »Neunter Dezember, ich werde neunzehn. Mein Nachname ist Facinelli. Ich bin gebürtige Italienerin.« Du lügst, ich sehe es dir an. Die

Information mit dem Nachnamen stimmt nicht, aber ich sage nichts, denn wenigstens weiß ich jetzt *etwas*.

»Woher kommst du denn, Isabelle *Facinelli*?« Ich spreche den Namen so sarkastisch aus, dass du genau merkst, dass ich deine Lüge durchschaut habe.

»Von hier und da und nirgendwo ...«, antwortest du, dann springst du schon fast auf, weil dir was einfällt. »Bei wie vielen Frauen hast du das Ding mit deiner Zunge schon gemacht?«

»Oooh ... bei einigen. Und bei wie vielen Männern hast *du* das mit deiner Zunge schon gemacht?«

Du lächelst schief. »Bei drei Männern, mit dir vier, und einer Frau.« Du bist ein bisschen perfekt, Isabelle.

»Gehört mein Bruder auch zu den vier Männern?«, frage ich trocken.

»Klar.« Du zuckst mit den Schultern, als wäre es nichts. »Und bei dir? War Alayna auch dabei?«

Ich hebe eine Schulter. »Klar.«

Wir beide starren uns an und in uns beiden brodelt es ein bisschen. Wir genießen und hassen es gleichzeitig. Ich sehe das Feuer in deinen Augen und mag es, dass du eifersüchtig bist. So weit habe ich dich schon mal. War ja nicht besonders schwer.

»Und? Ist Alayna jeden Tag hier?«

»Sie ist Carters Freundin. Also ja.«

»Aha. Aber sie ist gleichzeitig deine Ex.«

»Nicht nur das.«

Du legst den Kopf schief. »Was meinst du damit?«

»Carter und ich haben sie abwechselnd gefickt, aber das weißt du sicher schon. Ihr habt euch ja sehr intensiv unterhalten, wie es scheint. Er hat sich dir wohl sehr anvertraut, hm?«

»Ja, das weiß ich. Und ja, das hat er. Ganz im Gegensatz zu dir, du vertraust dich keinem an, nicht wahr?«

Ich rutsche tiefer in den Sitz. »Weil es bisher noch keiner verdient hat.«

»Stehst du noch auf sie?«

»Nicht so sehr wie auf dich«, erwidere ich. Ich mag keine Lügen, Isabelle. Ich drehe mir nur manchmal die Wahrheit gern zurecht. In diesem Fall habe ich sie ein bisschen verdreht. Ja, ich stehe noch auf sie – sehr – und das ist das Problem.

»Und jetzt seid ihr zerstritten wegen ihr?« Ich werde darauf nicht antworten.

»Was tust du hier eigentlich, Isabelle? Die Geschichte mit deinen Eltern, die dich rausgeschmissen haben, kaufe ich dir nicht ab. Also. Wovor läufst du davon?«

Dein Gesicht ist unbewegt. »Dasselbe könnte ich dich auch fragen. Wovor läufst *du* weg?«

Mit einem Mal setzt du dich rittlings auf meinen Schoß und deine Hände streichen durch mein Haar. Ich mag es. »Wir laufen doch alle vor etwas davon, oder? Vor uns. Vor unseren Gefühlen. Vor der Wahrheit oder vor wem anders.«

Ich streiche über deine nackten Oberschenkel. »Und vor was läufst du weg, Babygirl?«

»Ich sag es dir, wenn du es mir sagst.« Deine Stimme ist leise und heiser. Ich lege den Kopf gegen die Lehne und sehe dich an. Deine Finger streichen über meinen Kiefer und meinen Hals, dann fahren sie die Umrisse meiner Tätowierungen an der Brust nach.

»Das zu erfahren musst du dir erst verdienen.« Meine Nippel stellen sich auf, als du weiter nach unten über den obersten Ansatz meiner Bauchmuskeln streichst. Du legst deine Lippen an mein Ohr, während ich mit meiner Hand unter das Oberteil auf deinen nackten Hintern fahre.

»Ebenso«, hauchst du und ich bekomme eine Gänsehaut auf den Armen. Deine Hand wandert weiter runter und ich weiß, dass du nicht willst, dass ich klar denke. Du manipulierst mich, Isabelle. Das hier ist deine Art der Ablenkung, so, wie ich meine Art habe, die Leute an mich zu fesseln.

Ich muss zugeben, dass es dir ganz gut gelingt. Denn ich habe komplett den Faden verloren, als du meine Jeans öffnest und mit der Hand daruntergleitest.

Ich stöhne auf, als du mich umfängst, deinen Arsch hebst, und dich einfach auf mich sinken lässt. Gespräch beendet. Ich hab schon verstanden.

9. Wenn man vom Teufel spricht, Alayna

Carter

Es ist später Nachmittag und nach dem Anblick heute Morgen in der Küche, wie mein Bruder Isabelle geleckt hat – auf dem Esstisch –, habe ich keinen Schritt mehr aus meiner Garage gemacht. Ich habe Caden schon in allen Stellungen und Stimmungen gesehen, aber diese Scheiße konnte ich mir echt nicht geben. Vor allem nicht mit ihr, Alayna. Das stört mich enorm, aber ich schlucke es runter und versuche, es weder dir noch Caden zu zeigen.

Ich warte auf dich, Alayna. Deine Vorlesungen sind schon seit einer Stunde zu Ende, doch du gehst nicht an dein Handy. Ich mag es nicht und das weißt du. Mein Garagentor steht offen und die vorwinterliche, kalte Luft weht immer wieder Blätter herein.

Ich sitze auf meiner Couch und der Rauch des Joints umwabert mich, während ich Musik höre und versuche, nicht auszuflippen. Noch vertraue ich dir nicht, Alayna, genauso wenig wie du mir. Es fuckt mich ab, dass du dich nicht meldest, und es fordert mir alles ab, nicht in mein Auto zu steigen und nach dir zu suchen, dir den Arsch zu versohlen, weil du gegen meine Regeln verstößt, Alayna.

Ich weiß ja, dass du nach der Uni noch nach deinem Vater sehen wolltest, aber was tust du da so lange? Und wieso nimmst du nicht ab, verfickte Scheiße? Hat dieser Landon-Wichser nicht auch in deiner Gegend gewohnt? Mir passt das alles nicht! Ich bin nicht gut in dieser Pärchenscheiße, Alayna, und du solltest mich einfach nicht reizen, denn es ist alles noch zu frisch zwischen uns.

Ich weiß, dich pisst es an, dass Isabelle hier wohnt, wenn auch nur vorübergehend. Als ich an sie denke, muss ich den Kopf schütteln. Wie zur Hölle hat sie meine Adresse rausgekriegt? Natürlich würde ich ihr jederzeit aus der Scheiße helfen, denn als ich am Boden war und sie zufällig in dieser Bar kennengelernt habe, wo sie mir wie ein schwarzer Engel auf den Schoß gefallen ist, war sie jeden Scheißtag bei mir. Ohne sie hätte ich bestimmt schon eine Kugel in der Brust oder so. Jetzt fickt sie mit Caden, was mich eigentlich glücklich machen sollte, weil er deshalb von uns beiden abgelenkt ist. Aber irgendwie gönne ich ihm das nicht, Alayna. Denn ich sehe ihm deutlich an, dass Isabelle nicht irgendeine Schlampe ist, die er nur mal bisschen ficken und mit mir teilen will. Ich sehe, dass sie ihn total in ihren Bann gezogen hat – ihre Aura ist stark –, binnen kürzester Zeit. Wahrscheinlich sollte ich sie ihm lassen und mich sogar freuen, dass der Teufel endlich eine Gespielin gefunden hat. Aber es passt mir einfach nicht. Isabelle ist Isabelle und … ich mag es nicht, dass er sie berührt.

Und außerdem, hat er das für mich getan? Hat er die Finger von dir gelassen, als er gesehen hat, wie fertig es mich gemacht hat – dieses Spiel? Hat er aufgehört? Rücksicht auf mich genommen? Wie weit würde er es jetzt noch treiben, wenn Isabelle nicht in ihn gestolpert wäre?

Er hat dich gefickt, in meinem Bett.

Er hat uns auf die widerlichsten Weisen getestet und immer weitergetrieben.

Er hat dich mir verwehrt, als er wusste, dass es mich verrückt macht.

Er hat dich gefickt, als ich es nicht konnte.

Und er hat mich regelrecht gefoltert, weil es das ist, was er am besten kann.

Und jetzt soll ich ihn einfach mit der dunklen Prinzessin in den Sonnenuntergang reiten lassen und ihm sein Glück gönnen? Ich habe meinen Bruder mal geliebt, aber in letzter Zeit überwiegen die Wut und die

Rachsucht auf ihn. Er hat Isabelle nicht verdient. Sie ist zu gut für ihn. Zu perfekt.

Ich lasse den Nacken knacken, als ich all diese Bilder wieder im Kopf habe. Wie du unter ihm liegst und ihm sagst, dass du ihn liebst. Wie er mir sagt, dass du ihm gehörst. Wie du ihm deine Seele öffnest und er sie dir aussaugt. Wie er mir sagt, dass du vielleicht noch was für ihn empfindest und dich nur an mich hängst, weil du zu stolz bist, um dir einzugestehen, dass du Caden liebst. Zu stolz und zu verletzt.

Alayna, ich bin ein emotionaler Mensch und trage Dinge lange mit mir rum, bevor ich komplett durchdrehe. Ich ernähre mich vom Schmerz und Hass anderer. Auch bei dir. Ich sauge Menschen aus, bis sie nichts mehr empfinden können.

All das will ich einfach nur noch gegen meinen Bruder einsetzen. Ja, er ist manipulativ. Ja, er kann Menschen stark beeinflussen. Aber ich habe die gleichen Gene, was er manchmal vergisst. Ich nehme keine Rücksicht und bin oft gefühllos und tabulos. Er fühlt sich zu sicher wegen meiner Liebe zu ihm.

Dabei konnte er mich nie genug lieben, um diese kranken Spiele sein zu lassen, als es an der Zeit dafür war.

Er hat so viele Grenzen überschritten, und jetzt ist es an mir, dasselbe zu tun.

Ich ziehe tief an dem Joint, als ich höre, wie mein Auto vor der Garage hält. Du benutzt es in letzter Zeit ziemlich oft, was mir egal ist. Ich komme immer irgendwie von A nach B, aber du nicht. Du siehst total gehetzt aus, als du aussteigst. Deine helle Jeans sitzt locker und ist an einigen Stellen eingerissen. Dein figurbetontes Oberteil mit V-Ausschnitt liegt eng an. Wann hast du dich umgezogen, *Alayna*? Heute Morgen hattest du was anderes an. BABY.

SO würde ich dich nie gehen lassen. Ich mache den Joint noch mal an, weil er ausgegangen ist. Du läufst direkt in die Rauchwolke rein und schmeißt dich neben mich.

»Oh mein Gott, ich hasse Menschen«, sagst du als Allererstes.

Ich drehe meinen Kopf in deine Richtung. »Wo warst du so lange?«

Du stöhnst genervt und streichst dir die wirren braunen Haare nach hinten. »Also erst war ich bei Dad, dann habe ich gefühlte Stunden damit verbracht, mit einem Trottel zu diskutieren, der mich zugeparkt hat, und dann habe ich bestimmt zwanzig Minuten gebraucht, um zu tanken, weil ich den Deckel nicht aufgekriegt habe und ...« Du nimmst mir den Joint aus der Hand und ziehst daran.

Ruhig frage ich: »Wo ist dein Handy, Alayna?«

»In meiner Tasche, wieso?«

»Nimm es raus«, fordere ich dich auf. Erneut stöhnst du, bläst den Rauch aus und beugst dich deiner Tasche entgegen, die du auf den Boden geworfen hast. Dann siehst du die ganzen Anrufe und wirst blass.

»Oh Scheiße, sorry, ich hab es nicht gehört. Es ist immer stumm wegen der Uni und so und …«

»Es ist mir ab jetzt egal, wo du gerade bist. Dein Handy ist ab sofort immer laut. Und du bist ab sofort immer für mich erreichbar. Verstanden?«

Du verdrehst die Augen, Alayna. »Jaaahaaaaaa!«, sagst du, wobei ich genau heraushöre, dass du nicht vorhast, dich an meine Worte zu halten. »Und was hast du den ganzen Tag gemacht?«

Ich warte auf einen Anruf vom *Boss* wegen eines Deals, aber das musst du nicht wissen, deswegen zucke ich mit den Schultern. »Ich war hier.« Du schaust durch die Garage, als würden gleich fünf Stripperinnen aus dem Regal springen, und dann wieder in meine Augen.

»Und? Wo ist sie?«

Ich hebe eine Braue. »Wer?«

»Isabeeeeeelle!« Du betonst ihren Namen, als wäre er eine Beleidigung.

»Wahrscheinlich irgendwo im Haus, unter oder auf Caden.«

Du kneifst die Augen zusammen und ich tue es dir gleich. »Er war nicht in der Uni.«

»Ich weiß. Er war damit beschäftigt, Isabelle auf dem Küchentisch zu lecken.« Ich beobachte dich genau, weil ich wissen will, was diese Information mit dir anstellt.

Du ziehst deine Brauen nach oben. »Hat er das?«

»Ja, ich habe es gesehen. Sie war nackt und total am Stöhnen – das komplette Gesamtpaket –, und er hat zwischen ihren Beinen gekniet.« Dein Blick verdüstert sich.

»Du hast sie nackt gesehen?«

Ich lache trocken. »Nicht nur einmal, Baby. Aber das war vor dir. Oder als *du* noch mit Caden zusammen warst. Also reg dich jetzt nicht wieder auf.« Ich schiebe das Bild von der nackten Isabelle aus meinem Kopf, und zwar schnell.

Du schnaubst und ziehst tief an der Tüte zwischen deinen Fingern. »Also sind sie jetzt zusammen?«

»Du interessierst dich aber ganz schön für Isabelle und Caden, oder?« Alayna, ich habe nicht vergessen, was Caden mir erzählt hat. Dass er dich am Ende gar nicht mehr manipuliert hat, dass du alles freiwillig gemacht hast. Und ihn vielleicht doch mehr geliebt hast als wir alle ahnen. Wie fertig es dich gemacht hat, als er sich von dir trennte.

»Du hast mir doch von ihnen erzählt«, zischst du vorwurfsvoll. »Und sie tanzt jetzt hier den ganzen Tag vor deiner Nase rum!«

»Mein Bruder ist doch auch den ganzen Tag vor deiner Nase und ich sage nichts.«

»Siehst du ihn hier irgendwo?«

»Siehst du Isabelle hier irgendwo?«, kontere ich, und wenn man vom Teufel spricht … Hinter mir öffnet sich die Tür und ich erkenne die Schritte. Isabelle und Caden kommen rein und ich stöhne genervt.

Sie umrundet das Sofa und lässt sich in meinen Sitzsack fallen, als würde sie hier immer sitzen.

Mittlerweile trägt sie eine schwarze, hochtaillierte, hautenge Jeans und ein enges, geriffeltes, rotes Oberteil, dessen Bund sie in die Hose gesteckt hat, mit großem V-Ausschnitt, sodass der Ansatz ihrer Brüste herausschaut. Auf ihrem Dekolleté schimmert das goldene Kreuz, was immer an ihrem Hals hängt. Eigentlich müsste sie sich daran verbrennen, dieser kleine, heiße Teufel.

Isabelle kann einfach nicht anders, als sexy auszusehen. Ich bemerke, dass du das auch feststellst. Ihre schwarzen Haare hat sie wellig über eine Seite geschmissen; ihre Füße sind nackt und die Zehen rot lackiert.

»Hallo«, ruft sie fröhlich.

Caden setzt sich neben dich und schwingt einen Arm über die Lehne. Als du ihn irritiert anschaust, fragt er auch noch: »Ist was, Alayna?«

Hinter deinem Rücken schubse ich seine Hand runter. Ich mag es nicht. Stattdessen lege ich meinen Arm dorthin. Du rutschst näher an mich und kuschelst dich an meine Seite. Ich spiele mit deinen Haarspitzen und lächle meinen Bruder total provokant an, weil ich weiß, dass das sein Ding ist und er das jetzt nicht mehr darf. Gemächlich lasse ich meine Finger durch deine Längen gleiten. Du erschauerst, und ich liebe es, als ihm alles aus dem Gesicht fällt. Kurz.

Doch dann beugt er sich vor und zündet sich einen Joint an.

Er gibt ihn gleich Isabelle, nachdem er einmal daran gezogen hat. Sie nimmt ihn entgegen, wofür sie sich vorlehnen muss, ihr Ausschnitt wird noch tiefer. Ich spüre deinen warnenden Blick auf meinem Profil, reiße meine Augen auf und starre bloß in Isabelles Gesicht – nirgendwo anders hin, auch wenn mein Blick automatisch nach unten gleiten will.

»Danke, Baby«, singsangt sie und sinkt wieder in den Sitzsack. Gott sei Dank. »Also ich habe gedacht, wir lernen uns alle mal ein bisschen kennen«, sagt sie total selbstbewusst. »Ich bin Isabelle und werde im Dezember neunzehn Jahre alt. Und wer seid ihr so? Carter, du fängst an.«

»Du weißt doch genau, wer die beiden sind«, knurrst du angriffslustig. Oh, du hasst sie, Baby. Du bist ein bisschen scharf, wenn du eifersüchtig bist.

»Ich will Carter nicht vögeln, keine Sorge«, meint sie sofort und reißt die grünen Augen auf. Am liebsten würde ich ihr einen Blick zuwerfen, der sie an diese sechs Wochen erinnert, aber das erspare ich uns allen.

Du schnaubst. »Natürlich willst du das nicht. Beim letzten Mal ist er nur zufällig in dich gestolpert, oder Isabelle?«

Ich würde am liebsten ein Schlammbecken aufstellen und euch dazu auffordern, euch auszuziehen und zu kämpfen, aber daran hätte Caden zu viel Spaß.

»Ah, ich glaube, das letzte Mal war volle Absicht, aber jetzt hat er doch dich.« Sie schließt ihre Lippen um den Joint und die Glut flackert, als sie tief daran zieht und den Kopf nach hinten legt, um den Rauch an die Decke zu stoßen. Ich sehe, wie Caden den Kopf schief legt und sie beobachtet. Dann neigt er ihn zur anderen Seite. Ich weiß genau, was in ihm gerade vorgeht.

»Alayna, unsere Konstellation ist doch äußerst interessant, findest du nicht? Ihr hattet beide schon mit uns Sex. Wir haben nichts mehr zu verheimlichen.« Caden sagt das so trocken und nüchtern, dass ich ihm die Nase brechen will.

Ich zünde mir wieder einen an, denn das kann ich nur mit Drogen ertragen.

»Hattet ihr nicht irgendwas vor oder so?«, willst du genervt wissen und beobachtest Cadens Finger, die im Takt der Musik auf die Couch direkt neben dir tippen. Fragst du dich gerade, wie oft du sie schon in dir hattest? Ich versteife mich ein bisschen und Caden entgeht natürlich nichts. Er lächelt in meine Richtung, bevor er seine Schultern lockert und genüsslich stöhnt. Ich spüre, wie du dich ebenfalls versteifst und dich enger an mich drückst. Deine Nippel stellen sich auf, Alayna, ich sehe es genau durch den Stoff deines Oberteils.

Ich ziehe meinen Arm zurück und rücke ein bisschen von dir ab.

»Wow«, meint Isabelle. »Ihr habt echt starke Vibes. Alle drei, vor allem in dieser Zusammensetzung. Hat er dich gerade echt mit seinem Stöhnen so sehr angemacht?«

Ich wusste schon immer, dass Isabelle speziell ist, aber ihre Worte pissen mich gerade an, und du pisst mich an, Alayna. Und vor allem Caden. Isabelle hasst dich, sonst würde sie dich nicht provozieren.

»Was? Nein!«, rufst du genervt. »Sein Stöhnen erinnert mich nur total an Carters und daran, was wir letzte Nacht gemacht haben!« Du siehst total zufrieden mit dir aus, doch ich kaufe dir die Scheiße nicht ab.

»Echt? Ich finde, die beiden klingen total unterschiedlich. Caden ist eher so der genüssliche Seufzer und Carter ist der raue Stöhner.«

»Echt jetzt, Isabelle?«, gebe ich genervt von mir. »Muss das sein?«

Sie hebt unschuldig die Schultern. »Was denn? Ich mache doch gar nichts! Ich wollte mich nur unterhalten. Warum seid ihr denn alle so zickig? Außer Caden, der ist nicht zickig!«

Mein Bruder hebt den Zeigefinger und winkt Isabelle damit zu sich. Sie verdreht amüsiert die Augen und steht nur auf, weil sie es will. Alayna, sie kann man nicht so leicht manipulieren. Wie hattest du mal zu Melissa gesagt? Man muss es auch ein bisschen selbst wollen, damit es funktioniert? Denkst du immer noch so?

Sie geht hüftwiegend an mir vorbei. Wieder funkelst du drohend, also starre ich gezwungen auf den Couchtisch. Du schnaubst und ich schnaube, weil du hier überhaupt keinen Grund zum Schnauben hast. Sie setzt sich neben Caden auf die Lehne. Sobald mein Platz frei ist, lasse ich mich in den Sitzsack fallen und dich allein bei den beiden. Du pisst mich an, Alayna. Er hat immer noch eine Wirkung auf dich. Zwar wehrst du dich dagegen, aber sie ist da, und ich will dich gerade killen.

Caden sitzt jetzt zwischen euch und fühlt sich unglaublich wohl. Ich sehe sofort, was er am liebsten alles mit euch tun würde. Isabelle wäre wahrscheinlich auch noch bereit dazu. Er legt den Arm um ihre Taille, seine Finger hakt er in den Bund ihrer Jeans und Isabelle schwingt seitlich ein Bein über seine. Jetzt musst du dich zwingen, nicht hinzusehen. Ich bemerke es genau. Und mir geht es ähnlich.

Wenn ich Isabelle betrachte, sehe ich die ganze Scheiße, die ich erlebt habe, als ich weg war. Sie sieht das Gleiche in meinen Augen, aber wir sprechen nicht darüber. Ich kenne ihre andere Seite und sie meine, und dabei belassen wir es.

»Ist das komisch für dich, Alayna?«, fragt Isabelle offen.

Du bist ein bisschen angepisst, dass ich weggegangen bin – und mit ein bisschen meine ich SEHR. »Was soll denn komisch für mich sein?«

Sie tänzelt mit den Fingerspitzen über Cadens Brust. »Deinen Ex mit seiner Neuen zu sehen?«

Du schnaubst. »Er kann mit seiner Neuen in den Sonnenuntergang reiten, es ist mir egal.« Wirklich, Baby? Weil ich dir das irgendwie nicht abkaufen kann.

Caden verzieht theatralisch das Gesicht. »Ahh … jetzt hast du mal wieder mein Herz verletzt, Alayna Du bist so ein *Monster*.«

»Was willst du eigentlich von mir, Caden?«, platzt du jetzt und wendest dich direkt an ihn.

Er streckt die Finger aus und gleitet mit ihnen durch dein Haar. Seine Stimme ist äußerst sanft, genau wie sein Blick. »Alles und nichts. Das weißt du doch.« Bevor ich es tun kann, hast du seine Finger weggestoßen. Ich koche innerlich.

»Fass mich nicht an, Caden«, zischst du, aber deine Stimme bebt, Alayna.

Caden tippt dreimal mit dem Zeigefinger auf Isabelles Oberschenkel. »Wieso? Tust du sonst etwas, was du unbedingt tun und dir auf den Tod nicht eingestehen willst? Isabelle und ich sind offen, nicht wahr, Babygirl?«

»Lass das, Caden, oder ich kicke dich aus meiner Garage«, knurre ich und bin angespannt von Kopf bis Fuß.

»Du hast dich doch da hinten hingesetzt und dein Mädchen wieder mal im Stich gelassen«, meint er und beugt sich zu dir rüber. »Aber, Alayna, das kennen wir ja schon von ihm, nicht wahr?« Er verharrt neben deiner Wange und zieht deinen Duft ein. Du wirst noch steifer. Ich bemerke genau, dass du dagegen ankämpfst, und so wütend es mich auch macht, ich bleibe sitzen. Denn ich will auch sehen, ob du es schaffst. Ich balle meine Hände zu Fäusten, um sie davon abzuhalten, in Cadens Gesicht einzuschlagen. Schon wieder.

»Du hättest dich nicht für ihn entscheiden sollen«, wispert er leise und rau. »Er wird dich *Stück. Für. Stück.* Zerstören.« Die drei Worte betont er und tippt dir dabei dreimal unter das Kinn. »Wie eine Ameise platt treten. Willst du platt getreten werden, Alayna?«

Ich beiße hart die Zähne zusammen und bin schon halb aufgesprungen, als Isabelle beschwichtigend die Hand senkt und mir zuzwinkert, um mir zu signalisieren, dass ich noch warten soll. Das hat sie schon ein paarmal gemacht, wenn ich drauf und dran war, unsere Köpfe zu riskieren.

Meine Muskeln zucken, als ich mich wieder in den Sack fallen lasse.

»Oder willst du lieber fliegen wie ein Vogel?«, fährt er fort und du atmest laut aus.

»Hör auf«, forderst du leise, aber eindringlich. Deine Augen schießen Hilfe suchend zu mir. Ach, sind wir wieder an diesem Punkt, dass ich hinter dir stehen sollte und es nicht tue? Erneut merkst du, was für ein Bastard ich bin und wie allein du bist. Und das ist erst der Anfang, Baby. Du wirst in nächster Zeit noch Seiten von mir kennenlernen, die dich höchstwahrscheinlich sehr weit von mir wegtreiben werden.

Willkommen in der Realität, Alayna Hastings.

»Womit? Ich berühre dich noch nicht mal«, meint Caden, der immer noch direkt an deinem Ohr spricht und dabei Kreise auf Isabelles Knie zieht. Wahrscheinlich programmiert er sie langsam auf diese Art – ganz nebenbei. Nur, dass es bei ihr nicht klappen wird.

Du ziehst den Kopf zurück und rutschst weiter weg, aber du schaffst es einfach nicht, aufzustehen oder zu mir rüberzukommen – oder zu laufen.

Immer noch nicht.

»Du bist so stark, Alayna«, meint Caden amüsiert. »Das hat mich schon immer fasziniert. Weißt du noch am Pool?«

Du blähst die Nasenflügel, genau wie ich, und wir verkrampfen uns beide. Mein Blick wandert wieder zu Isabelle. Sie schüttelt den Kopf und ich schnaube. Ich will, aber ich will auch nicht, und ich weiß es nicht, Alayna.

»Das war das erste Mal, dass Carter dich offiziell geküsst hat. Das hat mich so eifersüchtig gemacht, dass ich dich einfach ficken musste. Weißt du das noch, Alayna?« Ich bin jetzt so weit, dass ich mir vorstelle, wie ich diese Garage abfackle, während Caden und du noch auf der Couch sitzen und mit dem ganzen Scheiß hier drin verbrennt. Vielleicht kann er dich noch mal ficken, bevor ihr verreckt.

»Caden, hör auf!« Deine Stimme ist nun leiser, fast schon sehnsüchtig, Alayna. Was wird das?

»Ich habe dir doch gesagt, ich entscheide, wann ich aufhöre, Alayna. Du hast dich mir in letzter Zeit so gut widersetzt. Warum bist du denn jetzt wieder so empfänglich? Das irritiert mich und öffnet so viele neue Möglichkeiten. Carter, was sagst *du* dazu? Hatte ich recht, oder hatte ich recht mit Alayna?« Dann wendet er sich wieder an dich, bevor ich antworten kann. »Stört es dich vielleicht, dass ich Isabelle ficke und nicht dich? Und all die Dinge mit ihr tue, die du so gern mit mir getan hast?«

Ich lasse den Nacken knacken und frage mich, ob wir zwei jemals eine realistische Chance hatten – du und ich.

»Oh, Alayna, Carter flippt gerade innerlich aus. Schau ihn dir an!« Ich lege meinen ganzen Hass in die Augen und du verziehst schmerzverzerrt dein Gesicht. Meine geballte Faust hämmert in regelmäßigen Bewegungen gegen den Sitzsack.

»Carter, fall nicht darauf rein«, sagst du leise und bittend. »Baby …«

»Er wird gleich explodieren, vielleicht solltest du davor lieber zu ihm gehen, Alayna. Steh auf.« Du bohrst deine Fingernägel in deine Handballen. Ich hoffe für dich, dass du seinem Befehl jetzt nicht folgst und nicht aufstehst. Denn das wird mir nur beweisen, dass diese Scheiße nie enden wird und er alles mit dir machen kann – immer noch.

Und ich dachte, du hättest es geschafft, Baby. Du warst doch so stark in letzter Zeit. Stimmt das wirklich? Ein kleiner Funken Sympathie, und er hat wieder Macht über dich? Und seit wann ist dieser Funken da, wenn das wahr ist?

Alayna, du enttäuschst mich wieder einmal, als ich die Resignation in deinem Gesicht sehe, sobald Caden leise: »Eins …« haucht. Deine Beine zucken.

»Steh auf, Alayna. Zwei …«

Du stehst zittrig auf und kommst zu mir rüber. In deinen Augen sehe ich die Traurigkeit. Ich erhebe mich, bevor du auf den Gedanken kommst, dich zu mir zu setzen.

Du bleibst vor mir stehen, siehst zu mir auf. Ich bin kurz davor, dir eine zu verpassen, deswegen mache ich einen Schritt zurück, denn Caden wird mich sicher nicht aufhalten, wenn ich die Kontrolle verlieren sollte.

»Carter …«

»Fick dich«, speie ich dir entgegen und sehe dir auch nicht besonders lange in die Augen, ehe ich mich umdrehe und die Garage fluchtartig verlasse.

Du Bitch.

10. Die Gefahr, Caden

Isabelle

Caden, du bist so ein böser Junge. Ehrlich.

Wir sitzen immer noch in Carters Garage. Er ist gegangen, mit quietschenden Reifen davongefahren. Alayna steht total verloren vor uns, doch ich kann einfach kein Mitleid empfinden. Ich weiß, wie stolz Carter ist und was sie gerade angerichtet hat. Gleichzeitig war das ein bisschen krank und faszinierend. Was hast du da mit ihr gemacht? Wie hast du das geschafft? So was habe ich noch nie gesehen, Caden. Du hast gezählt und sie konnte nicht anders, als aufzustehen. Wie geht das?

Du bist so interessant.

Und so raffiniert. So überlegen. Ich weiß, dass Carter drauf und dran war, wieder die Kontrolle zu verlieren, aber ich habe ihn beschwichtigt, denn ihm gegenüber habe ich eine Art Beschützerinstinkt. Außerdem will ich wissen, ob diese Frau es wirklich ernst mit ihm meint. Er hat viel gelitten, ich habe es selbst erlebt, und er hat eine Frau verdient, die hundertprozentig loyal ist und hinter sowie vor ihm steht. Ich dachte, ich könnte das vielleicht für ihn sein, aber anscheinend sind seine Gefühle für Alayna doch stärker, als ich geahnt habe.

»Ach, Alayna, er muss dich wirklich lieben«, sagst du und ihr Blick schießt zu dir. »Sonst hätte er dir jetzt ins Gesicht geschlagen, so wütend war er auf jeden Fall. Aber er hat sich zusammengerissen. Und du hast ihm das Herz gebrochen. Schon wieder. Weil es das ist, was du tust, Alayna.«

»Du«, zischt Alayna. »Wieso tust du das? Willst du uns trennen? Du hast doch jetzt jemanden! Was wird das, Caden! Du hast MICH verlassen! Was willst du jetzt noch?«

Du bleibst gelassen. »Ja, ich will euch trennen. Ich will meine Rache. Und ich will, dass Carter die Finger von dir lässt, bevor er sich an dir verbrennt. Du bist nicht gut, Alayna, wie du jedem vormachst. Du tust ihm nur weh, merkst du das nicht?« Sie wird blass und ihre Augen werden feucht. Du redest dir so gut ein, Caden, dass es dir um deinen Bruder geht, obwohl du doch einfach nur noch was für diese Frau empfindest. Das ist dein wahres Problem. »Du denkst, *ich* bin das Monster? Alayna, du hast mit mir geschlafen, dabei wusstest du, was wir spielen. Du hast es zu deinem Spiel gemacht. Du hast weitergemacht, auch als du meintest, du liebst mich. Auch als du meintest, du liebst ihn. Das ging alles so schnell, Alayna. An einem Tag war ich deine Welt, ohne dich zu manipulieren, und dann war es mit einem Mal Carter. Ich verstehe das nicht. Willst du es mir vielleicht erklären?«

Sie schüttelt fassungslos den Kopf und lässt sich kraftlos in Carters Sitzsack fallen. »Das sieht dir ähnlich, Caden. Ein Spiel anfangen, so eine kranke Scheiße abziehen und dich dann wundern, wenn nicht alles nach deinen Regeln verläuft. Ich liebe ihn.« Sie starrt dir in die Augen, ohne mit der Wimper zu zucken. »Es war nicht geplant und nicht gewollt. Ja, du warst meine Welt und ich habe dich geliebt, Caden.« Da ist was in deinen Augen, was ich noch nicht kenne. Schmerz. Siehst du, Caden? Du liebst sie, du liebst sie so sehr, aber bist gleichzeitig so stolz. So wütend. So gekränkt. Dein Ego ist angeknackst. »Aber du hast mich betrogen und mir das Herz gebrochen …« Jetzt sieht sie mich an, woraufhin ich lächle, und dann wieder dich. »Du hast mir wehgetan! Und ich bleibe, egal wie viel Macht du über mich hast. Ich werde lernen, dich abzuwehren, weil ich ihn liebe und jetzt mit ihm zusammen bin.«

Du lachst auf und siehst wirklich amüsiert aus. »Alayna, das hattest du doch schon geschafft Was hat dich dazu gebracht, wieder in dein altes Muster zu fallen? Ist es, weil ich jemand Neues habe?«

Sie verdreht genervt die Augen. »Nein, Caden, das ist es sicher nicht. Erklär du es mir doch, du Profi!«

»Aaaah ... das kann ich gern machen, Alayna. Ein Junkie wird immer wieder rückfällig, wenn er Heroin vor sich hat. So einfach ist das.«

»Du bist nicht mein Heroin, Caden. Auch, wenn du das gern wärst, wie es aussieht!«

Du bleibst besonnen. »Süß, wie du dir was vorlügst. Aber das kannst du ja besonders gut, nicht wahr, Alayna?« Oh, du auch, Caden, glaub mir.

»Fick dich, Caden. Lasst mich jetzt in Ruhe!« Damit steht sie auf und verschwindet nach oben, wo wahrscheinlich Carters Schlafzimmer ist. Ich hätte gedacht, dass sie jetzt nach Hause geht, aber anscheinend hat sie beschlossen, zu bleiben, und als die Tür oben sich schließt, sehe ich dich an.

Und du mich.

»Was?«, fragst du. »Hast du was gesehen, was dir gefällt, Babygirl?« Deine berauschenden Augen funkeln und deine vollen Lippen schmunzeln.

»Ich hab da ein paar Fragen«, meine ich interessiert wie eine Studentin vor ihrem Professor und rutsche auf deinen Schoß. Du legst eine Hand auf meine Beine und die andere an meinen Rücken. Ich mag das Gefühl, was in mir aufkocht, als du mit den Fingerspitzen über meine Wirbelsäule fährst.

»Was denn?«

»Liebst du sie noch?«, lautet meine erste Frage.

»Was denkst du?«, erwiderst du, ohne den Blickkontakt zu unterbrechen.

»Ich denke, da sind noch jede Menge Gefühle, die gerade unter jeder Menge Verletzung und Groll verborgen sind. Und Stolz.«

»Macht dich das wütend?«, willst du leise wissen.

»Nein.« Es macht mich nicht wütend, Caden, ich verstehe es. Ich erlebe das Gleiche, aber das geht dich nichts an.

»Was willst du noch wissen?«

»Bist du ihr wirklich fremdgegangen?«

Du nickst. »Ja.«

»Wieso?«, frage ich verwirrt.

»Hat Carter dir das nicht erzählt?« Du siehst ein bisschen zufrieden aus, weil ich nicht alles weiß.

»Nein.«

»Ich habe es nur getan, um Carter zu zeigen, wer die Tussi an seiner Seite wirklich ist, und das war nicht Alayna, es ging um eine andere.«

Ich schüttle langsam den Kopf. »So viel Drama bei euch.« Deine Finger sind in meinem Nacken angekommen und du streichst darüber.

»Was hast du mit ihr gemacht? Was war das mit dem Zählen?«

Du legst den Kopf schief. »Oooh, ein Zauberkünstler verrät nie seine besten Tricks, Babygirl.« Du kraulst mit den Fingerspitzen über meinen Nacken und ich fühle es tief in mir kribbeln.

»Sie wirkte wie ferngesteuert«, murmle ich nachdenklich.

»Das war sie auch.« Du fährst langsam von meinem Nacken nach oben über meine Kopfhaut und ein wohliger Schauer erfasst mich.

»Könntest du sie dazu bringen, dass sie alles für dich tut, was du willst?« Meine Lider gleiten zu, weil es sich so gut anfühlt, was du mit deinen Fingern machst.

»Nur, wenn sie es wenigstens ein bisschen selbst will. Es ist wie bei Hypnose, Baby, man muss sich darauf einlassen, damit es funktioniert.«

»Ich will das auch können«, schnurre ich fast und lehne mich deiner Berührung entgegen. »Könntest du das auch mit mir machen?«

Deine gespreizten Finger streichen meine Haarlängen nach. Ich öffne die Lider wieder und sehe in deine Augen, die deiner Bewegung folgen. »Ja. Aber ich will nicht.«

Ich runzle die Stirn. »Wieso?«

»Weil du genau so bist, wie ich dich formen wollen würde.« Deine Worte schießen direkt in meinen Bauch. Caden Rush, ich kenne dich zwei Tage und du hast es geschafft, mich in dieser kurzen Zeit vergessen zu lassen, was wirklich in mir vorgeht und wovor ich weglaufe. Ich hasse es, dass dir das gelungen ist, denn irgendwann werde ich wieder gehen müssen. Ich werde einfach verschwinden, wie ich es immer tue. Und mich der Realität stellen. Dem, wo ich herkomme.

Ich habe wirklich versucht, dass so was nie bei irgendwem passiert, und dann kam Carter. Mir war klar, ich hätte ihm nicht folgen sollen. Du machst die Sache auch nicht besser.

»Was ist?«, fragst du rau, weil du den Schmerz in meinen Augen siehst.

Ich schüttle den Kopf. »Nichts.« Dann beuge ich mich vor und küsse dich einfach, weil ich deine Lippen schmecken will. Du kommst mir sofort entgegen, als wärst du ein Magnet. Der Kuss ist weich, aber voller Leidenschaft, und deine Hand liegt an meinem Hinterkopf. Ich höre die Blätter rauschen und Autos vorbeifahren und Alayna, die oben aufgebracht ins Telefon schreit, aber ich interessiere mich nicht dafür, sondern schmiege mich an deine harte Brust, als deine Hände mich umfangen und sich fest um meinen Körper legen.

Als wir keine Luft mehr kriegen, ziehe ich meinen Kopf zurück. Du siehst mich an, dein Blick verklärt, mit funkelnden Augen, die direkt in mich hineinzusehen scheinen.

Dein Daumen fährt über mein Kinn und meine Fingerspitzen gleiten über deine nackte Brust, was dich erschauern lässt.

»Ohhh, Babygirl, du wirst dich jetzt aber nicht in mich verlieben, oder?«, fragst du heiser.

Ich lächle. »Ich hoffe eher, dass du dich nicht in mich verlieben wirst, weil es gefährlich ist, mich zu lieben.«

Dein rechter Mundwinkel hebt sich. »Ich liebe die Gefahr.«

»Glaub mir, das willst du nicht«, sage ich ernst.

Dein Finger gleitet von meinem Kinn über meinen Hals und zwischen meine Schlüsselbeinknochen. »Dann halt mich auf.«

Aber ich halte dich nicht auf, als du zwischen meine Brüste fährst, und weiß, wir beide haben die Augen vor dem verschlossen, was wirklich in uns los ist, weshalb wir uns noch ganz böse aneinander verbrennen werden.

11. Du bist ein Feigling, Carter

Alayna

Ich bin bis vier Uhr wach, Carter, weil du nicht da bist. Während ich in deinem Bett liege, läuft stumm der Fernseher und sendet blaue sowie weiße Lichter durch den Raum.

Ich weiß, dass ich vorhin Scheiße gebaut habe, und ich glaube, keiner von uns war schockierter darüber, was passiert ist, als ich. Dabei war ich mir so sicher, dass ich resistent sein würde wie beim letzten Mal in der Uni, als er einfach an mir abgeprallt ist, und im Club an eurem Geburtstag. Ich mag Caden nicht mal … oder mag ich ihn doch? Nein, ich mag ihn nicht, wenn ich daran denke, durch welche Hölle er mich geschickt hat.

Es ist alles noch so frisch und doch kommt es mir vor, als würde unser Spiel Lichtjahre zurückliegen. Ich liebe dich, Carter, wirklich, von ganzem Herzen. Und ich hätte nie gedacht, dass Caden immer noch meine Fäden zieht. Dass das, was ich für ihn empfinde, immer noch stark genug ist, um ihn in mich einzulassen. Er ist so ein Wichser, er könnte uns auch einfach in Ruhe lassen. Aber das wird er nie tun, du hattest recht, sosehr ich es auch hasse, das zuzugeben.

Und jetzt ist da Isabelle. Ich bin ja froh, dass sie Caden ein bisschen ablenkt, doch gleichzeitig hasse ich sie. Sie hat eine Seite von dir gesehen, die du mir noch nicht gezeigt hast. Sie war für dich da, als ich es nicht sein konnte, weil ich nur an meinen eigenen Schmerz dachte, nachdem Caden mir so sehr wehgetan hatte. Allerdings hast du mir auch nicht die Möglichkeit gegeben, so für dich da zu sein. Du vertraust mir sowieso schon nicht, und die Situation jetzt hat alles nur noch schlimmer gemacht. Sie jeden Tag mit Caden zu sehen gefällt mir auch nicht sonderlich. Ganz im Gegenteil. Es macht mich wahnsinnig.

Ich habe mich hier nicht wegbewegt, seit du gegangen bist; ich konnte nicht mal was essen, weil mir schlecht ist. Denn ich weiß genau, was du jetzt denkst und was du vorhast. Du wirst mit Sicherheit wieder versuchen, mich von dir zu stoßen, weil du der Meinung bist, dass wir keine Chance haben. Nicht so. Aber ich habe dich doch gerade erst bekommen, Carter. Wir haben eine

Chance, solange wir uns lieben. Ich kann dich nicht noch mal gehen lassen. Das schaffe ich einfach nicht.

Ich höre, wie das Tor unten zugeht, und spüre schon jetzt, wie aggressiv und neben der Spur du bist. Langsam setze ich mich im Bett auf, mein Herz rast und mir wird noch schlechter, als du die Stufen hochgehst. Laut. Polternd. Bist du betrunken? Fuck, ich weiß, dass du dich dann noch schwerer kontrollieren kannst, und ich weiß, dass ich vorsichtig sein muss. Ich will nicht, dass noch mal so was passiert wie in der Nacht, als ich dich angeschossen habe. Gott, wenn ich nur daran denke … Ich hatte wirklich vor, Caden umzubringen, doch jetzt bin ich so froh, es nicht getan zu haben, und dass du mich aufgehalten hast, denn ich hätte mir selbst damit wehgetan, egal wie er sich verhält.

Jetzt reißt du die Tür auf und dein Blick schießt sofort zu mir. »Oooh, du bist ja noch da«, rufst du. Du siehst echt scheiße aus, Carter, denn du hast ein Veilchen am Auge und Blut an der Lippe sowie an den aufgeschürften Fäusten. »Ich hab schon fast gedacht, ich muss dich aus Cadens Bett holen!« Du wirfst die Schuhe von deinen Füßen und reißt dir das Oberteil vom Körper.

»Carter, werd nicht unfair«, sage ich ruhig. Du trägst keinen Verband mehr um den Arm, aber ich habe eine kleine Narbe hinterlassen, die nur langsam blasser wird. Ich hasse es, das zu sehen. Wie sinnbildlich. Caden hat recht, ich tue dir ständig weh und hinterlasse nur Wunden, die zu Narben werden.

»Unfair?«, fragst du wütend und ziehst deine Hose von den Hüften. »Wollen wir wirklich darüber reden, was hier fair ist und was nicht?« Der Geruch von Alkohol strömt zu mir rüber, als du an mir vorbeigehst, um das Fenster aufzureißen.

Ich weiß, Carter, ich kriege auch keine Luft mehr.

»Carter, bitte, ich wollte nicht, dass das passiert.« Ich stehe auf und sehe nur deinen Rücken, weil du dich aus dem Fenster gebeugt hast, beide Arme aufgestützt. Die Tätowierungen auf deinen Schulterblättern schimmern im roten Schein deiner Neonbeleuchtung.

Ich trete beinahe unsicher hinter dich und lege eine Hand auf deine erhitzte Haut. »Nicht«, knurrst du, aber ich lasse meine Finger, wo sie sind.

»Carter, jetzt sieh mich an!«

»Nein!«

Ich streiche mit meinen Fingern über deinen Rücken und küsse dich auf die Wirbelsäule. »Carter.«

Deine Muskeln zucken unter meine Berührung und ich sehe, dass die Haare an deinem Nacken sich aufstellen, als ich mit meiner Hand nach vorn zu deiner Brust streiche und dich fest umarme.

»Ich weiß nicht, was da vorhin passiert ist«, sage ich leise. »Aber du musst mir helfen, dass das nicht noch mal passiert.« Unter meiner Hand rast dein Herz. Wenn du irgendwann einen Herzinfarkt hast, bin ich schuld. Du lässt deinen Nacken knacken und ich lehne meine Wange an dein Schulterblatt. »Lass mich nicht allein,

Carter. Lass mich diesen Kampf gegen ihn nicht allein kämpfen.«

Mit einem Mal fährst du herum und stößt mich dabei ein bisschen nach hinten. Ich hasse es, dich nicht mehr berühren zu können. Nun muss ich zu dir aufsehen, weil du dich vor mir aufgebaut hast. Deine Muskeln zucken ununterbrochen.

»Ich hab dir schon mal gesagt, dass ich dir damit verdammte Scheiße noch mal nicht helfen kann, ALAYNA!«, fährst du mich an und triffst mich mit deinen Worten, obwohl ich sie schon kenne, tief in meinem Herzen.

Mit beiden Händen greifst du dir ins Haar und ziehst ein bisschen daran. Ich lasse mich mit einem Kloß im Hals erschöpft auf das Bett sinken, starre meine nackten Füße an. Was jetzt, Carter? Wird das immer so weitergehen?

Du stöhnst rau, sinkst vor mir in die Knie und packst mein Kinn, damit ich dich ansehe. Deine Augen sind voller Zorn und deine Lippen zusammengepresst. Ich liebe es, wie emotional du bist, also hebe ich eine Hand, um dir zittrig über die Wange zu fahren.

»Nach allem, was er uns angetan hat, Carter?«, frage ich leise.

Du antwortest nicht.

»Ich dachte …« Ich lasse den Satz in der Luft hängen und dein Kopf sinkt in meinen Schoß.

»Das dachte ich auch«, murmelst du an meiner nackten Haut und dein heißer Atem streicht über meine

Beine. Ich lasse meine Hände in dein Haar fahren, sauge dich in mich auf und hoffe, dass du dich nicht zu etwas Dummem entschieden hast, weil es sich wieder so anfühlt wie beim letzten Mal.

»Carter, sieh mich an.«

Du hebst träge den Blick und ich sehe, dass du heute nicht nur gekifft hast. Deine Pupillen sind so dunkel und groß, wie das Loch, was du im Begriff bist, in mein Herz zu stanzen.

»Nein«, sage ich ernst. »Nicht!«

Du kneifst die Augen zusammen, stehst wieder auf und fängst an, im Zimmer auf und ab zu laufen.

»Er wird es immer wieder tun«, erwiderst du überzeugt. »Er wird schnippen und du wirst springen. Irgendwann finde ich dich auf dem Klo mit seinem Schwanz im Mund, wie bei Melissa. Und dann bringe ich euch um! Alayna, ich hab dir von Anfang an gesagt, du sollst dich nicht in mich verlieben. Siehst du jetzt, was du davon hast? Du bist kaputt! Ich bin kaputt! Wir sind kaputt!«

Ich kann nichts sagen, weil der Kloß in meinem Hals mich überwältigt und sich in einem reißenden Schluchzen auflöst, als die Tränen heiß über meine Wangen rinnen.

Ich kann nur meinen Kopf fassungslos schütteln und »Nein« hauchen.

»Du wirst mir jetzt erzählen, dass du das lernen kannst. Dass du stark genug bist. Du wirst mir erzählen, dass du mich liebst und dass das alles ist, was zählt. Du wirst dich ihm tapfer am Tisch gegenübersetzen und alles daran legen, ihm zu widerstehen. Und er wird dich lassen, damit du dich in Sicherheit wiegen kannst, wie bei Melissa! Dann wird er zuschlagen und er wird uns zerfetzen, Alayna. Uns in Einzelteile reißen! Verstehst du das? Dass du überhaupt noch empfänglich für ihn bist, zeigt doch nur, dass da noch was ist zwischen euch! Fuck! Und jetzt behaupte bloß nicht das Gegenteil, Alayna!« Ich starre dich nur an, zu keinem Gedanken fähig. Meine Hände zittern und ein schmerzhafter Schub geht durch meinen Körper, aber ich bleibe sitzen und rege mich nicht.

»Melissa hat mich zerstört. Ich kann das nicht noch mal. Und ich dachte, du bist stark genug, Alayna.«

Endlich formen sich Worte in meinem Mund. »Ich bin nicht Melissa«, schaffe ich, von mir zu geben.

Du lachst hart auf. »Gib ihm noch zwei Monate, dann *bist* du Melissa. Ich sehe doch schon jetzt die Züge, Alayna. Vertrau mir doch einfach. Ich kann dir das nicht antun, und mir selbst erst recht nicht. Ich kann nicht noch mal durch diese Hölle. Fuck, wieso bist du nicht einfach sitzen geblieben, Baby? *Scheiße, Alayna.*«

Du nimmst eine Nachttischlampe und schleuderst sie gegen die Wand. Ich zucke zusammen. »ICH MEINE«, schreist du mich jetzt an. »WAS ZUR VERFICKTEN HÖLLE IST DEIN PROBLEM? VOR EINER WOCHE GING ES NOCH, UND JETZT KANNST DU NICHT MAL AUF DEINEM ARSCH SITZEN, NUR WEIL ER ES NICHT WILL? UND ICH HABE GENAU GESEHEN, WIE

DEIN KÖRPER AUF IHN REAGIERT HAT! HABE DIE SEHNSUCHT IN DEINEN AUGEN GESEHEN UND IN DEINER STIMME GEHÖRT!«

Ich schlucke fest. »Und dann bist du aufgestanden und hast mich im Stich gelassen!«

»JA, ALAYNA, DAS STIMMT. DAS WAR DIESMAL *MEIN* TEST, ALAYNA, UND DU BIST DURCHGEFALLEN! ICH HABE MICH NUR NICHT EINGEMISCHT, WEIL ICH ES SEHEN MUSSTE, WEIL ICH GEWISSHEIT BRAUCHTE, UND DIE HABE ICH BEKOMMEN.«

Du trittst mit voller Wucht gegen das schwere Bett, auf dem ich sitze, und es ruckt zur Seite. Ich halte mich an der Matratze fest und kneife die Augen fest zusammen, während die Tränen stärker laufen.

»Okay, Carter. Und was jetzt?«, frage ich schluchzend und gleichzeitig schreiend.

»Und jetzt?«, wiederholst du. Du stehst wieder vor mir und siehst zu mir runter, während ich zu dir hochschaue. »Und jetzt ist der Moment da, in dem ich dich nicht mehr ertragen kann, Alayna, weil du sonst mein Herz ficken wirst!«

»Carter, ich liebe dich! Ich würde niemals dein Herz ficken, und selbst wenn, würde ich es wieder reparieren! Wieso gibst du so schnell auf?« Meine Stimme bebt, genau wie mein ganzer Körper. Ich kann mich nicht bewegen, fühle mich wie betäubt, und mein Atem geht unregelmäßig.

»Du liebst mich also?«, fragst du leer und sinkst wieder vor mir in die Knie.

Ich sehe dir in die Augen und will dich berühren, tue es aber nicht. »Natürlich liebe ich dich.«

Du nickst und legst eine Hand auf mein Knie. Meine Haut brennt, wo du mich berührst. Ich fahre mit meinen Fingern über deine rauen, aufgeplatzten und halte dich fest, weil du wieder dabei bist, mir zu entgleiten, und ich hasse es.

»Alayna, ich liebe dich auch, aber ich hasse dich mehr«, sagst du leise. Deine Augen sind so gerötet und verraten, wie stoned zu bist. Trotzdem spiegeln sie klar deine Emotionen wider. »Ich hasse dich für die Macht, die du über mich hast. Und dafür, wie leicht du mir wehtun kannst. Und dafür, dass du so schwach bist. Ich kann und werde dir niemals helfen, aus dieser Cadenscheiße rauszukommen. Denn du hast es nie ernsthaft versucht, und wenn doch, hast du nicht sehr lange durchgehalten. Du kannst dir nur selbst helfen, das zu schaffen, und glaub mir, du wirst glücklicher sein ohne mich. Siehst du das jetzt endlich?«

Was zur Hölle redest du da, Carter? Wie kannst du so was sagen?

»Du tust mir auch weh«, erwidere ich leise. »Jedes Mal, wenn du dich verabschiedest und mich dann doch wieder zurückholst.«

Du lächelst mich ein bisschen an. »Ich habe dir von Anfang gesagt, dass das passieren wird. Aber das hier ist das letzte Mal, ich verspreche es.« Du ziehst deine

Hand zurück und in mir entsteht eine unerträgliche Leere.

»Geh jetzt, Alayna.«

»Nein, Carter«, sage ich ernst, aber meine Stimme klingt gebrochen.

Du machst dir am Fenster eine Zigarette an und der dichte Rauch zieht nach draußen, ehe du dich umdrehst. Der Mond scheint dich von hinten an, du bist eine dunkle Silhouette im grellen Licht, und ich sehe dein Gesicht nicht.

»Soll ich ihn holen, damit er zählt?«, fragst du emotionslos.

Bei deinen Worten muss ich keuchen. Ich kann mir einfach nicht vorstellen, dass du das tun würdest. Dass du mich so verraten könntest. Und doch wusste ich von Anfang an, dass Caden immer an erster Stelle steht – vor mir. Hast du dir mal überlegt, ob es umgekehrt auch so ist?

»Das würdest du nicht tun«, sage ich vorsichtig.

»Teste mich, Alayna.«

Ich verschränke die Arme vor der Brust, denn ich will nicht gehen. Du kannst mich nicht schon wieder verlassen und mir erneut ein Messer in die Brust rammen.

»Ich gehe nicht.«

Du atmest wütend aus. »Okay.« Dann schnippst du die Kippe nach draußen und lehnst dich aus dem Fenster, um rüberzuschauen. Ich weiß, dass man von hier geradewegs zu Cadens Glasfront sehen kann. »Das Licht ist noch an«, informierst du mich.

»Okay.« Ich kralle meine Hände in den Pulli, den ich von dir trage.

»Alayna, ich hole ihn. Ich meine es ernst.«

»Mach das, Carter.«

»Okay.« Ich beobachte skeptisch, wie du zu deiner Jeans gehst, sie aufhebst und dein Handy rausziehst. Nach wie vor glaube ich dir das nicht. Du bluffst; du würdest mich ihm nicht so ausliefern, Carter. Denn wenn doch, dann gehe ich freiwillig.

Du machst den Lautsprecher an, als du Caden anrufst. Meine Augen werden riesengroß. Ich fasse es nicht. Und mein Herz bricht schlimmer, als wenn ich dich mit einer anderen Frau im Bett erwischt hätte.

»Was geht, Bro?«, fragt Caden gelassen. Wahrscheinlich hat diese kleine Schlampe gerade seinen Schwanz im Mund.

»Du musst rüberkommen.« Carter, du siehst mich an, als du das sagst, und zwar direkt in meine Augen. Dein Gesicht ist ausdruckslos.

»Was ist los?«

»Sie muss gehen. Endgültig.«

Ich keuche und krümme mich vor Schmerz, doch du reagierst kein bisschen. Du gibst uns einfach auf. Du gibst mich einfach auf. Nach allem, was war. Nach allem, was wir empfunden haben. Nach all den Tränen und Gänsehautmomenten. Nach allen Carter- und Alayna-Situationen. Einfach so. Weil du mal wieder beschlossen hast, dass *ich* mit etwas nicht fertig werde. Einfach so, Carter.

Du bist ein Feigling.

»Wirklich?« Die Skepsis ist kaum aus Cadens Stimme zu überhören und ich frage mich, woher sie kommt. Er müsste jetzt doch überglücklich sein.

»Komm einfach!« Damit legst du auf und ich erhebe mich auf zittrigen Beinen, gehe auf dich zu und recke mich dir entgegen. Du siehst zu mir runter. Deine Kiefermuskeln spielen und deine Fäuste pumpen.

»Du bist ein Feigling, Carter Rush«, sage ich und sehe dir direkt in die Augen.

»Besser das, als dich auf dem Gewissen zu haben«, antwortest du total nüchtern. »Er kommt, Alayna. Geh lieber. Ich weiß nicht, was er sonst mit dir tun wird. Und ich werde ihn nicht aufhalten, das weißt du ja jetzt.«

Ich würde dich am liebsten schlagen und dir die gleichen Schmerzen zufügen, die mich gerade auseinanderreißen. Aber der bloße Gedanke daran, dass Caden zählt oder mir sonst was ins Gehirn pflanzt, löst Panik in mir aus. Also schlüpfe ich schnell in meine Klamotten, packe meine Sachen eilig in meine Handtasche und spurte zur Tür.

Bevor ich gehe, drehe ich mich noch mal zu dir um. Du stehst immer noch mitten im Raum und siehst mir nach.

»GEH«, forderst du.

»Dann hol mich nie wieder zurück. Ich gehöre dir nicht mehr«, speie ich dir hasserfüllt und mit Tränen in den

Augen entgegen, bevor ich nach unten stolpere. Ich reiße die Tür auf, die durchs Haus führt, weil das Tor so laut ist, und natürlich renne ich direkt in Caden rein, der mich an den Oberarmen packt.

Scheiße.

12. Ich hasse dich, Carter

Alayna

Ich fühle mich, als hätte er mir einen Stromschlag verpasst, als seine groben Hände mich packen und er mit schief gelegtem Kopf zu mir runtersieht. Mein Herz rast. Der Flur ist dunkel, und Mondlicht scheint durch die Fenster, als er haucht: »Warum so eilig, Babygirl?«

Ich atme zittrig durch und ich weiß, dass du uns siehst, Carter, doch du unternimmst *nichts*. Schon wieder. Es ist immer das Gleiche mit dir, und vielleicht sollte ich dich einfach hassen. Ich glaube, das werde ich nach dieser Nacht auch tun.

»Caden, lass mich durch. Ich gehe freiwillig«, sage ich gequält und versuche, mich an ihm vorbeizuschieben, aber er macht einen Schritt nach links und lässt mich nicht los.

Ich schließe geschlagen meine Augen, denn ich weiß, ich bin in den Fängen des Teufels, und du, sein kleiner Untertan, wirst mir da nicht raushelfen.

Ich kann nicht atmen, und als ich die Augen wieder öffne, blitzt mir der blanke Wahnsinn aus seinen entgegen, und noch was anderes, aber das kaufe ich ihm nicht ab.

»Du wolltest wirklich gehen, ohne dich zu verabschieden? Das ist aber unhöflich, Alayna«, sagt er gespielt fröhlich und schubst mich zurück in die Garage. »Ich hatte noch so viel mit dir vor.« Damit schließt er die Tür hinter uns ab und mein Herz bleibt bei dem endgültigen Geräusch für einen Moment stehen. Ich weiß, wie Caden sein kann, aber das erste Mal habe ich wirkliche und wahrhaftige Angst vor ihm.

»Was willst du jetzt machen?«, frage ich vorsichtig. »Tu nichts Dummes, Caden.«

»Aach, aber mir ist manchmal so nach Dummheiten. So wie damals, als ich mich in dich verliebt habe und all der Scheiß.«

Caden fängt an mich zu umkreisen, wie ein Hai seine Beute. Seine Hände liegen hinter seinem Rücken und seine Schritte sind wohlbedacht und geschmeidig. »Was ich alles mit dir tun könnte, Alayna. Und Carter würde es nicht mal verhindern. Bereust du schon, dass du dich für ihn entschieden hast? Ich hätte dich nicht mit so einem wie mir allein gelassen. Niemals.«

Mein Blick schießt über die Schulter nach oben und ich sehe dich am Treppengeländer lehnen. Du rauchst eine Zigarette und beobachtest uns. Ich hasse dich, Carter, abgrundtief. Das wirst du niemals rückgängig machen können. Ich hoffe, dass du nie wieder in mein Leben trittst.

»Oooooh«, macht Caden. »Da ist ja der gesunde Hass, den du die ganze Zeit hättest fühlen sollen. Bist du jetzt endlich aus deinem Dornröschenschlaf aufgewacht?« Er kommt wieder vor mir an und betrachtet mich interessiert.

»Bringen wir es einfach hinter uns«, sage ich ungeduldig und mein Herz flattert. »Was willst du? Sex?«

»Du würdest jetzt wirklich noch mal mit mir ficken, wenn ich das wollte?« Er lacht auf. »Führ mich nicht in Versuchung, Alayna.« Das kommt ganz humorlos und ich beschließe, ihm keine dumme Antwort zu geben.

Seine Finger tänzeln über mein Gesicht und ich rieche Isabelles Parfüm an ihm. Ich neige meinen Kopf zur Seite und er reißt ihn am Kinn wieder zurück.

»Kein Ausweichen mehr, Alayna, das langweilt mich.«

Ohne mich zu berühren, drängt er mich mit dem Körper gegen die Couchlehne, sodass ich mit dem Hintern dagegenkrache. Seine Augen folgen seinen Fingern, als er langsam mein Kinn nach unten tänzelt und seinen Körper an meinen drückt. Die Luft in meinen Lungen bleibt, wo sie ist, ich kann einfach nicht mehr atmen. Ich spüre, wie mein Herz immer schneller rast und meine Knie so weich werden, dass ich wegknicke, aber er packt mich am Ellbogen, damit ich stehen bleibe. Mir wird gleichzeitig heiß und kalt, als sein Körper sich nach all der Zeit wieder an mich presst. Tausende von Emotionen durchrauschen mich, und nicht alle haben mit Abscheu zu tun. Das ist die Wahrheit.

»Was machen wir jetzt mit dir?«, fragt er leise. »Ich könnte dich auf die Straße schicken, damit du endlich Geschichte bist. Siehst du nicht, dass du überflüssig bist auf dieser Welt? Und dass du nur Schmerz verursachst?« Seine Finger tänzeln weiter mein Dekolleté hinab. »Ich könnte dich aber auch einfach ficken wie die Hure, die du bist.« Seine Worte treffen mich wieder tief in meinem Inneren, auch wenn ich versuche, sie nicht an mich ranzulassen.

»Das meinst du nicht so«, sage ich fest. »Du wirst mir nicht wehtun, Caden!« Zumindest rede ich mir das ein. Doch er lacht trocken.

»Wieso? Du hast mir doch auch wehgetan. Was lässt dich annehmen, dass ich das Gleiche nicht bei dir kann – aber auf meine Weise?«

Ich höre, wie er seinen Gürtel öffnet, und keuche. »Caden, mach das nicht«, warne ich ihn. »Ich will es nicht.«

Er beugt sein Gesicht meinem entgegen, streicht mit seiner Nase über meine Wange. Wieder werden meine Knie weich. »Ah, ah … nicht fallen, Alayna.« Er packt mich am Arm, drückt sein Becken gegen meinen Bauch und ich stöhne. Wieso stöhne ich jetzt? Ich will es doch gar nicht. Was ist das? Wie macht er das? Und während all das passiert, weiß ich, dass du da oben stehst und uns zusieht. Ich hasse uns alle.

Seine Lippen streichen hauchzart über meine. Ich keuche und spüre, wie ich mich ihm entgegenbeuge. »Also: Was wolltest du nicht?«

»Fuck, Caden«, flüstere ich zittrig, direkt an seinem Mund. »Bitte …«

»Was?« Er lässt seinen Finger über meinen Mund streichen und ich öffne die Lippen für ihn. Gleichzeitig hasse ich mich dafür. »Also?« Mit einem Mal reißt er seine Hand nach unten und presst sie zwischen meine Beine. »Wie war das gleich?«

Ich atme zittrig ein, als er die Jeans gegen meine Mitte reibt.

»Sag nur, dass ich es lassen soll, und zwar so, dass Carter es hört und dir glaubt, dass du keine Hure bist, und ich höre auf. Deal?«

»Caden, du weißt genau, was du mit mir machst. Lass mich jetzt los«, flüstere ich heiser. Ich weiß nicht, ob ich es mir einbilde, aber kurz sieht es so aus, als würde Schmerz durch seine Augen zucken, doch er verschwindet so schnell wieder, dass ich meinen eigenen Sinnen nicht glauben kann.

»Okay. Wenn du feucht geworden bist wegen mir, hast du verloren. Wenn nicht, muss ich dir meinen Respekt aussprechen, Alayna.« Damit reißt er den Knopf meiner Hose auf und schiebt einfach seine Hand hinein. Als er mich dort berührt, zucke ich unter seinen Fingern und komme fast.

Scheiße!

»Aaaah, Bro, ich muss dich enttäuschen«, sagt er zu dir, ohne dich anzusehen. Seine Augen liegen auf mir. »Ich könnte dir jetzt einfach meinen Schwanz reinstecken«, stellt er nüchtern fest und zwickt in meine Klitoris. Ich beiße mir hart auf die Lippe, weil ich keinen Ton von mir geben will.

Er zieht seine Hand wieder zurück, bleibt aber an meinen Lippen. »Was meinst du, Carter?«, fragt er, immer noch ohne dich anzusehen. Ich wünschte, du würdest in meiner Haut stecken, damit du verstehen kannst, was hier passiert. Denn im Grunde will ich ihn nicht, aber er drückt gewisse Knöpfe, sodass ich erzittere und absolut wehrlos bin. Ich hasse es. Ich hasse es so sehr. »Soll ich sie immer noch wegschicken oder willst du ihn noch kurz reinstecken? Sie ist total bereit!«

»Du Arschloch«, flüstere ich unter Tränen.

Er beugt sich an mein Ohr. »Wenn ich schon dafür sorgen kann, dass er dich hasst, dann mache ich es richtig, Alayna.«

»*Bring das jetzt zu Ende*«, brüllst du aufgebracht von oben. »Zieh es nicht in die Länge, Caden!«

»Okay!« Er hebt abwehrend die Hände und fokussiert sich dann zu hundert Prozent auf mich. Sanft tippt er mir unter das Kinn. »Hör mir zu, Alayna. Du siehst ja jetzt, was du hier angerichtet hast. Wie sehr wir alle unter dir leiden mussten. Du hast Carter gebrochen, schlimmer als Melissa. Geh und komm nie wieder zurück.« Sein Blick ist so einnehmend, als würde er mich hypnotisieren, und in meinem Kopf speichert sich dieses Bild unwiderruflich. Ich weiß, was mich erwarten würde, wenn ich zurückkäme. Diesmal würde er mich wahrscheinlich umbringen, und du, Carter, würdest zusehen, wie du es eben getan hast.

»Eins …« Er lächelt verzückt, als ich mich anspanne. »Zwei, Alayna.« Er tritt einen Schritt zurück, um mir Platz zu machen. Ich reiße meine Tasche an mich und starre ihn hasserfüllt an. Es ist nicht nur er, der mich hinaustreibt, mein Fluchtinstinkt will nichts mehr, als zu verschwinden.

»Drei«, wispert er in mein Gesicht und ich bewege mich wie auf Autopilot zum Tor. Egal wie laut es ist, ich reiße es auf und renne die Straße runter … bis meine Muskeln und meine Lungen brennen und ich irgendwo in einem Vorgarten zusammenbreche.

13. Ich lasse es dich vergessen, Carter

Carter

»Sei kein vertrottelter Wichser! Wahrscheinlich will sie dich nur ficken, damit sie mir nahe ist, weil sie immer noch nicht verkraftet hat, wie ich sie abserviert habe, und glaub mir, sie ist genauso eine Bitch wie Melissa!«

»Noch einen«, blaffe ich die Kellnerin hinter der Theke an und sie runzelt die Stirn, bevor sie mein Glas nimmt und mir ein neues vollmacht.

»Mach die Augen auf, Carter! Sie wird dein Untergang sein! Sie ist das Gift, sie ist das gewissenlose Monster, das sich nimmt, was es will und es verschlingt. Sie hat

mit uns gespielt und uns so weit gebracht. Siehst du das nicht?«

Ich trinke einen großen Schluck und genieße das Brennen des Whiskys in meinem Rachen. Heute pur. Ich brauche heute alles pur, genau wie die Line, die ich mir vorhin zu Hause reingezogen habe.

»Ohhhh, komm runter, Bro. Das ist der ultimative Test für dich, ob sie immun gegen mich ist und dich wirklich liebt. Nicht so wie Melissa, die sofort auf die Knie gegangen ist.«

Melissa.

Ich frage mich, was nun mit ihr war. Frage mich, ob Caden sie manipuliert hat oder nicht, aber ist das noch wichtig? Am Ende hat sie vor ihm gekniet und ihm einen geblasen. Wenn das Gleiche mit dir passieren würde, Alayna, dann würde es nicht bei einer Prügelei bleiben. Dann würde ich ihn umbringen, ganz im Ernst.

Fuck, Baby, ich liebe dich wirklich mit allem, was ich habe, und das ist nicht viel. Mein verficktes Herz ist schwarz und verpestet, aber mit dir hat es sich gut angefühlt. Ich habe endlich das Pochen wieder gespürt, habe mich lebendig gefühlt. Wie in den sechs Wochen, als ich weg war, mit … Isabelle.

Aber Alayna, das geht so nicht. Caden hat immer noch so viel Macht über dich. Es hat mich alles gekostet, nicht dazwischenzugehen, als er dich angefasst hat. Ich hasste es, das zu sehen, aber wieder wurde mir seine Wirkung auf dich klar. Er muss dich nur auf eine bestimmte Weise berühren oder dir was Bestimmtes zuhauchen, und schon schmilzt du dahin. Das ist nicht richtig, Babe. Es wird nie richtig sein.

Ich hätte mich am liebsten dazwischengeschmissen, aber jede Bewegung meinerseits hätte dir nur gezeigt, dass ich mich noch für dich interessiere, und genau das sollst du nicht denken, Alayna. Ich will, dass du mich hasst, damit du nie wieder zurückkommst. Sogar wenn ich dich hole, und das werde ich sicherlich irgendwann wieder versuchen, weil ich ein Wichser bin. Ich will, dass du mich so sehr hasst, dass du mich von dir stößt, wenn ich wieder einen schwachen Moment habe und vor deiner Tür stehe.

Ich kann niemanden lieben, Alayna, weil ich jeden zerbreche, den ich liebe. Und was dich angeht, du würdest an mir oder auch an uns beiden irgendwann zugrunde gehen. Sterben. Wir würden dich innerlich umbringen, und zwar ganz bewusst, weil das unsere Natur ist. Baby, ich hätte der Sache noch eine Chance gegeben, wenn du nur ein bisschen durchgehalten hättest. Wenn du resistent gegen ihn gewesen wärst, aber euch zu beobachten war so ernüchternd und einleuchtend. Es wird nie besser werden, oder? Du liebst ihn noch. Trotz allem.

»Noch einen«, knurre ich und die Bedienung stellt mir wortlos ein weiteres Glas hin.

Es ist mein fünfter Whisky und ich sitze irgendwo in einer Abfuckerbar wie die, in der ich damals Isabelle kennengelernt habe, aber nicht in der gleichen Ecke.

Isabelle und ich waren im Nordteil der Stadt und zeitweise auch an der Grenze Chicagos. Sie hat auf dem Tisch getanzt und ist mir wortwörtlich auf den Schoß gefallen. Isabelle ist besonders, Alayna. Sie ist sehr wichtig für mich und sie war für mich da. Das würde ich dir nie zumuten – dass du mich in den dunkelsten Momenten siehst und für mich da sein musst. Denn dem würdest du nicht standhalten.

Jetzt bist du weg, Baby, und ich sitze am Tresen, die Haare chaotisch, immer noch ein Veilchen an meinem Auge. Ich bin hellwach, obwohl ich seit mehr als vierundzwanzig Stunden nicht geschlafen habe. Nachdem du gegangen warst, musste ich meine Garage auch verlassen, denn ich konnte keine weitere Sekunde mit Caden allein sein. Sonst hätte ich ihn wirklich totgeschlagen. Ich habe mich mit zwei Lines betäubt und jetzt sitze ich hier. Alle Anwesenden sind total auf Drogen, komplett verstrahlt und abgefuckt. Draußen geht sicher langsam die Sonne auf, aber ich habe nicht vor, heimzugehen, Alayna. Dort riecht alles nach dir. Dort bist du, obwohl du nicht da bist.

Ich hasse mich.

Und ich hasse dich.

Am liebsten würde ich zu dir fahren und auf alles scheißen, aber ich kann nicht. Immer wieder rufe ich mir das Bild vor Augen, wie Caden dich manipuliert, wie er zählt und du gehorchst, wie du ihn ansiehst und er dich. Ich muss anfangen, dich zu vergessen, Alayna.

Ich muss deine Augen vergessen, die in der Sonne so grün strahlen und in der Dunkelheit so tiefbraun sind, dass sie mich anziehen wie ein schwarzes Loch.

Ich muss dein Lächeln vergessen, wenn du mich anschaust und strahlst, weil du mich so sehr vermisst hast.

Ich muss die Art vergessen, wie du am Morgen aussiehst, wenn du die Augen aufschlägst und mich das erste Mal anblickst.

Ich muss deine Stimme vergessen, wenn du für mich stöhnst.

Ich muss die Gefühle vergessen, die in mir aufkochen, wenn du mir sagst, dass du mich liebst.

Ich muss die Wut in deinem Gesicht vergessen, als ich dich ihm vorhin ausgeliefert habe. Diese grenzenlose Enttäuschung, und ich muss die Tränen vergessen, als du mich angefleht hast, dich nicht schon wieder zu verlassen.

Ich muss deinen Duft vergessen.

Ich muss dein Lachen vergessen.

Und deine Augen, Scheiße, Baby, deine Augen …

Alayna, vielleicht stimmt es, was Caden sagt. Vielleicht hast du ihn mehr geliebt, als wir alle ahnen. Vielleicht hast du seine Nähe mehr genossen, als gut für uns alle ist, und vielleicht warst du auch eifersüchtig, als du ihn mit Isabelle gesehen hast. So wie ich es war.

Aber das alles ändert nichts daran, dass du mich geliebt hast, Alayna.

Ich weiß nicht, wie ich es finden soll, dass du das schon bald nicht mehr tun wirst. Dass du studieren und irgendeinen Standardtypen kennenlernen wirst, der wahrscheinlich Malcolm oder so heißt, und mit dem du dann an den Wochenenden Eis essen und im Park Enten füttern gehst. Ich hasse diese Vorstellung, Alayna, du bist nicht für so ein Normaloleben geboren. Du bist außergewöhnlich, und ich würde dir gern sagen, dass ich dir ein aufregendes Leben und einen leidenschaftlichen Mann an deiner Seite wünsche.

Aber das tue ich nicht, Baby.

Ich hasse die Vorstellung, dass du einen anderen finden könntest. Jemanden, der dich nicht enttäuscht und so liebt, wie du es verdienst.

Ich wollte dieser Eine für dich sein, aber ich habe es nicht geschafft. Weil ich ein Wichser bin, Alayna.

Ich hasse dich.

Und ich hasse mich.

* * *

Caden

Ich habe nicht geschlafen. Du liegst in den Laken und schläfst. Von der letzten Nacht hast du nichts mitbekommen, und obwohl du kurz aufgewacht bist, bist du mir nicht hinterhergegangen. Das war auch besser so, denn das war eine Sache zwischen ihr und mir. Carter ist gegangen, ich habe seinen Motor gehört. Jetzt geht die Sonne auf und er ist immer noch nicht zurück.

Er wird sich sicher in irgendeiner Bar abschießen, und ich überlege, wie schlimm es diesmal bei ihm ist. Nachdem Alayna weg war, ist er rausgestürmt und gleich weggefahren, ohne einen Blick zu mir zu werfen. Er hat sie wirklich geliebt, so viel intensiver als Melissa oder jede andere je zuvor, und ich weiß nicht, ob er sie so schnell vergessen kann. Aber irgendwann wird er es schaffen und dann sehen, dass es so besser ist. Auch wenn er versuchen wird, mich wegzustoßen. Er wird nur so weit kommen, wie ich es zulasse.

Für einen Moment überlege ich, was es mit mir macht, dass Alayna jetzt wirklich weg ist. Wenn ich ehrlich bin, zieht sich meine Brust etwas zusammen und in meinem Kopf spielen sich diverse Bilder ab: wie sie zu mir hochgesehen hat, wenn ich ins Zimmer kam. Wie sie auf dem Parkplatz in der Uni auf mich gewartet hat. Wie wir in ihrem kleinen Bett saßen und sie in meinen Armen geweint hat. Wie sie mich angelächelt hat, jedes Mal, wenn sie mich in der Uni gesehen hat. Wie sie mich geküsst hat und wir unsere Hände verschränkt haben. Wie sie sich verschlafen an mich geschmiegt hat und ihre Nase über meinen Hals fuhr. Und wie sie mich angesehen hat, als ich sie weggeschickt habe – wieder. Als ich sie berührt habe und so widerlich zu ihr war, als ich sie gedemütigt habe … *Fuck!*

Du regst dich neben mir, seufzt und drehst dich im Schlaf auf den Bauch, damit du mir näher bist. Selbst wenn du nicht voll bei Bewusstsein bist, zieht dich alles zu mir hin. Du machst dich zur richtigen Zeit bemerkbar, um meine Gedanken abzuschalten, damit ich nicht mehr darüber grübele, was mit Alayna ist und was ihre Tränen insgeheim mit mir angestellt haben.

Mein Blick schießt sofort zu deinem Körper. Ich weiß jetzt, wie es sich anfühlt, wenn man wirklich süchtig nach etwas ist. Und das ist nicht gut. Du hast mich innerhalb von drei Tagen schon so weit gebracht, dass ich mich nur noch in dir vergraben und mein Gehirn abstellen will. Ich habe die Zügel schleifen lassen, aber ich will sie auch nicht anziehen und dich in irgendeine Richtung zwingen, weil es viel zu faszinierend ist, dir zuzuschauen, was du als Nächstes tust, wenn ich dir einfach freien Lauf lasse.

Du liegst auf dem Bauch, eine Hand unter deiner Wange gebettet, und deine pechschwarzen Wimpern werfen im Sonnenlicht kleine Schatten auf deine hohen Wangenknochen. Deine geröteten Lippen stehen einen Spalt offen und deine langen, schwarzen Haare sind über deine Wange verteilt.

Ich streiche dir die Strähnen zurück. Du schmiegst dich unbewusst meiner Hand entgegen, und ich seufze. Das hier wird noch richtig kompliziert werden und mit höchster Wahrscheinlichkeit übel enden. Ich bin kein Mann für diese Scheiße, und es ist gefährlich, wenn ich die Kontrolle verliere oder mich wirklich einer Frau hingebe – wie bei Alayna, mit der ich von einem Chaos ins nächste gestolpert bin.

Ich stehe auf, bevor ich noch in Versuchung komme, dich mit meinem Schwanz zu wecken, der dann einfach in dir ist, wie so oft.

Als ich nach frischen Boxershorts greife, streckst du deine kleine Hand sehnsüchtig aus und öffnest blinzelnd die Augen.

»Was machst du da?«, fragst du verschlafen. Deine Stimme ist so sexy, wenn du müde bist. »Aufstehen verboten.«

Ich lächle dich ein bisschen an und ziehe mir die Boxershorts über. »Ich muss weg, Babygirl.«

Jetzt stützt du dich auf einen Ellbogen. »Es ist erst halb sieben. Wohin willst du denn?«

Achtlos greife ich nach der Jeans von gestern und schlüpfe hinein. Während ich meinen Gürtel schließe, schmunzle ich in deine Richtung. »Schlaf weiter, Isabelle.«

Du verdrehst die Augen und lässt dich wieder in die Kissen sinken. Ich bin erleichtert, weil du mich bestimmt rumkriegen würdest, auf alles zu scheißen und mich wieder hinzulegen. Aber du bist keine Frau, die Fragen stellt, oder? Keine Frau, die hinterherspioniert und alles wissen will.

Schnell ziehe ich mir einen grauen Hoodie über, der Carter gehört und den Mom vertauscht hat, und verlasse das Zimmer, ohne dich noch mal anzusehen, bevor ich wirklich aus Versehen wieder in dich stolpere.

Ich sitze in meinem Auto. Die Sonne blendet schon jetzt und die Herbstblätter rieseln auf meine Motorhaube, als ich mein Handy rausnehme und nach Carters Standort schaue. Ich stalke ihn nur, wenn es sein muss, aber ich glaube, er war in letzter Zeit oft genug kopflos unterwegs, so wie ich herzlos.

Jetzt ist Alayna weg, und es wird Zeit, dass wir wieder eine Einheit bilden. Sie ist weg. Ich sage es mir immer wieder. Und ich schiebe die Gefühle von mir. Immer wieder.

Ich bin so müde, dass ich das Fenster aufmachen und die kalte Luft reinlassen muss. Dann zünde ich mir eine Zigarette an und fahre aus unserer Straße. War ja klar, dass er DORT ist – in der siffigsten Absteige der Stadt im siffigsten Viertel, in der Ecke des *Bosses*. Hier gehört alles ihm, genau wie die Hälfte der restlichen Stadt. Das ist Carters Abfuckgegend. Diesmal werde ich allerdings nicht zulassen, dass er wieder ganz verschwindet. Ich spüre, dass er bereits kurz davor ist.

Die Sonne fällt immer wieder durch das dichte Blätterdach, also setze ich meine Sonnenbrille auf und drehe die Musik laut, damit ich nicht hinter dem Steuer einschlafe.

Ich weiß, dass ich ganz sicher ein paar aufs Maul bekommen werde, aber ich werde es hinnehmen. Alles, was ihm hilft, ist legitim. Er ist mein Bruder. Und ich liebe ihn mehr als mein Leben. Auch, wenn man das nicht immer sehen kann.

* * *

Er sitzt an der Bar und ich schlendere an den total bekifften und zugedröhnten Wichsern vorbei, für die jetzt erst die Party anfängt, weil sie noch total dicht sind. Es ist eng und klein und stickig; es stinkt nach allem Möglichen und es ist dunkel und schummrig. Sofort wirft sich mir eine total dichte Tussi an den Hals, die nach einem warnenden Blick von mir gleich wieder zurückweicht.

Ich setze mich neben meinen Bruder. Er wirft mir nur einen kurzen Seitenblick zu. Seine Augen zeigen, dass er total zugekokst ist. Ich hasse es. Er weiß, wie ich dazu stehe, wenn er es übertreibt, und er hat es übertrieben. Sein rechtes Auge ist lila verfärbt, seine Fingerknöchel verkrustet und seine Haare total zerzaust. Von seiner blassen Hautfarbe will ich gar nicht erst anfangen.

Er starrt mich wieder an, dann dreht er sich von mir weg und leert seinen Whisky.

»Noch einen«, fordert er total betrunken. Die Kellnerin ist ein bisschen verwirrt, als sie uns nebeneinander sieht. Eben noch gab es nur einen von uns.

Ich seufze und zeige ihr mit zwei erhobenen Fingern, dass ich auch einen will.

Ich bemerke im Spiegel hinter der Bar, wovor die ganzen Flaschen stehen, dass er mich anschaut. Wir sehen so gleich aus, aber doch so verschieden. Er ist das abgefuckte, emotionale Chaos und ich bin die aalglatte, perfekte Dunkelheit.

»Sie mochte keinen Whisky, aber mit mir hat sie ihn getrunken.«

Ich weiß, dass er von Alayna redet. Von wem auch sonst? »Ach ja?«, frage ich trocken.

»Wir haben uns eine Flasche geteilt in dieser einen Nacht, als ich sie auf meiner Motorhaube gefickt hab. Du wusstest nichts davon, weil ich es dir verheimlicht habe. Danach hab ich sie nach Hause gebracht, wie ein kleiner süßer Vorstadtjunge seine Freundin eben nach Hause bringt.«

»Und dann hat sie dein Herz gefickt, wie es eine kleine Hure nun mal tut.« Das ist es, was ich mir immer wieder sagen muss. Sie muss wegbleiben. Es ist gut so, wie es ist! Sie gehört nicht zu mir, nicht zu ihm, nicht zu uns. Wir dürfen sie nicht komplett zerstören. Die Bedienung stellt uns die Whiskys hin. Wir leeren die Gläser auf ex und knallen sie auf den Tresen.

»Sie hat mein Herz nicht gefickt, du hast mein Herz gefickt. Genau wie bei Melissa und bei all den Schlampen.«

Ich erwidere seinen Blick durch den Spiegel und lege den Kopf schief. »Ich habe dir nur gezeigt, wer sie unter ihren hübschen Masken sind. Hast du das noch nicht gemerkt, Carter? Alle Menschen sind Huren. Du kannst dich entscheiden: Bist du Hure oder Zuhälter? Also was? Willst du der Boss sein oder derjenige, der sich immer wieder ficken lässt?«

Jetzt dreht er seinen Kopf zu mir und mustert mich von der Seite. Ich erwidere seinen Blick. »DIR kann es scheißegal sein, was ich bin oder sein will. Hauptsache, ich werde nicht so wie du!«

Ich schmunzle. Carter hat die Fähigkeit, das Offensichtliche zu übersehen – immer. Er dreht sich die Sachen so, dass sie in seinen Kopf passen, während ich alles so sehe, wie es ist, auch wenn es mir nicht gefällt. Na ja, okay, meistens zumindest.

»Bro, das bist du doch schon längst. Wir sind beide Monster, nur ein bisschen anders ausgestattet.«

»Ich sehe hier nur ein Monster«, antwortet er und dreht sich wieder zum Spiegel.

»Sag mir jetzt mal ehrlich, was würdest du gern tun, wenn du Isabelle und mich zusammen siehst?«

Seine Nasenflügel blähen sich.

»Aaaah«, mache ich nickend. »Du würdest es mir so gern heimzahlen, oder? Dabei würdest du über jede Grenze trampeln, auch über Alaynas kleines Herzchen, nicht wahr?«

Er schweigt. Und ich weiß, dass er es mir nicht nur heimzahlen will, Isabelle. Er ist eifersüchtig. Da war was zwischen euch, doch wenn ich nachhake, wird es nur noch realer, und das will ich nicht. Fürs Erste.

»Also doch zwei Monster«, sage ich abschließend und hebe noch mal meine Finger zur Bedienung.

Sie sieht ein bisschen skeptisch aus, weil wir so viel trinken.

»Bist du vielleicht froh, dass du Alayna losgeworden bist?«, frage ich. »Ganz tief in dir drin? Ist dir vielleicht

Rache doch wichtiger als das, was du denkst, für sie zu fühlen, Bro? Habe ich dir nicht einen Gefallen getan?«

Carter lässt den Nacken knacken. »Hör mit deiner manipulativen Scheiße auf, Caden. Du hast keine Ahnung!« Ich mache mich schon mal auf seinen Ausbruch gefasst. »Du hast keine Ahnung von Gefühlen und wie es ist, wenn dir irgendjemand anderes wichtiger ist als du dir selbst.«

Ich nicke nachdenklich. »Und? Wenn sie dir so wichtig war, wieso hast du sie dann mit mir auf dieser Couch sitzen lassen und hast auf Isabelle gehört, die dich mit Handzeichen ruhig gehalten hat. Interessant übrigens, wie viel Macht sie über dich hat.«

Mit Wucht schiebt er sich auf dem Barhocker zurück und ich exe meinen Whisky, weil ich weiß, dass das nicht lustig wird. Aber es ist nötig – wie immer.

Er steht auf. »Raus! JETZT!« Und marschiert los. Ich trinke auch seinen Whisky, knalle einen Schein auf den Tresen und folge ihm. Seine Faust schießt aus dem strahlenden Sonnschein direkt in mein Gesicht, sobald ich den ersten Schritt aus der Bar gemacht habe. Ich stöhne und taumle zurück. Carter gibt mir ein paar Sekunden, bevor er mich am Kragen packt und mich gegen die Wand drückt. Die Leute, die an uns vorbeihasten und ihrem Tagesablauf nachhetzen, machen einen weiten Bogen um uns herum und sehen uns irritiert an. Ich kann nur in Carters brennende Augen starren.

»Leg los, Bro!«, fordere ich ihn auf, aber Carter verharrt mit seiner Faust direkt vor meinem Gesicht, hält mich immer noch am Kragen, die Lippen zusammengepresst. Seine Augen schreien mich an. Und so stehen wir da, ohne zu reden. Sein Blick ist so leidend und sagt: *Wieso hast du das getan? Wieso hast du sie mir genommen? Du wusstest genau, was du mir antust.*

»Du gehörst zu mir und nicht zu ihr«, antworte ich laut.

»Ich kann nicht ohne sie«, erwidert er leise. Fuck, seine Augen werden glasig und seine Hand an meinem Kragen fängt an zu zittern. Das läuft nicht nach Plan und es erschreckt mich zutiefst. Ich weiß, wie Carter normalerweise leidet. Das hier geht über jedes Maß hinaus.

»Ich brauche sie, Caden, du Bastard!« Er stößt mich gegen die Wand und lässt mich los. »Ich brauche sie!« Seine Stimme bebt und dann passiert etwas, was noch nie passiert ist. Als hätte alle Kraft ihn verlassen, fällt er mitten auf dem Gehweg zwischen all den Leuten vor mir auf die Knie.

Scheiße.

Ich kann ihn nur anstarren. Meine Kehle ist zu eng zum Atmen und ich sinke vor ihn, weil mich die Kraft genauso verlässt.

»Carter, sieh mich an«, fordere ich leise und eindringlich. Es ist, als wären nur wir beide hier auf der Welt. Ich schlucke, als er den Blick hebt. In seinen Augen spiegelt sich die Qual, als würde er geradewegs aus der Hölle kommen und schreckliche Folter durchleben. Außerdem sind sie feucht, dabei weint mein Bruder nie.

»Ich brauche sie«, wiederholt er mit zittriger Stimme, die so gar nicht zu seiner stämmigen Erscheinung passt.

Ich packe sein Gesicht und zwinge ihn, mir in die Augen zu sehen. »Lass sie gehen, es ist für euch beide besser.«

Er atmet tief durch. »Es ist nur für dich besser.«

Ich knirsche mit den Zähnen. »Ich liebe dich, Carter. Ich glaube, du bist der einzige Mensch, den ich mehr liebe als mich. Und dich wird es kaputtmachen, wenn du sie kaputtmachst. Lass. Sie. Gehen!«

Seine Wimpern sind von Tränen benetzt und die Sonne knallt auf seine türkisblauen Augen. Er sieht so verzweifelt aus, dass auch meine Augen feucht werden. Ich hasse es, Isabelle. Ich hätte nie gedacht, dass seine Liebe für sie so stark ist. Eigentlich habe ich nur darauf gewartet, dass er sie auch an irgendeiner Raststätte aussetzt.

»Ich kann nicht.«

Ich nicke ernst. »Doch, du kannst und du wirst.«

Er beißt die Zähne zusammen und ich weiß, dass es ihm mehr darum geht, ob er sie gehen lassen *will,* und nicht, ob er kann. Denn er kann es durchaus, das hat er immer geschafft – irgendwie. Man kann alles, wenn man es will.

Jetzt laufen die Tränen bei ihm über und rinnen über seine unrasierten Wangen. In meiner Brust verkrampft sich alles bei dem Anblick und ich schlucke den Kloß in meinem Hals runter, was ich kaum schaffe.

»Mach sie weg«, flüstert er heiser. »Ich halt das nicht aus, mach sie weg!« Er packt mich wieder am Kragen wie ein Ertrinkender und kommt mir näher. »Bitte, Caden, mach sie weg! Egal wie, fick meinen Kopf, es ist mir egal! Aber mach sie weg. Diese Augen und dieses Lächeln und ihre Stimme ... Fuck, ich hatte sie doch gerade erst ...«

Ich umfasse sein Gesicht wieder und suche seinen Blick, obwohl ich ihn eigentlich nicht ertragen kann, weil er mich ansieht wie ein sterbender Mann und weil tatsächlich irgendwas unentwegt in ihm stirbt.

»Bist du dir sicher, dass du das willst? Willst du wirklich dein Herz verlieren? Das wirst du nämlich, wenn ich mit dir fertig bin. Dein emotionales Wesen wird es dann nicht mehr geben, Carter. Denn nur so kannst du sie vergessen. Dann bist du wie ich. Willst du das wirklich sein?«

Er starrt mir entschlossen in die Augen. »Alles, was nötig ist. Aber ich kann damit nicht leben.«

»Okay.« Ich lasse ihn los und atme tief durch, bevor ich mich erhebe. »Steh auf und hör auf zu heulen.«

Er lässt seinen Nacken knacken. Es ist wie die Auferstehung, als er sich erhebt und die Schultern strafft. Er sieht mir in die Augen und ich sage: »Wir fahren jetzt nach Hause, dann wirst du duschen und schlafen. Wenn du aufwachst, wirst du als Erstes an das, was *du* willst, denken und nicht an das, was sie braucht. Du wirst dir nehmen, was auch immer du willst, und es wird dir egal sein, was irgendjemand davon hält. Deine Gefühle behältst du für dich. Ich will, dass man dir nichts mehr ansieht. Schieb sie von dir, ignorier sie, wenn sie kommen. Sie sind egal. Sie machen dich nicht aus.« Ich tippe ihm gegen die Stirn und er blinzelt, weil er immer noch dicht ist. »Das hier macht dich aus. Ab jetzt denkst du nur noch mit dem Kopf und nicht mehr mit deinem Scheißherz, denn das verrät dich nur.« Ich hasse es, das zu ihm zu sagen, aber ich würde alles für ihn tun. Und ich weiß, wir werden beide untergehen.

Wir stehen uns gegenüber. Er starrt mir unentwegt in die Augen und lässt das Gesagte sacken, verarbeitet es. Ich sehe es förmlich in seinem Kopf rumoren und weiß, dass es dauern wird, bis er das umsetzen kann, obwohl er es so sehr will.

Ich bin mir sicher, dass er es schafft, weil seine Augen mit einem Mal leer werden, als hätte man ihm die Seele ausgesaugt. Ja, das tue ich mit den Menschen. *Willkommen in meiner Welt, Carter.*

»Okay«, sage ich und nicke zu meinem Auto. »Gehen wir.«

Ich habe das Gefühl, er lässt Alayna hier auf dem Gehweg zurück, wo mein Blut wegen seines Schlages den Boden benetzt.

14. Du bist nicht mehr du, Alayna

Caden

Ich hasse es ein bisschen, Isabelle. Mein Bruder sitzt neben mir wie ein verdammter wandelnder Toter und ich muss ihm helfen – irgendwie. Mir fällt nur eine Möglichkeit ein, abgesehen von meinen Manipulationen. Man kann einen Fisch angeln, indem man einen neuen Köder ins Wasser hält und hofft, dass er anbeißt. Ich weiß, Baby, dass du der beste Köder bist den man benutzen kann, und dass du das Einzige bist, was Carter annehmen würde, weil er dir vertraut – viel zu sehr vertraut, aber das schiebe ich beiseite.

Wir reden nicht, die Fenster sind offen und sein Blick ist so tot, als er nach vorn starrt. Ich sehe es in seinem Kopf arbeiten, der ihm wahrscheinlich immer das

Gleiche zeigt: Alaynas Enttäuschung, ihre Wut, ihren Schmerz und wie sie darauf reagiert hat, als ich sie berührt habe, obwohl sie genau gewusst hatte, dass er dort ist. Ihre Hilflosigkeit und ihre Verzweiflung. Die Dinge, die ich in mich aufgesaugt habe wie ein Löschblatt die Tinte, haben *ihn* kaputtgemacht.

Ich wollte ihn nicht kaputtmachen. Natürlich weiß ich, dass ich meinen Teil dazu beigetragen habe, aber die Sache mit Alayna und ihm war von Anfang an zum Scheitern verurteilt. Ich muss sie so weit wie möglich von hier wegschaffen, damit er nicht auf die Idee kommt, sie zurückzuholen, und selbst wenn, nicht da ist. Auch wenn ihn das noch mal zurückwerfen wird. Er hat mich um etwas gebeten und ich tue alles für meinen Bruder. Auch wenn es oft nicht den Anschein macht. Und weil ich weiß, dass es auch für sie das Beste ist, aber das würde ich niemals laut sagen.

Wir sind gleich zu Hause. Die Blätter tanzen verträumt im Wind, der Vorgarten ist endlich sauber und die Sonne strahlt, als meine Eltern mit Ava nach draußen kommen. Ava plappert gerade und Mom verdreht genervt die Augen. In dem Moment biege ich mit meinem BMW in die Einfahrt und alle stocken.

Dad kneift die Augen zusammen und mustert uns. Als ich den Motor abstelle, blähen sich seine Nasenflügel.

Ich steige aus, Carter jedoch bleibt noch sitzen. Dad wendet sich an Mom. »Fahr Ava in die Schule und ruf meinen Vater an, dass ich heute nicht zur Arbeit kommen kann. Donovan soll meinen Scheiß erledigen.«

Mom lässt ihre Augen zu Carter im Auto schweifen und über ihre feinen Züge zuckt Schmerz. Ich lehne mich an mein Auto und mache mir eine Kippe an, ich bin zu müde für diesen Scheiß. Aber so sieht man aus, wenn man seine Gefühle wie ein Meister verbergen kann. Carter mustert mich aufmerksam. Mom sieht mich rügend an, allerdings zucke ich nur mit den Schultern und setze meine unschuldigste Unschuldsmiene auf.

Ihre Augen blitzen und sie will auf mich zukommen, aber Dad packt sie am Arm. »Fahr jetzt, Emilia. Ich mach das.« Sie atmet gepresst und wirbelt herum. Mit steifen und aggressiven Schritten umrundet sie das Auto, steigt ein und knallt die Tür hinter sich zu. Ava folgt, ohne einen Ton von sich zu geben. Mom starrt mich unentwegt mit ihrem Psychohassblick an, während sie zurücksetzt, und fast die Mülltonne umfährt, weil sie mich gerade so hasst. Carter ist ihr Liebling, weil er wie Dad ist. Ich bin der Liebling vom Überdad, das reicht mir.

Dad wartet, bis das Auto um die Ecke gebogen ist, dann schießt sein eiskalter Blick zu mir. Er kommt mit zwei Schritten auf mich zu, ehe er mich am Kragen packt und mich gegen das Auto donnert.

»WAS hast du mit deinem Bruder gemacht, du kleiner Psychoscheißer?« Seine Nasenspitze berührt fast meine und seine Augen sind dunkel und feuern Giftpfeile auf mich ab. Dad ist auch so emotional wie Carter.

»Dad, beruhige dich«, sage ich langsam. »Ich hab damit nichts zu tun. Ich hab ihn aus dem Südviertel geholt, okay?«

Er stößt mich noch mal gegen das Auto. »Als ob *du* nichts damit zu tun hast, du Scheißer! Du hast doch immer damit zu tun, wenn es irgendwem hier schlecht geht! Du Dämon! Du saugst die Scheiße doch regelrecht in dich auf.«

Ich lege den Kopf schief. »So wie du früher, Dad? Willst du mir da echt einen Vorwurf machen?«

Dad lässt seinen Nacken knacken. »Versuch gar nicht erst, dich mit mir zu vergleichen! *Was. Hast. Du. Gemacht?*, habe ich gefragt! Du hast drei Sekunden, um zu antworten!«

Ich schnippe die Kippe weg. »Sonst was?«

Im nächsten Moment donnert seine Faust, genau wie Carters vorhin, in mein sowieso schon verletztes Gesicht. Mein Kopf knallt gegen den Wagen. Es tut verfickt weh, obwohl Dad sich noch zurückgehalten hat. Seine Schläge sind anders als die von Carter. Er hat ihm fünfundzwanzig Jahre voraus, in denen er Zeit zum Üben hatte.

»Fuck!«, zischt er und lässt mich los. Dad hat mir noch nie eine reingehauen, obwohl er oft kurz davor war. Wir stehen uns gegenüber, meine Nase blutet, und wir starren uns an, aber ich sehe, dass er noch nicht fertig ist, was mir gefällt. Ich brauche es. Und Dad weiß das.

»Das war's schon?«, frage ich und wische das Blut mit dem Zeigefinger von meiner Nase. »So viel Lebenserfahrung und mehr hast du nicht drauf, DAD? Soll ich noch mehr mit Carter machen? Oder Ava ein bisschen abfucken? OH, oder wie wäre es mit MOM?

Bei ihr hab ich das noch nie so wirklich probiert, das wäre mal interessant.«

»Du kleiner Wichser«, zischt er. Er ist genauso leicht reizbar wie Carter. Dad will sich auf mich stürzen und ich grinse schon, aber leider schiebt sich Carter dazwischen, der kleine Spielverderber.

Dad bremst sich gerade so, die Faust schon erhoben und zu einem Schlag bereit, der meinen Kopf sicher von den Schultern reißen würde, nach dem, was ich über Mom gesagt habe. Bei ihr hört bei meinem Vater alles auf.

»Dad, nicht!«, fordert Carter rau. Er steht mit dem Rücken zu mir. »Das will er doch nur.«

Ich lasse meinen Kopf geschlagen gegen das Auto sinken. »Ach Carter, immer noch so erpicht darauf, den Helden zu spielen?«

Er dreht den Kopf zu mir. »Verpiss dich einfach, Caden, bevor er dich umbringt.« Dad visiert mich immer noch an wie ein Stier das rote Tuch und wartet nur darauf, dass Carter zur Seite tritt, aber den Gefallen tut mein Bruder mir nicht.

Ich seufze theatralisch, bevor ich mein Auto abschließe und zur Veranda schlendere, mit einer Hand in der Hosentasche.

»Bis später, ihr zwei Süßen!« Damit verschwinde ich ins Haus.

Sobald ich drin bin, schließe ich die Augen und lasse den Kopf gegen die Tür sinken.

Fuck.

Carter

Ich fahre mir mit der Hand über das Gesicht und sinke am Auto nach unten, bis ich auf dem Boden sitze. Einige Sekunden steht Dad noch über mir und wirft seinen Schatten auf mich, dann merke ich, wie er tief durchatmet und sich neben mich setzt. Wortlos reicht er mir eine Zigarette. Sein Handy klingelt ununterbrochen, bis er stöhnend rangeht.

»JA, DAD?«, fragt er, ohne auf den Bildschirm gesehen zu haben. Er nickt und seufzt. »Ja, sie sind hier. Ich muss mich um was kümmern, ich schaffe es heute nicht. Was? … Nein, jetzt nicht, wir reden dann. Carter geht's scheiße.« Er fährt sich durch das Haar und sieht mich von der Seite an.

»Dad, schau mich nicht so an«, flüstere ich und er seufzt schon wieder.

»Ja, ich meld mich dann. Bye.« Er steckt sein Handy weg und ich zünde die Kippe an – inhaliere tief, bis meine Lungen brennen.

»Egal was es ist, du musst dich deswegen nicht vollkoksen.«

Ich lehne meinen Kopf an das Auto und schließe die Augen. Die Sonne strahlt in mein Gesicht. Ich will tun, was Caden mir gesagt hat, deshalb bist du nicht mehr du, Alayna. Du bist nur noch meine Ex.

Aus diesem Grund halte ich meine Gefühle unter Verschluss und versuche so hart, mir den Schmerz nicht ansehen zu lassen, den sie in mir zurückgelassen hat. Mein Herz brennt, aber mein Gesicht bleibt ruhig.

»Carter!«

Ich öffne die Augen und drehe meinen Kopf zu ihm. Er mustert mich aufmerksam. »Es bringt nichts, was du da machst, ich habe es versucht. Es betäubt dich kurzzeitig, aber irgendwann kommt alles mit doppelter Wucht zurück.«

»Sie ist weg«, sage ich emotionslos. Ich fühle mich so leer, und aus irgendwelchen Gründen schiebt sich in meinen Kopf das Bild, wie sie mich auf den Verandastufen, die vor uns sind, durch ihre dichten Wimpern angesehen hat, als wäre ich ihre Welt, und ich hasse es. Weil ich die Macht, die sie mir in die Hände gegeben hat, nicht verdient und nur missbraucht habe.

»Alayna?«

Ich nicke. Ihren Namen zu hören, versetzt mir einen Stich und ich versuche, dieses Gefühl zu ignorieren. Es klappt, wenn es auch wehtut.

»Auch wenn du das nicht hören willst, sie ist besser dran ohne dich.«

»Ich weiß.«

Er lehnt seinen Kopf ebenfalls an den Wagen. »Wenn ich dir sagen würde, es wird leichter, würde ich dich anlügen. Ich hab gesehen, wie sie dich angesehen hat, und ich weiß, dass das einen Mann in die Knie zwingen kann, wenn er so angesehen wird.« Eben jene Momente, in denen sie mir diese Blicke geschenkt hat, schießen wie ein Trailer durch meinen Kopf.

»Sie ist zu schwach für dich. Das kann nicht klappen, wenn einer zu schwach und der andere zu stark ist. Wenn einer immer nur nimmt und der andere immer nur gibt.«

»Ich weiß.«

»Ich kann dir jetzt keinen weisen Ratschlag geben, wie sie mein Dad mir immer gegeben hat. Weil nichts davon hilft. Ich hätte an deiner Stelle schon dreimal die Garage auseinandergenommen.«

Ich nicke abwesend. »Wollte ich auch, aber Caden ...«

»Was, Caden?«, speit mein Vater mir entgegen und sein Wangenmuskel zuckt.

»Er hat mir versprochen, es wegzumachen. Und ich habe mir versprochen, es zuzulassen.«

Mein Dad stöhnt auf. »Mach das nicht. Es ist wie mit den Drogen, es wird das alles eine Weile betäuben, aber dann kommt es nur noch stärker zurück. Und weißt du was? Es ist nie wirklich weg. Nicht einmal bei Caden. Er hat auch Momente, in denen er nachts im Bett liegt und in allem ertrinkt. Vertrau mir.« Ich versuche, mir das vorzustellen, kann es aber nicht, weil Caden wie eine Maschine ist und nicht wirklich etwas empfindet. Nicht ohne mich. Und jetzt will ich auch nichts mehr empfinden. Was machen wir jetzt?

»Geh in deine Garage, rauch einen dicken Joint und versuch zu schlafen, Carter«, sagt Dad.

Verwirrt sehe ich ihn an. »Empfiehlst du mir gerade wirklich Drogenkonsum?«

»Wenn es hilft. Aber nicht das harte Zeug. Verstanden?«

Nein, denke ich mir. »Ja«, erwidere ich. So macht das Caden also immer. Es gefällt mir.

Dad seufzt trotzdem und wuschelt mir durch das Haar. »Geh jetzt, und wenn du reden willst, sag es deiner Mutter und nicht Caden.«

»Okay«, antworte ich, denke aber: *Ganz bestimmt nicht.*

Er seufzt erneut und erhebt sich. »Geh jetzt.«

»Ich bleibe noch ein bisschen sitzen.«

Er ragt vor mir auf wie ein Fels, so sicher, mit beiden Beinen im Leben stehend. Die perfekte Frau an der Seite. Ich frage mich, wie er das geschafft hat, vor allem, da Mom immer sagt, er wäre wie ich.

Ich sehe mich nicht wie ihn, was die Zukunft angeht.

»Tu, was du willst, aber tu bloß nichts, was dein Bruder dir rät«, sagt er und ich nicke, aber gleichzeitig denke ich: *Ich werde auf jeden Fall tun, was mein Bruder mir rät*. Habe ich das nicht immer getan?

Dad geht und ich schließe die Augen, sitze noch eine gefühlte Stunde auf dem harten Boden und versuche, nichts zu empfinden, während sie nicht aufhört, mich in meinem Kopf anzulächeln.

15. Wenn du leidest, Carter

Caden

Ich hole mir in der Küche was zum Kühlen für mein Gesicht und stehe am Fenster, von wo ich Carter beobachte, der immer noch auf dem Boden sitzt. Seine Knie sind angezogen und er hat die Ellbogen darauf abgestützt, sein Gesicht in den Händen vergraben. Ich habe ihn noch nie so sehr leiden sehen. Und ich habe ihn ewig nicht mehr weinen und so zusammenbrechen sehen.

Dad ist der Einzige, der sich an mich heranschleichen kann. Ich zucke zusammen, als seine Stimme hinter mir ertönt. »Na? Bist du stolz auf dein Werk? Bist du jetzt erleichtert, dass sie nicht mehr zusammen sind und du ihn ganz für dich alleine hast?«

Ich trete einen Schritt zur Seite, weil er mir so nahe ist und ich seiner Wut gerade nicht traue. »Wieso sollte ich erleichtert sein, Dad?«, frage ich bemüht emotionslos und presse mir die gefrorenen Erbsen gegen die Wange.

Er folgt den einen Schritt, den ich zur Seite gemacht habe. »Weil du es liebst, wenn Carter leidet. Das war schon immer so. Schon, als ihr noch klein wart. Weißt du noch, als ihr acht wart und er sich den Arm gebrochen hat, weil er unbedingt auf den Baum klettern musste, wie du es ihm eingeredet hattest? Du hast so sehr mit ihm gelitten und gleichzeitig hinter seinem Rücken gegrinst, du kleiner Dämon. Denn was macht Carter, wenn er Schmerzen hat? Zu wem geht er? Wer ist dann der große Retter für ihn?«

Ein Lächeln entgleitet mir, ohne dass ich es verhindern kann. »Ich.« Ich verneine es nicht, wieso sollte ich? Dad hat doch den Nagel auf den Kopf getroffen. Ich liebe Carter mehr als mich selbst, und deswegen werde ich ihn niemals teilen. Ohne ihn bin ich kalt wie Eis, er ist meine einzige Wärmequelle. Er ist wie eine Sonne und ich bin der Planet, der um ihn herum kreist. Frauen kommen und gehen, die mir vorübergehend ein besseres Gefühl geben, aber niemand kann meinen Bruder ersetzen.

»Du weißt, dass es keine Liebe ist, wenn man den anderen verletzt, um sich selbst besser zu fühlen?«

»Wirklich?«, frage ich mit hochgezogenen Brauen. »Was ist dann mit Mom? Was ist mit *Cherry*? Ja, ich hatte ein paar interessante Unterhaltungen, als der

Überdad mich auf den rechten Pfad zurückführen wollte. Ihr alle seid so lächerlich. Heuchler! Wie du hier vor mir stehst und mich wegen etwas anscheißt, was ich von dir geerbt habe und was du selbst jahrelang gemacht hast, Dad. Sei einfach nur froh, dass Mom so stark ist und dich so sehr liebt, sonst wärst du jetzt allein.« Seine Schultern beben, er hat die Nasenflügel gebläht und lässt seinen Nacken knacken. »Was?«, frage ich provokant. »Willst du mir jetzt noch eine reinhauen? Bitte, such dir eine Seite aus.« Ich strecke ihm mein Kinn entgegen.

Er pumpt mit den Fäusten. »Verpiss dich, Caden«, presst er zwischen zusammengebissenen Zähnen vor.

»Das hatte ich sowieso vor!« Ich werfe noch einen Blick aus dem Fenster. Carter sitzt immer noch so da und ich widerstehe dem Drang, zu ihm zu gehen. Er muss ein bisschen allein sein.

Ich remple Dad mit der Schulter an, aber das lässt er sich natürlich nicht gefallen und schubst mich mit einer Wucht in den Flur, die mich fast gegen die Garderobe knallen lässt. Mit beiden Händen stütze ich mich an der Wand ab und verdrehe die Augen, während ich hochgehe.

So aggressiv.

So unbeherrscht.

Ich fühle mich wie durchgekaut und ausgespuckt, als ich um Viertel nach acht am Morgen, obwohl ich eigentlich in der Uni sein sollte, mein Zimmer betrete – kaum noch in der Lage, die Maske aufrechtzuerhalten.

Sie bröckelt an allen Enden und ich gehe erschöpft auf das Bett zu.

Du warst gerade dabei, dir vor dem Spiegel die Haare zu richten, und hast dich schon angezogen, als ich mich einfach bäuchlings nach vorn aufs Bett kippen lasse und am liebsten für immer so liegen bleiben würde. Die Matratze ist so weich und sie riecht nach dir. Ich spüre, wie du dich neben mich setzt.

»Caden?«, fragst du vorsichtig, wahrscheinlich, weil du genau weißt, wie mein Bruder ausflippt und mich in der Hinsicht noch nicht einschätzen kannst.

Ich drehe meinen Kopf zu dir und du keuchst auf. »Verdammt, was ist mit dir passiert?«, erkundigst du dich und fährst vorsichtig über meine Nase. Von deinem Handgelenk aus, an dem ein kleines goldenes Kettchen mit einem Herzanhänger baumelt, strömt dein Parfüm in meine Nase, und ich sehe nach oben in deine giftgrünen, funkelnden Augen. Deine Berührung ist so entspannend, als du hauchzart über mein Nasenbein und über meine Stirn streichst.

»Ich bin passiert«, sage ich müde und gähne.

Du lässt dich bäuchlings neben mich fallen und drehst den Kopf, sodass wir uns ansehen können. Die Sonne strahlt direkt in dein Gesicht. Deine Augen funkeln wie Edelsteine und deine schwarzen Haare schimmern rötlich und umrahmen dein perfektes Gesicht.

»Für was hast du dich selbst bestraft?«

Ich runzle die Stirn. »Was redest du? Bist du betrunken, Babygirl?«

»Nein. Aber du bist nicht der Einzige, der andere Leute einschätzen kann. Du steckst nicht ein, wenn du dich nicht freiwillig entscheidest, einzustecken.«

Gott, du bist so schön.

In meinem Magen verkrampft sich was, wenn ich daran denke, was ich beschlossen habe.

Ich strecke die Hand aus und spiele mit deinen Haaren. Wie kann eine Nacht voller Grauen so harmonisch enden? Du legst deine Hand an meine Wange und deine Fingerspitzen fahren über meine Haut. So leicht, dass ich es kaum spüre, es aber dennoch kribbelt.

»Was ist los?«

Ich schlucke und schiebe meine Gefühle beiseite, denn sie haben hier nichts verloren. Das mache ich ständig. Sonst hätte ich Alayna niemals so sehr wehtun können.

»Wie wichtig ist dir Carter?«

Die Frage scheint dich zu überraschen und deine Finger stocken. »Sehr wichtig. Wir kennen Seiten voneinander, die kein anderer kennt. Ich würde alles für ihn tun.« Wieder dränge ich die aufkeimenden Gefühle weg, die mir sagen, dass all deine Seiten nur mir gehören sollen. Und die Fragen in meinem Kopf, was da genau zwischen euch war. Ich glaube, ich will es gar nicht wissen. Was ich bereit bin zu opfern ist wie Selbstmord, aber ich bin ja bekannt dafür, dass ich mir selbst dauernd ein Messer ins Herz ramme.

»Alayna ist weg. Was wärst du bereit, zu tun, damit es ihm besser geht?«

Mit einem Ruck richtest du dich auf und legst den Kopf schief. »Was meinst du?«, fragst du gepresst.

»Er leidet, wie ich ihn noch nie leiden gesehen habe.« Langsam erhebe ich mich, sodass ich neben dir sitze. Dein Blick folgt mir skeptisch, als wäre ich eine Schlange, die jeden Moment angreifen und dich vergiften könnte. Das läge im Bereich des Möglichen, aber nicht bei dir, Babygirl.

»Er braucht unsere Hilfe, Isabelle«, sage ich und fühle mich hohl dabei, wie ausgeschabt. Wie ein leeres Gefäß.

»Was willst du von mir, Caden?«, fragst du langsam, aber mit einer Ahnung im Blick.

Ich zucke geschlagen mit den Schultern. »Ihr wart euch ja schon sehr nahe. Du hast es geschafft, Alayna sechs Wochen lang aus ihm rauszuvögeln«, antworte ich hart. »Ich will, dass du es noch mal tust.«

Du reißt die Augen auf und kurz flackert etwas in deinem Blick. Ist es Enttäuschung? »Du willst, dass ich mit einem anderen schlafe? Ohne dass wir spielen oder sonst was tun?«

Ich nicke, weil ich nicht reden kann. Meine Zähne sind fest aufeinandergepresst.

»Wow.« Du seufzt und ich sehe förmlich, wie du dich emotional von mir zurückzieht und kalt wirst. Deine Schultern straffen sich, als würdest du einen tödlichen Schlag erwarten. Aber dann atmest du tief, schließt die

Augen und nickst, bevor du mich mit einem ganz neuen Blick ansiehst. So distanziert. Ich hasse es, Isabelle.

»Okay. Klar.« Du nickst. »Ich werde ihn vögeln. So, dass er jede Frau vergisst, die er jemals hatte!«, erwiderst du ein bisschen angriffslustig.

»Gut!«, presse ich hervor.

»Hervorragend!«

»Perfekt«, sage ich und muss ein bisschen grinsen.

Du verengst die Lider. »Findest du das lustig?«

Ich schüttle mit erhobenen Brauen den Kopf. »Kein bisschen, Isabelle.«

Forschend musterst du mich und deine Lippen spitzen sich, ehe du den Kopf schief legst. »Eigentlich willst du mich nicht teilen, oder?« Ich presse alles zusammen, damit ich nicht schreie: *Nein, will ich nicht. Du gehörst mir, verdammte Scheiße noch eins, egal wie lange ich dich kenne!* »Du musst deinen Bruder wirklich lieben«, endest du und lässt dich auf die Matratze sinken. Ich sehe dich von oben an, während du an die Decke starrst. »Gib ihm noch ein paar Tage, bevor ich auf ihn zugehe. Ich kenne Carter. Er braucht Zeit für sich.« Ja, du hast dich bereits distanziert, denn in den letzten Tagen lag dein Blick praktisch immer voller Verlangen, Gier und Faszination auf mir.

Das ist jetzt nicht mehr der Fall.

Und ich nehme es so hin.

Erst mal.

15. Als wärt ihr nie da gewesen

Alayna

Ich sitze in meinem dunklen Zimmer. Es ist jetzt achtzehn Stunden her, dass du mein Herz gebrochen hast. Dass du mich verraten hast. Dass du mich zerfetzt hast. Obwohl du gesagt hast, *er* würde das tun, aber im Endeffekt hat er mir nur die Knarre an die Brust gehalten und du hast abgedrückt. Das ist, was ihr tut, nicht wahr? Das ist es, was ihr liebt, wonach ihr trachtet, tief in eurem Innersten.

Was hast du gemacht, nachdem ich weg war, Carter?

Hast du die tolle Isabelle gefickt, die dir ja ach so wichtig ist und die in Wahrheit ein Caden 2.0 ist. Da haben sich ja die drei Richtigen gefunden.

Es tut weh, ich kann es nicht leugnen. Es fühlt sich an, als hätte ich eine Million im Lotto gewonnen und am nächsten Tag erfahren, dass die Namen vertauscht wurden und es ein Versehen war. War ich ein Versehen, Carter? War ich einfach nur eine von vielen? Würdest du mich wirklich lieben, hättest du mich verteidigt und härter um mich gekämpft. Du hättest dich vor mich gestellt und mich nicht Caden überlassen. Aber es wird immer er sein, auch wenn es verschiedene Gründe hat, wieso du dich für ihn entscheidest. Ich hätte dich so gern von ihm befreit und dein wahres Wesen erforscht, ohne seinen Einfluss, seine giftigen Finger, die er überall reinsteckt. Gleichzeitig hasse ich es, dass er mich so sehr verabscheut und mir dermaßen wehtut – absichtlich. Ich habe mir das alles, was zwischen Caden und mir war, doch nicht eingebildet, oder?

Eine Seite von mir wünscht sich, du würdest es dir anders überlegen, vor der Tür stehen und sagen: »Baby, ich scheiße auf ihn. Ich will dich.« Die andere Seite hasst dich unwiderruflich und will dir wehtun, so wie du mir wehgetan hast.

Du fehlst mir, obwohl ich dich hasse. Ich will dich küssen und schlagen. Ich will in deinen Armen liegen und deinen Duft riechen, wissen, dass alles gut ist. Gleichzeitig will ich dich einen Abhang hinunterschubsen, damit du in die gleiche Schwärze fällst, in die du mich gestoßen hast.

Was wird jetzt passieren?

Wirst du jemand Neuen kennenlernen? Werdet ihr wieder eure Spiele spielen und die nächste Schachfigur auf eurem Brett hin und her schieben, bis sie vom Feld gestoßen wird und dem nächsten Opfer weichen muss? Oder wirst du wieder Kontakt zu Melissa aufnehmen? Sie ist sowieso viel mehr dein Typ als ich. War das das Problem? War ich nicht gut genug für dich, nicht süß, fügsam und dunkelhaarig genug? War ich so ungemütlich, habe ich zu viel Widerworte gegeben? Oder habe ich dich einfach gelangweilt und du hast nur nach einer Möglichkeit gesucht, um mich loszuwerden? War ich eine Last, habe ich dir im Weg gestanden mit Isabelle? Isabelle, der du Seiten an dir gezeigt hast, die ich nie kennenlernen durfte. Wieso? Was macht sie so besonders? Wieso hast du mir nie vertraut, selbst als wir es wirklich versuchen wollten? Wieso hast du dich nie richtig auf mich eingelassen?

Wieso hast du nur auf einen Fehler von mir gelauert?

Fuck, Carter, werde ich jetzt nie wieder deine Lippen küssen und deine heisere Stimme hören, wie sie *Fuck, Alayna* stöhnt? Werde ich nie wieder so von dir angefasst werden, wie du mich angefasst hast? Wirst du jemand anderes so berühren? Werde ich nie wieder deinen Duft riechen, wenn ich meine Nase an deinen Hals drücke? Gehörst du mir nicht mehr? Werde ich nie wieder deine starken Arme spüren, wie sie mich umschließen, und dich nie wieder reizen, bis deine Augen funkeln und du dich auf mich stürzt?

Es bringt mich um, dass ich dich nicht mehr anfassen darf, wenn ich es will, weil du nicht mehr mein bist. Warst du das jemals wirklich? Oder warst du immer sein?

Er hält dich so fest und du weißt es, tust aber nichts dagegen.

Deine absolute Ergebenheit gilt ihm.

Ich fühle mich so leer, alle Tränen sind versiegt. Es waren viele die letzten Stunden und jetzt kommt es mir vor, als hätte man mir einen Teil entrissen, den wichtigsten Teil meiner Selbst, ohne den ich tot bin.

Als es klingelt, bleibt mein Herz kurz stehen. Wir kriegen, seit Mom ganz weg ist, gar keinen Besuch mehr. Dad ist wieder in seinen leblosen Zustand zurückgefallen.

Bist du das? Bist du hier, um mich anzuflehen, dir noch eine Chance zu geben? Ich würde. Sofort. Ich bin dumm, aber ich würde dir noch tausend Chancen geben.

Ich springe auf und fühle mich so lebendig. Das Herz pocht so heftig in meiner Brust und Schweiß schießt aus jeder Pore. Ich wische mir die Hände an der Jogginghose ab und streiche mir durch die wirren Haare.

Es klingelt noch mal, diesmal drängender, und ich atme zittrig durch, bevor ich losrenne und stolpere. Gerade noch so kann ich mich am Treppengeländer festhalten und schlittere um die Kurve, die Stufen nach unten. Eilig stürme ich zur Haustür und reiße sie atemlos auf.

Da stehst du.

Du lehnst mit dem Unterarm am Türrahmen, die Beine überkreuzt, und schaust mich von unten herauf durch deine berauschenden Augen an. So sexy.

Doch dann hebst du deinen rechten Mundwinkel und ich erkenne, dass er es ist. Mein Herz rutscht fast in meine Hose und mein Gesicht fällt in sich zusammen.

Fuck, was will Caden hier?

Ich will die Tür zuknallen, aber der Dämon hat schon seinen Fuß, der in einem weißen Adidas-Sneaker steckt, dazwischen geklemmt und tippt die Tür mit dem Zeigefinger wieder auf.

Ich schlucke und weiche ein bisschen zurück.

»Na sieh mal einer an. Jetzt kannst du uns aber ganz schön gut auseinanderhalten. Hätte das mal vorher geklappt. Hallo«, sagt Caden sanft und beobachtet mich aufmerksam. »Du bist so süß, Alayna. Hast du echt gedacht, dass Carter auf seinem weißen Ross zu dir geritten kommt und dich in sein eigenes Traumland entführt? Oder mit dir in den Sonnuntergang reitet? Er hat dich abserviert, sei doch nicht so dumm, Alayna.«

Fast schon väterlich sieht er mich an und ich beiße die Zähne zusammen. Ich verenge die Augen und will ihm eine knallen, weil er mich so wütend macht. Aber er hat es geahnt und fängt mein Handgelenk in der Luft ab. Sein Gesicht sieht sowieso schon sehr mitgenommen aus. Warst du das? Für mich?

»Was denkst du gerade?«, fragt er mit schief gelegtem Kopf.

Ich reiße mein Handgelenk aus seinem Griff. »Dass Carter fester hätte zuschlagen sollen«, zische ich in sein verfärbtes Gesicht.

»Ah, ah.« Er schüttelt den Kopf. »Das war aber nicht dein weißer Ritter. Das war mein Dad. Und es ging nicht um dich, sorry. Du solltest aufhören, dir immer so viel Bedeutung beizumessen. Die Welt dreht sich nicht nur um dich, Baby.«

Erst als ich seinem Blick ausweiche, weil er mir so wehtut mit seinen Worten, entdecke ich den weißen BMW hinter ihm und erkenne vage Isabelles Gestalt auf dem Beifahrersitz. Sie scrollt durch ein Handy und hat Cadens Sonnenbrille aufgesetzt.

Ich sehe ihn wieder an, dieses selbstzufriedene, überhebliche Gesicht, von dem ich einmal dachte, ich würde es lieben.

Während ich starre, sagt er gar nichts, komischerweise, was mir das Gefühl gibt, dass etwas an meinem Äußeren ihn davon abhält, weiterzusticheln und zu bohren und das Messer in meinem Herz weiterzudrehen.

Ich will ihm wehtun, wie er mir wehgetan hat, auch wenn ich dafür lügen muss. Etwas von seiner eigenen Medizin darf er auch schlucken! »Ich habe dich nie geliebt, Caden. Auch wenn ich das mal gedacht hab.« Ich sehe ihm direkt in die Augen, ohne mit der Wimper zu zucken, und schaue dabei zu, wie die Worte langsam einsickern und er sie begreift. Seine gerade so verspielt funkelnden Augen werden hart. »Ich habe das damals auf dem Steg nur gesagt, weil ich dich von Carter ablenken wollte, den ich damals schon geliebt habe.« Ja, das ist eine fette Lüge. Eine wirklich fette. Aber er durchschaut sie nicht. Ein Muskel an seiner Wange zuckt. »Und danach in meinem Zimmer, als du mir gesagt hast, du würdest mich auch lieben? Da hat es mich überwältigt, weil wir zwischen diesen ganzen Erinnerungen an meine Vergangenheit saßen und ich an Jamie gedacht habe. Und das danach? Jedes einzelne Mal war eine Lüge, damit ich in Carters Nähe bleiben kann. Denn das kann ich ja so gut, oder? Lügen.« Ich merke, dass ich langsam wirklich eine waschechte Rachsucht auf Caden entwickle. Ich würde ihm gern so sehr wehtun wie er mir.

»Die Trennung? Ja, die hat wehgetan. Natürlich hat sie das, denn mit dir habe ich Carter verloren. Es ging immer nur um ihn. Was ich für dich empfunden habe, war nicht echt.« Am liebsten würde ich ihn so sehr manipulieren und kaputtmachen wie er mich, doch ich bin nicht so raffiniert wie er und nicht so gewissenlos. Jetzt mache ich es auf meine Weise und bohre ihm das Messer da rein, wo er es mir reingebohrt hat. Auch wenn sich bei ihm dort nichts befindet als ein verrottender schwarzer Klumpen.

Mit geballten Fäusten kommt er einen Schritt auf mich zu. Mein Herz hüpft, aber ich bleibe stehen und speie ihm entgegen: »WAS? Was willst du jetzt tun, Caden? Willst du mich manipulieren? Willst du mich schlagen oder beschimpfen oder bedrohen? Mich umbringen? Ist mir egal, ich hab alles verloren dank dir. Mach, was du willst, mich berührt nichts mehr. Mir ist alles egal!« Ich hoffe, ich treffe ihn mit meinen Worten, auch wenn die Hälfte davon gelogen ist. Denn ich will, dass er leidet, wie ich es tue.

Er lässt den Nacken knacken. »Willst du wissen, was dein Carter, um den es dir ja ach so lange ging, gestern gemacht hat, sobald du gegangen bist?«, fragt er hauchzart, was im absoluten Gegensatz zu der Härte und der lodernden Wut in seinen Augen steht. Er dreht den Kopf ein bisschen, sieht mich aber immer noch an, als er ruft: »Isabelle, komm aus dem Auto, Babygirl.« *Babygirl*. So hat er mich auch mal genannt und ich habe es für was Besonderes gehalten. So, wie er immer gesagt hat, dass ich *etwas Besonderes* für ihn wäre. Ich war gar nichts für ihn. Nichts weiter als ein Spiel!

Das Fenster steht halb offen, sie blickt auf und runzelt die Stirn, bevor sie die Sonnenbrille abnimmt und mit skeptischem Gesichtsausdruck aussteigt.

Gott, sie ist so verdammt schön, ich hasse sie. Sie ist noch hübscher als Melissa, und ihre Figur … Fuck. Jede Frau würde morden, um so auszusehen. Caden beobachtet all das in meinem Gesicht und spielt damit.

Isabelle trägt dunkelblaue, hautenge Jeans, dazu einfache Sneakers, weil sie keine besondere Kleidung braucht, um hervorzustechen. Sie hat ein eng anliegendes, bordeauxrotes Oberteil mit tiefem V-Ausschnitt an, das in ihrer Hose steckt, und einen Gürtel, der ihre sowieso schon schmale Taille noch schmaler macht. Dazu eine kurze, schwarze Lederjacke. Ihre schwarzen Haare sind halb zusammengesteckt, und sie hat einen roten Lutscher im Mund. Sie ist der feuchte Traum eines jeden Mannes. Auch deiner, Carter?

»Komm her.« Caden streckt die Hand, ohne zu ihr hinzusehen, nach ihr aus und sie legt die kleinen Finger vertrauensvoll hinein. *Ja, haltet euch nur schön an den Händchen! Ihr zwei Dämonen!* Dann ist sie unmittelbar an seiner Seite. Sie riecht unglaublich, muss ich zugeben. Und wie sie hier vor mir stehen, scheint es, als wären sie geradewegs der Hölle entsprungen und zu einem dämonischen Teil verschmolzen.

Caden legt den Arm besitzergreifend um ihre Schultern und Isabelle sieht ihn an. »Ja? Ich habe gerade fast meinen Candy-Crush-Rekord geknackt. Was ist?« Er zieht ihr den Lutscher aus dem Mund und steckt ihn sich selbst rein. Ihre Zunge ist ganz rot, als sie sich über die Lippen fährt.

»Erzähl Alayna, was du gestern mit Carter gemacht hast«, sagt er ein bisschen heiser.

Isabelle wirft ihm einen kurzen, fragenden Blick zu, als wolle sie wissen, ob sie das jetzt wirklich erzählen soll. Er grinst sie schief an – ich hasse es! –, dann sieht sie mich an und unter ihren giftgrünen Augen will ich zurückweichen. Als sie spricht, schaue ich auf ihre vollen, ein bisschen vom Lutscher klebrigen Lippen und überlege, ob du sie gestern geküsst hast, ehe ich mir vorstelle, wie du sie in den sechs Wochen, als du weg warst, immer wieder geküsst haben musst. Meine Augen wandern zu ihrem ausladendem Dekolleté mit dem feinen, goldenen Kreuz, das um ihren Hals liegt. Wie ironisch! Und ich überlege, wie oft du ihre Brüste in den Händen hattest oder deine Zunge darauf? Und Caden … Sie hebt ihre Hand, um ihr Haar nach hinten zu schmeißen, und ich überlege, wie oft sie deinen Schwanz in dieser Hand hatte. Wut kocht in mir hoch.

Sie lächelt fast schon mitleidig. Diese kleine, dumme, gewissenlose Hure.

»Ich hab ihn ein bisschen getröstet, denn ihm ging es nicht so gut, als du gegangen bist.« Ich blähe die Nasenflügel und mir wird schlecht.

»Ein bisschen detaillierter, Baby.« Caden legt einen Finger an meinen Brustkorb, nur deswegen kann ich mich nicht rühren. Ich hasse ihn. Was er mir in meinem eigenen Haus antut.

Sie seufzt genervt. »Wir hatten Sex. Mehrmals. In seinem Bett und auf der Couch und an der Wand. Er war echt frustriert.« Sie sieht Caden an. »Kann ich jetzt gehen? Mein Rekord …«

Er lächelt zufrieden und steckt ihr den Lutscher wieder in den Mund, an dem er die ganze Zeit selbst gelutscht hat. »Geh nur, Baby.«

»War schön, dich zu sehen, Alayna«, zwitschert sie alles andere als glücklich über meine Erscheinung. Damit geht sie und ihre Hüften wiegen sinnlich von links nach rechts. Ich verstehe ja, warum du auf sie stehst, Carter, aber so schnell?

»Fuck, Caden, und jetzt?«, fahre ich ihn an. Ich erdolche ihn förmlich mit meinem Blick, obwohl er noch dabei ist, Isabelle nachzuschauen. Er wendet sich wieder an mich. »Falls du darauf aus warst, dass ich ihn jetzt hasse, hast du falsch gedacht. Ich liebe ihn trotzdem noch. So funktioniert das nicht. Normale Menschen können das nicht an- und ausschalten.«

»Oh, es ist mir egal, was du empfindest, Alayna. Ich bin eigentlich nur hier, um dir ein Geschenk zu machen, ganz selbstlos.« Er greift sich in die hintere Hosentasche, aus der er ein gefaltetes Blatt Papier nimmt, das er links und rechts an den Kanten jeweils mit Zeigefinger und Daumen umfasst und direkt vor meinem Gesicht aufklappt.

Es ist ein Scheck.

Über hunderttausend Dollar.

Ich atme keuchend aus. »Was ist das?«

Er nimmt das Blatt herunter und lächelt. Ich befürchte schon, dass er mich hier wie eine Nutte für die letzten Monate bezahlen will, aber dann sagt er was ganz anderes.

»Das ist deine neue Zukunft. In Kentucky gibt es ein Institut, das deinem Vater helfen wird, wieder ins Leben zurückzufinden, damit er der Vater wird, den du brauchst. Die Warteliste ist lang, aber Harry Hastings ist der Glückspilz, der einfach so reinkam. Frag nicht, wie. An der Uni dort kannst du dein letztes Semester absolvieren. Du bist schon angemeldet und an dieser hier abgemeldet, ab Ende des Monats. Eure Wohnung liegt in der Ragen Street, fast direkt am Fluss, und in deinem E-Mail-Postfach findest du alle Infos, die du brauchst. Die Hunderttausend decken eure Miete, Versorgung und deine Uni für ein Jahr. Der Klinikplatz ist schon bezahlt.«

Ich kann nicht glauben, was ich höre. Bezahlt er mich gerade, damit ich weggehe? Und wie kann er es wagen, mich von meiner Uni abzumelden und mich irgendwo an den Arsch der Welt verfrachten zu wollen? Wie kann er es wagen? Okay, für meinen Dad wäre das eine einzigartige Möglichkeit, denn so eine Chance bietet sich uns nie wieder, dafür haben wir kein Geld. Aber es kommt von Caden und er darf nicht in meinem Leben rumpfuschen, nicht noch mehr. Wer ist er, dass er mir sagt, wo ich zu leben habe? Am liebsten würde ich ihn auslachen, aber die ganzen Nullen versprechen eine echte Änderung für mich und vor allem für Dad, und für ihn würde ich jeden Stolz über Bord werfen.

»Ich gehe nicht!«, pfeffere ich ihm trotzdem entgegen.

Er grinst, als hätte er es geahnt. Wie konnte ich jemals nicht den Teufel in diesem Grinsen sehen? »Liebst du Carter?«, fragt er mit einem Mal sehr ernst.

Ohne zu zögern, antworte ich: »Ja.«

»Wie schön, dann haben wir ja mal was gemeinsam. Ich will, dass mein Bruder glücklich wird, und das wird er nicht mit dir in der Nähe. Du blockierst ihn. Du hast vor seinen Augen mit mir gefickt, ihr werdet nie glücklich werden, Alayna. Du wirst ihn immer nur runterziehen und es wird ihn nie loslassen, was zwischen dir und mir war. Also lass ihn einfach gehen und leb dein Leben woanders. Wenn du es nicht freiwillig tust, sorge ich mit sehr ungemütlichen Mitteln dafür. Du hast keine Ahnung, wozu ich fähig bin.« Jetzt wird sein Blick noch härter und ich sehe etwas darin, was mir eine Gänsehaut am ganzen Körper beschert. Das hat er mich davor noch nie sehen lassen.

Er steckt mir den Scheck einfach in den Ausschnitt wie bei einer billigen Stripperin, beugt sich vor an mein Ohr und haucht: »Mach's gut, Alayna.« Seine Augen sind direkt in meine gerichtet und es kommt mir vor, als würde er sich tatsächlich für immer von mir verabschieden. Er sieht mich nämlich genauso an wie in der Nacht im Krankenhaus, Carter, als du abgehauen bist und er mich aus seinem Leben stoßen wollte.

Wenn Caden mich jetzt für immer loslässt und du das auch getan hast, wer holt mich dann zurück zu euch?

»Es ist vorbei, Alayna. Diese ganze Scheiße mit dir und ihm und mir. Geh und werde einfach glücklich, okay?« Das sagt er ganz ohne Manipulation, aber mit einer Ehrlichkeit in der Stimme, die mir den Boden unter den Füßen wegreißt, und die ich zu lange nicht mehr gehört habe.

Kurz ist er nicht der Wichser, der er die letzten Wochen war, sondern der Caden, in den ich mich damals unsterblich verliebt habe. So sieht er mich zumindest an – und mein Herz zieht sich ruckartig zusammen.

Ich kann ihn nur anstarren.

Kann nur das anstarren, was er mich das erste Mal sehen lässt.

Den Caden hinter der Maske – und er ist unglaublich.

Er sagt nichts mehr, streckt nur einen Finger aus und tippt mir unter das Kinn. Dann geht er und es ist, als wärt ihr beide nie da gewesen, als der weiße BMW davonfährt, ich allein in diesem Haus stehe und alles wie immer ist.

16. Wir haben dich gehen lassen, Alayna

Carter

Es ist Tag eins, den ich in der Garage verbringe. Im Dunkeln, eingeschlossen und ohne menschlichen Kontakt. Mom wollte mir was zu essen bringen, aber ich habe keinen Hunger, obwohl ich kiffe wie ein Weltmeister. Ich trage nur Boxershorts und liege auf dem Boden und versuche, sie zu vergessen. Immer noch. Ich versuche, mich an Cadens Worte zu halten. Und es klappt immer besser. Ich schiebe alle Gefühle beiseite, die wahrgenommen werden wollen. Das kann nicht gesund sein, aber es tut mir im Moment gut. Caden hat recht. Mein Herz fickt mich nur immer wieder. Ich sollte viel mehr mit dem Kopf funktionieren und einfach rationale Entscheidungen treffen. So, wie er es tut. Keine emotionalen Bindungen, keine Gefühlsduselei, keine Ablenkung, sich einfach nur ein Ziel setzen und darauf fokussieren.

Mein Ziel ist momentan, nicht an *sie* zu denken, also umgehe ich das mit aller Kraft.

Ich bin hier oben eingesperrt in meinem Schlafzimmer, denn ich will niemanden sehen. Auch meinen Bruder nicht. Ich brauche die Zeit, um mein neues Ich aufzubauen und mit meinem Leben klarzukommen.

Sie hat das schwarze Negligé hier vergessen, in dem sie mir vorgestern in High Heels den Kopf verdreht hat. Es war nicht leicht, es in den Müll zu schmeißen, ohne daran zu riechen. Und es war nicht leicht, die ganzen Bilder von uns von meinem Handy zu löschen und die ganzen Selfies, die sie mir geschickt hat, auf denen sie halb nackt war und mich verführen wollte, diese kleine Nymphe. Meine kleine Nymphe … oder Cadens. Ich weiß es nicht. Das ist das Problem. Und es würde immer ein Problem bleiben.

Jetzt liege ich hier und denke an alles und nichts. Der Rauch steht im Zimmer und ich versuche, mich von mir selbst abzukapseln und nicht mehr dieser emotionale, impulsive Idiot zu sein, der immer wieder in die gleiche Scheiße gerät.

Mein Handy klingelt. Unbekannte Nummer. Mein verficktes Herz hat meinem Plan noch nicht zugestimmt, es komplett stumm zu schalten. Ich weiß, dass sie es ist und ich nehme ab, obwohl ich das nicht sollte. Noch brauche ich ein bisschen Übung, um sie zu ignorieren, so wie ich Melissa damals so lange ignoriert habe.

»Was?« Sie schweigt und ich höre ihren Atem. »Alayna, was willst du?« Scheiße, ihren Namen auszusprechen fickt mich.

»Wie konntest du nur?«, fragt sie leise und so schmerzerfüllt. Ihre Stimme zu hören ertrage ich kaum. Ich muss die Augen schließen und atme die ganzen Scheißgefühle aus. Dabei denke ich nur an Cadens Worte und klammere mich an sie.

»Was konnte ich, Alayna?«, hake ich total gelangweilt nach, obwohl ich das so gar nicht bin.

»Mit Isabelle schlafen, gleich nachdem ich gegangen bin!« Am liebsten würde ich fragen, was für einen Scheiß sie da erzählt, weil ich gestern vieles gemacht habe, aber sicher nicht Isabelle gevögelt.

Aber dann denke ich, wie auch immer sie darauf kommt, es ist gut. Es schürt ihren Hass und wird sie weiter von mir wegtreiben.

»Sie war halt da, Alayna. Was? Was dachtest du denn? Dass ich jetzt für immer als Mönch leben werde?«

Sie keucht auf, weil sie wohl gehofft hat, dass ich ihr was anderes erzähle. Ich könnte ihr die Wahrheit sagen, dass es gar nicht stimmt, wie auch immer sie darauf kommt, aber ich habe da schon einen Verdacht und bin froh, denn das macht es so viel leichter.

»Carter …«

»Was? Was soll ich denn noch machen, Alayna, damit du es endlich checkst? Soll ich sie vor deinen Augen ficken? Dann komm her.« Wahrscheinlich vermittle ich das Bild, ich würde wütend hier rumrennen oder Isabelle würde sogar gerade auf meinem Schoß sitzen, aber ich bin so erschöpft und der harte Boden ist alles, was ich seit Stunden spüre, und selbst den spüre ich nicht mehr wirklich.

»Wieso hasst du mich?« Ich hasse dich nicht, ich liebe dich, du dummes Ding, will ich sagen. Aber ich tue es nicht und lüge weiter. Es trifft mich wahrscheinlich mehr als sie.

»Weil du dich zwischen meinen Bruder und mich gedrängt hast, und das tut niemand ungestraft, Alayna. Ich hab nur ein bisschen gebraucht, um dich zu durchschauen und dieses dumme Spiel, bis mir klar geworden ist, dass ich dich gar nicht geliebt habe. Sonst hätte ich dich nicht so leicht gehen lassen können. Aber du warst im Bett so krass, dass man da einiges verwechseln kann. Sorry.«

Ich höre sie zittrig einatmen, weil dieser Schlag gesessen hat, und ich hasse es. Doch ich schlucke die ganzen Emotionen runter, die sofort aufkochen.

»Wow«, sagt sie leise und ich wünschte, sie würde ausrasten, aber sie bleibt so ruhig, dass es mich verwirrt. »Okay, dann hält mich ja nichts mehr, Carter.«

»Was?«, frage ich verwirrt und stütze mich auf einen Ellbogen.

»Danke, Carter. Das habe ich gebraucht.«

»Was meinst du?«, erkundige ich mich drohend und verfalle viel zu sehr in mein altes Ich.

»Das geht dich nichts mehr an.« Damit legt sie auf und ich starre mein Handy an, bevor ich mich zurück auf den Rücken sinken lasse.

Sie hat recht.

Es geht mich nichts an. Ich habe den ersten Schritt getan, um mich von meinen Gefühlen zu lösen, und habe mir das Herz rausgerissen.

Jetzt kann mich eigentlich nichts mehr halten.

Ohne Herz bin ich nur Caden.

Und das wollte ich ja auch sein.

* * *

Caden

Du starrst mich seit einer gefühlten Ewigkeit an, Isabelle. Ich weiß genau, wieso du das tust. Jetzt sitzen wir im Auto und sind auf dem Weg nach Hause. Die Sonne geht unter. Es ist kühl geworden, über den Himmel zieht sich ein roter Schimmer.

»Was? Frag doch einfach, Babygirl«, sage ich und sehe zu dir rüber.

»Wieso habe ich gerade für dich gelogen, Caden?«

»Weil du alles für mich tun würdest?«, kontere ich mit einem Schmunzeln und einem Augenzwinkern.

Du verdrehst die Augen. »Sicher nicht.«

»Sie musste gehen, sie hätte sonst ihren Arsch nicht hier wegbewegt und wäre spätestens nach einer Woche wieder da gewesen.«

»Und für wen wäre das schlimmer gewesen?«, fragst du locker. »Für dich oder Carter?« Ich mag das nicht, Isabelle. Du findest jede noch so kleine Wunde und quetschst deinen kleinen Finger rein, um voller Genuss darin herumzubohren, so wie ich das sonst tue.

»Für Carter natürlich«, erwidere ich aalglatt.

»Aha.« Du ziehst die Brauen hoch. »Wirklich?«

»Ja, wirklich«, sage ich ein bisschen genervt.

»Aaah, weil ich gerade gedacht habe, du bist total angepisst, weil du sie hast gehen lassen – endlich.« Aha, so fühlt sich das also an, wenn ich bei anderen bohre und einfach nicht lockerlasse. Das ist echt ätzend.

Ich werfe dir einen Halt-die-Klappe-Blick zu, aber du denkst nicht mal dran.

»Hach, ich liebe es, wenn ich genau ins Schwarze treffe. Hilft es dir, wenn ich dir sage, dass sie gelogen hat? Ich habe alles gehört, Caden. Sie hat dich geliebt, sehr. Aber ihn liebt sie gerade mehr, weil er sie aufgefangen hat, als du sie nur verletzt hast. Sie ist verdammt tief verletzt, das überschattet alles, was sie für dich empfindet. Dieses kleine, braunäugige Reh.«

Hmmm … jetzt habe ich wieder eine Wunde gefunden. »Kann es sein, dass du Alayna Hastings nicht besonders magst, Babygirl?«, frage ich mit einem kleinen Grinsen.

»Wir reden hier nicht über mich, sondern darüber, wie schwer es dir gerade gefallen ist, sie für immer wegzustoßen. Ich habe es genau gesehen, mach mir nichts vor. Nicht mir.«

Ich knirsche mit den Zähnen.

»Pass auf, dass sie nicht abbrechen, Caden – deine Zähne.«

Du machst mich ein bisschen rasend, Isabelle. Hat dir denn noch niemand gesagt, dass man einem hungrigen Wolf nicht am Schwanz ziehen sollte?

Ich lasse meinen Nacken knacken und antworte nicht.

»Liebst du sie noch? Und diesmal will ich eine ehrliche Antwort.«

»Okay, du willst es so, Isabelle. Ja, ich liebe sie noch. Und jetzt? Was bringt dir diese ehrliche Antwort?« Ich mag es nicht, mir das einzugestehen, aber du zwingst mich dazu, was ich noch weniger mag. Niemand zwingt mich zu irgendwas, Isabelle, wie auch immer dein Nachname lautet.

»Es bringt mir nichts. Ich verstehe nur nicht, was sie hat, dass ihr alle so ein Theater um sie macht. Das ist alles. Sie konnte euch nicht mal auseinanderhalten, obwohl du so anders bist als er. Deine Küsse ganz anders sind und deine Blicke und deine Berührungen. Alles an dir.«

»Vielleicht wollte sie es sich nicht eingestehen, weil sie uns beide wollte.«

»Weil sie egoistisch war und mit euren Gefühlen gespielt hat? Und dich so verletzt hat wie niemals jemand zuvor?« Mein Magen verkrampft sich.

»Jeder macht mal Fehler.«

»Oh, ich habe gesehen, wie du darin bist, Fehler zu verzeihen. Hunderttausend Dollar, ein neues Leben für die Frau, die du immer noch liebst. Da hat sie ja das große Geschäft gemacht.«

Ich sehe dich an. Diesmal entdeckst du was in meinen Augen, was ich dir bisher noch nicht gezeigt habe, und du zuckst zurück. »Sei jetzt besser still, Isabelle«, verlange ich ruhig – zu ruhig. Ohne jegliche Betonung.

Ich sehe, wie du erschauerst.

Du drehst den Kopf von mir weg und schaust auf die vorbeiziehende Landschaft.

Du hast kein Recht darauf, so über sie zu reden, auch wenn ich sie »hasse«.

Niemand hat das.

Niemand …

17. Auferstanden aus der Asche

Carter

Sieben Wochen sind vergangen. Zwei davon habe ich in meinem abgefuckten Schlafzimmer verbracht. Mom hat mir jeden Tag Essen vor die Tür gestellt. Es war die ganze Zeit dunkel. Ich mag die Dunkelheit.

Danach war ich weitere fünf Wochen an meinem Lieblingsabfuckort im Exil, um noch mehr abzufucken, als wäre das möglich. Und um noch mehr Jobs für den *Boss* zu erledigen, die mich an meine Grenzen getrieben haben.

Sieben Wochen können so viel ändern.

Nach dem fünften Tag habe ich beschlossen, dass ich auf alles scheiße. Nach dem siebten Tag habe ich hier alles zertrümmert und rumgeschrien. Keiner aus meiner

Familie ist gekommen, denn sie wissen, dass sie mich in Ruhe lassen müssen.

Nach dem vierzehnten Tag stand ich mitten in der Nacht, als alle geschlafen haben, vor ihrer Tür. Es hat keiner geöffnet, also habe ich sie eingetreten und das Haus leer vorgefunden. Ihre Nummer existiert nicht mehr. Sie ist weg.

Das war der Tag, an dem ich losgelassen habe und hier wegmusste. Wie Gott innerhalb von sieben Tagen die Welt erschaffen hat, habe ich mein neues Ich in sieben Wochen erschaffen, und nach fünfzehn Tagen habe ich gemerkt, wie schön es ist, nichts zu empfinden. So fühlt sich Caden immer? Fuck, wieso habe ich das nicht schon eher gemacht? Ich vermisse niemanden. Ich liebe niemanden. Ich hasse niemanden.

Es ist mir einfach egal.

Und ich liebe es. Das ist das Einzige, was ich liebe. Es ist so befreiend. Es ist mir egal, was jemand denkt oder fühlt. Jetzt erst recht.

Ich war in den ranzigsten Bars und verwickelt in die widerlichsten Auseinandersetzungen und Drogengeschäfte; ich war in den heftigsten Stripclubs und in den abgefucktesten Bordellen und Sexclubs und Casinos sowie in Penthäusern als auch Kellern oder Hinterzimmern mit echt üblen Typen und dem *Boss* persönlich. Caden und ich haben uns mittlerweile einen Namen gemacht, der sogar bis zu ihm durchgedrungen ist, und ich weiß, dass er bald auf uns zutreten und uns ein Angebot machen wird, von dem ich noch keine

Ahnung habe, ob wir es annehmen sollten. Ich müsste mit meinem Bruder sprechen, aber der ist ja für mich gestorben. Obwohl ich ihn auch ab und zu getroffen habe, aber nur bei Geschäften, wenn wir uns gegenseitig den Rücken freigehalten haben, denn egal was auch immer sein wird, unsere Rücken sind gegenseitig stets gedeckt. Aber all das war es wert und nach all der Zeit bin ich jetzt bereit, nach Hause zu kommen.

Das Einzige, was ich noch wirklich stark empfinde, ist der Hass auf meinen Bruder. Man sieht so viel klarer, wenn man sich ein paar Wochen in die Dunkelheit zurückzieht. So war es bei mir schon immer. Ich habe viel gesehen und noch mehr verstanden.

Endlich.

Caden wird leiden. Und ich werde nie wieder leiden. Das habe ich beschlossen und es ist mein oberstes Ziel.

Isabelle war ein paarmal da in den zwei Wochen, in denen ich noch zu Hause war, aber ich habe sie weggeschickt. Sie wollte mit mir reden, dann wollte sie mich küssen, doch ich habe sie immer weggescheucht. Ich war noch nicht bereit. Obwohl ich zuvor für sie immer bereit war, jede Sekunde, die wir miteinander verbracht hatten. Jetzt bin bereit für alles, was nötig ist, um *ihn* zu brechen.

Heute ist der Tag, an dem ich meinen Wagen wieder vor unsere Tür fahre. Die Sonne blendet mich und ich fühle mich, als ich aussteige, wie der Teufel, der aus der Hölle kriecht.

Tja, Caden hat dieses Monster über Jahre geschaffen, jetzt muss er damit leben. Alayna war nur der letzte Tropfen.

Ich habe bei der letzten Tussi, die ich gefickt habe, geduscht und mich rasiert. Jetzt trage ich frische, schwarze Jeans und einen dunkelblauen Pullover.

Ich seufze, wie Caden es immer tut, bevor ich endlich zur Tür gehe und sie nach all der Zeit entriegle. Dann atme ich noch mal tief durch. Mein Herz schlägt seit Wochen nur noch in dem gleichen, entspannten Rhythmus. Es ist sieben Uhr, sie werden alle beim Frühstück sitzen, und ich bin bereit für meinen großen Auftritt.

Ich pfeife das Psycholied aus *Kill Bill*, während ich den Flur entlangschlendere, und kann förmlich die Anspannung auf der anderen Seite des Raumes spüren, als sie meine Schritte hören und ich – immer noch pfeifend – mit meinen schwarzen Boots die Küche betrete, obwohl Mom es hasst.

Ich überblicke den Tisch. Ava starrt mich mit großen Augen an und sieht zwischen Caden und mir hin und her, der eine Augenbraue gehoben und sich zurückgelehnt hat. Seine Haare liegen nach hinten an. Er ist glatt rasiert, genau wie ich ausnahmsweise, und trägt einen dicken beigefarbenen Pullover. Seine Augen mustern mich abschätzend und interessiert. Ich strahle ihn an, woraufhin er die zweite Braue hebt.

»Guten Morgen, Bro«, sage ich ruhig. Seine Finger, die mit Isabelles Haaren gespielt haben, stocken.

Obwohl ich so lange weg war, steht niemand auf, um mich zu begrüßen. Schade. Ich habe meine Familie doch so vermisst. Aber gut, man kann nicht alles haben, und ich weiß schon, welche Aura ich ausstrahle. Wahrscheinlich hat sich nicht mal jemand Sorgen gemacht, weil sie das von mir mittlerweile kennen. Caden hat mich sowieso die ganze Zeit gestalkt und Dad Bericht erstattet, wo ich mich rumtreibe. Diesmal hatte ich mein Handy nicht ausgemacht. Soll er mich doch orten, wenn es ihm dann besser geht.

»Hi«, erwidert er skeptisch.

»Isabelle.« Ich zwinkere ihr zu. Sie sitzt neben Caden, an ihn gelehnt, und trägt ein schwarzes Strickkleid. Ihre schwarzen Haare sind streng zusammengebunden, ein perfekter Blowjobzopf, meiner bescheidenen Meinung nach. Die zwei wirken etwas komisch, wie eine Einheit. Wie mit mir in unseren magischen sechs Wochen. Aber das lässt sich auch auflösen, denn im Endeffekt verlieben sie sich alle in mich. Das scheint ja das allgemeine Problem zu sein.

Isabelle lächelt mich ein bisschen an. »Schön, dich zu sehen.« Na klar findet sie es schön, mich zu sehen. Sie hat immer noch dieses bestimmte Funkeln in den Augen, wenn sie mich anschaut. Caden will es nur nicht sehen.

Meine Eltern betrachten mich vorsichtig. »Guten Morgen«, sage ich an sie gewandt. »Ist was, Mom? Dad?«

Mom schüttelt mit großen Augen den Kopf und Dad nimmt mich ins Visier. »Setz dich, Carter.« Er streckt seinen Arm auf Moms Lehne aus, wie Caden bei Isabelle.

Ich nehme den Stuhl, drehe ihn um und setze mich falsch herum drauf. »Klar. Und? Was geht so bei euch? Was gibt es Neues? Ava?«

Sie macht sich klein, denn sie weiß, wie es ist, wenn einer von uns so drauf ist, wie ich es gerade bin. »Ja?«

»Was gibt's? Hast du noch Kontakt zu deiner besten Freundin Alayna? Du warst doch diejenige, die uns damals an Caden verpetzt hat, oder? Weswegen er ein bisschen durchgedreht ist.« Alle sind still, auch Caden. Ich habe rausgefunden, dass Caden meine Schwester erpresst und sie deshalb eine Freundschaft oder zumindest gute Bekanntschaft zu Alayna aufgebaut hatte, um Caden dann zu erzählen, dass was zwischen ihr und mir läuft.

Ava schluckt. »Ich konnte nicht anders, Carter.«

»Wieso denn?«, frage ich interessiert. »Hat er dich auch in der Hand? Komm und sag es mir ins Ohr. Ich erzähle es keinem, ich bin ja der gute Bruder, oder?«

»Carter, lass sie«, mahnt Mom.

Ich seufze theatralisch. »Ich will mich nur unterhalten«, erwidere ich und wiederhole die Worte, die Caden so oft gesagt hat.

Dann schaue ich zu ihm und er lächelt mich wissend an.

»Und?«, frage ich ihn. »Bist du jetzt happy in love mit Isabeeeeelle?« Wollte sie nicht eigentlich nur ein paar Tage bleiben?

»Carter!« Dad reibt sich über die Stirn. »Stopf dir doch mal ein bisschen Bacon in den Mund und mach die Futterluke zu, ehrlich!«

Ich tue, wie geheißen, rede aber trotzdem weiter. »Sag mal, Isabelle, hast du nicht morgen Geburtstag?«

Sie weitet überrascht die Augen. »DAS hast du dir gemerkt?«

Ich lege den Kopf schief und lächle sie ein bisschen an. »Natürlich habe ich das, Prinzessin.«

Caden streicht sich sinnierend über das Kinn, in seinen Augen blitzt Wut, aber ich ignoriere es. Isabelle legt den Kopf genauso schief wie ich. »Feiern wir, oder?«, fragt sie und mustert mich prüfend. Sie testet mich, weil sie mich ganz gut kennt.

»Klar, wenn du das willst. Wir können meine Garage nehmen. Ich habe genug Platz.« Ah, es ist so schön, Caden ein bisschen von seiner eigenen bitteren Medizin zurückzugeben.

»Garage klingt perfekt«, sagt sie mit einem mädchenhaften Grinsen.

Ich falte meine Hände auf der Rückenlehne und stütze mein Kinn darauf. »Dann komm doch einfach nach dem Frühstück zu mir rüber, dann schauen wir, was wir zusammen machen können.«

»Okay!« Sie strahlt mich an und beißt in ihren Toast. Ich liebe es, dass Caden seinen Nacken knacken lassen muss und seine Hand gar nicht mehr entspannt mit ihren Haaren spielt, sondern sich an ihrer Stuhllehne festhält.

Er starrt mich an.

»Sieh mich nicht so an, Bro«, sage ich, wie er es oft getan hat, und schiebe mich vom Stuhl. »Ich hab auf dich gehört, endlich mal. Und du hattest recht, es ist der Hammer, du zu sein.« Ich zwinkere Isabelle noch mal zu und gehe tief seufzend in meine Garage zurück, wo ich das erste Mal seit Wochen mein Tor öffne.

Und die Tür?

Die habe ich auf gelassen.

Ich kriege ja gleich noch Besuch.

* * *

Isabelle

Ich habe dich die letzten sieben Wochen sehr gut kennengelernt, Caden Rush. Du bist ohne Carter tatsächlich anders. Gefühlloser, leichter reizbar, nicht so kontrolliert, nicht charmant. Und ich weiß auch, wie er ohne dich ist – total verstand- und kopflos.

Aber weißt du was, du warst noch nie heißer, als wenn du dieser total abgefuckte Motherfucker bist, der die Kontrolle an sich reißt, mich in die Matratze nagelt und über mich herfällt wie ein hungriger Wolf. Du warst entfesselt, und bevor du was Dummes mit deiner Familie tun konntest, war es besser, dass du es an mir ausgelassen hast. Jedes kleine bisschen deines entfesselten Monsters. Es gab Tage, an denen konnte ich noch nicht mal aufstehen, und als du mir diesen Blick zugeworfen hast, habe ich trotzdem alles mit mir machen lassen und dich immer weiter getrieben.

Wir haben nicht viel geredet, aber wir haben in den letzten sieben Wochen eine andere Sprache entwickelt. Eine sehr körperliche. Und sie hat mich auch davon abgelenkt, zu grübeln, wo Carter ist und wie es ihm geht. Ich muss zugeben, ich war in Sorge um ihn und mehr als erleichtert, ihn nach Hause kommen zu sehen. Und ja, oh mein Gott, ich bin immer noch da. Das liegt zum einen daran, dass ich mich dir nicht entziehen kann und wir uns gerade brauchen, um uns auf andere Gedanken zu bringen, und zum anderen daran, dass ich sehen musste, dass es deinem Bruder gut geht, bevor ich mich wieder für irgendwas entscheide. Und daran, dass … du mir wirklich wichtig geworden bist.

Jetzt packst du mich am Handgelenk – du bist völlig außer dir – und ich reagiere automatisch, aber ich kann mich kontrollieren, auch, wenn mein Körper nach dir lechzt. Das ist der kleine, aber feine Unterschied zwischen mir und jeder anderen Frau, die du bisher manipuliert hast. Ich kann dir widerstehen, Caden Rush, und deswegen kannst *du* mir nicht widerstehen. Deswegen sind deine Augen total aufgewühlt, als du mich nach oben gezogen hast und mich geradewegs an die Wand neben der Tür presst und mich küsst.

Ich weiß, was du da tust.

Es hat dich total aufgewühlt, dass Carter heute Morgen nach Hause gekommen ist und ich auf seine

Flirterei eingegangen bin, aber Baby, das wolltest du doch. Ich sollte doch Alayna aus ihm rausficken, dann muss ich ihn natürlich auch mit kleinen Flirtereien ein bisschen auf mich vorbereiten. Davon abgesehen bin ich gut darin, mir Sachen einzureden, genau wie du.

Du ziehst dich mit einem Ruck zurück, lehnst deine Stirn an meine und sagst: »Nein!«

Ich lächle dich an und lege den Kopf schief. »Doch.« Du wolltest es so, jetzt leb mit deiner Entscheidung.

Deine Augen gleiten auf und sie glühen förmlich. »Was?«, fragst du drohend.

Mit einer Hand streiche ich mir durch das Haar, mit der anderen schubse ich dich zurück. Du bist so sauer.

»Caden«, sage ich ernst. »Ich dachte, du bist ein Mann, der zu seinen Entscheidungen steht. Du wolltest mich teilen. Du hast mich aufgefordert, mit deinem Bruder ins Bett zu gehen, und genau das werde ich tun, um seinetwillen, damit er sie vergisst. Er hätte ja nicht in ein Bordell gehen können oder eine heiße Tussi in einer Bar abschleppen. Du wolltest, dass ich das mache. Okay. Ich vögle sie aus ihm raus, aber dann musst du damit leben. Kannst du das?«

Du atmest schneller, Caden. Deine heiß geliebte Kontrolle entgleitet dir gleich, doch du bist selbst schuld. Ich hole dich nicht aus Situationen, in die du dich selbst hineingeritten hast, Caden. Du hast mich wie eine Nutte behandelt. Es ist zwar süß, wie weit du bereit bist, für Carter zu gehen, aber ich bin keine Frau, die man teilt.

So was ist mir nämlich schon mal passiert, in einer ähnlichen Art, und es kränkt mich. Ganz ehrlich

Und das werde ich dir jetzt mal zeigen.

Du sagst nichts, Caden, du siehst mich einfach nur an.

Habe ich dich sprachlos gemacht?

Ich verenge meine Augen und komme dir einen Schritt näher, dann flüstere ich an deinem Hals: »Das nächste Mal denk gut darüber nach, was du dir wünschst. Es könnte in Erfüllung gehen. Ich bin keine kleine Alayna, die du hin und her schieben kannst, wie es dir passt. Aber du liebst ja sowieso sie, also kann es dir egal sein. Ich bin ja nur dein kleiner, heißer Zeitvertreib, oder?« Zumindest kommt es mir genau so vor. Du magst mich, keine Frage, du bist auch fasziniert von mir. Aber du liebst jemand anderen. So sieht es aus. Okay, damit kann ich arbeiten. Auch wenn du dir diese Dinge nie eingestehen wirst.

Ich tippe dir unter das Kinn und gehe. Als ich deinen Griff um mein Handgelenk spüre, ziehe ich mit Wucht meine Hand zurück und knalle die Tür laut zu.

Ich wusste bis zu diesem Zeitpunkt nicht wirklich, dass ich so sauer auf dich bin, weil du mich teilen wolltest.

Fick dich, Caden.

18. Gleiches mit Gleichem, Caden

Carter

Ich weiß, dass sie herkommen wird, denn ich kenne Isabelle. Sie wird mich nicht hängen lassen. Das hat sie noch nie getan. Und Caden wird endlich von seiner eigenen Medizin schlucken. Ich weiß sowieso, dass Isabelle nicht mehr lange da sein wird, das ist sie nie. Sie ist rastlos und getrieben von ihren eigenen Monstern, wie auch immer sie aussehen mögen. Flüchtet vor etwas, was sie mir nie erzählt hat, aber das muss sie auch nicht. Trotzdem haben wir uns immer verstanden, auch ohne jede Einzelheit vom anderen zu kennen.

Ich sitze auf der Couch im Wohnzimmer. Unsere Eltern und Ava sind eben aufgebrochen, nicht ohne mich noch mal skeptisch beäugt zu haben. Ich habe die Beine auf den Tisch gestreckt und rauche, obwohl Mom es hasst – einen Joint um acht am Morgen, anstatt in der Uni zu sein, wo ich schon zu lange nicht mehr war. Manson dröhnt aus meiner Garage bis hierher und ich grinse, während ich den Rauch ausstoße, als ich die stampfenden, wütenden Schritte höre. Isabelle taucht kurze Zeit später vor mir auf und will eigentlich vorbeigehen, aber dann sieht sie, dass ich auf der Couch sitze, und stockt. Das schwarze Strickkleid liegt eng an und sie trägt keine Strumpfhose, obwohl es kalt ist. Es hat einen V-Ausschnitt – wie immer. Die goldene Kette schimmert – wie immer.

»DU!« Sie zeigt auf mich.

»Ich?« Ich ziehe eine Braue hoch.

»Wir reden jetzt!«

Ich grinse sie an. »Bist du wütend oder so, BABYGIRL?«

Sie verengt die Augen. »Nenn mich nicht so, Carter! Nerv mich nicht.«

Ich lasse den Kopf gegen die Lehne sinken. »Aber ich mag es, Frauen zu nerven.«

»Schön für dich, du arroganter Mistkerl. Komm jetzt!« Sie marschiert in meine Garage, als würde sie ihr gehören, und wenn es nicht Isabelle wäre, könnte sie da lange auf mich warten. Aber sie hat noch einiges gut bei mir und ich muss noch diverse Dinge mit ihr besprechen. Außerdem ist sie besonders. Deswegen folge ich ihr.

Als ich reinkomme, sitzt sie in meinem Sitzsack und macht sich eine meiner Zigaretten an. Sie zieht heftig daran und ich setze mich ihr gegenüber auf die Couch.

»Also?«, frage ich.

»Wo warst du so lange?«, will sie wissen. Sie mustert mich prüfend und ein bisschen besorgt.

»Das weißt du doch. Unterwegs.« Ich sage ihr nicht, dass ich Downtown war. Sie kennt sich aus und wird dann gleich wissen, dass ich Dinge tue, die niemand erfahren darf, weil ich es dem *Boss* geschworen habe.

»Du siehst echt scheiße aus, Carter.« Ich weiß, dass ich ein paar Blessuren habe, aber scheiße würde ich mein Gesicht jetzt nicht nennen.

»Danke, du auch. Man sieht, dass Caden dich wochenlang durchgefickt hat. Hast du überhaupt geschlafen?« Ihre Wangen werden rot und die Augen ein bisschen glasig. Ich schüttle den Kopf. Den Blick kenne ich von Frauen, die mit meinem Bruder zu tun haben, aber bei Isabelle hätte ich ihn nicht erwartet. Und er pisst mich ein bisschen an.

»Also, worüber willst du reden?«, helfe ich ihr ein bisschen angespannt auf die Sprünge. Wieso bin ich jetzt angespannt?

»Caden muss zum Fühlen gezwungen werden!«

Ich stöhne genervt. »Du erwartest jetzt aber nicht, dass er dich liebt, oder? Vor allem nach der ganzen Scheiße mit IHR.« Er liebt SIE, zumindest ist da noch was und wird wohl auch immer sein, das weiß ich bereits. Langweilt mich alles.

»Mit Alayna? Sag doch ihren Namen, oder hast du Angst vor ihm?«

»Halt die Fresse, *Bella*«, reize ich sie und sie verzieht angewidert das Gesicht.

»Ich glaube nicht, dass er mich liebt. Keine Ahnung. Aber er hat mir einfach vorgeschlagen, Sex mit dir zu haben, damit ich dir Alayna rausficke. Ist das zu glauben? Es ist zwar einige Wochen her, aber ich kann das einfach nicht vergessen.«

Amüsiert ziehe ich die Brauen hoch. »Aaah ... weil du so was nicht gewohnt bist, kleine Prinzessin. Mal ein Mann, der nicht sofort in die Knie sinkt und dir einen Antrag macht, weil du ihm mit deiner goldenen Pussy den Kopf verdreht hast. Muss schwer zu ertragen sein.«

Sie verzieht das Gesicht und sieht aus, als würde sie an etwas sehr Unangenehmes denken. Ich will wissen, worum es sich handelt, aber ich frage nicht. »Darum geht es doch gar nicht! Aber er kann mir doch nicht einfach vorschlagen, dass ich Sex mit einem anderen habe. Ich meine, seit mittlerweile acht Wochen hocken wir jeden Tag aufeinander. Wortwörtlich, Carter.«

Ich schüttle den Kopf, das will ich nicht wissen. Meiner Meinung nach gehört sie immer noch nicht zu ihm. »Zu viel Information.«

»Was auch immer. Auf jeden Fall ging es ihm echt scheiße, als du dich hier abgeschottet hast und weg warst. Ich hab mich selbst übertroffen und war für ihn da und hab ihn abgelenkt. Du weißt vielleicht, wie er drauf ist, wenn er diese Phasen hat. Es ist ein Wunder, dass ich noch laufe und lebe. Und jetzt sagt er auf einmal, er will doch nicht mehr, dass ich mit dir Sex habe!«

Jetzt stocke ich und bin ganz Ohr. »Was?«

»Ja, genau. Aber ich habe ihm gesagt, dass ich es trotzdem mache und er seine Entscheidungen in Zukunft besser durchdenken soll! Er muss bestraft werden!«

Oooh, mir kommt eine ganz tolle Idee. »Isabelle, du eröffnest mir neue Welten des Leides und der Qual des Caden Rush. Ich glaube, ich habe mich ein bisschen in dich verliebt.«

Sie verzieht das Gesicht. »Hör auf damit, Carter.« Ihre Stimme klingt komisch, aber darauf will ich nicht eingehen. Ich kann nicht. Was auch immer das wieder soll.

»Also, weiter.« Ich mache eine wedelnde Handbewegung.

Sie schüttelt leicht den Kopf. »Deine Augen glitzern, also, Carter, sag mir erst mal, was in *deinem* Kopf vorgeht. Ich kenne diesen Blick.«

Ich nicke für mich selbst. »Wir werden Sex haben, du und ich. Und du wirst offiziell – vor ihm – mir gehören und nur das mit ihm tun, was ich erlaube. Damit werden wir ihn in den Wahnsinn treiben.«

»Was?«, fragt sie total irritiert. »Wieso? Also nicht, dass ihr nicht heiß wärt und ich nicht jede einzelne Sekunde mit dir genossen hätte, aber ich verstehe das nicht ganz ...« Das überhöre ich jetzt einfach, weil es gar nicht schlau wäre, weiter darauf einzugehen.

»Du willst, dass er was fühlt? Es hat schon angefangen, Isabelle. Er hasst es, dass wir uns vorher kannten und ich dich als Erster hatte, das kann er nicht ertragen. Und dass er unsere Geschichte nicht kennt. Er braucht ein bisschen von seiner eigenen Medizin. Er wird damit nicht klarkommen, dass ich bestimme, wie die Spielregeln sind, und noch weniger damit, dass du mitmachst. Dann wird er merken, wie sehr er es hasst, dich mit mir zu sehen. So kannst du Caden am besten aus der Reserve locken. Und ich habe meine Rache, denn er wird genau das von mir bekommen, was er mir mit IHR angetan hat. Er wird endlich sehen, wie es sich für mich angefühlt hat, nur dann kann er das verstehen. Für Caden ist es eigentlich ganz normal, seine Frauen mit mir zu teilen oder mir beim Sex mit ihnen zuzusehen. Aber dass er bei dir Nein gesagt hat, zeigt mir schon alles, was ich wissen muss. Er ist verrückt nach dir, er muss es nur noch selber checken. Denk nicht, dass er Alayna vergessen hat, aber du spielst eine große Rolle für ihn. Und das wird er checken, wenn ich mit dir fertig bin. Bist du dabei?«

Sie überlegt einen Moment und spielt mit dem Kreuz um ihren Hals. »Heißt das dann, dass ich nichts mit Caden machen darf?«

»Mach mit ihm allein, was du willst«, sage ich ein bisschen genervt. Wieso bin ich jetzt genervt? »Aber bei diesem Spiel, was wir immer spielen, wenn wir zu dritt sind, gibt eigentlich Caden die Anweisungen, das hatte ich dir doch erzählt. Jetzt werde ich es tun und er wird durchdrehen, wenn er es nicht kontrollieren kann. Das heißt, du wirst, wenn wir alle zusammen sind, nur auf meine Anweisungen reagieren, egal was er macht. Und er muss sich kontrollieren, so wie ich es immer musste. Wie ich es dir damals erzählt habe. Ich brauche das, ich will, dass er leidet. Weil er mir das Einzige genommen hat, was wichtig war. Und jetzt werde ich in seinen Augen das Gleiche mit dir tun.«

Sie lacht ein bisschen und schüttelt den Kopf. »Klar, statt sie zurückzuholen, ist das natürlich der erstbeste Weg. Ich verstehe.«

»Du verstehst das *nicht*«, erwidere ich kopfschüttelnd. »Ich kann sie hier nicht wieder herholen. Er wird sie kaputtmachen und dann ich. So ist das immer.«

Sie seufzt tief. »Ihr Männer denkt immer, für uns Frauen Entscheidungen treffen zu müssen. Aber okay, es ist deine Sache, und wir sind uns gegenseitig noch einiges schuldig. Außerdem bist du der einzige Mensch, dem ich vertraue und für den ich so ziemlich alles tun würde. Sogar den Mann, den ich echt gernhab, verarschen. Aber wir werden nicht hinter seinem Rücken Sex haben. Ich entscheide, wann dieses Spiel vorbei ist und wann es reicht.«

»Selbstverständlich, Isabelle. Was auch immer du willst, Isabelle. Also bist du dabei?«

Ihre Augen wandern über meinen Kopf hinweg zur Tür. Ich weiß, wer dort steht. Sie lächelt ihn kurz an und setzt sich dann zu mir auf die Couch, kommt mir ganz nahe und flüstert in mein Ohr: »Ich bin dabei.«

Seufzend lehne ich mich zurück und sehe über meine Schulter. »Ist was, Bro?«, frage ich. Er kommt schlendernd näher und spielt den Unnahbaren, den Gleichgültigen, dem das alles nichts ausmacht. Jetzt setzt er sich in meinen Sitzsack, wie ich es früher immer getan habe, wenn er hier mit Alayna rumgemacht hat.

Er zündet sich einen Joint an. »Und? Worüber redet ihr zwei Süßen denn so? Über die große Wiedervereinigung nach all der Zeit deiner Abwesenheit, Bro? Über alte Zeiten?« Das fickt ihn am meisten. Unsere »alten Zeiten«.

»Aaah«, seufze ich, wie er es immer macht, und fahre mir über die Stirn. »Ich habe nur gerade beschlossen, dass ich ein bisschen Lust habe zu spielen. Wie sieht es bei dir aus, Bro?«

Er stößt den Rauch an die Decke und hat damit zu kämpfen, seinen Nacken nicht knacken zu lassen. Ich sehe es an seinen steifen Schultern und wie die Muskeln dort zucken. »Klar.«

»Aber!« Ich hebe den Zeigefinger und Caden sieht, dass ich sein Wesen komplett für mich beansprucht habe. Das gefällt ihm nicht. »Diesmal, da ich ja Isabelle viel länger kenne als du, und ich sie als Erster hatte, gehört sie mir. Ich bestimme die Regeln. Das ist die Bedingung, ansonsten spielen wir zwei allein, ohne dich.«

Jetzt kann er sich nicht mehr zurückhalten und lässt seinen Nacken mehrmals knacken, zieht an seinem Joint. Sein Blick wird stechend, wandert von mir zu

Isabelle, verharrt etwas länger bei ihr, aber sie zuckt nicht mal und starrt zurück. Ihr Blick ist eine einzige Kampfansage. Caden rutscht weiter in den Sitzsack, als wäre er in einem Kinosaal und gleich würde eine spannende Vorstellung beginnen. Er macht eine ausladende Handbewegung. »Na dann, lasst mal sehen, was ihr draufhabt.«

Der Bastard ist gut und zeigt seine Gefühle nicht, aber darin bin ich mittlerweile auch ganz gut. Ich lasse mir nicht anmerken, wie sehr ich mich freue, ihn Stück für Stück leiden zu lassen.

Ich wende mich an Isabelle. »Wie willst du es? Wie immer?«

»Aaah …« Sie überlegt. »Überrasch mich. Du weißt doch, was ich mag.«

Ich ziehe sie auf meinen Schoß. Caden darf ihre Rückseite bewundern, als ich sanft den Ärmel des Strickkleides über ihre Schulter führe und den Rest dann nach unten reiße, sodass es sich um ihren Bauch rafft und sie im BH auf mir sitzt. Ich blicke ihr in die Augen und grinse sie ein bisschen an. Sie verdreht ihre, weil sie genau weiß, dass Caden unsere Gesichter nicht sehen kann. Es ist ein bisschen wie damals, wenn sie auf mir saß und so zu mir runtergesehen hat, in meinen dunkelsten Momenten, und mich beruhigte, wenn ich nicht mehr konnte und ausgeflippt bin.

Ich ziehe den Haargummi aus ihren Haaren und fahre mit gespreizten Fingern ihre Längen am Rücken entlang. Scheiße, das habe ich vermisst.

»Mhhh«, schnurrt sie und schmiegt sich an mich. »Ich hab das vermisst, Carter.« Sie spielt gut, richtig professionell, als wäre es wahr, obwohl ich weiß, dass sie was für meinen Bruder empfindet.

Der dichte Rauch, den Caden ausstößt, umwabert uns. Er zieht ein bisschen zu stark an seinem Joint.

Ich lehne den Kopf zurück. »Zieh deinen BH aus«, fordere ich träge und sie schaut kurz über die Schulter zu Caden, aber ich nehme ihr Gesicht und drehe es wieder zu mir. »Nur mich ansehen. Der hat nichts zu melden.«

Sie führt ihre Hand an den Rücken und schnippt den BH auf, während ich ihren Arsch packe und sie mit einem Ruck enger an mich ziehe. Sie quiekt auf und wirft den BH über ihre Schulter. Ich hoffe, er landet in seiner Fresse.

Langsam schiebe ich an ihrem Arsch mit zwei Fingern links und rechts das Kleid nach oben, sodass es um ihren Bauch zusammengerafft ist. Ihre Hände wühlen in meinem Haar und ich sehe sie an, während ich einen Finger an ihrem Hintern direkt unter die dünne Spitze ihres Slips führe und ihn langsam zur Seite ziehe, damit Caden sieht, was er so bald nicht haben kann. Wie ich mir das so oft angucken musste. Gott, fühlt sich das gut an. Langsam gleite ich zwischen ihre knackigen Arschbacken und fahre die Linie nach, bis ich an ihre Feuchtigkeit gelange und zwei Finger in sie schiebe. Sie stöhnt auf und wirft den Kopf zurück, während sie an meinem Oberteil nestelt. Ich ziehe es mit einer Hand über den Kopf und werfe es weg. Sie beugt sich vor, um ihren Oberkörper an meinen zu pressen, und bietet Caden somit noch mehr Aussicht. Zu gern würde ich sein Gesicht sehen, also beschließe ich kurzerhand, uns herumzuwirbeln, sodass sie auf dem Rücken liegt und ich über ihr bin. Ihr linkes Bein hat sie auf die Couchlehne gestreckt und das andere um meine Hüfte geschlungen.

So hatte ich sie das erste Mal auf irgendeiner Matratze in einem siffigen Apartment, und obwohl es so dunkel und widerlich war, war sie so strahlend und schön. Ich reiße ihren Slip vom Körper und schiebe wieder zwei Finger in sie, sodass sie den Rücken durchbiegt und meinen Namen stöhnt.

Fuck, wieso muss sie jetzt meinen Namen stöhnen?

Jetzt schaue ich zu meinem Bruder. Er hat die Schläfe auf eine Faust gestützt und versucht, betont gelassen zu wirken, aber seine Augen verraten ihn. Sie sind voller Wut, denn er will das alles nicht. So muss ich auch mal ausgesehen haben.

Ich biege meine Finger in Isabelle und treffe diesen Punkt, der sie zum Schreien bringt.

»Prinzessin, erzähl doch mal Caden, wie unser erstes Mal war.«

Sie keucht und hebt den Kopf. Haare kleben in ihrem Gesicht. »WAS?«

Ich bewege meine Finger einfach weiter in ihr und lasse den Daumen über ihr Piercing gleiten. Sie ruckt mir mit dem Becken entgegen, doch ich drücke es runter.

Caden bläht die Nasenflügel.

»Jetzt erzähl doch mal, *Babygirl!*«, fordere ich gelassen.

Caden zündet sich einen zweiten Joint an und ich stoppe meine Bewegung kurz.

»Du sollst erzählen, Isabelle, oder soll ich aufhören? Willst du das? Soll ich aufhören, hm?«

»Nein«, keucht sie atemlos und hebt ihr Becken in meine Richtung. »Mach weiter, Carter!«

Ich drücke es wieder runter und schiebe mit einem Ruck meine Finger in sie.

»Ja, Isabelle, erzähl doch mal«, sagt Caden hart. »Das interessiert mich brennend.«

Sie wirft ihm einen irritierten Blick zu, weil sie nicht gedacht hat, dass er so cool bleibt, aber sie weiß nicht, was er gerade innerlich durchmacht. Ich hingegen weiß es sehr gut und hoffe, es tut weh.

»Fuck«, flüstert sie. »Es war episch.«

»Das reicht nicht, Baby. Wenn du kommen willst, musst du schon genauer werden.«

»Oh mein Gott.« Sie windet sich und ich spiele an ihr rum, aber nicht so, dass es ausreicht. Ich halte sie genau an der Klippe und gebe ihr nicht diesen einen finalen Schubser.

»Wir waren total high. Carter saß in einer Bar und ich bin ihm auf den Schoß gefallen, dann haben wir rumgemacht. Oh Gott, tiefer!«

»Sag das nicht, sonst höre ich auf, Babe.«

»Fuck, ich hab vergessen, was für ein Macho du bist.«

Ich beuge mich an ihre Kieferlinie und fahre mit der Zunge darüber. »Du hast das aber immer geliebt«, raune ich ihr zu.

»Gott, ja, das habe ich.« Sie will mich küssen, aber ich ziehe den Kopf zurück. Das erinnert mich ein bisschen daran, wie ich SIE gefickt habe, während sie mir vorlesen musste. Sie war dabei so heiß, und wenn ich daran denke, werde ich direkt noch härter, weil ich das immer werde, wenn ich an sie denke.

»Also weiter, Isabelle.«

»Wir landeten über der Bar in einem Apartment auf dieser verseuchten Matratze und haben vorher irgendwas echt Hartes genommen. Wir waren total außer Kontrolle. Fuck, Carter, ich will jetzt kommen!«

Ich ziehe mein Finger zurück. »Wie wäre es, wenn Caden ein bisschen weitermacht, während du erzählst? Aber sie darf nicht kommen, bevor sie zu Ende gesprochen hat, Bro.«

Caden würde mir am liebsten eine reinhauen, aber das tut er nicht, weil er dann zeigen würde, wie sehr ihm das hier missfällt, und das wird er auf den Tod nicht zugeben. Noch nicht.

Er zieht noch mal an dem Joint, denn ihm ist klar, wenn er ablehnt, muss er gehen, während ich mit ihr mache, was ich will, ohne Tabus, und er weiß, wie ich ohne Tabus bin. Das fickt ihn. Also steht er auf und setzt sich auf meinen vorherigen Platz, den ich ihm freimache und mich anschließend über die Couchlehne beuge, die Arme darauf verschränkt.

Er starrt sie an und sie starrt ihn an. »Also, Caden?«, frage ich. »Wird das heute noch was? Sonst mache ich mit ihr weiter. Alleine.«

Er bläht die Nasenflügel und atmet tief durch.

»Du hast noch drei Sekunden, dich zu entscheiden. Entscheide weise. Du weißt ja, wie das ist. Man kann es nicht mehr rückgängig machen. Soll ich zählen, Caden?«

Ahhh … der sonst so geübte, kontrollierte Caden Rush schiebt mit einem Ruck zwei Finger in Isabelle, sodass sie erschrocken aufschreit.

Voller Hass funkelt er sie an. »Erzähl!«, sagt er und bewegt seine Finger ein bisschen in ihr. Sie krallt sich an der Couch fest. »Ja, und dann haben wir halt Sex gehabt. Oh Gott!« Sie drängt ihm ihr Becken entgegen. Ich drücke es runter und Caden explodiert fast. Ich grinse ihn an, weil ich weiß, wie sehr er es hasst, wenn ich die Frau kontrolliere und nicht er.

»Nicht kommen«, warne ich und Caden macht langsamer, aber seine Augen sind auf sie gerichtet. »Wie haben wir es gemacht, Prinzessin?«

»Ich hatte dich erst mit dem Mund«, haucht sie mit geschlossenen Augen. »Noch im Hausflur, und dann hast du mich reingezogen und auf die Matratze geschmissen und deinen Frust an mir ausgelassen bis zum nächsten Mittag.«

Ich winke Caden lässig weg. Er ist kurz davor, komplett auszurasten wie wahrscheinlich noch nie zuvor in seinem Leben.

Ich sage ihm mit meinen Augen, dass ich mich schon so oft beherrschen musste und er sich mal entspannen soll.

Er antwortet nonverbal, dass ich mich ficken soll.

Dann steht er auf, geht zu meinem Sitzsack und fährt herum, als er hört, wie ich meinen Gürtel öffne. Damit hat er wohl nicht gerechnet. Dachte er, dass ich bluffe?

»Nein«, sagt er ruhig und warnend.

»Wie bitte?« Ich öffne meine Hose.

»Ich hab Nein gesagt.«

»Ah, das habe ich auch so oft, Bro, aber es hat dich nie interessiert.«

Er bläht erneut die Nasenflügel und funkelt mich an. *Brauchst du das jetzt wirklich, um sie zu vergessen?*, sagt sein Blick.

»Oh, das reicht nicht mal ansatzweise!« Damit knie ich mich zwischen ihre Beine, schiebe mich mit einem Ruck in sie. Und bin zu Hause.

19. Du bist jetzt mein, Isabelle

Caden

Ich hasse es hier, Isabelle. Die letzten vierzig Minuten waren meine kleine, persönliche Hölle, und ich wusste nicht, dass es mir *so* viel ausmachen wird, dich mit ihm zu sehen. Dich unter seiner Kontrolle zu wissen, wie in dem Moment, als es so weit war. Jetzt bist du gekommen und er. In dir. Er musste dich nicht fragen, ob du die Pille nimmst oder sonst was, weil er das alles schon wusste. Weil ihr euch schon kennt. Er wusste genau, wo deine empfindlichen Punkte sind und wo er dich küssen muss, damit du wahnsinnig wirst, und du hast mitgemacht. Du warst regelrecht verloren in ihm. Ich weiß nicht, was ich davon halten soll. Ich weiß nicht, was ich machen soll. Ich hätte aufstehen und gehen können, aber dann wärst du mit ihm allein und ich wäre oben in meinem Zimmer hin und her gelaufen wie ein eingesperrtes Tier, und das hätte ich noch weniger ertragen.

Jetzt liegst du atemlos da, deine Wangen gerötet. Du bist so perfekt und ich hasse es. Ich hasse dich gerade noch viel mehr als diese Situation. Carter schließt seine Hose und setzt sich schwer atmend und seufzend neben dich auf die Couch.

»Zieh dich an«, fahre ich dich hart an. »Und geh hoch. Wenn du jetzt zu ihm schaust, dann schwöre ich, brenne ich hier alles nieder.«

Carter lächelt und macht sich eine Zigarette an. Deine Fingernägel haben Kratzer an seiner Brust bis zu seinem Bauch hinterlassen, weil du wie ein Tiger an ihn gekrallt warst.

Du drehst den Kopf zu mir. »Ist alles okay bei dir?«

Ich blähe die Nasenflügel. »Geh!«, sage ich tief und dunkel. »Sonst schleife ich dich an deinen Haaren nach oben.« Ich sitze immer noch hier und rühre mich nicht, weil ich sonst wirklich austicke. Etwas in meinem Blick und meiner Stimme bewegt dich dazu, aufzustehen und nicht rumzuzicken. Du ziehst dein Kleid über und sammelst deine Unterwäsche ein, dann stehst du auf.

Und als du schon an der Tür bist, rufe ich: »Und geh duschen.«

Du runzelst die Stirn in meine Richtung, aber dann bist du schlau genug zu gehen. Du kennst mich eben doch schon ein bisschen oder hast nur sehr gute Instinkte.

Sobald die Tür sich schließt, schaue ich Carter an und sehe ihn das erste Mal mit anderen Augen. Er ist in seinem Sitz tief nach unten gerutscht und zieht an seiner Kippe.

»Was?«, fragt er.

Ich fahre mir durch das Haar und ziehe ein bisschen zu fest an den Strähnen. Mein Herz rast immer noch und ich suche seinen Blick, auch wenn es mir ein bisschen schwerfällt, aber ich muss ihm in die Augen schauen. Und tatsächlich, wie ich vermutet habe, liegt hinter dem ganzen Stolz und der Rachsucht und der Gleichgültigkeit so ein tiefer Schmerz, den er mir auch zeigt, sonst würde ich ihn nicht sehen. Mittlerweile ist er echt gut darin, seine Gefühle zu verstecken.

Ich atme tief durch. »Ich hatte keine Ahnung.«

»Wirklich nicht?«, fragt er. »Obwohl es so offensichtlich war, wie bei dir gerade, hattest du keine Ahnung, Caden?«

Ich schüttle langsam den Kopf. »Bei mir war es immer was anderes, Carter. Obwohl du was mit Alayna hattest, wusste ich, dass sie mir gehörte und dass sie mich … Fuck, egal. Aber jetzt bin ich weniger wütend als verletzt.«

Carter nickt anerkennend. »Wow, Caden. Du hast ein Herz. Ich hoffe, es ist gerade zerbrochen. Weil mir das jedes Mal passiert ist, wenn du das mit mir abgezogen hast.«

Ich schlucke. Ich mag es nicht, das zu hören und an die Situationen zurückzudenken, an all diese Momente, wenn er sie nicht anfassen durfte und in seiner Garage durchgedreht ist, weil ich ihn rausgeschickt habe. Jedes Mal, wenn ich den Kopf geschüttelt habe und er einen wütenden Abgang gemacht hat. Jedes Mal, wenn ich vor seinen Augen die Frau berührt habe, die er liebt und die ich selbst so sehr geliebt habe, dass ich es mir nicht eingestehen konnte.

Jetzt weiß ich es.

Ich liebe Alayna, das werde ich immer. Das, was ich für dich fühle, ist allerdings auch stark. Das war es schon vom ersten Moment an, und ich bin so ein Wichser, Carter durch diese Hölle geschickt zu haben.

Noch nie habe ich so deutlich mein Gewissen gespürt. Am liebsten würde ich die Zeit zurückdrehen und all diese Momente ungeschehen machen. Ich kann nicht mal ausrasten und ihm eine reinhauen, weil ich noch zwei Millionen weitere solcher Momente verdient hätte. Es wäre am besten gewesen, ihn gar nicht zu involvieren. Wenn ich könnte, würde ich alles rückgängig machen und einfach mit IHR ohne ihn von vorn anfangen, aber das geht nicht. Jetzt bist da du, und ich hasse es, dich mit Carter gesehen zu haben, Isabelle.

Ich wollte ihm eigentlich nie wehtun, denn ich liebe ihn mehr als jeden anderen. Sogar mehr als meine Eltern. Aber ich hatte keine Ahnung, durch welche Hölle ich ihn geschickt habe. Ich konnte nicht nachempfinden, was in ihm vorging, bis ich es selbst gefühlt habe.

»Es tut mir leid«, sage ich, dabei entschuldige ich mich nie, das weiß er. »Ich hätte das nicht machen sollen, egal was zwischen Alayna und mir war und was ich von ihr gehalten habe.« Er zuckt zusammen, als ich ihren Namen nenne, und zieht heftig an der Zigarette. Wahrscheinlich hat er all die Momente auch gerade im Kopf.

»Du hast nichts Schlechtes von ihr zu halten. Sie ist nicht, als was du sie hingestellt hast, damit du deine Psychoscheiße rechtfertigen kannst.«

Ich atme tief. »Ich weiß.«

»Ich hasse dich, Bro. Ich werde dir das nie verzeihen«, sagt er ohne eine Emotion in der Stimme. »Sie ist weg. Und ich kann mich noch so bemühen, nichts zu fühlen. Es ist schwer, die Leere zu ignorieren, die sie hinterlassen hat, und die sich von Tag zu Tag weiter ausbreitet. Aber die Erfahrung wirst du schon noch irgendwann machen, Caden. Isabelle wird nicht für immer da sein. Sie geht immer irgendwann.«

Bei seinen Worten zieht sich alles in mir zusammen. Ich würde dir am liebsten nachrennen und schauen, ob du noch da bist, aber das hier zu wichtig, also bleibe ich sitzen.

»Ah, keine Sorge, sie geht nicht, ohne sich zu verabschieden. Es sei denn, sie empfindet zu viel für die Person. Dann ist sie eines Tages einfach weg, als wäre sie nie da gewesen.« War das bei dir und Carter so? Isabelle, das kann ich nicht zulassen und das werde ich auch nie.

Du gehörst jetzt mir und ich entscheide.

»Und?«, frage ich. »Wie viel davon brauchst du noch, um das alles zu vergessen?«

»Ich bin nicht du.« Er schüttelt den Kopf. »Ich werde dir das nicht ewig antun. Aber ich wollte, dass du mal eine Kostprobe erhältst. Hätte nicht gedacht, dass es so schnell bei dir klick macht. Herzlichen Glückwunsch, Bro, jetzt fängt deine Hölle erst richtig an. Denn jetzt weißt du, dass du mehr für sie empfindest, als gut für euch ist. Und das wird dich killen, glaub mir. Ohne dass ich mich einmische. Du hast keine Ahnung, wer sie ist.«

»Und du schon?«, frage ich und übergehe das Gefühl in meiner Brust, nachdem er mir sagte, dass ich so viel für dich empfinde. Sieht man das so offensichtlich? Bei Alayna hat er mir das nie geglaubt und mich nicht für voll genommen. Dabei war es bei ihr auch echt, wirklich echt. Egal wie ich mich verhalten habe. Und das ist es noch und wird es wahrscheinlich immer sein.

»Ach, schau mich nicht so eifersüchtig an. Ich werde sie dir schon nicht ausspannen.«

Ich bin erleichtert, Isabelle. Was auch immer ihr für eine Geschichte habt, Hauptsache, er versichert mir, dass er dich in Ruhe lässt, denn wenn er mal etwas für eine Frau empfindet, endet es irgendwie immer damit, dass ich leer ausgehe und er mit ihr in den Sonnenuntergang reitet, bis ich dazwischenfunke. Er hat schon recht. Ich bin ein Wichser. Aber empfindet ihr was füreinander?

»Ich kenne sie übrigens ziemlich gut. Aber sie soll dir selbst zeigen, wer sie ist. Ich weiß nicht, woher sie genau kommt, das ist ein riesengroßes Geheimnis, aber ich weiß, dass sie Dreck am Stecken hat.«

»Was?«, frage ich.

»Ich sag dazu nichts mehr.«

Ich bin durcheinander und stehe langsam auf. Mein Kopf schwirrt von alldem und den zwei Joints. Ich schaue noch mal zu Carter runter und lege ihm die Hand auf die Schulter. »Es tut mir wirklich leid.«

»Ich weiß, aber das ändert nichts.«

»Also willst du mich weiterhassen?«, frage ich ruhig.

»Möglicherweise, ja.«

Ich seufze, nehme meine Hand zurück und gehe zur Tür. Doch bevor ich nach draußen treten kann, hält Carter mich auf.

»Warte mal«, sagt er und ich bleibe mit dem Rücken zu ihm stehen.

»Hat der Boss in letzter Zeit mit dir gesprochen?«

Geschlagen lasse ich meine Lider zufallen. Fuck, Isabelle, das ist nicht gut. Ich hoffe, dass er mit Carter nicht das Gleiche besprochen hat wie mit mir, weil ich ihn da eigentlich mit allen Mitteln raushalten wollte.

Ich drehe mich zu ihm um. »Was hat er zu dir gesagt?«

»Was hat er zu *dir* gesagt?«

Ich seufze. »Carter!«

Er seufzt auch. »Er will mich im engeren Kreis, und mich hat interessiert, ob er dir das gleiche Angebot gemacht hat.«

Ich lasse meinen Nacken knacken, ich hasse es. Carter ist zu impulsiv, das wird sein Tod sein. »Vor zwei Wochen schon.«

»Was hast du gesagt?«, fragt er mich ruhig.

»Dass ich es mir überlege. Und du?« Ich ahne Schlimmes, Isabelle, denn als er in den letzten Wochen weg war, hat er sich wahrscheinlich in jede Scheiße gestürzt, die er finden konnte. Mir wird klar, wie falsch es war, Alayna wegzuschicken. Sonst hätte er das nie getan.

Fuck.

»Ich hab zugesagt.« Er zieht an seiner Zigarette und mein Herz bleibt kurz stehen. Ich habe eine Gänsehaut und mein Magen krampft sich zusammen. Es ist, als hätte er mir mit voller Wucht hineingeboxt.

Scheiße!

Scheiße! Scheiße! Scheiße!

Unser Leben, wie es war, ist somit vorbei. Alles wird sich ändern, weil ich ihn damit niemals allein lasse.

FUCK!

Ich verlasse ohne ein weiteres Wort die Garage, denn ich bin zu geschockt und muss erst mal kalt duschen, bevor ich zu dir nach oben gehe.

Ich weiß, dass er da jetzt eine gefühlte Ewigkeit sitzen bleiben und an *sie* denken wird, weil dieses Spiel alles wieder aufgewühlt hat.

Sieben Wochen.

Ich dachte, er braucht höchstens *eine,* um sie zu vergessen.

Tja, anscheinend habe ich diese Scheiße mit der Liebe unterschätzt.

* * *

Isabelle, du hast geduscht und sitzt in einem Bademantel auf meinem Bett. Deine Haare sind nass, du spielst mit meinem Tablet rum, als ich reinkomme und die Tür ein bisschen zu kräftig zustoße. Ich war auch duschen und habe mich ein bisschen gesammelt. Jetzt muss ich mich erst mal auf dich konzentrieren. Ein Schritt nach dem anderen.

Deine Augen schießen zu mir und du betrachtest mich aufmerksam, als ich mich ans Fußende des Bettes stelle und dich ansehe.

»Wieso?«, frage ich gereizt.

»Was?«

»Ah, spiel jetzt keine Spielchen mit mir, Isabelle. Wieso musstest du mit ihm ficken?«

Du funkelst mich an. Offenbar bist du wütend, dabei hast du gar kein Recht dazu, und schon gar nicht so schnell. Musst du dich schon wieder verteidigen? Das machst du nämlich sehr oft, und ich hasse es. Ich bin niemand, vor dem du deine Beweggründe auslegen und rechtfertigen musst. Es reicht, wenn ich darüber Bescheid weiß, und das hier hat mich ein bisschen gefickt.

»Aber du wolltest doch …«

Ich beuge mich vor und packe dein Kinn. »Nein, ich wollte *nicht*, verdammte Scheiße. Hast du mich irgendwie mitmachen sehen?«

»Du hast mir gesagt, ich soll ihn ablenken. *Und* du hast eben gesagt: KLAR, SPIELEN WIR! Mit keinem Wort hast du widersprochen«, nuschelst du. »Du hättest ja einfach mal sagen können, Carter soll mich nicht anfassen. *Isabelle, hör auf, geh runter von ihm. Küss ihn nicht. Lass dich nicht von ihm fingern*!«

»Halt die Klappe, Isabelle!« Ich lasse dich los, weil ich nicht weiß, was ich sonst tue. Dann laufe ich im Zimmer auf und ab und reiße mir fast die Haare aus. Ich atme gepresst durch die Nase, mehrmals hintereinander, und versuche, runterzukommen. Wenn ich in dein Gesicht sehe, kommt die Wut wieder. Ich kann irgendwie nur auf dich sauer sein. Er war schließlich in dir und dort ist er auch gekommen. Und er hat da nichts verloren, egal was ihr früher mal hattet. Du gehörst ihm nicht.

»Caden, was ist dein Problem?«, rufst du hinter mir. »Ich bedeute dir doch eh nichts, du liebst doch deine Ex! Und du wolltest mich teilen! Was ist jetzt dein Problem? HÄ?« Du schiebst dich vor mich und deine hellgrünen Augen funkeln mich störrisch an, beinahe herausfordernd und lauernd.

Ich kann mich nicht mehr zurückhalten, packe deine Unterarme, pinne dich an die Wand und lasse sie neben deinem Kopf dagegenkrachen. Du riechst nach frischer Dusche und nicht mehr nach ihm. Dein Glück.

»Was mein Problem ist, verfickte Scheiße! Halt die Klappe, Isabelle, du hast gar keine Ahnung! Weil ich sie vielleicht noch liebe, heißt es nicht, dass da kein Platz für jemand anderes ist.«

»DAS HAST DU ABER GESAGT«, schreist du mich an. »DU HAST GESAGT, DU LIE…«

»Ja, das tue ich auch, das kannst mir nicht mal verübeln. Sie und ich haben eine Geschichte, und das ging tief, aber dann …«

Du ziehst zischend die Luft ein und deine Augen werden groß. »Dann was?«

»Dann habe ich dich unter Carter gesehen und ich war verdammt wütend. Und spätestens seit Alayna kann ich diese Teilscheiße nicht mehr. Niemals. Ich will dich nicht teilen. Ich will und ich werde nicht. Dein Arsch gehört mir. Du gehörst mir. Deine Gedanken gehören mir. Dein Mund gehört mir. Deine Augen gehören mir und dein Herz.« Mit einer Hand lasse ich dich los, öffne den Bademantel und streiche mit zwei Fingern über deine seidig glatte Haut bis zwischen deine Brüste. Dann gleite ich weiter hoch und lasse meine Hand auf der linken liegen, worunter dein Herz rast. Und zwar richtig. Das beruhigt mich ein bisschen.

Ich lege den Kopf schief und mustere dich prüfend. »Wieso hast du mit ihm geschlafen, wenn du mich liebst?«

Isabelle, du wirst ein bisschen panisch und blass. Dein Atem stockt. »Was?«, hauchst du.

Ich fahre weiter über deine Brust. »Das hier kann nicht gespielt sein. Das kann keiner spielen, nicht einmal ich.«

»Caden, das ist nicht gut«, murmelst du abwehrend. Ich nehme deine Hand und lege sie auf meine Brust, worunter mein Herz auch so schnell schlägt, und diesmal nicht vor Wut.

»Das ist nicht gut?«, frage ich, und du schließt geschlagen die Augen. Da ist eine neue, zerbrechliche und schwache Seite an dir, die ich noch nicht kannte. »Fühl und sag, das ist nicht gut.« Meine Lippen nähern sich deinen und direkt daran hauche ich: »Sag es. Und ich lasse dich in Ruhe.«

Deine Finger krallen sich in mein Shirt und du murmelst: »Nein.«

»Was dann, Isabelle?«

»Fuck.« Deine Augen öffnen sich wieder. »Ich wollte nur ein Gefühl aus dir rauskitzeln. Irgendwas, was ... keine Ahnung! Du bist immer so ein Eisklotz. Und in mir war so ein Durcheinander und in dir war nichts.«

»Fühlt sich das an wie nichts?«, frage ich leise.

Du beißt dir auf die Unterlippe, und als du mich ansiehst, sind deine Augen so voller Emotionen, dass sie fast überschwemmen. »Ich dachte, es wäre nur Sex«, hauchst du zittrig.

»Ich muss sagen, das ist ein hübscher Nebeneffekt. Aber nein, es ist nicht nur Sex. Nicht mehr.«

»Oh, Caden.« Du schüttelst ein bisschen den Kopf. »Ich hab dir doch gesagt, du sollst dich niemals in mich verlieben. Das ist gefährlich.« Tränen steigen in deine Augen, Verzweiflung und Angst und Schmerz.

Ich streiche deinen Hals nach oben. »Ich liebe die Gefahr. Das habe ich dir auch schon mal gesagt.«

»Wir dürfen das nicht.«

»Es ist zu spät, Babygirl.«

Damit nehme ich dein Kinn und küsse dich. Ich will nie wieder daran denken, was heute passiert ist.

20. Patt, Isabelle

Caden

Du schläfst, Isabelle. Ich lasse dich, denn du hast heute genug erlebt. Während du nackt in meinem Bett liegst, wo du hingehörst, beobachte ich mit schief gelegtem Kopf, wie das Mondlicht deine Silhouette erhellt. Du liegst wie immer auf dem Bauch und siehst aus wie ein gefallener Engel, wenn du schläfst. Das bist du auch, nicht wahr?

Ich bin immer noch ein bisschen wütend, weil ich mir mit ansehen musste, wie ein anderer, dazu auch noch mein Bruder, dich gefickt hat. Was mich bei anderen anturnte, war bei dir die pure Qual, und das wird nie wieder passieren. Aber ich habe gespürt, dass du mich auch liebst. Danach habe ich dich drei Stunden so heftig gevögelt, dass du nie wieder vergisst, wem du gehörst. Es war ein bisschen episch, Babygirl. Ich würde fast behaupten, das heute Nacht war mitunter der beste Sex meines und auch deines Lebens. Dabei denke ich nicht an all die Male mit Alayna, die so episch waren. Lieber nicht.

Ich werde damit abschließen, was heute war, auch wenn ich normalerweise sehr nachtragend bin. Aber ich weiß, aus welchen Gründen es geschehen ist. Ob du allerdings was für Carter empfindest, kann ich nicht sagen. Vielleicht ist es so wie bei mir? Ich liebe Alayna, aber da bist auch du, und das überwiegt für den Moment. Geht es dir ähnlich?

Außerdem lässt es mich nicht los, was er mir gesagt hat. Dass du bald weg sein wirst, weil du immer irgendwann gehst. Ich habe dich darauf nicht angesprochen. Es ist ein bisschen wie bei einem Reh, dem man sich nähert. Eine falsche Bewegung und man verscheucht es. Oh Baby, ich will dich nicht verscheuchen. Am liebsten würde ich dich in einen Keller sperren, wie ich es mal in einem Notizbuch gelesen habe, und dich zu meiner kleinen Sklavin machen. Bei IHM hat es ja Wunder bewirkt.

Nach zwei Monaten muss ich einfach wissen, wer in meinem Bett liegt und mich so an den Eiern hat. Isabelle, ich habe schon oft versucht, was aus dir rauszukriegen. Aber deine Bemerkungen sind immer so kryptisch. Du liebst es, mich im Dunklen tappen zu lassen, mich zu reizen und meinen Kopf zu ficken, wie du mein Leben gefickt hast. Natürlich habe ich alles darangesetzt, mehr über dich herauszufinden, wie ich es bei jeder Frau tue, aber du bist nicht wie jede Frau, Baby. Ich hätte auch Keaton Rush anrufen können. Er hätte sofort was über dich erfahren, denn er ist ein Profi, was das angeht. Mein Dad käme auch infrage. Er hat bisher keinen Hintergrundcheck von dir durchgeführt, weil du ihm das süße Mädchen vorspielst und er dich für ungefährlich hält.

Irgendwas hat mich davon abgehalten, Keaton zu kontaktieren. Vielleicht gefällt mir das, was er rausfinden könnte, nicht. Nur frisst mich mittlerweile die Neugier auf. Ich brauche Gewissheit. Deswegen stehe ich auf und schleiche blind und lautlos, wie ich mich immer bewege, durch mein Zimmer. Ich streife die Boxershorts von vorhin wieder über und steuere einen deiner Koffer an, denn ich weiß genau, wo sie liegen. Du wolltest sie nicht auspacken, obwohl ich dir gesagt habe, du sollst es tun. Beide sind mit jeweils einem Schloss gesichert. Oh Baby, wenn du mich kennen würdest, wüsstest du, dass mich kein Schloss der Welt davon abhalten kann, etwas zu erfahren.

Also knacke ich leise eins von ihnen mit bloßen Händen, lege es beiseite und öffne einen der alten, abgewetzten Koffer. Mit meinem Handy leuchte ich hinein und wühle zwischen dünnen und dicken Stoffen, zwischen deinen Jeans, die wie Hosen eines Babys aussehen, weil sie so eng und klein sind. Ich taste mich durch die Spitzenunterwäsche, während ich einen Blick über meine Schulter zu dir werfe. Du schläfst noch.

Ich muss ein bisschen grinsen, als ich einige ziemlich heiße rote und schwarze Teile rausziehe. Aber es würde sich nicht lohnen, sie für mich anzuziehen, denn ich würde sie dir nur runterreißen. Ich will dich pur, so bist du am schönsten.

Unter dem dünnen Kofferbezug ertaste ich was Hartes und grinse ein bisschen breiter. Bingo. Meine Finger fahren in den Schlitz, den du reingeritzt hast – so wie Carter es unter seinem Ledersitz im Auto gemacht hat, um seine Drogen zu verstecken. Man merkt, dass ihr aus der gleichen Scheiße kommt. Ich will nicht wissen, was ihr zwei zusammen fabriziert habt. Jedenfalls gut, dass noch keine Polizei vor unserer Tür stand, aber vielleicht hat damit auch einfach nur der Überdad zu tun. Es macht mich ein bisschen eifersüchtig, wie ähnlich ihr euch seid, aber das schiebe ich beiseite, das hat hier nichts zu suchen.

Meine Finger ertasten einen fetten, großen Umschlag. Ich ziehe ihn raus und öffne ihn. Oh Baby … du hörst nicht auf, mich zu überraschen. Hast du eine Bank überfallen? Zuzutrauen wäre es dir.

Mehrere Bündel Geldscheine sind ordentlich zusammengebunden in deinem Koffer versteckt. Das müssen sicher zwanzigtausend Dollar sein, die du hier bar mit dir rumschleppst.

»Brauchst du Geld, oder was wird das?«, ertönt deine angepisste Stimme hinter mir. Ich zucke zusammen.

Isabelle, niemand hat es jemals geschafft, sich an mich heranzuschleichen – nicht mal, als ich noch ein kleiner Scheißer war und wir Verstecken gespielt haben. Außer mein Dad. Und du.

Du stehst hinter mir, mein Shirt von vorhin über deinen Körper gezogen, die Arme vor der Brust verschränkt, und funkelst mich aus deinen giftigen Augen an.

Ich schmeiße das Geld zurück in deinen Koffer, erhebe mich langsam und drehe mich zu dir um, bevor ich dich einen Moment mustere. Du siehst mich mit drängendem und aufforderndem Blick an.

»Caden, wieso wühlst du in meinen Sachen?«

»Aaah«, mache ich missmutig. »Ich mag es nicht, wenn du Dinge als Dein oder Mein betitelst.«

»Du kannst nicht einfach in meinem Koffer wühlen! Du hast das Schloss geknackt!«

»War auch nicht besonders schwer. Und doch, ich kann und ich habe, Isabelle.«

Ungläubig starrst du mich an. Ich liebe es, wie fassungslos ich dich machen kann, weil ich einfach nie so reagiere, wie du es kalkulierst.

»Du Arschloch!«, hauchst du fast schon bewundernd.

»Und? Warum brauchst du so viel Geld?« Ich schlendere an dir vorbei, lege mich aufs Bett und mache die Nachttischlampe an.

»Das geht dich gar nichts an!«

»Isabelle, alles, was du tust, geht mich was an.« Das sage ich äußerst ruhig und sehr ernst.

»Äh, das glaube ich nicht, Mister Kontrollfreak. Ich gehe ja auch nicht an dein Konto und schaue, wie viel Geld du drauf hast.«

Ich lasse meinen Nacken knacken, einen Arm hinter dem Kopf verschränkt. »Zweihunderteinundfünfzigtausend Dollar und siebenunddreißig Cent.«

Dir fällt die Kinnlade runter. »Ich dachte, du bist ein Student. Woher hast du so viel Geld?«

»Ich bin Student. Woher hast du so viel Geld?«

Wir starren uns an, Isabelle. Keiner von uns ist gewillt, seine Geheimnisse zu offenbaren. Deine Gestalt bebt vor Wut. Du bist es nicht gewohnt, dass ein Mann dir nicht gibt, was du willst. Deine Augen sind zu Schlitzen verengt und du funkelst mich an.

»Ich hab gespart«, lügst du dann. Du bist seit einundzwanzig Minuten neunzehn; du hast sicher keine zwanzigtausend Dollar gespart. Garantiert nicht. Davon abgesehen gratuliere ich dir jetzt auch nicht, weil du mich anpisst.

»Ah, okay. Ich habe auch gespart.« Herausfordernd starren wir uns an, bereit, alles dafür zu tun, dass der andere nachgibt. Wir zwei befinden uns ständig im Kampf. Ist das gut oder schlecht? Ich habe keine Ahnung.

»Also was?«, fragst du dann genervt. »Was jetzt?«

»Du sagst mir die Wahrheit, dann sage ich sie dir. Du kennst das Spiel doch.«

Kurz blitzt in deinen Augen etwas auf, was mir gar nicht gefällt. Ist das Angst? Du musst keine Angst haben, wenn du bei mir bist. Ich habe immer noch die Waffe unter meinem Bett und ich bin ich, Isabelle.

»Die Wahrheit ist, meine Eltern sind sehr reich und ich hab Daddys Safe geplündert, bevor ich abgehauen bin.«

Ich mustere dich eingehend. »Ich dachte, dein Daddy hat dich rausgeschmissen.«

Deine Augen werden groß. Ich liebe es, dass du eben aufgewacht bist und noch gar nicht richtig denken kannst. Du machst einen Schritt rückwärts.

»Denk nicht mal dran, Isabelle. Komm her.«

Vorsichtig und sehr langsam, fast lauernd, kommst du auf mich zu und bleibst am Bettende stehen.

»Weiter.« Ich winke dich mit meinem Zeigefinger näher. Du lässt dich auf allen vieren auf meine Matratze sinken und krabbelst mit wiegenden Hüften wie ein schwarzer Panter auf mich zu. Als du zwischen meinen Beinen kniest, sage ich: »Weiter.«

Du setzt dich auf meinen Schoß, direkt auf meinen Schwanz. Mit einem Finger streiche ich das Shirt nach oben und fahre mit der Fingerspitze über deine weiche Haut. Du erschauerst spürbar.

»Ich mag keine Lügen, Isabelle.« Damit ziehe ich dir das Shirt mit einem Ruck über den Kopf.

»Ich auch nicht, Caden«, erwiderst du eindringlich, hebst deinen Arsch und reißt mir die Boxershorts vom Körper. Ich schleudere sie mit einem Bein davon. Wir beide unterdrücken ein Stöhnen, als du meinen

Schwanz mit deiner heißen, feuchten Mitte berührst und langsam deine Hüften vor- und zurückführst.

Ich lasse meine Finger über deine Rückenlinie gleiten. »Was machen wir jetzt?«

»Das nennt man wohl Patt«, sagst du, hebst deinen Arsch und lässt dich so quälend langsam auf mir nieder, dass ich die Zähne zusammenbeißen muss. Du beobachtest mich, als wäre ich ein interessantes Projekt, das du mit deiner Pussy ein bisschen bearbeiten kannst.

»Versuch gar nicht erst, was über mich rauszufinden, Caden Rush. Es wird dir nicht gefallen.« Du bewegst dich langsam hoch und runter.

»Gilt auch für dich«, knurre ich, bevor ich uns herumwirble, und dich tief in die Matratze pinne. Ah, Isabelle, ich werde es rauskriegen. Spätestens jetzt ist es mir egal, ob mir die Antwort gefällt. Ich muss dem Überdad schreiben. Sofort.

Aber vorher muss ich dich ficken.

»Jetzt halt die Klappe und genieß dein Geburtstagsgeschenk«, flüstere ich in dein Ohr, ziehe meine Hüften zurück und stoße dann tief mit meiner kompletten Länge in dich. Dein Schreien ist Musik in meinen Ohren.

21. Die Männer dieser Familie, Emilia

Mason Rush

Ach Emilia, ich weiß nicht, was ich von alldem halten soll. Ich liege in unserem Keller. Da gehe ich immer hin, wenn ich nachdenken muss. Es ist dunkel. Wir haben uns den Keller in unserem Haus am Stadtrand so ausgebaut, dass er unser Rückzugsort werden kann, wenn diese ganze Scheiße hier für dich oder mich zu viel wird.

Und für mich ist es jetzt zu viel geworden, Emilia. Doch ich werde dir davon nichts erzählen. Ich weiß jetzt, wie mein Vater sich gefühlt haben muss, als ich so alt war wie die Jungs. Entkräftet stöhne ich auf und vergrabe mein Gesicht in den Händen. Carter ist schon wieder unterwegs. Ich habe ihn wegfahren sehen. Der Dämon ist oben und beglückt seine Freundin in einer Tour, denn sie hat ja Geburtstag. Ich hasse es, dass er direkt über meinem Kopf schläft. Emilia, wieso hast du das so geplant? Wieso mussten du und Mom hier Architekten spielen und alles umbauen? Wir hätten die beiden einfach in eine Scheune sperren sollen, irgendwo unten im Süden, wo wir sie niemals sehen müssten. Und dann ist da ja auch noch Ava. Sie war eigentlich immer mein Liebling, bis sie zu einer Frau geworden ist. Ich mag es nicht, Emilia. Ich weiß nicht genau, was bei ihr abgeht, weil die Jungs schon immer unsere hundertprozentige Aufmerksamkeit erfordert haben und sie auch noch decken. Am schlimmsten ist Caden, dieser kleine Scheißer. Er ist wie mein Vater, nur schlimmer. Dabei dachte ich, das wäre unmöglich. Aber es reicht natürlich nicht, dass ich einen zweiten Keaton Rush hier habe, da gibt es auch noch Carter, der total nach mir kommt, Emilia, ganz zu schweigen von Ava, die eine Mischung aus dir und mir ist und meiner Meinung nach viel zu schnell kuscht und sich unterbuttern lässt. Sie wird noch für mächtig Ärger sorgen, das weiß ich jetzt schon. Ich bereue es so sehr, dass ich meinem Dad so lange eine Last war, denn jetzt weiß ich, was er mit mir durchgemacht hat. Es muss Karma sein, denn ich habe es dreifach zurückgekriegt.

Ich lasse mich auf den Rücken sinken und betrachte die Decke. Dabei wünschte ich, ich hätte nicht erfahren, was ich heute erfahren habe, als Donovan Wild mein Büro betrat und mich schon mit diesem Raste-jetzt-nicht-aus-Blick angesehen hat. Als er mir dann sagte: »Setz dich, Mason«, wusste ich, dass mein Leben nur noch schlimmer werden würde. Er nahm ebenfalls Platz – in aller Seelenruhe – und ließ seinen Blick kurz durch mein nun recht großes Büro gleiten, was direkt neben dem von DAD liegt. Ja, mittlerweile arbeite ich nicht mehr als verdeckter Ermittler, sondern bin der stellvertretende Einsatzleiter. Als ich ihn fragte, was verdammt noch mal los sei, hat er Bilder vor mir ausgebreitet.

Wir arbeiten bereits seit fünf Jahren an einem großen Fall und sind hinter den Bossen der Untergrundszene her. Natürlich haben wir Listen und Bilder von allen, die daran beteiligt sind, und Schautafeln zur besseren Übersicht und um die Hierarchie darzustellen. Ab heute müsste ich eigentlich zwei weitere Bilder anbringen, direkt unter den De Luca-Clan.

»Fuck«, flüstere ich und streiche mir über das Gesicht. Ich weiß nicht, was ich tun soll, Emilia, jetzt da ich erfahren habe, wie tief Caden und Carter wirklich in der Scheiße stecken. So tief habe nicht mal ich mich gewagt. Ich habe immer die Kurve gekriegt, denn ich hatte dich. Du hast mich immer wie eine Sirene zurückgerufen. Aber bei den beiden gibt es keine Sirenen. Das sind sie bereits selbst. Sie locken sich gegenseitig immer weiter hinein in die Dunkelheit. Weil sie es brauchen.

Ich habe Dad noch nichts davon erzählt und frage mich, ob er es nicht schon längst weiß, da er sonst auch immer alles weiß. Er war heute nicht in der Arbeit und angerufen habe ich ihn auch nicht, weil ich keine Ahnung habe, wie ich ihm das sagen soll, ohne zusammenzubrechen. Ich weiß genau, was das für Typen sind, mit denen Caden und Carter verkehren, als wären sie ihre Brüder. Jetzt ergibt es auch Sinn, weshalb sie nachts immer so geheimnistuerisch verschwinden. Hätte ich was tun können? Sicher. Aber das habe ich nicht, weil ich immer dachte, sie sind schlau genug, um ihren Weg zu gehen, auch wenn sie dafür etwas länger brauchen. Dad hat mir damals auch die Freiheit gelassen, denn er hat mir vertraut, obwohl ich so ein kleiner Vollidiot war. Ich habe ihnen auch vertraut, in dieser Hinsicht zumindest Caden, dass er sich und seinen Bruder aus der größten Scheiße raushält.

Das hat er aber nicht. Er ist mit Anlauf hineingesprungen und jetzt kommt er da nicht mehr raus, wenn er das überhaupt will. Da kommst du nur tot raus.

Aber Donovan Wild war noch nicht fertig mit seinen Bildern. Unser kleiner Gast mit dem lauten Organ und dem Fickblick, den sie überall verstreut, ist in Wahrheit die verschollene Tochter des zweitgefährlichsten Mannes der Stadt und außerdem dem Sohn, Dorian de Luca, des gefährlichsten Mannes der Stadt versprochen, der zufälligerweise der Boss von meinen Söhnen ist. Ich habe keine Ahnung, ob sie alle davon wissen; ich für meinen Teil wünschte, *ich* hätte es nie erfahren. Und ich habe keine verdammte Ahnung, was ich jetzt tun soll.

Ich höre deine Schritte auf der Treppe, sie sind nicht mehr so zögerlich wie früher. Sie klingen, als wärst du stocksauer, weil ich nicht im Bett liege. Dann stehst du auch schon vor mir. Du trägst einen schwarzen Bademantel und deine schwarzen Haare sind chaotisch; du siehst so müde aus, dass du die Augen nicht richtig aufhalten kannst.

»Was tust du hier, Mason?«, fragst du verschlafen und ich ziehe dich an deinen Hüften zwischen meine Beine und umfasse dich fest mit meinen Armen, damit ich meine schmerzende Stirn an deinen Bauch lehnen kann.

»Halt die Klappe, Emilia«, erwidere ich gequält.

Du streichst mir durch das Haar und ich atme tief durch. »Was ist los, Baby?«

Ich kann es dir nicht sagen, Emilia. Du würdest durchdrehen, und es würde dein Herz zerreißen. Unsere Söhne bei der Mafia, wir haben uns wirklich was anderes für die beiden vorgestellt!

»Frag am besten nicht.« Ich ziehe dich mit gespreizten Beinen auf meinen Schoß, vergrabe mein Gesicht an deinem Hals und atme deinen Duft ein. Du ziehst meinen Kopf an den Haaren zurück und suchst meinen Blick.

»Mason, was ist los?«, fragst du alarmiert.

Ich seufze genervt und wirble uns herum, sodass ich auf dir liege und du unter mir und mich mit diesen türkisblauen Ozeanaugen anstarrst, worin die Neugier funkelt sowie die Sorge. Du spürst instinktiv, dass es was mit deinen Küken zu tun hat, du Enten-Mama.

»Ist was mit Ava?«, fragst du ernst. Ich finde es ein bisschen lustig, dass du zuerst an sie denkst, weil du von Caden und Carter gewohnt bist, dass sowieso immer was ist.

»Nein, Emilia. Mit Ava ist nichts«, erwidere ich genervt.

Du stöhnst. »Ist es wegen Carter?«

Ich knirsche mit den Zähnen. »Nein.«

»Okay, was hat Caden gemacht?«, donnerst du. Im Moment bist du, genau wie ich, gar nicht gut auf ihn zu sprechen. Obwohl ich sagen muss, dass er die Wochen ohne Carter diesmal gut weggesteckt hat. Ob das an dieser kleinen Mafiaprinzessin da oben liegt, weil *sie* ihn gut weggesteckt hat?

»Er hat nichts gemacht«, lüge ich, weil ich muss.

»Wieso sitzt du dann hier unten und zerbrichst dir den Kopf?«

»Aah«, mache ich und lasse mich mit meinem ganzen Gewicht auf dich sinken. Du keuchst, aber drückst mich nicht weg. Wie immer. »Ich mache mir nur Sorgen, weil Carter so abgefuckt ohne seine Tussi und Caden einfach Caden ist. Und du hörst jetzt auf mich zu löchern, Emilia.«

Ich presse meine Lippen auf deine und ersticke deine Widerworte. Die nächste Stunde wirst du erst mal nicht reden und ich kann mich beruhigen.

* * *

Heute ist Samstag, Emilia, und trotzdem trampeln mir irgendwelche Nilpferde auf dem Kopf rum. Ich kann die Schritte unterscheiden. Da bist einmal du, du Mama-Nilpferd, gefolgt von Ava und Carter, aus welcher Hölle er auch gekommen sein mag, denn er war die Nacht nicht zu Hause. Mittlerweile bereue ich es, im Keller in dem Riesenbett eingepennt zu sein, in dem wir so oft schlafen, weil wir es einfach nicht mehr hoch ins Schlafzimmer schaffen. Und verdammt, ich wollte noch eine Runde mit deinem Arsch. Emilia, wo bist du?

Ich stehe auf, weil die Kröten zu laut kröten, ziehe meine Jeans von gestern an und gehe nach oben ins Bad, mache mich frisch und betrete dann widerwillig die Küche.

Du bist total hektisch am Frühstückmachen und wie immer leicht überfordert. Du bist einfach nicht wie Mom die perfekte Küchenfee, du hast andere Stärken. Ich liebe es, dass du deine Haare halb zusammengesteckt hast, Leggins trägst und ungeschminkt bist. Dass der Pullover von mir an deinem Körper nach unten gleitet, weil er viel zu groß ist, und deine Ärmel die ganze Zeit runterrutschen. Ich fange das Ei auf, was dir gerade runterfällt, und reiche es dir.

»Vorsicht, Baby«, sage ich heiser. Ich gebe dir einen Kuss auf die Schläfe und mache mir einen Kaffee. Den Scheiß brauche ich jetzt. Ava tänzelt hier rum, ist total gut drauf, und ich drehe mich langsam zu ihr um. Sie verharrt wie ein kleiner Soldat.

»Was zum Teufel ist los mit dir, Ava?«

»Was?«, fragt sie und ihre Augen – meine Augen – werden groß. Sie wirkt ertappt. »Nichts.«

»Dann setz dich auf deinen Arsch«, knurre ich und sie gehorcht sofort. So viel Hyperaktivität ertrage ich nicht vor meinem ersten Kaffee, an dem ich jetzt nippe.

»Sei nett, Mason. Kannst du das?«, flüsterst du mir zu. »Einfach mal nett sein?«

»Nein«, erwidere ich genervt. »Das weißt du doch. Und du magst das.«

Carter kommt aus seiner Höhle gekrochen und ist immer noch total stoned und genauso mies drauf wie ich, wenn nicht noch mieser. Er trägt nur eine Jogginghose, seine schwarzen Haare sind ein Chaos und seine Wangen schon wieder unrasiert. Er ist so abgefuckt, Emilia, was haben wir da nur produziert?

»Sieh mich nicht so an, Dad«, sagt er gelangweilt. Ich habe Mühe, ihm nicht die Nase zu brechen, nach allem, was ich gestern erfahren habe.

Er setzt sich an den Tisch und streckt den rechten Arm über die Stuhllehne neben sich. Seine Tattoos stechen hervor, genau wie seine Narben. Jetzt weiß ich, dass die nicht nur was mit seinen Abfuckwochen zu tun haben, wenn er verschwindet, um sich zu sammeln, wie ich früher immer. Nein, bei ihm hat das ganz andere Gründe und das gefällt mir nicht.

»Wieso siehst du mich so an?«, fragt er jetzt ein bisschen angespannt. Er ist so leicht reizbar im Moment, vor allem, seit Alayna weg ist. Wie eine tickende Bombe, Emilia. War sie vielleicht das für ihn, was du für mich bist? Der Schwamm, der die Wut aufsaugt? Oder reagiert er einfach nur so emotional wie damals bei Melissa, weil er emotional *ist*?

»Weil du ein Scheißer bist«, antworte ich und setze mich auf meinen Platz. Sofort stellst du mir einen Teller mit Eiern und Bacon vor die Nase. Oh Baby, dafür belohne ich dich später. Ich kneife dir in den Arsch und du zuckst, während du dir ein Kichern verkneifen musst. Carter ist so angeekelt wie immer.

»Oh, Carter, red nicht so mit deinem Vater!«, sagst du. Ich finde es heiß, wie du mich verteidigst, Emilia.

»Aaah, was auch immer!« Er stöhnt genervt.

»Wo warst du gestern Nacht?«, frage ich, stütze meine Wange gegen eine Faust und mustere ihn, während ich esse und er noch nichts hat. Ava bekommt als Nächstes.

»Überall und nirgendwo. In irgendeiner Tussi. Aus irgendeiner Tussi. Ich erinnere mich nicht mehr an wirklich viel.«

Ich beuge mich vor und gebe ihm einen Schlag auf den Hinterkopf. Er zuckt nach vorn. »Au, Dad! Was zum Teufel!«

»Lüg mich niemals an«, knurre ich und esse noch einen Baconstreifen.

»Fuck«, flüstert er und streicht sich über den Hinterkopf.

»Mason!« Du stellst ihm endlich seinen Teller hin und seinen Kaffee.

»Sag danke«, befehle ich und er reibt sich immer noch den Hinterkopf.

»DANKE«, keift er sarkastisch zu *mir*. Ich habe das nicht verdient, Emilia, nicht so heftig. Denn da kommt der Nächste angeschlendert und er hat diesen Blick. Ich will aufstehen und gehen oder wieder in den Keller.

Caden mit seiner kleinen Psychobraut. Gott, sie sind wie Bonny und Clyde oder der Joker und Harley. Sie verursachen selbst mir Gänsehaut, und auch dein Blick wird ein bisschen hart, als er zu Isabelle gleitet. Ach, ich weiß, du magst sie nicht mehr besonders. Denn du hast gesehen, zu was sie fähig ist, schon mit einem Blick. Obwohl ich zugeben muss, dass sie Caden gut abgelenkt hat, als Carter weg war.

»Guten Morgen!« Sie strahlt in die Runde und setzt sich wie eine verkackte Musterschülerin an ihren Platz, nachdem Caden ihr den Stuhl zurückgezogen hat. Seit wann behandelt er Frauen so? Von mir hat er das nicht. Ich habe dir bis heute keinen Stuhl zurückgezogen, Baby, aber du nimmst mich, wie ich bin, und ich bin einfach kein Gentleman und kein affektierter kleiner Scheißer wie er.

»Hi, Familie«, sagt Caden und schlendert zur Kaffeemaschine, weil er genau weiß, dass alles, was er von dir bekommt, höchstens eine Ansage ist. Dann beobachten wir alle leicht irritiert, wie er Isabelle Kaffee bringt und Eier und Bacon auf einen Teller häuft und ihn ihr hinstellt.

»Danke, Baby«, flötet sie und er zwinkert ihr zu, bevor er sich auch was nimmt und sich neben sie setzt.

»Und?«, fragt er in unsere irritierten Gesichter. Sogar Carter hat aufgehört zu kauen, ein Stück Bacon in der Hand, die in der Luft verharrt, während Fett auf seinen Teller tropft.

»Was, UND?«, fahre ich ihn an. Sogar Isabelle zuckt ein bisschen, aber die nehme ich mir auch noch vor. Es passt mir nicht, was hier passiert – gar nichts davon. Carters Abfuckerei, diese Mafiascheiße, diese Tussi da, die alles nur noch schlimmer macht und fähig ist, Caden den Kopf zu verdrehen, was bei ihm absolut fatal wäre.

»Gut geschlafen, Dad?« Er tut so, als wär nichts. Das ist seine Spezialität. Ich starre ihn nur mit einem Todesblick an und beiße aggressiv von meinem Bacon ab.

Oh, Emilia, du bist ganz im Kampfmodus, als du siehst, wie Isabelle fröhlich von ihrem Essen isst und ab und zu einen Bissen an Caden reicht, als hätte er selbst nichts. Die zwei sind wirklich komisch.

»Carter«, sagst du laut und reißt ihn endlich aus der Starre.

Er beißt von seinem Bacon ab. »Mom?« Und schaut dich stirnrunzelnd an.

»Was ist denn eigentlich mit deiner kleinen, süßen Alayna passiert? Sie fehlt hier wirklich sehr. Ich mochte sie immer total gern, sie war wie eine Tochter für mich.«

»Danke«, ruft Ava. »Du hast ja noch keine, MOM!«

»Ach, sei leise!« Du winkst ab, Baby. Ich liebe es, wenn du so bist. »Sie hat dir so gutgetan, Carter. Sie hat uns *allen* so gutgetan!« Jetzt schaut sie Caden an. Der wirkt alles andere als amüsiert, aber er hat nicht *nicht* amüsiert zu sein, wenn er dich ansieht. Und diesen Blick hat er bei dir gleich gar nicht aufzusetzen. Diesen Ich-zerstöre-dich-gleich-Blick.

»Krieg dein Gesicht unter Kontrolle«, blaffe ich ihn an. Er lässt seinen Nacken knacken und hört auf mich. Sein Glück. Sein Starren ist nicht mehr ganz so eindringlich.

»Wir haben Schluss gemacht, Mom. Vor zwei Monaten, falls dir das entgangen ist.«

»Das weiß ich doch, aber wo ist sie? Normalerweise telefonieren wir, ob sie nun Kontakt mit euch hat oder nicht. Aber jetzt ist sie geradezu verschollen.«

Ich schaue in seine Augen und erkenne das Gleiche, was ich damals im Spiegel gesehen habe, als du weg warst, Emilia. Ich mag es nicht, weil ich weiß, wie er sich fühlen muss und ich ihm das nicht nehmen kann.

»Ich hab keine Ahnung, wo sie ist, Mom.« Seine Stimme klingt hohl und gebrochen, während er ausschließlich auf seinen Teller sieht.

Du neigst den Kopf zur Seite. Es ist dir scheißegal, wer am Tisch sitzt. Du streckst die Hand aus und legst sie auf seinen Unterarm. Er sieht dir wieder in die Augen und zwei gleiche Augenpaare versinken ineinander. Ich liebe dich gerade so sehr, Emilia, weil du ihm so viel Stärke gibst. Ihr hattet schon immer eine besondere Verbindung.

»Es wird nicht besser, niemals. Nur erträglicher. Aber wenn ihr zusammengehört, werdet ihr zusammenfinden. Früher oder später. Wenn nicht, dann ist es besser so.«

Meine Augen wandern zu Caden und ich sehe, wie er Carter anguckt. Etwas in seinem Blick hat sich verändert. Irgendwas ist in seinen Augen, was ich da noch nie bemerkt habe und was mich total irritiert. Er sieht fast aus, als würde er Schuld empfinden ... und Trauer? Hängt er etwa auch noch an diesem Bambi? Und wieso empfindet er Schuld?

Ich will gerade den Mund aufmachen und ihm sagen, dass er sofort mit mir ins Büro kommen soll, weil ich wissen will, was hier los ist, als es auf einmal klingelt. Wir alle erstarren.

Jetzt ist es so weit, ich weiß es einfach. Die Scheißer haben es zu weit getrieben. Das Sondereinsatzkommando wird *mein* verdammtes Haus stürmen.

Wir bleiben sitzen, wie wir sind, und jeder starrt vor sich hin. Keiner am Tisch bewegt sich oder sagt was. Carter hält die nächste Scheibe Speck vor seinen Mund und seine Augen gleiten von einem zum anderen. Wir wissen nicht, wer es ist. Es fühlt sich nur irgendwie falsch an.

Schließlich erbarme ich mich und drücke dich zurück auf deinen Sitz, als du aufstehen willst. Ich will nicht, dass dich gleich irgendwelche vermummten Bullen gegen Wände pressen, weil ich dann durchdrehen muss und werde.

Als ich die Tür öffne, bereit für alles, wünschte ich mir, es wäre das Sondereinsatzkommando gewesen.

»Scheißkröte«, sagt mein Vater trocken.

Er lehnt mit einem Unterarm am Türrahmen, trägt eine Sonnenbrille und eine schwarze Lederjacke. Seine dunklen Haare, an den Schläfen leicht ergraut, sind nach hinten gekämmt und sein Gesicht ist angespannt.

»Dad.«

Er scheucht mich mit einer fegenden Bewegung beiseite und ich mache ihm widerwillig Platz. Nach wie vor ist er der Einzige, vor dem ich kusche.

Er schlendert an mir vorbei und ich schließe die Tür. Mein Gefühl wird noch schlechter, als er seine Schuhe abstreift und seine Sonnenbrille abnimmt. Dann funkelt er mich an.

»Wo sind deine Kröten?«

Ich deute mit dem Daumen über die Schulter und ahne schon, worum es geht. Er schmeißt seine Autoschlüssel und seine Brille auf die Kommode und ich merke an diesen zwei Bewegungen, dass mit Dad gerade nicht zu spaßen ist, also halte ich meine Fresse. In aller Ruhe streift er sich die Jacke ab und hängt sie akkurat auf, womit sie die einzige Jacke ist, die hier akkurat an der Garderobe hängt. Dann krempelt er die Ärmel seines schwarzen Pullovers nach oben. Das macht er alles nur, um mich darauf vorzubereiten, dass es gleich äußerst hässlich wird.

»Baby, wer ist das?«, rufst du aus der Küche.

Mein Dad macht einen Schritt in die Küche. »Ich bin's Emilia. Nimm Ava und Isabelle und geh hoch.« Ich wundere mich nicht, woher er Isabelles Namen kennt; ich folge ihm und sehe meine Familie an.

Caden hat sich zurückgelehnt und spielt mit seinem Bacon wie ein Psychopath. Carter lässt sein Gesicht genervt gegen seine Hand sinken und stöhnt. Ava rennt zu meinem Vater, gibt ihm schnell einen Kuss, was ihn kurz lächeln lässt, dann stürmt sie die Stufen laut polternd nach oben.

Isabelle sieht meinen Vater an.

»Raus«, sagt Dad. Caden spannt sich an, genauso wie ich, während Dad Isabelle mit einem Vorsicht-mach-jetzt-nichts-Falsches-Blick bedenkt.

Ich sehe dich an und nicke ins Haus. Du bemerkst die Gefahr und funkelst Isabelle an. »Komm jetzt!«

Sie seufzt tief, sieht Caden kurz fragend an, der aber nur die gleiche scheuchende Handbewegung wie mein Vater vorhin macht. Diese Ähnlichkeiten sind wirklich verstörend, Emilia. Was soll ich sagen?

Sie steht auf und folgt dir. Bevor sie geht, lächelt sie meinen Dad an.

Dann passiert etwas Lustiges: Wir lassen alle unseren Nacken knacken. Dabei macht Dad das eigentlich so gut wie nie.

Schließlich marschiert er zum Küchentisch. Seine Schritte sind fest, mit Wucht knallt er die Handflächen auf den Tisch und seine Augen schießen zu Caden. Von dort wandern sie zu Carter und dann wieder zu Caden. Der lächelt, weil er keinen Fuckingüberlebensinstinkt besitzt. Das ist ja das Problem.

»NEIN!«, donnert er und ich hebe die Brauen. Ich bin versucht, an ihm vorbeizuschleichen und mich auch davonzumachen.

»Mason, setz dich!« Ich fühle mich wie der kleine zwanzigjährige Scheißer, der ich damals war. Tief durchatmend lasse ich mich an Avas üblichem Platz gegenüber von meinem Dad nieder und bin ihm somit so weit wie möglich von ihm entfernt.

»Nein?«, fragt Carter mit Pokerface. »Was meinst du?«

Ich bin am Ende, Emilia, und fuchtle mit der Hand in seine Richtung. »Mach das jetzt nicht, Carter«, sage ich genervt. »Er weiß schon alles. Ich übrigens auch.«

Carter schluckt und sieht zu seinem Bruder. Der lässt sich ein bisschen tiefer in den Sitz sinken.

»Könnt ihr mir mal auf die Sprünge helfen?«, erkundigt er sich samtweich.

Diese Kröte!

Ich beuge mich rüber und er kassiert einen Schlag auf den Hinterkopf dafür. *Da hast du deine Hilfe, du Kröte.*

»Ah verdammt, Dad. Hör auf, mich immer zu schlagen. Gewalt ist keine Lösung.«

»Ich zeige dir gleich, was Gewalt ist«, erwidert mein Vater ruhig, bevor ich es tun kann, weil es mir schon auf der Zunge lag. Caden ist ein bisschen empört, weil er und mein Dad eigentlich eine Einheit bilden. Tja, nicht, wenn es sich um so eine Scheiße handelt.

Seine Augen funkeln. Es geht hier um seine Familie und er ist kurz davor, das Haus niederzubrennen. Ich sehe es in seinen Augen. Der Wahnsinn kommt. Schön. Ich befasse mich nicht damit, das können dann die zwei Kröten machen. Nicht mein Problem. Er würde sie sowieso beide mit einer Handbewegung wegfegen.

»Wisst ihr eigentlich, was *Vito de Luca* für ein Mann ist?«, fragt er ruhig.

»So heißt der Boss?«, hakt Carter überrascht nach. »Vito? Er hat uns bis heute nicht seinen Namen verraten.«

Caden sieht aus, als würde er es bereuen, Carter nicht den Mund verboten zu haben. Ich springe auf und packe Caden am Kragen und knalle ihn gegen den Kühlschrank.

»Du Scheißer«, zische ich. »Wieso hast du ihn da mit reingezogen?« Ich kann mich nicht zurückzuhalten, denn es ist was anderes, es noch mal wirklich zu hören und die Bestätigung zu haben.

»Du wirst mir das jetzt nicht glauben, Dad, aber ich wollte das gar nicht«, sagt er ruhig. »Ich hab alles getan, um ihn da rauszuhalten.«

Ich knalle ihn noch mal fester gegen den Kühlschrank. »Erzähl mir keine Scheiße, Caden. Du machst keinen Schritt ohne deinen Bruder!«

»Dad«, ruft Carter hinter mir. »Lass ihn los. Ich habe zugesagt. Nicht er. Er wollte das eigentlich gar nicht.« Ich kann es nicht glauben, weil Caden immer der Drahtzieher ist. Davon abgesehen reizt mich sein breites Grinsen so sehr, dass ich ihm eine reinhauen will. Schon wieder.

Dad legt mir eine Hand auf die Schulter. »Lass ihn los.« Es verlangt mir alles ab, doch ich lasse ihn los, allerdings nicht, ohne ihn vorher noch mal gegen den Kühlschrank zu donnern. Mein Dad schubst ihn auf seinen Platz zurück und ich mache mir ein Bier auf, obwohl es erst am Morgen ist. Am liebsten würde ich eine Flasche Wodka trinken. Ich lehne mich an den Herd und Dad lässt mich, weil er weiß, dass ich gerade nicht sitzen kann.

»Wie konntet ihr so dumm sein?«, fragt Dad an die beiden gewandt. »Wie seid ihr da reingerutscht? Wie?«

»Wir sind nicht gerutscht«, sagt Caden und schiebt sich in seinem Stuhl wieder tief nach unten. »Das war siebenjährige, harte Arbeit.« Ich bin selbst fassungslos, dass mein Vater das alles erst jetzt mitbekommt und nicht damals schon. Aber dieser Teufel hier namens Caden kennt seine Gegner und weiß genau, wie er sich und seinen Bruder decken muss. Selbst vor Dad. Wieso verschwendet er sein Genie an diese Scheiße?

Ich fahre mir über das Gesicht und bin schon wieder kurz davor, ihn von seinem Stuhl zu ziehen und ihm diesen höhnischen Ausdruck aus dem Gesicht zu prügeln. Aber Dad schüttelt den Kopf in meine Richtung und ich bleibe, wo ich bin, obwohl es mich bereits in den Fingern juckt. Carter mustert mich ein bisschen verwirrt. Man sieht meinen Dad und mich nicht oft in diesen Situationen.

»Super, herzlichen Glückwunsch«, sagt mein Vater trocken. Doch es liegt so viel Wut in seiner Stimme, dass sogar Caden mit seinem Stuhl ein bisschen weiter nach rechts rutscht. »Jetzt seid ihr auf der Liste der hundertfünfzig verdächtigsten Männer im Chicagoer Mafia-Milieu.«

»Wow«, erwidert Carter trocken. »Bro, wir haben ein Foto gekriegt!«

»Du solltest weniger kiffen«, speie ich Carter entgegen.

»Ihr nehmt immer alles so ernst«, murmelt er und trinkt von seinem Kaffee.

»Stell die Tasse ab«, knurrt Dad. »Und sitz gerade, wenn ich mit dir rede.«

»Caden darf doch auch so sitzen.«

Carter rutscht demonstrativ weiter nach unten wie sein Bruder und ich merke, dass er wieder Ärger sucht. Er hat seinem ganzen Frust noch nicht genug Luft gemacht, trotz all der Blessuren in seinem Gesicht.

Aber da ist er bei meinem Vater an der falschen Adresse, wie ich aus eigener Erfahrung weiß. Dad ist nicht sehr körperlich oder gewalttätig. Er hat ganz andere Mittel, die er alle an diesen Dämon vererbt hat.

»Setz dich gerade hin«, wiederholt er mit tiefer, sehr ruhiger und dunkler Stimme. Carter liefert sich ein Blickduell mit ihm, bis Caden ihm unter dem Tisch einen Tritt verpasst und er sich stöhnend richtig hinsetzt. Caden bleibt aber, wie er ist, und Dad sagt nichts.

»So, was jetzt? Ich hab noch was vor. Isabelle hat Geburtstag«, sagt Caden. »Ich hab noch ein Date mit ihrer Pussy.«

Dads Kopf schießt zu ihm herum und er hypnotisiert ihn mit *dem* Blick, der seine Gegner in die Knie zwingen kann. Caden schaut ihm in die Augen, ohne mit der Wimper zu zucken. »Von ihr hältst du dich besser fern. Sie ist die Tochter von Wadim Marino. Schon mal was von dem Namen gehört?«

Caden fällt alles aus dem Gesicht und Carter klappt der Mund auf.

»Was?«, fragt Carter ungläubig.

»Ja, sie wird seit einem Dreivierteljahr schmerzlich vermisst, denn sie sollte schon längst Dorian de Luca geheiratet haben, den Sohn *eures* Bosses. Sie ist seine Verlobte, Überraschung! Was für ein Zufall. Ist die Welt nicht klein?« Er setzt sich verkehrt herum auf den Stuhl, faltet die Hände auf der Lehne und genießt den Schock um sich herum sichtlich.

»Und, Caden? Keinen lockeren Spruch auf Lager?«, bohrt er genüsslich.

Caden will aufstehen, wie ferngesteuert, aber mein Vater benutzt wieder *die* Stimme. »Sitz!«

Er lässt sich wieder auf den Stuhl sinken und sein Blick schießt zu meinem Vater. »Das muss ein Irrtum sein«, sagt er geschlagen.

Dad nimmt sein Handy aus der Arschtasche, entsperrt es und öffnet was. Ich sehe über seiner Schulter, dass es die Akte der Kleinen ist. Er schiebt das Handy mit der Bilderfolge wortlos über den Tisch zu dem immer noch total schockierten Caden. Dessen Ausdruck sollte fotografiert werden. Ich mag es, dass der Scheißer auch mal sprachlos ist.

Caden wischt die Bilder durch und überfliegt die unzähligen Einträge. Isabelle ist wirklich ein böses Mädchen. Wirklich, Emilia! Und ich weiß nicht, ob sie es ernst mit ihm meint. Sie ist nicht wie du oder Alayna. Sie ist ein ganz anderes Kaliber.

Als Caden fertig gelesen hat, will er wieder aufspringen, aber Dad drückt ihn an der Schulter wieder zurück. Er würde dieses Spiel den ganzen Tag spielen. Manchmal frage ich mich, wie sie geworden wären, wenn ich sie beide bei Dad abgegeben hätte, als sie noch klein waren.

»Beruhige dich, Caden«, sagt mein Vater, obwohl Caden auf den ersten Blick ruhig wirkt. Aber mein Dad weiß so gut wie ich, was in ihm vorgeht. Wir sind eben alle ein bisschen besitzergreifend, wenn wir uns für eine Frau entschieden haben. Dann gehört sie für immer uns.

Carter massiert sich die Schläfen. »Fuck, Bro. Fuck, fuck, fuck, fuck!«

»Es bringt nichts, wenn du jetzt ausrastest und hier alles niederbrennst.«

Caden sieht meinen Dad völlig leblos an. Den Blick habe ich schon mal bei ihm gesehen und danach brannte die Turnhalle. Ohne meinen Dad wäre er da nicht rausgekommen. Damals war er dreizehn.

»Ich werde nichts niederbrennen. Ich werde ihn killen.«

»Oh Mann, Bro! Du kannst DORIAN DE LUCA nicht einfach abmurksen, das geht nicht«, ruft Carter. »Wieso muss ich dir das eigentlich sagen? Du bist doch der Vernünftige von uns beiden.«

Er legt den Kopf schief. »Ich kann und ich werde«, erwidert er ruhig. »Früher oder später. Sie gehört mir. Und jetzt lass mich gehen, Keaton.«

»Hör mir zu«, sagt mein Vater eindringlich. »Ich weiß, dass du alles für sie tun willst. Dass sie im Moment dein Lebensmittelpunkt ist. Und dass du alles niederwalzen wirst, was sich euch in den Weg stellt. Aber du darfst jetzt nicht den Kopf verlieren. Glaub mir, das wäre nicht gut.«

Caden knirscht mit den Zähnen.

»Schalte deinen Kopf wieder ein, Caden«, fährt Dad eindringlich fort. »Jetzt!«

Caden lässt seinen Nacken knacken und schließt die Augen.

»Gut«, sagt Dad. Und als Caden die Augen wieder öffnet, wirkt er ein bisschen mehr wie er selbst und nicht wie ein eiskalter Psychopath.

»Okay, das war ein bisschen gruselig, Bro.«

»Kann ich jetzt gehen?«, fragt Caden. Ich marschiere an ihm vorbei nach oben zu dir und reiße die Schlafzimmertür auf.

Isabelle sitzt auf dem Bett, mittendrin im Schneidersitz, und du faltest Wäsche. Ihr zuckt beide zusammen. »Schließ die Tür ab und lass sie nicht raus«, sage ich ernst, weil ich nicht weiß, zu was Caden gerade fähig ist.

»Was ist los, Baby?« Du kommst auf mich zu.

»Jetzt nicht, Emilia. Später. Tu, was ich sage.«

Du nickst hölzern und sogar Isabelle ist das Lächeln aus dem Gesicht gewichen, bevor ich die Tür schließe und höre, wie du absperrst.

Ich gehe wieder nach unten. An dem Bild hat sich nichts verändert. Alle starren sich gegenseitig an und sind kurz davor, den Kopf zu verlieren, aber man sieht es keinem von den dreien richtig an.

»Ihr wisst, dass ihr da nicht mehr rauskommt. Zumindest nicht lebend, und dass weder ich noch euer Dad euch da wieder rausholen können.« Das klingt so endgültig in meinen Ohren, dass ich mich an der Küchenzeile abstützen muss und mein Herz kurz stehen bleibt. Das sind immer noch meine Scheißkinder. Und wenn mein Vater keinen weiteren Plan mehr hat, sind wir alle gefickt, denn wenn ihnen was passiert, brennt Chicago, nur diesmal durch mich.

»Ihr wisst außerdem, dass ihr euch für die andere Seite entschieden habt und wir ab sofort keine Einheit mehr bilden.«

»Willst du uns in den Knast bringen?«, fragt Carter emotionslos.

»Der Knast wird euch wie Urlaub vorkommen im Gegensatz zu dem, was euch dort erwartet.«

»Ich habe nichts mehr zu verlieren«, sagt Carter mit dem Gesichtsausdruck, den ich früher perfektioniert habe, als du weg warst, Emilia, und dachte, ich hätte nichts mehr zu verlieren. Er steht neben meinem Vater und sieht zu ihm runter. »Dann sind wir eben ab heute Gegner und keine Familie mehr.« Er hebt eine Schulter und will zur Garage gehen, aber Dad ruft ihm nach: »Bleib stehen.«

Carter dreht sich nicht um, bleibt aber stehen. »Was ist?«

»Willst du mich wirklich als Gegner, Carter?«, fragt er ruhig.

Carter blickt über die Schulter und hebt eine Braue. »Komm und kill mich, wenn du willst. Es ist mir scheißegal.« Damit geht er und wir lassen ihn, als er die Garagentür zuknallt.

»Und jetzt wisst ihr Bescheid, wieso Carter da mitmachen will und wieso ich keine andere Wahl hatte. Weil ich meinen Bruder niemals allein lasse. Und wenn ihr mit ihm fickt«, Caden sieht direkt meinen Vater an,

»dann fickt ihr mit mir.« Er geht, und zwar nicht nach oben, sondern raus.

Ich will ihm nach, aber mein Vater hält mich am Arm fest. Sein Griff ist wie Stahl. Ich atme laut aus und lasse mich kraftlos auf den Stuhl sinken, auf dem Caden eben noch saß.

Als Dad mich loslässt, vergrabe ich das Gesicht in meinen Händen. Sogar Dad sieht einfach nur müde aus und lässt seinen Kopf nach hinten fallen.

»Hast du dich bei mir auch so gefühlt, Dad?«, frage ich und sehe ihn wieder an. Ich fühle mich, als hätte ich alles falsch gemacht, was man als Vater falsch machen kann.

»Ständig.«

»Und wie hast du das ausgehalten?«

»Für deine Mutter«, sagt er und sieht mich von der Seite an. »Für die Frauen in unserem Leben halten wir alles aus, nicht wahr?«

Ich schüttle fassungslos den Kopf. »Caden wird die größte Scheiße bauen wegen ihr, Dad. Ich weiß es jetzt schon. Dabei baut Caden nie Scheiße. Er wird seinen Kopf verlieren, so wie Carter sein Herz verloren hat.«

»Weißt du, was das Einzige ist, was mich beruhig?«, fragt Dad.

»Dich beruhigt irgendwas an dieser Scheißsituation?«, hake ich entsetzt nach.

»Sie werden nie allein sein, egal was auch passiert.«

»Das reicht nicht«, erwidere ich rau und massiere meine Stirn. »Ich hab's verkackt.«

»Glaubst du mir, dass jeder Elternteil auf dieser Welt sich zeitweise so fühlt, egal wie richtig er alles gemacht haben mag?«

»Dad, wenn ihnen was passiert«, sage ich gequält und habe die schlimmsten Horrorszenarien vor Augen. Carter angeschossen in einer Ecke, Caden, der Isabelle versucht, da rauszuholen und einen direkten Kopfschuss kassiert. Caden und Carter, die bei einem Einsatz festgenommen und auf den Boden gedrückt werden, vielleicht von uns. Wer weiß das schon?

»Ich weiß«, antwortet er leise und legt mir eine große Hand auf die Schulter. »Ich wünschte, ich könnte dir sagen, dass es besser wird, aber das wird es nicht, Mason. Ab jetzt wird es nur noch schlimmer. Aber ich bin da, egal was auch passiert. Ich bin immer da.«

»Was soll ich mit ihnen machen? Wie soll ich mich verhalten, Dad? Ich kann doch nicht … sie sind meine Kinder und egal was für Scheiße sie bauen …«

»Ich weiß«, wiederholt er mit einem eindringlichen Blick. »Wir werden sehen, was wir tun, wenn es so weit ist.«

»Willst du wirklich gegen sie vorgehen, wenn es hart auf hart kommt?«

Er lacht trocken. »Oh Mason, ich hab schon so viel vertuscht und versteckt und dich aus so viel Scheiße rausgeholt. Glaubst du, ich würde wirklich meine Familie verraten? Sie sollen einfach nur mal ein bisschen Angst spüren. Manchmal wirkt das Wunder.«

Er sieht mich an und ich ihn, dann muss er wieder lachen.

»Was?«, frage ich genervt.

»Du bist so ein Scheißer«, sagt er amüsiert. »Ich glaube es nicht, dass es schon so lange her ist, dass ich all diese Sorgen wegen dir und ihr da oben hatte.«

»Was machen wir jetzt?«, frage ich resigniert.

»Weißt du, was an den Männern in dieser Familie wirklich besonders ist?«

Ich muss selbst lachen. »Nicht viel, Dad. Wir sind Wichser, alle. Sorry, aber ist so.«

Er verdreht die Augen. »Wir sind sehr gebunden an die Familie und an die Frau, die wir auserwählt haben. Und im Endeffekt kehren wir immer wieder nach Hause zurück, egal welchen Weg wir einschlagen. Und jetzt hol den Cognac, Mason. Den guten, den Caden mir geklaut hat.«

22. Happy birthday to me

Isabelle

Deine Mom hasst mich. Das habe ich schon die letzten Wochen bemerkt. Allerdings hat sie sich auch nicht bemüht, es zu verstecken. Ich mag es. Hier sind keine Heuchler oder Menschen, die sich verstellen. Ich weiß, dass du das normalerweise gern machst, aber nicht bei mir. Die letzten Wochen mit dir waren wirklich aufschlussreich. Deine gestrige Offenbarung hat mir fast den Boden unter den Füßen weggerissen. Ich hätte dir nie zugetraut, dass du mich lieben würdest, denn du liebst tief in dir noch eine andere. Ja, mach dir ruhig was vor, Caden. Aber man kann auch zwei Personen lieben. Ich weiß, wovon ich rede. Glaub mir.

Ich wollte das nicht, Caden. Eigentlich wollte ich nur einen Schlafplatz und zu Carter, weil … na ja, weil er immer noch Carter für mich ist und ich ihm vertraue. Außerdem war mein Unterschlupf nicht mehr sicher. Ich habe nicht mit dir gerechnet, du Naturgewalt. Aber da warst du, so verheerend schön und faszinierend. Du hast es geschafft, mich an kaum was anderes denken zu lassen. Tja, ich weiß, dass das nicht schön enden wird. Das tut es bei euch nie, oder? Und für mich ist ein Happy End sowieso nie vorgesehen gewesen.

Jetzt sitze ich hier mit deiner Mom, nachdem dein Vater reingestürmt ist und dieser sexy Motherfucker uns befohlen hat, uns hier einzusperren.

Emilia legt angepisst die Wäsche zusammen und redet kein Wort mit mir. Ich bin so durcheinander, dass ich auch kein Gespräch anfangen kann. Die Stille wird immer erdrückender und unangenehmer, bis ich ein Auto höre und aufspringe.

Als ich aus dem Fenster sehe, bemerke ich nur noch, wie dein weißer BMW mit quietschenden Reifen davonfährt. Emilia reckt hinter mir den Kopf.

»Scheint, als wärst du sicher. Du kannst wieder gehen«, sagt sie emotionslos.

Ich setze mich wieder aufs Bett, weil ich keine Ahnung habe, wo ich hinsoll, wenn du nicht mehr da bist. Ich will nicht allein sein. Das war ich bisher nie. Ja, ich weiß, dass unsere Zeit begrenzt ist, zumal ich schon viel zu lange hier bin. Es wird langsam heiß.

Emilia seufzt tief. »Ich weiß genau, was für eine Frau du bist«, sagt sie mit einem Mal und ich blinzle verwirrt.

»Was?«

»Du liebst Caden nicht. Du willst ihn nur nach deiner Pfeife tanzen lassen. Aber ich sage dir, solltest du ihm wehtun, wirst du dir wünschen, nie einen Fuß hier reingesetzt zu haben. Und das Gleiche gilt für Carter. Solltest du irgendein Interesse an ihm haben. Verstanden?« Normalerweise würde ich die Worte einfach an mir abprallen lassen, aber seit gestern ist alles in mir irgendwie so brüchig, wie ich es sonst nicht kenne. Ich beiße mich eigentlich immer überall durch. Andere Leute und deren Gefühle interessieren mich nicht, schon gar nicht ihre Meinungen. Wieso ist das hier so anders? Wieso hatte ich nie eine Mutter, die so für mich gekämpft hat?

Ich schlucke und schaue in meinen Schoß. »Ich verstehe.« Dann erhebe ich mich. »Danke.«

Sie hält eine Jeans in die Höhe, die sie gerade falten wollte. »Wieso denn danke?«

Ich würge den Kloß in meinem Hals runter. »Danke, dass er dich haben wird.« Sie sieht mir in die Augen und weiß, dass ich gehen werde, und nickt.

»Ich fange ihn immer auf.«

Jetzt nicke ich, bevor ich das Zimmer verlasse, weil Tränen in meine Augen steigen. Fuck, wann habe ich das letzte Mal geheult? Das muss in den sechs Wochen gewesen sein, als ich mit Carter unterwegs war und wir auf irgendwelchen Drogen waren, die mich total sensibel gemacht haben. Ich konnte die ganze Nacht nicht aufhören zu heulen. Und er hat mich die ganze Nacht gehalten, gevögelt, gehalten und gevögelt. Wenn ich daran denke, muss ich nur noch mehr heulen.

So fühle ich mich jetzt auch, ohne dass ich irgendwelche Drogen genommen habe.

Ich schaffe es die Treppe nach oben, bevor es heiß aus meinen Augen rinnt und ich die Hände vor den Mund schlage, damit niemand mich hört, als es mich zerreißt und ich deine Tür hinter mir schließe und daran herabgleite. Die Hände in meinem Haar vergraben, breche ich mental völlig zusammen, während mein Körper bebt und ich alles rauslasse. *Happy birthday to me.*

* * *

Ich schließe gerade meine Koffer, in die ich alles wild reingeschmissen habe. Meine Tränen sind versiegt, aber meine Augen brennen und meine Kehle ist rau. Ich bin fest entschlossen, ich muss hier weg, denn ich war schon viel zu lange hier. Jeder weitere Tag bringt euch in Gefahr, genau wie mich. Du hast ja keine Ahnung, was für Leute hinter mir her sind und zu was sie alles fähig sind. Es ist schon fast dunkel und eigentlich sollte ich mich jetzt für meine große Party, die in Carters Garage stattfindet, bereit machen. Ich höre schon die Musik durch das gekippte Fenster heraufdröhnen und die Stimmen der Feiernden. Du bist immer noch nicht da, aber ich kann nicht gehen, ohne dich noch einmal gesehen zu haben. Und ohne mich von Carter zu verabschieden. Auch wenn ich es nicht sollte.

Ich sitze in deinem dunklen Zimmer auf einem geschlossenen Koffer und stütze mein Kinn auf meine Handballen. Die Ellbogen auf die Oberschenkel gelehnt, starre ich die Tür an. Ich will weg, aber meine Beine bewegen sich nicht. Also hocke ich hier und warte und denke an alles und nichts. Ich weiß nicht, wo ich jetzt hinsoll. Ich weiß nicht, wem ich vertrauen kann, außer euch. Ich weiß nicht, wie oft ich meine Seele noch verkaufen muss, um sicher unterzukommen. Mir ist klar, dass meine Reise so oder so nur das eine Ende nehmen wird. Ich kann Chicago nicht verlassen, weil jedes Einchecken, egal ob am Busbahnhof, Flughafen oder beim Kauf eines Zugtickets, sie direkt zu mir führen würde. Auch in den anderen Städten haben sie ihre Männer, eigentlich im ganzen Land. Dazu kommt, dass ich diese Stadt liebe. Sie ist mein Zuhause. Ich liebe die dunklen Straßen und die zwielichtigen Ecken und die Hochbahnen, die ständig durch die Gegend fahren, sowie die alten Gebäude und den Michigansee. Einfach alles.

Und du bist hier. Und Carter.

Ich spüre dich, bevor ich dich sehe, und stehe schnell von meinem Koffer auf. Du sollst nicht wissen, dass ich gehen werde, weil ich mir sicher bin, dass du mich nicht lassen würdest. Deshalb lege ich mich auf dein Bett und mache das Nachtlicht an.

Die Tür öffnet sich leise und ich schüttle alles von mir ab. Ich muss dir jetzt die Show meines Lebens liefern. Auch wenn es in mir anders aussieht, als es den Anschein haben wird.

Du schließt die Tür hinter dir. Du trägst immer noch die Jogginghose und den dünnen Pullover von heute Morgen. Deine Haare sind zerzaust, Caden, und feucht, weil es geregnet hat. Deine Augen sind müde und verraten, dass du stoned bist. Du findest mich sofort im Raum. Als du mich siehst, hebst du eine Braue. Dein Blick ist hart wie nie, aber deine restliche Haltung völlig entspannt.

Du kommst auf mich zu und setzt dich auf die Bettkante. Dein Zeigefinger streicht über meinen Knöchel und von dort über die Jeans, die ich trage.

»Was ist los?«, fragst du ruhig und mit rauer Stimme.

Ich setze mich auf. »Nichts, wieso?« Deine Augen, die eben noch deiner Hand gefolgt sind, schießen in meine.

»Bist du dir sicher?«

»Ja, ich habe nur keine Lust auf meinen Geburtstag«, lüge ich munter. »Wo warst du den ganzen Tag?«

Du lässt deinen Nacken knacken. »Unterwegs. Wir sollten runtergehen.« Du stehst auf und ich fahre in die Höhe und greife nach deinem Arm. Ich weiß gar nicht, wieso ich das tue. »Warte.«

Du schaust auf meine Hand, die deinen Arm umklammert hält. Deine Muskeln zucken unter meinem Griff. »Was ist, Isabelle?«

»Was ist mit *dir*?«, entgegne ich. »Wer war das vorhin? Also dass er aus deiner Familie kam, war ja nicht zu übersehen. Was hat er dir erzählt?« Ich kann die Panik nicht aus meiner Stimme fernhalten. Der Mann hatte was von einem Bullen. Sein Gang, die Art, wie er den Raum mit den Augen gescannt hat, bevor er sich setzte. Ich kenne das alles.

»Familienscheiß«, antwortest du nur. Ich merke ganz genau, wie distanziert du bist, und ich hasse es. Aber vielleicht ist es für dich besser, damit es nicht so wehtut, wenn ich gehe. Ich lasse die Finger von deiner Haut gleiten und fühle mich, als hätte ich dich schon jetzt verloren.

»Mach dich fertig«, sagst du. »Ich geh duschen.«

Ich nicke hölzern und lasse dich gehen, auch wenn ich es nicht will.

23. Tanz für mich, Isabelle

Isabelle

Ich trage ein rotes, eng anliegendes Kleid mit langen Ärmeln und habe meine Haare geglättet und mich geschminkt. Aber ich fühle mich nicht in Partystimmung, als du vor deinem Schrank stehst und deinen Gürtel schließt. Du siehst mich durch den Spiegel hindurch an, während ich meine Ohrringe anlege. Deine Augen sind so verhärtet und durchdringend und ich weiß nicht, wieso. Ich kann nur mutmaßen, dass es was mit eurem Besuch heute Morgen zu tun hat, denn davor war noch alles völlig okay. Du hast mir Frühstück auf den Tisch gestellt und Kaffee gemacht und unter dem Tisch mit deinen Zauberfingern über mein Bein gestrichen. Jetzt fasst du mich nicht an und das ist wirklich ungewöhnlich.

Ich sprühe mir zeitgleich mit dir Parfüm auf. Wir sehen uns immer noch an. Du trägst dunkle Jeans, die perfekt an deinen Fesseln enden, und einen hellgrauen Pullover mit V-Ausschnitt, der deine Brustmuskulatur umspielt und an deinen Oberarmen spannt, als du noch mal durch deine Haare streichst, die nach hinten anliegen.

»Bist du fertig?«, fragst du hohl.

Ich nicke und du nimmst meine Hand. Die Berührung schießt direkt in meinen Bauch. Du ziehst mich hinter dir her und lässt mich nicht los, als wir das Haus verlassen und durch den Vorgarten in die Garage gehen. Im Haus hat Carter abgeschlossen, damit niemand reinpoltert.

Es ist eiskalt und ich fröstle, also legst du einen Arm um meine Schultern und ziehst mich an deinen duftenden Körper. Deine Wärme hüllt mich sofort ein. Du sprichst nicht, du bist auch nicht besonders gefühlvoll, aber du lässt mich nicht frieren. Am liebsten würde ich nach oben gehen und wieder losheulen. Ich hasse es, Abschied nehmen zu müssen, ohne dass jemand von euch etwas davon weiß. Aber ich will euch nicht in Gefahr bringen und mich selbst auch nicht, deswegen muss ich weg. Das wirst du irgendwann verstehen, Caden. Vielleicht auch nicht. Es ist besser, wenn du mit meiner Welt nicht in Berührung kommst.

Du öffnest das Tor. Die Garage ist voll. Ich habe gar nicht mit so vielen Leuten gerechnet, die sich in dem großen Raum amüsieren. Carter hat die Lichter gedimmt und ein paar blaue Lichtstrahlen schießen durch das Zimmer. Es riecht nach Gras und Zigaretten und verschiedenen Parfüms. Der Bass der Musik dröhnt aus den Boxen, und ich versuche ein weiteres Mal, die Anspannung abzuschütteln, weil ich weiß, dass dir nichts entgeht, und weil ich es nicht mag, wenn du so fern bist. Die nächsten Stunden gehören uns. Ich will nicht daran denken, wie es sein wird, wenn ich gegangen bin. Jetzt sind wir noch zusammen und in der Lage, ein bisschen Chaos anzurichten, weil es das ist, was wir am besten können.

Du ziehst mich hinter die Treppe, die nach oben führt, wo Carter etwas wie eine Bar aufgebaut hat, was echt gut aussieht. Er sitzt genau dort auf einem Hocker. Eine dunkelhaarige Zierliche steht links neben ihm und hat sich an seine Seite geschmiegt. Er streicht mit seinen Lippen immer wieder spielerisch über ihre. Eine andere Brünette befindet sich an seiner rechten Seite. Seine Hand ist unter ihrem Rock, während sie mit den Lippen seinen Hals verwöhnt. Er ist ganz schwarz gekleidet und lässt die Augen träge in unsere Richtung schwenken, als wir kommen. Oh mein Gott, er ist total auf irgendwas drauf. Den Blick kenne ich und es tut mir ein bisschen weh.

Er schubst die Dunkelhaarige gegen dich, einfach so. »Willst du?«, fragt er, dann sieht er mich und grinst, während ich die Lider verenge. »Ooopsi, sorry, du bist mit Isabelle hier. Hab ich ganz vergessen!«

Ich schubse die Tussi zurück, mit voller Wucht in Carters Arme. »Nein, will er nicht.«

»Kein Thema.« Er reißt sie zwischen seine Beine und drückt sie auf die Knie. Hier zwischen den ganzen Leuten. Er muss so dicht sein. »Blas mir einen!«, sagt er. Du legst den Kopf schief, genau wie ich. Wir können nicht glauben, was wir da miterleben, und sind angeekelt und fasziniert in einem. Ich bin auch ein bisschen pissig, denn ich mag es nicht, das zu sehen. Carter sollte niemals unbeobachtet abgefuckt sein. Das ist Regel Nummer eins im Umgang mit ihm, und das wissen wir beide.

Er lässt gerade seinen Kopf stöhnend nach hinten fallen, weil sie seinem Befehl nachkommt. Die andere Frau schmiegt sich eng an ihn und lässt die Zunge über seine Haut gleiten.

»Wollen wir was trinken?«, frage ich irritiert und du nickst.

»Ja, das sollten wir.«

»Ach, Isabelle, schau mal da hinten. Da liegt dein Geburtstagsgeschenk. Nimm dir, was du willst, Prinzessin, geht alles aufs Haus!«

Du deutest mir schmunzelnd, voranzugehen, und starrst jeden Typen aus dem Weg, der es auch nur wagt, mir einen Blick zuzuwerfen. Ich habe das harte Blitzen gesehen, als Carter mich Prinzessin nannte, wie er es damals immer getan hat. Aber Caden, weißt du eigentlich, wie viele Frauen dich hier ansehen? Ich glaube, ich muss demnächst ein paar Nägel ausreißen oder so.

Wir gehen ans andere Ende der Bar, wo alle möglichen Drogen rumliegen, weil Carter für allerhand Bespaßung gesorgt hat. Ich bin innerlich so abgefuckt, dass ich am liebsten alles auf einmal nehmen würde. Sobald wir angekommen sind, vertreibst du den Kerl, der direkt davor hockt, packst mich an den Hüften und hebst mich auf die Bar. Ich liebe es, hier oben zu sitzen und alles im Blick zu haben, überschlage meine Beine und wippe mit dem Fuß im Takt.

»Mmmh«, sagst du langsam und lässt die Finger über die Drogen tanzen. Dein Finger ist so ablenkend, Caden. »Was haben wir denn hier? Auf was werde ich dich heute ficken?«

Ich rutsche mit dem Arsch an die Kante der Bar. »X? Darauf gehst du bestimmt ab wie eine Rakete. Kokain? Unter sechs Stunden geht da gar nichts bei mir, Isabelle. Verträgst du das?« Du lässt deine Finger weiter über die Tütchen gefüllt mit weißem Pulver gleiten. »Speed? Glaubst du, wir brechen unseren Rekord von sechs Orgasmen in einer Nacht?« Mein Hals wird trocken. Du tippst auf ein Tütchen mit gröberem weißen Pulver. »MDMA? Ich weiß nicht, ob wir die Nacht überleben oder uns totvögeln, aber ich glaube, an deinem Geburtstag ist das genau richtig. Oder was sagst du, Babygirl?«

Ich bin so erleichtert, dass du deinen Groll abgelegt hast, wogegen er sich auch immer gerichtet hat, und wir wieder auf einer Wellenlänge schwimmen.

»Also?« Du siehst zu mir hoch und ich nehme mein Bein wieder herunter, schlinge beide um dich und ziehe dich zu mir heran. Deine Hände streichen über meine nackten Oberschenkel und ich beuge mich an dein Ohr.

»Ich weiß nicht, ob du mit mir mithalten kannst, wenn wir MDMA nehmen, Baby.«

Du ziehst den Kopf zurück und hebst langsam eine Braue. »Oh, Isabelle.« Du lächelst ein bisschen und schüttelst den Kopf, bevor du, ohne hinzusehen, nach dem Tütchen greifst, es öffnest und ein wenig auf meinem Oberschenkel verteilst. Ich muss mir auf die Lippe beißen, weil du so heiß bist. Du siehst mich an.

»Nicht bewegen, Babygirl.« Damit beugst du dich nach unten, hältst dir eine Nasenseite zu und ziehst die Scheiße mit einem Ruck in dich. Von unten nach oben. Ich spüre deinen heißen Atem und muss die Augen kurz zusammenkneifen sowie mein Becken unten halten, bevor ich es deinem Gesicht entgegenpresse, denn ich trage kein Höschen, das weißt du aber noch nicht.

Als hättest du meine Gedanken gehört, ziehst du mein Kleid mit einem Finger nach oben. Deine Zunge streicht über die Haut direkt unter meiner pochenden heißen Mitte. Dann bist du wieder vor mir.

»Ich hab schon die ganze Zeit gewusst, dass du kein Höschen trägst, Isabelle«, sagst du, weil ich verwirrt bin, dass du nicht darauf reagierst.

Du verteilst die Hälfte von dem, was du genommen hast, auf deinem Daumenballen und hältst ihn mir an die Nase. Wir sehen uns in die Augen, als ich es in mich reinziehe. Es brennt und ich reibe unter meiner Nase entlang. In weiser Voraussicht gibst du mir einen Becher mit Alkohol, weil es gleich meinen Hals hinunterlaufen und widerlich sein wird. Ich kippe nach und stutze kurz, während du mich aufmerksam beobachtest. Es ist Limoncello. Das trinken wir zu Hause immer in italienischer Tradition nach dem Essen. Damit habe ich schon mit vierzehn angefangen. Mein Vater trinkt das Zeug im Grunde ständig.

»Schmeckt's?«, fragst du.

»Kannte ich gar nicht«, lüge ich dich an. Die Muskeln an deinen Schultern zucken. »Schmeckt gut.«

»Du bist Italienerin und kennst das nicht?«

»Ich habe nicht so viel mit meiner Kultur am Hut«, erwidere ich munter, obwohl es nicht weiter von der Wahrheit entfernt sein könnte. Ich merke schon, wie alles ein bisschen kribbelt und ich mich glücklicher und euphorischer fühle. Als wäre heute mein letzter Tag auf dieser Welt, und ich verbringe ihn mit dir. Was kann es Besseres geben? Ich lebe nur einmal. Und das muss genossen werden.

»Tanz für mich«, sagst du angepisst.

»Was?«

»Tanz für mich. *Jetzt!*« Mit einer Hand forderst du mich auf. »Steh auf und tanz.«

»Okay.«

Ich bin ein bisschen wacklig unterwegs auf meinen Heels. Mir ist sehr wohl bewusst, dass ich kein Höschen anhabe, als die kalte Luft zwischen meinen Beinen entlangstreicht, genauso wie die Blicke der umstehenden Typen. Ich schaue zu dir und dein Gesichtsausdruck fordert mich auf, weiterzumachen. Du verschränkst die Unterarme auf dem Tresen, schiebst die Ärmel deines Oberteils hoch und musterst mich aufmerksam mit deinem Röntgenblick. Die Lust durchrauscht mich. Ich schließe die Augen und schwinge meine Hüften, schüttle mein Haar aus, denn ich weiß, dass ich mich ganz gut bewegen kann, weil ich nichts scheue. Dann lasse ich meinen Arsch ein bisschen kreisen. Du legst den Kopf schief und, oh Gott, ich werde so feucht wegen dir. Ich grinse dich an, aber du verziehst keine Miene, sondern zündest dir einen Joint an, der auch bei Carters Auswahl dabei lag.

Ein Typ, der total besoffen ist und mich schon die ganze Zeit von hinten anfeuert, will auf die Bar zutreten und mich anmachen. Du hebst, ohne hinzusehen, deinen Arm und rammst ihm deinen Ellbogen in die Nase.

»Wohhaaaa«, schreit der Typ. »Scheeeeiße!«

»Oh, Caden, Bro, beherrsch dich. Das hier ist eine Party«, ruft Carter von irgendwo aus der Masse an Gästen. Seine Stimme klingt so im Sexmodus.

Du siehst den Typen nur an und er verpisst sich ganz schnell. Ich tanze noch ein bisschen, bis ich schwitze und meine Haare an meinem Gesicht kleben. Dann gehe ich auf alle viere und bin mit meinem Gesicht direkt vor deinem.

»Du bist so heiß, wenn du wütend bist.« Meine Aussprache ist ein bisschen schleppend, weil ich schon drei dieser Becher runtergekippt habe, die du mir gereicht hast, und meine Sicht ist verklärt wegen der Drogen. Alles glänzt und funkelt und ist ein wenig schöner.

»Ich bin nicht wütend. Ich hoffe, dass du mich nie wirklich wütend erleben wirst, Isabelle.«

»Ich liebe temperamentvolle Männer.« Und da gibt es einige in meinem Leben. Ich streiche über deine Lippen, die so verdammt zum Küssen einladen, und du packst mein Handgelenk und ziehst mich näher.

»Du hast keine anderen Männer zu lieben, Isabelle.« Oh, hast du eine Ahnung, Caden … Ich will dich küssen, aber du ziehst den Kopf zurück und ich falle fast von der Bar. Aber du hältst mich fest.

»Gehen wir hoch?«, frage ich und lege meine Lippen an dein Ohr. »Ich will ficken.«

Du lässt deinen Nacken knacken. »Überzeug mich erst mal. Bring mich in Stimmung.« Damit lässt du mich los und gehst zu Carter rüber, der jetzt endlich auf seiner Couch sitzt, eine neue Frau neben ihm auf der Lehne, die mit dem Zeigefinger seine Gesichtskonturen nachfährt. Er schlägt ihre Hand runter und reicht den angezündeten Joint an dich weiter, während seine Finger irgendwas unter ihrem Kleid machen. Ich versuche, es zu ignorieren.

Du setzt dich neben ihn und schwingst deine Arme auf die Lehne, streckst die Beine aus, ziehst an dem Joint und beobachtest mich, wie ich immer noch hier knie und mich frage, wie ich von dieser verdammten Bar runterkommen soll, ohne dass es entwürdigend wird, weil das Kleid sehr kurz ist und ich unten ohne bin.

Du und Carter beobachten mich interessiert mit nach links geneigtem Kopf. Ich halte mich an der Kante fest, sinke auf meine Schienbeine. Wenn du weggehst, bist du selbst schuld, Caden. Ich habe dir schon mal gesagt, triff deine Entscheidungen weise.

Ich schnippe nach einem Muskelprotz, der mich die ganze Zeit vom anderen Ende der Bar aus dunkel anstarrt. Er kommt sofort und hilft mir mit seinen starken Armen herunter. Ich gleite an seinem Körper herab und tippe ihm ans Kinn. Er ist total fasziniert von mir; sein Blick wird dunkler und er hat einen Ständer.

»Danke«, sage ich leise und schüchtern, während seine Hände noch auf meinen Hüften liegen.

»Hat dein Kerl dich gerade echt hier allein gelassen?«, fragt er ungläubig.

Ich schüttle den Kopf, weite unschuldig meine Augen und deute über seine Schulter. »Nein, er steht hinter dir. Vorsicht!« Damit ziehe ich mich zurück und schlendere zu Carter, während du dem Typen wortlos auf die Fresse gibst. Ich liebe es, wenn du dich für mich prügelst. Du bist so heiß, wenn du diese rohe Gewalt entfesselst.

Carter schubst die Tussi von der Lehne. Sie fällt schreiend auf den Boden und kommt nicht mehr hoch, weil sie total high ist, aber es interessiert ihn nicht. Ich setze mich zu ihm,.

»Hi!«

Er schüttelt perplex den Kopf. »Du hast es darauf abgesehen, meinen Bruder zu ficken, oder? Ist dir eigentlich klar, was du da tust?« Seine Augen funkeln dunkel.

Ich nicke langsam. »Ja! Mir ist klar, was ich da tue. Sollte ich es deiner Meinung nach lassen?«

»Das ist deine Sache!« Er nickt zur Bar und kann mir nicht in die Augen sehen. Ich kann mir vorstellen, wieso, aber das verdränge ich lieber ganz schnell. »An deiner Stelle würde ich mich verpissen. Der fickt dich heute tot.« Er zieht sich eine weitere Line rein, und zwar ziemlich aggressiv. Seine Knöchel sind aufgeschürft, als er den Kopf nach hinten wirft, während der Typ, der mir von der Bar geholfen hat, mit blutender Nase aus der Garage taumelt. Warum ist er jetzt so aggressiv?

»Wenn ihr so weitermacht, ist keiner mehr übrig«, sagt Carter. »Aber mir egal. Lasst nur die Frauen in Ruhe. Ich ficke sie heute Nacht alle. Eine nach der anderen.«

Ich schüttle meinen Kopf, das gefällt mir nicht. Das gefällt mir ganz und gar nicht. »Vielleicht solltest du wirklich mal nach Alayna suchen und mit ihr reden«, rate ich ihm, obwohl ich das gar nicht will, weil mir der Gedanke noch mehr widerstrebt als alles andere. Ich gebe ihm keine Zeit zu antworten, da ich weiß, wie empfindlich das Thema Alayna ist. Oftmals reicht schon ihr Name, um ihn ausflippen zu lassen. Und mich mittlerweile auch.

Ich gehe und renne direkt in dich rein. Du packst mich an den Oberarmen und es erscheint mir wie ein Déjà-vu. »Wow, nicht so eilig, Babygirl«, sagst du mit einer Arroganz in den Augen, die mich fast erschlägt »Wohin willst du denn?« Du legst den Kopf schief.

»Ich habe dich gesucht«, antworte ich.

Deine Augen fahren über mein Gesicht, über mein Dekolleté und über meinen Körper, bis zu meinen Füßen, dann wieder in meine Augen.

»Genug angeturnt?«, frage ich dich.

»Genug angepisst.« Du packst mich an der Hand und zerrst mich hinter dir her durch den Vorgarten. Der erste Schnee rieselt auf uns herab und es ist merkbar kühler geworden. Er prickelt kalt auf meiner überempfindlichen Haut. Diesmal ziehst du mich nicht an dich und führst mich über die Veranda ins Haus.

Du knallst die Tür hinter uns zu, und ich weiß, ich komme die nächsten Stunden nicht besonders weit.

24. Du bist meine Hölle, Isabelle

Caden

Ich reiße dich hinter mir her durch den Vorgarten, Isabelle, und die Treppe nach oben ins Haus. Du bist nicht nur ein böses Mädchen und stehst an irgendeinem Abgrund. Du bist der verfluchte Teufel – direkt aus der Hölle gekommen. Ich hätte dich fragen können, was es mit der Mafiascheiße auf sich hat, von der Überdad mir erzählt hat. Ich hätte dir sagen können, dass ich einen Deal mit deinem zukünftigen Schwiegervater eingegangen bin, genau heute Nachmittag, und seine fucking rechte Hand mit Carter werde. Aber ich habe nichts dergleichen getan. Dich darauf anzusprechen würde bedeuten, dass du flüchtest, weil du Panik kriegst. Du traust mir nicht und würdest denken, dass ich dich ausliefere, aber das würde ich nie tun, Baby. Ich habe es ernst gemeint, als ich sagte, du gehörst mir, und ich passe auf das, was mir gehört, auf. Solange du noch hier bist und ich nicht weiß, was die Zukunft bringt, werde ich es genießen und dich an deine Grenzen treiben.

»Zieh dich aus«, sage ich, sobald wir im Flur sind, und lasse dich los.

»Hier?«, fragst du mit geröteten Wangen und einem Kichern.

»Ja, Isabelle. Hier!« Oh Baby, tu nicht so schüchtern, wir wissen beide, dass du das nicht bist. Du kicherst wieder und ich muss ein bisschen grinsen, als du das Kleid an der Seite aufmachst und es dir über den Kopf ziehst. Mich überrascht nicht, dass du auch keinen BH trägst, denn du bist ein kleines Miststück. Du stützt dich an meiner Brust ab, um deine Heels auszuziehen. Mit einem dunklen »Die nicht« halte ich dich auf und nicke in Richtung Küche. Du gehst mir mit schwingenden Hüften voraus und lächelst mich verführerisch über deine Schulter hinweg an. Oh Baby, du bist keine Alayna. Du bist keine Melissa. Du bist dieses Mädchen, das von meiner Mutter gehasst wird, weil es so böse ist. Du bist das Mädchen, das nie eine Freundin hatte, weil alle in dir eine Bedrohung gesehen haben. Du bist das Mädchen, das die Lehrer in der Schule verführt hat, um gute Noten zu bekommen. Du bist die Tochter eines Mafiabosses, die sich in einer Welt durchschlagen muss, die nicht einmal in den Albträumen der meisten

Menschen existiert, trotzdem lächelst du mich so an. Du wirst es noch bereuen, denn ich bin total auf Drogen. Mein Blut rauscht, weil ich so verdammt angeturnt und high in einem bin. Ganz zu schweigen von komplett unzurechnungsfähig. Das ist nicht gut.

»Und jetzt?«, fragst du.

»Setz dich auf den Tresen, wo meine Mom ihr Essen kocht, Isabelle.« Du folgst mit glühenden Augen, obwohl du total dicht bist. Ich trete zu dir und reiße deine Beine an den Knien auseinander, bevor ich mich vorbeuge und dich lecke.

»Scheiße«, schreist du und greifst mit einer Hand in mein Haar. Du ziehst fest daran und gibst die wunderbarsten Töne von dir. Es reichen ein paar Zungenstreiche und du kommst. Du bist so laut, Isabelle. Böses Mädchen. Du reckst mir dein Becken entgegen, stützt die Hände hinter dir am Tresen ab und biegst deinen Oberkörper durch. Ich reiße meine Hose auf, weil ich heute für irgendein Rumgestreiche und Angeturne keine Geduld und kein Gefühl habe. Noch während die letzten Wellen durch deinen Körper rauschen, stoße ich hart in dich. Deine Finger krallen sich sofort in meine Schulterblätter, damit du dich festhalten kannst.

»Oh Gott«, stöhnst du. Ich grinse und lasse meinen Kopf nach hinten fallen. Dann packe ich dich an den Knien und ziehe dich mir ruckartig bei jedem Stoß entgegen, während du meinen Rücken zerkratzt, wovon ich so gut wie nichts spüre.

»Oh Gott, oh Gott, oh Gott, oh Gott«, keuchst du. Deine Muskeln zucken um mich herum, als du noch mal kommst. Ich bin noch nicht fertig mit dir, noch lange nicht, und zerre dich vom Tresen, knalle dich mit dem Gesicht voran auf den Tisch, halte dich am Nacken fest und schiebe mich wieder von hinten in deine immer noch kommende, pulsierende kleine Wunderpussy. Der Tisch ruckt bei jedem Stoß über den Boden. Ich lasse mein Becken so hart gegen deinen Hintern krachen, dass es morgen wehtun wird. Du schmeißt den Kopf nach hinten, deine Haare verteilen sich auf deinem nackten Rücken. Ich fahre deine Wirbelsäule mit einem Zeigefinger nach und du reckst mir deinen Arsch noch weiter entgegen. Mit einer Hand packe ich dein Bein und hebe es auf den Tisch, sodass ich noch tiefer in dich komme. Als ob das möglich wäre. Du schreist wieder, als ich einen ganz bestimmten Punkt in dir treffe, und kreist mit deinem Becken meinen Bewegungen entgegen. Das wird morgen brennen wie die Hölle, Baby. Aber ich mag den Gedanken, dass du wegen mir nicht laufen kannst. Mit einer Hand tastest du nach hinten, weil du dich an mir festhalten willst, aber ich packe dich am Unterarm und knalle deine Hand wieder zurück auf die kalte Tischplatte. Dann streiche ich mit gespreizten Fingern an deinem Arm herab, bis zu deiner Hand, wo ich unsere Finger fest verschränke. Ich beuge mich über dich und flüstere dir ins Ohr: »Dein Körper hat sich nie wieder an einem anderen zu reiben als an meinem. Wenn ich das noch mal sehe, ficke ich dich so hart, dass dir das hier wie Blümchensex vorkommt. Hast. Du. Mich. Verstanden?« Die letzten vier Worte unterstreiche ich mit harten Stößen. Du stöhnst erneut und ich halte mich tief in dir, als ich komme und mich dann mit einem Ruck aus dir ziehe. Ich packe dich am Arm, setze mich auf einen Stuhl und drücke dich auf die Knie zwischen meine Beine. Dein Gesicht ist ein einziges Chaos, deine Schminke verwischt und deine Haare, oh Gott, deine Haare ... Trotzdem warst du noch nie schöner, als du total atemlos vor mir kniest und wie ein kleines Mädchen zu mir hochsiehst.

»Mach mich hart!« Ich lehne mich zurück, ehe ich einen Arm über die Stuhllehne werfe und mir verbotenerweise mitten im Haus eine Zigarette anzünde. Das ist wahrscheinlich das kleinere Problem, wenn Mom wüsste, was wir hier gerade noch machen. Könnte sein, dass meine Eltern im Keller sind, direkt unter uns. Du streichst mit deinen Fingerspitzen unter mein T-Shirt und ich spanne meine Bauchmuskeln an, weil sich das so verdammt intensiv anfühlt.

»Mhmmm«, machst du und beißt dir auf die Unterlippe. »Blas mir einen, Isabelle«, meine ich träge. Du beugst dich über mich und nimmst mich einfach in deinem Mund auf. Und zwar genauso, wie ich dich gerade gefickt habe. Du bist so wild, Baby; du stöhnst, als würde ich es dir gerade besorgen. Innerhalb von Sekunden bin ich wieder hart und schubse dich mit meinem Knie weg, weil ich nicht kommen will.

»Oh Caden«, sagst du tadelnd. »Das war nicht sehr nett von dir.« Du kniest aufrecht vor mir auf dem Boden, wie ein kleines versautes Miststück, und lässt dich auf den Arsch fallen. Die Hände hinter dir aufgestützt, die Knie angewinkelt, spreizt du langsam die Beine, sodass ich deine kleine, feuchte Pussy sehen kann. Dein Piercing glitzert. Ich schnippe die Kippe achtlos hinter mich in die Spüle und lasse meinen Nacken knacken, woraufhin du fast stöhnst. Dann sinke ich vom Stuhl hinunter auf meine Knie sowie auf meine Hände und komme so auf dich zu. Du kriechst immer weiter nach hinten, je näher ich mich anpirsche, weil du in meinen Augen siehst, dass es jetzt wirklich übel für dich werden wird.

»Caden? Was hast du vor?« Du stößt mit deinem Rücken gegen die Wand und ich packe deine Knöchel an beiden Seiten, ziehe sie ruckartig zu mir, sodass du auf dem Rücken vor mir zwischen Küche und Flur liegst. Dann stütze ich mich über dir ab.

»Hab dich«, flüstere ich dir zu, bevor ich einfach meine Hüften vorschiebe und in dir bin. Du schreist, und es dauert drei Minuten, bis du kommst und ich dich auf den Bauch drehe. Mit einem Arm hebe ich deine Hüften an und versenke mich wieder in dir. Deine Wange rutscht über den Boden, du keuchst und stöhnst und schreist. Ich ficke dich zum nächsten Orgasmus, und zwar so, dass du gleich dreimal hintereinander kommst. Ah, Baby, ich bin entfesselt und weiß genau, welche Knöpfe ich drücken muss, damit du den Höhepunkt deines Lebens hast. Immer und immer wieder. Du zitterst, deine Knie sind schwach und du rutschst immer wieder über den Boden. Du schwitzt. Die Orgasmen tun dir schon weh, weil sie so intensiv sind. Ich weiß, wie sich das für dich anfühlen muss.

Aber ich mache immer weiter, denn ich will sehen, wie viel du für mich aushältst. Eins ist klar, du bist verdammt hart im Nehmen, Babygirl. Wo hast du das her?

Wir vögeln uns die Treppe hoch, wo du mich reitest, bis in den Flur. Auf der Kommode vor Avas Zimmer geht es weiter, wo ich dir den Mund zuhalte, während ich dich ficke. Ich werde noch stundenlang so weitermachen können, weil ich immer noch total auf Drogen bin. Ganz im Gegensatz zu dir. Du fällst ein paar Mal fast in Ohnmacht, aber ich lasse dich nicht. Das hier hört erst auf, wenn ich es entscheide. Wir landen in Dads Büro, wo ich dich auf seinem Schreibtisch ficke, auf dem Boden und an der Wand. Das Letzte, an das ich mich erinnere, ist, dass ich auf der Couch liege und du mich reitest. Und dass du beim Orgasmus flehst, dass es aufhören soll. Ich grinse und lasse dich noch mal kommen, während ich auch tief in dir explodiere. Du sackst auf meiner Brust zusammen und ich streiche dir das Haar mit einem leisen »Du bist meine Hölle, Isabelle« aus dem Gesicht.

»Ich weiß«, hauchst du zittrig und schmiegst dein Gesicht an meine verschwitzte Haut. Ich umarme dich fest, und bevor ich halb in Ohnmacht falle, höre ich dich »Danke für alles, Caden Rush« sagen. Dann geht gar nichts mehr bei mir.

25. Fuck, Alayna

Carter

Vor meiner Garage ist alles weiß, als ich das Tor hochschiebe und in Boxershorts in den Schnee trete. Ich bin immer noch so dicht und totgefickt. Vermutlich hatte ich heute Nacht Sex mit zwanzig verschiedenen Frauen. Bei mir stinkt es so nach Gras und Sex, dass ich frische Luft brauche. Mein Körper glüht und ich setze mich in den Schnee, auf den die Sonne glitzert, bevor ich mich auf den Rücken fallen lasse. Die Nachbarn, die ihre Häuser verlassen, um zum Sonntags-Gottesdienst zu fahren, werfen mir genervte Blicke zu. Sie können uns nicht ausstehen, besonders nach der Briefkastensache.

»Gott wird euch auch nicht helfen«, nuschle ich und trinke noch einen Schluck aus der Flasche, die ich mitgenommen habe. Es ist irgendwas nach acht und die Sonne ist so heiß, im Gegensatz zu dem eiskalten Schnee unter mir. *Sie* war meine Sonne und ich war der Schnee; ich hasse mein Leben ohne sie. Es ist so verdammt kalt. Zwei Monate habe ich sie nicht gesehen. Manchmal träume ich davon, dass irgendein anderer Schwanz sie fickt, und kriege Aggressionen, weil ich mich in Dinge reinsteigere, die gar nicht passieren – so wie immer. Aber bald wird sich sowieso alles in meinem Leben ändern, wenn ich direkt neben dem *Boss* arbeite. Es ist mir egal, was Dad oder der Überdad dazu sagen. Es ist mein Leben und damit kann ich tun und lassen, was ich will. Ich sehe ohnehin keinen Sinn mehr darin, seit sie weg ist. Seit ich nicht mehr ihr Lächeln sehen kann. Ich komme einfach nicht über sie hinweg, egal was ich tue; egal wie sehr ich mich von meinen Gefühlen abkapsle und irgendwelche Nutten ficke; egal wie sehr ich es meinem Bruder heimzahle und ihn beim Leiden betrachte, wie viel Partys ich feiere und Drogen konsumiere. Ich kann sie einfach nicht vergessen. Als Isabelle ihren Namen sagte, hat es mich dermaßen gefickt, dass ich im Mund der nächsten Blondine nicht mal kommen konnte. Isabelle … Isabelle hat jetzt meinen Bruder und ist eine verfluchte Mafiaprinzessin. Ich kann es immer noch nicht glauben. Normalerweise könnte diese Frau es schaffen, mich aus jedem Tief zu holen. Keine Ahnung, warum, aber es ist einfach so. Sie hat was an sich … ich weiß nicht, wie ich es beschreiben soll. Aber sie ist jetzt mit Caden zusammen, auch wenn es mir nicht gefällt. Mir gehen ihre Worte nicht aus dem Kopf. Ich soll sie anrufen. Sie hat es ausgesprochen und jetzt klingt es, als wäre es so einfach. Ich habe ihre neue Nummer schon seit einer Ewigkeit auf meinem Handy. Isabelle hat sie mir von Caden besorgt. Woher er sie hat, kann ich nicht sagen, aber er ist ein Kontrollfreak und weiß alles. Ich höre die Haustür zuschlagen und hebe träge meinen Kopf, woraufhin ich stutze.

Isabelle tritt heraus. Sie sieht total fertig aus. Gerötete Augen, blass, Haare irgendwie auf dem Kopf zusammengeknotet, gehetzt. Sie trägt eine Winterjacke, Jeans und Boots und zieht ihre Koffer hinter sich her.

»Fuck!«, flüstere ich. Caden wird ausrasten, wenn er das sieht. »Hey!«, rufe ich schwach und ihr Kopf fährt zu mir herum. Ihre grünen Augen werden groß.

»Scheiße, Carter, SHHHHT! Du weißt doch, wie gut er hört!« Sie kommt zu mir rüber und zerrt ihre Koffer durch den Schnee hinter sich her.

»Wo zum Teufel gehst du hin, Prinzessin?«, frage ich und begutachte sie ganz genau. Ich mag es nicht, dass sie geht.

»Ich muss jetzt abhauen, Carter.« Ihre Augen glitzern ein bisschen und in meinem Magen zieht es sich leicht zusammen.

»Nein! Er wird ausflippen. Das kannst du ihm nicht antun.« Und mir. Aber wieso mir? Was ist das jetzt wieder?

»Ich muss. Hast du eine Ahnung, wie gefährlich es für ihn ist, wenn ich hier bin?« Ja, ich habe eine Ahnung, aber das sage ich ihr nicht. Weil ich mir sicher bin, dass Caden es ihr auch nicht gesagt hat. Manche Dinge bleiben besser geheim.

»Das ist fuckegal. Beweg deinen Arsch rein, oder ich schleppe ihn rein.« Sie geht vor mir in die Hocke, atmet tief durch und sieht mir in die Augen. Sie sieht mir auf diese eine Art in die Augen.

»Carter, wenn du nicht willst, dass deinem Bruder irgendwas ganz Schlimmes passiert, weil er die falsche Frau liebt, und wenn du nicht willst, dass mir etwas ganz Schlimmes passiert, dann lass mich jetzt gehen, bevor es zu spät ist. Und sei für ihn da, wenn er aufwacht und mich sucht. Bitte.« Sie hat Tränen in den Augen, dabei habe ich sie bis jetzt nur einmal weinen sehen. Ich mag es auch nicht sonderlich und will sie ihr wegwischen. Aber ich lasse es. Alles hat sich verändert, seit wir zwei eine Einheit waren.

»Fuck …« Geschlagen lasse ich meinen Kopf wieder in den kalten Schnee fallen.

»Hey«, sagt sie und ich drehe den Kopf zu ihr, als sie schon aufsteht. »Ruf sie an. Jetzt. Fick dich nicht selbst so hart.«

Ich sehe sie an, viel länger, als gut für uns ist, und merke, wie sie schluckt. »*Isabelle* …«

»Ich weiß«, unterbricht sie mich und nickt. »Ich weiß, Carter.«

Ich muss auch schlucken. »Pass auf dich auf, Prinzessin.«

Sie wischt sich eine Träne aus dem Augenwinkel und lacht zittrig. »Immer.«

Und damit geht sie einfach.

Ich könnte ihr nicht einmal hinterher, selbst wenn ich wollte, weil ich zu fertig bin. Aber ich hasse es ein bisschen, dass sie verschwindet, weil ich weiß, wie sich mein Bruder fühlen wird, wenn er es checkt. Es ist nicht leicht, diese Frau gehen zu lassen. Sie ist magisch und sie ist noch zum Greifen nah, aber sie wird ein immer kleinerer Punkt in der Ferne, bis es scheint, als wäre sie nie da gewesen. So macht sie das immer. Nur ihre Fußabdrücke sind der Beweis, dass es sie hier wirklich gegeben hat. Diese eine Frau, die nicht nur mich damals, sondern auch meinen Bruder jetzt aus seinem Tief geholt hat. Weil es das ist, was sie immer tut.

Ich schaue zur Garage, wo mein Handy auf dem Couchtisch liegt. Es kommt mir Meilen entfernt vor. Aber der Gedanke, dass ich mit einem Knopfdruck ihre Stimme hören könnte, gibt mir die nötige Kraft, um mich aufzurappeln und zurück in meine Garage zu torkeln. Klitschnass, wie ich bin, lasse ich mich auf mein Sofa fallen und fege die Grasreste vom Tisch, ehe ich nach meinem Handy greife. Was soll ich ihr nur sagen, wenn ich anrufe? Dass ich gelogen habe? Dass ich sie nicht vergessen kann? Dass ihre Abwesenheit ein Loch in mich gerissen hat? Dass ich will, dass sie zurückkommt, auch wenn ich sie weggeschickt habe? Und dass jetzt alles anders wird?

Ich habe keine verdammte Ahnung, aber ich tue es einfach. Wie immer. Ich rufe sie an, sinke tief in mein Sofa, schließe die Augen und lasse den Kopf nach hinten fallen. Mein Herzschlag verdoppelt sich und es fühlt sich fast ein bisschen so an, als würde ich aus einem langen Schlaf erwachen. Meine gesamte Blutbahn rauscht vor Aufregung. Alles in mir verkrampft sich, als sie abnimmt.

»Hallo?«, fragt sie irritiert, weil meine Nummer immer unterdrückt ist. Ich kann nichts sagen. Fuck. Diese Stimme. Ich würde alles dafür geben, sie neben mir zu haben, während sie mit dieser Stimme meinen Namen haucht, ihren Kopf auf meine Brust legt, und ich mit ihren Haaren spiele. Ich lausche ihrem Atem und bin einen Moment sprachlos, und das passiert nicht oft.

»Haallooo?«, fragt sie mit Nachdruck. Zwei Worte rollen über meine Lippen, die ich nicht kontrollieren kann.

»Fuck, Alayna.« Meine Stimme ist rau vom Stöhnen und angekratzt vom Rauchen. Mein Hirn ist eigentlich gar nicht mehr einsatzfähig. Was mache ich hier eigentlich? Mein Körper prickelt bis in meine Fingerspitzen.

»Carter?«, fragt sie zittrig.

»Hmm?«, mache ich tief.

»Carter, bist du das?«, hakt sie vorsichtshalber noch mal nach, als könnte sie es nicht glauben. Ich bin immer noch ein bisschen verwundert darüber, als sie mir wirklich so leicht geglaubt hat, dass ich sie einfach so abschreiben könnte.

»Wo bist du, Alayna?«, frage ich leise.

»Verarschst du mich gerade, Carter?«

»Du fehlst mir.«

»Was?«

»Du fehlst mir, Alayna. So sehr.«

»Oh mein Gott, du Wichser«, fährt sie mich an. Ich höre es im Hintergrund rascheln. Liegt sie noch im Bett? Ich stelle mir vor, wie sie gerade aufgewacht ist. Ihre Haare noch total chaotisch, ihre Lippen geschwollen, weil sie die ganze Nacht mit mir rumgemacht hat; diese leichte Röte auf ihren Wangen, weil sie merkt, dass ich sie beobachte, und ihr heißer warmer Körper, der sich an meine Seite schmiegt, während sie mich anlächelt.

»Ich weiß. Ich bin ein Wichser.«

»Treib deine Scheißspäße mit wem anders.«

»Scheiße, ich verarsch dich nicht, Alayna. Ich fucke ab ohne dich. Ich hab heute Nacht zwanzig Tussis gevögelt und bin eine Hure. Ich habe so viel Drogen genommen, dass sie nie wieder aus meinem Blut verschwinden werden, und ich habe so vielen Typen aufs Maul gehauen, dass ich jegliches Mitgefühl und jede Hemmschwelle verloren habe. Aber nichts hilft mir, um dich zu vergessen.«

Sie schnaubt. »War klar, dass du mich anrufst, um mir mitzuteilen, dass du mit anderen Frauen gefickt hast.«

»Scheiße, Baby, so meinte ich das doch gar nicht. Ich hätte dich nicht anrufen sollen«, meine ich träge und will auflegen.

»Warte«, ruft sie, als hätte sie es gespürt. »Nicht auflegen.«

»Wenn ich das nicht tue, frage ich dich, wo du bist, und dann komme ich und hole dich, weil ich es nicht mehr aushalte.«

»Carter, du hast mir gesagt, dass du mich nicht liebst und nur meine tolle Pussy mit Liebe verwechselt hast. Du hast mit Isabelle gefickt, sobald ich aus dem Haus war. Du hast deinen Bruder auf mich losgelassen, du hast dich nie vor mich gestellt und mich beschützt. Was redest du jetzt?«

»Ich habe Isabelle zu dem Zeitpunkt nicht gefickt. In dieser Nacht habe ich mich abgeschossen und bin vor einer Bar zusammengebrochen. Dass ich dir das erzähle, sollte dir schon zeigen, wie sehr …« Ich schweige, bevor ich noch was Dümmeres sagen kann. Wieso höre ich auf Isabelle? Das bringt doch nichts. Es ist total unnötig, und wenn Alayna mir das verzeihen sollte, was mache ich dann? Soll ich sie mitnehmen, in den Mafiaring, in den ich einsteige? Soll sie dann meine Mafiabraut sein. Sie? Ich würde sie nicht mal in irgendeine abgefuckte Undergroundbar mitnehmen, weil sie viel zu gut dafür ist.

»Also hast du mir bewusst Lügen erzählt, um mir wehzutun, weil du der Meinung warst, dass … was eigentlich? Was sollte das?«

»Ich war der Meinung, dass mein Bruder uns beide nie in Ruhe lassen wird. Und dass so jemand wie du nicht mit so jemandem wie mir zusammen sein sollte.«

»Und jetzt hast du deine Meinung geändert, oder was?«

»Keine Ahnung.«

»Was auch immer. Es würde sowieso nur die nächsten paar Wochen halten.«

»Okay«, sage ich leise und rau.

Ich schweige und sie auch.

»Wieso tust du das?«, fragt sie schließlich gequält.

»Ich habe dir gesagt, dass ich das immer wieder tun werde. Wo bist du?«

»Weg. Und das ist besser so.« Ich fahre mir mit einer Hand ins Haar und kralle mich daran fest.

»Sag mir, wo du bist. Ich will dich sehen. Nur kurz.«

»Carter, nein«, erwidert sie mit tränenerstickter Stimme.

»Alayna, mach die Cam an, bitte.«

»Ich kann nicht. Ich kann dich nicht ansehen. Deine Stimme zu hören, ist schon zu viel.«

»Baby, bitte.«

»Fick dich«, flüstert sie. Ich mache einfach die Cam bei mir an. Es liegt jetzt an ihr. Es liegt alles nur noch an ihr. Sie nimmt an und da ist sie. Ich bin atemlos, als ich ihr Gesicht nach all der Zeit sehe. Die Fotos in ihren Profilen sind uralt, denn sie aktualisiert nichts mehr, lädt nichts mehr hoch. Sie ist ein Mysterium geworden. Aber jetzt ist sie da, direkt vor mir, in einem Bett. Ihre Haare sind wieder dunkelbraun wie früher, sie ist nicht geschminkt und trägt nur ein weißes Hemdchen, soweit ich sehen kann. Ihre Haut ist rein und gebräunt und ihre Augen sind mehr grün als braun, weil sie weint. Ich sehe die Tränen in ihren dichten Wimpern schimmern. Fuck, und dann diese Lippen, die immer noch so voll sind und so weich wirken, wie für mich geschaffen. Sie starrt mich an, als könnte sie es nicht glauben – so verletzlich, so verletzt. Ich streiche mir über das Gesicht und versuche, einigermaßen nüchtern auszusehen, wobei ich kläglich scheitere.

»Scheiße, Carter, was ist mit dir passiert?«, flüstert sie. Ich sehe mich selbst in der Kamera. Meine Pupillen sind riesengroß, mein Bart wächst seit fünf Tagen unkontrolliert und ich habe immer noch eine gelbe Verfärbung unter dem Auge. Meine Haare sind zu lang und ich habe tiefe Augenringe, weil ich in letzter Zeit kaum noch schlafe.

Ich sehe sie einfach nur an und sie sieht mich an. Sie liegt auf der Seite und die Sonne strahlt auf ihre Haare. War sie jemals schöner? Meiner Erinnerung ist sie nicht gerecht geworden. Ich mache einen Screenshot, damit ich diesen Anblick nicht wieder vergessen kann.

Sie hat abgenommen, ihre Gesichtskonturen sind schärfer, genau wie bei mir, und ihre Wangenknochen stechen ein bisschen hervor. Ihr Gesicht ist nicht mehr so rundlich wie am Anfang und ihre Schlüsselbeinknochen heben sich deutlich unter der Haut ab.

»Carter?«, fragt sie vorsichtig und ich sehe ihr wieder in die Augen.

»Du hast abgenommen«, sage ich abgefuckt.

»Was?« Sie stützt sich auf einen Ellbogen und ihre Haare fallen über eine Seite.

»Wieso hast du abgenommen?«

»Ich weiß es nicht. Mir ging es nicht so gut. Da war so ein Arschloch, das mir das Herz gebrochen hat.«

»Ich sollte ihm aufs Maul geben«, erwidere ich trocken. Sie schmunzelt ein bisschen und lässt sich wieder in die Kissen sinken.

»Was willst du von mir, Carter?«, fragt sie wieder gequält.

»Ich will dich einfach nur sehen.«

»Okay.« Wir schweigen ein paar Sekunden und ich sauge alles von ihr in mich auf. Sie nimmt auch nicht einmal den Blick von mir, so wie sie es immer getan hat, wenn ich neben ihr im Bett lag und sie mich angehimmelt hat, als wäre ich ein Gott. Und die vielen Male am Esstisch, wenn sie mir verstohlene Blicke zugeworfen hat und dachte, ich würde es nicht bemerken.

»Wo bist du?«

»Das werde ich dir nicht sagen und ich werde nicht zurückkommen.«

Ich beiße die Zähne zusammen und atme tief durch die Nase.

»Wenn du ausflippst, lege ich auf und ändere meine Nummer.«

»Ich flipp gar nicht aus«, knurre ich durch zusammengebissene Zähne. »Hast du einen Neuen?«

»Nein«, sagt sie vorsichtig. Mein Herzschlag verdoppelt sich.

»Lüg mich nicht an, Alayna. Hast du einen Neuen?«

»Ich will nicht mit dir darüber reden, Carter.«

»FUCK!« Ich lege den Kopf zurück und atme dreimal tief durch, wie Caden es mir so oft geraten hat, weil ich sonst an die Decke gehe. Was heißt das, sie will nicht mit mir darüber reden? Was heißt das?

»Carter! Steigere dich nicht rein!«

»Liebst du ihn?«, blaffe ich sie an.

»Ich werde nie wieder jemanden lieben, dank dir und Caden.«

»Also fickst du mit ihm?«

»Hallo? Du hast mir gerade erzählt, dass du heute Nacht mit zwanzig Frauen Sex hattest.«

»Scheiß drauf! Fickst du mit ihm? Wer ist dieser Wichser? Wie heißt er?«

»Carter, es geht dich nichts an. Du hast mich weggeschickt, du hast mir gesagt, du liebst mich nicht mehr. Ich habe dich danach noch mal angerufen, doch du hast mich wieder abgeblockt und mir wehgetan. Was ich auch immer mache, es hat nichts mehr mit dir zu tun.«

»Alles, was du tust, hat mit mir zu tun.«

»Carter, sag so was nicht«, ruft sie verzweifelt und wischt sich mit dem Handballen über die Augen. »Weißt du, wie oft ich mir gewünscht habe, dass du so was zu mir sagst? Jetzt ist es zu spät!«

Ich stehe auf und fange an, in meiner Garage hin und her zu laufen. Deine Augen scannen meine Umgebung, als würde sie alles, was hinter mir passiert in sich aufsaugen wollen. Als hätte ich zwanzig Stripperinnen irgendwo versteckt. Aber es gibt hier nur Chaos. Wie es eben nach einer Party von mir aussieht.

Ich greife mir wieder mit einer Hand ins Haar und laufe weiter auf und ab.

»Was heißt, es ist zu spät?«

»Es heißt, ich bin nicht Melissa. Du brauchst nicht nur mit dem Finger schnippen, damit ich zurückkomme. Es ist vorbei, Carter.« Ich bleibe mitten in der Garage stehen, weil ihre Stimme so endgültig klingt. So habe ich sie noch nie gehört. Sie hat sich aufgesetzt und sieht mich fast schon bedauernd an. Ich hasse es. Als wären wir auf einer Beerdigung und sie würde mir ihr Beileid aussprechen.

»Du liebst mich nicht mehr?« Ich sehe es in ihren Augen, dabei hätte ich nie gedacht, dass das, was ich unbedingt wollte, mir am Ende so das Genick brechen wird. Sie schluckt, atmet tief durch.

»Ich werde dich immer lieben, aber ich liebe mich jetzt mehr und muss mich jetzt um mich und meinen Vater kümmern. Und die Scherben aufsammeln die du hinterlassen hast, weil ich sie bis heute nicht aufsammeln konnte, Carter. Bitte mach das jetzt nicht kaputt, wie du alles kaputt machst. Tu das für mich, wenn ich dir jemals was bedeutet habe.« Ich schnaube, weil sie keine Ahnung hat, was sie mir bedeutet.

»Okay«, flüstere ich und sie schließt die Augen. Hat sie eine andere Reaktion erwartet? »Alayna, wenn du was anderes willst, dann sag es mir jetzt«, fahre ich ernst fort und sehe sie eindringlich an. Für einen Moment schaut sie genauso zurück und ich halte die Luft an. Ein Wort und ich bin bei ihr. Mit dem Unterschied, dass mich niemand von ihr wegbringen wird.

Tränen steigen ihr in die Augen. Sie schluckt mehrmals krampfhaft, bevor sie flüstert: »Nein, ich kann das nicht noch mal.«

»Ich seh doch, dass du was anderes willst«, platze ich heraus.

»Carter, hör auf.«

»Alayna, ich kann nicht ohne dich und du nicht ohne mich.«

»Bitte …« Sie klingt so erstickt.

»Gib uns noch eine Chance, Baby, damit ich dir zeigen kann …« Ja, Carter, du Genie. Und was dann? Was ist mit der Sache mit dem *Boss*? Wieso denkst du wieder nicht nach? Wieso denkst du nicht an die Konsequenzen? Ah, fuck, nur sie schaffst es, dass ich wieder mit meinem Herzen denke und unüberlegt handle. »Baby«, sage ich heiser.

»Nein, Carter, verschwinde aus meinem Leben.«

»Alayna!«

»Nein!« Sie ist so entschlossen, obwohl Tränen über ihr Gesicht laufen. »Ich werde jetzt auflegen, Carter, und ich will, dass du mich nicht mehr anrufst.«

»Nein«, sage ich fast schon panisch.

»Bye.«

»Alayna, nein!«

»Es tut mir leid!«, erwidert sie, dann trennt sie die Verbindung. Ich starre noch gefühlte Stunden auf mein Display, ohne mich zu rühren, und flüstere: »Fuck, Alayna!«, bevor ich mein Handy gegen die Wand pfeffere und der Bildschirm schwarz wird. Genau wie der Screenshot.

26. Du hast mich in die Knie gezwungen, Isabelle

Caden

Isabelle, du bist immer noch die einzige Person auf dieser Welt, die es schafft, mich so kaputtzumachen, obwohl i*ch dich* gevögelt habe, dass ich nicht mal merke, dass du aufgestanden bist. Ich wache ganz allein auf der ungemütlichen Couch im Arbeitszimmer von Dad auf und trage immer noch diese ungemütlichen Jeans. Als ich mich aufsetze, knackt mein Rücken protestierend, und ich stöhne, weil mir alles wehtut. Du bist nicht da, und ich muss wissen, wo du bist. Also erhebe ich mich quälend, schlurfe ins nebenan liegende Badezimmer und mache mich frisch. Aus Avas Zimmer dringt ihre Stimme. Sie telefoniert und erzählt irgendwas von: »Aber das halte ich so lange nicht aus. Wann sehen wir uns wieder?« und »Das ist mir egal, ich mach das schon irgendwie mit Dad!« Sie ist echt lebensmüde, denn man hört alles. Ich überlege, ihr ein Zeichen zu geben, dass sie leiser sprechen soll, tue es aber nicht.

Nachdem ich meine Zähne geputzt habe und auf Klo war, gehe ich direkt runter, wo eine hitzige Diskussion stattfindet. Es ist schon Nachmittag, so lange habe ich ewig nicht mehr geschlafen.

Ich bin barfuß und habe keine Ahnung, wo meine Socken sind oder irgendwas anderes – einschließlich dir. Als ich unten ankomme, sind alle im Wohnzimmer, das gibt es nicht sehr oft bei uns. Außer wenn Mom ihre Zuckerwattefotos macht. Die sitzt übrigens auf dem Sessel und sieht mich als Erste, dann verstummen die Gespräche schlagartig. Alle schauen mich an, doch du bist nicht dabei. Dad spannt sich an, bereit, aufzuspringen. Carter steht sofort auf.

Ich schaue ihn an. *Was ist los?*, erkundige ich mich mit meinen Augen.

Seine sagen: *Flipp jetzt nicht aus.*

»WAS IST LOS?«, frage ich laut. In dem Moment weiß ich es. Ich spüre es. Mein Herz erfriert zu Stein und mein Körper spannt sich an. Mir fehlt die Luft zum Atmen. Es ist, als hätte mich jemand unter Wasser gedrückt, während ich in Panik gerate, weil immer mehr in meine Lunge dringt.

Carter steht jetzt direkt vor mir, ich habe es gar nicht gemerkt. Mom und Dad mustern mich vorsichtig.

»Wo ist sie?« Ich klinge hohl. Isabelle, bist du etwa weggelaufen?

Carter packt mich an den Oberarmen. »Sie ist weg, Caden. Sie kommt nicht zurück.« Mehr höre ich nicht mehr. Meine Beine geben nach, als ich einfach wegknicke, als besäße ich keine Muskeln, die mich halten. Carter fängt mich ab und sinkt mit mir in die Knie – mitten im Wohnzimmer. Nach wie vor kann ich nicht atmen. Dabei will ich schreien, ausrasten und alles kaputt schlagen, aber ich kann nicht. Weil ich mich wie betäubt fühle. Ich versuche, Luft zu holen, aber meine Lungen wollen keinen Sauerstoff mehr aufnehmen.

»Caden!« Ich sehe Carter blinzelnd in die Augen und merke, dass er ganz verschwommen ist. Als ich noch mal blinzle, sind meine Wangen nass.

»Ich kann nicht …«, presse ich mit Mühe hervor, weil ich weiß, er will, dass ich mich aufraffe. Ich erinnere mich, als wir genauso vor einiger Zeit auf der Straße gekniet haben. Jetzt verstehe ich endgültig, wie Carter sich die ganze Zeit fühlt.

Ich will brüllen und meinen Schmerz in die Welt hinausschreien. Ich will dir hinterherrennen und die Stadt niederbrennen, um dich zu finden, aber ich kann nur hier knien. Mir gelingt es nicht einmal, eine Hand zu heben.

Ich spüre Carters Stirn, als er sie gegen meine sinken lässt, und kann wieder ein bisschen atmen.

»Wir holen sie zurück, Caden«, flüstert er. Ich greife nach seinen Unterarmen, weil ich den Halt gerade so scheiß sehr brauche und ihn nur von meinem Bruder annehmen kann. »Versprochen«, sagt er fest.

»Atme einfach, Bro«, setzt er nach. »Einfach weiteratmen. Es geht, auch wenn du denkst, es ist nicht möglich. Vertrau mir.« Ich vertraue ihm, Isabelle. Deswegen atme ich weiter und schaue nur ihn an. Seine Augen – meine Augen – sind direkt vor mir. Sie sind feucht, weil er mich nicht so sehen kann, genauso wie es umgekehrt der Fall ist. Ich sauge ihn in mich auf und er saugt meinen Schmerz in sich auf, weil es das ist, was er tut. Mir den Schmerz nehmen. Es fühlt sich ein bisschen an, als wäre mein Herz wieder eingefroren. Du hast mich in die Knie gezwungen, Isabelle.

»Ich kann nicht«, wispere ich wieder.

»Wir können und wir werden«, sagt er leise. Als ich mich auf meine Hintern fallen lasse, setzt er sich vor mich und starrt mich an. So sitzen wir da und bewegen uns nicht. Ich weiß nicht, wie lange. Aber als die Sonne untergeht, sind meine Eltern längst weg, doch wir sitzen immer noch.

* * *

Carter

Zombie-Nation. Das wäre ein passender Titel, wenn unser derzeitiger Zustand ein Film wäre. Wir sind in meiner Garage. Caden liegt auf dem Boden und starrt an die Decke. Würde sich seine Brust nicht heben und senken, würde ich denken, er ist tot. Aber das ist er ja auch irgendwie. Wenn Alayna ihn jetzt sehen könnte, würde sie mir nicht glauben, dass das der Caden ist, vor dem sie Angst hatte. Es würde sie auch in die Knie zwingen, das weiß ich.

Dad ist erst aufgestanden, als ich ihm ein Zeichen gegeben habe. Er war bis eben hier gewesen, um nach Caden zu sehen, aber der hat das nicht mal mitbekommen. Es scheint, als würde er nur noch mich sehen. Ich bin mir sicher, dass mein Vater heute Nacht noch ein paarmal hier auftauchen wird. Es hat ihm so wehgetan, Caden zusammenbrechen zu sehen, dass ich ihn abhalten musste, aufzustehen. Es ist okay. Ich bin immer bei ihm. Wenn alle gehen, bin ich noch da, egal was zwischen uns steht. Egal was er auch getan hat. Er hat mir geholfen, meine Gefühle abzustellen, als sie zu viel für mich wurden, weil Alayna weg war. Sie ist immer noch weg. Ich weiß nicht, wo sie ist, nur, dass sie mich nicht mehr will. Sie hat mich blockiert. Ich wäre so gern wütend auf sie, weil Wut um so vieles erträglicher ist als Schmerz, aber ich bin es nicht. Denn ich habe zugelassen, dass sie mir fehlt und ich es spüre. Ich habe sie sogar angerufen. Jetzt muss ich mit dieser ganzen Scheiße in mir klarkommen. Mit dem Loch, das sie hinterlassen hat. Gott, ich kann so gut nachempfinden, was Caden gerade durchmacht. Ich reiche ihm über die Couchlehne den Joint, den ich ihm gerade fertig gerollt habe. Halb befürchte ich, dass ich ihn an seine Lippen halten muss, aber er streckt die Hand aus, ohne hinzusehen, und zündet ihn sich an. Ich werde ihn betäuben, mit allem, was nötig ist, damit er nicht fühlen muss, was ich gerade fühle, seit Alayna mir gesagt hat, dass sie nie wieder zurückkommt und ich sie nicht holen kann. Ich darf es nicht. Es war eine Dummheit, sie anzurufen und die Wunde wieder aufzureißen. Das ist es, was ich mache. Die Aktion eines egoistischen Bastards.

»Warum hast du sie nicht aufgehalten?«, fragt Caden mit einem Mal leblos.

Ich stütze mein Kinn auf die Rückenlehne. »Ich konnte nicht. Sie war wie ein Wirbelsturm und sagte irgendwas von, dass du in Gefahr mit ihr bist. Du weißt, dass sie recht hat.« Ich wünschte, ich könnte ihm sagen, dass ich Isabelle selbst nicht gehen lassen wollte, aus Gründen, über die ich jetzt nicht nachdenken will. Aber das tue ich nicht.

Er starrt immer noch an die Decke. »Das ist mir fuckegal.«

»Ich weiß«, erwidere ich leise. »Das ist das Problem bei uns beiden.« Bei mir ist es ja immer so und schon normal, aber bei ihm? Bei ihm nicht.

»Ich werde sie niemals vergessen können«, stellt er nüchtern fest.

»Ich weiß. Ich werde Alayna auch nie vergessen können.« Ich weiß, dass er Alayna auch noch liebt. Isabelles Verlust wiegt nur gerade zu schwer für ihn, um daran zu denken oder es zu empfinden. Umgekehrt ist es bei mir mit Isabelle nämlich nicht anders, aber das ist ein anderes Thema.

Er richtet sich auf wie eine Mumie und starrt mich mit großen Augen an, die den Wahnsinn in seinem Inneren widerspiegeln. »Wir holen sie zurück. Beide. Erst Alayna und dann Isabelle.« Er muss wirklich seinen Kopf verloren haben. Dabei ist sein genialer Kopf alles, worauf wir zählen konnten. Ohne ihn sind wir im Arsch, besonders nachdem wir das Angebot vom *Boss* angenommen haben.

»Leg dich wieder hin, Bro«, sage ich und er tut es einfach wieder – wie ein Vampir, der in seinen Sarg zurücksinkt – und raucht seinen Joint. »Wir wissen weder bei der einen noch bei der anderen, wo sie ist. Und Isabelle wirst du sicher wiedersehen, sollte ihr Vater es schaffen, sie einzusammeln, und Alayna … sie verrät mir nicht, wo sie ist. Sie will nichts mehr mit mir zu tun haben. Sie sagt, ich hätte Isabelle gefickt. Ich hätte sie angelogen und ihr wehgetan, und sie fickt mit jemand Neuem.«

Er sieht mich ein bisschen entsetzt an und ich nicke mit erhobenen Brauen. »Wie kommt sie nur auf die Sache mit Isabelle, kannst DU mir das vielleicht sagen?«

Er atmet tief durch. »Ja, das, und wo sie ist, weiß ich auch.«

Es ist so schwer für mich, jetzt nicht über die Couchlehne zu springen und ihn mit meinen bloßen Händen zu erwürgen. Er würde sich nicht mal wehren.

Aber ich rufe mir ins Gedächtnis, dass es ihm gerade schon scheiße genug geht.

»Sag mir, wo sie ist.« Man hört die Verzweiflung und die Hoffnung in meiner Stimme. Mein Herz rast. Wieso weiß er immer alles? Ach, ist auch egal. Er weiß es, verdammt.

»Keine Chance«, meint er ernst.

Ich schnaube ungläubig. »Caden, nur weil du jetzt wieder allein bist, musst du mir das nicht auch antun. Ich liebe sie. Ich kann nicht mehr. Sag mir, wo sie ist!«

Er legt den Kopf weit zurück und sieht mich von unten herauf an, während ich immer noch mein Kinn auf die Couch gelehnt habe. Wir sitzen hier, wie wir es als Kinder getan haben, wenn wir einen Filmeabend gemacht haben. Mom und ihre Disneyfilme. Sie schaut sie heute noch und heult bei jedem einzelnen.

»Ich sag es dir gar nicht *deswegen* nicht.«

»Sondern?«, frage ich ungeduldig.

»Schon vergessen, wo wir nächste Woche anfangen? Willst du Alayna wirklich da mit reinziehen?« Fuck, nein, das will ich nicht. Aber sie könnte mein kleines Geheimnis sein und auf mich warten, wenn ich abends nach Hause komme, und meine Sünden reinwaschen …

»Denk nicht mal dran!« Seine Stimme wird härter. Und wieder bestätigt er mir, dass da noch was ist.

»Ah, jetzt ist es dir so wichtig, dass sie sicher ist, Caden?«

Er streicht sich über das Gesicht. »Vielleicht war es das schon immer, aber sieh nur weiter das Monster in mir. Die Rolle habe ich ja perfektioniert.«

Er wirkt gerade so gebrochen, dass ich nicht weiterbohre und meine Fresse halte. Ich mustere ihn, er blickt zurück, und ich sehe in seinen Augen den gleichen abgefuckten Schmerz, den ich seit Monaten mit mir rumtrage. Das wird kein gutes Ende nehmen, wenn wir beide nichts mehr haben, wofür es sich zu kämpfen lohnt. Ich frage mich, wer von uns es zuerst schafft, sich umzubringen und den anderen einfach allein lässt.

Obwohl Caden genau sieht, was in meinen Augen vor sich geht, reagiert er nicht darauf. Das ist eine Premiere, denn er hält mich sonst von den größten Dummheiten ab, weil er normalerweise nicht nachempfinden kann, was ich empfinde. Tja, jetzt schon. Und jetzt kann er mir nicht mehr widersprechen.

Wir sind im Arsch und ab jetzt kann es nur noch tiefer in den Abgrund gehen.

27. Dem Unheil entgegen

Anmerkung der Autorinnen: Wir sprechen uns ausdrücklich gegen den Missbrauch von Drogen aus. Drogen zerstören Leben! Alle Handlungen sind frei erfunden. Gewalt, Drogenkonsum und Frauenverachtung sind ein absolutes No-Go! Zumindest in der Realität! Zum Glück ist das hier ein Buch.

Und ab hier wird´s richtig dunkel. Also! Wenn du zart besaitet bist, kein Dark Romance magst oder getriggert werden könntest leg dieses Buch weg. JETZT. Aber wenn du in die wahren Abgründe der menschlichen Psyche blicken willst, dann lass dich fallen – und tauch ein. In unsere Welt der Mafia …

Carter

Ich sehe in den Spiegel. Heute ist Weihnachten und ich werde in mein Verderben laufen. Das Fest der Liebe. Ich empfinde keine Liebe mehr. Weder für mich noch für irgendwen anders. Alayna will mich nicht mehr, und ich werde nie wieder derselbe sein.

Ich lasse meinen Nacken knacken, greife nach einem schwarzen Shirt aus dem endlosen Stapel an schwarzen Shirts und ziehe es mir über, bevor ich den offenen Gürtel an meiner gleichfarbigen Jeans schließe. Es ist wieder eine Woche vergangen. Eine Woche, in der wir jeden Tag nach Isabelle gesucht und sie nicht gefunden haben, weil sie nicht gefunden werden will. Von niemandem. Nicht einmal von Caden oder Keaton Rush. Gestern gab es allerdings wieder einen kleinen Breakdown bei meinem Bruder. Sie hat ihm in der Bar, in der *ich* sie kennengelernt habe, eine Nachricht hinterlassen, weil sie wusste, dass er dort auftauchen würde – früher oder später. Dass ich ihn dahin führen würde. Ein einfacher Zettel, auf dem stand: *Such mich nicht mehr.*

Caden ist jetzt ein wahres Monster. *Danke, Isabelle.* Er macht sogar mir ein bisschen Angst, also genau richtig für das, was wir vorhaben. Ich könnte mir keine bessere Rückendeckung vorstellen. Wir sind in genau dem Modus, in dem der *Boss* uns will. Gewissenlos, skrupellos, seelenlos und gleichgültig, wie alle seine Männer.

Das muss man auch sein, um für ihn zu arbeiten.

Moral? Was ist das?

Anstand? Unnötig.

Skrupel? Habe ich schon lange nicht mehr.

Dad weiß seit der letzten Nacht, dass es heute so weit ist und wir offiziell den Aufnahmeritus absolvieren werden. Um achtzehn Uhr, wenn alle mit ihren Familien beim Weihnachtsessen sitzen, werden wir in unsere neue Familie aufgenommen. Dad hat die ganze Nacht seinen Keller demoliert. Es war sehr laut. Caden und ich saßen im Wohnzimmer und haben mit schief gelegtem Kopf etwas irritiert zugehört, wie Mom alles daransetzte, ihn zu beschwichtigen, und gescheitert ist. Ich habe sie heute noch nicht gesehen und will es auch nicht, weil ich sonst ausflippen werde. Es ist nicht gut, wenn Dad die Kontrolle verliert. Caden wollte schon aufstehen, aber ich habe ihn zurückgedrückt, weil ich ja jetzt anscheinend der Vernünftige sein muss. Wir sind im Arsch. Habe ich das schon mal erwähnt?

Ich streiche meine Haare zurecht und begutachte mich noch mal. Heute habe ich mich nicht rasiert oder mir anderweitig Mühe gegeben, vorzeigbar auszusehen. Warum auch? Ich ziehe mir noch einen schwarzen Hoodie über mein Shirt, greife nach meiner Lederjacke, streife sie über und bücke mich, um unter dem Bett meine Knarre hervorzuholen, die Alayna Gott sei Dank, im Gegensatz zu Isabelle bei Caden, nicht gefunden hat. Wir haben gesehen, dass sie niemals eine Waffe in der Hand halten sollte. Sie kann mit so einem Eisen einfach nicht umgehen, aber anders würde ich sie auch nicht wollen.

Isabelle jedenfalls hat Cadens Waffe nicht nur gefunden, sie ist auch in der Lage, sie zu benutzen, und hat sie bei ihrem Abgang gleich mal mitgenommen. Jetzt weiß ich auch, warum sie eine braucht. Caden jedenfalls musste sich eine neue besorgen. Er ist echt pissig, denn er hat diese Waffe geliebt. Sie war so was wie sein Heiligtum.

Ich setze mich aufs Bett und ziehe meine Boots an. Während ich sie mir zuschnüre, überlege ich, was sich nun ändern wird, und denke mir dann, dass es mir egal ist. Was auch immer passiert, wird passieren.

Ich stehe auf, werfe noch mal einen Blick in mein Schlafzimmer und gehe. Keine Ahnung, ob ich so bald zurückkommen werde. Ich lasse alles hier, was ich habe. Es bedeutet nichts und ich werde es nicht mehr brauchen. Nicht mal mein Auto.

Ich gehe die Treppe nach unten. Caden sitzt schon startklar auf meiner Couch und raucht eine Zigarette. Er ist auch schwarz gekleidet, und das ist ein seltener Anblick. Seine Lederjacke ist an den Schultern abgewetzt. Damit wirkt er fast so abgefuckt wie ich und das tut er sonst nicht.

Er sieht zu mir hoch und macht die halbe Kippe mit zwei Fingern im Aschenbecher aus. Dann steht er auf und schaut mich an. Ich erwidere seinen Blick. Er ist wie mein Spiegelbild, ein ziemlich exaktes sogar.

Nur eine leere Hülle, gefüllt mit Dunkelheit.

»Fertig?«, fragt er rau.

Ich nicke einmal, er dreht sich um. Wir gehen zu seinem Auto durch den matschigen Schnee im Vorgarten und hinterlassen exakt die gleichen Fußabdrücke. Man könnte sie nicht auseinanderhalten.

Caden setzt sich hinter das Steuer und ich sinke neben ihn, während Moms Lichterketten in der Dunkelheit funkeln und uns mit einem roten Schimmer beleuchten.

Er sieht mich an und drückt den Startknopf.

Seine Augen fragen: *sicher*?

Ich nicke.

»Okay«, flüstert er und zieht den Schaltknüppel zu D, als ich den Fehler mache, aus dem Seitenfenster zu sehen, wo ich Dad am Küchenfenster entdecke. Er ist angespannt von Kopf bis Fuß. Seine Miene ist hart und er reißt den Vorhang zu, als Caden mit Vollgas aus der Einfahrt setzt.

Ich glaube, wir sind für ihn gestorben. Und das ist auch gut so.

* * *

Der Treffpunkt zur Aufnahme ist in einer alten Lagerhalle Downtown, wo der *Boss* viele Geschäfte abwickelt und wo wir beinahe täglich sind. Tief in einem alten Gewerbegebiet, in dem eigentlich schon alles verkommt und wir mit unserem weißen Schlitten durch die abgefuckten Straßen mit Schlaglöchern und runtergebrannten Häusern ohne Dächer fahren. Überall sind Graffiti gesprüht. Verschiedene Banden haben versucht, hier ihr Territorium zu markieren. Keine von ihnen existiert noch. Überall sieht man das Logo des *Bosses*. Zwei fette **XX,** wie passend. Vielleicht wollte er deswegen uns Zwillinge haben. Er mag wertvolle, seltene Dinge.

Caden dreht das Lenkrad mit flacher Hand nach rechts und der Wagen macht eine scharfe Kurve durch den Matsch, als wir vor der Halle halten, wo bereits die teuersten neusten Wagen: Mercedes, Audis, Maseratis und Jeeps stehen. Caden stellt sich über drei Parkplätze und parkt mindestens drei andere Leute zu. Es interessiert ihn einen Fick, und ich liebe es ein bisschen, dass er so ist.

Wir steigen gleichzeitig aus und gehen wortlos die Reifenspuren im Schnee entlang, hinein in die dunkle Halle. Es war mal eine Schlachterei, was es im Grunde immer noch ist. Nur, dass jetzt hier Menschen geschlachtet werden, die in ihren letzten Minuten genauso quieken wie Schweine. Einer der Männer des *Bosses* steht im Anzug neben der Tür und lässt sie hinter uns zufallen. Das Knallen von Metall hallt durch den riesigen Raum, in dem es nach Blut, Tod und Verwesung stinkt. Ein kalter Wind weht durch die teilweise eingeworfenen Fenster. Laub, Müll und Junkienadeln sammeln sich auf dem Boden. Ich kicke sie beiseite, als wir selbstbewusst unserem Unheil entgegenmarschieren.

Ich weiß nicht, ob wir uns je wiedersehen werden, Alayna, und ich glaube, es ist besser, wenn nicht.

28. Alle Grenzen überschritten, Alayna

Carter

Fünf Männer stehen mitten im Raum, einer davon ist der *Boss*. Wir sehen ihn gerade in sieben Jahren zum vierten Mal, denn er ist ein Mysterium. Caden betrachtet den Mann mit den schwarzen, nach hinten gekämmten Haaren, ehe er sich anspannt. Ihm dürfte in dem Moment klar geworden sein, dass er Isabelles Schwiegervater in spe ist. Unauffällig ramme ich ihm einen Ellbogen in die Seite.

Der *Boss* heißt Vito de Luca und hat eiskalte Augen. Er trägt einen teuren, schwarzen Anzug, die fetteste Breitling, die ich je gesehen habe, weil er genauso viel

Geld ausgibt, wie er Menschen killt. Wahrscheinlich ist auch beides bei ihm gleichgesetzt.

Sein Sohn Dorian steht halb hinter ihm und grinst uns breit mit einem Psychopathen-Lächeln à la Caden an. Er ist ein durchgeknallter Irrer. Mittlerweile stehen wir uns etwas näher. Ihm haben wir auch diese Stelle zu verdanken, nachdem wir öfter als seine Personenschützer tätig waren. Er hat die gleichen eiskalten Augen, die einen mit Blicken schneiden können, wie sein Dad. Sein Gesicht ist scharf konturiert und glatt rasiert. Das dunkle Haar hat er genauso nach hinten geschmiert. Er trägt ebenfalls einen Anzug und eine Breitling, ist aber noch athletischer als sein Vater. Kein Gramm Fett am Körper, nur Muskelmasse, aber nicht so gedrungen wie die anderen drei Schränke, die hier dämlich in der Gegend rumstehen. Das übliche Beiwerk, wenn der *Boss* irgendwo auftaucht. Wenn ich mir Dorian so ansehe und überlege, dass er Isabelle heiraten soll, werde ich selbst aggressiv.

Wir bleiben in einem respektvollen Abstand zu ihm stehen. Mein Bruder brodelt innerlich, als er Dorian de Luca sieht. Ich werfe ihm einen vorsichtigen Blick zu, weil alles hier beobachtet wird. Er ist ganz sein abgefucktes Selbst, als er Dorian breit anlächelt, während seine Augen sagen: *Ich habe deine Verlobte auf alle Arten gefickt, die es gibt. Und ich werde es wieder tun.* Ich kann nur hoffen, dass er diese Ansage nicht versteht. Als der *Boss* dreimal in die Hände klatscht, damit alle ihm seine Aufmerksamkeit schenken, muss ich ein Zusammenzucken unterdrücken.

Er reibt seine Handflächen aneinander und ich sehe ein goldenes, kleines Kreuz um seinen Hals baumeln, als er näher kommt. Eines, wie Isabelle es immer trägt. Jetzt verstehe ich.

»Aaach!« Er seufzt. »DAS sind sie ja! Die berühmt-berüchtigten Zwillinge! Mit dem Vater beim FBI …« Er reibt wieder die Hände und Goldringe blitzen mir entgegen, die einem schon mal den Wangenknochen zertrümmern können. Aaah, ich warte nur darauf, dass so was passiert. »Dorian hat so viel von euch erzählt, aber ich kann euch einfach nicht unterscheiden.« Jetzt steht er direkt vor uns, legt die Hände hinter den Rücken und beugt sich ein bisschen vor, als würde er Unterschiede suchen. Ich habe eine kleine, wirklich winzige Narbe in einer Augenbraue.

»Also …«, fährt er fort. »Wer von euch ist der ohne Gewissen, der einfach draufschlägt? Der, der schon einigen meiner Männer und auch meinem Sohn den Arsch mehrfach gerettet und mir jeden Cent, der zu wenig gezahlt wurde, eingetrieben hat? Carter heißt er, glaube ich.« Ich trete einen Schritt vor. Reden ist Silber, Schweigen ist Gold! Das habe ich hier als Erstes gelernt.

»Aaaah!« Er seufzt schon wieder, dann lacht er entzückt auf. »Ein richtiger Mann, das brauchen wir hier. Was du für heute Abend benötigst, findest du auf dem Tisch neben dir. Suche dir eins davon aus.« Ich drehe mich um und sehe einen kleinen, runden Campingtisch, auf dem ein Totschläger, eine Schusswaffe und ein Messer liegen. Ich überlege nicht, ich denke nicht nach, mein Herz rast auch nicht, als ich nach der Waffe greife.

Er nickt anerkennend. »Gute Wahl.« Dann wendet er sich an Caden, der eine perfekte Maske trägt. »Und du …« Er tritt näher, als hätte er so was wie Caden noch nie gesehen, und legt den Kopf schief. »Du bist der, der den Leuten ins Hirn redet, der sie sogar dazu bringen kann, ihre eigene Mutter zu töten. Der nie ein Spiel verliert und kein Mitgefühl empfindet.« Caden neigt den Kopf zur gleichen Seite wie er und hebt seinen rechten Mundwinkel.

»Manipuliere mich«, fordert er meinen Bruder auf. Der sieht ihn leer an, immer noch mit diesem Psychogrinsen.

»Das würde ich nie wagen.«

»Dorian sagt, du hast drei Kerle dazu gebracht, sich selbst in den Fuß zu schießen, weil sie dir im Weg standen. Stimmt das?«

Mein Bruder hebt seine rechte Schulter, denn er gibt nicht an. Lieber macht er ein Mysterium aus sich, was dafür sorgt, dass etliche Geschichten über ihn kursieren. Aber ich weiß, dass jedes Wort, was man über ihn hört, stimmt.

»So bescheiden«, sagt Vito. »Das ist eine gute Eigenschaft. Du brauchst keine Waffe. Wie ich weiß, reicht dein Geist als Waffe aus. Folgt mir.« Er geht mit seinem Sohn voraus, dahinter die Security und dann wir. Durch Plastiklamellen kommen wir in den hinteren Raum der Fabrik. Dort knien fünf Männer auf dem Boden. Alle haben die Hände hinter dem Rücken gefesselt und tragen blutige, dreckige Jutesäcke über den Köpfen.

Die Männer lassen uns vortreten und positionieren sich hinter uns. Unschlüssig drehe ich die Knarre zwischen meinen Händen. Ich habe noch nie jemanden getötet, aber ich weiß, worauf das hinausläuft. Ein Toter pro Bruder. Danach werde ich nie wieder derselbe sein, auch das weiß ich.

»*Allora*. Das ist ganz einfach«, erklärt Dorian und spaziert hinter den Männern vorbei. Während er redet, reißt er ihnen die Säcke von den Köpfen. »Zwei von diesen Parasiten haben die Cousine eines guten Bekannten vergewaltigt und fast zu Tode geprügelt. Drei davon haben gar nichts gemacht. Du …«, er nickt abfällig zu Caden, denn er hasst ihn aus irgendeinem Grund. Fuck, ich hoffe, er weiß nichts, sonst sterben wir. »Wirst herausfinden, wer die zwei sind, die du«, er deutet mit dem Kinn auf mich, »erschießen wirst.«

Ich lade die Waffe. »Okay.«

Man könnte mich für herzlos halten, aber es ist mir egal. Ein kranker Wichser mehr oder weniger auf der Welt interessiert niemanden. Besonders, wenn es sich um Frauenschläger und Vergewaltiger handelt.

»Seid ihr bereit?«, fragt Dorian und tritt beiseite.

»Klar«, meint Caden. Ich sehe ihm dabei zu, wie er ohne zu zögern zum Ersten in der Reihe geht und sich vor ihn hockt, die Unterarme auf die Knie gestützt, und ihn mit schief gelegtem Kopf mustert. Er schnippt mit zwei Fingern gegen das Kinn des wimmernden

Mexikaners, dessen fettige Haare in seine Stirn hängen. Ich frage mich, wie er das machen will. Alle sehen ihm fasziniert dabei zu, besonders der *Boss*.

»Warst du's?«, fragt mein Bruder emotionslos und der Typ schüttelt nur panisch den Kopf. Ich weiß, dass Cadens Blick ihn nicht sprechen lässt.

Er macht eine wegwerfende Handbewegung. Dorian und sein Vater tauschen einen erstaunten Blick. Caden hockt sich vor den Zweiten.

»Warst du's?«, fragt er hart.

»Nein!« Der Blonde schüttelt seinen Kopf und Caden legt seinen auf die andere Seite.

»Sicher?« Ein kleines, echt gruseliges Lächeln tritt auf seine Lippen. Fuck. Sein Blick schießt über die Schulter zu mir und wirkt so abgefuckt. Ich weiß nicht, ob ich gerade genauso aussehe.

Tu es, sagen mir seine Augen und ich trete näher.

»Steh auf.« Ich deute mit dem Kinn auf den blonden Wichser und er schüttelt den Kopf.

»Ich war es nicht!« Schweiß rinnt von seiner Stirn. »Ich schwöre es, ich war …«

»Steh auf, wenn mein Bruder das sagt!«, befiehlt Caden mit Nachdruck, als er schon zum Nächsten marschiert, ohne ihn anzusehen.

Der Typ springt auf die Beine.

Ich entsichere die Waffe, halte sie ihm an die Stirn, schaue ihm kurz in die blauen, panischen Augen und sehe ihnen dabei zu, wie das Leben aus ihnen erlischt, als ich den Abzug betätige, Blut aus seinem Hinterkopf gegen die Wand spritzt und er umfällt. Caden zuckt nicht, er hat sich schon auf sein nächstes Opfer konzentriert. Der Schuss vibriert in meiner Hand nach und das Adrenalin rauscht durch meinen Körper wie eine süchtig machende Droge.

Ich habe gerade ein Menschenleben beendet.

»Hast du Angst?«, fragt mein Bruder währenddessen einen zitternden, kahlköpfigen Kühlschrank, dem der Schweiß auf der Glatze glänzt. Ich trete hinter Caden und betrachte den Typen.

»Nein«, flüstert er unsicher. Caden legt den Kopf schief. »Hat dir deine Mama nicht gesagt, dass man nicht lügen und seinen Schwanz nicht in Frauen stecken soll, die Nein sagen?« Er steht auf und nickt mir zu, bevor er beiseite geht. Ich trete etwas zurück.

»Steh auf!« Mit der Waffe deute ich ihm, sich zu erheben. Seine Hose wird nass, als er sich einpisst und wimmert: »Ich wollte es nicht, ich wollte es eigentlich gar …«

Ich schieße ihm in die Brust, denn ich habe keine Lust, mir Lügen anzuhören. Wir wurden so erzogen. Blut benetzt sein weißes Shirt und breitet sich immer mehr aus, als er auf die Knie sinkt, das Leben in seinen weit aufgerissenen Augen erlischt, und dann nach vorn kippt, wie ein schwerer Sack Kartoffeln.

Ich sichere die nach Schwefel riechende Waffe und schmeiße sie in das rostige Waschbecken, das neben uns angebracht ist.

»Bringt die anderen weg«, sagt der Boss total abwesend und hat nur Augen für uns. Er schüttelt fassungslos den Kopf. »Ihr seid eine richtige Goldmine, ihr zwei. Willkommen in der *Famiglia*.«

29. Wir sind nicht mehr, wer wir waren, Isabelle

Sechs Monate später

Caden

Ich hasse ihn, Isabelle, deinen *Verlobten*. Trotzdem muss ich mich mit ihm treffen. Immer und immer wieder. Das langweilt mich.

Wir sind zu Hause, Carter und ich, und damit meine ich nicht bei Mom und Dad. Wir hatten seit sechs Monaten keinen Kontakt zu ihnen. Mom hat zwar immer wieder versucht, uns telefonisch zu erreichen, aber wir sind nicht rangegangen, weil wir überwacht werden. Jeder Anruf, jede Nachricht. Irgendwann ist Carter zu unseren Eltern gefahren und hat Mom gesagt, dass sie damit aufhören soll. Dann hat er mir erzählt, dass sie in Tränen ausgebrochen ist, womit er nicht gut umgehen konnte und einen Typen ins Krankenhaus geprügelt hat. Leider war das einer unserer eigenen Männer, weswegen der *Boss* nicht erfreut war. Aber ich habe es glatt gebügelt, so wie immer, wenn Carter zu impulsiv reagiert, und das tut er zu oft.

Ich stehe an der Glasfront unseres gemeinsamen Penthouses, weit über den Dächern Chicagos, inklusive Privat-Pool auf dem Dach, wo wir schon die heißesten Partys geschmissen haben, und sehe nach draußen. Die Stadt funkelt unter mir, liegt mir zu Füßen, ist mein Untertan, inklusive meiner kleinen Ameisen, die darin herumwuseln und emsig ihren erbärmlichen Leben nachgehen. Isabelle, für mich war die Welt schon immer ein Spielplatz. Nur konnte ich mich noch nie so austoben wie im Moment oder meinem Monster freien Lauf lassen wie zurzeit. Es fühlt sich so gut an.

Ich trinke einen Schluck Cognac.

Carter fickt eine unserer Nutten in seinem Schlafzimmer. Das Bett kracht gerade mit voller Wucht gegen die Wand, während sie brüllt. Ich bin schon fertig mit ihr. Wir müssen gleich los, Carter lässt sich Zeit, weil er grundsätzlich zu spät kommt, außer in Frauen.

Isabelle, ich hatte noch nie so viel Sex mit so vielen verschiedenen, gesichtslosen Huren wie in den letzten sechs Monaten. Und damit meine ich nicht nur die, die sich für Sex bezahlen lassen, sondern die, die einen gut aussehenden, mächtigen Mann bespringen, sobald sie ihn erblicken.

Wir sind abgestumpfter denn je. Es berührt uns nichts mehr, dafür haben wir schon zu viel gesehen und uns an zu viel gewöhnt. Das erste Mal, als ich meinen Bruder beobachtet habe, wie er jemandem das Leben genommen hat, dachte ich, er würde daran zugrunde gehen, weil er im Kern sensibel ist und kein so verfickter Wichser wie ich. Aber das Gegenteil war der Fall. Seine Pupillen haben sich geweitet und sein Monster hat endlich nach all den Jahren die Schale für immer durchbrochen und sich nach außen gewunden. Ich habe ihn sehr aufmerksam beobachtet, weil man bei Carter nie weiß, wann die Gefühle wiederkommen und er alles in den Abgrund zieht. Doch da ist nichts in seinen Augen als Leere. Seit diesem Tag hat er Dutzende Leben ausgelöscht – mit wachsender Begeisterung. Ich muss auf ihn aufpassen. Er sagt, ich wäre ein Psycho, aber das ist er auch, nur auf einer anderen Ebene.

Was mich angeht, ich habe aufgegeben, dich je wiederzusehen. Ich hoffe, das werde ich auch nicht, weil ich nicht mehr der Mann bin, der ich damals war. Du könntest mich so nicht mehr lieben. Ich unterscheide mich nicht länger von den Leuten, vor denen du wegrennst, und ich weiß nicht, was ich tun würde, wenn ich dich jetzt auf der Straße sähe. Vielleicht würde ich dich ausliefern, ich habe keine Ahnung. Aber du solltest Angst vor mir haben, genau wie Alayna. Ihr solltet nicht mehr zurückkommen, nie wieder. Nicht so. Denn es wird nie wieder anders, Isabelle. Das brauchst du nicht. Und sie auch nicht.

Ich trinke noch einen Schluck Cognac, als mein Bruder knurrt: »Ah fuck, halt still!« Ich schlendere zu seiner Tür, die ich einfach öffne und mich mit meinem fast leeren Glas in den Türrahmen lehne. Carter hat die blonde Bitch dazu gebracht, ihren Arsch herzugeben. Er reitet ihn gerade ein, wie wir das schon bei so vielen Huren getan haben. Ja, wir richten sie auch manchmal ab und sind nicht besonders nett dabei.

»Wird das heute noch was, Carter? Wir müssen los«, sage ich gelangweilt.

Er scheucht mich, ohne mich anzusehen, mit einer Hand davon. »Fuck, verpiss dich, Caden!« Die Tussi quiekt auf, als er sich mit voller Wucht in sie rammt.

»Scheiße«, keucht sie.

»Halt jetzt still, habe ich gesagt«, fährt er sie an und schlägt ihr auf den Arsch.

Ich tippe dreimal gegen den Türrahmen, und sie schaut schockiert auf. »Wir müssen los, komm jetzt, wortwörtlich, oder ich zähle sie dir weg!«

»Fuck! Dann verpiss dich. Glaubst du, ich will deine Fresse dabei sehen?«, knurrt er mich an. Ich lasse die Tür auf, als ich in mein Schlafzimmer am anderen Ende des Flures schlendere. In diesem Moment zischt er: »Scheiße.« Dann hört das Bett endlich auf, gegen die Wand zu krachen.

* * *

Eine Stunde später hat Carter sich endlich frisch gemacht und angezogen, wie immer in Schwarz, so wie ich, und wir sitzen in meinem weißen Mercedes SUV. Carter hat den gleichen in Schwarz. Wir verdienen gut und könnten uns auch fünf davon leisten, aber das ist nichts, was mich ausfüllt, Isabelle. Es ist nur ein Auto, nur ein Penthouse, nur ein paar Papierscheine und nur ein paar Pussys, die darauf abfahren. Das ist eigentlich kein Leben, aber wer sagt, dass wir leben wollen?

Carter neben mir tippt gestresst auf seinem Handy rum und fährt sich mit dem Handballen immer wieder über die Nase, weil er sich wieder alle mögliche Scheiße reingezogen hat. Ich habe ihm schon oft gesagt, dass er ein bisschen langsamer machen muss, und er hat mir genauso oft gesagt: »Fick dich, Bro! Kümmere dich um deinen eigenen Scheiß.«

Sein Scheiß ist mein Scheiß, Isabelle, das scheint er nach zwanzig Jahren immer noch nicht verstanden zu haben.

»Wer ist das?«, frage ich und lenke das Auto nach Downtown. Wir wohnen nicht in Downtown. Niemand von uns wohnt in Downtown, da werden nur die Geschäfte abgewickelt.

Er macht eine wegwerfende Handbewegung. »Aaah, Dorian.«

Ich stöhne genervt, als ich seinen Namen höre, und mich durchfährt ein Ekel-Hass-Abscheu-Schauer, denn ich hasse diesen Wichser. Du sollst ihn heiraten, Isabelle. Natürlich wurde mir dein Bild schon vor die

Nase gehalten, weil alle auf der Suche nach dir sind. Dein Vater ist auch schon ein paarmal hier gewesen. Da ich nun einmal der Beste für so was bin, soll ich dich jetzt finden. Ist das nicht witzig, Isabelle? Ich hoffe, du hast mit falschen Papieren das Land verlassen und bist auf einer Ölbohrinsel inmitten der Beringsee oder sonst wo am Arsch der Welt.

Wie lange bist du ihm schon *versprochen*? Habt ihr schon mal gefickt? Wart ihr zusammen, bevor du abgehauen bist?

Das wären Fragen, die ich dir stellen würde, wenn ich nicht mittendrin wäre und wenn du ehrlich zu mir gewesen wärst. Aber ich erfahre alles, ohne zu nachzuhaken, von Dorian, deinem Verlobten. Ich weiß, wie er dich schon hatte. Ich weiß, wie oft er dich schon geschlagen hat, als du erst sechzehn warst. Ich weiß, wie oft er seine kranken Spiele mit dir gespielt hat. Und die haben nichts mit meinen Spielen gemein. Er liebt es, lang und breit über dich zu reden, Isabelle, weil er dich anscheinend sehr vermisst, Isabelle. Du bist einen Tag vor deinem achtzehnten Geburtstag von zu Hause abgehauen, weil du ihn dann hättest heiraten müssen. Du haust gern an deinen Geburtstagen ab, oder?

Dorian und Carter sind das neue Dream-Team, aber nur, weil Carter ihn in Sicherheit wiegen will. Aus irgendeinem Grund liebt Dorian Carter wie einen Bruder. Carter weiß, dass ich ausflippe, wenn dieser Bastard es zu weit treibt, deshalb deckt er mich in der Hinsicht, wie ich ihn decke, wenn er die Beherrschung, die er kaum besitzt, seit er so viel Drogen nimmt, verliert.

Wir kommen vor dem lila beleuchteten Stripclub an, der sich im Spaßviertel, wo sich eine Neonreklame an die andere reiht, mitten im Zentrum befindet. Der Club gehört dem *Boss*, wie jedes Scheißteil hier. Wir sind hier mindestens dreimal die Woche und überwachen, ob alles seinen gewohnten Gang geht.

Ich parke direkt davor auf der Straße. Jeder weiß, wem dieses Auto gehört und dass er stirbt, wenn er es auch nur anfasst oder anatmet.

Carter geht vor. Er hat es echt immer sehr eilig, ist sehr hibbelig und unruhig, total rastlos, weil er nie nüchtern und immer auf der Flucht vor seinen Gefühlen ist. Ich folge ihm schlendernd und wir schieben uns an den Türstehern vorbei, die uns zunicken. Carter fuchtelt immer noch an seinem Handy herum, obwohl wir schon da sind. Wir betreten die rot und lila beleuchteten Räume. Es riecht nach Sex und Geld und Macht. Dorian sitzt in seiner gewohnten Lounge, direkt vor der Hauptbühne, wo eine perfekte Brünette sich an der Stange rekelt. Ihre Augen gleiten sofort zu uns und sie zwinkert mir zu, denn sie hat mir letzte Woche einen geblasen, während ich die Show auf der Bühne betrachtet habe. Sie ist heiß, nicht so ein Standard wie andere, wobei hier nichts dem Standard entspricht.

Ich tue ihr den Gefallen und zwinkere zurück. Dann setze ich mich gemächlich zu Dorian und kremple die Ärmel meines schwarzen Hemdes bis zu den Ellbogen hoch. Carter stellt sich zu Dorian, der ihn sofort ansieht. Ich mag es nicht, wie er ihn ansieht. Ich hasse den Kerl. Habe ich das schon mal gesagt?

Carters Pupillen sind riesig. Das kann er bei seiner hellen Augenfarbe nicht verbergen. Auch nicht in dem schummrigen Licht. Er wirkt schon wieder so gehetzt.

»Welcher?«, fragt er, und ich begreife jetzt, warum er so lange mit dem Penner geschrieben hat.

»Grünes Shirt«, sagt Dorian rau. »Knock ihn aus, er schuldet mir Geld. Hol es mir zurück. Im Hinterhof kannst du mit ihm machen, was du willst. Tob dich aus. Paolo kümmert sich danach um alles.«

Carter sieht mich kurz an, um mir mitzuteilen, dass er jetzt geht, dann marschiert er einfach los. Es ist ihm scheißegal, was ich dazu sage, und das ist der Grund, warum er irgendwann stirbt. Allerdings muss ich daraufhin alle umbringen, dann sind wir alle tot und erlöst. Ende der Geschichte.

Ich sehe meinem Bruder zu, wie er auf grünes Shirt losgeht, mit seiner Waffe in der Hand weit ausholt und ihm den Griff gegen die Schläfe kracht. Schon huscht John aus einer Ecke und zieht den Kerl nach draußen in den Hinterhof – für meinen Bruder. Dann verschwindet Carter.

Dorian grinst mich an. »Ich liebe deinen Bruder ein bisschen. Er ist so loyal. Das findet man heutzutage nicht mehr oft.«

»Tja, er tut halt alles für seine Familie«, erwidere ich emotionslos. »Es sei denn, seine Familie will ihn ficken, dann fickt er hart zurück.«

Er nickt anerkennend. »Gesunde Einstellung.«

Ich kriege meinen Cognac serviert, ohne ihn verlangt zu haben. Für Carter stellt Kylie einen puren Whisky hin. Für ihn hat es sich ausgecolat. Er braucht alles pur.

Dorian stützt seinen Ellbogen auf die rote Sessellehne, als die Nebelmaschine weißen Dampf auf die Bühne entlässt und die nächste Tänzerin umhüllt.

Er legt sein Kinn auf die Faust. »Ich dachte, ich helfe dir mal ein bisschen nach«, sagt er.

»Womit?«, frage ich und kann meine Genervtheit kaum unterdrücken, aber ich versuche es. Fuck, ich bin nicht Carter, ich muss mich besser im Griff haben.

Er zieht einen Umschlag hervor und lässt ihn auf dem Tisch zu mir rübergleiten. »Isabelle wurde gesehen. Hier unten, Downtown, ganz in der Nähe.«

Ich verziehe keine Miene, denn ich muss jetzt sehr vorsichtig sein, weil der Kerl mich testet. Er weiß mehr, als er sagt, und ich weiß, dass da Bilder drin sind. Von dir. Und dass sie mich ficken werden. Ja, ich wurde darauf angesetzt, dich zu finden. Bis jetzt habe ich jeden gefunden, aber nach dir suche ich nicht, Baby, ich täusche es nur vor. Ich bin gut im Täuschen. Das ist unser Glück.

Drei Schwarz-Weiß-Bilder erscheinen und ich bin froh, dass man dich darauf nicht so gut erkennt. Gelangweilt breite ich sie vor mir aus. Du stehst da mit einem größeren Mann, ihr seid beide ziemlich vermummt, und er gibt dir einen Umschlag, wahrscheinlich Geld – ähnlich dem Umschlag, den ich in deinem Koffer gefunden habe.

»Ich muss wissen …«, setzt Dorian an, und zwar mit seiner Psychostimme, während er auf den Mann auf den Bildern tippt. »Wer dieser Mann ist! Ich wette, es ist eine Ratte von uns. Ich hasse Ratten, Caden. Die stinken, die verseuchen alles und sind nicht loyal. Wer diese Tätowierung trägt, sollte immer als Erstes an die Familie denken.« Carter und ich haben sie auch, die zwei dicken, schwarzen, ineinander verschmolzenen **X** auf dem Handballen zwischen Daumen und Zeigefinger, genau dort, wo ich immer mein Koks ziehe. Ich nehme nur Koks, sonst nichts, so gut wie auch kein Gras mehr, das macht mich nur müde und vernebelt meinen Kopf, und ich brauche ihn klar.

Carter hingegen nimmt alles, was er kriegen kann, und er kriegt viel.

»Ich finde es raus«, meine ich tonlos. »Ich brauche aber die Bilder dafür.«

»Ah, ich wusste, dass ich mich auf dich verlassen kann. Während du damit beschäftigt bist, setze ich Vasco auf Isabelle an, jetzt, da ich weiß, dass sie in der Nähe ist.« Ich halte mein Gesicht kontrolliert, nicht mal ein Muskel an meiner Wange zuckt, denn Vasco ist einer der größten Motherfucker, die es gibt. Er wird dich nicht einfach bitten, in sein Auto zu steigen. Zur Not fährt er dich an, damit du nicht mehr laufen kannst. Fuck.

»Okay«, sage ich locker, stecke die Bilder ein und exe meinen Cognac. Ich halte mich weiter unter Kontrolle, aber ich muss dir eine Nachricht zukommen lassen. Du fängst an, Fehler zu machen. Geht dir die Luft aus? Ich muss irgendwas tun, aber darüber denke ich später nach, denn wenn ich jetzt etwas unternehme, merkt Dorian irgendwas. Er ist nicht dumm, Isabelle. Ganz im Gegenteil, er ist schlauer, als gut für uns ist.

Ich sehe über seinen Kopf hinweg, wie mein Bruder kommt. Er hat total große, aufmerksame Augen, wie immer in letzter Zeit, und seine Hände sind zu Fäusten geballt. Die fetten Ringe daran schimmern im Rotlicht. Seine Schritte wirken total herrisch. Alle machen ihm Platz, weil er aussieht wie der Hulk. Sein Gesicht und seine Brust sowie der Hals sind mit Blut bespritzt. Er merkt es nicht mal, weil er sich schon so daran gewöhnt hat, dass Blut nicht nur an seinen Händen klebt, deren Knöchel im Übrigen nicht mehr aufgeschürft sind, weil er jetzt echt fiese Ringe an seiner rechten Hand trägt, die jede Fresse zu Brei schlagen.

Er kommt zu uns an den Tisch, schwingt sich über die Lehne und landet zielsicher direkt zwischen uns, bevor er seinen Arsch ein bisschen hebt und einen Batzen Bargeld aus seiner Hosentasche zieht, den er Dorian auf den Schoß schmeißt. Dann zieht er seine Waffe aus dem Hosenbund und knallt sie auf den Tisch, wie es fast jeder Zweite hier macht, und er holt ein Tütchen aus seiner Tasche hervor. Er schüttet das Pulver vor sich, macht sich aber nicht die Mühe, eine Line zu ziehen, sondern nimmt sein goldenes Ziehröllchen und haut sich die Scheiße in die Fresse.

»Aaah«, macht er seufzend, lehnt sich zurück und schwingt die Arme über die Lehne. »Was geht bei euch so?«

Dorian steckt sein Geld ein. Er macht sich die Hände nie schmutzig. Ich weiß, dass er mit seinen anderen BROS Wetten abschließt, wenn Carter wieder durchdreht und auf jemanden losgeht, wie lange derjenige durchhält. Der Rekord lag bei drei Sekunden, als er den anderen Typen mit einem Schlag ausgeknockt hat.

Er greift nach seinem Whisky und trinkt ihn, als Dorian sagt: »Ah, ich habe deinem Bruder gerade erzählt, dass Isabelle gesehen wurde. Hier unten bei uns irgendwo.« Carter reißt die Augen auf und eine Fontäne schießt aus seinem Mund Richtung Tisch und Bühne, als er den Whisky ausspuckt.

Er rettet sich. »Fuck, das ist ein verfickter Jack Daniel's, was will ich mit dem Billigscheiß?« Er knallt sein Glas auf den Tisch und ich schaue ihn warnend an.

Jetzt wendet er sich wieder an den total interessiert aussehenden Dorian. »Also was? Wer wurde wo gesehen? Isa-wer?«

»Isabelle, meine Verlobte. Hier unten, ein paar Straßen weiter. Vor zwei Tagen. Vasco wird sich jetzt darum kümmern und Caden findet raus, mit wem sie sich getroffen hat, und du, Carter«, er deutet mit dem Zeigefinger auf meinen Bruder und ich ahne nichts

Gutes, »prügelst die Scheiße aus ihr raus, wenn sie zurück ist. Sie benötigt diese Lektion. Das Vögelchen hat in seinem goldenen Käfig zu sitzen und hübsch zu zwitschern. Mehr will ich doch gar nicht. Das verstehst du doch, oder Caden?«

Ich bemühe mich so sehr, nicht zu erstarren. Fuck, Isabelle, ich kann meinen Bruder nicht auf dich loslassen. Normalerweise würde er dir so was nicht antun, weil er es nicht übers Herz bringen würde, aber im Moment traue ich ihm alles zu. Ich werde ihn hassen, wenn er dich anrührt. Doch er ist erstarrt, völlig, und sieht Dorian an, während ich nicke, um dem Bastard eine Antwort zu liefern.

»Aber«, sagt Carter dann, als wäre ihm DIE Idee gekommen. »Wieso soll ich meine Zeit verschwenden für irgendeine kleine Hure, die du fickst? Ich habe ganz anderen Scheiß zu tun, frag mal deinen Vater! Kannst du sie nicht selber bestrafen? Du bist doch so kreativ.« Ich weiß, dass er versucht, einen auf locker zu machen und Dorian von dieser dummen Idee abzubringen, aber sein Bein wackelt unaufhörlich auf und ab.

»Aah, ich mache mir die Hände nicht so gern dreckig wie du. Du machst das so schön. Zieh nur die Schlagringe aus, ich brauche ihr Gesicht hübsch. Eine Ohrfeige ist drin, aber das war's. Sie hat ja noch massig andere Fläche an diesem hübschen, kleinen Körper.«

Mir wird schlecht, Isabelle. Ich sehe Carter an, der sich bemüht, mich nicht anzuschauen, weil er weiß, dass

Dorian uns immer genauestens im Blick hat. Wir müssen vorsichtig sein.

»Klar, okay, wenn du meinst. Eigentlich schlage ich Frauen nicht, sie sind keine würdigen Gegner, aber für dich kann ich da wohl eine Ausnahme machen.«

»Ach, das wusste ich. Du bist der Beste.« Ich mag seinen Unterton nicht, als er das sagt, und hoffe, dass du nie wieder zurückkommst, Isabelle.

30. Bye, Dad

Carter

»Was machen wir hier in dieser Abfuckbar, Bro? Die haben keinen Single Malt, das weiß ich, weil ich hier schon war! Mehrmals!« Ich bin so nervös. Am liebsten würde ich jemanden abstechen oder totschlagen. Meine Finger können nicht stillhalten. Ich reibe sie aneinander und lasse sie knacken. Wir sind in der Bar, in der ich Isabelle kennengelernt habe – vor einer gefühlten Ewigkeit –, und ich ahne, dass es nicht gut ist, was Caden hier tut.

»Bleib zwei Minuten hier stehen und hau keinem auf die Fresse«, sagt er deutlich und langsam, während er mir eindringlich in die Augen sieht. »Okay?«

»Okay«, erwidere ich und murmle hinterher: »Vielleicht.«

»Du bist eine Plage, Carter«, schimpft er und sieht dabei aus wie der Überdad. Ich verdrehe die Augen, als er in die Bar verschwindet. Ich warte vor der Tür auf ihn, rauche eine und laufe angespannt von links nach rechts, ziehe viel zu fest an der Zigarette, denn ich habe keine Ruhe. Viel lieber würde ich jemanden ficken oder schlagen oder irgendwas tun, aber nicht den Asphalt abnutzen. Ich habe so viel Scheiße in mir und die Straßen sind so leer heute. Es ist dunkel, der Mond beleuchtet den Dreck hier auch noch, als würde es nicht reichen, dass er überhaupt existiert. Als mir die Sache mit Isabelle wieder in den Kopf schießt, bleibe ich stehen. Scheiße, und was, wenn er sie da drin treffen will? Fuck, dann sterben wir. Da kann ich nichts mehr machen, keinen schlagen, erschießen oder wegficken.

Ich schnippe die Kippe weg und stürme in die Bar. Die wenigen Leute weichen zur Seite. Ich sehe ihn und kann mich gerade so davon abhalten, nach ihm zu rufen. Er ist allein, Gott sei Dank, und schreibt was auf ein Stück Papier.

Ich schaue über seine Schulter und er lässt mich. *Verlass die Stadt, Babygirl, sofort!*, schreibt Romeo in seiner akkuraten Handschrift und schiebt den Zettel in einen Umschlag, worin ich Geld, einen Reisepass und andere Papiere entdecke, die wahrscheinlich gefälscht sind. Ich hoffe, sie bekommt das alles und haut ab, denn ich will ihr nicht wehtun. Ich will sie auch nicht an der Seite von Dorian sehen.

Er gibt den Umschlag der Bedienung hinter der Bar, schiebt ihr auch ein nicht gerade kleines Bündel Dollarnoten zu, schaut ihr in die Augen und sagt: »Nur sie, sonst fasst das niemand an!«

Sie nickt hölzern. Oh Gott, Caden ist so gut geworden in dieser Scheiße. Ich erinnere mich daran, dass Isabelle ihm damals hier auch eine Nachricht hinterlassen hat und dass sie mit dieser Barfrau befreundet war, als ich sie das erste Mal getroffen habe.

Ich ziehe an seinem Arm. Es macht mich nervös, wenn ich irgendwo bin, wovon der *Boss* und auch sonst niemand wissen.

Wir gehen. Caden folgt mir, als ich wieder an die frische Luft trete. Wir laufen die Straße über das unebene Kopfsteinpflaster entlang zu seinem Auto und ich wende mich an ihn.

»Caden, ich will Isabelle nicht schlagen. Du musst sie nicht wegen mir aus der Stadt schicken, Bro. Ich mach das schon irgendwie, täusche es vor oder irgendwas in der Richtung. Vielleicht breche ich mir vorher die Hand, dann kann ich gar nichts tun.«

Caden lacht ein bisschen. Das passiert nicht oft, so gut wie nie. »Ich schicke sie nicht wegen dir weg, Carter. Du Vollhonk. Ich weiß nur, dass es jetzt zu heiß für sie wird und sie Fehler macht.«

»Okay.« Ich nicke verstehend und überlege, was ich als Nächstes machen soll. Die Nacht ist noch jung. Lustig, dass Isabelle gesehen wurde. Wieso ist sie so blöd und treibt sich ausgerechnet in der Ecke ihres

Schwiegervaters rum? Es ist fast, als *wollte* sie gefunden werden.

»Carter!« Caden schnippt mit seinen Fingern vor meinem Gesicht. »Steig ein, wir sind da!«

»Oh!« Ich drehe um und gehe zurück zum Auto, um mich auf den Beifahrersitz zu setzen. Caden startet den Motor und setzt rückwärts aus der Parklücke.

Wir fahren durch die abgeranzte Südstadt und die Schlaglöcher hauen mich jedes Mal aus dem Ledersitz. Ich streiche mir durch das Haar und wippe mit dem Fuß, denn ich hasse diese Fahrerei. Das ist sinnlose Zeitverschwendung. Ich könnte jetzt auch in einer Nutte stecken.

»Fuck, was ist das?«, flüstert Caden neben mir und drückt so schlagartig auf die Bremse, dass ich nach vorn rucke und fast mit der Stirn gegen das Armaturenbrett donnere, weil ich natürlich nicht angeschnallt bin. Safety fucks.

»Scheiße, was soll das?«, beschwere ich mich, dann sehe ich das Blaulicht im Augenwinkel, die Vollsperrung und die zwei schwarzglänzenden Mercedes mit aufsetzbarem Blaulicht obendrauf.

»Carter, du solltest die schmieren. Wieso sind da Bullen? Wieso sind da FBI-BULLEN, CARTER!« Ruckartig fällt mir ein, dass ich vor drei Tagen vergessen habe, das Schmiergeld vorbeizubringen – oder waren es vier? Oder fünf?

»Fuck!« Ich zerzause mein Haar und fahre unter meiner kribbelnden Nase entlang, weil ich mich fühle, als wurde überall verdächtiges weißes Pulver an meiner Fresse kleben.

»Scheiße, Carter, ich kann dich nicht aus jeder Scheiße rausholen! Du kannst so was nicht vergessen, Bro. Jetzt haben sie den Laden gestürmt. Wie soll ich das dem *Boss* erklären?«, fragt Caden fast verzweifelt, und das ist er nie.

»Du machst das schon, Bro«, sage ich beschwichtigend und er funkelt mich wütend an.

»Fuck, du Scheißer«, zischt er. »Bleib hier, du vollgekokstes Stück Scheiße!« Damit steigt er aus und schließt die Tür äußerst leise. Als er auf die Autos zuschlendert, hat er eine äußerst geschäftsmäßige Businessman-Maske aufgelegt. Dabei ist er selbst ein vollgekokster Scheißer.

Sicherheitshalber lasse ich meine Waffe unter dem Sitz verschwinden und leere meine Taschen. Dabei finde ich ein Tütchen mit Pillen, was ich schon seit einer Woche suche. Ich freue mich darüber, während ich mir überlege, ob ich gleich eine nehmen soll oder erst später? Dann stopfe ich sie schnell unter den Sitz und folge Caden. Vielleicht braucht er ja Hilfe von meiner Faust.

Ich schlendere genauso wie er rüber, sehe ihn erst mal nicht, aber ich höre ihn. »Aaah, nein!«, stöhnt er und mein Blick schießt herum. Er ist auf der anderen Seite am Hintereingang des Clubs und ich beeile mich, dahin zu kommen, weil ich nicht weiß, was da abgeht.

Tja,

TJAAAA.

Mein Vater geht ab. Und wie. In totaler FBI-Montur. Mit acht weiteren FBI-Agenten, die ebenfalls in voller Montur sind. Ich spüre, wie das Adrenalin mich belebt. Ich bin in Stimmung für Chaos, wie Caden immer sagt. Dad steht vor Caden und die anderen räumen den Club aus. Ich bin hinter meinem Bruder, der mich zwar nicht gesehen, aber gespürt hat, während er sich ein Blickduell mit Dad liefert. Hinter seinem Rücken scheucht er mich mit seiner Hand davon. Ich schniefe noch mal, ignoriere Caden und marschiere zu meiner *Familie*.

Jetzt schießt der Blick meines Vaters über Cadens Schulter in mein blutverschmiertes, zugekokstes Gesicht mit der neuen Narbe, die sich über meinen linken Wangenknochen zieht. Der andere Wichser, mit dem ich mich vor einem Monat angelegt habe, war auch ziemlich zugekokst und brutal.

Schockiert sieht er mich an und Caden wirbelt zu mir herum. »Ich hab dir doch gesagt, du sollst im Auto warten, Carter«, fährt er mich an und erinnert mich dabei total an den Überdad, wie er mich als Kind angeschissen hat, obwohl ich gar nichts gemacht habe. »Verdammte Scheiße, was machst du hier?«

Ich hebe unschuldig die Schulter. »Ich bin kein Hund, ich kann nicht im Auto warten, Caden. Ich hab Energie und Adrenalin und ich bin in Stimmung für Chaos.« Meine Augen wandern erneut zu meinem Vater, der sich wieder gefangen und in den Fick-mich-nicht-Modus geschalten hat. »Hi, Dad übrigens. Was machst du denn hier? Das ist aber nicht deine Ecke, oder? Hier sind Bullen nicht so gern gesehen.«

»Carter, verpiss dich jetzt ins Auto.«

»Nein!« Ich runzle die Stirn. »Und du hast den ganzen Spaß allein?« Ich lasse meine Finger knacken und Dads Augen schießen zu meinen Ringen, dann über meine blutigen Knöchel sowie die **XX**-Tätowierung auf meiner Hand, die Caden auch hat, und schließlich wieder in meine Augen, die wahrscheinlich schon schwarz sind, weil meine Pupillen schon alles einnehmen.

»Oh, das hier wird keinem von euch Spaß machen«, sagt Dad. »Verpisst euch, oder soll ich euch mitnehmen und euer Auto durchsuchen?« Ich denke an Cadens Kofferraum, der voll ist mit Waffen und Drogen, die wir noch transportieren müssen, und trete einen Schritt vor, sodass ich ihm ganz nahe bin. Dann lasse ich meinen Nacken knacken, mehr aus Gewohnheit und nicht, um mich zu beruhigen. Ich empfinde so gut wie gar nichts mehr. Und den kümmerlichen Rest unterdrücke ich mit Drogen. Er ist nicht mal mehr mein Vater für mich. Ich habe das höchste Level der Abschottung erreicht und Cadens Tipps bestens befolgt. Ohne diesen emotionalen Mist fühle ich mich frei. Mich hält nichts, mich bindet nichts, mir steht nichts im Weg.

»Das wäre aber nicht so schlau, Dad«, meine ich ruhig. »Weißt du, was mit Bullen passiert, die Männern wie uns drohen?«

Caden packt mich am Kragen und reißt mich zurück, als ich gerade einen Satz auf meinen Vater machen will. Mit voller Wucht knallt er mich gegen einen Müllcontainer. »DAS tust du nicht, Carter.« Seine Augen funkeln bedrohlich. Ich schubse ihn heftig von mir und er lässt es zu.

»Du bist so eine Schwuchtel, Bro«, erwidere ich gelangweilt und schlendere zum Auto. Ohne mich umzudrehen, hebe ich die Hand und winke.

»Bye, DAD.« Damit verschwinde ich in die Dunkelheit.

31. Du bist außer Kontrolle, Bro

Caden

Dad starrt mir in die Augen und sagt nichts. Ich weiß, dass er gerade erstarrt ist, weil er sonst was Dummes tut.

»Er ist komplett zugedröhnt«, meine ich und mache mir eine Kippe an. »Der hat keine Gefühle mehr. Nimm ihn nicht ernst, mach ich auch nicht.«

Dad legt den Kopf zurück und atmet tief durch. Ich versuche, vernünftig mit ihm zu reden. Erneut, denn Carter musste mir ja mal wieder alles versauen. »Ihr solltet euch lieber zurückziehen. Ich warne dich nur, weil du mein Vater bist, Dad. Jeden Moment wird es hier ungemütlich.«

Jetzt lässt er seinen Nacken knacken und rollt seine Schultern, dann zieht er seine Waffe, presst mir den Lauf an die Brust und stößt mich gegen die Wand. Es presst mir die Luft aus den Lungen.

»Ich. Werde. Auch. Gleich. Sehr. Ungemütlich. Du Scheißer.«

Ich grinse. »Du willst mich abknallen, Dad? Bitte. Aber wer erklärt das dann Mom?«

Er zieht fluchend seine Waffe zurück und funkelt mich an. »Bring deinen Bruder unter Kontrolle!«

»Zieh deine Männer zurück«, antworte ich. »Und verpiss dich von hier, Dad. Ich will nicht, dass dir was passiert.«

»Bring ihn unter Kontrolle, oder ich tue es.«

Er pfeift seine Männer zurück, auch wenn sie schon genug Zeug mitgenommen haben, um Carters und meinen Arsch schwitzen zu lassen. Ich lächle ihn an. »Ich freu mich, dass wir uns verstehen. Komm hier nicht mehr her und sag das auch dem Überdad. Keine Einsätze mehr in meiner Gegend.«

»So läuft das nicht, du Kröte«, knurrt er äußerst leise. »Ihr habt euch für die andere Seite entschieden. Du hast gewusst, wer dein Gegner ist, und ich werde die ganze. Verfluchte. Stadt. Auseinandernehmen. Leb damit, oder stirb. Und jetzt verpiss dich, bevor dich jemand von ihnen mitnimmt, denn ich werde ihn nicht aufhalten, nur weil du aus meinen Eiern kommst.«

Damit rammt er mich an der Schulter an, als er vorbeigeht. Ich drehe mich fröhlich lächelnd nach ihm um. »Grüß Mom von mir, falls du sie noch nicht umgebracht hast.« Er bleibt kurz stehen, strafft sich und geht dann weiter.

Besser für ihn.

* * *

Wir sind beide so angepisst, als wir im Auto sitzen. Es hat mich nicht kaltgelassen, meinen Vater zu sehen. Carter schon. Er trommelt mit seinen Fingern auf seinem Bein herum, während wir beobachten, wie Dad alle abzieht.

»Das nächste Mal lass mich einfach. Der *Boss* wäre nicht erfreut darüber, zu erfahren, wie weich du heute warst«, zischt er.

»Der *Boss* hat auch gesagt, keine direkte Konfrontation mit den Bullen, Carter. Was hört sich für dich nach ›keine direkte Konfrontation‹ an? Dich mit Dad anzulegen? Einem der Höchsten beim FBI? DAD, CARTER? Du weißt, wie Dad ist, wenn er durchdreht!«

»Ist mir scheißegal, ob er mein DAD ist oder der Don von Afrika«, ruft er genervt und ich mustere ihn. Wie sehr er sich in einem dreiviertel Jahr verändert hat. Es hat schleichend angefangen, als Alayna gegangen ist, er abgefuckt ist und mich bestrafen wollte. Die Drogen haben ihren Teil dazu beigetragen. Das letzte Telefonat, von dem er mir erzählt hat, als Alayna sagte, sie komme nicht mehr zurück, hat ihm dann den Rest gegeben. Wir sind hier, weil er sich dafür entschieden hat. Ich habe das nicht geplant. Aber ohne mich wäre er jetzt schon tot, ganz sicher. Er hätte nicht mal drei Monate geschafft, ohne sich abknallen zu lassen. Doch was soll ich ihm sagen? *Hör auf damit?* Was soll ich machen? Ihn einsperren, damit er noch mehr durchdreht? Soll ich ihm sagen, dass er fühlen soll, was in ihm vorgeht, damit er daran zerbricht, weil sein wahres Wesen das niemals tragen könnte?

Also lasse ich alles fürs Erste so, wie es ist, und rette seinen Arsch jeden Tag aufs Neue. Dabei hatte ich mit dem Überdad schon Pläne geschmiedet. Ich sollte beim FBI als Profiler anfangen und mich mit den kranken Gedanken von menschlichem Abschaum befassen. Was wäre wohl meine Einschätzung für meinen Bruder?

Ich habe nicht mal mein Studium beendet. All die Jahre mit Bestnoten, Auszeichnungen und alldem weggeschmissen. Mein Leben weggeschmissen.

»Ahhh, guck nicht so, als hättest du ein Katzenbaby ertränkt«, sagt Carter und reißt mich aus meinen Gedanken. »Wem heulst du denn schon wieder hinterher?«

Ich starte den Motor, als Dad an uns vorbeifährt und uns ganz lange ansieht, bevor er das Gaspedal durchdrückt und in die Nacht verschwindet.

»Meinem Leben, du Wichser«, speie ich ihm entgegen und fahre ebenfalls los.

»Ohhh, dir geht's so scheiße, oder?«, keift er sarkastisch. »Mit all der Macht, dem Koks und den Nutten und dem Geld, Caden. Du hättest es niemals ausgehalten, mit deiner Kleinen in einer Vorstadt zu leben und drei Kinder zu machen wie Dad. Du wärst daran zugrunde gegangen.« Ich weiß, dass er recht hat, aber das hier hätte ich mir auch nicht ausgesucht.

»Ach, halt die Fresse«, knurre ich. Er schnaubt genervt und tippt mit seinem Fuß unaufhörlich auf den Boden. »Du bist so durch, Carter.«

»Oh ja, und ich liebe es. Solltest du auch mal probieren, Bro.«

»Klar, und dann sterben wir beide. Juhu! Was für ein genialer Plan.«

Er verwüstet wieder seine Haare und rutscht auf seinem Sitz herum. »Ich brauche keinen Aufpasser.«

Ich nicke. Aber vielleicht braucht er einfach nur eine Frau, die ihn daran erinnert, wer er wirklich ist. Ich weiß es nicht.

Ich bin langsam mit meinem Latein am Ende, was meinen Bruder betrifft.

Und auch das ist eine Premiere.

* * *

Am nächsten Abend ist Carter bei einem Auftrag von Dorian, von dem er wahrscheinlich wieder blutverseucht zurückkommt. Ich hingegen fahre zur Villa des *Bosses*. Wir treffen uns einmal die Woche, wobei er meine Liste durchgeht und schaut, was ich alles geschafft habe und was ich noch erledigen muss. Dafür bezahlt er mich sehr gut.

Ich weiß, dass es heute nicht so enden wird wie sonst, wenn er mir auf die Schulter klopft, bevor ich gehe, weil er mich so vergöttert. Die Aktion gestern wird nicht ohne Konsequenzen bleiben. Das war ein zu großer Patzer, den ich nicht einfach wegreden, ungeschehen machen oder vertuschen kann.

Ich fahre die Straße runter zum See. Die schwarzen schmiedeeisernen Tore, die von Säulen mit schwarzen Engelsstatuen gesäumt sind, öffnen sich zu dem riesigen Anwesen, das einem streng bewachten Gefängnis ähnelt. Vor mir erhebt sich eine hell erleuchtete uralte Villa, die sich direkt am Ufer befindet. Gegenüber funkelt die Stadt in der Nacht. Ich steige aus, schnippe meine Kippe weg und umrunde den Brunnen vor dem Haus, der ebenfalls von Engelsstatuen umgeben ist. Dann betrete ich die Villa und gehe geradewegs zu seinem Arbeitszimmer. Nebenbei frage ich mich, ob du hier auch schon warst. Bestimmt warst du das. Ich streiche mit einem Zeigefinger an den Wänden entlang. So viel Schmerz, so viel Blut, so viel Dunkelheit.

Die Tür des Büros ist angelehnt, was bedeutet, man darf rein. Ich klopfe trotzdem dreimal.

»Komm rein, Caden.«

Sein Arbeitszimmer ist von oben bis unten voll mit Bücherregalen, hauptsächlich Erstausgaben. Allein die Einrichtung des Zimmers dürfte schon eine Million wert sein. Von den Büchern will ich gar nicht erst anfangen. Eins muss man ihm lassen, Vito de Luca ist ein hochintelligenter Mensch, sonst hätte er nicht so viel erreicht. Gewissermaßen zolle ich ihm dafür Respekt – auf die kranke Art.

Er sitzt hinter seinem Schreibtisch und ich habe wie immer seine volle Aufmerksamkeit, als er auf den Stuhl gegenüber deutet. »Setz dich.«

Sein Gesicht ist ernst und sein affektiertes Getue ist heute nicht vorhanden. Natürlich nicht, ich habe schon damit gerechnet. Ich lasse mich auf den Platz sinken, den er mir angeboten hat. Er stützt seine Wange auf Daumen und Zeigefinger und mustert mich erst mal eine kleine Ewigkeit, während er mit den Fingern der anderen Hand auf dem Tisch trommelt. Mein Herz schlägt ruhig und ich halte seinem Blick stand, während ich warte. Ich weiß ohnehin, was kommen wird.

»Das war nicht gut, was Carter gemacht hat«, legt er gleich los, denn er redet bei unseren Treffen im Büro grundsätzlich nicht um den heißen Brei, wie das sonst seine Art ist.

»Ich weiß.« Ich brauche ihm nicht mit Ausflüchten, Rechtfertigungen oder Entschuldigungen kommen.

»Dein Bruder gerät außer Kontrolle.«

»Ich weiß.«

Er zieht seine dunklen Brauen in die Höhe. »Er ist unersetzlich für mich, aber er muss sich zügeln, sonst muss ich Konsequenzen daraus ziehen.«

Jetzt sage ich nichts mehr.

»Er ist jetzt viermal auf einen unserer eigenen Männer losgegangen. Einem hat er die Finger abgehackt, weil er eine Stripperin begrapscht hat. Eine unserer

Prostituierten hat er unterwegs verloren, als er sie abliefern sollte. Und jetzt die Sache mit dem Schutzgeld. Nicht gut. Gar nicht gut. Gefällt mir nicht.« Er ist todernst. Mein Herz schlägt schneller. Fuck, wenn Carter was passiert, nur weil er sich im Weg steht, weiß ich nicht, ob ich weiterleben kann. Und die Sache mit der Nutte? Das war ganz am Anfang, als er noch nicht so abgebrüht war. Er hat sie nicht verloren, er hat sie laufen lassen. Das würde er heute ganz sicher nicht mehr tun. Er ist ein richtiger Bastard geworden, der sich für nichts zu schade ist. Ein Menschenleben bedeutet ihm nicht mehr viel.

Es kommt mir vor, als wäre das alles eine riesengroße Selbstmordaktion von ihm, denn er schaufelt sich langsam, aber sicher sein eigenes Grab.

»Du bist sicher einer Meinung mit mir, wenn ich finde, dass dein Bruder so nicht mehr weitermachen kann.«

»Das bin ich«, antworte ich ruhig. »Was soll ich tun?« Weil ich weiß, dass es darauf hinausläuft, dass ich was tun muss.

»Verrate mir seine Schwachstelle. Womit ich ihn unter Kontrolle halten kann. Denn sein eigenes Leben scheint ihm ja nicht viel wert zu sein. Was ist mit deinen Eltern, wie wichtig sind die ihm? Ihr habt doch eine kleine Schwester, oder?«

Ich habe Mühe, mein Gesicht zu kontrollieren und nicht über den Tisch zu greifen und was Unüberlegtes zu tun. Da hört es bei mir auf. »Unsere Eltern sind ihm gerade scheißegal, und außerdem *nein*. Meine Familie bleibt unberührt, das war der Deal.«

»Oooh«, macht er ein bisschen lächelnd. »Ist ja gut, ist ja gut. Reg dich nicht auf, *Amico*.«

Ich entspanne mich ein bisschen und warte.

»Sonst jemand, Caden?«

Ich beiße die Zähne zusammen und atme tief durch die Nase. Mir fällt nur eine Person ein und die habe ich selbst weggeschickt, damit sie fernbleibt, und jetzt soll ich Alayna in dieses Chaos hier ziehen? Dabei ist sie die Einzige, die die Macht hat, Carter aus seiner Starre zu reißen und ihm bewusst zu machen, was hier los ist, und dass es einen Grund für ihn gibt, zu leben und nicht nur zu existieren. Aber was passiert mit ihr, wenn ich sie herhole? Und wieso interessiert mich das noch, verfickte Scheiße?

»Du überlegst aber lang.« Er tippt mit dem Zeigefinger auf den Schreibtisch. »Schwebt dir da jemand Bestimmtes vor? *Sie* vielleicht?« Er schiebt ein Foto, was unter seiner Tastatur lag, über den Tisch. Alayna und ich sind darauf zu sehen. Es ist alt und der *Boss* scheint davon auszugehen, dass das auf dem Foto Carter ist und nicht ich. Wir waren an dem Tag an dem See, der *ihm* gehört, was nur kein sauberer Bürger weiß, und stehen am Imbiss an, meine Hand an ihrer Hüfte und meine Nase in ihrem Haar – verdammt, ich war so süchtig nach ihrem Geruch. Ich will dieses Foto nicht sehen, weil es alles wieder aufreißt.

»Ich hab noch ein Foto von ihr. *Bella Ragazza*.« Er zieht noch eins unter seiner Tastatur hervor und das ist ziemlich aktuell. Alayna sitzt in einem roten Sommerkleid mit Kirschen darauf auf einer Veranda, die ich nicht kenne, und liest ein Buch. Ihre Haare sind dunkler und sie hat sie zu einem Zopf geflochten.

Fuck.

Fuck! Fuck! Fuck.

»So allein da unten im heißen Kentucky. Das ist nicht gut.« Nein, das ist es wirklich nicht. Ich versuche, meine Stimme desinteressiert klingen zu lassen und lege mein bestes Pokerface auf.

Für sie.

»Sie ist meine Ex, danach war Carter mit ihr zusammen. Das auf dem Foto bin ich. Und jetzt ist sie in Kentucky mit ihrem Vater. Wir haben keinen Kontakt mehr. Das war's, sie ist nicht wichtig.«

»Gut! Dass du das auf dem Bild bist, habe ich schon gewusst. Ich schätze es, wenn man ehrlich zu mir ist. Dass sie unwichtig ist, gilt aber anscheinend nur für dich.« Er hat noch ein Papier unter seiner Scheißtastatur und schiebt es zu mir rüber. »Das sind Carters Telefonate der letzten sechs Monate. Die Nummer hier habe ich mal prüfen lassen, weil sie erstaunlich oft vorkommt. Meinen Respekt bekommt er, weil er seine ganze Familie von sich gestoßen hat. Kein einziger Anruf bei euren Eltern, er hat sich uns völlig hingegeben. Aber diese Nummer … das konnte er wohl nicht lassen. Und weißt du, wem sie gehört?«

»Ja«, sage ich hohl. »Das weiß ich natürlich.«

»Also sage ich dir jetzt, was du tun wirst, da du es ja nicht freiwillig tun wirst, weil sie dir ja so egal ist.« Ich atme langsam aus und tief wieder ein. »Du kriegst den Privatjet und machst einen kleinen Wochenendausflug ohne deinen Bruder. Den beschäftige ich schon. Es soll schließlich eine Überraschung werden. Wir wollen ja, dass er endlich zu sich kommt. Wir meinen es nur gut! Also fliegst du am Freitag nach Kentucky, du hast vierundzwanzig Stunden.« Sein Gesicht wird schlagartig ernst. »Dann bist du mit ihr wieder hier.«

Ich kann nicht sprechen, weil meine Kehle wie zugeschnürt ist.

»Ach so, und im Gegenzug erwartet dich auch die Überraschung deines Lebens, wenn du erfolgreich bist. Wenn nicht … dann habe ich ja noch deinen Bruder.« Er zupft sich einen imaginären Fussel vom Ärmel. »Du kannst jetzt gehen. Dein Geld kannst du bei Leona abholen. Und kümmer dich endlich um den verfickten Buchhalter. Raus.«

Ich stehe auf und verlasse mit steifen Schritten das Büro. Meine Brust ist eng. Ich kriege keine Luft mehr und würde am liebsten ausflippen wie Carter und irgendwas zertrümmern. Selbst der Wochenlohn geht mir am Arsch vorbei, aber ich muss das Geld abholen. Alles außerhalb der Routine erregt Aufmerksamkeit, und wir können uns nicht noch mehr leisten.

Also folge ich meiner Routine.

Weil sie gerade alles ist, was bleibt.

Epilog

Caden

Weißt du, was mich am meisten gefickt hat, Isabelle? Nicht nur der Satz, er hätte auch noch eine Überraschung für *mich*, sondern die Tatsache, dass ich noch was für *sie* empfinde. Es fuckt mich echt ab, das hier jetzt tun zu müssen.

Ich habe alles getan, damit sie sich verpisst, wirklich *alles.* Und jetzt muss *ich* sie wieder zurückholen? Ich weiß nicht, was mit ihr passiert, wenn sie erst in den Fängen von diesen Bestien ist. Ich weiß nicht, wie Carter mit seiner Abgestumpftheit auf sie reagieren wird. Ob sie ihn überhaupt noch interessiert. Und wieso hat er sie angerufen? Wieso habe ich alle Telefonate gecheckt, nur seine nicht? Ich bin zuständig für jede Art von

Technik, auch dafür, die Telefonate unserer Männer zu überwachen. Meinem Bruder allerdings wollte ich die Privatsphäre lassen. Wieso hat er sie so oft angerufen? Aber anscheinend ist sie nicht rangegangen … oder?

Ich habe keine Ahnung, was hier passiert. Dazu kommt die Angst, dass du schon längst wieder bei ihnen bist. Diese Unwissenheit lähmt mich fast, weswegen ich versuche, nicht daran zu denken. Sonst würde ich gar nichts mehr zustande bringen und diese komische Taubheit wieder meinen Körper überfallen.

Während des Flugs habe ich nichts getrunken; ich habe auch keine einzige Nase Koks gezogen, weil mein Kopf sowieso schon zu chaotisch ist. Carter habe ich erzählt, dass ich einen Typen in Kentucky suchen muss, den der *Boss* will. Natürlich wollte er mit. Das hat sich nicht geändert. Denn wir schicken uns gegenseitig nicht gern allein weg. Wenn das der Fall ist, haben wir einen Code. Wir senden uns alle zwei Stunden Nachrichten – einer schickt ein Fragzeichen, der andere ein Ausrufezeichen. Solange innerhalb von fünf Minuten geantwortet wird, ist alles okay. Wenn in der Zeit nichts kommt, wird angerufen, dann geortet.

Ich schreibe ihm, dass ich angekommen bin, und er schickt mir einen Scheißhaufensmiley, dieser Wichser.

Koks nicht so viel, erwidere ich, bevor ich mein Handy einstecke und der Jet dumpf landet. Ich will nicht aussteigen. Ich will das nicht machen. Alles in mir sträubt sich. Aber was, wenn ich mich weigere? Was passiert dann mit Carter, der in Chicago allein ist?

Unsere Entscheidung für den jeweils anderen wird eben immer dieselbe sein, und Alayna muss es ausbaden. Die süße, lebensfrohe, rot werdende, auf der Veranda Bücher lesende, Fremde anlächelnde, im Bett die kleine Hure und auf der Straße die Lady Alayna.

Fuck.

Isabelle.

Die Stewardess, die die ganze Zeit auf einen Quickie gehofft hat, lächelt mich an und deutet mir, auszusteigen. Ich stehe widerwillig auf und bewege meine steifen Glieder, ehe ich in die heiße Südsonne trete und fast von der Hitze erschlagen werde. Gott, ich kann mir Alayna hier so gut vorstellen. Das ist genau der richtige Ort für sie, den ich ausgesucht habe. Voll Sonnenschein und Wärme. Und wie es scheint, hat sie sich hier ein Leben aufgebaut.

Ich habe etwas getan, was ich lange nicht mehr getan habe: Ich habe sie gestalkt. Natürlich nicht so wie er, dass man es nachverfolgen kann. Ein paar Klicks auf meinem Handy, bis der strahlend rote Punkt zeigte, wo sie sich befindet. Sie ist viel in der Büchere und an Wochenenden in Clubs. Abgesehen davon hat sie einen Freund. Wenn man ihn denn so nennen will. Es ist eher eine Fickbeziehung. Aber er ist ihr total verfallen. Natürlich ist er das. Sie ihm allerdings nicht. Natürlich ist sie das nicht.

Ihrem Vater geht es besser und er ist aus der Klinik raus. Er redet wieder und nimmt wieder am Leben teil. Wenn *er* das geschafft hat, schafft es Carter vielleicht auch, denn er befindet sich momentan in einem ähnlichen Zustand, nur ein bisschen in die andere Richtung.

Ich streiche mir wiederholt durch das Haar und gehe über das Rollfeld, das etwas außerhalb der Stadt liegt, zu der schwarzen Limousine, die schon auf mich wartet.

Der Fahrer weiß komischerweise genau, wo ich hinmuss. Wieso wundert mich das eigentlich noch? Der *Boss* mag es gern kontrolliert und systematisch – deswegen steht er so auf mich.

Wir fahren zum Haus ihres Fickers, da ist sie nämlich gerade. Während wir warten, schotte ich alles ab, was in mir ist, weil ich das sonst nicht machen kann. Dann bin ich eben wieder der Wichser, auch gut. Einmal mehr oder weniger spielt auch keine Rolle.

Sie hasst mich sowieso.

Ich atme tief ein, schließe die Augen und lasse meinen Nacken knacken. Die Transformation ist erfolgreich beendet. Ich muss einfach nur meine Gefühle beiseiteschieben und an Carter denken. Schon funktioniert es.

Die Tür geht auf, sie kommt raus. Natürlich sieht sie umwerfend aus und ich zwinge mich, normal weiter zu atmen.

Heilige Scheiße.

Dann schultert sie ihre Tasche und geht über den Gehweg. Sie trägt hochtaillierte Jeansshorts wie früher, und ich betrachte ihre langen Beine. Dazu hat sie ein lockeres gelbes Oberteil angezogen und es in die Hose gesteckt. Das Haar trägt sie offen. Es ist zerzaust, als sie barfuß über den Asphalt hastet. Wieso zur Hölle ist sie denn barfuß? Die Sonne lässt ihr mittlerweile wieder dunkles Haar schimmern. Sie ist tief gebräunt und ungeschminkt, weil es zu heiß für Schminke ist. Sie lächelt nicht, sie sieht sogar äußerst ernst aus und ich runzle meine Stirn, während ich dem Fahrer ein Zeichen gebe, damit er langsam losfährt.

Sie bemerkt erst gar nicht, dass die schwarze Limousine neben ihr herrollt, und ich atme noch mal durch, bevor ich das Fenster runterlasse und ihren Knackarsch kurz abchecke. Dann pfeife ich. Sie bleibt mit einem Ruck stehen und erstarrt völlig, weil sie mich schon spürt. Natürlich tut sie das.

Ich grinse breit, obwohl ich eigentlich wieder wegfahren, sie in Ruhe lassen oder noch besser, mir einfach selbst eine Kugel verpassen will.

Alles, nur nicht das, was ich gleich tun werde.

Trotz allem steige ich aus und knalle die Tür zu.

Sie zuckt zusammen.

»Fuck!«, flüstert sie. Sie steht mit dem Rücken zu mir und hat mich noch nicht mal gesehen.

»Alayna!«, hauche ich in ihren Nacken und sie zuckt wieder zusammen. »Dass ich dich hier treffe, ist kein Zufall.« Sie schluckt und sie riecht wie früher, gemischt mit was Ekelhaftem von einem anderen Mann. Gefällt mir nicht. »Du kannst mich ruhig ansehen, Babygirl. Früher hast du das doch auch so gern getan« biete ich total freundlich an. Sie strafft die Schultern, hebt den

Kopf und atmet tief durch. Die mutige, mutige Alayna. Nichts hat sich geändert. Das kleine Kätzchen wird gleich versuchen, zu fauchen. Ich freu mich schon.

Langsam und zittrig dreht sie sich zu mir um. Sie ist weiß wie eine Wand. Ihre Augen sind auf meine Brust gerichtet, von wo aus sie in Zeitlupe nach oben schweifen, über mein Kinn, meinen Mund, meine Nase, bis sie schließlich meinen Blick erwidern.

»Hi«, sage ich anzüglich und breit grinsend. Dabei ignoriere ich das Stechen in meiner Brust. Sie ist so unschuldig und das Einzige, was ich in meinem jetzigen Leben kenne, was nicht verdorben ist. Und ich soll sie in die Scheiße ziehen. Die einzige Frau, die ich jemals versucht habe, rauszuhalten; die ich jemals versucht habe, zu schützen. Die ich so sehr geliebt habe, dass ich sie lieber von mir gestoßen habe, als sie wirklich zu zerstören.

Sie stolpert einen Schritt nach hinten. Ich würde sie so gern wegstolpern lassen, aber ich kann nicht. Sie wird sich jeden Moment umdrehen und davonlaufen wollen, also packe ich sie am Oberarm. Ich weiß, dass mein Griff zu fest ist und ich ihr damit auf so viele Arten wehtue.

Wieder.

Fuck!

»Nicht weglaufen. Nicht jetzt.« In ihrem Blick spiegelt sich die Angst wieder und ihr Atem geht schneller. Ihre Augen funkeln grünlich und sind so verdammt tief. Sie waren schon immer zwei klare, reine Seen für mich, denn ich konnte bis auf den Grund blicken.

»Scheiße«, wispert sie erneut.

»Kein Grund zur Sorge, Alayna. Ich bin es nur. Du vertraust mir doch, *Babygirl.*«

Sie versucht, ihren Arm zurückzuziehen, und flüstert schwach: »Caden, lass mich los oder ich schreie.«

»Nein, du schreist jetzt nicht. Du steigst jetzt mit mir ins Auto, denn wir machen einen kleinen Ausflug«, sage ich ruhig und ziehe sie näher an mich. Der Fahrer steigt aus, schlendert um das Auto herum und öffnet die Tür für sie.

»Was zum Teufel?«, haucht sie und sieht mich fragend und vorsichtig an.

»Steig ein, Alayna, wir fliegen nach Chicago.«

Damit stoße ich sie ins Auto und in ihr Verderben.

GARDEN OF PAIN

1. Zu spät zum Weglaufen, Alayna

Caden

Ich sitze auf dem Beifahrersitz der Limousine, während Alayna hinten den größtmöglichen Abstand zu mir sucht. Sie hat sich ans Fenster gepresst, die Arme vor der Brust verschränkt, und ist blass. Ihr Blick liegt unentwegt auf mir. Ich spüre es genau, weil meine Seite prickelt. Der Fahrer bringt uns zurück zum Jet. Sie hat noch kein Wort gesagt. Mein Fenster steht offen, eine Hand lasse ich mit einer Zigarette nach draußen hängen. Im Augenwinkel bemerke ich, dass sie die Tür öffnen will, als wir an einer Ampel halten.

»Alayna, nein«, sage ich, ohne sie anzusehen. »Du kommst hier nicht raus.« Und das meine ich nicht nur auf dieses Auto bezogen.

»Caden …«, erwidert sie ganz vorsichtig, als hätte sie es mit einem wilden, unberechenbaren Tier zu tun, aber sie hat den derzeitigen Zustand meines Bruders noch nicht gesehen. Ich bemühe mich, meine Gefühle in Zaum zu halten, als sie meinen Namen ausspricht. Sie haben hier nichts zu suchen.

»Was?«, frage ich über die Schulter. Sie beißt sich auf die Unterlippe, die grünbraunen Augen ängstlich geweitet, und knetet mit den Fingern den Saum ihrer Jeansshorts.

»Mein Vater. Ich kann nicht einfach so weg.«

»Aaah, das habe ich schon erledigt, Alayna. Er weiß, dass du auf unbestimmte Zeit nicht da sein wirst.«

Ihr Mund klappt auf und die Augen werden noch ein bisschen größer. *Oh Baby,* denke ich, *wo war diese Angst, als du sie gebraucht hättest?* Sie hätte sich nie auf mich einlassen sollen, aber ich habe ihr auch keine andere Wahl gelassen, als ich sie damals in diesen Getränkeraum gezogen habe, was mir vorkommt wie in einem anderen Leben. Nichts von damals ist mehr in mir übrig.

»Was heißt das?«, fragt sie langsam. Ihre vollen Lippen formen sehr genau jedes einzelne Wort.

Sie fängt an schneller zu atmen, als ihr klar wird, was hier gerade passiert. Ihre Haut wird blass, die Augen füllen sich mit Tränen und die Schultern sacken nach vorn.

»Alayna, steck deinen Kopf zwischen deine Knie und atme. Ich kann es nicht gebrauchen, dass du jetzt umkippst.« Der Fahrer biegt an der Kreuzung ab und bleibt total reglos. Für ihn ist das hier ganz normal, er ist einer von uns.

»Caden, bitte, lass mich gehen«, haucht sie gebrochen und panisch. Ich kann förmlich sehen, wie das Blut aus ihren Lippen weicht und sie weiß werden.

»Kopf zwischen die Knie«, wiederhole ich genervt. »Wehe, du kippst weg!«

Sie keucht und beugt sich nach unten, steckt den Kopf zwischen die Knie. Ihre Haare umhüllen sie wie ein Vorhang.

Ich schnippe die Zigarette weg, greife nach meiner Flasche Wasser im Fußraum und schmeiße sie nach hinten, ohne hinzusehen.

»Trink!«

Sie schießt mit einem Ruck nach oben und lässt den Hinterkopf gegen den Sitz sinken, bevor sie mit zittrigen Fingern nach der Flasche tastet. Ich beobachte sie dabei im Spiegel, wie ich es früher immer getan habe, wenn Carter gefahren ist. Sie trinkt hektisch und ein Rinnsal Wasser läuft über ihr Kinn, weil sie so schlingt. Als sie die kleine Flasche bis auf den letzten Tropfen geleert hat, schmeißt sie sie neben sich, bevor sie die Hände unter ihre Oberschenkel klemmt und tief atmet, die Augen geschlossen.

»Das ist nicht wahr, das kann nicht wahr sein«, wispert sie.

Ich lasse meinen Nacken knacken, damit ich nicht nach hinten greife, um sie zu beruhigen. Es gefällt mir nicht, wenn sie wegen etwas anderem außer mir so verängstigt ist. Ich kann mich kontrollieren und weiß, wie weit ich gehen kann. Was allerdings in Chicago passieren wird, liegt nicht in meiner Hand.

Mit einem Mal schießt sie wie ein Blitz nach vorn und krallt sich in meine Rückenlehne, das Gesicht nur zentimeterweit von meiner Wange entfernt. Ihr heißer Atem streift meine Haut, als sie spricht.

»Ich will nicht nach Chicago! Caden, bitte. Das kannst du mir nicht antun. Ich hab jetzt hier ein Leben. Es war schon schwer genug und … Was soll ich da überhaupt? Und wieso trägst du einen Anzug? Und wer ist das?« Sie deutet hektisch auf den Fahrer, der immer noch nicht reagiert, weil das sein Job ist. Ich widerstehe dem Drang, meinen Kopf zu drehen und ihre Lippen zu berühren.

»Setz dich auf deinen Arsch, Alayna.« Die Autorität in meiner Stimme lässt sie sofort auf ihren Hintern zurücksinken.

»Was hast du meinem Vater erzählt?«

»Das kann dir scheißegal sein. Ihm geht's gut und er macht sich keine Sorgen. Jetzt sei ruhig!«

Ich höre sie schlucken und weiß, dass sie kurz vor einem Schluchz-Heul-Marathon und Nervenzusammenbruch steht, es sich aber selbst verbietet. Manche Dinge ändern sich eben nie. Sie begreift jetzt langsam, was passiert. Im Jet wird sie wahrscheinlich noch mal ausflippen. Die Ernüchterung wird erst in ein paar Tagen eintreten, wenn sie merkt, dass es keinen Ausweg gibt.

Und dann wird es zu spät sein.

Ich hasse mich schon jetzt dafür.

* * *

Wir kommen endlich am Rollfeld an. Der Chauffeur steigt aus und öffnet zuerst meine Tür. Die Leute wissen mittlerweile, wer wir sind und haben ihren gesunden Respekt vor uns. Ich verlasse beschwingt die Limousine und schicke ihn weg.

Den Rest mache ich selbst. Er nickt mir zu, dann zieht er sich zurück, und ich öffne die hintere Tür, stütze meinen Unterarm gegen das Autodach und sehe mit schief gelegtem Kopf auf ihre Gestalt. Sie versucht, die andere Tür zu öffnen, ohne mich aus den Augen zu lassen. Aber das wird nichts, denn kein Wagen in diesen Kreisen lässt sich hinten einfach so von innen öffnen. Es ist wie bei den Bullen.

Ich grinse und winke sie mit dem Zeigefinger heraus. »Du wirst da nicht rauskommen, Alayna. Komm her.«

»Ich will nicht«, keucht sie. »Bitte lass mich in Ruhe!«

Ich seufze genervt. »Es wird darauf hinauslaufen, dass ich dich zwingen muss, und du weißt, dass ich das kann. Willst du das?«

Ihre Augen werden wieder groß und sie presst sich gegen die Tür. Der Chauffeur steht immer noch in meiner Nähe sowie der Pilot, und ich kann mir keine Fehler erlauben. Isabelle, du weißt sicher, wie das ist.

»Ich steige hier nicht aus. Ich will nach Hause.«

»Vergiss dein Zuhause.« Damit greife ich ins Auto, packe eine Handvoll ihrer seidigen Strähnen, die ich schon so oft unter anderen Umständen gepackt habe. Eigentlich will ich das nicht, ehrlich nicht, denn sie ist keine Nutte. Aber wenn ich weiter mit ihr diskutiere, errege ich Aufmerksamkeit.

Sie schreit auf, als ich sie aus dem Auto zerre. Von mir ist sie so ein grobes Verhalten nicht gewohnt. Ich presse sie mit der Wange gegen das kühle Auto und lege meine Lippen von hinten an ihr Ohr. Die Hand immer noch stahlhart in ihrem Haar.

Sie keucht, weil ich ihr so wehtue.

»Zwei Möglichkeiten, Alayna. Möglichkeit eins: Wir machen das hier auf die harte Tour und die wird sehr unschön für dich werden, weil du dann den Wichser kriegst. Möglichkeit zwei: Wir machen es nicht ganz so hart und du arbeitest mit. Dafür kriegst du den ganz normalen Caden, der ein bisschen mies drauf ist. Das ist die einzige Entscheidung, die ich dir zugestehe. Also?« Ich ignoriere den Duft, der mir von ihrem Nacken aus entgegenströmt, und unterdrücke den Ständer, der sich anbahnt. Fuck, was ist los mit mir? Wo ist meine Kontrolle? Isabelle, das hier ist Alayna. Ich habe Alayna gehasst. Ich verstehe gar nichts mehr.

Aber das ist jetzt nicht wichtig. Wichtig ist, dass wir beide sterben, wenn das hier schiefgeht, und Carter wird es ohne mich auch nicht gut ergehen.

»Fick dich, Caden«, speit sie und ich grinse, aber es ist keins meiner legendären, echten Psychogesichter. Ich will sie auf die Straße schubsen, damit sie wegrennen kann, aber ich darf nicht.

»Ah, okay, ich sehe, du hast dich entschieden.« Damit reiße ich ihren Kopf zurück und zerre sie an den Haaren zum Jet. Sie stolpert und krallt sich in meinen Unterarm, während ich sie wie einen nassen Sack hinter mir herziehe und sie sich vorbeugt.

»*Du Psycho*«, ruft sie unter Tränen, die an ihrem Gesicht hinablaufen. »Ich hasse dich!« Ich kann mir gar nicht vorstellen, dass ich sie früher freiwillig zum Weinen gebracht habe. Es pisst mich an.

»Schnauze halten«, knurre ich und schubse sie die Treppe hoch, sodass sie hinfällt und ihre nackten Knie aufschürfen. Ich hasse es, aber der Mann, der mit uns fliegt, beobachtet mich und wird dem *Boss* über jedes einzelne Detail Rede und Antwort stehen.

»Steh auf!«

»FICK DICH!«

»Willst du wirklich, dass ich dich ficke?« Ich packe sie wieder an den Haaren und reiße sie auf die Füße, sodass sie aufschreit. Ihre Knie sind blutig. FUCK!

Ich schubse sie fest in den Jet und sie stolpert direkt in John, den Psycho, der uns bei solchen Reisen immer begleitet und dem *Boss* bereits seit zwanzig Jahren dient. Er packt sie und ihre großen Augen gleiten an seinem Oberkörper hinauf in sein so regloses, gefährliches Gesicht. Ich hasse es, dass er sie anfasst.

»Wir mögen keine frechen Mädchen bei uns«, knurrt er und schubst sie neben den beigefarbenen Ledersitz am Fenster.

»Stehen bleiben«, befehle ich und schlendere vorbei.

Sie atmet zittrig ein und das Blut läuft ihre Beine herunter. Ich setze mich auf den Sitz ihr gegenüber und John nimmt neben ihr Platz. *Oh Alayna, du siehst schrecklich aus.* Ihr Gesicht ist aschfahl und ihre Haare sind verknotet und strubblig. Ich hasse es. Aber man sieht es mir nicht an. Seufzend kremple ich die Ärmel meines dunkelblauen Hemdes nach oben und öffne die Knöpfe am Kragen. Es ist so heiß hier. Ich lasse den Nacken knacken, während der Jet sich langsam in Bewegung setzt und sie sich an Johns Sitz festhält, um nicht umzufallen. Tränen tropfen aus ihren Wimpern; sie wirkt wie ein kleines Mädchen, das hat mich immer so angezogen. Sie beißt sich auf die Unterlippe, um nicht zusammenzubrechen. Und ich denke an dich, Isabelle. Du hättest dich nicht gewehrt, weil du weißt, wie es läuft. Du hättest alles mitgemacht und auf einen passenden Moment gewartet, um zuzuschlagen – blitzschnell und unvorhersehbar wie eine Kobra. Alayna hingegen hat keine Ahnung, was auf sie zukommt. Genau das sieht sie in meinen Augen, als sie keuchend einknickt und John sie, während er an seinem Handy fummelt, wieder auf die Füße zieht.

Wir starren uns an, als der Jet abhebt, und ihr Blick gleitet zum Fenster.

»Ich hasse dich, Caden«, flüstert sie.

»Das ist mir scheißegal, Alayna«, lüge ich knallhart, weil es da ist, was ich neuerdings am besten kann.

2. Er ist nicht mehr dein Ritter, Alayna

Caden

Sie hat jeden Widerstand aufgegeben, als John vor der hell erleuchteten Villa hält. Ihre Augen werden groß. Sie weiß natürlich, wo wir sind. Schließlich kennt sie die Nachrichten und Berichte, und sie kennt diese Stadt – Alayna ist gebürtig aus Chicago. Sie hat auch die Tätowierung vorhin im Flugzeug auf meiner Hand gesehen. Ihre Schultern sind zusammengesackt, während sie ihre Augen aufgerissen hatte. Ich habe sie nur schief angegrinst, meinen Cognac getrunken und ihren Anblick genossen. Man muss ja nehmen, was man kriegen kann, um diese Scheiße zu überstehen.

Ich steige aus. Diesmal ist sie nicht so dumm, zu widersprechen, und rutscht aus dem Auto, als ich die Tür öffne und mich an John wende.

»Sag ihm, dass ich da bin.« Er nickt und schlendert locker an den ganzen teuren Bonzenautos und dem Engelsbrunnen vorbei zum Haus. Ich packe sie am Oberarm und hauche ihr zu: »Mach jetzt keinen Scheiß. Jeder deiner Schritte wird beobachtet.«

Sie schluckt und ich sehe die Fragen, die Verwirrung, die Angst und das Flehen in ihren Augen, denn sie fühlt sich bei mir nicht sicher; sie weiß, dass ich sie nicht beschützen werde. Ihr letzter Stand ist schließlich, dass ich ein Wichser bin, der sie hasst, und Carter der Ritter in der Not, der die holde Maid aus ihrer misslichen Lage befreit. Ich schubse sie ein bisschen vor mir her, weil ich weiß, dass überall Kameras sind, und sie funkelt mich über ihre Schulter hinweg an.

»Ah, Kätzchen, zieh deine Krallen ein. Das hier wird sonst keinem von uns Spaß machen.« Damit steigen wir die Treppe hoch, an den tragenden, weißen Säulen vorbei zur doppelflügligen, massiven Holztür. John hat sie offen gelassen und ich schubse Alayna rein, direkt in die Höhle des Teufels.

Sie schaut sich panisch und mit großen Augen um. Musik dröhnt bereits, als ich sie zum unteren, riesigen Salon führe, wo die Nutten ihre Lines ziehen und tanzen. Wir sind in der Villa des *Bosses* und Dorian schmeißt wieder eine seiner Partys. Ich hoffe, dass sie ihm nicht in die Fänge gerät. Das wäre alles andere als schön.

Rauch steht im Raum und Männer sitzen auf der ausladenden Sofaecke. Vor ihnen ein Haufen Drogen, Nutten neben sich, die sie massieren und bespaßen, während sie pokern.

»Caden«, flüstert sie unsicher.

Ich unterdrücke jeden Instinkt, der sie hier rausschaffen will, und zwar schnell, besonders als sie stockt und einen Schritt nach hinten gegen meine Brust macht. Schnell stoße ich sie wieder nach vorn. Sie macht mich schwach, aber das kann ich mir nicht leisten.

»Geh«, sage ich rau. Ihre Schultern heben und senken sich unter ihren schweren, schnellen Atemzügen.

Dorian tritt aus einem der Räume und schließt sich gerade die Hose. Eine total dichte Blondine torkelt hinter ihm her. Ich hasse es, wenn ich mir vorstelle, dass du an ihrer Stelle sein musst, wenn sie dich kriegen. Hoffentlich bist du schon weit weggerannt, hast auf meine Worte gehört – ausnahmsweise – und meine Nachricht erhalten, Isabelle.

Er stockt, als er mich sieht, und lächelt mich erfreut an, bevor sein Blick zu Alayna gleitet und er sie von unten nach oben scannt. Sie macht schon wieder diesen dummen Schritt nach hinten gegen mich, als würde ich sie beschützen können. Dorian, der das Ganze genau beobachtet, legt den Kopf zur Seite. Ich würde meinen am liebsten geschlagen nach hinten fallen lassen, aber ich tue nichts dergleichen und schubse sie wieder.

»Machst du das noch einmal, ficke ich dich tot«, zische ich ihr zu, weil ich so eine Angst habe, dass das hier schiefgeht.

Dorian, ganz der dunkle Typ im Anzug, der er immer ist, schlendert auf uns zu, schiebt eine Hand in seine Hosentasche und verharrt viel zu nahe vor ihr. Ich spüre, wie sie schon wieder zurückweichen will, drücke sie aber nur noch fester nach vorn – ihm entgegen.

»Aaah, wen haben wir denn hier?« Er grinst breit und total erfreut, während er sie abcheckt. Seine eiskalten Augen liegen einen Tick zu lange auf ihren Brüsten, bevor er ihr wieder in die Augen sieht, und sie ist schlau genug, den Mund zu halten, weil sie jetzt merkt, dass ich nicht das einzige Monster auf dieser Welt bin.

»Du warst aber ganz schön schnell, Caden. Hat wohl alles mal wieder, wie immer, reibungslos funktioniert.«

Ich nicke knapp.

»Setzt euch«, sagt er fröhlich. »Seid meine Gäste.« Er deutet mit einer ausladenden Handbewegung zur Couchecke, wo die ganzen Männer sitzen und Alayna anstarren, weil sie keine Nutte, sondern Frischfleisch ist. »Dein Bruder kommt bestimmt auch gleich!«

Ich zerre sie zur Couch und lasse mich dort nieder, ohne jemanden anzusehen, weil ich das nie tue. Wenn doch, senken sie ihre Blicke sowieso. Ich weiß, dass ich was Krankes in den Augen habe, womit sich niemand anlegen will, und momentan wirke ich wahrscheinlich besonders unzurechnungsfähig.

Ich ziehe Alayna auf meine Armlehne und lasse sie los. »Wenn du versuchst, wegzulaufen, wird dir jemand schneller eine Kugel in den Rücken verpassen, als du blinzeln kannst. Also bleib auf deinem Arsch sitzen, ich sag es nicht noch einmal.«

Sie nickt hölzern. Das Blut an ihren Knien ist getrocknet und die Blicke der Männer gleiten über ihre Beine, während ich mich weit in meinem Sitz zurücklehne und ausstrecke.

Dorian kommt mit zwei Drinks und stellt sie uns hin. Alayna greift nach ihrem Whisky und ext ihn. Ich hoffe, dass da nichts drin war, was hier oft der Fall ist, wenn Frischfleisch kommt. Ich wünschte, sie wäre nicht so verdammt schön und ihre Kleidung nicht so figurbetont. Das ist wie eine Einladung für ein paar perverse Bastarde hier – also fast alle.

Er setzt sich uns gegenüber auf die Kante des Tisches und betrachtet sie interessiert. Seine Augen gleiten unverhohlen über sie und er legt den Kopf von einer Seite zur anderen, wie ein Kunstsammler, der vor einem besonders schönen Gemälde steht. Ich hasse es und exe meinen eigenen Drink, auch wenn ich ihn am liebsten ihr reichen würde.

»Ich verstehe es, Caden, dass sie dir den Kopf verdreht hat.«

Ich bleibe locker und stelle mein leeres Glas wieder auf den Tisch. »Sie ist nicht meine Bitch. Das ist schon zu lange her. Carter hatte zuletzt was mit ihr.« Sie starrt unbewegt von mir weg, aber ich sehe an ihrer Kehle, wie sie hart schluckt.

Er tippt mit den Fingern gegen sein halb volles Glas und betrachtet mich ungläubig. »Also würdest du sie nicht vögeln?«

»Das habe ich nicht gesagt.«

Sie zuckt zusammen.

Er tippt sich begeistert ans Kinn und hebt dann einen Zeigefinger, als hätte er eine grandiose Erleuchtung. »Was wäre, wenn ich dir sagen würde, dass sie jetzt deine Kleine ist und du mit ihr tun und lassen kannst, was du willst? Als Geschenk von mir für deine Loyalität.« Da ist eine unverhohlene Drohung in seinen Augen. Ich nippe entspannt an meinem Cognac, sehe zu ihr und dann wieder zu ihm.

»Eigentlich mag ich keine abgelegte Ware.«

Er hebt die Brauen. »Nicht? Sicher?« Ich weiß, was er als Nächstes sagen wird, bevor er den Mund aufmacht. »Dann kann ich sie ja behalten, bis Isabelle irgendwann mal zurückkommt, wenn ihr das Straßenleben und die Straßenficker nicht mehr genug sind, und sie ihr kleines Prinzessinnenleben wieder aufnehmen will, weil sie das alle irgendwann wieder wollen, wenn sie hineingeboren wurden. Vorausgesetzt ich finde sie nicht vorher.« Er lächelt mich offen an und ich fange an, mit dem Fuß gegen den Boden zu tippen, weil ich unruhig werde. Ich spüre, dass mein Bruder in der Nähe ist. Ich merke, obwohl ich ihn noch nicht sehen kann, wie es in ihm brodelt.

»Also, Alayna, du vermisst deinen alten Prinzen doch auch, oder?«

Sie schüttelt langsam den Kopf.

»Wer war denn eigentlich jetzt dein Prinz? Antworte.«

Sie räuspert sich und atmet tief. »Keiner von beiden«, erwidert sie abfällig.

»Wirklich?« Er legt den Kopf schief. »Dabei sind hier alle Nutten so verrückt nach ihnen.«

Sie zuckt mit den Schultern und sagt nichts.

»Dann sollte ich dich vielleicht die nächsten Tage doch mal für mich beanspruchen und sehen, was du so drauf hast. Ich fühle mich in letzter Zeit ein bisschen ...«

»CARTER!«, fällt sie ihm ins Wort und das sollte sie nie wieder tun. Er ist jetzt nur kulant, weil er spielt. Ein Psychopath ist nur freundlich, solange er seinen Gegenüber braucht. »Es war Carter.«

»Wirklich?«, fragt er ein bisschen verwirrt, denn Alayna hat ja keine Ahnung, wie Carter jetzt so drauf ist, und Dorian hat keine Ahnung, wie er früher war.

Sie nickt langsam und er lacht fasziniert. »Das habe ich jetzt nicht erwartet.« *Ich schon,* denke ich ein bisschen hart.

»Aaaah! Wenn man vom Teufel spricht! Da ist er ja!« Dorian steht auf und schlendert zur Tür. Ich drehe mich um, sie auch, und Alayna erstarrt sofort, als Carter reinkommt.

Er trägt ein schwarzes Hemd, ein Ärmel ist hochgekrempelt, der andere nicht. Dazu schwarze Jeans und Boots. Seine Hände sind mit getrocknetem

Blut überzogen, wie sie das so oft sind, auch seine Ringe. Er sieht aus wie ein irrer Serienkiller. Seine Haare sind ein Desaster und er hat tiefe Ringe unter den Augen. Wahrscheinlich hat er, seit ich weg war, nicht geschlafen. Die vierte Nacht hintereinander. Seine Pupillen sind riesig, er ist wieder total dicht und nicht er selbst. Auf seiner Stirn steht Schweiß. Seine unrasierten Wangen sind auch mit Blut bespritzt, genau wie sein Hals, und er hat eine aufgeplatzte Lippe. Eine der Nutten tänzelt sofort mit einem goldenen Tablett auf ihn zu, auf dem zwei gezogene Lines warten. Er schnupft sie sich im Vorbeigehen rein, bevor er an uns vorbeimarschiert, weil er uns nicht sieht, und ein Bündel Geld auf den Tresen der Bar knallt, wo Dorian sich mittlerweile hinbewegt hat. Mit dem Daumen zählt dieser das Geld ab. Carter bleibt so lange neben ihm stehen und killt alle mit Blicken, die näher kommen wollen. Seine Finger trommeln ungeduldig neben Dorian auf den Tresen und er nimmt, ohne hinzusehen, den Whisky entgegen, der ihm von einer anderen Nutte gereicht wird. Er ext ihn und knallt das Glas auf den Tresen. Dann klopft Dorian ihm gegen den Oberarm, bevor er das Geld einsteckt.

»Scheiße«, hörte ich Alayna brüchig neben mir flüstern und sehe sie an. Sie ist noch blasser geworden und kippt gleich von der Couch, während sie ihn mustert. Tränen steigen in ihre Augen, die drohen überzulaufen.

Dann sagt Dorian irgendwas zu ihm und sein eiskalter Blick schießt zu uns.

Kurz hören seine Finger auf zu tippen, als er Alayna ansieht. Dann trommelt er weiter und dreht den Kopf träge zu Dorian, um ihm zu antworten. Dorian lacht und schickt ihn zu uns.

Als er näherkommt, ist es, als würde die Temperatur im Raum sich verändern und jegliche Wärme aus meinem Körper saugen. Er fixiert Alayna und sie weicht zurück, als er wie eine Welle der Dunkelheit auf uns zuschlendert. Die Männer um uns herum beobachten genau, was Carter macht, denn je nachdem, wie er sich entscheidet, ist Alayna frei für die anderen oder nicht – wenn sie keiner von uns offensichtlich als Besitz beansprucht.

Er kniet sich vor Alayna und sieht zu ihr auf. Ich habe kurz die Hoffnung, dass er schnell zu sich kommt, aber dann streicht er sich über die Nasenspitze. Alayna sieht ihn mit ihren tränennassen Augen so verdammt hingebungsvoll und schmerzerfüllt an. Sie öffnet schon den Mund und will irgendeine Dummheit sagen, aber er kommt ihr zuvor.

»Alayna«, sagt er und sie zuckt zusammen, weil seine Stimme eiskalt klingt. Er fährt mit dem Zeigefinger über die leichte Kruste an ihren Knien und es fängt sofort wieder an zu bluten. Sie schluckt.

»Carter …«, flüstert sie kaum hörbar.

»Wie schön, dich hier zu sehen. Brauchst du einen Schwanz?«

Ich presse die Zähne zusammen, um nichts Dummes zu sagen, und fange an, mit ihrem Haar zu spielen, weil ich weiß, dass sie das beruhigt. Sie rührt sich keinen Zentimeter und ist erstarrt wie die Maus in der Falle.

»Was ist mit dir?«, fragt sie vorsichtig. Er steht auf, beugt sich über sie, obwohl sie sich so weit wie möglich zurücklehnt. Dann stützt er sich neben ihrem Kopf ab, seine toten Augen sehen direkt in ihre. Grob packt er ihr Kinn mit seinen blutverschmierten Händen. Sie hält die Luft an, als seine Finger über ihren Hals streichen. Er drückt ein bisschen zu, worauf sie keucht.

»Ich bin endlich ich, BABY.« Damit lässt er sie los, wendet sich ab, greift die erstbeste Nutte, die er kriegen kann, und verschwindet mit ihr.

Sie ist völlig erstarrt, die Augen blicken ins Nichts und sind tränennass. Die Typen machen sich bereit. Er hat sie einfach sitzen lassen, jetzt ist sie Freiwild.

Ich reagiere wieder schneller, als gut für uns ist, packe Alayna und ziehe sie seitlich auf meinen Schoß, sodass alle sehen können, dass sie ab jetzt mir gehört. Andernfalls wird sie von einem zum Nächsten gereicht, wie alle anderen Huren.

Mit meinen Blicken schieße ich um mich. Sie rutschen zurück in ihre Sitze und schauen weg. Alayna presst ihren Körper an mich, sie wird sofort weich und nachgiebig, wie immer in meinen Armen, und wirkt fast erleichtert. Ich habe das Gefühl, dass sie gleich wegkippt.

Fuck, Isabelle.

3. *Wir sind die Dunkelheit, Baby*

Carter

Ich schnupfe eine Line von der rasierten Pussy vor mir. Die Tussi bäumt sich auf, doch ich drücke sie wieder runter. Ich setze mich auf die Knie, bewege den Nacken von links nach rechts und fahre mir über die Nase. Musik dröhnt von unten ohrenbetäubend bis zu mir nach oben. Ich bin in einem der unzähligen Zimmer dieser Villa. Wenn Dorian eine Party schmeißt, darf man hier auch mal ficken. Zumindest, wenn man Rush heißt.

Die blonde Bitch streckt die Hand nach mir aus und ich lasse mich mit einem Satz auf sie sinken, bevor ich mich in sie drücke. »Oh Gott, Carter«, schreit sie.

Ich halte ihr den Mund zu, denn ich habe keinen Bock auf ihr Gekreische, während ich sie mit schnellen, harten

Stößen so lange vögle, bis der Druck wenigstens kurzzeitig von mir ablässt. Und ich hatte vielleicht einen Druck drauf. Sie ist kurz davor, zu kommen, aber ich ziehe mich zurück, als ich fertig bin, worauf sie wimmert, weil sie wund ist und trotzdem mehr will. Nachdem ich sie jetzt eine Stunde dauergefickt habe, steige ich in meine Kleidung und lasse sie liegen, als ich das Zimmer verlasse. Die Wände verschwimmen immer wieder um mich herum. Ich habe seit vier Tagen nicht geschlafen und mein Kopf ist völlig schwammig, trotzdem gehe ich die Treppe runter. SIE ist immer noch da. Was tut sie hier?

Sie sitzt auf Cadens Schoß, als ich den Salon betrete und mir hektisch durch das Haar fahre. Ich weiß, was mein Bruder da macht. Er hat Angst, dass sie hier rumgereicht wird – wie alle anderen Nutten. Dabei stand er doch eigentlich mal so sehr darauf, sie von anderen benutzen zu lassen.

Ich empfinde gar nichts. Jeder einzelne Schwanz in diesem Raum könnte sie ficken, und ich würde mitmachen. Seit Monaten bedeutet mir niemand mehr was, außer mein Bruder. Weder meine Eltern, meine Schwester noch die restliche Familie oder SIE.

Ich bleibe vor ihnen stehen und Alayna sieht panisch zu mir auf. Ihre Augen sind dunkel, weil sie Angst hat. Sie wirkt wie ein kleines, verängstigtes Rehkitz. Ich spüre Dorians Blicke in meinem Rücken.

»Können wir dann?« Das Blut an ihren Knien ist wieder getrocknet, doch meine Hände sind immer noch mit roten Schlieren bedeckt.

»Steh auf, Alayna.« Caden drückt sie von seinem Schoß und ich trete beiseite, bevor sie auf die Idee kommt, sich an *mir* abzustützen, wenn er sie schubst. Ich fange sie nicht auf. Ich fange niemanden auf, nur Caden.

Er packt sie am Oberarm und schiebt sie vor sich her, als wir zum Büro des *Bosses* laufen, weil er uns erwartet, und ich begutachte ihren kleinen Arsch in diesen Shorts. Ich will meine Hände reinstecken und sie ein bisschen fingern.

John steht vor der Tür des Büros und öffnet sie uns, als wir näher kommen. Er weiß, wann der *Boss* beschäftigt ist und wann nicht. Wir treten ein und Caden lässt Alayna neben uns stehen, als wir uns setzen.

Vito de Luca raucht eine Zigarre und hat sich in seinem Sessel zurückgelehnt. Er sieht aalglatt aus wie immer und schaut von einem zum anderen, immer noch so fasziniert von unserer Ähnlichkeit. Alayna beachtet er erst mal nicht, weil Frauen hier nichts wert sind. Es ist mir egal. Er kann sie auch ficken, wenn er will.

Ich bin so müde und ich brauche echt Schlaf, bevor ich wegkippe.

»Gut gemacht, Caden«, sagt er mit schmeichelnder Stimme. »Und? Was ist mit dem Buchhalter?«

Mein Bruder nickt. »Erledigt.«

»Auf dich ist eben Verlass.« Er sieht zu mir und lächelt breit. »Du siehst scheiße aus, Carter.« Ich wische mir mit dem Handrücken über meine Nase.

»Ich fühle mich auch scheiße.«

»Dorian hat dich ganz schön rangenommen in letzter Zeit. Nimm dir einen Tag für dich.« Seine Augen wandern zu Alayna. »Du bist ja in guter Gesellschaft.«

Ich mache eine wegwerfende Handbewegung und sinke tiefer in meinen Stuhl, während mein Bruder locker seine Wange auf die Faust gestützt hat und neben mir ruht. Total mit sich im Reinen, zumindest ist es das, was er nach außen trägt. Tja, ich habe innen als auch außen nichts mehr zu zeigen.

»Sie ist nicht meine Gesellschaft.«

Er zieht die Augenbrauen hoch und spitzt die Lippen. »Ich dachte, du würdest dich über mein kleines Geschenk freuen.«

»Aah, es ist lange her. Ich erinnere mich nicht mal richtig daran«, sage ich rau. Es stimmt, ich kann mich an kaum was erinnern. Nicht einmal daran, wann ich das letzte Mal was gegessen habe.

»Also willst du sie nicht?«, fragt er mit einer Warnung in der Stimme.

Cadens Blick schießt zu mir. Er kann sich nicht mehr kontrollieren und das ist selten der Fall. Ich schmunzle ein bisschen. So ein Weichei. Hat er etwa noch Gefühle für sie?

Er zieht den Kopf zurück, als hätte er meine stumme Frage gehört, und ich muss ein bisschen lachen.

»Ihr seid so faszinierend«, sagt der *Boss* beeindruckt, weil wir öfter nonverbal kommunizieren und er nicht dahinterkommt, wie wir das machen – genauso wenig, wie er dahinterkommt, wie Cadens brillantes Gehirn funktioniert und er seine besondere Gabe umsetzt.

»Nein«, erwidere ich dann. »Will ich nicht.« Ich habe keine Zeit für diese Gefühlsscheiße.

Sie keucht auf, als hätte ich ihr das kleine Herzchen gebrochen. Was dachte sie denn? Ich bin hier, weil *sie* mich nicht mehr wollte. Und ich habe echt hart daran gearbeitet, dass sie mir egal wird, und habe es endlich geschafft. Das macht sie mir nicht kaputt.

»Du weißt, was mit ihr passiert, wenn du sie nicht willst, oder?«

»Japp.« Ich nicke.

Er lacht beeindruckt, denn er liebt meine Loyalität und meine Skrupellosigkeit, sonst wäre ich schon meinen Kopf los, nach allem, was ich mir hier schon erlaubt habe.

»Na dann, komm her, *dolcezza*!«, sagt er an Alayna gewandt. Caden spannt sich an, während ich mir die Schläfe massiere. Ich bin so fertig und im Arsch. Die Bücherregale um uns herum verschwimmen immer wieder vor meinen Augen.

Caden schlägt gegen meinen Arm, als mir die Lider zugleiten und mein Kopf nach vorn fällt. Ich bin so dicht. Keine Ahnung, wie viel Lines ich heute gezogen habe. Würde ich nicht sitzen, könnte ich nicht mehr auf den Beinen halten.

Ich reiße die Augen auf und sehe gerade noch, wie Alayna vor dem *Boss* stehen bleibt. So zittrig, so unsicher. Ihre Haare sind total durcheinander und ich weiß sofort, wieso. Wahrscheinlich hat Caden sie daran durch die Gegend gezerrt, denn das liebt er. Ihre Augen sind ängstlich geweitet, als sie auf den Boden sieht, und ihre gebräunte Haut nimmt einen blassen Ton an. Ihr gelbes Oberteil umspielt ihre Titten wie eine zweite Haut und ihre Brust hebt und senkt sich schnell. Ah, ich glaube, ich will sie doch ficken.

Caden wirft mir einen Carter-hör-auf-Blick zu und ich hebe abwehrend die Hände. Sie hätte ja auch ihren Spaß.

Der *Boss* klopft mit der Handfläche auf den Tisch vor sich. Sie schwingt sich, ohne zu zögern, darauf, spannt sich aber an, als er näher kommt und ihr Kinn packt.

»Mach den Mund auf«, sagt er ausdruckslos. Sie öffnet ihre bebenden Lippen und ich will meinen Schwanz reinstecken. Ich bin wieder hellwach und richte mich auf, tippe allerdings mit dem Fuß ungeduldig auf den Boden, während Caden neben mir mit den Fingern auf die Armlehne trommelt.

»Keine einzige Plombe. Immer brav die Zähne geputzt. Vorbildlich. Zieh dein Oberteil aus.« Sie spannt sich am ganzen Körper an und dreht unsicher den Kopf über die Schulter zu mir. Ich wedle mit der Hand, um ihr zu deuten, dass sie sich beeilen soll, denn ich habe nicht ewig Zeit. In dem Moment zerrt der Boss ihren Kopf zurück und macht ihr mit einem Blick klar, dass sie ihn anzusehen hat.

Ihre zittrigen Finger gleiten an den Bund ihres Tops und sie zieht es sich nach oben.

Der *Boss* gibt mir ein Zeichen und ich beuge mich vor und schnippe ihren BH auf. Sie keucht. Ich sehe nur ihren nackten, perfekt geschwungenen Rücken mit der schmalen Taille, den runden Hüften und den dunklen Haaren, die darüberfließen.

Caden krallt die Hände in die Lehnen und ich blicke ihn von oben nach unten abfällig an. Ah, jetzt auf einmal ist es ihm so wichtig, wie es ihr geht, oder was? Bullshit. Wir wären nicht hier, wenn es so wäre. Zumindest, wenn man mal ganz weit zurückgeht in dieser Geschichte.

»Steh auf«, sagt er jetzt. Sie rutscht vom Tisch und er beäugt sie von oben bis unten. »Aah, das nenne ich mal eine schöne Figur. *Perfetto*«, säuselt der *Boss* total professionell und überhaupt nicht anzüglich. Dann nickt er mit dem Kinn zu mir.

Ich stehe ruckartig auf. Der Stuhl schabt über den Boden, als ich mit zwei Schritten bei ihr bin. Ich weiß immer, was der *Boss* von mir will. Ich gebe ihr keine Gelegenheit, mich mit ihren Bambiaugen anzusehen, packe sie am Nacken und drücke sie nach vorn, mit der Wange auf den schweren Tisch, sodass Caden sie ansehen kann und sie ihn mit ihren Äuglein bezirzen kann. Ah, sie sind so süß. Was auch immer in meinem Bruder gerade abgeht. Mein letzter Stand war, dass er Isabelle liebt. Isabelle. Sie hat nie in seiner Liga gespielt.

Nie. Sie war immer zu gut für ihn, sosehr ich Caden auch liebe.

Ich greife um ihre Hüften, reiße den Knopf auf und spüre, wie Alayna ihren Oberkörper hochdrücken will, knalle sie aber noch mal fester gegen das Holz, sodass sie aufkeucht. Dann zerre ich ihr die Hose sowie den Slip nach unten und lasse es mir nicht nehmen, ihr einmal hart auf den Arsch zu klatschen. Ah, das habe ich ein bisschen vermisst.

Der *Boss* macht mir ein Handzeichen und ich richte sie an den Haaren auf, sodass ihr Rücken an meiner Brust lehnt. Ihr Kopf fällt an meine Schulter, als ich ihn nach hinten reiße. »Hör auf, deinen Arsch an mir zu reiben, oder ich ficke ihn«, knurre ich ihr ins Ohr und sie zuckt zusammen. Sie macht gar nichts, aber ich will sie ein bisschen verunsichern, wie Caden es früher immer gemacht hat. Sie zittert.

»Was meinst du, Carter, was machen wir mit ihr? Dieser Körper und dieser Blick, es gibt Männer, die würden ein Vermögen dafür zahlen.« Meine Augen gleiten über die dünne Haut an ihrem Hals, worunter der Puls heftig flattert.

Ich zucke mit den Schultern. »Wir können sie verkaufen.«

»Nein«, geht mein Bruder, der Held, dazwischen. Spielverderber. Ein arabischer Scheich würde eine Viertelmillion für sie abdrücken. Locker.

Der *Boss* ist ein bisschen angespannt, er mag es nicht, wenn man ihm Widerworte gibt. Er funkelt Caden an und mein Herz bleibt kurz stehen. Wenn ihm jetzt was passiert, bringe ich die Bitch um. Es ist mir egal. Sie stirbt.

»Hast du eine bessere Idee, Caden?«, fragt er emotionslos.

Caden steht langsam auf. »Wenn ihr sie verkaufen wollt, sollte sie richtig angelernt werden. Ich mache das, danach ist sie doppelt so viel wert!«

Der *Boss* nickt zustimmend. Er ist meistens begeistert von Cadens Ideen, aber es funkelt auch was anderes in seinen Augen. Dann winkt er mit zwei Fingern. »Gib sie ihm.« Ich zögere nicht, schubse sie nackt in seine Arme, und er fängt sie auf.

»Du kannst gehen«, sagt er zu mir und sieht dann zu Caden. »DU bleibst.«

Ich lege den Kopf schief und hebe die Brauen. Das gefällt mir nicht, aber der *Boss* klopft mir auf die Schulter, als ich meinen Bruder ansehe. »Geh nur, du kriegst ihn unversehrt zurück.« Dann lächelt er mich an und mir wird schlecht, als ich mit steifen Schritten das Zimmer verlasse.

* * *

Ich kann noch nicht fahren und laufe vor dem Zimmer auf und ab, die Hände im Haar, obwohl ich so fertig bin und eigentlich nur in mein Auto steigen will. Wahrscheinlich werde ich hinter dem Lenkrad einschlafen, aber ich bleibe hier stehen und zerwühle mein Haar, weil ich nicht weiß, was mit Caden ist. Ich mag es nicht, wenn er allein und der *Boss* in dieser Stimmung ist. John sieht mir mit unbewegter Miene beim Hin- und Herlaufen zu, während ich mir die krassesten Sachen vorstelle. Wie der *Boss* sie vor Caden fickt und Caden sich nicht beherrschen kann, er zuerst sie und dann ihn abknallt. Wie es rumpelt und John hineinstürmt, um meinen Bruder zu töten. Aber es ist so ruhig hinter der Tür, dass ich noch verrückt werde.

John zieht die Augenbrauen hoch. »Bleib stehen, Carter.«

Ich bleibe ruckartig stehen und fahre zu ihm herum. »Was willst du von mir?«

»Hör auf, mich zu nerven«, sagt er leise und drohend.

Ich lasse meinen Nacken knacken und bin schon drauf und dran, wieder auf einen unserer Männer loszugehen, als die Tür sich öffnet und zuerst Caden und dann Alayna rauskommen. Cadens Blick schießt sofort zu mir und er sieht, wie angespannt ich bin. Alayna ist wieder angezogen, auch wenn ich den Anblick ihrer nackten Titten genossen habe – zugegeben.

»Beruhig dich, was ist mit dir?«, fragt Caden, als er mich ansieht, und ich lasse meine Finger knacken.

»Seid ihr fertig?« Alles verschwimmt wieder vor meinen Augen und ich blinzle angestrengt.

»Wir fahren heim«, sagt Caden und zieht Alayna in den Salon. Ich folge ihnen und beobachte, wie mein Bruder eine der Nutten zu uns schnippt.

»Kimberly, das ist Alayna«, stellt er sie einander emotionslos vor, als die Süße mit der Lockenpracht und der Karamellhaut vor uns stehen bleibt. Sie trägt nur ein knappes, fliederfarbenes Kleid und ich spüre Alaynas Blick auf meinem Gesicht. Ich sehe sie nicht an. »Zeig ihr ihr Zimmer und ihre Garderobe.« Sie bleibt da? Ich habe gedacht, dass Caden jetzt für sie sorgen muss. Aber anscheinend soll sie bei den Nutten bleiben. Ist sie jetzt auch eine? Das kann ich mir nicht vorstellen. Ich sehe Alayna kurz an und ihre Augen brennen förmlich hasserfüllt in meine Richtung. »Okay. Komm, Herzchen.« Kim nimmt Alaynas Hand und zieht sie die Treppe nach oben. Wir stehen beide da und sehen ihr nach. Und sie uns auch über die Schulter, bis sie verschwindet.

»Ich brauch 'ne Line.« Ich will schon wieder zurück in den Salon, als Caden mich am Arm packt und zurückhält.

»Du brauchst Schlaf. Wir gehen jetzt!« Und ich merke wieder, wie meine Lider schwer werden und Schwindel meinen Kopf erfasst.

»Fuck, Carter!« Caden schüttelt mich, als ich taumle. »Raus jetzt!« Er zieht mich in die Nacht und wir verschmelzen mit der Dunkelheit.

4. Deine Entscheidung, Carter

Carter

Ich stöhne, als ich aufwache. Mein Arm hängt aus dem Bett, die Decke ist weggerutscht und ich liege total schief auf meiner Matratze. Ich muss sagen, ich fühle mich fucking gut und ausgeruht, als ich nach meinem Handy taste. Das Display zeigt nicht nur zwanzig Anrufe, einunddreißig Nachrichten und zwölf Voicemails, sondern auch zwölf nach elf Uhr abends. Fuck, ich habe gute vierundzwanzig Stunden geschlafen.

Ich kämpfe mich aus dem Bett und gehe ins Badezimmer. Bevor ich irgendjemanden zurückrufe, muss ich duschen. Ich habe immer noch Blut an meinem Körper. Im Badezimmer ist es dunkel, der Mond und die Lichter der Stadt funkeln herein. Mein Bruder ist nicht da, doch das war mir klar. Ich nehme mir aber noch kurz die Zeit, ihm ein Fragezeichen zu schicken, und er antwortet in wenigen Sekunden mit einem Ausrufezeichen.

Der Rest ist mir scheißegal. Gähnend rolle ich die Boxershorts von den Hüften und ziehe die blutverschmierten Ringe ab, die ich achtlos ins Waschbecken schmeiße. Dann steige ich in die ebenerdige Dusche, stütze meine Hände an den Fliesen vor mir ab, lasse den Kopf zwischen meine Schultern sinken und das Wasser auf meinen Rücken laufen. Das Blut fließt von meinem Körper, verschwindet kreisend im Abfluss, und ich hebe das Gesicht in den Wasserstrahl. Vor meinem geistigen Auge zucken Bilder vorbei, weil mein Gehirn noch nicht verarbeiten konnte, was die letzten fünf Tage geschehen ist. Da sind meine Fäuste, die auf Fleisch treffen; Blut, das mich bespritzt. Nutten, die mich reiten. Stripperinnen, die die Polstange mit dem Rücken hinabrutschen. Lippen, in die ich beiße. Caden, der mich beschuldigt, sein Leben auf dem Gewissen zu haben. Der Blick meines Vaters, als ich auf ihn losgehen wollte. Koks, was in meiner Nase brennt. Der *Boss*, wie er lacht. Dorian, der mir sagt: »Schau mal, wen Caden sich da wieder geangelt hat.« Ich stelle mit Wucht die Dusche ab, als *ihr* Gesicht vor meinen Augen erscheint. Die blassen Wangen, die verlorenen Augen und die wilden Haare, die aufgeschürften Knie und das Blut, was über ihre Beine geronnen ist. Und die Enttäuschung, als ich sie wie eine Hure behandelt habe.

Ist das wirklich passiert?

Hat Caden wirklich Alayna hierhergeholt, um sie zu einer Nutte zu machen?

Ich wickle mir nachdenklich ein Handtuch um die Hüften und wische mit der Hand über den beschlagenen Spiegel, sodass ich in meine abgefuckten Augen sehen kann.

Eine lebende Leiche steht mir gegenüber.

Habe ich ihr wirklich die Klamotten runtergerissen und sie fast den Wölfen zum Fraß vorgeworfen?

Ich lasse meinen Nacken mit Wucht knacken und meine Finger zucken, weil sie in den Spiegel schlagen wollen.

Stattdessen greife ich ins Waschbecken, ohne den Blick von meinen Augen im Spiegel zu lassen. Mein Atem geht schneller, als die Bilder immer klarer werden und Gefühle nach sich ziehen, in denen ich drohe zu ertrinken. Meine Hand schließt sich um den Ring, um meine Erlösung, und ich öffne die kleine Klappe vorn. Schnell ziehe ich das ganze Pulver direkt in meine Nase, lege den Kopf zurück und schließe die Augen.

Die Bilder verblassen langsam, werden unscharf und ich kann wieder atmen.

* * *

Zwei Stunden später bin ich in der Villa und mir ist alles wieder scheißegal. Mein Bruder hat gesagt, dass er hier ist. Außerdem suche ich Dorian. Ich stehe schon wieder unter Strom, als ich aus meinem schwarzen Mercedes steige und die Tür hinter mir zuknalle, obwohl sie sich automatisch mit einem leisen Klacken schließt und es damit total unnötig war. Vor der Tür stehen ein paar Männer des *Bosses* und rauchen. Hier ist immer was los. Sie schauen weg, als sie mich sehen. Solche kleinen Weicheier. Ich straffe meine Schultern unter dem schwarzen Hemd, das ich anziehen muss, weil hier keiner in lockerer Kleidung rumlaufen darf, und betrete das Haus. Es ist ruhig, aber ich hasse Ruhe. Ich finde Caden auf der Terrasse, die zum See hinausführt, direkt auf dem Steg. Er steht rauchend da und telefoniert mit irgendeinem seiner Männer. Natürlich hat er auch Verlängerungen seiner Finger. Leise ziehe ich die Tür hinter mir zu. Es riecht nach Sommer, der See glitzert im Mondschein und ich laufe auf der Terrasse auf und ab. Ich habe keine Geduld für die Scheiße und dränge meinen Bruder mit einer Handbewegung, endlich aufzulegen, als er mich ansieht, weil er gespürt hat, dass ich gekommen bin.

Er verdreht die Augen, zeigt mir den Mittelfinger und telefoniert einfach weiter. Ich stöhne genervt und fuchtle eine Zigarette aus meiner Arschtasche. Es braucht drei Anläufe, bis ich sie anbekomme, während ich versucht bin, Cadens Handy in den See zu schmeißen. Aber dann legt er endlich auf und dreht sich zu mir um. Er mustert mich langsam von oben bis unten, dann sieht er mir wieder in die Augen.

»Und? Ausgeschlafen, Prinzessin?«

»Halt die Fresse!« Ich ziehe hart an der Kippe, die ich zwischen Zeigefinger und Daumen halte, bis sie ganz heiß wird und ich sie wegschnippe.

Er grinst mich an. »Hübsch siehst du aus.«

»Halt die Fresse, bevor ich sie dir poliere!«

Er nickt zum Steg. »Setz dich, wir müssen reden.«

»Ich muss um drei im *Cube* sein und jemandem die Fresse polieren. Was ist?«

»Ich weiß. Setz dich«, drängt er und ich werfe einen nervösen Blick auf mein Handy. Es ist halb zwei. Dann stürme ich über den Steg und halte so weit wie möglich vom Haus entfernt. Caden steht mir gegenüber und lehnt seitlich an einem Pfahl.

»Also?«, frage ich gereizt.

»Heilige Scheiße, wie viel Lines hattest du schon? Du bist doch erst zwei Stunden wach.«

»Das waren keine Lines, das waren Häufchen. Was ist jetzt, Caden?«

Er fährt sich durch das Haar. »Du musst dich jetzt zusammenreißen«, sagt er ernst.

»Ich denk nicht mal dran«, entfährt es mir sofort. »Ich bin total glücklich, siehst du das nicht? Das hier ist mein Happy-Face.«

»Lass deine dummen Sprüche«, knurrt er. »Hör mir zu.«

Ich fahre mir mehrfach mit den Händen über mein kribbelndes Gesicht und mein ganzer Körper ist wie elektrisiert, mein Nacken kribbelt und ich lasse ihn mehrmals knacken.

»Ich weiß, dass sie dir *egal* ist, Carter. Natürlich ist sie das«, fängt Caden an und seufzt theatralisch. »Ich habe aber trotzdem keine Lust, eine Nutte aus ihr zu machen. Das langweilt mich!«

Ich massiere mir die Schläfen. Es war also alles real und keine lustige Halluzination, wie ich sie oft habe, wenn ich drauf bin und zu lange nicht schlafe.

»Warum hast du sie dann hergeholt?«, frage ich angepisst. »Du weißt, was hier mit Frauen passiert. Also, wieso, wenn du das nicht wolltest?«

Caden zieht die Brauen hoch. Ich hasse es, wenn er das macht. »Weil du so viel Scheiße baust, hat der *Boss* entschieden, dass wir ein Druckmittel gegen dich brauchen. Er hat gesehen, wie oft du versucht hast, sie anzurufen, Carter. Also hat er rausgefunden, wer sie ist, und mich losgeschickt. Er sagte, dass er dir was antut, wenn ich nicht innerhalb von vierundzwanzig Stunden mit ihr zurückkomme.«

Ich schnaube spöttisch. »Und jetzt? Soll mich das interessieren, weil …?«

»Weil es Alayna hier den Umständen entsprechend gut gehen wird, solange *du* keine Scheiße baust. Sie muss mit niemandem ficken, solange *du* mit keinem fickst. Das waren die Worte vom *Boss*. Kann er sich nicht gut ausdrücken, Carter?« Sein Blick ist lauernd, auf jede noch so kleine Regung fokussiert, die in meinen Augen aufflackern könnte. Hat er immer noch nicht gecheckt, dass es nichts mehr zu sehen gibt?

»Es ist deine Entscheidung, Carter. Leb mit den Konsequenzen. Aber wenn du wieder in die Knie gehst, weil du sie abgefuckt hast, weiß ich nicht, ob ich dich diesmal auffangen werde.«

Damit lässt er mich stehen und geht rein.

5. Deine Entscheidung, Alayna

Alayna

Ich stehe am Fenster und sehe auf den idyllischen See und die dahinterliegende, funkelnde Stadt, sowie Carter, der auf dem Steg steht. Er wirkt so unruhig, denn er läuft die ganze Zeit auf und ab und raucht eine nach der anderen. Außerdem sieht er so anders aus, als ich ihn in Erinnerung habe. Sein Gesicht ist markanter, der Zug um seinen Mund härter, sein Blick grausam und seine Augen fast schwarz, weil seine Pupillen ständig geweitet sind. Er hat eine längliche Narbe, die sich über seinen linken Wangenknochen zieht, und seine Haare sind ein heilloses Chaos. Carter hat viel mehr Tätowierungen als vorher, jeder noch so kleine Zentimeter seines Oberkörpers ist voll. Ich habe natürlich auch bei beiden die Tätowierung gesehen, die sie als Mitglieder von Chicagos größter Mafiafamilie markieren.

Was ist im letzten Dreivierteljahr passiert? Was ist passiert, nachdem er mich angerufen hat? Bin ich schuld daran? Mich hat ein anderer Carter angerufen als der, der mich gestern angesehen hat. Dieses blutbespritzte Gesicht und diese rauen Hände, die mir wehgetan und mich vor einem fremden Mann entblößt haben. Diese toten Augen, die früher voller Feuer und Gefühl waren.

Wie sind sie nur hier reingerutscht? Was ist mit ihren Eltern? Wo leben sie? Wie kam es dazu? Ich verstehe gar nichts mehr. Wo ist Isabelle? Was hat es mit der kryptischen Bemerkung von diesem Psycho Dorian gestern auf sich, der mich an Caden in seinen krassesten Zeiten erinnert? Und bin ich hier wirklich im Haus von einem der größten Verbrecherbosse in diesem Teil des Landes?

Ich war in Kentucky fast glücklich, zumindest zufrieden. Mein Dad ist wieder mein Dad und wir haben uns angenähert. Es war wie ein Wunder, als er die ersten Worte mit mir gesprochen hat und wieder zu dem Mann wurde, der der erste Held meines Lebens war. Ich habe mein Studium beendet und die ersten Aufträge an Land gezogen. Am Wochenende, wenn mein Dad in seiner neuen Werkstatt gearbeitet hat, war ich kellnern, und am Abend haben wir zusammen auf der Terrasse gegessen. Kentucky ist immer warm und ich liebe die Wärme und die Sonne. Zumindest mittlerweile. Seit ich Caden und Carter nicht mehr habe. Hier ist es trotz des

Sommers so kalt. Hier gibt es keine Wärme, nur Eiseskälte und Leere, wie das, was ich in Carters Blick gesehen habe.

Ich kann einfach nicht glauben, dass Caden mich hierhergebracht hat. Nach allem, was er mir angetan und nachdem er mich weggeschickt hatte. Ist das wieder eines seiner perversen Spiele? Er war so grob zu mir, so kenne ich ihn gar nicht. Caden war nie grob. Und Carter war nie gefühllos. Er war niemals weniger Carter als jetzt. Als hätte ich einem Fremden ins Gesicht geschaut. Ich bin so wütend und enttäuscht und weiß nicht, was ich tun soll – in diesem Palast, in dem Frauen wie Scheiße behandelt werden. Das geht total gegen meine Natur.

Ich kann mich nicht noch mal brechen lassen.

Ich kann nicht noch mal erforschen, was für weitere Persönlichkeiten in mir stecken, und wie weit ich gehen kann für meine Liebe. Ich hatte solche Angst vor Carter. Als er mich angerufen hat, wäre ich fast wieder eingeknickt, weil ich ihn immer noch geliebt und vermisst habe. Und während er mir erklärt hat, dass das, was ich über ihn und Isabelle gedacht hatte, gar nicht so war, und dass ich ihm fehle, wäre ich am liebsten mit offenen Armen zu ihm zurückgerannt und an seine Brust gesunken. Aber ich musste mich schützen, weil ich weiß, dass man ihm nicht trauen kann. Er ist rastlos und jetzt noch schlimmer, wie es aussieht, denn er kann nicht mal ruhig an einer Stelle stehen. Immerzu läuft er auf und ab, raucht innerhalb von zehn Minuten schon die dritte Zigarette und zerwuschelt die ganze Zeit seine Haare. Es macht mich so traurig, zu sehen, dass er seine Seele verloren hat, weil ich seine Seele immer geliebt habe. Aber jetzt hat er sie an den Teufel verkauft. Er ist nur noch eine Hülle. Ich könnte weinen, wenn ich ihn so sehe, und ihm gleichzeitig für sein Verhalten mir gegenüber eine knallen. Aber es würde ihn sowieso nicht interessieren. Da ist nichts mehr, er ist ausgesaugt. Und ich kann nicht fassen, wie er mich entwürdigt, vorgeführt und über mich gesprochen hat. Wir waren doch immer Alayna und Carter. Jetzt sind wir die Nutte und der Zuhälter, oder was? Mir gefällt das alles gar nicht.

Ich lege meine Fingerspitzen an die Scheibe, als könnte ich ihn dadurch anfassen und festhalten, zurückholen. In dem Moment dreht er den Kopf über die Schulter, als hätte er meine Sehnsucht gespürt, und sieht zu mir hoch.

Wir sehen uns einen Moment an und sein Blick, der voller Leere ist, schießt mir direkt unter die Haut und füllt mein Inneres mit Gift. Meine Kehle schnürt sich zu. Dann spüre ich eine andere Präsenz hinter mir und weiß, dass es Caden ist. Ich lasse meine Hand sinken, als Caden einen Schritt auf mich zu macht und mir über die Schulter sieht. Carter schnippt seine Zigarette weg und geht.

Caden streicht mir die Haare aus dem Nacken; ich spüre seinen Atem an meinem Hals und sehe weiter auf den See, als seine Fingerspitzen über meinen von einem Morgenmantel bedeckten Rücken fahren. Ich habe ewig geduscht und fühle mich trotzdem noch dreckig, weil ich gestern von diesen fremden Händen berührt und diesem eisigen, furchteinflößenden Blick beäugt wurde. Es ist nichts Sexuelles geschehen, aber es war echt demütigend, wie Vieh behandelt zu werden. Und ich bin froh, dass ich heute einfach nur in diesem Zimmer existieren und zu mir kommen konnte. Ich sehe die Dinge ein bisschen klarer, obwohl ich innerlich zerrissen bin. Den ersten Schock habe ich hinter mir gelassen, auch wenn ich immer noch ratlos bin. Cadens Hand streicht währenddessen über meine Taille und nach vorn an meinen Bauch. Ich bleibe einfach stehen, weil ich beginne, mich genauso leer zu fühlen, wie Carters Augen sind. Cadens Körper ist direkt an meinem Rücken, sodass ich ihn riechen kann. Ich hasse ihn.

Sein *Boss* hat gesagt, dass er mich »einarbeiten« soll, was auch immer das heißt. Er hat gesagt, dass ich mit niemandem schlafen muss, solange Carter die Füße stillhält und keine Scheiße baut. Er hat gesagt, dass *ich* bestraft werde für Carters Fehler und nicht er. Und er hat gesagt, dass Caden dafür verantwortlich ist, dass ich die Verhaltensweisen und die Abläufe dieses Hauses innerhalb der nächsten drei Tage beherrsche. Ich fühle mich so einsam und verloren. Seine Nase streicht über meine Schläfe.

»Wieso hast du mir das angetan?«, frage ich leise und lege meinen Kopf zur Seite, als er über meine Kieferlinie fährt wie früher. Ich würde ihn gern von mir stoßen, aber er ist der einzige Halt, den ich gerade habe. Dabei hätte ich nie gedacht, irgendwann in die Situation zu kommen, dass Caden Rush mein Rettungsanker sein könnte, der mich bei Verstand hält, während alles um mich herum im Chaos versinkt. Nach dem, wie er mich damals behandelt hat.

Er legt die andere Hand vorsichtig an meine Hüfte und zieht mich an sich. Ich spüre, dass mein Herz einen Takt schneller schlägt. Fuck, was ist das? Wieso raste ich nicht endlich aus? Wieso schlage ich noch nicht wild auf ihn ein und laufe um mein mickriges Leben?

»Was meinst du von all den Dingen, die ich dir angetan habe?« Seine Stimme ist heiser und rau. Ich spüre, wie er den Knoten meines Morgenmantels löst. Mein Atem stockt und ich schlucke, als der dünne Stoff sich leicht öffnet und er die Fingerspitzen zwischen meine Schlüsselbeinknochen in die Kuhle legt, worunter mein Puls immer schneller schlägt. »Das hier?«

Ich nicke. Er streicht hauchzart zwischen meine Brüste und hinterlässt eine heiße Spur.

»Ich musste«, raunt er in mein Ohr. »Für Carter.« Das ergibt keinen Sinn für mich. Doch er streicht weiter abwärts und umkreist meinen Bauchnabel mit den Fingerknöcheln. Alles in meinem Unterleib zieht sich ruckartig zusammen und ich kann langsam nicht mehr denken.

»Carter will mich nicht. Was mache ich hier, Caden? Warum hast du mich aus dem Leben gerissen, in das du mich verbannt hast?«

Mit einem Finger streicht er den Morgenmantel von meinen Schultern und er sinkt auf den Boden. Kurz hebe ich die Schultern, lasse sie langsam kreisen und neige meinen Kopf noch weiter zur Seite, als er seine Lippen senkt und sein heißer Atem sich an meiner Haut bricht.

»Carter hat seinen Weg verloren«, sagt er leise und mit lustgetränkter Stimme, als seine Lippen hinter mein Ohr wandern. Ich beiße auf meine Unterlippe, damit ich nicht aufstöhne, als sein Mund mich berührt.

»Manipulierst du mich gerade, Caden?«

Er schiebt mein Haar noch weiter beiseite, damit er besseren Zugang zu der empfindlichen Haut in meinem Nacken hat. »Fühlt es sich so an?«

Ich schüttle leicht den Kopf und er küsst mich fester mit einem unterdrückten Stöhnen seinerseits. Was passiert hier gerade?

Seine anderen Finger sind immer noch an meinem Bauchnabel.

»Ich habe dich weggeschickt, weil du bei uns untergegangen wärst und nicht sicher warst«, flüstert er.

»Und hier bin ich sicher?«, hauche ich fast und halte mich an der Fensterbank fest, als meine Beine wegzuknicken drohen, weil er mit seinen Lippen weiterwandert und ich ihm schamlos meinen Hals entgegenstrecke.

»Nein, bist du nicht, aber ich hatte keine Wahl, Alayna. Auch bei mir wird es immer er sein.« Ich hasse diesen Satz, weil Carter ihn mir so oft gesagt hat. Es erinnert mich daran, wie er mich hat hängen lassen, als

Caden in der Garage so fies zu mir war. Ich spanne mich an.

»Denk jetzt nicht daran, Alayna. Das war auch für mich nicht schön.«

»Wirklich nicht? Du hast aber sehr glücklich ausgesehen, als du mich erst gegen meinen Willen berührt und mich dann für immer weggeschickt hast – gemeinsam mit deiner kleinen Freundin.«

Seine Finger fahren weiter meinen Bauch hinab. »Ich würde dich nie gegen deinen Willen berühren, und in dieser einen Nacht in Carters Garage habe ich dich nicht manipuliert. Alles, was du gespürt hast, war echt. Auch bei unserem Abschied, Alayna.« Er streicht mit den Fingerspitzen hoch und runter, hoch und runter ... Jedes Mal, wenn er sich meinem Venushügel nähert, zieht sich mein Unterleib zusammen. Die Feuchtigkeit benetzt bereits meine Innenschenkel. »Hoch oder runter, Alayna?«

Ich lege meine Hand auf seine große, die mich schon so oft berührt hat und mir so vertraut ist, und schiebe sie nach unten zwischen meine Beine. Dabei habe ich keine Ahnung, wieso ich es tue, aber ich will es. So sehr.

Wir beide stöhnen auf, als er meine Mitte berührt. Mein Hinterkopf fällt gegen seine Schulter und meine Lider gleiten zu.

»Das sind alles wir, und es ist an der Zeit, dass wir aufhören, uns was einzureden.«

Ich winde den Kopf von links nach rechts. »Ich liebe ihn, Caden. So oder so.«

Mit der freien Hand streicht er an meine Brust und fährt hauchzart darüber. »Ich sie auch«, raunt er an meinem Ohr und atmet ein bisschen schneller, als er spürt, wie bereit ich bin, während ich immer noch meine Hand über seiner positioniert habe und ihn eng gegen mich drücke. In diesem Moment will ich nichts dringender, als ihn in mir zu spüren. Schließlich überwinde ich mich und drehe mich einfach zu ihm um.

Mein Gott …

Caden.

Wir sehen uns in die Augen und in seinem Blick erkenne ich Dinge, die ich nicht erwartet habe und mir nicht erklären kann. Zeitgleich, während er mich an sich zieht, strecke ich die Arme aus und schlinge sie um seinen Hals. Unsere Körper prallen heftig aneinander. Seiner komplett angezogen und meiner komplett nackt.

Oh mein Gott.

Was ist das?

Er packt mich und setzt mich aufs Fensterbrett, als unsere Lippen das erste Mal seit einer Ewigkeit aufeinanderkrachen.

Fuck.

Ich bin so verwirrt.

Ich sehne mich immer noch so nach Carter, aber in mir explodieren gerade tausend kleine Erinnerungen an Caden, die mir den Boden unter den Füßen wegreißen und jegliche Gewissheit in meinem Leben vernichten. Dass ich ihn hasse. Dass er immer nur mit mir gespielt hat. Dass ich über ihn hinweg bin. Dass ich ihn nicht mehr liebe. All das. Er küsst mich so, wie er es früher getan hat, bevor er mich wie Scheiße behandelte. Ganz am Anfang, als er noch mein Caden war – und ich ihn so sehr geliebt habe. Mit jeder einzelnen Faser meiner Selbst.

Er zieht mich an den Kniekehlen näher, während ich ihm hektisch den Gürtel öffne. »Oh, Alayna, was machst du da?«, raunt er an meinen Lippen.

»Keine Ahnung«, flüstere ich atemlos und klammere mich mit allem, was ich habe, an ihn, weil mir sonst nichts mehr bleibt.

»Fuck«, erwidert er. Als ich die Knöpfe seiner Jeans langsam öffne, atmet er tief und zittrig. Ich fühle mich genauso, während ich in seine Hose greife und ihn umschließe.

Er gibt einen Laut von sich, der mich fast explodieren lässt, und drängt sich zwischen meine Beine. Dann zieht er den Kopf zurück und sieht mir atemlos in die Augen. »Bist du dir sicher, dass du das willst?« Die Worte verlassen ihn schwerfällig. »Danach wird sich alles ändern, Alayna.« Eindringlich blickt er mich an. Ich liebe seine Augen.

Ich packe ihn am Hemdkragen und ziehe ihn näher. Er schiebt sich in mich, als ich ihm mein Becken entgegendränge, und sein Kopf sinkt an meine Schulter. Ich kralle mich an ihm fest und es fühlt sich so richtig an. Wie nach Hause kommen.

Fuck.

6. *Ich habe die Macht über dich, Alayna*

Carter

Ich knalle meine Autotür zu. Die Sonne geht schon auf, als ich in der Villa ankomme und mir ein paarmal aufs Gesicht klatsche, weil ich schon wieder unter Strom stehe und mich fokussieren will – zumindest ein bisschen. Dorian hat gesagt, ich solle jetzt vorbeikommen und ihm die Kohle bringen, die ich eingetrieben habe. Der Typ heute war ein bisschen hartnäckig. Jetzt fehlt ihm die linke Hand. Ich war scheiße drauf, das gebe ich ja zu, aber ich hatte keinen Bock auf Diskussionen. Dementsprechend sehe ich aus, aber es ist mir egal. Auch das Blut von ihm, was ich noch auf meinen Wangen spüre, weil es dort getrocknet ist, und meine Finger benetzt. Ich habe mich daran gewöhnt. Als ich die Tür aufstoße, wundere ich mich nicht, dass noch ein paar Kokainopfer wach sind und im großen Salon irgendeine Scheiße labern.

Dorian sitzt wie meistens in seinem schwarzen Samtsessel und hat die Füße auf den Tisch gestreckt, während ich reinkomme und mich hektisch umsehe. Ich muss immer wissen, wer wo ist, und dass mein Bruder mir auf das letzte Fragezeichen noch kein Ausrufezeichen geschickt hat, macht mich noch nervöser, als ich es schon bin. Wo steckt der Penner?

Ich glaube, ich habe den Verstand irgendwo auf dem Weg nach oben verloren und schaffe es nicht mehr, geradeaus zu denken oder klar zu sehen. Wieder verschwimmen die Wände vor lauter Schlafmangel und Drogen, als ich auf ihn zugehe und ihm das Geld wie immer auf den Tisch schmeiße. Keine Ahnung, ob es die richtige Summe ist, ich zähle nie nach. Dann gehe ich vor dem Tisch in die Hocke und ziehe die Line, die dort immer bereitliegt, wenn ich komme. Dorian denkt eben immer an mich. Er zählt mit dem Daumen das Geld ab. Dann mustert er mich kurz von oben nach unten, bemerkt, wie extrem blutverschmiert ich bin, und fragt: »Lebt er noch?«

»Ja, aber ohne Hand«, gebe ich zurück,

Er verdreht theatralisch die Augen. »Du bist immer so stürmisch, ich mag das. Ach so, bevor ich es vergesse. Suchst du deinen Bruder? Der wollte mit dir reden. Er ist oben im blauen Zimmer.« Ich lasse den Nacken knacken und die Drogen mein System fluten.

»Okay.«

»Hier ist dein Anteil.« Er drückt mir ein dickes Bündel Geldscheine in die Hand. Ich drehe mich um, stecke es im Gehen ein und nehme die Treppe nach oben. Immer zwei Stufen auf einmal. Ich bin erleichtert, dass der Scheißer hier ist und nicht irgendwo verblutet. Wahrscheinlich hat er mir nicht geantwortet, weil er seinen Schwanz wieder irgendwo drin hat. Ich gehe am roten, weißen, schwarzen und gelben sowie am grünen Zimmer vorbei und laufe fast am blauen vorbei, weil meine Schritte schneller sind als mein Kopf. Dann öffne ich einfach die Tür. Wir haben keine Geheimnisse.

Aha.

Ich stocke mitten im Schritt und schließe die Augen, öffne sie, schließe sie noch mal und öffne sie wieder. Mein Bruder ist wach. Er liegt bei Alayna auf dem Rücken und ist nackt. Die Decke über seinen Hüften, einen Arm hat hinter dem Kopf. Alayna liegt auf dem Bauch. Man sieht nur ihren nackten Rücken, auf den der Lichtstrahl durch die Tür fällt. Ihr Gesicht ist von Caden abgewandt, in meine Richtung gedreht. Die langen, dunklen Haare sind überall auf seiner Brust verteilt. Er streicht durch die Längen und sieht mich an, als ich reinkomme, beinahe lauernd und provokant, weil er so gern will, dass ich was fühle. Das Einzige, was ich gerade will, ist, mich von hinten in sie zu schieben und sie wach zu vögeln.

»Sorry«, sage ich träge. »Ich dachte, du willst mit mir reden.« Er sieht ein bisschen ungläubig aus, als er sich auf einen Ellbogen stützt und mich mustert.

»Wie siehst du denn aus?«, fragt er leise.

Ich fahre mit der Hand dreimal wirr über mein Gesicht und durch meine Haare, während ich mit dem Fuß auf den Boden tippe. Hier zu stehen ist anstrengend. »Scheiße, denke ich mal. Habe nicht in den Spiegel geschaut.«

»Carter, was hast du gemacht?« Er ist äußerst ernst und ich folge seinem Blick auf meine Hände, die diesmal so blutrot sind, als hätte ich sie in einen Eimer Farbe getunkt.

»Aaah, ich hab ... egal – das Übliche. Was ist? Was wolltest du von mir?« Mein Blick schweift kurz zu Alayna, die sich regt und seufzend auf den Rücken dreht und die Decke im Schlaf über ihre Brust zieht. Langweilerin.

»Ich wollte gar nichts von dir, Carter«, sagt er langsam. Ich werde nervöser und meine Muskeln fangen an, zu zucken.

»Dorian hat gesagt, du bist im blauen Zimmer und willst mit mir reden.«

Er fährt sich durch das Haar und Alayna regt sich ein bisschen mehr, als er sich bewegt. »Scheiße«, flüstert er. »Er wollte wahrscheinlich nur, dass du das hier siehst.«

Sie schlägt die Augen auf und ich zucke zurück. Ich mag es nicht, wenn sie mich ansieht, und das tut sie gerade mit ihren verschlafenen Augen. Sie blinzelt ein paarmal. Ihre Augen weiten sich panisch. Ihr Blick schießt zu Caden, der total ruhig neben ihr liegt, und dann wieder zu mir. Sie rafft die Decke an ihrer Brust zusammen.

»Carter?«, fragt sie heiser. »Fuck.« Ihre Haare sind überall und ich lasse wieder den Nacken knacken. Caden spannt sich an.

»Ja, hi, Alayna«, antworte ich hart. »Wie war der Fick nach all der Zeit, erzähl doch mal.« Ich gehe rein, schließe die Tür hinter mir und mache das Licht an, bevor ich mich seitlich an die Kommode lehne, die kleine Klappe meines Rings öffne und eine Nase ziehe. Ich genieße das Brennen in meinen Schleimhäuten und schließe kurz die Augen, als ich mich langsam entspanne und meine Muskeln lockerer werden.

Als ich sie wieder ansehe, ist sie bleich und hat sich aufgesetzt, die Decke fest an ihre Brust gepresst. Caden ist immer noch auf einen Ellbogen gestützt und beobachtet mich genau – dieser kleine Held, der die Prinzessin vor mir zu beschützen versucht. Wie lange war es eigentlich andersrum? Das ist eine ganz neue Herausforderung!

»Ah, sieh mich nicht so an, Alayna«, sage ich hart und sie zuckt zusammen. Ich liebe es, wenn sie Angst vor mir haben. Das macht sie so unterwürfig und sie tun dann alles. Sie presst die Lippen zusammen, und ich weiß, dass sie eine bissige Erwiderung runterschluckt.

»Jetzt erzähl doch mal! Wie war es nach all der Zeit, endlich wieder Cadens Schwanz in dir zu spüren? Wolltest du das nicht schon so lange insgeheim?« Ihre Augen wandern über ihre Schulter zu Caden und sie schluckt. Mein Bruder streicht ihr die Haare von der Schulter und ich mache weiter. »Was sagt eigentlich Isabelle dazu, was du hier machst?«, fahre ich fort und er erstarrt. Seine Hand stockt kurz in der Luft und ich kann mir ein zufriedenes Grinsen nicht verkneifen, dann macht er weiter. »Weißt du noch, Caden, wie du den ultimativen Zusammenbruch hattest, als Isabelle dich allein gelassen hat?« Alayna sieht ihn zweifelnd an. »Ich erinnere mich noch genau an den Moment, als du es realisiert hast und dein Herz zerschmettert ist. Das hat mich echt gefickt Bro. Ich habe noch nie gesehen, dass du jemanden so sehr liebst. Ach, Alayna, übrigens …« Ich deute mit dem Finger auf sie. »Wusstest du, dass Isabelle die Verlobte von Dorian de Luca ist, dem Sohn von unserem *Boss*, und dass Isabelle vor mehr als einem Jahr abgehauen ist, weil sie ihn nicht heiraten wollte? Rate, was passiert, wenn jemand erfährt, dass Caden und Isabelle einen auf Romeo und Julia gemacht haben. Rate!«

Sie fährt sich erschöpft durch das Haar. »Dann stirbt jemand?«

»Höchstwahrscheinlich wir alle«, rufe ich pseudoerfreut. »Und du als Erste, weil Caden dich hergeholt hat und du jetzt seine kleine Gummipuppe bist. Dabei laufen hier so viele Nutten rum. Ich verstehe das gar nicht!« Cadens Blick wird ernster. »Darf ich auch mal, Alayna? Obwohl, ich muss ja gar nicht fragen. Ich kann ihn dir reinstecken, wo ich will, weil du in diesem Haus kein eigenständiger Mensch bist. Nein hört man hier nicht so gern.« Ich mache einen Schritt auf sie zu und Caden sagt hart: »NEIN!«

Ich stocke. »Wieso nicht, Caden? Sie war eigentlich mein Geschenk, du hast es gestern gehört. Hätte ich sie bloß angenommen. Ich war so müde und fertig und konnte nicht klar denken und habe vergessen, was für eine Pussy sie hat. Obwohl«, sinnierend hebe ich einen Finger, »Isabelles auch nicht von schlechten Eltern ist. Überhaupt alles, was sie so konnte, nicht wahr, Caden?«

»Geh nach Hause, Carter.«

Ich runzle die Stirn. »Und du bleibst hier? Wir dürfen nicht bei den Nutten schlafen.« Alayna greift nach einem Kissen und schleudert es nach mir. Ich lasse den Nacken knacken.

»Willst du mir was sagen, Alayna?«, frage ich ohne jeglichen Humor und knete meine Fäuste. Ich merke jetzt erst, wie sauer ich bin. Was ist das? Vielleicht poliere ich heute noch ein paar Fressen.

Sie schweigt unter Cadens warnendem Blick.

Ich habe wieder eine brillante Idee, so wie Caden immer. Meine Augen werden groß. »Hey, wie wäre es, wenn ich jetzt losziehe und euch allein lasse? In der Zeit, in der *ihr* süß seid, ficke ich John und zertrümmere seine Nase und mache was Dummes. Dann wirst du«, ich deute auf Alayna, »morgen als Frischfleisch vorgeführt, als total fickbares Frischfleisch, nur weil ich was Dummes gemacht habe.« Ich lache auf. »Lustig, oder?«

Alaynas Mund steht offen und sie ist blass. Caden lässt resigniert den Kopf in nach hinten fallen.

Ich werde wieder ernst. »Fick nicht mit mir, Alayna, niemals. Ich habe die Macht über dich. Ich bestimme, wie deine Zukunft aussehen wird. Also fick mich nicht, denn ich ficke härter als du, wie du weißt.« Damit drehe ich mich um und lasse die Tür offen stehen, als ich gehe.

Fuck, ich bin echt sauer. Aber ich weiß nicht, worauf am meisten.

7. Ich weiß, Alayna

Caden

Fuck, Isabelle, es fühlt sich an, als hätte ich dich betrogen. Dabei weiß ich nicht mal, ob ich dich wiedersehe. Jetzt ist Carter weg und es ist totenstill im Zimmer. Keine Ahnung, was da vorhin zwischen Alayna und mir passiert ist. Aber da waren ihre Lippen und ihr Duft und ihre Augen und ich war für einen Moment wie gebannt. Als Carter reinkam, habe ich gehofft, dass er endlich eine Reaktion zeigt, aber er war nur ekelhaft, wie er es immer ist. Gefühle konnte ich in seinen vom Koks geröteten Augen auch nicht erkennen. Keinen Schmerz, keine Sehnsucht, keinen Hass auf sie, weil sie neben dem, in seinen Augen, falschen Mann liegt. Nur

Gleichgültigkeit. Jetzt steht die Tür offen. Wir bewegen uns nicht und ich bin so unsicher wie noch nie.

Langsam drehe ich den Kopf zu ihr herum und sie schaut mich im gleichen Moment an. Es ist, als würde ich sie das erste Mal wirklich sehen, weil ihr Blick so gebrochen wirkt und sie nach Carters Auftritt keinerlei Mauern aufrechterhalten kann.

»Er wollte dich nur verletzen, er wird nichts dergleichen tun. Du brauchst keine Angst zu haben. Ich kenne ihn«, sage ich, als sie weiter ans Kopfteil von mir wegrutscht. »Alayna!«

Sie beißt sich auf die Unterlippe. »Du liebst sie so sehr, oder?«

Meine Brauen schießen in die Höhe. Das ist nicht fair. »Und du ihn, oder?«

Sie schaut kurz in ihren Schoß und schluckt. Ich weiß, wie verletzt sie von Carters Worten ist, und davon, wie er sie ansieht. Ich weiß nämlich, wie er sie mal angesehen *hat*, in einer anderen Zeit.

»Bist du wirklich wegen ihr zusammengebrochen?«, fragt sie jetzt leise und hebt den Blick wieder zaghaft in meine Augen.

»Und Carter ist wegen dir zusammengebrochen.«

Sie hebt eine Braue. »Das kann ich dir irgendwie nicht glauben, Caden.«

Ich lege den Kopf schief und mustere sie einen Moment. »Er hat dich geliebt«, sage ich widerwillig. »Wie verrückt. Und ich war bei ihm, als er auf die Knie gesunken ist, weil du weg warst, und ich war da, als er abgefuckt ist, weil er es nicht mehr fühlen wollte, diesen Schmerz.«

Man sieht ihr an, dass diese Information sie berührt. Ich lasse den Nacken knacken. Scheiße, Isabelle. Ich habe nicht gewusst, wie viel da noch ist und wie sehr ich es verdrängt habe und wie sehr du mir dabei geholfen hast. Hast du es vielleicht die ganze Zeit gewusst?

»Er wollte es so«, haucht sie. »Er wollte mich verlassen, weil er mir nicht zugetraut hat, dass ich deiner Manipulation standhalten kann.«

Ich denke, dass das der richtige Moment ist, um ihr die Wahrheit zu sagen. »Ich war ein Wichser, Alayna, und ich hab viel mit dir gemacht. Aber am Ende, als ich dich weggeschickt habe, habe ich dich nicht manipuliert.«

»Caden.« Sie sieht mich an, als würde sie mir nicht glauben. »Du hast gezählt. Du weißt, was das mit mir macht. Du tust nichts ohne Grund, egal wo du mich berührst, was du sagst, welche Stimme du benutzt oder wie du dich bewegst. Du hast mich auf dich getrimmt.« Sie spricht sehr ruhig, aber ich sehe das Brodeln in ihren Augen.

»Du denkst, dass ich dafür verantwortlich bin, was du für mich empfunden hast und wie dein Körper auf mich reagiert hat?« Ich setze mich auf und sie beobachtet mich skeptisch. »Probieren wir es noch mal, Alayna. Eins.« Angst flackert in ihren Augen auf, beinahe augenblicklich. »Zwei«, sage ich leichthin und sie schaut mich skeptisch an und runzelt ungläubig die Stirn. »Drei.

Lauf, Alayna.« Sie regt sich nicht und versteht jetzt gar nichts mehr. Ich hebe ihr Kinn mit einem Finger.

»Alles, was du für mich getan hast, hast du freiwillig getan, Alayna. Ich kann in deinem Kopf spielen, aber nur, wenn du daran glaubst, dass ich es wirklich kann, und dir selber wünschst, mir zu folgen. Ich habe dich angepasst und mit dir gespielt, ich beschönige das nicht. Aber es ist wie bei einem Hypnotiseur. Ich kann nichts in deinem Kopf anstellen, wenn du dich mir nicht öffnest. Wenn du mir nicht vertraust und wenn du dich mir nicht völlig hingibst. Ich kann so lange auf dich einreden und dich austricksen, bis du denkst, dass dein Leben wertlos ist und du dich umbringen willst. Aber dafür braucht es nicht viel, außer ein bisschen Intelligenz und das Nachvollziehen von fremden Denkweisen. Ich sehe sofort, wenn ein Mensch lügt, betrügt, unsicher ist, schlechte Gedanken hat, eifersüchtig oder neidisch ist, oder wenn er liebt.« Meine Augen sind eindringlich in ihre gerichtet und sie hängt an meinen Lippen, weil sie sich schon so lange gefragt hat, was ich mit ihr anstelle und was in ihrem Kopf passiert. »Ich habe keinen Zauberbann um dich gelegt, Alayna. Ich habe nur die Anziehung ausgenutzt, die du von Anfang an für mich empfunden hast. Und es war so intensiv zwischen uns, weil diese Anziehung so enorm war.«

Sie ist so verwirrt, sieht mich an und blinzelt. »Ihr habt mir so oft erzählt, ich wäre verrückt.«

»Ich weiß.«

»Ich würde den Verstand verlieren, Caden.«

»Ich weiß.«

»Ihr habt ...«

»Wieso konntest du das Carter verzeihen und mir nie?«, unterbreche ich sie und sie senkt wieder den Blick.

»Weil ich ihn liebe.«

»Oder war dein Herz so sehr von mir gebrochen, dass du mich lieber gehasst und dich an ihn gehangen hast, bevor du mich ganz verlierst?«, frage ich einfach, weil ich nichts zu verlieren habe.

»Du hast mir gesagt, du liebst mich nicht. Damals im Krankenhaus, als du mich weggeschickt hast.« Sind das Tränen in ihren Augen?

»Ich habe gelogen. Verdammt, Alayna! Und ich habe dich weggeschickt, weil wir zu abgefuckt für dich waren, weil ich dich nicht kaputtmachen wollte! Zweimal! Und du bist nur gelaufen, weil du laufen wolltest, Alayna. Du hast die Gefahr gewittert. Meine Zählerei war nicht schuld daran, dass du mir geglaubt hast.«

Sie hebt den Blick wieder in meine Augen. »Und die Information, dass du was mit Melissa hattest. Das war so skrupellos, Caden. Du warst mit mir zusammen und Carter mit Melissa. Das war scheiße! Du hast mich betrogen!«

Ich fahre mir durch das Haar. »Ich weiß. Ich bin ein Wichser. Aber ich wollte, dass Carter sieht, dass Melissa nicht ist, wer sie vorgibt zu sein. Sie war nie gut genug für ihn, und ich war verletzt, weil ihr euch so nahe wart und ich das nicht verhindern konnte.«

Jetzt schaut sie runter, weil sie weiß, wie sehr sie mich damit gefickt hat. Weil sie weiß, dass ich wusste, dass sie über das Spiel informiert war. Trotzdem hat sie an Carter gehangen und ihn angehimmelt. Sie wusste ganz klar, dass er nicht ich ist. Auch, wenn wir gespielt haben.

»Ich hab gelogen. Ich habe dich trotzdem noch geliebt. So sehr wie noch keine jemals zuvor«, gebe ich einfach zu und meine Stimme ist ein bisschen rau. Ich habe noch nie so ehrlich mit ihr gesprochen.

Sie nickt, sieht mich aber nicht an. Ihre Haare fallen auf ihre Wangen, als sie mit dem Zipfel der Decke spielt, die um ihre Brust geschlungen ist. Ich hätte nie gedacht, dass wir mal hier landen.

»Ich war nicht mit Carter wegen dir zusammen, ich wollte ihn nicht verarschen. Ich habe ihn wirklich aus vollem Herzen geliebt und hätte ihm alles gegeben. Das habe ich für dich auch empfunden, bis du alles kaputt gemacht hast. Aber ihr habt mir beide so wehgetan … und als ihr dann weg wart …«

Sie hebt den Blick und ich frage, was mir auf der Zunge liegt.

»Immer noch?«

»Ja«, sagt sie langsam.

»Er ist nicht mehr der Carter, den du kanntest, Alayna. Ich würde alles dafür tun, dass er zurückkommt, aber ich schließe langsam mit dem Gedanken ab. Was ist mit dir? Glaubst du daran, dass er zu dir zurückkommt?«

»Ich?« Sie lächelt ein bisschen zynisch. »Ich will nur, dass er aufhört, mir wehzutun, je nachdem, in welcher Stimmung er ist.«

»Das wird nicht passieren, Alayna. Stell dich auf jede Menge Schmerzen ein«, erwidere ich knallhart, weil ich nicht mehr lügen werde.

Sie schluckt und versucht wieder, den Schmerz zu unterdrücken, aber ich weiß, was es mit ihr macht, sich von ihrem Carter verabschieden zu müssen. Ich hatte die Hoffnung, sie könnte ihn zurückholen, aber wenn nicht einmal sie oder ich das schaffen, weiß ich nicht, wie es gehen soll.

»Und du? Bist du noch der alte Caden?«

»Ich?« Ich muss auflachen. »Ja, bin ich, aber nur bei Menschen, die ich nicht liebe, die mir nichts bedeuten. Isabelle hat …« Ich breche ab.

»Was?«, fragt sie interessiert und rückt ein bisschen näher.

»Isabelle hat einiges in mir zum Einstürzen gebracht.« Scheiße, Isabelle, wenn ich an dich denke, fühle ich mich so mies und würde am liebsten von ihr abrücken. Fuck. Hat Carter sich so gefühlt zwischen Alayna und Melissa? Wenn ja, fühlt es sich scheiße an. Ich weiß langsam, woher dieser ganze Hass in ihm kommt. Vor allem der Selbsthass.

»Sie war die Erste, die du wirklich von ganzem Herzen geliebt hast, oder? Die du nicht teilen wolltest.«

Ich fühle mich zwar scheiße dabei, aber ich bleibe ehrlich. »Die ich nicht teilen wollte, ja. Die Erste, die ich geliebt habe? Nein.« Mein Blick ist hohl nach vorn gerichtet. Ich muss an dein Lachen denken und daran, wie deine Augen gefunkelt haben, und daran, wie sexy du warst. Und ich hasse mich gerade ein bisschen.

»Caden«, sagt sie und berührt mich an der Schulter. »Mir geht es auch so wie dir im Moment. Du musst dich nicht schlecht fühlen. Manchmal braucht man einfach jemanden, an den man sich lehnen kann.«

Ich sehe sie wieder an. In mir ist alles so aufgewühlt und durcheinander.

»Was hat Carter vorhin gemeint? Wo *ist* Isabelle?« Sie legt sich wieder neben mich und die Sonne strahlt auf ihre perfekte Haut und erhellt ihre Augen, die so warm funkeln, gar nicht spielerisch oder herausfordernd, sondern einfach nur wie ein Zuhause. Fuck, Isabelle, warum denke ich so was? WAS IST DAS?

»Ich hoffe, sie ist sehr weit weg, weil sie hier nichts Schönes erwartet. Keine Frau erwartet hier was Schönes und sie noch weniger, weil sie den größten Wichser der Nation heiraten muss. Das hat sie nicht verdient.«

Eine ihrer Augenbrauen schießt in die Höhe. »Aber ich schon?« *Du am allerwenigsten,* denke ich mir und drehe mich zu ihr um.

»Ich musste dich holen, Alayna. Es tut mir leid.«

»Hast du dich gerade bei mir entschuldigt?«, fragt sie erschrocken und ich verdrehe die Augen.

»Ja, habe ich. Ich musste dich holen, weil der *Boss* ein Druckmittel gegen Carter gebraucht hat, und aus irgendeinem Grund wusste er, wie wichtig du ihm warst.« Sie zuckt leicht zusammen, aber ich rede einfach weiter. »Deswegen wollte er, dass ich dich hole. Hätte ich es nicht getan, und glaub mir, alles in mir hat sich dagegen gewehrt, hätte ich Carter verloren.«

»Immer er, hm?«, fragt sie fast schon traurig lächelnd.

»Das wird immer so sein. Ich kann dir auch nicht sagen, dass ich dich hier vor allem beschützen werde oder kann. Wir spazieren auf sehr dünnem Eis. Ein falscher Schritt kann über Leben und Tod entscheiden, auch über deines. Ich habe erst mal Anspruch auf dich erhoben, heißt, die anderen lassen dich in Ruhe. Aber das kann der *Boss* innerhalb weniger Sekunden einfach neu entscheiden. Dagegen kann ich nichts machen. Deshalb musst du das einfach aushalten, wie ich dich vor den anderen behandeln werde. Tue ich das nicht, erregen wir Verdacht, und dann wird es gefährlich.«

Ihre Augen werden groß. »Und was hast du vor?«

»Aaah, Alayna, kennst du mich nicht und meine andere Seite?«

Sie schluckt und flüstert: »Ich hasse dich dafür, dass du mich hergeholt hast, Caden.«

»Hass mich! Hauptsache, du überlebst.«

»Fuck«, wispert sie und streicht sich über das Gesicht. Als sie die Hand wieder wegnimmt, bin ich über ihr und sie zuckt zusammen.

»Ich weiß.«

»Ich vertraue dir immer noch nicht, Caden.«

»Ich weiß.« Ich senke meine Lippen an ihren Hals.

»Vielleicht werde ich das nie wieder können.«

»Ich weiß.«

»Ich liebe Carter.«

Ich wandere über ihr Schlüsselbein. »Ich weiß.«

»Das kann nicht gut gehen.«

»Ich weiß.«

8. Gefühlsscheißkram, Alayna

Carter

Ich beobachte fasziniert, wie das schneeweiße Koks auf meiner Fingerspitze im Sonnenlicht glitzert, bevor ich es mir aufs Zahnfleisch reibe und meine Fresse taub wird. Dann schaue ich in den Rückspiegel und versuche, mir das Blut von den Wangen zu reiben, was seit Stunden daran klebt. Meine Hände sind wieder sauber, aber nie lange. Ich habe die letzten drei Stunden damit verbracht, das Casino auf der anderen Seite der Stadt aufzumischen.

Dieser Bastard. Ich wusste, dass er noch auf sie steht. Jetzt fickt er sie sicher immer noch und stundenlang, weil das sein Ding ist. Ich streiche mir wütend über das Gesicht. Wird man diese Tussi denn nie los? Jetzt ist sie schon wieder da, wo ich bin, und fickt erneut mit meinem Bruder, diese kleine Bitch. Wahrscheinlich auch nur, weil ich nicht mehr ihr kleiner, süßer Carter bin, der ihr das Herz vor die Füße kotzt. Das übernimmt jetzt Caden. Soll er doch. Es ist mir egal. Scheißegal.

Ich steige aus und knete meine Fäuste, lasse meinen Nacken knacken. Mein Auto steht im Halteverbot, aber ich werde keine Strafe bekommen und sicher nicht abgeschleppt werden mit diesem Kennzeichen.

Ich marschiere die Fußgängerzone entlang und ramme die Tür von dem kleinen Pub auf. Hoffentlich haben sie das Geld nicht, dann kann ich ein paar Ohrfeigen verteilen. Der kleine Italiener sieht mich, erstarrt und sagt was zu seinem Kollegen. Innerlich gebe ich ihm Zeit, bis ich auf seiner Seite der Bar angekommen bin. Wenn er bis dahin nicht zurück ist, verpasse ich jemandem eine.

Leider kommt er sehr schnell wieder, weil sie mich kennen, und er brabbelt irgendwas auf Italienisch. Es klingt wie ein Gebet, ich höre die Frau vom *Boss* immer wieder das Gleiche aufsagen, wenn sie mit ihrem Rosenkranz betet.

Mit dem Daumen zähle ich die Scheine nach, um ihn ein bisschen nervös zu machen, dann hebe ich den Blick. »Da fehlen drei Dollar.«

Der Besitzer wird blass und reißt die Kasse auf.

Ich deute mit der Hand, dass er sich bewegen soll. »Ich hab nicht ewig Zeit, Itaka, mach schnell.«

Mit zittrigen Fingern schiebt er mir das Geld hin und ich sehe seinen Ehering funkeln. So süß diese Pärchen. Er stirbt trotzdem, wenn er mich ficken will. Mich interessiert es nicht, ob jemand Familie hat. Ich habe auch keine mehr. Zumindest keine Blutsverwandten. Alle ficken mich immer nur hinterrücks. Ich habe die Schnauze voll und ich ficke jetzt auch ein bisschen hinterrücks.

Ich stecke das Geld ein. »Bis in vier Wochen«, verabschiede ich mich grinsend. »Ciao, Amore!«

Er schluckt und sieht zu Boden, als ich gehe. Ein Zeichen der Angst und des Respekts, was hier dasselbe ist. Angst und Respekt. Dad hat immer gesagt, dass Angst keinen Respekt bedeutet. Ich habe was anderes gelernt. Wenn Menschen dich fürchten, ist das die größte Form des Respekts. Außerdem kommen sie dir dann nicht zu nahe.

Ich trete in den strahlenden Sonnenschein, kremple die Ärmel meines Hemdes nach oben und zähle noch mal die Scheine, nur um sicherzugehen, ob ich nicht doch jemanden erschießen darf. Mir ist klar, dass sie am Fenster stehen und darauf warten, dass ich endlich gehe. Diese Pisser.

Eine atemlose Frauenstimme lässt mich zusammenzucken und mir fällt fast das Geld aus der Hand, als ich schockiert aufsehe und sie vor mir steht. Einfach so.

»Scheiße, Mom!«, zische ich. »Verfolgst du mich immer noch? Ich hab dir doch gesagt, du sollst mit der

Scheiße aufhören.« Die letzten Monate bin ich so schrecklich mit Frauen umgegangen, dass ich mich zügeln muss, sie nicht fertigzumachen. Caden war da resistenter als ich. Ich bin ein Schwein und es ist mir egal. Auf ihn haben die Mafiamethoden nicht so sehr abgefärbt wie auf mich.

Ihre Augen sind tränennass und ihre schwarzen Wimpern blinzeln ungläubig. Sie sieht so fertig aus, wie ich sie noch nie gesehen habe. Dunkle Schatten befinden sich in der Haut unter ihren Augen und sie hat abgenommen. Die schwarzen Haare sind spröde und die türkisblauen Augen, die unseren eins zu eins gleichen, sind so schmerzerfüllt, dass ich mich zusammenreißen muss, hart zu bleiben und sie nicht in den Arm zu nehmen, obwohl meine Hände kribbeln.

Sie starrt mich gefühlte Ewigkeiten an und streckt die Hand aus, aber etwas in meinem Blick lässt sie die Finger wieder senken.

»Oh Baby, wie siehst du aus?« Jetzt hebt sie wieder ihre Hand und ich kann mich nicht rühren, als sie die Fingerspitzen über meine Wange gleiten lässt. Ich muss an all die Male denken, als sie das gemacht hat. Vor dem Einschlafen oder wenn ich Angst vor einem Gewitter hatte oder bei meinem ersten Liebeskummer. Ich will das nicht fühlen, aber sie lässt mir keine Wahl.

Sie fährt die Schatten unter meinen Augen nach und ich flüstere: »Weißt du, wie gefährlich es für dich ist, mit mir gesehen zu werden?«

Sie schnaubt. »Das ist mir scheißegal.« Ich sehe eine Bewegung hinter ihr, weil ich meine Umgebung immer im Blick habe, und will sie schon hinter mich schieben, weil ich eine Bedrohung wittere, aber es ist mein Vater. Die größte Bedrohung ever. Er kommt aus einem Laden, schmeißt die Tüte in seiner Hand auf den Boden und kommt mit geballten Fäusten auf mich zu. Ich baue mich vor ihm auf und Mom schiebt sich dazwischen, mit dem Rücken zu mir und drückt eine Hand gegen Dads Brust.

»Mason«, sagt sie beschwichtigend.

Er fixiert mich wütend mit funkelnden Augen. »Verpiss dich, Emilia!«

Ich knirsche mit den Zähnen und lasse meinen Nacken knacken, denn ich mag es nicht, wenn er so mit ihr spricht.

Dad versucht, Mom von mir wegzuziehen, aber ich knurre los. »Fass sie an und ich breche dir die Finger. Es ist mir egal, wer du bist.« Ich kenne sein Temperament und weiß, wie er manchmal mit Mom umspringt, wenn er sich verliert. Habe ich schon oft genug miterlebt und Caden auch, nur Ava blieb davon verschont, weil wir sie ferngehalten haben, wenn es darauf ankam.

»Mason«, sagt sie ernst und sucht seinen Blick. Er ist so angepisst. »Sieh mich an.«

Er verengt die Augen. »Der Penner steht hinter dir, ganz sicher nicht.«

»Ich würde eher mir selbst die Nase brechen, als meiner Mutter auch nur ein Haar zu krümmen. Ich bin kein Wichser. Nicht so.« Mein Blick landet über die Schulter meiner Mom in seinen Augen. Dann sehe ich Mom an, denn ich merke, was für eine Abfuckerphase Dad wieder hat. Ich will nicht wissen, was zu Hause los ist, wenn sie versucht, ihn zu beschwichtigen.

»Du solltest zu Überdad gehen«, sage ich sanft. Es ist so ungewohnt, meine Stimme so zu hören. Damit gebe ich ihr einen Kuss auf die Wange und drehe mich mit einem Ruck um, marschiere mit aufgeplusterter Brust, weil ich so wütend bin, in die Menge.

»Carter, warte«, höre ich sie noch rufen, flüchte aber ins Auto, wo ich mir direkt eine Nase reinpumpe, weil ich mich so beschissen fühle wie schon lange nicht mehr.

Kann dieser Tag noch schlimmer werden?

»FUCK!«, rufe ich, gebe Gas und brettere die Straße mit Vollgas runter, vorbei an meinen Ex-Eltern.

Ich hasse mein Leben.

* * *

Wir sitzen im riesigen Esszimmer des *Bosses*. Der Kronleuchter über dem Tisch funkelt und die Kristalle werfen Prismen an die Wände sowie das Porzellan. Kerzenständer sind überall im Raum und auf dem langen Tisch verteilt. Die teuren Gemälde an den Wänden von den Vorfahren und den Mafiabossen der vorherigen Generationen umrahmen den Essbereich und schauen auf uns herab. Ich fand das schon immer ein bisschen creepy. Der *Boss* hat seine wichtigsten Leute, also seine engste *Familie*, zum Essen bestellt. Er sitzt am Kopfende des langen Tisches, der sicherlich für dreißig Personen Platz bietet, und die Kerzen hüllen sein markantes Gesicht in schummriges Licht. Die Tafel ist fett gedeckt und es wird gelacht und Grappa und Limoncello getrunken. Es sind nur Männer am Tisch. Neben dem *Boss* befindet sich ein leerer Platz für seine Frau, die noch nicht eingetroffen ist. Sie ist eine Diva, sie kommt immer zu spät und liebt große Auftritte – wie mein Bruder sonst auch. John steht hinter dem *Boss*, Caden und ich sitzen zwei Plätze weiter vom *Boss* uns gegenüber und starren uns an. Wir beide tragen jeweils ein schwarzes Hemd und sind abgefuckt und angepisst. Man spürt die Anspannung zwischen uns im ganzen Raum. Neben mir grölt Donny quer über den Tisch zu Franky, wie die Nutte von letzter Nacht war, und ich sehe mich nach Dorian um, der immer noch nicht da ist. Obwohl sein Vater sonst Unpünktlichkeit von ihm nicht duldet.

Alayna kommt aus dem Küchenbereich. Die Mädchen servieren meistens sehr freizügig, und sie trägt ein enges, schwarzes Kleid, das ihre Schultern freilegt und ihre Eleganz unterstreicht. Ich will eine Nase ziehen, aber das darf ich nicht vor dem *Boss*. Caden spannt sich an, als sie direkt an mir vorbeigeht, ein Tablett in der Hand mit Alkohol beladen. Mein Bruder funkelt mich an. Sein Blick fragt: *Was hast du angestellt, dass sie jetzt kellnern muss?*

Ich erinnere mich daran, dass ein Fehler von mir ein Fehler von Alayna bedeutet, und überlege, was ich gemacht habe. Eigentlich habe ich echt aufgepasst, weil ja niemand will, dass Alayna was passiert. Gott bewahre. Dann fällt mir ein, dass ich heute Mittag mit Mom auf der Straße gesprochen habe. Da ich selten allein bin, wurde ich wohl gesehen. Mein Blick schweift zum *Boss*, der einen Ellbogen auf die Stuhllehne und sein Kinn in die Hand gestützt hat. Er lächelt mich bedauernd an. Wie der King persönlich sitzt er da und beobachtet uns alle – jeden Blick, der gewechselt wird; jedes Wort, was gesprochen wird, und sei es in unseren Ohren noch so unbedeutend.

Fuck.

Sie stellt total geübt die Gläser hin und befolgt die Regeln, die Caden ihr wahrscheinlich eingefickt hat.

Ich hasse ihn.

FUCK, ich wusste, ich hätte mich von Mom nicht antatschen lassen sollen, und wippe mit dem Fuß unter dem Tisch auf und ab. Ich brauche eine Line, sonst raste ich aus. Mom hat meine ganze innere Leere mit Scheiße gefüllt. Ich muss mich betäuben oder jemandem aufs Maul hauen oder jemanden ficken.

Meine Hand zuckt, als ich im Augenwinkel sehe, wie Luca, dieser Bastard, seine Hand ausstreckt, als Alayna vorbeigeht. Caden funkelt mich an, dass ich aufpassen soll, also lasse ich die Hand langsam sinken und muss zusehen, wie Luca ausholt und ihr fest auf den Arsch haut.

Wichser.

Sie zuckt nach vorn, aber ist schlau genug, sich nicht umzudrehen.

Ich exe den Grappa, knalle das Glas auf den Tisch. Der *Boss* sieht immer interessierter aus und trommelt mit den Fingern der anderen Hand auf die Tischplatte. Caden ist so angespannt, weshalb ich ihm unter dem Tisch gegen das Schienbein kicke. Wir müssen uns die ganze Zeit gegenseitig ablenken, um keine Scheiße zu bauen. Aber dem *Boss* entgeht sowieso nichts.

Wir hören alle die High Heels im Foyer und der *Boss* lächelt ein bisschen, weil wir alle wissen, wer jetzt kommt. Alle schauen auf ihre Teller, weil man sie niemals mit einem falschen Blick anschauen darf. Dabei weiß man nie, welcher Blick falsch ist. Die Frau des *Bosses* betritt den Raum. Ich sehe nur unter meinen Wimpern in ihre Richtung. Natürlich ist sie eine Granate, was ich nicht denken darf, weil er mir sogar das ansehen würde. Ich kneife die Augen zusammen. Als ihre High Heels näher kommen und sie mit ihrem scharfen Fingernagel über meinen Nacken streift, unterdrücke ich ein Erschauern. Das macht sie manchmal, einfach so, weil es ihr Spaß macht.

Erst, als die High Heels nicht mehr klacken, sehen wir alle wieder auf. Sie trägt ein dunkelblaues Abendkleid und hat die pechschwarzen Haare im Nacken zu einem Dutt zusammengebunden. Ihr perfektes Gesicht ist geschminkt und ist mit erlesenem Schmuck ausgestattet. Sie steht bei ihrem Mann und legt ihm eine Hand auf die Schulter. Er gibt mir mit einem Wink zu verstehen, dass ich ihr den Stuhl zurechtrücken soll. Was ich sofort tue. Sie haucht »*Gracie*« und setzt sich neben mich. Der *Boss* ergreift ihre Hand und haucht einen Kuss auf den Handrücken. Bei ihr ist er ganz anders als bei jedem anderen und es ist ihm fickegal, das vor anderen zu zeigen. Er verehrt und vergöttert seine Frau, egal wie viele Nutten jeden Tag um ihn herum sind. Dafür beneide ich ihn und Caden auch, das sehe ich ihm an. Ich fülle mein Glas noch mal.

Außerdem brauche ich eine Line.

Ich drehe gleich durch wegen der ganzen Scheißgefühlskacke. Ich kann nicht mehr, ich will das nicht fühlen. Keinen Neid, keinen Hass und schon gar nichts anderes, was mich ficken kann. Ich brauche mich so, wie ich die ganze Zeit war, bevor Mom ihre Griffel an mich gelegt und aus mir wieder dieses Baby gemacht hat. Jetzt wippe ich mit beiden Füßen und exe mein Glas. Mein Stuhl wackelt. Nicht mal Cadens eindringlicher Blick kann mich noch ruhig halten. Wir haben noch nicht angefangen zu essen, anscheinend warten wir auf etwas. Die Plätze an der gegenüberliegenden Stirnseite sind leer, aber gedeckt, weswegen ich sicher bin, dass noch jemand kommt.

Der *Boss* schnippt mit den Fingern in Richtung Küche, während seine Frau eine Hand auf seinen Unterarm legt.

Ich weiß, dass in der Küche gerade die Mädchen durchdrehen, weil geschnippt wurde, und dass sie sich darum fetzen, wer gehen muss, weil keine scharf darauf ist. Weil jeder Gang ein böses oder endgültiges Ende haben kann.

Schließlich kommt natürlich *sie*. Caden und ich knirschen beide mit den Zähnen, als sie neben dem *Boss* stehen bleibt. Ich kann nur in ihren Augen lesen, was sie empfindet, weil ich sie kenne, ansonsten merkt man nichts. Habe ich sie so ausgeleert? Und ausgesaugt, wie ich es immer tue?

Gott, meine Gedanken ficken mich so.

Mit dem Zeigefinger winkt er sie näher. Sie muss sich an Caden vorbeibeugen, damit der *Boss* in ihr Ohr sprechen kann. Der *Boss* ist der Einzige, bei dem ich nicht durchdrehe, wenn er ihr so nahe ist, weil ich ihm, egal wie er rüberkommt, hundertprozentig mein Leben anvertraue, und weiß, was für ein Mensch er im Grunde ist.

Er flüstert ihr was zu, ihre Haare streifen Cadens Hand auf dem Tisch. Wieso ist es mir überhaupt wichtig, wer sie anfasst oder wem sie nahe ist? Ich funkle meinen Bruder an und brauche eine Line, sonst schmeiße ich den Tisch um, egal wie groß er ist. Außerdem steche ich Luca gleich die Augen aus, weil er in ihren Ausschnitt starrt, und Caden wird jeden Moment dasselbe tun. Er hebt die Finger und will fast an ihrem Haar spielen, um sie zu beruhigen, aber ich trete ihn wieder, woraufhin er ein bisschen zuckt, so gar nicht cadenlike, und seine Finger schnell zurückzieht.

Wir werden uns heute Abend noch killen lassen, nur wegen ihr.

Sie nickt und zieht sich rückwärts zurück. Dann kommt sie eine Minute später mit einem kleinen, goldenen Tablett zurück. Ich liebe diese Tabletts und hoffe, dass es für mich ist. Als sie den Tisch umrundet und vor mir stehen bleibt, richte ich mich auf. Ich sehe an ihr vorbei zum *Boss*, der mir erhaben zunickt. Dann schaue ich zu Alayna hoch, sehe den Vorwurf in ihren Augen und starre direkt hinein, als ich die ganze Scheiße in mich reinziehe.

Sie schnaubt ein bisschen und ich hebe eine Braue, woraufhin sie zu Boden sieht. Ich finde sie gerade so heiß.

Sie zieht sich zurück. Ich will sie heute noch vögeln, mir egal, was dann passiert. Jetzt tritt Caden mich und ich lehne mich endlich ganz entspannt zurück und rutsche im Stuhl nach unten.

Fuck. Das habe ich gebraucht. Ich weiß, dass ich kaputt bin und man mich nicht mehr reparieren kann. Aber es ist mir egal, so wie alles andere auch.

9. Was passiert hier schon wieder, Isabelle?

Caden

Mein Bruder war kurz vor dem Explodieren, was mich erleichtert hat. Denn in seinen Augen war das erste Mal wieder Leben, als er Luca aufs Maul hauen wolle. Alaynas Arsch wird wohl immer seine Schwachstelle sein. Jetzt hat er eine Line gezogen und ist wieder sein leeres, aggressives, zappelndes Ich. Ich weiß nicht, was heute passiert ist, dass Alayna als Strafe kellnert. Aber ich darf mich nicht mehr so sehr von ihr ablenken lassen, sondern muss mich meinem Bruder widmen, sonst baut er wieder nur Scheiße. Er spielt mit seiner Gabel, wie ein Schüler, der keine Lust auf den Unterricht hat. Ich trete ihn unter dem Tisch, damit er sich richtig hinsetzt. Der *Boss* mag es gar nicht, wenn man so respektlos in seinem Stuhl hängt. Der *Boss* hat viel vom Überdad und ich stelle mir vor, *er* würde hier sitzen. Er würde das so gut hinkriegen.

Jetzt setzt der *Boss* sich aufrecht hin und alle lachenden, betrunkenen Typen am Tisch verstummen. Ich weiß, dass was nicht stimmt. Schon die ganze Zeit, denn Dorian fehlt und das Essen ist noch nicht da. Irgendwas ist komisch.

Wir schauen ihn alle an, als er redet. »Ich habe eine freudige Botschaft zu verkünden, meine Lieben. Ein verlorenes Schäfchen ist zurück zu seiner Herde gekehrt.« Er schmunzelt mich an und Carter mir gegenüber wird starr, während mein Herzschlag für einen Moment stoppt. Ich weiß, was das heißt. Isabelle, ich weiß es ganz genau.

»Endlich kann ich die Verlobung meines Sohnes Dorian de Luca mit Isabelle Marino verkünden. Kommt runter«, setzt er nach und schnippt.

Vor meinen Augen wird es kurz schwarz, weil ich den Atem so lange angehalten habe. Carters Fuß tritt wieder gegen mein Bein. Ich blicke zum *Boss*, der sich zu mir rüberbeugt und hinter seiner Hand flüstert: »Na? Ist das nicht eine tolle Überraschung?« Damit zieht er sich mit eiskalten Augen wieder zurück. Ich wusste, dass er es weiß. Jetzt habe ich die Bestätigung und ich sehe voller Grauen zu der Treppe im Foyer, die man von hier aus sehen kann. Ich höre Absatzschuhe bis nach unten hallen.

Dann erscheinst du auf den obersten Stufen. Du hast ein rotes, bodenlanges Abendkleid an. Dein schwarzes Haar ist so lang geworden und gleitet in großen Wellen über eine Seite deines Gesichts. Du trägst Perlen, Isabelle, und siehst gar nicht aus wie in meinen Erinnerungen oder jede Nacht in meinen Träumen. Verdammt. Deine Wangen sind gerötet, dein Gesicht ist schmaler geworden, noch eleganter, und deine grünen Augen sehen zu Boden. So kenne ich dich gar nicht. Ich hasse es. Da ist kein Feuerfunke mehr in dir. Fuck. Ich spanne mich an; ich weiß nicht, was er mit dir gemacht hat und wie lange du schon da bist. Fuck. Ich habe den ganzen Tag mit Alayna verbracht und du warst vielleicht nur ein Stockwerk weiter oben.

FUCK.

Ich stütze mein Gesicht in einer Hand ab, damit man meine Züge nicht so gut erkennen kann, weil mir alles entgleitet, als er neben dich tritt und du wie eine Gazelle über deine zierliche Schulter zu ihm siehst. Dorian. Er trägt einen komplett schwarzen Anzug und packt deinen nackten Arm, reißt ihn in seine Armbeuge. Ich hasse es, dass seine Finger dich berühren. Das ist so falsch. SO verdammt falsch.

Hinter dir sind deine Eltern. Ich weiß, wer deine Eltern sind. Dein Vater ist einer der gefährlichsten Männer der Stadt. Ich habe die beiden schon ein paarmal gesehen. Dein Vater sieht dich schneidend an und du schaust zu

Dorian. Erst, als er einen Fuß nach vorn setzt, tust du das Gleiche. Ich befürchte, wir haben verloren, und ich befürchte, dass du dein ganzes Leben lang immer einen Schritt hinter ihm laufen wirst.

Ihr schreitet nach unten und du siehst nicht ein einziges Mal auf. Ich starre dich schockiert an, ich kann nicht anders. Denn ich habe einfach nicht damit gerechnet, dich jetzt, heute, hier zu sehen.

Der *Boss* knallt seine Hände auf den Tisch, steht auf und alle müssen folgen. Ich reagiere ein paar Sekunden zu spät und erhebe mich wie ferngesteuert.

Scheiße.

Gemessenen Schrittes führt dich Dorian an die gegenüberliegende Stirnseite des Tisches. Der Kerzenschein spielt über deine Haut. Er zieht dir ruckartig einen Stuhl zurück und sieht dabei so angepisst aus. Mit zwei abfällig wedelnden Fingern erlaubt er dir, dich zu setzen. Du tust es, ehe alle anderen wieder Platz nehmen, bis auf Dorian. Er lässt sich zum Schluss auf seinen Stuhl gleiten. Deine Eltern sitzen links und rechts von euch, so wie mein Bruder und ich neben dem *Boss*. Dorians Blick wandert langsam zu mir und ich sehe die Kriegserklärung in seinen Augen. Aber ich werde nicht gegen ihn kämpfen. Trotzdem senke ich nicht den Blick, das ist nicht meine Art. Du siehst immer noch nicht auf und hast mich noch nicht entdeckt. Der *Boss* klatscht einmal laut in die Hände und alle Männer zucken zusammen, weil die Spannung zwischen uns allen greifbar ist.

»Begrüßt meine wunderschöne Schwiegertochter Isabelle. Die Hochzeit ist in einem Monat, bevor das Vögelchen wieder wegfliegen kann.« Er lächelt in deine Richtung. Wenn möglich, siehst du noch mehr nach unten, um bloß nicht seinem Blick zu begegnen. »Das Ganze sollte ja vor einem Jahr stattfinden, deshalb haben wir es ein bisschen eilig«, sagt er theatralisch. »Und dann wird sich wegen des Familienzusammenschlusses einiges ändern. Ich bin sehr froh, euch in meiner Familie willkommen zu heißen.« Er hebt sein Glas in die Richtung deiner Eltern. Diese nicken und tun es ihm nach.

Dorian nimmt deine Hand und knallt sie auf den Tisch. Ich sehe den Klunker glitzern. Er ist viel zu riesig für deine zierlichen Hände. Du hasst ihn.

Deine Mom stupst dich sachte mit dem Ellbogen an und deutet dir mit einem Finger, dass du aufsehen sollst. Du tust es zaghaft und schaust direkt zum *Boss*. Oh mein Gott, deine Augen. In meinem Magen sticht es und die ganzen Momente fliegen an mir vorbei, in denen du mich angesehen hast, obwohl du gerade direkt an mir vorbeisiehst. Du runzelst die Stirn und der *Boss* lächelt dich an. Dein Blick gleitet zu mir, als könntest du nicht anders. Darin zuckt Unglaube auf, aber deine Miene ist so blank wie meine. Ich halte wieder den Atem an und befehle dir mit den Augen: *Schau weg, Babygirl.*

Du siehst kurz auf die andere Seite zu Carter und wirkst, als würdest du aus einem Traum erwachen. Doch du bist schlau, Isabelle, und siehst dir jetzt jeden

Einzelnen am Tisch an, damit unser Blickkontakt nicht auffällt.

Gott, mein Magen verkrampft sich noch mehr. Da bist du, und du hast mir so gefehlt, aber da hinten in der Küche ist sie. Ich habe gemerkt, wie viel ich noch für sie empfinde. Gerade weiß ich nicht mehr weiter.

Ich zwinge mich, die Augen von dir zu nehmen, weil so was nie gut ausgeht. Dann begegne ich dem Blick meines Bruders. Er hat ebenfalls den Atem angehalten und ist angespannt. Was macht es denn mit ihm, dich zu sehen? Ist da etwa auch noch was? Denn dass da mal was war, habe ich schon geahnt.

Alle Gespräche verklingen zu einem Hintergrundrauschen. Ich trinke mein Glas leer und will dich ansehen, aber ich zwinge mich mit aller Macht dazu, es nicht zu tun. Der *Boss* muss wieder geschnippt haben, weil das Essen jetzt serviert wird. Der Tisch blüht vor Leben, aber in mir ist alles tot. Du … Alayna … Carter … Ich bin so fucking überfordert.

Ich lasse den Blick zu Dorian schweifen, der immer noch dein Handgelenk auf dem Tisch festhält. Er prostet mir zu und grinst, bevor er einen Schluck nimmt, sich zu dir rüberbeugt, dein Kinn packt und dich küsst. Du würdest es nicht wagen, dich ihm vor diesen Leuten an diesem Tisch zu verweigern. Also hebst du den Kopf und etwas in mir verkrampft sich, als ihr euch küsst.

Mir ist schlecht. Alayna kommt zurück, um eine neue Runde Alkohol zu servieren und ich verkrampfe mich komplett. Sie sieht dich sofort, dann werden ihre Augen groß und sie schaut mich an, widmet sich aber schnell wieder ihrem Tun.

Carter hebt eine Braue, als sie neben ihm auftaucht, um sein Glas zu füllen. Er hat die Hand darum geschlossen und spielt mit ihr. Immer wieder zieht er das Glas zur Seite, sodass du dich bemühen musst, nichts danebenzuschütten, weil das nicht passieren darf. Sie funkelt ihn an und er fragt mit seinen Augen: *Ist was, Alayna?* Sie nimmt die Flasche zurück und ihr Ellbogen streift seinen Oberarm. Er lässt den Nacken knacken und tippt mit den Fingern gegen das Glas. Ich weiß, dass er sie gerade am liebsten auf seinen Schoß ziehen würde, aber er tut es natürlich nicht, weil uns das den Kopf kosten würde. Sie entfernt sich und Carter kippt den Inhalt seines Glases in einem großen Zug hinunter. Dann geht sie weiter, schenkt dem Nächsten ein und zieht ihre Runde bis zu dir. Dorian beobachtet dein Gesicht, als du aufsiehst und Alayna plötzlich neben dir steht, um ihm und dir einzuschenken. Jetzt kannst du die Verwirrung nicht mehr verstecken. Sie blitzt in deinen Zügen auf, aber Alayna hat dich schon gesehen, als sie in den Raum kam, deshalb schaut sie einfach an dir vorbei. Sie hat schnell begriffen, wie gefährlich das hier ist, weil ich es ihr heute auch sehr eindringlich eingebläut habe. Dann geht sie weiter, von einem zum anderen. Ich bin der Letzte, dem sie einschenkt. Sie sieht mich kurz prüfend an und ich sage mit meinen Augen: *Nicht jetzt!* Natürlich entgeht dir unser

Blickwechsel nicht, vor allem, weil du es dir nicht verkneifen kannst, zu uns zu schauen.

Alayna zieht sich zurück und ich leere mein Glas auf ex.

Wir stecken tief in der Scheiße, Isabelle.

Jetzt richtig.

Ich hatte Sex mit Alayna.

Und du konntest nicht flüchten.

Carter hasst Alayna.

Und zwischen dir und Carter ist auch noch irgendwas.

Wir sitzen an einem Tisch.

Und wir sind geliefert. So oder so.

10. Meine Königinnen

Caden

Ein paar Stunden später haben der *Boss*, seine Frau und John sich zurückgezogen. Der Rest ist schon halb im Koma. Wir sind draußen auf der riesigen Terrasse und überall hängen Lampions. Der Park im Garten ist hell erleuchtet und das Labyrinth, das etwas abseits liegt und mit dornigen, schwarzen und roten Rosen geschmückt ist, funkelt ebenfalls. Alle sind high und besoffen. Die Mädchen aus der Küche kommen mit dem Servieren nicht hinterher und müssen mittlerweile oben ohne rumlaufen, weshalb ich Alayna da rausgezogen habe. Es ist mir scheißegal, ob es deswegen Kommentare hagelt, denn ich habe sie ja offiziell für mich beansprucht – mit dem Segen vom *Boss*. Wenn das jemanden stört, kann er sehr gern eine Kugel fressen. Ich bin heute nicht gut drauf und mein Bruder erst recht nicht, weswegen er mit Vorliebe was auch immer für mich tun würde.

Der Wichser Dorian liegt auf einem Loungepolster auf der Terrasse, zur Seite gedreht, wie ein fucking Macho. Ich erkenne die Parallelen zu meinem Bruder. Du sitzt neben ihm, die Beine züchtig überschlagen. Mittlerweile bist du umgezogen, weil er das so wollte. Ich habe es genau gehört. Weil ich alles höre, wenn ich will. Jetzt trägst du ein schwarzes, ärmelloses, hautenges Kleid, das dir gerade mal bis über deinen Arsch reicht. An deinem Dekolleté funkeln Diamanten. Ich will dein Kleid hochziehen und die kleine Krone an deiner Leiste küssen, wie ich es immer getan habe, als du meine Königin warst. Nicht seine.

»Caden«, bellt Carter angepisst neben mir. »Nimm die Augen da weg, bevor ich wegen dir Ohrfeigen verteilen muss. Du weißt, sie gehen alle auf Alaynas Konto.«

Ich schaue ihn und Alayna ein bisschen schockiert an, nehme aber meine Augen von dir. Denn ich will nicht, dass Carter einen Fehler macht, für den Alayna leiden muss, weil ich dich angesehen und unsere Ärsche riskiert habe. Du siehst mich nicht ein einziges Mal an.

Mein Bruder ist wieder der abgefuckteste Abfuck auf zwei Beinen, den ich je gesehen habe, und hier laufen eine Menge Abfucker rum. Er ist unruhig, sitzt neben mir, sein Bein wippt, seine Finger trommeln, er fährt sich dauernd durch das Haar und ist auf seinem Platz so weit runtergerutscht, dass er auf der Kante hängt. Alayna hockt auf meiner Armlehne, und da muss sie bleiben. Ich will nicht, dass irgendein Wichser hier sie allein erwischt. Die sind gerade alle so sehr auf Drogen und haben sowieso schon keine Skrupel, selbst wenn sie nüchtern sind. Ich sehe sie nicht an, weil ich nicht kann.

»Aaah, ich glaube, ich muss mir bald einen blasen lassen«, überlegt Carter laut. Sein zweites Bein fängt an zu wippen. Alayna beißt fest die Zähne zusammen.

Sein Blick schießt zu ihr herum. »Probleme, Alayna?«

»Nein«, sagt sie sofort gepresst.

»Du bist so ein braves Mädchen«, lobt er sie. »Es steht dir gut, hier zu sein. Komm, blas du mir einen.«

Ich bin total verdutzt über meinen Bruder, weil ich echt gedacht habe, er hätte kurz zu sich gefunden, vorhin am Tisch, aber anscheinend nicht. »Nein, Carter«, erwidere ich locker. »Du wolltest sie ja nicht, jetzt ist es zu spät.«

Er sieht mich von unten herauf durch seine Wimpern an und ich bekomme die zweite Kampfansage an einem Abend. Wow.

Er stützt den Ellbogen auf die Lehne seines Sessels und streckt den Zeigefinger aus, um die Mädchen auf der Tanzfläche abzuzählen. »Und. Raus. Bist. Du! Aaah, die sieht gut aus. Ich glaube, die hatte ich schon mal«, sinniert er. Ich *weiß*, dass er sie schon hatte. Er hatte jede hier schon. Nicht immer nur einzeln, teilweise auch zu dritt oder viert oder mehr. Er ist ein widerlicher Bastard und er macht das nur, um Alayna zu reizen. »Die hat eine enge Pussy.« Damit steht er auf, klappt seinen Ring auf, zieht noch mal eine Nase, als hätte er nicht genug gehabt, und schlendert los. Als er an dir und Dorian vorbeigeht, tippt er sich gegen die imaginäre Hutkrempe, und Dorian erlaubt ihm, zu gehen. Er braucht ihn jetzt gerade nicht.

»Er ist so ein Wichser«, flüstert Alayna und sieht ihm nach, wie er die Auserwählte mit sich winkt, ohne sie anzusehen. Sie folgt auf dem Fuß und sie verschwinden in das Labyrinth, wo jeder hingeht, um sich einen blasen zu lassen.

Ich ziehe Alayna auf meinen Schoß und schiebe ihre nackten Beine seitlich über meine. Mir ist klar, dass du uns sehen kannst, aber ich muss meine Rolle vor Dorian perfekt spielen. Besonders weil er mich sowieso schon gefressen hat. Und ich kann nichts daran ändern, was ich für sie fühle, Isabelle. Jetzt, da es mir bewusst geworden ist.

»Ich weiß.«

Ihre Hände spielen in ihrem Schoß. »Und du?«, fragt sie emotionslos. »Wirst du mich jetzt auch wieder wegschicken, weil deine große Liebe zurück ist?«

Ich streiche mit den Fingerspitzen nachdenklich über ihr Knie. »Nein.« Und wer wirklich meine große Liebe ist, das sage ich ihr jetzt nicht.

Ihre grünbraunen Augen sehen mich fast so an wie damals. So verletzlich und unschuldig. Fuck. Ich fahre über ihr Kinn und genieße die seidig weiche Haut unter meinen Fingerspitzen. Es gab eine Zeit, da hätte ich alles dafür gegeben, das noch einmal zu fühlen. Und es fühlt sich auch jetzt noch ein bisschen unwirklich an.

»Caden, wieso tust du das?«, wispert sie und ihre Lider gleiten zu.

»Was tue ich denn?« Ich merke selbst, wie rau meine Stimme klingt. Meine Seite prickelt, weil ich weiß, dass du uns ansiehst.

»Du tust es wieder …« Ihre Hüften bewegen sich ein bisschen.

»Was denn?« Ich presse meinen Ständer an ihren Arsch und sie keucht.

»Wenn du sie liebst, solltest du damit aufhören«, haucht sie atemlos und sieht mich wieder mit diesem Glanz in den Augen an.

»Wenn du ihn liebst, solltest du auch damit aufhören«, kontere ich locker und streiche über ihren Hals. Fuck.

»Ich weiß«, sagt sie leise.

»Dann hör auf, Alayna, denn ich kann nicht. Wie immer.«

»Ich hab Angst, Caden.« Sie fährt mit zwei Fingern über meine Lippen und mein Kinn. Ich schließe die Augen. »Vor dir. Vor ihm. Vor dem hier.«

Ich beuge mich ihrer Berührung entgegen und öffne meine Augen, sehe direkt in ihre. »Das solltest du auch.«

Sie schluckt und beißt sich auf die Unterlippe, die Augen trüb und doch ist da was Neues in ihnen. Etwas, was am Ende nur noch für Carter bestimmt war. Der Blick, wegen dem ich innerlich früher so oft durchgedreht bin. Fuck, das macht mir Angst, denn ich weiß auch, wie es sich anfühlt, wenn sie mich zerstört. Ich wollte es nicht wieder so weit kommen lassen.

»Sieh mich nicht so an, Alayna. Das ist nicht gut für dich.« Meine Finger streichen an ihrem Schenkel auf und ab.

»Warum?«, fragt sie heiser. Ihre Beine gleiten ein Stück auf, ohne dass ich sie manipuliere. Alayna ist einfach das empfänglichste Wesen, was ich je gespürt habe. Das hat mich auch so sehr an ihr fasziniert. Diese absolute Hingabe gemischt mit dieser Unschuld.

»Weil ich dich dann auch in das Labyrinth ziehe und nicht weiß, was ich mit dir tun werde. Und ich habe mir geschworen, dass ich nichts mehr tue, was du nicht willst.«

Sie sieht mir so vertrauensvoll in die Augen, obwohl ich es nicht verdient habe. Mir darf man nicht vertrauen, ich vertraue mir selbst nicht. Nicht in Bezug auf sie.

»Ich will es, Caden.« Die Worte lassen meinen Bauch verkrampfen und mein Herz rast los.

»Das sagst du nur, weil er dich gerade so scheiße behandelt, Alayna. Und weil du dich hier so schutzlos fühlst. Verwechsle das nicht mit was auch immer.«

Sie zieht die Augenbrauen hoch und sieht mich eindringlich an – so rotzfrech wie früher. »Verwechsle du es auch nicht. Nur, weil sie jemand anderen hat und du jetzt an mir rumspielen kannst, damit sie es sieht. Verwechsle *das* nicht mit was auch immer.«

Oooh, sie macht mich so sauer wie schon lange nichts mehr. Und gleichzeitig lassen mich ihre Worte stutzen. Meine Augen wandern langsam zu dir, doch du bist so fixiert auf deinen Dorian, der jetzt den Arm um dich gelegt hat. Du siehst ihn an, weil du es musst, und ich schaue zurück in die wissenden Augen vor mir.

Aber ich weiß nicht, was ich will, Isabelle. Und was ich fühle. Ich bin das erste Mal restlos überfordert mit meinen Gefühlen. Auf einmal höre ich dich laut lachen und ich blicke sofort wieder zu dir. Du kannst so gut schauspielern. Ich habe noch nie ein falscheres Lachen gehört, als du spielerisch gegen Dorians Schulter schlägst und er dich auf seinen Schoß zieht. Ich lehne den Kopf zurück, um dich nicht sehen zu müssen.

»Und?«, fragt sie. »Verwechselst du da was?«

»Aah, Alayna, lass das.«

Sie blickt mich unschuldig an, während ich sie unter schweren Lidern ansehe. »Was mache ich denn?«, hakt sie frech nach.

»Alayna, willst du den Arsch versohlt bekommen? Du stehst ja angeblich auf Schmerzen.«

»*Willst* du mir den Arsch versohlen, Caden? Du siehst nämlich gerade echt so aus, als hättest du es dringend nötig, ein bisschen Frust abzulassen.« Ich habe ganz verdrängt, was für eine Nymphe Alayna sein kann, und dass hinter dieser unschuldigen Schale ein ziemlich versauter Kern steckt, der mich verdammt hart macht.

»Ich wollte dich nicht wieder ficken, Alayna. Hör auf damit!«

Sie hebt die nackten Schultern. »Okay. Wir wollen ja nicht, dass du was tust, was du nicht wolltest.« Damit rutscht sie weiter runter auf meine Knie und ich ziehe sie wieder zurück auf meinen Schwanz.

»Was wird das, Caden?«, fragt sie locker. Ich mag es, dass sie trotz dem, was Carter gerade macht, und trotz der ganzen Situation und allem, was ich ihr angetan habe, so locker sein und loslassen kann.

»Sag du es mir, Alayna.« Mit meinen Fingerspitzen gleite ich unter ihr Kleid. Carter lässt sich mit einem Mal mit voller Wucht neben uns plumpsen und wir zucken auseinander. Ich habe ihn nicht bemerkt. So was ist mir bisher nur mit den beiden Frauen hier auf der Terrasse passiert.

Er seufzt genüsslich und nimmt sich ein Glas Whisky, als eines der Mädchen vorbeiläuft. »Man fühlt sich so viel besser, wenn man Druck abgelassen hat. Sag mal, Alayna, trägst du eigentlich kein Höschen? Das wollte ich schon die ganze Zeit fragen!« Er will ihre Knie spreizen, aber ich drücke sie wieder zusammen und bemerke ein bisschen verwundert, wie sehr wir die Rollen getauscht haben.

Seine giftigen Augen fahren von ihren Knien über ihren Körper und direkt in meine Augen. Ich sehe ihn an und lege meine Hand zwischen ihre Schenkel. Er schaut wieder nach unten zu ihren Beinen und von dort langsam nach oben in mein Gesicht, bevor er sich eine Zigarette anmacht, die er in zwei langen Zügen heiß raucht und wegschnippt.

»Also Caden, wo waren wir stehen geblieben?«, fragt sie leise und sieht mich wieder an. Ich muss ein bisschen schmunzeln. Mit meiner Hand streiche ich ein bisschen weiter hoch.

»Ich weiß nicht, Alayna. Sag du es mir«, wiederhole ich.

»Ich glaube, du wolltest irgendwo mit mir hingehen«, sagt sie eindringlich und ich hebe eine Braue.

»Wenn du mir noch einmal dieses Angebot machst, dann sage ich nicht Nein«, erwidere ich ernst. Carter neben uns zieht wieder eine Nase und ist total hinüber, als er den Kopf an die Lehne sinken lässt und die Augen schließt. Ich sehe wieder nach oben in ihre Augen und vermeide jeden Blick zu dir. Dabei bin ich froh, dass ich noch aufrecht stehen kann und deinetwegen nicht noch mal in die Knie gesunken bin.

Das eine Mal hat mir gereicht.

Alayna öffnet ihre Beine ein bisschen und ich verstehe, was sie mir sagen will. Ich lasse meinen Nacken knacken, ohne sie aus den Augen zu lassen.

»Steh auf. Geh.«

Sie steht auf und geht die Treppe mit hoch erhobenem Kinn nach unten. Ich sehe das erste Mal eine richtige Königin in ihr.

Carter packt mich am Arm, als ich ihr hinterher will. Ich blicke von seiner Hand, die meinen Arm hält, in seine abgefuckten Augen. Immer noch kein Gefühl darin.

»Wieso schon wieder?«, fragt er emotionslos.

Ich ziehe meinen Arm zurück. »Du weißt, wieso.«

Er schließt die Augen und atmet durch, dann sieht er mich wieder an. »Lass sie endlich.«

»Interessiert dich das?«, hake ich nach.

»Nicht genug, wie es scheint. Sonst würde ich dir jetzt die Fresse polieren, Caden.« Er hebt die Arme. »Was ist eigentlich mit deiner Mafiaprinzessin passiert? Liebst du sie nicht mehr?«

Mein Blick gleitet kurz zu dir. Du bist immer noch auf Dorian fixiert. »Sie wird bald heiraten.«

»Also nutzt du *die* schon wieder aus?«, fragt er und nickt in Alaynas Richtung. Sie wartet unten auf mich.

»Oh nein, das tue ich nicht und das habe ich nie. Das ist der Unterschied zwischen uns.«

Ungläubig starrt er mich an. Ich drehe mich um und gehe.

Als ich ihre Hand nehme, spüre ich deinen Blick in meinem Rücken. Ich kann es mir nicht verkneifen, über meine Schulter zu sehen. Dorian ist abgelenkt und du nutzt die Zeit, um mich mit deinem Todesblick anzufunkeln. Ich drehe mich einfach weg und gehe mit Alayna ins Labyrinth.

Wir biegen um eine Kurve, dann drücke ich sie mit dem Gesicht gegen die Hecke. »Das wird jetzt hart, Babygirl.«

Sie erzittert. »Nenn mich nicht immer Babygirl, Caden.«

Ich mache meine Hose auf. »Wieso, Babygirl?«

Sie schweigt und ich reiße ihr Kleid nach oben. Natürlich weiß ich, wieso ich das nicht tun soll. Das bringt sie zu sehr durcheinander, aber ich halte mich nicht so gern an das, was ich soll oder nicht.

»Fuck«, flüstert sie.

»Du sagst es, Babygirl.« Ich schiebe mich bis zum Anschlag in sie, halte ihren Mund zu. Fuck. Das fühlt sich so richtig an. Wie kann etwas, was falsch ist, sich so richtig anfühlen? Sie stöhnt meinen Namen gegen meine Hand und ich muss aufpassen, dass ich nicht sofort komme, was echt nicht oft passiert. Gar nicht oft.

Mir der anderen Hand gleite ich vorn zwischen ihre Beine und massiere sie gezielt, während ich meine Hüften nicht bewege, weil sonst alles vorbei ist. Sie reckt sich mir entgegen und lässt ihren knackigen Hintern kreisen. Als sie sich um mich herum zusammenzieht, stoße ich wieder in sie und lasse mich einfach gehen.

Fuck.

11. Aber dich nehme ich mit, Alayna

Carter

Ah, fuck.

Jetzt ficken sie schon wieder. Ich fühle mich in alte Zeiten zurückversetzt. Das Koks rauscht durch mein Blut, als ich aufstehe und die Treppe nach unten schlendere. Heilige Scheiße, scheiß auf diese Scheiße. Diese Bitch. Ich hasse diese Bitch. Erzählt mir was von Liebe und zieht dann so eine Scheiße vor meinen Augen ab. Ich schubse Luca beiseite, diesen Hurensohn. Der wird sowieso bald sterben. Ich finde schon einen Grund. Er hat sie nicht anzufassen. Niemand hat sie anzufassen, auch nicht *er*.

Was ist mit mir los? Ich wollte das nicht fühlen. Obwohl ich voll mit Drogen bis oben hin bin, kann ich es nicht unterdrücken. Die Scheiße ist richtig ekelhaft geworden.

Ich will schon ins Labyrinth marschieren und schauen, was sich ergibt, mich selbst überraschen, als ich eine Hand an meinem Rücken spüre und herumfahre. Ernsthaft, ich kann es nicht leiden, wenn man mich von hinten berührt, oder überhaupt berührt, also ziehe ich schon fast meine Waffe, ehe ich merke, dass es Isabelle ist, die vor mir steht. Kurz sehe ich zu der Stelle, an der Dorian gerade eben noch war.

»Keine Sorge, der ist drin und fickt irgendeine Nutte«, sagt sie. Es ist das erste Mal, dass sie seit einer gefühlten Ewigkeit mit mir spricht. Ihre Stimme zu hören bringt alles in mir durcheinander.

»Scheiße, geh weg, Isabelle. Ich werde gekillt, wenn ich mit dir rede.«

»Ah, jetzt mach dich nicht voll. Komm mit, wir müssen reden.« Sie nimmt meine Hand. Verdammt! Was tut sie da? Und zieht mich in den Pavillon etwas abseits. Hektisch sehe ich mich um, aber keiner der Anwesenden achtet auf uns. Na ja, man weiß nie.

Es ist niemand hier. An der Decke hängen Lichterketten.

»Was zum Teufel macht ihr hier?!«, schießt sie los, verschränkt die Arme vor der Brust und presst sie damit noch weiter zusammen. Ich muss mich dazu zwingen, hochzusehen. Ihre grünen Augen funkeln wütend. »Ich habe doch zu diesem GWDW gesagt, er soll mich nicht suchen!«

»GW-was?«, frage ich verwirrt und blinzle ein paarmal.

»Größter Wichser der Welt!« Ach, sie meint Caden.

»Wir haben dich nicht gesucht, wir sind nicht wegen dir hier.«

»Was?« Sie zieht ihre schwarzen Brauen nach oben.

»Wir arbeiten schon länger für deinen Schwiegervater, Isabelle«, antworte ich gedehnt. »Jetzt stecken wir halt richtig drin. Es hat mit kleinen Geschäften angefangen und auf einmal fand dein Verlobter uns so toll, dass er uns immer bei sich haben wollte.«

»Dieser Bastard«, flüstert sie verärgert, dann sieht sie mich eindringlich an. Ich mochte ihr Temperament schon immer. Besonders beeindruckend ist, wie sie es schafft, gestandene Männer mit nur einem Blick eierlos fühlen zu lassen. Sie schlägt mit der flachen Hand auf meinen Bizeps. Wenn sie eine andere Bitch wäre, wäre sie jetzt tot. Aber sie ist keine andere Bitch. Das war sie nie für mich.

Ich schaue auf meinen Arm und dann in ihre Augen, aber es interessiert sie nicht. Sie weiß, dass ich ihr nichts tun würde. Niemals. Das habe ich auch nicht, als sie sich in den sechs Wochen wie eine kleine zickige Furie benommen hat, weil sie schlechte Laune hatte. Die hat sie ziemlich oft, aber man kann ihr nicht böse sein, denn sie ist heiß, wenn sie wütend ist.

»Seid ihr bescheuert? Was macht ALAYNA überhaupt hier? Sie führt mich ganz schön in Versuchung, mit ihrem ganzen Labyrinthgeschleiche!«

Ich streiche mir über das Gesicht. »Isabelle, wieso bist *du* denn hier? Ich meine, Caden hat Vasco doch beseitigt, damit er dir nicht mehr nachschnüffelt.«

Sie reißt die grünen Augen schockiert auf. »Caden hat VASCO beseitigt? DEN Vasco?« Ich nicke langsam und werde wieder unruhig. Mit meinem Fuß wippe ich hektisch auf und ab. »Scheiße«, flüstert sie.

»Und was machst du jetzt hier?«, wiederhole ich angespannt.

»Was wohl? Die haben mich vor einer Woche eingefangen, einfach so in den Mercedes gezogen und weg war ich.«

Ich stutze. »Vor einer Woche?« Fuck, dieser Dorian spielt mit uns, aber so ist er einfach. Ich konnte das schon mal bei jemandem hinnehmen. Und da das jetzt meine Familie ist, werde ich es wohl wieder ertragen. Allerdings will ich nicht wissen, was in der einen Woche alles passiert ist, in der Caden und ich nicht von Isabelles Anwesenheit wussten.

»Japp.«

Ich fahre mir durch das Haar.

»Fuck, Carter, was ist mit dir?« Sie mustert mich genauer. Ihr Blick wirkt ein bisschen besorgt.

»Lass den Psychoblick, Isabelle«, sage ich ernst, weil ich sie kenne und weiß, was sie da tut. »Keine Therapiestündchen mehr. Mir geht es gut.«

»Wirklich?«, fragt sie ungläubig. »Alayna fickt da hinten mit Caden.« Sie deutet mit dem Finger hinter sich. Ich lasse augenblicklich meinen Nacken knacken und meine Fäuste pumpen. »Ich glaube das einfach nicht«, murmelt sie dann. »Ich hasse diese Frau.«

»Ah, ich hasse sie auch, glaub mir«, erwidere ich rau und bin so angepisst. Ich hasse es. Ich will mich nicht so fühlen. Vor *ihr* war alles so einfach, bis sie mit ihren Fuckbambiaugen wieder ankam.

»Ich will, dass sie geht. Dein Schwiegervater hat sie hergeholt, um mich unter Kontrolle zu halten.«

»Ah, du bist wieder außer Kontrolle. Verstehe. Da mag ich dich immer am liebsten.« Sie lächelt keck. Ich verdrehe meine Augen, denn sie ist einfach nur *so* Isabelle.

»Führ mich nicht in Versuchung, Prinzessin.«

Sie hebt eine Schulter und hat den Schlafzimmerblick aufgesetzt. »Okay.«

»Und ja, ich mag mich so auch am liebsten, aber sie macht das kaputt.« Ich rolle meine Schultern und zerstrubble mein Haar noch mal.

»Du bist so ein Chaos, Carter«, sagt sie lächelnd und kopfschüttelnd.

»Und du nicht?«, frage ich stirnrunzelnd.

»Oh doch, ich auch.« Sie lässt sich auf die Bank sinken. »Ich sehe, was ich tun kann wegen ihr.«

Ich setze mich neben sie. »Aber kill sie nicht. Das könnte ich auch selbst, wenn ich es wollte.« Obwohl die Vorstellung von ihr mit einer Knarre in der Hand ein bisschen heiß ist, solange sie diese nicht gegen Alayna richtet.

Isabelle hebt eine Braue. »Gott bewahre, dass ich eure heilige Alayna umbringe. Aber ich kann ihr ja vielleicht was abschneiden …«

»Neeeein, Isabelle.« Ich sehe sie mit großen Augen an. »Sie wird nicht angeschnippelt, okay?« Ich weiß, dass sie dazu fähig ist, denn ich habe es selbst gesehen.

»Okay.« Sie verdreht die Augen. »Ich kann versuchen, dafür zu sorgen, dass sie zurückgeht, aus welcher Hölle sie auch immer gekrochen kam. Aber ich kann nichts versprechen. Dorian ist im Moment nicht sehr gut auf mich zu sprechen.«

»Das kann ich mir vorstellen«, sage ich hohl, als mir die widerlichsten Bilder durch den Kopf schießen. Sie ist seine Verlobte, nicht meine. Und es geht mich nichts an, das ist hier die Devise.

»Versuch es einfach, und zwar schnell. Sonst kille ich sie.« Eindringlich sehe ich ihr in die Augen. Sie weiß, wann ich etwas wirklich ernst meine.

Doch dann lächelt sie mich wissend an. »Aah, Carter. Du killst sie nicht, niemals.«

»Ich weiß«, knurre ich angepisst und hasse es, dass ich immer so schwach werde, wenn es um SIE geht, aber das werde ich schon noch in den Griff bekommen. Schließlich bin ich auf dem besten Weg zur absoluten Gleichgültigkeit.

»Und du? Heiratest du den Bastard jetzt, oder was?«, frage ich laut, um meine Gedanken zu übertönen.

»Wenn du mich nicht spontan hier wegzaubern kannst oder den fliegenden Teppich auspackst, sieht es wohl ganz danach aus.«

»Fuck«, murmle ich und lasse meinen Nacken knacken. »Hat er dir wehgetan?«

»Nein. Mir tut niemand weh.« Ich sehe in ihren Augen, dass sie lügt, und ich mag es nicht. Nicht Isabelle. Sie ist eine Kämpfernatur. Man sollte nicht versuchen, sie zu brechen. Das macht sie nur noch robuster, bis sie irgendwann explodiert.

»Hat *sie* dir wehgetan?«, fragt sie leise und schaut mir direkt in die Augen. In ihren funkelt Beschützerinstinkt, was ich ein bisschen niedlich finde.

»Nein«, sage ich. Sie bemerkt auch, dass ich lüge, dann lachen wir, weil wir uns so gut kennen. Ich mag ihr losgelöstes Lachen. Es schafft, meinen Kopf kurz ruhigzustellen.

»Ich hasse diesen Typen.« Ich weiß instinktiv, dass sie meinen Bruder meint und nicht Dorian, denn den liebt sie nicht genug, um ihn zu hassen.

»Ich auch«, sage ich und nicke.

»Er ist dein Bruder.« Sie runzelt verständnislos die Stirn.

»Ist mir egal, er fickt sie schon wieder. Er macht es schon wieder, verstehst du? Einfach so. Er weiß, durch welche Hölle ich gegangen bin und was sie mir bedeutet … *hat.*« Ich spüre langsam, wie die Wut wirklich heiß in mir zu brodeln beginnt. »Erst entreißt er sie mir, dann schickt er sie weg, dann holt er sie zurück und fängt mit der ganzen Scheiße von vorn an. Fuck.« Ich schnippe meinen Ring auf, der leer ist. »Fuck.« Ich lasse meine Schultern kreisen und meine Muskeln pumpen.

»Du musst jetzt nichts nehmen«, sagt sabelle eindringlich und legt eine Hand auf meinen Arm, um ihn zu senken. »Kotz dich einfach aus, Carter. Wie du es früher immer getan hast.« Zwei Sekunden schafft sie es durch ihren Blick, mich ruhig zu halten, aber dann sind da wieder diese Bilder. Ich bin schneller auf den Beinen, als ich es realisieren kann, und ziehe meine Waffe.

Isabelle hebt unbeeindruckt die Brauen. »Was wird das?«

»Ich bringe ihn um!«

»Carter, setz dich hin und beruhig dich!«

Ich ignoriere sie und stürme nach draußen auf das Labyrinth zu. Meine Schritte sind hektisch und ich schwitze. Mein Puls hämmert. Ich bin so fucksauer. Ich will diesen Wichser ein für alle Mal auslöschen. Er hat mein Leben gefickt, was ich nicht noch mal ertrage, wie mir gerade klar wird.

Ich lade die Waffe noch im Gehen. Alles um mich herum verschwimmt. Die Musik im Hintergrund verkommt zu einem Rauschen in meinen Ohren, und mit meinem Blick scanne ich mein Umfeld. Oh mein Gott, ich hasse sie. Schon wieder bin ich an dem Punkt, an dem ich sie hasse.

Ich stürme ins Labyrinth und biege um die Ecke und da stehen sie. Jetzt reicht es mir. Dieses Spiel ist endlich zu Ende und er verliert.

Er fickt sie von hinten, wie sie es mag, weil sie eine kleine berechnende Hure ist. Trotzdem ist sie meine Hure. Und nicht seine. Niemals seine. Sie war nie sein. Und jetzt hängt sie sich nur an ihn, weil sie mich nicht haben kann. Sie wird mich nie wieder haben. Ich schenke ihr nie wieder so was Wertvolles wie mein Herz.

Ich hasse sie.

Kurzerhand presse ich Caden die Waffe an die Schläfe und er erstarrt. Er war so auf ihre Pussy fixiert, dass er gar nicht bemerkt hat, wie ich näher kam. Dabei war ich nicht unbedingt leise. Seine Augen gleiten auf und sie sieht über ihre Schulter direkt in mein Gesicht. Ich starre zurück mit allem Hass, den ich aufbringen kann. *Oh Alayna, jetzt bin ich erst richtig entfesselt. Da habt ihr eure Fuckgefühle. Ihr wolltet sie? Jetzt lebt damit oder sterbt.*

Caden weiß, wie unberechenbar ich im Moment bin, nimmt sofort die Hände von ihr und schließt seine Hose, bevor er einen Schritt zurückmacht und stehen bleibt.

»Zieh dein Kleid runter, du kleine Hure«, knurre ich in ihre Richtung. Sie gehorcht schluckend, bevor sie sich zittrig umdreht und mich vorsichtig ansieht. Panik steht in ihren riesigen Augen und sie ist weiß wie eine Wand.

Ich presse den Lauf immer noch an Cadens Schläfe, der Alayna ansieht. »Verpiss dich, Alayna.«

Aaah, ich liebe es, wie atemlos er klingt.

»Eigentlich verdienst du die Kugel, Alayna, und du verpisst dich jetzt nicht. Du wirst zusehen, wie ich sie ihm verpasse.«

Sie keucht schockiert: »Carter.«

»Ah, sag meinen Namen nicht«, fahre ich sie an und lasse meine Schultern rollen und den Kopf kreisen.

»Carter«, wiederholt sie leiser, dieses dumme Ding, und zieht damit all meinen Hass auf sich. »Das ist Caden. Dein Bruder. Weißt du noch – er vor allem?« Sie macht einen Schritt auf mich zu, und wenn ich nicht will, dass sie mich berührt, muss ich zurückweichen. »Bitte lass ihn.« Sie hebt die Hand.

»NICHT«, warne ich sie, dann ziele ich, bevor sie mich berühren kann, auf ihre Brust. Sie bleibt wie erstarrt stehen und sieht mir fest in die Augen. Ihr Blick erinnert mich an die Situation damals auf dem Parkplatz, als meine Finger um ihren Hals lagen. Ich dränge sie mit dem Lauf der Waffe mit einem Ruck tiefer ins Labyrinth.

»Carter«, knurrt Caden nun dunkel.

Ich sehe immer noch sie an, während ich sie zwinge, zurückzugehen. »Halt die Klappe, Caden! Du fickst überall rein, auch in das, was mir am wichtigsten ist. DU baust die ganze Zeit Scheiße, nicht ich. Du bist ein egoistischer Bastard. Wichser!« Ich schubse sie mit der Waffe noch weiter nach hinten. Ihre Augen sind so angsterfüllt. *Oh, Baby, das hält mich nicht mehr ab. Ich habe in den letzten Monaten zu viel Angst in zu vielen Augen gesehen.*

»Du weißt, dass du Scheiße laberst, Carter«, sagt Caden, der mir gefolgt ist. Nun drückt er mir mit einem Mal *seine* Waffe an meinem Kiefer.

Wow.

Kurz bin ich geschockt. Wirklich geschockt.

»Nimm sie runter, Carter.« Er presst den Lauf fest gegen meinen Kiefer.

Ihr Blick wird jetzt richtig panisch. »Caden, nein«, fordert sie zittrig, diese Heuchlerin. »Bitte nicht, Caden!«

»Mach doch«, sage ich ohne Gefühl. »Mach, dann habe ich endlich, was ich seit Monaten will. Kill mich, Caden. Drück ab. Aber sie nehme ich mit.« Ich ramme den Lauf unter Alaynas Kinn. Ihr Kopf ruckt nach hinten. Sie sieht mich an und ich sehe sie an. Mein Bruder entsichert seine Waffe und sie hat Tränen in den Augen.

»Carter, Baby, bitte, nimm sie runter.« Sie führt ihre Hände an meinen Unterarm, doch ich schüttle ihre Finger ab. Ich will sie nicht mehr spüren, ihre Berührungen. Kann sie nicht ertragen.

»Fick dich, Alayna«, flüstere ich. »Fahr zur Hölle!« Mit einem Ruck nehme ich die Waffe runter und stoße Cadens Arm von mir. »Fickt euch doch tot.« Und damit verpisse ich mich.

Fuck! Fuck! Fuck! Fuck! Fuck!

12. Ich muss dich schon wieder gehen lassen, Alayna

Caden

Am nächsten Abend sind wir Downtown bei einer Einweihung, und ich fühle mich wie Scheiße, Isabelle. Ja, ich wollte, dass Carter wieder etwas empfindet, aber ich hatte keine Ahnung, was tief in ihm drin brodelt. Er hätte mich oder sie umgebracht. Im Moment ist er unzurechnungsfähig, aber unsere Verbindung und unser Vertrauen zueinander sind noch nie so sehr gebrochen gewesen wie jetzt. Und ich weiß nicht, was er sich angetan hätte, wenn er ihr die Kugel in die Brust geschossen hätte. Wahrscheinlich hätte er die Waffe unmittelbar danach an seine eigene Schläfe gehalten und abgedrückt. Dann wäre ich durchgedreht, weil ich trotz allem nicht ohne ihn leben kann. Niemals. Diese Angst, ihn zu verlieren, überkam mich noch nie so sehr wie gestern.

Ich habe die Nacht nicht zu Hause verbracht. Stattdessen war ich in einem der Clubs, die dem *Boss* gehören, bis die Sonne aufgegangen ist. Währenddessen hat Carter irgendwo Köpfe rollen lassen, wie ich gehört habe. Alayna ist nach der Sache im Labyrinth heulend in ihr Zimmer verschwunden und dich habe ich das letzte Mal auf der Terrasse gesehen, bevor ich …

Fuck, ich wollte eine Reaktion von ihm, irgendeine, und jetzt habe ich Gewissheit. Ihm ist nichts egal. Sie ist immer noch wichtig für ihn, auch wenn er momentan zu abgefuckt ist, um das zu verstehen. Auch wenn es vielleicht keine Liebe mehr ist.

Wir sind in einer Kolonne hierhergefahren. Zu einer Einweihung von einer Skylounge des *Bosses*. Alayna sitzt neben mir; ich habe sie mitgenommen, damit sie in der Villa nicht allein rumläuft. Denn ich traue der Sache nicht, ich traue den Menschen dort nicht so sehr, wie Carter es tut, der sich total eingegliedert und das hundertprozentige Vertrauen des *Bosses* für sich gewonnen hat. Ganz im Gegensatz zu mir. Immerhin scheint er zu wissen, was zwischen dir und mir gelaufen ist, Isabelle. Aber nicht, was damals zwischen dir und Carter lief.

Alayna ist schweigsam und wunderschön. Sie trägt ein schwarzes, bodenlanges Kleid, das ein bisschen im richtigen Licht glitzert und um ihre Brust eng anliegt. Ihre Haare sind wie immer offen und gelockt. Ich liebe ihre Haare. Sie ist geschminkt und noch schöner als sowieso schon. An ihren Ohren funkeln kleine Diamanten, die ich ihr zu diesem Anlass geschenkt habe.

Ich weiß, dass sie ihren Vater vermisst. Dass sie durcheinander ist – wie immer wegen uns. Dass sie Carter liebt. Nach wie vor. Dass sie verzweifelt ist und dieses Leben hier hasst. Genau wie ich. Nicht so wie du, Babygirl. Du bist da hineingeboren worden. Dir liegt es. Mit einer Sache hat Dorian recht. Wenn man etwas kennt, geht man immer wieder dorthin zurück, egal was einen erwartet. Ich weiß, dass du es dieses Mal nicht freiwillig getan hast, aber früher oder später wärst du zurückgekommen.

Ich sehe sie an. Wir sitzen auf der Rückbank einer Limousine und ich würde so gern meine Hand auf ihren Oberschenkel legen, aber ich tue es nicht. Für ihn fasse ich sie nicht mehr an. Das ist wieder eine Premiere. Noch niemals habe ich mich von einer Frau, die ich wollte, für Carter ferngehalten – besonders nicht von der EINEN.

Sie spielt mit dem Stoff ihres Kleides, ihre Finger zucken und ihr Blick ist nach draußen gerichtet. Wir haben über gestern nicht gesprochen, dabei würde ich so gern wissen, was in ihrem Kopf vorgeht.

»Was denkst du gerade, Alayna?«, frage ich leise, weil ich mich nicht zurückhalten kann. Ich sehe in der Spiegelung ihres Gesichts, wie sie die Augen mit den langen Wimpern schließt. Dann dreht sie den Kopf zu mir und sieht mich an. Ich lasse meinen an die Lehne sinken.

»Ich denke, dass wir das nicht mehr tun können, Caden«, spricht sie meine Gedanken aus.

»Ich weiß.« Unsere Hände liegen nebeneinander auf dem Ledersitz, aber wir berühren uns nicht.

»Ich kann nicht einfach von heute auf morgen aufhören, ihn zu lieben, egal wie widerlich er sich aufführt, auch wenn schon so viel Zeit vergangen ist.« Ihre Hand kommt zaghaft näher und sie legt ihre Fingerspitzen auf meine. Die Berührung ist so intensiv, dass sie mir in den Magen schießt.

»Er wird dich zerreißen, Baby«, antworte ich leise.

»Ich weiß«, flüstert sie. »Aber ich kann ihm das nicht antun.« Ich drehe meine Hand und halte ihre. »Ich auch nicht.«

Sie nickt. »Ich weiß.«

»Wir sollten uns jetzt eigentlich loslassen, Alayna.«

»Ich weiß.« Meine Hand umfängt ihre fester. Ich hasse es, was ich ihr alles angetan habe, und frage mich, wo wir jetzt wären, wenn ich dieses Spiel nie angefangen hätte oder das mit Melissa gelassen hätte. Oder wenn ich aufgehört hätte, als ich bemerkt habe, was sich bei Carter angebahnt hat. Weil ich weiß, wenn Carter liebt, dann mit allem, was er hat.

»Ich hasse das alles«, wispert sie.

»Ich auch.« Ich hebe ihre Hand an meine Lippen und hauche einen Kuss auf ihren Handrücken.

Ihr Kopf sinkt ebenfalls an die Rückenlehne. »Das ist nicht richtig, Caden.«

»Ich weiß, Alayna«, flüstere ich.

Ich betrachte ihre Finger in meiner Hand und überlege, wenn unsere Beziehung ganz normal gewesen wäre, ob ich ihr nicht schon einen Ring angesteckt hätte. Mit Sicherheit. Eine Frau wie sie lässt man nicht einfach so gehen. Nur wenn man so dumm ist wie ich.

Das Auto parkt sanft und wir fahren auseinander. »Heute Nacht noch, dann war's das, Caden«, sagt sie leise.

»Okay«, antworte ich genauso leise. Wir steigen nicht aus, sondern starren uns immer noch an. Fuck, Isabelle, was ist das mit ihr? Seit ich aufgehört habe, sie zu hassen und alles zu planen und zu kontrollieren, habe ich keinen Einfluss mehr auf das, was passiert. Am liebsten würde ich in Carters Haut stecken, dann könnte ich sie wenigstens hassen. Das würde alles so viel leichter machen.

»Sieh mich nicht so an, Caden. Das ist nicht gut für dich«, sagt sie lächelnd.

»Wieso?«, frage ich schmunzelnd.

»Weil ich sonst nicht weiß, was ich mit dir tun werde. Vielleicht vernasche ich dich gleich hier auf dem Rücksitz.« Ich lache leise und heiser, aber in ihren

Augen liegt ein ernster Ausdruck. »Du machst mich schwach, wenn du mich so ansiehst. Das sind genau die Berührungen und Blicke, bei denen ich dachte, du manipulierst mich.«

»Das ist nicht *der* Blick, Alayna. Das ist ein anderer Blick und das weißt du.«

Sie schluckt. »Wieso hast du uns alles so unglaublich schwer gemacht, Caden? Wir hätten so glücklich sein können, wir *waren* glücklich.«

»Vielleicht weil das mein Wesen ist.«

»Du liebst es, zu zerstören, oder?«, fragt sie ein bisschen lächelnd.

»Und du liebst es, zerstört zu werden, Alayna.« Sie senkt den Blick. Wir wissen beide, dass ich recht habe, weil sie sich immer an das klammert, was ihr nicht guttut. So wie damals an mich und schließlich an Carter. Vielleicht ist sie ja jetzt schlauer. Aber wer von uns wäre nun der Bessere? Sicher nicht Carter – in seiner derzeitigen Verfassung.

Mit einem Finger hebe ich ihr Kinn. Solange wir noch allein sind, kann ich nicht widerstehen, also ziehe ich sie sanft zu einem Kuss heran.

»Caden«, flüstert sie mahnend kurz vor meinen Lippen.

»Nur noch heute Nacht, hast du gesagt, und die ist noch nicht vorbei.« Sie lässt es zu, als ich meine Lippen an ihre schmiege und sie küsse. Sie kommt mir sogar entgegen. Wir küssen uns sanft, sinnlich und langsam.

Es fühlt sich ein bisschen wie ein Abschiedskuss an, und das mag ich nicht.

Sie macht mich atemlos.

Sie berauscht mich.

Viel zu sehr.

Ich ziehe meinen Kopf zurück und lehne meine Stirn an ihre.

»Ich glaube, du hast mich noch nie so geküsst, Caden Rush«, haucht sie auch ein bisschen atemlos und berauscht.

»Ich glaube, ich habe dich auch noch nie so …« Ich verstumme, bevor ich sagen kann, dass ich sie noch nie so sehr geliebt habe wie jetzt, weil es sich das erste Mal perfekt und richtig anfühlt – ohne Hintergedanken, Eifersucht und Besitzansprüche. Ohne Spiele. Nur wir zwei. Pur. So, wie es eigentlich sein sollte.

»Was wolltest du gerade sagen?«, fragt sie vorsichtig.

»Nichts, Alayna«, murmle ich direkt an ihrem Gesicht mit belegter Stimme. »Steig jetzt aus.« Genau in dem Moment öffnet der Fahrer uns die Tür und ich weiche zurück. Sie bleibt noch kurz in der Position und versucht, sich zu sammeln. Ich reiche ihr die Hand, als sie aussteigt.

Sie hakt ihren Arm bei mir unter, während wir in den verglasten Aufzug steigen, und nach oben in den Tower fahren. Die meisten sind schon drin, denn wir haben noch lange im Auto gesessen. Der Fahrer ist erst ausgestiegen, als er bemerkt hat, dass dieses Gespräch ein Ende gefunden hat. Das gefällt mir nicht.

Dieses Ende.

Ich weiß, dass sie Höhenangst hat. Auch das Fliegen war eine Riesenüberwindung für sie, aber sie ist tapfer stehen geblieben. Sie schaut auf den Boden, damit sie nicht aus den verglasten Fronten schauen muss. Als ich von hinten an sie herantrete, fühlt sie sich sicher genug, um den Blick zu heben. Sie hält sich vor sich an der Eisenstange fest und ich lege meine Hände um sie und umgreife die Stange ebenfalls. Während der Aufzug höher fährt, ruht mein Kinn auf ihrer Schulter und ich inhaliere ihren Duft. Sie lässt ihren Kopf nach hinten fallen. Ich liebe es, wie sie sich in meine Arme sinken lässt, trotz all der Scheiße und trotz allem, was ich ihr angetan habe.

Wenn ich beschreiben müsste, wie glücklich ich gerade bin, gäbe es kein Wort dafür, weil ich so einen Frieden noch nie in meinem Leben empfunden habe.

Sie hat mir vergeben – und doch muss ich sie gehen lassen.

Ich habe noch nie stärker gespürt, was das zwischen uns ist, als jetzt, da ich mich entschieden habe, sie in Ruhe zu lassen und einfach zur Seite zu treten, weil es ihn sonst zerstört. Sie nicht zu vertreiben, sie nicht zu manipulieren, mich nicht zwischen sie zu drängen, sondern ihnen den Platz endgültig freizumachen. Das Schicksal ist eine Hure.

Viel zu schnell kommen wir oben an und fahren auseinander, bevor die Aufzugtüren sich öffnen können, weil es sich so verboten anfühlt.

Die Lounge ist voll. Dorian sehe ich sofort. Der Pisser ist nie zu übersehen. Er lacht am lautesten, macht die meisten Frauen an und trinkt den meisten Alkohol. Ich hoffe, dass mein Bruder nicht zu einem Abklatsch von ihm wird, denn er steht kurz davor. Zum Glück habe ich schon erste Maßnahmen getroffen.

Dorian steht an der Bar. Von dir sieht man nur die Haare, weil du halb von ihm verdeckt wirst. Auch wenn ich Alayna jetzt nicht mehr habe, werde ich dich in Ruhe lassen, weil ich weiß, dass das so keine Zukunft hat. Einer von uns würde sein Leben lassen, Isabelle. Und ich bin kein Mann, der für immer in dieser Mafiascheiße bleiben will. Ich will Frieden und Ruhe und Frühstück bei meinen Eltern und Besuche beim Überdad.

Du bist einfach so gegangen und ich hatte den Schmerz meines Lebens wegen dir. Das hasse ich noch ein bisschen mehr als alles andere. Ich will mit dir nicht durchmachen müssen, was ich mit Alayna schon alles durchgemacht habe. Immer und immer wieder. Ich dachte, du bist die Eine für mich, und das warst du auch eine Zeit lang, aber jetzt stehst du auf seiner Seite der Bar, während ich allein bin. Du hast einen Arm um seinen Rücken gelegt und trägst ein rotes Kleid, weil du die pure Verführung bist, weil du stark bist und kämpfst – und feurig und wild und ungezügelt und so raffiniert und verschlagen bist. So manipulativ. So, wie ich war. Vor dir. Ich empfinde immer noch was für dich, aber ich weiß nicht, ob ich die ganze Scheiße noch mal kann und will.

Es ist nicht mehr so stark wie das, was ich für sie empfinde, seit ich es zugelassen habe.

Ich lege Alayna eine Hand an den unteren Rücken und führe sie weiter in den Raum. Der *Boss* steht mit anderen Männern auf der Terrasse, teilweise mit den Terekovs und den Arabern. Seine Frau ist an seiner Seite wie ein Fels, während seine Hand ebenfalls an ihrem unteren Rücken liegt und sie sich an ihn geschmiegt hat. Das ist das einzige Paar in meiner Umgebung, das ich respektiere. Er behandelt sie ebenbürtig und sie stärkt ihm immer den Rücken.

»Willst du was trinken?«, frage ich und sie nickt.

»Ich muss.«

»Okay.« Ich nehme ihre Hand und ziehe sie hinter mir her an die Bar. Sie folgt mir so mühelos. Ich schiebe mich an Dorian vorbei und dein Blick schießt zu uns, während ihrer zu dir geht. Da ich weiß, zu was du fähig bist, schlinge ich einen Arm um Alaynas Taille, ziehe sie auf meine andere Seite, und bestelle uns was zu trinken. Du mustert uns mit deinem Psychoblick. Ich hebe eine Braue in deine Richtung so wie du. Also drücke ich Alayna noch enger an mich. Du nimmst die Kirsche aus deinem Cocktail und kaust aggressiv darauf herum. Ich wende den Blick ab, als unsere Drinks kommen, und drehe mich zu ihr. Sie schaut mich unsicher an, weil sie natürlich bemerkt hat, wie ich dich angesehen habe. Dabei würde ich ihr gern sagen, dass sie keinen Grund dazu hat und sich keine Sorgen machen soll, aber es ist unsere letzte Nacht. Unsere Wege werden sich sowieso bald trennen, also sage ich gar nichts und fühle mich wie ein Wichser. Wieder mal. Ich bin wohl wirklich dazu verdammt, immer der Wichser zu sein. Auch okay, wenn ich sie so schützen kann. Das wollte ich schon immer.

Alles, was es ihr leichter macht, ist legitim, das war schon immer meine Devise.

»Trink«, sage ich und sie verdreht schmunzelnd die Augen, bevor sie einen Schluck nimmt.

»Wie oft hast du das schon zu mir gesagt, Caden?«

»Erinner mich nicht daran.« Ich will nicht daran denken, warum ich sie damals habe trinken lassen. Es kommt mir jetzt so abwegig vor, sie freiwillig mit irgendwem zu teilen. Selbst mit Carter.

Sie leert ihr Glas und stellt es auf die Bar, während ich meines ebenfalls exe. Ich brauche das. Auch wenn ich, seit sie zurück ist, einen klaren Kopf benötige.

Ich nehme ihre Hand und ziehe sie auf die Tanzfläche, wo sich schon etliche Paare eingefunden haben. Sie schmiegt sich sofort an meinen Körper, die Hände an meinem Hals, meine an ihrer Taille. Wir schauen uns an. Ihre Augen fahren unter den dichten, schwarzen Wimpern über mein Gesicht und wirken so fasziniert.

»Ich hätte nie gedacht, dass wir noch mal so zusammenstehen.« Sie stellt sich auf die Zehenspitzen, um direkt in mein Ohr zu sprechen, damit sie die Musik übertönt. »Und ich verstehe es auch nicht. Das alles ist so verwirrend. Was ist das, Caden?« *Liebe, die ihren Weg findet,* denke ich, aber ich sage es nicht.

Stattdessen streiche ich mit meiner Hand über ihren Rücken und ziehe sie näher. Sie atmet tief aus, als ich meinen Körper an ihren drücke.

»Ich verstehe es auch nicht, glaub mir«, erwidere ich rau.

»Ich dachte all die Zeit, es wäre Carter, aber …«

»Er ist es auch«, unterbreche ich sie schnell. »Du bist nur geblendet, weil er im Moment so ein Arschloch ist. Das Gleiche hattest du doch mit mir auch.«

Sie schluckt. »Aber Caden, ich hab dich im…«

»Alayna, hör auf damit.« Ich lasse meinen Nacken knacken und fahre ihren Arm nach, bis ich ihre Hand erreiche, die in meinem Nacken liegt. Lächelnd ziehe ich sie an meine Lippen und küsse ihren Handrücken. Ich spüre, wie sie erschauert. Sie hält den Atem an und will gerade noch was sagen, in dem Moment entdecke ich Carter, der auf uns zumarschiert. *Shit.* Er sieht so wütend aus und wieder absolut dicht. Ich drehe mich so, dass ich zwischen ihnen stehe. Dann spüre ich schon seinen Finger, der aggressiv auf meine Schulter eintippt. Sie sieht mich vorsichtig an. Ich bin nicht Carter, ich werde jetzt nicht ausrasten.

»Ich bin dran, Bro«, speit er mir entgegen und stößt mich zur Seite. Ich lasse es zu, schaue sie noch mal an. Meine Augen sagen ihr eindringlich: *Reiz ihn nicht.* Dann drehe ich mich um und gehe auf die Terrasse, denn ich muss jetzt eine rauchen. Ich spüre ihren Blick auf mir, bis ich verschwunden bin. Das ist nicht gut.

Gar nicht gut.

Der *Boss* ist nicht mehr da, ich bin allein, stelle mich an die Brüstung und schaue nach unten über Chicago, damit ich nicht bemerke, was da drin passiert. Ich denke an meine Familie, die ich schon so scheißlange nicht mehr gesehen habe. Ich denke an unsere gezwungenen Sonntagsfotosessions und an Moms Chaotenfrühstück, als alles noch so einfach war. Ich denke an Ava, die sich rausschleicht, und an Dad, der mich Scheißkröte nennt. Seit beinahe sieben Monaten war ich nicht mehr dort. Sicher glauben sie, dass mir das leichter fällt als Carter, weil ich ja normalerweise immer der Drahtzieher und Gefühlskrüppel bin. Aber durch *sie* fühlt es sich so an, als wäre ich alles andere als innerlich tot. Ich habe noch nie so intensiv empfunden wie jetzt.

Ich spüre dich, bevor ich dich gesehen habe, drehe mich aber nicht zu dir, als du dich zu mir stellst – in der gleichen Position – und nach unten schaust.

Mir ist klar, dass du wütend bist, doch ich werde jetzt nicht diskutieren. Du neigst den Kopf in meine Richtung. »Caden.«

Ah, ich will dich nicht ansehen, aber ich tue es. Deine Augen strahlen mir direkt entgegen. Du willst mich fertigmachen wegen Alayna und mit mir schimpfen und mich fragen, was zur Hölle ich hier tue. Du willst mir am liebsten eine knallen. Das Temperament lodert in deinem giftigen Grün. Aber ich lehne einen Ellbogen auf die Brüstung und fahre mir mit Zeigefinger und Daumen über die Stirn sowie die Nasenwurzel und seufze. Du berührst meine Schulter.

»Was ist los?« Deine Stimme klingt so sanft. Das ist sie normalerweise nicht.

Ich sehe dich wieder an. »Nicht jetzt, Babygirl.«

Dein Blick ist forschend, dann ziehst du deine Hand zurück. »Scheiße, Caden.« In dem Moment weiß ich, dass es vorbei ist und ich die Verbindung zu dir verloren habe, Isabelle. Das habe ich schon lange, doch jetzt wird es mir klar.

Jetzt bist du nur noch SIE.

Ich habe nie gewusst, dass man so gut in mir lesen kann, aber Isabelle kann es. Das konnte sie schon immer, das war ja das Problem.

»Du liebst sie noch«, stellt sie nüchtern fest. »Ich wusste es immer.« Ich würde am liebsten sagen: *Du hast keine Ahnung, wie sehr.* Aber ich schweige, weil das niemanden was angeht, nicht einmal sie. Und weil es ab morgen sowieso egal sein muss.

»Und mich liebst du nicht mehr«, flüstert sie. Ich denke an den Moment, als ich sie gestern nach Monaten wiedergesehen habe; daran, wie mein Herz stehen geblieben ist und ich wie gelähmt war … aber danach war da kaum mehr was, weil ich komplett auf *dich* fokussiert war, Alayna.

Fuck, Alayna.

Was tust du immer mit mir?

»Ich habe dich geliebt wie verrückt, Isabelle. Doch du bist einfach gegangen. Du hast nicht mit mir geredet. Du hast immer alles geheim gehalten, weil du so groß geworden bist und ich nicht. Mit dir war es immer ein

Machtkampf, eine Herausforderung. Ich weiß nicht, ob wir jemals hätten zusammen zur Ruhe kommen können.« Ich deute mit dem Daumen über die Schulter in die Richtung, wo Dorian vorhin noch war. »Jetzt erst recht nicht mehr.«

Ihre Stimme zittert. »Immer ganz der Kopfmensch, Caden, nicht wahr? Es sei denn, es geht um sie.« Wir schauen beide rein, wo Carter dich an sich gepresst hat. Deine Hände stemmen sich gegen seine Brust und seine liegen an deinem Steißbein. Das Bild wirkt so falsch, obwohl er ja eigentlich genauso aussieht wie ich – nur eine abgefucktere Ausgabe.

»Ich habe nie verstanden, was sie hat, dass ihr euch alle so um sie reißt«, murmelt sie.

»Ein Herz«, antworte ich rau.

Sie sieht zu mir auf. »Oh, das brauchst du auch dringend, Caden.«

»Es ist egal, was ich brauche. Sie liebt ihn, er liebt sie. Fertig.«

Isabelle sieht mich an, als würde sie mir dringend was sagen wollen, aber sie tut es nicht, weil ich ihrer Meinung nach keine Informationen mehr verdient habe. Ich kenne sie und ihre Loyalität, die wieder mal nicht mir gilt, sondern wie immer schon Carter. Genau wie ihr Vertrauen. Aber bei ihm ist es nicht anders, denn ich erinnere mich noch genau daran, wie er sie einfach hat gehen lassen, als sie mich verließ, statt sie aufzuhalten oder mich aufzuwecken. Sie hat ihm vertraut und er hat sie gehen lassen. Ganz einfach.

Und du, Alayna, hast gestern die Waffe an meiner Schläfe auf dich gelenkt. Damit hast du mir einiges zu denken gegeben, weil ich das nie erwartet hätte.

Jetzt tanzt du mit ihm und ich muss dich endlich gehen lassen.

Punkt.

13. Gott segne Isabelle

Carter

So eine Heuchlerin.

Wie sie hier in meinen Armen liegt, die Hände gegen meine Brust gestemmt, als würde sie mich wegdrücken wollen, aber so läuft das nicht. Es gab Tage, da hat sie darum gebettelt, dass ich sie berühre. Hat nicht genug gekriegt davon. Die Tage, an denen sie so sehr wollte, dass ich ihr die Lüge erzähle, dass ich Caden bin, damit sie gewissenlos meinen Schwanz reiten kann.

Und jetzt steht sie hier und will mich wegstoßen?

»Hör auf damit«, knurre ich und ihre ach so unschuldigen, heuchlerischen Augen sehen zu mir auf. Mir wird mit einem Mal klar – Caden hatte recht. Sie ist das Gift. Sie ist die Gefahr. Sie ist die Dunkelheit. Sie ist die manipulative kleine Bitch, die sie in uns gesehen hat. Als sie meinen harten Blick bemerkt, schluckt sie.

»Carter?«

»Halt die Klappe, du redest zu viel«, zische ich und lasse meinen Nacken knacken. Mein Blick wandert zur Terrasse, wo mein Bruder mit Isabelle steht und uns angespannt beobachtet. Ich schüttle den Kopf, so wie er es schon so oft gemacht hat. Er soll keinen Schritt in meine Nähe machen, sonst schubse ich sie endgültig in den Abgrund. Ich bin an einem Punkt, an dem mich nichts mehr berührt. Und dieser Verräter wollte mich abknallen für sie. Wie war das mit *du zuerst*? Er hat mir eine Waffe an den Kopf gehalten, um sie zu schützen, dabei habe ich ihn immer vor sie gestellt. So ein undankbarer Wichser. Dorian hat recht, er ist ein illoyales Stück Scheiße.

Ich blähe die Nasenflügel, als ich ihm in die Augen blicke. Ist sie also wieder sein kleines Spielzeug? Caden mochte es noch nie, wenn ich ihm was weggenommen und es zertrümmert habe. Ich sehe sie wieder an. Diesmal weicht sie zurück, aber ich halte sie fest.

»Du bist so scheinheilig«, sage ich leise und abwertend. Sie macht sich klein. »Von Schwanz zu Schwanz hüpfen ist auch alles, was du kannst, oder, Alayna? Mir erzählen, du liebst mich; ihm erzählen, du liebst ihn. Du langweilst mich mit deiner Scheiße.« Sie verbeißt sich gerade so viele Kommentare.

»Willst du was sagen?«, frage ich mit verengten Augen, doch sie schüttelt den Kopf. »Natürlich willst du das nicht, weil du ein kleiner Feigling bist, Alayna. Und weißt du, was wir hier mit Feiglingen machen?« Ich forme mit drei Fingern eine Waffe und halte sie an ihre Schläfe, wo ich dann so tue, als würde ich abdrücken. Caden will sich in Bewegung setzen, aber er kriegt den Ich-tu-gleich-was-was-dir-gar-nicht-gefällt-Blick von mir und bleibt stehen.

Ihre Augen sind groß und starren zu mir auf. Sie will mich fertigmachen, aber ich bin nicht mehr der Carter, mit dem sie so umspringen kann, und das weiß sie. Außerdem bin ich vollgekokst bis oben hin und eiskalt, deswegen verlässt kein Wort ihre Lippen.

»Am Ende wirst du hier noch als die kleine Mafiahure enden, weil *ich* was Dummes mache. Pass auf, was du sagst oder tust und mit wem«, sage ich langsam. Als die Worte in ihren Kopf sickern, reißt sie die Augen auf und ich grinse.

»Carter, hör auf, das bist nicht du.«

»Oh Alayna, du hast mich fast ein Jahr nicht gesehen. Du hast keine Ahnung, wer ich bin und wer ich sein kann. Ich war immer so nett zu dir und du hast mich gefickt.«

»Ich dich?«, fragt sie ungläubig.

»Ich bin nicht einfach ohne ein Wort abgehauen, aber weißt du was, scheiß drauf. Es interessiert mich eh nicht mehr.« Wut steigt in ihre Augen. »Du interessierst mich nicht mehr.« Ich warte nur, dass sie was Dummes sagt, damit ich alles an ihr auslassen kann. »Höchstens deine kleine Pussy, wenn die mittlerweile nicht auch schon zu verbraucht ist.« Ihre Hand ruckt nach oben. Sie will mir echt eine knallen, aber ich fange ihr Handgelenk ab. Mein Blick wandert zu Dorian an der Bar, der dort lehnt und uns natürlich beobachtet. Er beobachtet mich am liebsten, weil ich sein Liebling *bin* und immer irgendwas für ihn sehr Amüsantes tue. Er hebt die Augenbrauen und sie folgt meinem Blick, schluckt und senkt die Hand wieder.

Ich lächle sie an. »Und jetzt überleg dir, wer dich hier reingebracht hat. *Ich* wollte dich in Ruhe lassen, Alayna, und im Guten an dich denken. Aber du kamst hierher, um den Schwanz von meinem Bruder zu lutschen, Alayna. Das finde ich nicht lustig. Ich mag keine Ex-Bitches, die den Schwanz von meinem Bruder lutschen. Egal ob sie in einer Beziehung sind oder nicht, und egal ob er in einer ist.« Ich lächle sie wieder an und sie wird blass. Ah, ich liebe es. Ich will, dass sie leidet. In dem Moment, als ich ihr Handgelenk wieder packe, geht Isabelle an uns vorbei und wirft Alayna einen Todesblick zu, bevor sie ihren Verlobten ansteuert.

Sie stolpert gegen meine Brust. »Du machst dir nirgendwo Freunde, Alayna, merkst du das?«, sage ich bedauernd.

»Carter, lass es jetzt. Es muss nicht so enden zwischen uns.«

Ich lache auf. »Ah, es endet auch nicht. Es fängt gerade erst an, weil du jetzt mir gehörst. Du bist meine Bitch. Ich hab mit dem *Boss* geredet und mein Geschenk doch angenommen.« Sie reißt die Augen auf.

Oh ja, wir werden so viel Spaß haben. Die Beine breit machen konnte sie ja immer ganz gut. Wenigstens etwas. »Und jetzt komm, ich will dich ficken.« Ich ziehe sie am Handgelenk hinter mir her.

In dem Moment macht mein Bruder einen Schritt in den Raum und scheißt auf alles, aber Dorian sieht ihn warnend an und zwei Bodyguards stellen sich ihm in den Weg. Er flucht. Ich grinse ihn gewinnend über die Schulter an, bevor ich sie in die Toilette schubse und die Tür hinter uns schließe.

Pech gehabt!

* * *

Sie steht vor mir wie ein verängstigtes kleines Reh, als hätte sie meinen Schwanz noch nie in sich gehabt. Als wäre er tödlich. Sie weicht zurück, bis sie gegen das Waschbecken stößt, und hält sich daran fest, während ich auf sie zukomme.

»Carter, nein!«

Ich hebe belehrend den Finger. »Was habe ich dir über die Frauen hier und das Wort Nein gesagt?«

Sie schluckt. Ich raffe das bodenlange Kleid nach oben, ganz langsam, und sie atmet immer schneller.

»Carter, bitte, tu das nicht.«

»Weißt du noch, als du gebettelt hast, dass ich ihn dir irgendwo reinstecke, Hauptsache, in dir?«

»Nicht so«, sagt sie zittrig und kneift die Augen zusammen.

»Mmm«, mache ich und streiche mit meiner Nase ihren Hals entlang. Sie schluckt hart und stemmt ihre kleinen Hände gegen meine Brust.

»Drück mich niemals weg, Alayna, das macht mich nur noch wütender.« Nachdem ich ihr Kleid gerafft habe, setze ich sie mit einem Ruck auf das Waschbecken, und sie keucht. Ich greife zwischen ihre Beine und sie packt meinen Arm mit beiden Händen.

»Carter, nein!« Eindringlich sieht sie mich an, ihre Stimme zittert nur leicht. »Bitte mach mich nicht endgültig kaputt.« Ich lasse den Nacken knacken und muss kurz meine Augen schließen. Sie umfasst mein Gesicht mit beiden Händen.

»Sieh mich an«, flüstert sie.

»Ich will dich nicht ansehen. Ich hasse es, dich anzusehen.«

Diese Bitch lehnt ihre Stirn an meine und ich spüre ihren heißen Atem an meinen Wangen, rieche ihren Duft und ich hasse sie nur noch mehr.

»Du wirst mich nicht vergewaltigen, nicht du, Carter Rush.« Aaah, dieses *Wort* und mein Nachname und ihre Stimme.

»Fuck«, zische ich und weiche mit einem Ruck zurück, sodass sie fast vom Waschbecken fällt. Die Stellen, die sie in meinem Gesicht berührt hat, brennen. Ich hasse sie nur noch mehr. »Verpiss dich, bevor ich es mir anders überlege!« Sie macht, dass sie davonkommt, und zwar innerhalb weniger Sekunden. Ich trete mit einem weiteren »FUCK« den Mülleimer neben dem

Waschbecken gegen die Wand, sodass sich überall benutzte Papiertücher verteilen. Ich werde sie umbringen. Jetzt ist es klar.

Ich ziehe schon meine Waffe und will ihr hinterherstürmen, aber in dem Moment geht die Tür wieder auf, und ich denke, es ist mein Bruder, der den großen Rächer spielen will – ich bin viel zu geladen, als gesund für ihn wäre. Doch es ist Isabelle. Sie schließt die Tür leise hinter sich und sperrt ab.

»Was willst du, Mafiaprinzessin?«, blaffe ich sie an. »Willst du sterben? Wenn er mitkriegt, dass du mit mir hier drin bist, killt er uns beide.«

»Ich will dich, jetzt«, teilt sie mir einfach mit. Ich stocke und bin kurz so irritiert, dass ich sogar meine Wut vergesse.

Was zur Hölle?

»Was?« Ich fahre mir ein paarmal durch das Haar. Sie öffnet ihr rotes Kleid, lässt es einfach zu Boden gehen; sie ist verdammt nackt darunter und schon wieder viel fraulicher geworden. Einfach perfekt. Ich habe es gerade so nötig. Isabelle und ich haben uns schon damals, bevor sie Caden kannte, aneinander ausgetobt. Wir haben uns ins Vergessen gevögelt. Immer und immer wieder. Damals, als ich wegen Alayna und all der Scheiße so lange weg war und sie kennengelernt habe. Wir sind beide ziemlich temperamentvoll und hatten ein paar Wutattacken, die wir auf unsere Art verarbeitet haben. Die Zeit hat uns zusammengeschweißt – all die

Nächte und all die Tage, all das Lachen und die Wut und die Tränen und das Adrenalin.

»Ich weiß, dass du es brauchst, und ich brauche es auch. Ich weiß Bescheid über Caden und SIE. Und ich komme damit gerade nicht klar.« Caden und *sie* ... Was wird das jetzt wieder? Was heißt das? Mein Kopf ist zu voll, um darüber nachzudenken, und ich bin viel zu wütend. Genau wie Isabelle, wie ich schnell bemerke.

»Komm her, Baby«, wispert sie fast. Da ist etwas in ihren grünen Augen, dem ich nicht widerstehen kann, dem ich noch nie widerstehen konnte und dem ich nie widerstehen können werde.

Ich lasse meinen Nacken knacken.

Drei Sekunden nehme ich mir, um sie einfach nur anzusehen. Drei Sekunden nehme ich mir, in denen mir wieder klar wird, dass ich sie wieder haben kann. Fuck! Dann schaltet mein Gehirn aus. Ich packe sie am Hals und knalle sie gegen die kalten Fliesen. Sie atmet keuchend aus und reckt sich mir entgegen. Ich hebe sie an den Beinen hoch, die sie sofort um mich schlingt. Ihre scharfen Fingernägel krallen sich unter meinem Hemdkragen in meinen Nacken, als ich mit meiner Hand zwischen uns greife und meine Hose öffne.

Wir sehen uns tief in die Augen – und fallen.

Sie sucht hektisch meine Lippen, und als ich meine auf ihre presse, und zwar mit Wucht, knallt ihr Hinterkopf gegen die Fliesen. Ich schiebe meine Hüften vor und stoße tief in sie. Sie öffnet den Mund, den ich ihr zuhalte, weil uns absolut niemand hören darf. Fuck.

Erinnerungen kommen zurück, die ich so verdammt lange, so verdammt tief verdrängt habe. Heiße Sommernächte, ihre Haut auf meiner, ihre Fingernägel in meinem Rücken, ihr Atem an meiner Wange, ihr Kopf auf meinem Bauch. Warmer Sommerwind, der ihr langes Haar nach hinten weht. Wie sie meinen Namen stöhnt und kichert, weil ich so heiß bin. Wie sie sich an mich schmiegt und ich den Arm um ihre Schultern lege und ihren Kopf küsse. Wie ich mit meiner Nasenspitze an ihrer entlangfahre und wir uns tief in die Augen sehen. Wie wir ineinander versinken.

Ihre High Heels bohren sich in meinen Arsch und ihre Augen verdrehen sich nach oben, als ich sie komplett ausfülle. Ihr heißer Atem bricht sich an meiner Hand, während ich hart und schnell in sie pumpe. Fuck, ich sehe immer wieder Alaynas Gesicht vor meinem inneren Auge und werde immer wütender. Wie Caden sie von hinten gefickt und mir dann eine Waffe an den Kopf gehalten hat.

»Scheiße«, zischt Isabelle gegen meine Hand. Meine Haut schürft auf, wo sie mich so hart kratzt. Ich mag es und ich brauche es gerade. Den Schmerz. Die Nutten, die ich sonst immer vögle, tun so was nicht. Sie sind nur unterwürfig und würden es nicht wagen, aber Isabelle ist anders. Das war sie schon immer. Ihre schwarzen Haare kleben an ihrer Haut. Sie ist so heiß und macht dieses Ding mit ihrer Pussy, was mich schon immer fast sofort hat kommen lassen. Mit einem leisen »Fuck« verharre kurz in ihr, ziehe meine Hand beiseite und küsse sie hart. Ihre Zunge schiebt sich in meinen Mund. Sie beißt mir in die Unterlippe und krallt sich in mein Haar, zwingt meinen Kopf zurück, damit sie dort weitermachen kann, und ich stöhne heiser, bevor ich mich aus ihr zurückziehe und mich wieder fest und hart in sie drücke, sodass sie nach oben ruckt.

Ich muss sie ficken, bis ich diese kleine Schlampe vergesse. Diese Hure. Diese Heuchlerin. Wie sie eben mit ihm getanzt hat, so was von verlogen. Diese ganzen Scheißblicke und Berührungen hat sie mir auch gegeben. Ich weiß nicht, was ich davon halten soll, also ficke ich Isabelle härter und presse ihr die Hand wieder auf den Mund, als sie schreien will. Wahrscheinlich habe ich sie noch nie so hart gefickt, noch nicht mal in meiner »dunkelsten Zeit«, die im Gegensatz zu dem hier der pure Kindergarten war. Ich habe mein Licht verloren und bin mit der Dunkelheit verwachsen. Das hier ist keine dunkle Zeit, das hier bin ich. Und es ist mir scheißegal, was zwischen Caden und Isabelle ist, ob er sie liebt und um sie kämpfen will. Ihm ist es schließlich auch egal, wie es bei mir ist oder war.

Mit meinen Händen streiche ich von ihren Schenkeln zu ihrem perfekten Arsch und ziehe sie näher. Sie beißt in meine Hand und ich stoppe kurz, weil ich noch nicht kommen will. Sie ist total verschwitzt. Nicht gut, gar nicht gut. Man sollte ihr nicht ansehen, was sie hier drin getrieben hat, doch ich weiß, dass ich das hier zu Ende bringen muss, weil sie schon zu lange weg ist. Über meine Hand hinweg funkeln ihre Augen mir voller Lust und Begehren entgegen. So intensiv haben sie es noch nie getan. Gott im Himmel, sie ist so schön. Abermals lasse ich meinen Nacken knacken, bevor ich mich noch mal zurückziehe und mit einem harten Stoß in ihr versinke.

»Fuck, Isabelle«, flüstere ich. Ich lasse meine Stirn auf ihre Schulter fallen, als sie sich um mich herum zusammenzieht. Noch einmal stoße ich in sie und wir kommen beide heiser stöhnend.

Fuck, was war das?

Ich nehme die Hand von ihrem Mund. »Beiß mich nie wieder«, zische ich und sie runzelt die Stirn.

»Ich werde noch ganz andere Sachen mit dir tun, falls ich Lust darauf habe.« Ich stelle sie zurück auf die Füße. Sie reicht mir nur noch bis zum Kinn und das auch nur wegen ihrer Heels.

Ich mache meine Hose zu, fahre mir durch das Haar, und sie zieht sich das Kleid über. »Geht's dir besser?«, fragt sie und schließt den Reißverschluss.

Ich runzle die Stirn und bin tatsächlich ein bisschen verwundert. »Ja, irgendwie schon.«

»Mir auch.« Sie tupft sich den Schweiß vom Gesicht und richtet ihre Haare einigermaßen. Ich trete am Waschbecken hinter sie und sehe sie durch den Spiegel an. Irgendwie würde ich sie am liebsten gar nicht mehr gehen lassen. Aber ich muss. Das hier ist sowieso schon fucking gefährlich, und jede Sekunde, in der ich länger hier bin, macht es schlimmer.

»Du siehst immer noch gefickt aus«, lasse ich sie wissen. Meine Stimme klingt immer noch rau. Dann entriegle ich die Tür und gehe einfach.

Gott segne *Isabelle*.

14. Sünderinnen und Heilige, Alayna

Caden

Ich sitze an der Glasfront und sehe zu dir rüber, doch ich kann nicht zu dir. Egal in welche Richtung ich mich bewege, mir wird der Weg versperrt, Alayna. Ich habe gehört, dass Carter dich jetzt für sich beansprucht hat, wie mir Dorian mit einem freundlichen Lächeln mitteilte. Eigentlich sollte ich nichts dagegen haben, weil ich dich ja freigeben will und werde. Aber du bist ziemlich aufgelöst aus der Toilette gestürmt. Ich hoffe, er hat dir nicht wehgetan, sonst muss ich ihm wehtun.

Du sitzt gegenüber von mir auf der anderen Seite der Glasfront und wartest auf ihn, während ich meinen dritten Cognac trinke. Du meidest meinen Blick und ich hasse es. Ich will, dass du mich ansiehst und ich in deinen Augen lesen kann, wie es dir gerade geht. Aber das kann ich nicht und meine Aufmerksamkeit verlagert sich, als ich eine Bewegung im Augenwinkel bemerke. Carter kommt aus der Toilette, aus der du eben gestürmt bist, und krempelt die Ärmel von seinem Hemd hoch. Er wirkt ganz anders als vorhin, so entspannt und zufrieden, was ich aber nicht verstehe, weil *du* schon seit zwanzig Minuten da sitzt und er erst jetzt erscheint. Ich sehe dich irritiert an und du zuckst die Schultern in meine Richtung. Mit meinen Augen frage ich: *Hat er dich gefickt?* Du schüttelst den Kopf. Es verwundert mich gar nicht, dass du mich verstehst, jetzt, da ich meine Barrieren dir gegenüber runtergelassen habe. Ich sacke erleichtert in mir zusammen und sehe, wie mein Bruder dich warten lässt, was er früher nie getan hätte, und zur Bar geht, um sich bei Dorian was zu trinken zu holen. Er lehnt direkt neben ihm mit dem Rücken an der Theke, seine Haare sind feucht und er hat den Ich-hatte-gerade-Mördersex-Blick.

Ich sehe wieder zu dir und verstehe gar nichts mehr. Dann erklärt sich alles von selbst, denn aus dem Nichts kommt Isabelle. Ich weiß, wie sie aussieht, wenn sie gerade Sex hatte, und Dorian wird das wohl auch wissen.

Ich kann nicht glauben, dass Carter so dumm ist. So ein Wichser. Ich habe noch nicht mal richtig mit ihr Schluss gemacht und schon hat er sie auf der Toilette gefickt? Das ist also sein »Wir finden sie, Bro – wir bringen dein Mädchen zurück, Bro«? Ich muss gleich noch einen Cognac trinken, als Isabelle an mir vorbeischlendert.

Heilige Scheiße.

Ich sehe ihr hinterher, als sie zu Dorian geht und sich von hinten an ihn schmiegt. Ihre Augen sind fast schon sehnsüchtig auf meinen Bruder gerichtet. Was ist das jetzt wieder für ein Blick? Lässt sie endlich raus, was sie schon die ganze Zeit für ihn empfindet? Ich habe es gewusst. So, wie sie es bei mir gewusst hat.

Von der Dreistigkeit her passen sie wirklich gut zusammen. Ich presse die Zähne aufeinander. Carter hält seine Maske gut aufrecht und zuckt nicht mal mit einer Wimper. Ich sehe zu dir und du blickst Carter an, dann mich. Du wirkst echt angepisst. Ich verstehe es ja, Alayna, weil es mir gerade nicht anders geht, aber ich mag es trotzdem nicht. Gerade erst habe ich mit Isabelle geredet, und schon fickt sie zwei Minuten später mit meinem Bruder? Ich weiß nicht, wen sie mit wem betrogen hat, aber es passt mir nicht, und wie mein Bruder sich in letzter Zeit verhält, passt mir noch weniger. Das ist nicht Carter, aber er hat diese Züge bereits gezeigt, als er mich mit Isabelle in der Garage bestraft hat. Spätestens da hätte ich eingreifen sollen, aber ich habe ihn weiter abrutschen lassen. Weil Dad recht hatte. Ich habe mich immer nur von seinem Schmerz ernährt. Bis jetzt. Ich kann es nicht mehr sehen, wie er leidet, denn das tut er innerlich.

Aber er hat Isabelle gefickt, *zwei Minuten, nachdem ich mit ihr gesprochen habe*. Außerdem hat er dich mir weggenommen, und so schnell werde ich keinen Zugang zu dir haben, wenn er das nicht will. Aber du liebst ihn ja sowieso und wir hatten ausgemacht, dass wir uns voneinander fernhalten werden. Als du gesagt hast, das wäre die letzte Nacht, hätte ich nur nicht gedacht, dass es so schnell geht. Ich hätte nicht gedacht, dass unsere letzten alleinigen Momente die im Auto und im Aufzug vorhin waren. Wolltest du mir auf der Tanzfläche wirklich sagen, dass du noch was für mich empfindest? Und was soll ich davon halten?

Ich werde jetzt einfach die Finger von dir lassen, mich auf meine Arbeit konzentrieren und hoffen, dass Carter dich nicht bestraft und dich nicht komplett zerstört. Fuck, ich hasse es, dass ich dich hergeholt habe.

Im Moment weiß ich nicht mal, wofür ich das getan habe.

* * *

Am nächsten Morgen fühle ich mich wie Scheiße, denn ich habe in der Nacht kaum ein Auge zugemacht, vor allem, weil mein Bruder bis vor einer Stunde zwei Nutten gevögelt hat. Ich weiß nicht, wie lange ich es mit dem Scheißer noch aushalte, und ich weiß nicht, wie ich nach gestern in seine Augen schauen soll, ohne dass meine Faust in seinem Gesicht landet. Da er sich das Gleiche vermutlich auch gerade bei mir denkt, sollten wir eine räumliche Trennung in Betracht ziehen.

Nachdem ich geduscht und mich angezogen habe, hämmere ich im Vorbeigehen an Carters Tür. »Aufstehen, Penner.« Der *Boss* wird durchdrehen, wenn er diesen Sonntag auch nicht zum Gottesdienst erscheint, der der ganzen Familie total heilig ist. Wir beide sind zwar alles andere als gläubig, ganz im Gegenteil. Ich hatte sogar Bedenken, dass wir in Flammen aufgehen, sobald wir das erste Mal die Kirche betreten haben, und vom Weihwasser halte ich mich auch fern. Aber es ist nun einmal Tradition, und Traditionen sind ja so wichtig in dieser Familie.

Als Carter Isabelle, *zwei Minuten, nachdem ich mit ihr Schluss gemacht hatte,* gefickt hat, ist er bald mit dir gefahren, Alayna. Natürlich hat er dich mitgenommen. Ja, ich wollte dich freigeben, aber ich hasse es, weil ich nicht weiß, zu was er fähig ist. Ich lasse meinen Nacken knacken und mache mir einen Kaffee an der italienischen Maschine, als es auch schon poltert und er flucht: »VERDAMMTE SCHEIßE NOCH MAL, ICH HASSE DIESE MAFIASCHEIßE!« Er kommt ins Zimmer gestolpert und zieht sich noch eine Socke an. Die Haare ein Chaos, die Augen in einer anderen Welt, Kratzer überall am Hals und Nacken, unrasiert und das Hemd falsch zugeknöpft.

Er hat es endlich geschafft, seine Socke anzuziehen, und kratzt sich am Kopf, als er mich erblickt. »Aaah, du bist auch hier.«

Ich stöhne genervt. »Du sollst dir einen Anzug anziehen für den Gottesdienst. Ausdrückliche Anweisung. Geh duschen!«

Carter nimmt mir den Kaffee aus der Hand und geht einfach wieder. Keine lockere, spitze Bemerkung, kein BROOO, kein nichts. Aber ich höre wenigstens die Dusche laufen.

Eine halbe Stunde später ist er rasiert, geduscht und trägt einen Anzug. Nur noch seine immer noch geröteten Augen verraten, was für ein zugekokster Penner er ist.

In letzter Zeit fahre ich immer, sonst sterben wir noch. So auch heute. Ich schweige, weil ich ihn sonst anbrüllen würde. Doch er hat mir offenbar einiges zu sagen. Ich kann es förmlich spüren, als er sich die Sonnenbrille aufsetzt und sich zu mir umdreht.

»Du und Alayna also?«

»Du kannst sie haben, Carter«, erwidere ich ruhig und er runzelt die Stirn. »Aber du bist ja schon mit Isabelle beschäftigt.« Jetzt sehe ich ihn an und mein Blick sagt ihm: *Versuch gar nicht erst, mir was anderes weiszumachen.* Bevor ich wieder nach vorn schaue und mir auch meine Sonnenbrille aufsetze.

»Aaah, ich wollte Alayna nicht *vergewaltigen und sie zu etwas zwingen*, so bin ich einfach nicht. So was mag ich nicht. Dann kam Isabelle und meinte, sie will mich und hat sich das Kleid ausgezogen. Du weißt ja, wie sie ist. Und dann ...« Er lehnt den Kopf an den Sitz und schaut über den Rand seiner Sonnenbrille hinweg an die

Decke, als würde er sich zurückerinnern. »Haben wir gefickt. Hart.«

Ich unterdrücke den Drang, meinen Nacken knacken zu lassen. Bilder laufen an meinem inneren Auge vorbei, wie oft ich sie hart gefickt habe, obwohl ich eigentlich nicht der Typ dafür bin, da ich meinen Sex sinnlich und ausschweifend mag. Aber sie lässt einem Mann keine Wahl, weil sie einen im Bett wahnsinnig macht. Ich sage Carter nicht, dass ich das Gefühl habe, dass Isabelle die ganze Zeit über was für ihn empfunden hat und ihn jetzt in einen Strudel reißen wird, der uns alle ficken wird.

»Dorian wird sich freuen, dass du seine Verlobte gefickt hast.«

»Aaaach, der. Der ist viel zu sehr darauf fixiert, dass *du* sie mal gefickt hast. Er denkt, dass ich an Alayna hänge, weil sie mir jetzt gehört und mich damit perfekt deckt.«

Ich spanne die Finger um das Lenkrad herum an. »Und, was hast du mit ihr vor?«, frage ich hohl.

»Was würdest *du* denn an meiner Stelle mit ihr tun? Ein bisschen spielen, ein bisschen manipulieren, ein bisschen von anderen ficken lassen?« Er sieht mich lauernd an.

»Okay«, sage ich langsam und nicke. Innerlich brodle ich, aber ich bin keiner, der nach außen explodiert. Davor lasse ich mich von der Wut lieber zerfressen und warte auf den richtigen Moment, um zuzuschlagen. Es ist einfach unglaublich, wie sehr Carter sich verändert hat. Er hätte früher so was niemals mit dir gemacht –

nicht mit dir. Er hat dich viel zu sehr geliebt, und jetzt? Jetzt will er dich bestrafen, aber wofür? Dass du Sex mit mir hattest, dass du weggelaufen bist wegen mir? Dass du hier bist und ihn daran erinnerst, was er nicht mehr sein will? Ich weiß nicht, wie ich ihn davon abhalten kann, denn ich habe Carter nicht mehr in der Hand. Dabei hatte ich immer Angst davor, dass genau das passiert. Dass er mir entgleitet und dann total durchdreht, weil sein emotionales Wesen ihn so überwältigt, dass er es nicht mehr ertragen kann. Und genau das ist jetzt geschehen.

»Gib doch mal Gas, ich schlaf noch ein, du Opa«, ruft er genervt. Ich drücke das Gaspedal durch, weil er mich langsam echt reizt, und das ist nicht gut.

»Ich überlege, ob ich heute Isabelle oder Alayna nehmen werde …«, sagt er laut. »Ich könnte vielleicht auch mit beiden auf einmal ein Spiel spielen. Isabelle wäre sicher dabei und Alayna hat nichts zu melden. Vielleicht lasse ich dich ja zuschauen, das magst du doch so gern.«

»Vielleicht erzähle ich auch Dorian, dass du seine Verlobte gefickt hast.« Meine Stimme klingt hart, allein bei dem Gedanken daran.

»Vielleicht erzähle ich Dorian, dass du mir wegen einer Nutte eine Waffe an den Kopf gehalten hast, einem seiner Lieblinge«, kontert er lächelnd.

»Du hast mir auch eine Waffe an den Kopf gehalten, wegen Alayna.«

»Ich scheiße auf Alayna. Ich scheiße auf euch beide«, erwidert er trocken.

»Du scheißt nicht auf Alayna und du wirst auch nie auf sie scheißen«, erkläre ich ihm, weil er es nie checken wird, wenn das so weitergeht. Ich erinnere mich noch an die ganzen Momente von euch beiden, wenn ich in der Nähe war. Die Blicke. Das Vertrauen in deinen Augen und das stundenlange Angestarre, was mich immer so verrückt gemacht hat. Er scheißt nicht auf dich und du nicht auf ihn … und ich bin wieder mal – ja, was eigentlich? Der kleine Zeitvertreib?

Ich will nicht weiter darüber nachdenken, weil es mich zu sehr abfuckt. Davon abgesehen kommen wir gerade vor der Kirche an. Der Parkplatz ist voll mit teuren Autos. Hier heißt es protzen, nicht kleckern. Wir parken neben einem weißen Maybach, der Dorian gehört, und neben den sich niemand freiwillig stellt, außer uns. Er hat mal einem Typen das Auto angezündet, weil er ihn zugeparkt hat, aber er ist auch ein Psycho – zügelloser, als ich je war.

Carter ist schneller aus dem Auto, als ich mich abschnallen kann. Er ist immer mit Vollspeed unterwegs. Ich folge ihm gemächlicher, die Hand in der Hosentasche, streiche mir noch mal durch die Haare.

Ich weiß, dass du da bist. Ich weiß, dass Carter angeordnet hat, dass Kimberly dich überallhin mitnehmen soll, wo sie hingeht, wenn er nicht da ist. Da Kim mit Daniel fickt und er sie für sich beansprucht hat, wirst du wahrscheinlich bei ihnen mitgefahren sein.

Allein schon, damit er mich mit dir reizen kann, wird er schauen, dass ich dich sooft wie möglich mit ihm sehe und mir eine Show bieten, wie ich es früher bei ihm getan habe. Das in der Garage mit Isabelle damals hat ihm wohl nicht gereicht, jetzt kommt anscheinend die richtige Strafe.

Die Sonne strahlt auf die vor der Kirche versammelten Personen, die alle schwarz und elegant gekleidet sind, rauchen, reden, mit ihren Rosenkränzen spielen oder über gestern sprechen. Manche stehen kurios in der Ecke und wickeln irgendwelche Geschäfte ab. Ich versuche, nicht nach dir Ausschau zu halten, aber deine Haare im Sonnenlicht erwecken meine Aufmerksamkeit. Hinter meiner Sonnenbrille sieht sowieso keiner der Anwesenden, dass ich dir einen Blick zuwerfe. Du stehst abseits neben Kimberly und fühlst dich so fehl am Platz, Baby. Du fühlst dich unwohl und fragst dich die ganze Zeit, was du hier eigentlich tust. Ich würde dich am liebsten ins Auto packen und von hier wegbringen, weit weg. Mit dir nach Kentucky gehen und die ganze Scheiße einfach hinter mir lassen.

Du trägst ein dunkelblaues Kleid mit Kragen, das bis oben geschlossen ist, denn die Gottesdienste werden sehr konservativ gehalten. Es reicht dir bis über die Knie und dein Haar ist im Nacken zu einem Dutt geschlungen. Du bist ungeschminkt, so mag ich dich am liebsten, gleich nach der Art, wie du nach dem Sex aussiehst, wenn deine Wangen gerötet, deine Haare chaotisch und deine Lippen geschwollen sind. Wenn in deinen glasigen Augen noch die Lust schimmert und du schwer atmest. Ich versuche, meine Gedanken davon wegzulenken, weil es nicht gut ist, weiterhin so an dich zu denken. Es ist, als würdest du mich spüren, als dein Kopf sich leicht über deine Schulter wendet und du den Boden entlang langsam an mir nach oben siehst, deine grünbraunen Augen sich in meinen hinter der Brille verfangen, die ich beinahe automatisch absetze. Ich bleibe kurz stehen und will dich in mich einsaugen. Dein Blick ist so verwirrend, Alayna. Ich habe dir doch gesagt, du sollst mich so nicht ansehen. Jetzt weiß ich, warum Carter dich nie in Ruhe lassen konnte. Ich lächle dich leicht an, ich kann nicht anders. Du lächelst zaghaft zurück und deine Wangen werden rot.

Dann trampelt mein Bruder durch das Bild, sieht mich an und lässt mich nicht aus den Augen, als er auf dich zugeht und dir einen Arm grob um die Schultern wirft. Du fährst erschrocken zusammen, weil du gar nicht bemerkt hast, dass er kam.

Er sagt was zu dir und du siehst nach unten, beinahe beschämt. Ich kann mir schon vorstellen, was es war. Ich überlege, was es mit dir macht, ihm so nahe zu sein. Ob du immer noch Bauchkribbeln hast, so wie ich, wenn ich dich ansehe? Ob du immer noch seinen Duft tief in dich einsaugen und unbedingt seine Haut berühren willst? Ist es immer noch so intensiv zwischen euch? Denn du siehst nicht mehr zu mir zurück, als er dich in die Kirche führt. Jetzt zucke ich zusammen, als ich Isabelles Stimme hinter mir höre, sobald alle drinnen sind und ich allein vor der großen Kirche stehe und mich fühle, als hätte man mir die Eingeweide rausgerissen.

»Na?«, fragt sie hinter mir. »Unauffälliger kannst du wohl nicht schauen, oder Caden? Willst du, dass dein Bruder dir eine Kugel in den Kopf schießt, weil sie dir nicht mehr gehört?«

Ich drehe mich zu ihr um und sehe zu ihr runter. »Ah, das würde dir gefallen, oder?« Sie sieht wie eine richtige italienische Mafiabraut aus, die sie auch ist, mit ihrem hautengen schwarzen Etuikleid, das bis zum Schlüsselbein geschlossen ist, lange Ärmel hat und bis unter ihre Knie reicht. Ihre Haare sind ebenfalls im Nacken zusammengerafft und sie trägt einen dieser Hüte mit Augennetz. Ihre Lippen schimmern in der Sonne und sie hat leichte Schminke aufgelegt. Pumps und eine kleine Handtasche vervollständigen ihr Outfit. Um ihren Hals hängt das goldene Kreuz, was sie früher auch immer trug, als sie bei mir war, weil sie nach außen ein Engel und im Herzen so eine Sünderin ist. Ich trete einen Schritt zurück.

»Wieso sollte mir das denn gefallen, Caden? Ich habe kein Problem mit dir. Ganz und gar nicht.«

Ich mustere sie, wissend, dass sie mich provozieren will, und schweige, aber sie bohrt natürlich weiter.

»Ganz im Gegenteil, ich mag dich sogar, obwohl du dich ein bisschen verändert hast. Du bist gar nicht mehr der skrupellose Wichser, den ich kannte.« Sie tritt einen Schritt auf mich zu und ich mache wieder einen zurück. Ich will nicht, dass sie mir zu nahe kommt. Sie lässt einen Mann nicht klar denken, und wenn uns jemand miteinander sieht, sterbe ich, und darauf habe ich gerade keine Lust.

»War ich etwa daran beteiligt, dass du jetzt *so* handzahm geworden bist?«

Ich schnaube. Sie hat keine Ahnung, wie handzahm ich werden kann.

»Ich mochte deine dunkle Seite. Sie hat dich besonders gemacht.« *Die dunkle Seite ist noch da*, denke ich, *aber ich lasse sie nicht mehr jeden sehen.*

»Und deswegen hast du dich gleich in die tiefste Schwärze gestürzt, Isabelle?«, frage ich und sie tippt mir gegen die Brust, weswegen ich sie düster anstarre. Sie kommt wieder einen Schritt auf mich zu. Ich kann keinen mehr zurückmachen, weil ich sonst gegen die Kirchenmauer pralle, und das passiert mir nicht. Wenn ich nicht so aufpassen müsste, hätte ich sie schon längst gegen die Wand gepinnt und ihr ein paar Worte gesagt. Aber wenn ich hier eines gelernt habe, dann, dass man nie impulsiv handeln darf und mit äußerster Vorsicht vorgehen musst.

»Ah, du meinst Carter, oder?«, erkundigt sie sich interessiert. Ich blähe meine Nasenflügel und knurre: »Ja, ich meine Carter.«

»Bist du eifersüchtig auf mich und Carter? Wir wissen ja, dass du immer sehr besitzergreifend warst, wenn es um meinen Arsch ging.«

»Ich will nicht, dass mein Bruder Probleme mit deinem Macker kriegt, nur weil er seinen Schwanz nicht aus dir heraushalten kann«, antworte ich beherrscht. Es ist alles so kompliziert, Alayna. Ich fühle mich, als wäre ich in der Hölle. Und du bist der Himmel.

»Carter steht auf geheime Spielchen. Ich habe ihn ja gestern nicht gezwungen, mich in der Toilette zu vögeln.«

Ich atme tief durch und versuche, mich nicht darauf einzulassen. »Isabelle, willst du wirklich Krieg mit mir?«

Sie strahlt mich an. Gott sei Dank bleiben ihre grünen Augen hinter dem Netz verborgen. »Ahhh ... Caden, ich liebe Krieg mit dir. Das weißt du doch, Baby.« Sie tippt mir unter das Kinn, dann verschwindet sie hüftwiegend, und ich schaue genervt ihrem heißen, kleinen Arsch hinterher, der mir genauso wenig gehört wie deiner im Moment.

* * *

Die Kirche hat extrem hohe Decken, die mit Malereien verziert sind. Goldene Säulen ragen zwischen den Bänken in die Höhe und durch die Buntglasfenster fällt schummriges Licht. Ein roter, ausgetretener Teppich führt nach vorn zu einem prunkvollen Altarbereich, der aus Gold und Marmor besteht. Ein riesiger, leidender Jesus am Kreuz hängt dahinter. Die Orgel spielt und der Pfarrer, komplett in weißer Robe und mit ebenfalls weißem Haar, steht an seinem Rednerpult und wartet darauf, dass die dröhnenden Töne verstummen. Dann fängt er an, auf Italienisch zu plappern. Das hier ist eine typisch italienische Messe, wie sie in vielen Vierteln

Amerikas abgehalten werden. Alle sitzen auf ihren Bänken. Carter, der seit einiger Zeit mit Dorian verbrüdert ist und nicht mehr mit mir, befindet sich ganz vorn neben ihm und Isabelle und dem *Boss* mit seiner Frau. Ich frage mich, wie tief er schon mit ihnen verschmolzen ist und wo das noch hinführen wird.

Ich stehe auf der linken Seite der geschlossenen Kirchentüren und John weit weg von mir auf der rechten Seite. Wir bewachen einen der Eingänge, weil man nie weiß. Das hier wäre ein perfekter Moment für eine gegnerische Familie, zuzuschlagen.

Du sitzt direkt vor mir, wie es das Schicksal so will, am äußersten Rand der letzten Reihe, weil die Mädchen hier nun mal sitzen, die nicht zur Familie gehören. Ich sehe die feinen Härchen in deinem Nacken und deine angespannten Schultern. Meine Waffe habe ich nicht abgelegt, im Gegensatz zu allen anderen, weil ich für den Schutz zuständig bin. Zusätzlich trage ich ein Headset, das mich mit den anderen Wachposten an den anderen Eingängen verbindet.

Ich würde so gern mit den Fingern über deine Haut streichen, damit sich deine Entspannung löst. Alle sind darauf konzentriert, was vorn gesprochen wird, nachdem die Musik verstummt ist. Ich mache einfach die zwei Schritte zu dir und du spannst dich noch mehr an, weil du meine Präsenz in deinem Rücken spürst. Warum ist das so, Alayna? Wieso bist du nach wie vor so auf mich fixiert?

Mein Blick ist nach vorn gerichtet, meine Hände vor dem Schoß übereinandergelegt, als ich leise zu dir spreche.

»Was war gestern? Und schau jetzt nicht nach hinten.«

Du schüttelst leicht den Kopf. *Nichts*. Oh, wie gern ich dich jetzt packen und dich zwingen würde, mir die Wahrheit zu sagen. Ich trete noch einen Schritt näher.

»Hat er dir wehgetan?«

Wieder schüttelst du den Kopf und rutschst in deinem Sitz weiter nach hinten. Als du leicht den Kopf nach hinten lehnst, berühren deine Haare meine Hände. Ich will den Haargummi rausziehen und durch deine Längen streichen.

»Lügst du?«, flüstere ich.

Ich höre dich genervt ausatmen und muss ein bisschen schmunzeln. Wieder schüttelst du den Kopf und willst zu mir hochschauen, aber ich drücke dir zwei Finger in den Nacken, damit du dich nicht bewegst.

»Nicht ansehen, habe ich gesagt«, wiederhole ich leise und spüre, wie du erschauerst. Ich muss die Finger zurückziehen, sonst mache ich was Unüberlegtes.

»Hast du mit ihm geschlafen?« Meine Schultern zucken bei dieser Frage und ich rolle sie, um mich zu entspannen, weil ich spüre, dass John mich anvisiert. Ich muss gleich hier weg, weil ich nicht auffallen will. Sollen alle denken, du bist Carters Bitch, dann bist du sicherer, als wenn du meine wärst, weil es zu viele Leute auf mich abgesehen haben. Du schüttelst den Kopf und ich bin unglaublich erleichtert. Das ist dumm, weil ich dich ihm überlassen habe und du es früher oder später tun wirst. Ich fürchte schon jetzt diesen Tag.

Als hätte er gespürt, dass ich über ihn nachdenke, schießt Carters Kopf über die Schulter in meine Richtung. Er funkelt mich an und ich funkle zurück, weil ich immer noch das Bild davon im Kopf habe, dass du irgendwann wieder unter ihm liegen wirst.

Er signalisiert mir mit einem Nicken, dass ich weggehen soll, und ich hasse es, weil ich weiß, dass er dich in der Hand hat. Ich bewege mich nicht, also streckt Carter den Arm über die Lehne der Kirchenbank und hebt einen Daumen.

Ich lege meinen Kopf schief, als er zusätzlich einen Zeigefinger hochhält, und verenge die Augen. Dieser Wichser benutzt meine Methode, und ich komme nicht umhin, zu denken, dass ich es verdient habe.

»Geh«, flüsterst du, und als er einen Mittelfinger hinzunimmt, trete ich die drei Schritte zurück und stehe wieder parallel zu John.

Carter sagt mit den Augen: *Braver Junge!* Und grinst mich an.

Ich erwidere nonverbal: *Fick dich.*

15. Eine Todsünde, Carter

Isabelle

Ich kann nicht glauben, dass ich hier wieder sitze. Neben Dorian, der seine Hand auf mein Knie gelegt hat, weil er mich immer irgendwo antatschen muss. Ich hasse seine Hände und zu was sie fähig sind.

Aber ich werde den Teufel tun und sie wegschlagen. Den Fehler habe ich einmal vor zwei Jahren gemacht. Danach hatte ich einen Gips. Er riecht immer nach teurem Parfüm und Zigarren, die er mit seinem Vater raucht, wenn sie abends im Arbeitszimmer sitzen, an dem ich nicht mal *vorbeilaufen* darf. Ich hasse das alles, zumindest mit diesem Mann an meiner Seite. Es ist alles so beschissen und ich bin innerlich so wütend auf alles.

Ich hatte es fast geschafft, mir einen Weg aus der Stadt zu bahnen; war schon fast weg, am Bahnhof, als der schwarze Mercedes neben mir hielt. Sofort erstarrte ich und konnte keinen Schritt mehr machen. Statt zu rennen, habe ich den Fehler gemacht, mich umzudrehen, und Dorian direkt in die eisigen dunkelblauen Augen geblickt. Er saß auf dem Rücksitz, die Tür war geöffnet, und er grinste wie der Teufel persönlich. Mit einem Finger hat er mich ins Auto gewunken. Da wusste ich, es war zu spät zum Weglaufen.

Ich bin schon eine Weile zurück, aber ich konnte eine Woche nicht unter Menschen, weil ich grün und blau geschlagen wurde. Als kleine Lektion.

Jetzt sitze ich hier in dieser Kirche und der Pfarrer labert was von Nächstenliebe. Ich sehe zu Carter rüber, der hier ist, direkt neben Dorian. Wieso eigentlich? Was machen Caden und Carter hier? Okay, Carter hat es mir erklärt, aber ich verstehe es immer noch nicht. Wie kann er freiwillig neben Dorian sitzen und auf besten Freund mit ihm machen? Er spürt meinen Blick und zwinkert mir unauffällig zu. Ich muss ein bisschen lächeln. Wenn ich vor einem Jahr vielleicht schon Carter hier gehabt hätte, wäre es leichter zu ertragen gewesen. Wir haben es schon in den sechs Wochen miteinander geschafft, aus Scheiße Gold zu machen. Egal wie abgefuckt das Viertel und wie wenig das Geld oder wie wütend dieser Mann war. Wir haben es immer irgendwie umgedreht und was Gutes daraus entstehen lassen. Dafür werde ich ihm immer dankbar sein und er mir. Schon als ich ihn damals in dieser Bar das erste Mal gesehen habe und auf seinen Schoß gestürzt bin, wusste ich, dass er nicht wie alle anderen ist. Er ist besonders. Er hat es immer geschafft, mich vergessen zu lassen, und ich ihn. Als ich ihn an seinem Geburtstag gesucht und dann mit IHR gesehen habe, war es wie der ernüchternde Aufprall auf dem Boden der Realität. Und dann war da Caden …

Weil mir danach ist, drehe ich mich zu *ihr* um. Ich verstehe auch nicht, warum Alayna hier ist. *Das* hat mir noch keiner erklärt. Mein letzter Stand ist, dass Caden sie weggeschickt und Carter ihr hinterhergetrauert hat. Ich habe keine Ahnung, was sie hier macht und wieso sie so vertraut mit Caden ist, vor dem sie solche Angst hatte. Sie hat doch Carter so sehr geliebt. *Das* nennt sie Liebe?

Sie sitzt da wie ein unschuldiges, kleines Engelchen. Am liebsten würde ich sie mal an Dorian ausleihen und dann sehen, wie sie mit ihm klarkommt, weil er echt einen Scheiß darauf gibt, ob es der Frau gefällt oder sie gerade Lust hat. Aber so ein Miststück bin ich dann doch nicht. Er hat mich damals schon so oft gehabt, weil von Anfang an klar war, dass ich ihm gehöre. Das wurde kurz davor vereinbart, bevor ich weggelaufen bin. Er war nie sanft. Ich bin froh, dass ich mein erstes Mal nicht mit *ihm* hatte und Dorian trotzdem verkauft habe, er wäre mein Erster gewesen. Und mit wem ich das besagte erste Mal hatte, daran will ich jetzt nicht denken. Aber es war zumindest sanft. Das Wort kennt Dorian gar nicht.

Vielleicht habe ich mich deswegen so zu Caden hingezogen gefühlt, weil Caden so wie *er* ist.

Der steht hinter ihr und sieht mich an. Bevor ich ihn genauer mustern kann, drückt Dorian mir hart seinen Finger in die Wirbelsäule und ich rucke nach vorn. Er ahnt, dass ich was mit Caden hatte, und hasst ihn abgrundtief, weil er mich *befleckt* hat. Oh, er hat keine Ahnung, von wem ich noch so befleckt wurde. Und was ich vorher mit Carter hatte. Zum Glück.

Carter bemerkt die Berührung und hebt eine Braue, aber er ist schlau genug, schnell wieder nach vorn zu sehen. Wenn er nicht ganz zugekokst ist, hält er sich auch mal an die Regeln, die er mittlerweile gut beherrscht. Sein Bein wackelt auf und ab und er sieht erneut nach hinten. Wieder zu ihr. Ich bemerke, wie seine Anspannung zunimmt. Seine Faust pumpt. Ich muss sagen, dass es mich nicht kalt gelassen hat, Caden und Carter an diesem Tisch zu sehen. Und dass es für mich nicht leicht war, mich die letzten sieben Monate fernzuhalten. Caden hat mir wirklich viel bedeutet, doch jetzt scheint er mir so weit entfernt. Seine Augen sind so vorsichtig und distanziert. Nicht voller Verlangen und Feuer. Aber was habe ich erwartet, nachdem er erfahren hatte, wer ich bin? Zusätzlich bin ich auch noch abgehauen. Wir haben keine Chance, selbst wenn er sie noch wollte, was er offensichtlich nicht mehr tut. Aber das ist okay, ich heirate in vier Wochen. Es muss jetzt schnell gehen, weil sie Angst haben, dass ich mich wieder aus dem Staub mache.

Dorian lässt mich kaum aus dem Blick. Ich habe im Nachhinein erfahren, dass ich schon lange beobachtet wurde. Ab der Zeit, in der ich bei den Rushs war. Es muss einen Maulwurf geben – vielleicht irgendein Kerl von Carters Partys. Es ist jetzt auch egal, denn ich bin hier und noch mal gelingt es mir sicher nicht, zu verschwinden.

Dorians Finger tänzeln über den Stoff des Kleides, was sich über meine Oberschenkel spannt. Carter betrachtet das alles aus den Augenwinkeln und ich frage mich, seit wann er so interessiert daran ist, wenn mich jemand berührt. Ich weiß, dass ich ihm immer wichtig war, genau wie er mir, aber ich dachte, die anderen Gefühle wären einseitig und nur bei mir vorhanden.

Mein neuer Schwiegervater wirft Dorian einen tödlichen Patenblick zu, weil wir hier in einem Gotteshaus sind. Dieser grinst gelassen und zieht seine Finger zurück. Ich sehe ihn von der Seite an, sein markantes, glatt rasiertes Kinn und die scharf geschnittenen Lippen, seine eiskalten Augen, unter deren Blick ich klein werde, und das ist eigentlich nicht meine Natur. Er hat dunkles Haar, das immer akkurat nach hinten gelegt ist, und hohe Wangenknochen. Damit sieht er ein bisschen wie ein Armani-Model aus. Dazu sein perfekter Körper und seine perfekte Haut. Aber er hat etwas Gefährliches und Düsteres an sich. Er strahlt es in Wellen aus, sodass bei jedem, der ein wenig Selbsterhaltungstrieb besitzt, sämtliche Alarmglocken schrillen. Seine Hände sind groß und er trägt massige

Ringe und einen schwarzen Designeranzug – wie alle anderen.

Als er meinen Blick spürt, legt er einen Arm um meine Schultern, wahrscheinlich, weil er sich wünscht, dass ich ihn gerade anhimmle, aber ich liebe ihn nicht, das habe ich nie getan. Was Liebe ist, habe ich durch jemand anderen gelernt, der jetzt nicht hier ist und an den ich nicht denken darf, weil es alles nur noch komplizierter machen würde.

Und was Caden angeht … mir war immer klar, dass er noch was für Alayna empfindet. Das habe ich schon damals gewusst. Auch wenn da was zwischen uns war, was Echtes und Intensives … es hat nicht gereicht. Ich habe bemerkt, wie er sie angesehen hat und dass sie seit Neustem wieder verbunden sind. Mir war klar, dass ihre Wege wieder zusammenführen werden. Ich weiß so was immer, bevor es alle anderen wissen. Und auch, wenn ich nicht weggelaufen wäre, hätte er sich irgendwann von mir getrennt und versucht, sie zurückzuerobern, weil *sie* es die ganze Zeit war. Die Eine. Sonst hätte er sie schon lange losgelassen und nicht so heftig gehasst und seinen Bruder beneidet. Und ich … ich wäre auch irgendwann gegangen, weil mein Herz mich woanders hinzieht. Seit dem ersten Blick in seine Augen.

Wieder sehe ich zu Carter.

Carter hat sie geliebt. Sie bedeutet ihm immer noch etwas, auch wenn er sich was anderes einredet. Aber ich habe gewusst, dass eine wie sie einen wie ihn genauso wenig halten kann wie ich Caden oder Caden mich. Denn Alayna hätte versucht, ihn zu zähmen, und ein Carter Rush lässt sich nicht zähmen. Sie kommt nicht mit seiner Dunkelheit klar. Das wird sie nie. Dafür ist sie zu hell und strahlend. Und Carter war viel zu unsicher, was sie betrifft. Wenn man sein Vertrauen einmal bricht, ist er so unsicher, dass er keine Entscheidungen treffen kann. Dann entsteht das Carter-Phänomen. Er macht Schluss, holt sie zurück, macht wieder Schluss und holt sie erneut zurück. Kurzum: Er stößt sie von sich und kettet sie wieder fest. Tja, manchmal reicht Liebe eben nicht.

Ich habe diesen Kerl sehr gut kennengelernt in diesen ominösen sechs Wochen. Sehr intensiv. Zwischen uns gab es so einen Vertrauensbruch nie, denn als ich mit seinem Bruder zusammen war, war nichts mehr zwischen uns, bis auf das eine Mal, was ja alle Beteiligten anscheinend wollten.

Ich weiß das alles, aber ich halte meinen Mund. Informationen muss man sich verdienen. Und Caden hat keine Information verdient. Er muss das alles selbst rausfinden, intelligent genug ist er.

Und Carter werde ich das alles nicht verraten, weil er die Wahrheit nicht ertragen könnte. Es würde ihn fertigmachen, dass Alayna nicht zu ihm gehört. Auch wenn er sich das immer noch insgeheim wünscht. Ich liebe es ehrlich gesagt, dass er durch die Irrwege des Schicksals genau hier gelandet ist und wir uns diese

Hölle gegenseitig angenehmer gestalten können, denn das haben wir zusammen immer geschafft.

Das ist wie der beste Wink des Schicksals, der mir je passiert ist.

Carter Rush – hier.

Alle bekreuzigen sich, wie meine Mutter, diese Verräterin, es früher immer getan hat, wenn ich ein bestimmtes Grinsen aufgelegt habe, und sprechen das Vaterunser. Gott, ich liebe Gott, aber ich hasse die Kirche. Ich senke den Blick und falte die Hände. Dorian liebt es, mich als das jungfräuliche, süße Mädchen zu sehen, das ich nicht bin und nie war.

Er braucht das. Dieses unschuldige Mädchen, das er zu einer Frau machen kann.

Der Gottesdienst ist fast vorbei und alle werden unruhig. Ich muss ein Gähnen unterdrücken, weil ich so müde bin. Dorian fand es gestern nicht so witzig, dass ich so lange weg war. Mit Carter auf der Toilette, was er nicht weiß. Er hat mich die halbe Nacht wachgehalten, um mir einzutrichtern, dass ich niemals mehr als fünf Minuten weg sein darf und mich vorher bei ihm abmelden muss, was ich gestern nicht getan habe.

Der Pfarrer hört endlich auf und kurz darauf ist der Spaß vorbei. Die Ersten stehen auf und verteilen sich. Im Augenwinkel sehe ich, wie Carter zielstrebig an mir vorbeigeht. Ich blicke ihm hinterher, denn er folgt nicht dem Gang nach hinten, sondern zu den Beichtstühlen. Fragend schaue ich ihn unter meinem Netz an und er sieht mich mit seinem Fickblick an. Aaah, ich verstehe.

Gleich ist meine Laune besser und ich bekomme Bauchkribbeln.

Ich stehe erst auf, als Dorian sich erhebt, denn ich bin ja nur eine Frau und darf nicht selbst entscheiden, wann ich was mache. Das langweilt mich.

Betont schüchtern wende ich mich an Dorian, der mit seinem Handy beschäftigt ist, und spreche so laut, dass sein Vater es auch hören kann.

»Ich würde gerne noch meine Beichte ablegen, Dorian«, sage ich mit meiner süßesten Stimme. Sein Vater macht ein zufriedenes Gesicht und nickt anerkennend.

Dorian sieht mich kurz zweifelnd an.

»Du weißt schon, wegen gestern«, erinnere ich ihn. Sein Blick schießt durch die Kirche und über seinen Vater, der uns immer noch zuhört. Er weiß, er kann nicht Nein sagen und winkt mich mit zwei Fingern gelangweilt davon.

»Ich warte draußen. *Dieci Minuti.*« Damit geht er gemeinsam mit seinen Eltern nach draußen. Ich warte, bis die Letzten verschwinden und auch der Pfarrer weg ist. Ruhe erfüllt den mit Weihrauch geschwängerten Raum, als ich mich umdrehe und meine Heels über den Boden klackern. Das allgemeine Zeichen bei uns, dass eine Frau sich nähert, da wir alle solche Fußvergewaltigungen tragen müssen. Dieser Mistkerl hat meine Sneakers weggeschmissen.

Ich reiße den Vorhang des Beichtstuhles beiseite, rieche aber schon vorher den süßlichen Geruch von

Gras. Er ist wirklich ein Dämon, denn er raucht einen Joint im *Beichtstuhl*.

Und da sitzt er grinsend, den Kopf an die Holzwand gelehnt, und sieht mich unter seinen langen Wimpern an. Er trägt einen Anzug. Seit ich ihn das letzte Mal gesehen habe, hat er eine neue Wunde – diesmal auf dem rechten Wangenknochen. Seine Züge sind härter geworden, aber das bleibt in dieser Familie nicht aus. Seine schwarzen Haare fallen ihm in die Stirn. Die ersten drei Knöpfe seines Hemdes stehen offen und entblößen ein paar Tätowierungen auf seiner muskulösen Brust. Er hält die Tüte zwischen Zeigefinger und Daumen, zieht daran und bläst den Rauch von mir weg, bevor er mich mit einem Finger zu sich winkt.

»Wir haben zehn Minuten, er wartet auf mich«, informiere ich ihn, reiße den Vorhang hinter mir wieder zu und setze mich in der engen Kabine mit gespreizten Beinen auf seinen Schoß.

Er ist schon hart. Ich nehme den Joint aus seiner Hand und ziehe daran, während er mir das Kleid nach oben rafft. Natürlich trage ich kein Höschen. Er grinst anerkennend und fährt mit seiner Fingerspitze über meine Mitte. Mit der anderen Hand greift er nach meinem kleinen Hut und zieht ihn einfach von meinem Kopf. *Scheiße*.

Er erstarrt.

Und ich auch.

Scheiße!

Sein Nacken knackt, als er seinen Kopf von links nach rechts neigt, während er mein Veilchen unter dem linken Auge betrachtet.

»Was ist das, Isabelle?«, fragt er rau, legt eine Hand an meine Wange und fährt mit dem Daumen über den lila Schatten, den nicht mal mein teures Make-up ganz abdecken konnte.

»Dorian. Und jetzt fick mich endlich!« Ich hasse es, wenn jemand meine Schwäche sieht. Wenn jemand sieht, dass ich mich in einer bestimmten Situation nicht wehren konnte und damit zu einer Frau werde, die ich nie sein wollte. Ein armes, kleines Lämmchen. Ich bin kein Lamm.

Carter tut mir den Gefallen und redet nicht weiter darüber. Er weiß, wie stolz ich bei so was bin. Deshalb nimmt er mir die Tüte ab, steckt sie sich in den Mund, lehnt sich zurück, die Arme links und rechts aufgestützt.

»Mach meine Hose auf.«

Ich öffne seine Hose und sehe ihm dabei in die Augen. Mir wird nicht zum ersten Mal klar, dass er und Caden sich nicht eins zu eins gleichen. Auch wenn sie sich Mühe gaben. Nicht mal während ihrer Geburtstagsparty habe ich die beiden verwechselt. Nur die ersten paar Sekunden dachte ich, Caden wäre Carter. Danach war alles klar und ich habe ein bisschen mit Caden gespielt, wie er es sonst immer, laut Carters Erzählungen, mit anderen macht.

Ich umschließe Carter mit einer Hand, hebe den Arsch und lasse mich auf ihm nieder.

»Aah, verdammte Scheiße«, flüstert er und lässt seine Arme dort, wo sie sind. »Acht Minuten noch, Isabelle. Du solltest dich beeilen, zu kommen. Ich werde dir heute nicht helfen.« Dieser kleine Bastard ist heißer denn je. Ich stemme mich mit meinen kleinen Händen auf seine breiten Schultern und ich ficke ihn einfach, wie ich es brauche. Er mag es. Sehr. Sein Kopf fällt nach hinten und er kann es sich nicht verkneifen, eine Hand an meinen Arsch zu legen und seine Finger in mein Fleisch zu krallen.

»Scheiße«, flüstert er schon wieder heiser. Ich kann nicht anders, als meine Lippen wie gestern auf seine knallen zu lassen. Seine Zunge wildert in meinem Mund und seine Finger bohren sich tiefer in mein Fleisch. Mit einem Mal steht er mit mir in den Armen und einer Hand an meinem Arsch auf und knallt mich mit voller Wucht gegen die Wand. Ich keuche und verkneife mir einen Aufschrei. Wir wollen ja nicht auffallen.

Er beißt mir in die Unterlippe, drückt mich am Arsch ihm entgegen und ich kann nicht mehr. Innerhalb von drei Minuten komme ich. Wir hätten noch zweimal Sex haben können. Ich bin immer noch so geladen. Er lässt mich auf die Knie sinken und schiebt sich zwischen meine Lippen, die Hände flach an der Wand hinter mir abgestützt, als er in meinem Mund kommt und ich alles schlucke.

Wir wollen ja keine Spuren hinterlassen an diesem heiligen Ort.

Als er fertig ist, verharrt er noch ein paar Sekunden über mir. Ich ziehe den Kopf zurück und schließe seine Hose. Er ist atemlos, die Augen geschlossen, die Hände immer noch abgestützt und schwer atmend. Ich gleite an seinem harten, trainierten Körper nach oben, während ich mir das Kleid nach unten ziehe.

»Das war eine Todsünde, Mister«, flüstere ich an seinen Lippen und streife sie zart.

Er öffnet seine Augen und sieht mich mit einem Funkeln darin an, das meine Knie kurz weich macht. Ist es jetzt so weit? Spürt er, was ich damals schon so intensiv gespürt habe, bevor ich ihn auf seinem Geburtstag mit Alayna sah?

»DU bist eine Todsünde, Prinzessin«, wispert er heiser, küsst mich tief und presst mich mit seinem Körper wieder an die Wand, wo er mich noch tiefer küsst. »Und jetzt geh.« Carter löst sich von mir und ich greife nach meinem Hut, bevor ich rausgehe, ohne ihn noch mal anzusehen.

Scheiße, ich hoffe, er wird niemals merken, wie tief Carter Rush mir unter die Haut geht.

16. Lauf!

Alayna

Du stehst mir gegenüber auf der anderen Seite des Kircheneinganges, Caden, und du siehst aus wie ein richtiger Mafioso. Ich weiß nicht, wie ich das finde. Und ich weiß außerdem nicht, wann du mir so wichtig geworden bist, dass ich angefangen habe, dich als DU zu sehen. Aber jetzt bist du DU. Wahrscheinlich war es irgendwann gestern auf dieser Tanzfläche, als ich bemerkt habe, wie sehr du mir unter die Haut gehst. Wie sehr ich dich liebe – und dich immer geliebt habe.

Caden, du bist meine Droge – und ich werde niemals von dir wegkommen.

Das weiß ich jetzt.

Ich stehe neben Kimberly, die eine Zigarette raucht. Ihr Macker ist hinter ihr und ich weiß, dass er versucht, seine eiskalte distanzierte Machoshow abzuziehen, aber Kimberly hat mir erzählt, dass er ganz verrückt nach ihr ist und sie »für sich beansprucht hat«, damit kein anderer sie anfassen darf. Das geht schon seit Monaten so und sie hat Angst, weil sie weiß, dass ein Mädchen nicht zu lange bei einem Mann bleiben kann, weil die anderen sonst nichts von ihr haben. Ich frage mich, wo ich hier hineingeraten bin. Das alles ist so verstörend und außerhalb meiner Liga, meiner Welt, meiner Sonnenscheinwelt aus Kentucky. Die Regeln, die hier herrschen, sind verstörend. Ich habe Filme darüber gesehen und Serien, die ich nur so verschlungen habe. Auch Mafialiebesromane habe ich gelesen, aber es in der Realität zu erleben ist etwas völlig anderes, denn was in den Büchern oft so beschönigt und romantisch dargestellt wird, ist nicht schön und nicht romantisch. Ich will hier raus.

Caden, du hast mich wie einen Köder für Carter hergeholt, damit er keine Scheiße baut. Wie ein Stück Fleisch hast du mich auf einen Haken gespießt und ins eiskalte Wasser geschmissen. Aber ich weiß mittlerweile, wie es hier läuft. Du hast mir gesagt, dass du mich nicht holen wolltest, sondern dein *Boss* es dir befohlen hat, und ich habe dir geglaubt. Bin ich diesmal vielleicht noch dümmer als beim allerersten Mal, als ich auf dich reingefallen bin?

Und was war das gestern im Auto? Diese Nähe und diese Blicke, die ich so gar nicht von dir kenne. Du warst für mich immer wie ein Mysterium, ein Buch mit sieben Siegeln, die ich nicht öffnen konnte. In einer fremden Sprache geschrieben, die ich nicht verstand. Es war immer anstrengend, kompliziert, dir zu folgen, und jetzt fühlt es sich so natürlich an. Du hast die Hände auf Schoßhöhe übereinandergelegt und stehst kerzengerade hinter deinem *BOSS*. Ich weiß noch, wie du früher vom Football kamst und du für die Uni gelernt und mit Carter in der Garage gekifft hast. Wie du deine kleine Schwester immer verunsichert und getriezt hast und du dir mit dem total genervten Carter am Frühstückstisch die heißesten Wortgefechte geliefert hast. Und jetzt stehst du da in diesem Designer-Anzug und mit diesem düsteren, besitzergreifenden, brennenden Blick. Du schaust mich an und ich habe das Bedürfnis, dir irgendwie begreiflich zu machen, dass du mich nicht die ganze Zeit so ansehen sollst, weil ich weiß, wie es läuft – und weil es mich total durcheinanderbringt und ich keinen klaren Gedanken fassen kann.

Ich drehe mich leicht weg, damit du aus deiner Starre erwachst, und es wirkt. Deine Augen schießen zum Kircheneingang, aus dem Isabelle gerade kommt. Das wollte ich jetzt auch nicht bezwecken.

Sie ist so schön, so perfekt und würde so gut an deine Seite passen. Ich habe das noch nie gern gesehen. Es hat mich immer ein bisschen gekillt, euch beide zu beobachten, auch wenn ich es nicht wahrhaben wollte.

Sie schaut sich hektisch um und erblickt ihren Verlobten, diesen total grusligen Psycho-Mann. Ich kann nicht fassen, dass ich *dich* immer so genannt habe, Caden. Du bist nichts dagegen, nicht so eiskalt und grausam. Man sieht es ihm an. Und ich wundere mich darüber, wie sie kuscht, als seine dunkelblauen Augen auf sie treffen. Sein Blick geht sogar mir unter die Haut. Sie läuft schnell zu ihm rüber. Im selben Moment schlendert Carter um die Kirche herum, als würde er aus dem Hintereingang kommen.

Ich runzle verwirrt die Stirn. Er hat wieder dieses Grinsen auf den Lippen, das ich schon kenne, weil er es immer auf den Lippen hatte, wenn wir zwei fertig waren. Es ist mir schon gestern aufgefallen und jetzt frage ich mich, ob vielleicht Isabelle für dieses Grinsen verantwortlich ist. Er kommt vor der Kirche an und ich merke schnell, dass wir alle drei Isabelle beobachten, weil Dorian de Luca sie ziemlich grob am Oberarm packt. Es ist ihm scheißegal, wie viele Leute vor der Kirche stehen, als er sie zu seinem Auto zerrt, während sie auf ihren Heels kaum mithalten kann.

Ihr beide seht total angepisst aus, als ihr ihnen hinterherblickt, ein bisschen mordlustig sogar. Liebst du sie noch? Und was ist mit Carter? Ist das nur Freundschaft? Was zur Hölle? Wieso bin ich so eifersüchtig und weiß nicht mal, auf wen mehr? Aber es brodelt in mir, und zwar heftig.

Carter hat mir gesagt, dass ich vor der Kirche auf ihn warten soll. Als Dorian weggefahren ist, lässt er seinen Nacken knacken und visiert mich an, bevor er zu mir rüberkommt. Seine Schritte sind so gelassen, aber in seinen Augen ist wieder eine Unruhe, wie sie da so oft in letzter Zeit ist. Du siehst ihm nach, als er zu mir kommt, und es ist, als würde er dunkle Dämonen hinter sich herziehen. Sein Blick ist so kalt und abweisend. Das tut weh. Ich frage mich, was er die letzten Monate wohl alles gesehen hat, dass er in diesem Zustand ist. In diesem leblosen, gefühllosen Zustand. Carter ohne Gefühle ist wie du ohne Kopf. Ich weiß noch, wie es war, als du deinen Kopf verloren hast, weil *er* bei Melissa war. *Melissa*. Wenn ich nur an sie *denke*, kriege ich noch Aggressionen und Kotzreiz. So schaue ich auch aus der Wäsche, als Carter vor mir zum Stehen kommt.

»Echt jetzt, Alayna?«, fragt er trocken. »So schlimm?«

»Aah, vergiss es.« Am liebsten würde ich ihm *Melissa* entgegenspeien, gleich gefolgt von *Isabelle*, aber ich tue es nicht, weil ich ihn ja nicht reizen soll – laut dir. Ich weiß nicht, wie lange ich das noch aushalte.

Er packt mich am Oberarm, als könnte er mir nicht einfach sagen, dass wir jetzt gehen, und zieht mich zu dir. »Komm, BRO!« Seine Stimme klingt emotionslos und du hasst es so sehr, dir was von ihm sagen lassen zu müssen. Eigentlich gibst du die Regeln vor, aber Carter steckt zu tief hier drin. Du hingegen hast dich sehr von dieser Welt distanziert, weil du weißt, was passiert, wenn man sich zu sehr einbringt. Ich habe keine Ahnung, ob Carter das jemals realisiert hat.

Ich spüre, wie du hinter uns hergehst, und höre, wie du dein neues Auto entriegelst. Ein wenig Wehmut macht sich in mir breit, weil ihr eure Autos nicht mehr habt, sondern diese protzigen Mercedes-SUVs.

Du fährst, früher saß immer Carter am Steuer, der mich jetzt auf den Rücksitz schubst. Er hasst mich so sehr.

Was mich angeht: Ich bin total zwiegespalten zwischen Mitleid und Hass. Mitleid, weil ich weiß, wie er eigentlich ist und ich es nicht ertragen kann, ihn so kaputt zu sehen, denn das ist er. Und Hass, weil er mit mir umgeht wie mit einer Nutte. Sogar die behandelt er besser, wie ich gesehen habe. Er beleidigt mich, schubst mich rum, gibt mir Befehle und will mich erschießen, während ich die Klappe halten muss. Das halte ich nicht mehr lange durch. Das ist nicht meine Welt. In meiner Welt sage ich meine Meinung und auch, wenn mich was stört. Besonders Carter gegenüber konnte ich das immer tun. Es zermürbt mich, wie sehr sein Weltbild verrückt ist und wie loyal er diesen grauenhaften Menschen gegenüber ist.

Ich schnalle mich an und Carter sieht mich über die Schulter an. »Ehrlich, Alayna? *Hier* denkst du an deine Sicherheit?«

»Wenigstens hier habe ich sie selbst unter Kontrolle«, fahre ich ihn aus Versehen an, weil ich es einfach nicht gewohnt bin, immer meine Fresse zu halten. Ich bin kein kleines Weibchen. Ich bin eine starke, moderne Frau.

Du erstarrst, weil ich meine Stimme erhoben habe, und deine Augen warnen mich über den Rückspiegel. Am liebsten würde ich dir sagen, dass du damit aufhören sollst, aber ich bin still und verdrehe meine Augen.

Dann greift Carter nach hinten, aber nicht so wie damals bei dir, als wir zu deinem *Überdad* gefahren sind. Nein, ruppig fährt er unter mein Kleid und kneift mir so fest in den Oberschenkel, dass ich aufschreie.

»Finger weg«, knurrst du. Ich sehe die Wut durch den Spiegel in deinen Augen blitzen.

»Schnauze«, knurrt er dich an und lässt seine Hand, wo sie ist.

»Du hast drei Sekunden, Carter.«

Er sieht dich mit erhobenen Brauen an. »Wie bitte?«

Du machst eine Vollbremsung, wegen der wir alle nach vorn rucken. HA! Und ich bin angeschnallt. Hat doch was gebracht. Carter knallt mit der Brust gegen das Armaturenbrett und schnaubt wütend.

»Das hättest du nicht tun sollen, Bro«, sagt Carter emotionslos. »Jetzt muss sie zu Fuß laufen.«

Ich reiße die Augen auf und sehe Carter schockiert an. Du kochst. Die Spannung im Auto erschlägt mich fast, als ich meine Hände in den Sitz kralle. Ihr funkelt euch an. Und Carter sagt, ohne dich aus den Augen zu lassen: »Steig aus, Alayna. Oder soll ich was Dummes tun?«

Du spannst dich an und deine Muskeln zucken, deine Finger ebenso. Ich bete, dass DU jetzt nichts Dummes tust. Dann greifst du in deine hintere Hosentasche, ziehst deinen Geldbeutel hervor und schmeißt mir hundert Dollar nach hinten. Ihr starrt euch immer noch an.

»Ich ruf dir ein Taxi hierher, Baby. *Jetzt steig aus.*« Die letzten Worte sagst du leise und drohend. Ich weiß, dass der Ton nicht an mich gerichtet ist. Du betätigst die Entriegelung der hinteren Türen. Langsam und äußerst vorsichtig steige ich aus und schleiche fast davon. Mein Herz fängt an zu rasen und ich sehe noch mal zu dir. Deine Augen schreien: *Lauf!*

Mein Herz macht einen Satz, als ich die Tür zuknalle, den Atem anhalte und du mit Vollgas wegfährst. Ich sehe das Geld in meiner Hand an, dir hinterher, dann ziehe ich meine Schuhe aus und renne um mein Leben.

Scheiße, Caden, du hast es wieder getan! Und ich ... ich laufe – wieder!

Obwohl ich dich liebe – immer noch.

17. Alayna und Isabelle

Carter

Es dauert drei Minuten, bis ich bemerke, was ich getan habe.

Dann reiße ich die Augen auf. »STOPP!«

Mein Bruder drückt nur noch mehr aufs Gas. Dieser Wichser! Ich starre ihn fassungslos an. »Das hast du extra gemacht.«

Er schweigt und sieht nach vorn. Fuck! *Jetzt* habe ich ein Problem. Man darf keine Mädchen verlieren, das habe ich schon einmal sehr schmerzhaft erfahren müssen. Und jetzt haben wir Alayna verloren, die für uns beide das perfekte Druckmittel war. Wie konnte ich nur so dumm sein und mich von diesem Wichser dermaßen reizen und übertölpeln lassen?

»BLEIB STEHEN, VERDAMMTE SCHEIßE, DU SCHEIßER«, brülle ich ihn an und er grinst schief. Ich bin so scheißsauer, außerdem habe ich mir gerade eine heftige Line reingezogen, dass ich nicht nachdenke, ihm einfach ins Lenkrad fasse und es herumreiße. Der Wagen kommt beinahe von der Fahrbahn ab, Caden brüllt: »FUCK«, schafft es aber gerade so, die Kontrolle zurückzuerlangen indem er das Lenkrad herumreißt. »SCHEIßE, WILLST DU UNS UMBRINGEN, MANN?«, schreit er, dabei schreit er nie.

Ich knacke meine Finger. »Wir werden sterben, wenn wir sie nicht zurückholen!«

»Werden wir nicht, entspann dich.« Er mustert mich abwertend von der Seite, dieser kleine Motherfucker. »Zieh noch eine Nase.«

»Fick dich! Fick dich! FICK DICH!«, fahre ich ihn an.

»Aah, entspann dich. Sie ist doch nur eine Nutte, oder wie hast du sie genannt?«

Ich schnippe hektisch meinen Ring auf und ziehe mir alles rein, was drin ist. Dann lege ich den Kopf zurück, reibe mir über das Gesicht. Ich kann nicht glauben, dass wir sie verloren haben.

»Dafür wirst du bluten«, sage ich tonlos und sehe ihn an.

Er erwidert meinen Blick. »Okay.« Ich fasse es nicht, dass ich diesen Scheißer mal über alles gestellt habe. Ich hasse ihn. Und er kommt immer wieder mit dieser Scheiße durch. Schon das zweite Mal hat er mich wegen ihr gefickt – innerhalb von ein paar Tagen.

Scheiße.

»Carter, du bist doch auch froh, dass sie weg ist«, meint er ruhig. »Es war immer noch Alayna, und sie hat hier nichts zu suchen.«

Ich knirsche mit den Zähnen. »Das war nicht deine Scheißentscheidung, und du hättest das unterbinden müssen, Caden. Verfickte Scheiße! Dir ist klar, dass wir dafür bestraft werden, oder?«

»Japp.«

»Scheiße«, zische ich. Ich wollte noch so viel mit ihr machen. Sie noch richtig bestrafen, weil sie diese Scheiße schon wieder mit mir abgezogen hat. Diese heimliche Fickerei mit Caden. Ich hasse sie und ihre Pussy, weil sie diese nicht zulassen kann.

»Jetzt ist sie weg, reg dich ab«, sagt Caden gelassen und macht sich eine Zigarette an. Seine Augen funkeln vor Freude, dass ich ihm in die Fresse hauen will.

»Denk nicht mal dran«, knurrt er drohend. Die Zeiten sind allerdings vorbei, in denen das irgendwas in mir bewirkt hat.

»Halt die Fresse, Caden«, belle ich. »Ich kann nicht fassen, dass du mein Bruder bist.« Er hebt die Brauen, aber antwortet nicht. Ich hoffe, meine Worte treffen ihn, denn ich will nur noch zerstören, sie alle zerstören. Bis keiner dieser Wichser mehr übrig ist. Nicht mal mein Dad.

Als wir ankommen, sind die üblichen Autos schon da. Nach dem Gottesdienst essen wir immer zusammen, bevor die Wochengeschäfte besprochen werden. Caden hat nicht mal den Motor abgestellt, da bin ich schon raus und stürme wütend ins Haus. Ich renne direkt in Dorian und ziehe den Kopf zurück. Er ist wieder mal so entspannt, aber er hat ein paar Kratzer auf dem Handrücken. Ich versuche, nicht darauf zu reagieren, obwohl ich mir vorstellen kann, wie diese entstanden sind. Ich hasse es.

Mein Bruder kommt hinter mir an und erstarrt, ich spüre es.

»Hi«, sagt Dorian. »Ihr habt aber lang gebraucht.«

»Stau«, murmle ich gleichgültig. Ich will jetzt noch nicht verraten, dass wir sie verloren haben.

»Na ja, egal, jetzt seid ihr ja da.« Mit dem Finger deutet er auf mich. »Du!«

Ich kenne das irgendwo her. »Ich?«

»Du hast noch einen Auftrag zu erfüllen.«

Ich runzle die Stirn. »Okay.«

»Komm.« Ich folge ihm und mein Bruder mir, als würde ich sterben, wenn er nicht dabei ist. Aber ich war schon so oft ohne ihn in tödlichen Situationen und kam immer irgendwie raus.

Im Salon tummeln sich die üblichen Verdächtigen und ich höre, wie im Nebensaal der Tisch gedeckt wird. Die Männer lachen und unterhalten sich. Nach dem Gottesdienst hat jeder eine Nutte auf dem Schoß und weiße Nasenspitzen sowie ein Glas Brandy in der Hand. Ich liebe diese Menschen, im Gegensatz zu meinem Bruder.

Wir haben Alayna verloren, verdammt!

»Also!« Dorian legt eine Hand auf meinen Rücken und führt mich weiter in den Raum. Isabelle sitzt auf einem Sessel und ich kriege einen kurzen innerlichen Nervenzusammenbruch, weil ich schon befürchte, er weiß, dass wir ficken. Scheiße.

Ich halte meine Maske aufrecht.

»Ich hab da was erfahren!«, sagt Dorian. Die Männer um uns herum verstummen, während mir ein bisschen übel wird und sich mein leerer Magen verkrampft. Fuck.

»Seht ihr dieses wunderhübsche Mädchen hier! Isabelle, steh auf!« Sie trägt immer noch das schwarze Kleid, hat den aber Hut abgenommen. Das Veilchen prangt mir wieder entgegen und Caden jetzt auch. Er sieht es zum ersten Mal. Sein Blick wird dunkel und tödlich – wie meiner wahrscheinlich vorhin. Ich mag es nicht, wenn große Hände auf kleine Gesichter treffen. Nicht so. Niemals so.

»Sie kann die Uhr nicht lesen! Es ist schon das zweite Mal innerhalb von *zwei* Tagen, dass sie sich nicht an ihre Zeiten hält und mich nicht respektiert. Und Carter!« Er zeigt auf mich und ich versuche, nicht zusammenzuzucken. Sie schaut auf den Boden und ich will hier gerade einfach nur raus. Das wollte ich noch nie. »Wir hatten ja ausgemacht, dass du sie ein bisschen bestrafst, wenn wir sie finden, und jetzt kam auch noch das alles dazu.« Caden verkrampft sich genauso wie ich. »Also! Es wird Zeit, deinen Auftrag auszuführen. Hier, bitteschön!« Damit packt er sie und schubst sie direkt in meine Arme, sodass ihre kleinen

Hände gegen meine Brust prallen und sie zu mir aufsieht, während ich zu ihr runterschaue. Fuck.

Die anderen Männer beobachten uns interessiert. Caden ist bis zum Bersten gespannt. Ich weiß nicht, was ich machen soll. Dorian wird sie und mich und meinen Bruder killen, wenn ich mich jetzt weigere. Gott, ich will mich weigern. Ich will sie nicht schlagen. Ich will lieber Caden in die Fresse geben oder jemandem, der mir ebenbürtig ist. Isabelle würde ich zerquetschen. Ihr Duft steigt in meine Nase und ich lasse den Blick langsam zu Dorian schweifen.

»Was soll ich machen?«, frage ich tonlos und bemerke im selben Moment, dass ich sie an den Oberarmen umfangen habe. Möglichst unauffällig lasse ich sie los.

»Ich mag die Zahl Drei! Zwei Ohrfeigen ins Gesicht und einen Fausthieb in den Bauch!« Damit schaut er zu Caden.

Scheiße, das fickt mich. Ich sehe auch zu Caden. Seine Kiefer sind hart aufeinandergepresst. Er sagt mir mit den Augen, dass ich keine Wahl habe und er mir das nicht abnehmen kann. Dann tritt er einen Schritt zurück.

Scheiße! Scheiße! Scheiße!

Fast verzweifelt sehe ich wieder nach unten in ihre grünen Augen. Sie hebt das Kinn und ist im Kämpfermodus, will sich nicht anmerken lassen, was das mit ihr macht und wie es sie fickt. Und es fickt sie. Genau wie mich. Ich habe das noch nie getan und wollte es auch nie. Eins meiner wenigen Tabus. Keine Frauen oder Kinder schlagen.

Nie-fucking-mals.

Ich sage ihr mit den Augen: *Es tut mir leid.*

Und sie erwidert mit ihren: *Tu es einfach, du Weichei!* Ich muss ein Lächeln unterdrücken. Die Sonne scheint herein und erhellt ihre Gestalt. Ich ziehe meine Ringe aus, egal wie Dorian das findet. Er hebt warnend die Augenbrauen und ich hebe meine.

»Du willst sie doch in vier Wochen heiraten. Soll ich etwa ihren Kiefer brechen?«, frage ich angepisst, wobei ich die Ringe so oder so niemals angelassen hätte.

Er nickt verstehend und deutet mir mit einer Handbewegung, anzufangen.

Ich weiß, dass ich ihr jetzt nicht einfach nur eine kleine Ohrfeige verpassen kann, damit es wenigstens den Anschein hat, als hätte ich sie geschlagen und verletzt. Auf mich sind gerade achtzehn Augenpaare gerichtet, inklusive Dorian, der noch mehr Härte zeigen wird, wenn ich nicht ordentlich zulange. Außerdem lässt mich das Gefühl nicht los, dass das hier ein beschissener Test ist. Ich wurde schon oft von dem Verräter hinter mir getestet, deshalb weiß ich es.

Sie sieht mich eindringlich an, bevor sie die Lider zugleiten lässt. Ich spüre Cadens Vibes bis hierher. Er steht hinter mir, die Hände hinter dem Rücken übereinandergelegt, seine Waffe glänzt in seinem Hosenbund. Ich würde sie am liebsten ziehen und alle abknallen, damit ich sie nicht schlagen muss.

Aber ich darf es nicht mehr länger hinauszögern, sonst mache ich es gar nicht, also hole ich aus und verpasse ihr eine schallende Ohrfeige.

FUCK!

Ihr Kopf ruckt nach rechts. Sie gibt keinen Ton von sich und führt ihren Kopf langsam wieder zurück, öffnet die Augen und sieht mich an. Ihre Wange verfärbt sich sofort in ein strahlendes Rot und vermischt sich mit dem Violet unter ihrem Auge.

Ich. Hasse. Es.

Ich sage ihr stumm: *Sieh mich nicht an dabei*, also schließt sie die Augen wieder und atmet tief ein.

Mein nächster Schlag landet auf ihrer anderen Wange und mir wird schlecht. Ich will das nicht, aber ich lasse mir nichts anmerken, sehe nicht einmal zu Dorian. Ich muss das hier sauber durchziehen. Wenn jemand nur irgendwas ahnt, haben wir alle drei ein Problem. Wenn es nur ich wäre, wäre es mir scheißegal.

Sie dreht den Kopf wieder zu mir herum, lässt die Augen gleich zu, und reckt das Kinn in die Höhe. Ohne zu zögern, hole ich aus, weil ich es sonst gar nicht mehr schaffe, zügle aber meine Kraft auf ein Minimum, egal wie Dorian das findet. Der Schlag wird trotzdem die Luft aus ihren Lungen drücken. Ich boxe ihr in den Bauch und würde mir am liebsten selbst dafür in die Fresse hauen.

Wuchtartig entgleitet ihr die Luft. Sie krümmt sich und stolpert nach vorn. Wieder direkt in meine Arme. Ich kann nicht anders, als sie aufzufangen, obwohl ich weiß, dass Dorian erwartet hat, dass ich sie fallen lasse. Aber ich kann nicht. Ich kann sie nicht zu Boden gehen sehen. Ich halte sie wieder an den Oberarmen, während sie sich an mich klammert und keucht.

Fuck.

FUCK! FUCK! FUCK! FUCK!

Am liebsten würde ich sie nehmen und abhauen, aber ich unterdrücke diesen Wunsch und schubse sie zu Dorian. »Da hast du sie. War lustig«, sage ich trocken, schaue ihn dabei allerdings eiskalt an.

Er hebt eine Braue. »Dann können wir es gern mal wiederholen, wenn sie wieder einen Fehler macht.« Sie steht noch in seinem Arm und er schaut zu ihr runter. »Setz dich hin!« Damit schubst er sie auf den Sessel. Sie krallt sich an den Lehnen fest, weil sie so schreckliche Schmerzen hat. Fuck.

»Ihr könnt gehen fürs Erste, aber mein Vater will noch mit euch reden, in einer …«

Ich warte nicht, dass er fertig spricht, fahre herum und rausche nach draußen, weil ich ihm sonst in die Fresse haue. Dann hätte ich endlich geschafft, was ich die ganze Zeit versuche. Aber ich will meinen Bruder nicht mit reinziehen, auch wenn er ein Bastard ist. Sobald ich an der frischen Luft bin, kippe ich vornüber und stütze meine Hände auf die Knie. Ich kriege keine Luft, atme schwer, als ich meinen Bruder hinter mir spüre.

»Fuck«, flüstert er. Auch er steht total unter Schock. »Carter, sieh mich an.«

»Ich kann nicht«, knurre ich und atme weiter.

»Carter, du darfst dich auf keinen Fall in sie verlieben, egal was passiert!« Das reißt mich ein bisschen raus. Ich richte mich auf und drehe mich zu ihm um.

»Was laberst du?«

Er sieht mich nur mit einem Du-weißt-ganz-genau-was-ich-meine-Blick an.

»Ich habe sie ein paarmal gefickt«, zische ich. »Dreh mal nicht durch, du kannst sie eh nicht haben.«

»Darum geht es nicht«, sagt er ernst. »Es wird passieren, ich sehe es in deinem Gesicht. Ich kenne dieses Gesicht zu gut, auch wenn du nur noch ein Abklatsch von deinem alten Ich bist, das ist geblieben. Und wenn du sie weiter an dich ranlässt, wird das böse enden. Richtig, richtig böse.«

Ich kann nicht fassen, was er da redet.

Was für Scheißliebe? Ich kenne Isabelle zwar schon sehr lange und habe einiges mit ihr durch, aber sie ist Isabelle, die Mafiaprinzessin, und ich bin Carter, der Oberabfuck. Wir waren immer nur Freunde mit Vorzügen, zumindest bevor mein Bruder meinte, sich in sie verlieben zu müssen. Mehr ist da nicht. Und wird auch nie sein. Ja, ich bewundere sie, weil sie die stärkste Person ist, die ich kenne, und weil sie es geschafft hat, meinen Bruder zu zähmen, und weil sie verdammt gut im Bett ist, wirklich extrem intelligent, total hübsch und raffiniert. Sie schmeckt gut und sie hat Humor, bringt mich immer zum Lachen, hört mir zu, wenn was ist, und hat immer einen guten Rat, selbst wenn er lautet, dass ich jemandem aufs Maul geben soll, damit es mir besser geht. Außerdem ist sie verrückt und ihre Hände sind so verdammt weich, ganz zu schweigen von ihren Lippen, und ihre Stimme … Sie ist einfach eine kleine, heiße Irre und …

»Fuck«, flüstere ich.

Caden sieht mich nur mit einer erhobenen Braue an, als ich verstehe, was ich nicht verstehen will. Seit wann ist das so? Und wieso überhaupt? Was ist mit Alayna? Und wieso denke ich wieder so viel und wieso fickt mich der Gedanke an Isabelles Augen so sehr, als sie mich eben so tapfer angesehen hat?

Ich will meinen Ring aufschnippen und merke, dass ich ihn gar nicht trage. »Ah, fuck!«, zische ich.

»Wir sind im Arsch.« Ich lasse mich einfach auf die Verandastufen sinken und fahre mir durch das Haar. Mein Bruder lässt sich neben mir nieder. Er sieht so müde aus, wie ich mich fühle.

»Ich kann so was nie wieder machen«, sage ich mechanisch und zittere ein bisschen.

»Ich weiß. Aber das wirst du vielleicht müssen.« Ich hasse es, dass Caden nie etwas beschönigt, abmildert oder lügt, damit man sich besser fühlt.

»Ich kann sie nie wieder so anfassen.«

»Dorian hat deine Schwäche erkannt und wird dich immer weitertreiben, weil es das ist, was er tut. Er hört nicht auf.«

»Damit kennst du dich ja aus«, erwidere ich trocken. »Wann wirst du endlich aufhören, Alayna zu ficken, nur weil du mich ficken willst?«

Sein Blick ist nach vorn in den Hof mit den Rosenbeeten und der kreisförmigen Einfahrt mit dem Engel-Brunnen gerichtet. »Ich ficke sie nicht wegen dir, Carter.«

Ich schnaube. »Denkst du etwa immer noch, dass du sie liebst?«, frage ich spöttisch.

»Denkst du, dass du es noch tust?« Mit herausforderndem Blick sieht er mich an.

Ich sehe wieder nach vorn und hätte so gern meinen Ring, denn ich will mich mit der Scheiße nicht auseinandersetzen. »Es ist Alayna.«

»Ich weiß, es sind Carter und Alayna. Never ending Story«, sagt er bitter. »Du hast keine Ahnung, wie es ist, zu wissen, dass sie mich sofort stehen lassen würde, wenn du schnippst.«

»Sie hasst mich und das würde sie nicht«, antworte ich und lache ein bisschen.

»Weil du glaubst, dass du sie hasst.«

»Ich glaube es nicht, ich tue es. Sie kann nicht immer wieder daherkommen und von einem unserer Schwänze auf den anderen hopsen, weil sie sich nicht entscheiden kann. Sie kann nicht dauernd einen anderen von uns lieben. Diese Scheiße funktioniert so nicht. Du hattest recht. Sie ist eine manipulative, giftige Bitch.«

Wir sehen uns immer noch nicht an. Ich krame eine Zigarette aus meiner Tasche und mache sie mir an. »Sie hatte sich entschieden – für dich«, meint er jetzt.

»Weil DU ihr Angst gemacht hast, Caden. Weil du sie immer weiter von dir gestoßen hast. Ich weiß, wie es ist, wenn man paranoid wird, weil man glaubt, der andere muss nur schnippen – bei dir im wahrsten Sinne des Wortes. Du hättest sie nur etwas anders behandeln müssen, dann hättest du sie *nie* verloren.«

Er lacht trocken. »Habe ich mir also die ganzen Blicke und Berührungen zwischen euch, während sie mit mir zusammen war, nur eingebildet?«

»Nein, hast du nicht«, sage ich nüchtern. »Aber du hast von Anfang an gespielt und dich vor ihr verschlossen. Sie hat das gespürt, also konnte sie dich von Anfang nicht wirklich kennenlernen. Du warst nie du selbst vor ihr. Nicht mal vor mir.«

Er runzelt die Stirn. »Bei dir war ich immer ich selbst.«

»Ich bei dir nicht, Caden. Ich musste immer aufpassen, was ich tue oder sage.«

Wir schweigen einen Moment und ich ziehe tief an der Kippe. Ich brauche was Härteres und fange an, unruhig zu werden. Mein Fuß wippt automatisch auf und ab und ich lasse den Nacken knacken. Fuck, ich weiß nicht, was hier los ist. Aber es fuckt mich ab.

»Also liebst du sie noch?«, fragt er mich hart. »Ganz ehrlich und ohne dass du aufpassen musst, was du sagst.«

»Sie ist Alayna. Carter und Alayna«, wiederhole ich und er seufzt geschlagen. »Und du? Liebst du Isabelle noch?«

Er zuckt leicht mit den Schultern und macht sich auch eine Zigarette an. »Sie ist Isabelle. Isabelle und Caden.« Ich drehe meinen Kopf langsam in seine Richtung. Wir sehen uns in die Augen und ich glaube, dass es Krieg geben wird. Zwar will ich das nicht, aber ich weiß auch nicht, was ich dagegen tun soll. Es ist einfach alles so abgefuckt.

18. Pass auf, wessen Hand du nimmst

Carter

Wir starren uns immer noch an, als einer der Männer rauskommt und seine Schritte mich aufhorchen lassen. Ich habe die Ellbogen auf die Oberschenkel gestützt und halte meine Kippe genau wie Caden zwischen Zeigefinger und Daumen. Langsam wende ich den Kopf über die Schulter und ziehe gleichzeitig.

John steht vor uns und deutet mit dem Daumen wortlos über die Schulter. Anscheinend will jemand mit uns reden. Super.

Wir gehen rein und ich spüre, dass es ein Scheißtag ist, auch wenn ich heute Morgen bombastischen Sex hatte, für den sie allerdings bitter bezahlt hat – durch meine eigenen Hände. Ironie des Schicksals.

Dorian sitzt auf der Couch, Isabelle auf seiner Armlehne. Er hat sie natürlich nicht nach oben geschickt, damit sie sich beruhigen kann oder so, nein. Stattdessen verharrt sie neben ihm, ist blass und drückt eine Hand in ihre Seite, wo ich zugeschlagen habe. Sie sieht so fertig aus. Ich hasse es.

Ich versuche, sie nicht anzusehen, und greife nach meinen Ringen, die auf dem Tisch liegen, und streife sie über. Bevor wir bei Dorian stehen bleiben, ziehe ich schnell eine Nase, und Caden sieht mich missbilligend an. Es ist mir scheißegal. Ich brauche das gerade.

Dorian selbst ist total zugekokst und bis auf die Kante der Couch gerutscht. »Du kannst gehen, aber bleib im Haus«, sagt er an Caden gewandt. Mein Bruder macht nur zwei Schritte zurück und bleibt in meiner Nähe. »Du!« Er winkt mich mit zwei Fingern heran und ich stelle mich vor ihn. Isabelles Silhouette ist in meinem Augenwinkel und ich versuche, nicht die Augen zusammenzukneifen und mir über die Lider zu reiben.

»Ja?«, frage ich.

»Du bist der treuste Scheißer hier. Du würdest mich nie hintergehen. Ich kann mich zu hundert Prozent auf dich verlassen. Deswegen hast du ab morgen, wenn du da noch laufen kannst …« Ich verstehe nicht, was er meint. »… einen neuen Job. Wenn du keine Gelder eintreibst oder Fressen polierst, passt du auf meine Frau auf.« Das Wort aus seinem Mund gefällt mir nicht und ich blicke jetzt doch zu ihr. Sie schaut auf ihren Schoß. »Rund um die Uhr. Du wirst mir alles sagen, was passiert und was sie macht, mit wem sie spricht und wo sie hingeht. Du wirst jeden Schwanz, der nicht meiner ist, von ihr fernhalten. Mir egal, wie. Tob dich aus, wir lassen alles verschwinden. Und pass gut auf, manche Schwänze, die es auf sie abgesehen haben ...« Er sieht zu Caden und dann wieder zu mir. »... sind näher, als wir alle ahnen.« Aha, er weiß also, dass Caden was mit ihr hatte, und denkt, dass er sie immer noch fickt. Eigentlich ist das gut für mich, aber schlecht für meinen Bruder.

»Du wirst hier in der Villa wohnen, damit du auf Abruf bereit bist. Euer Apartment in der Stadt ist zu weit weg.« Ich muss so sehr an mich halten, nicht zu grinsen. Ob er mich wohl testet? Und wenn schon, solange es nur um mich geht, ist es mir scheißegal.

»Okay, klar«, sage ich gelangweilt. »Ich hole mein Zeug.«

»Ja, warte«, erwidert er schmunzelnd. »Eine Sache noch.« Er bellt: »CADEN!« Mein Bruder hat gerade einen dicken Joint geraucht und sitzt mit den anderen Männern am Pokertisch. Er steht auf und kommt zu uns rüber, wie immer die lässige Eleganz in Person. Ich sehe kurz zu Isabelle, weil ich wissen will, wie sie ihn ansieht. Aber sie blickt nicht mal in seine Richtung, denn sie ist nicht dumm. Nur so konnte sie bis jetzt wahrscheinlich überleben.

»Mein Vater hat mir einen Auftrag gegeben, was Unschönes rauszufinden.« Sein Zeigefinger gleitet von einem zum anderen. »Welcher von euch zwei Romeos hat Alayna Hastings verloren?« Er faltet die Hände unter dem Kinn und mustert uns sehr interessiert.

Ich wusste, dass das kommt, und bin nicht überrascht, dass Dorian uns anspricht.

»Ich war das«, sagt Caden träge. Natürlich tut er das. Er nimmt immer jede Scheiße auf sich, es ist schon fast ein Reflex bei ihm.

»Fuck, Caden, spiel nicht immer den weißen Ritter«, zische ich ihm zu, weil ich weiß, worauf das hinausläuft und ich ihm in meinem derzeitigen Zustand nicht wehtun will. Ich kann für nichts garantieren, wenn man mich mal lässt, wie ich will und nicht, wie ich muss. »Er war das nicht, ich war das vorhin nach der Kirche. Ich habe nicht aufgepasst. Jetzt ist sie weg.«

Dorian seufzt und schüttelt bedauernd den Kopf, während er mit seinen Fingerspitzen über Isabelles Knie tänzelt. Ich beiße die Zähne hart zusammen.

»Gut«, sagt Dorian. »Dann muss ich euch wohl beide bestrafen. Du hast gelogen und du bist ein dummer Scheißer.« Er zeigt zuerst auf Caden, dann auf mich. »Das heißt, DU prügelst jetzt die Scheiße aus deinem drei Minuten jüngeren Bruder raus. Und du wehrst dich nicht. Solltest du, Caden, dich zurückhalten, wird John übernehmen, und zwar mit Hilfsmitteln. Verstanden?«

Caden mahlt mit den Zähnen und nickt knapp. Er hasst das hier so sehr und ich freue mich, endlich mal ordentlich zu kassieren. Wieder mal, nach so langer Zeit, ein paar Schläge einzustecken.

»Also dann, auf DREI geht es los!« Er schickt die Männer von der freien Fläche im Salon, damit sie uns Platz machen.

»Eins … zwei … drei … Los, Caden!«

Ich drehe mich zu meinem Bruder herum und winke ihn heran. Er hat freie Bahn, denn ich darf mich ja noch nicht mal wehren, während er alles rauslassen kann, was ich ihm seiner Meinung nach angetan habe.

Ich sehe den Widerwillen in seinen Augen, als er sich die Hemdärmel hochkrempelt und den Nacken knacken lässt. Dann holt er aus und verpasst mir einen kolossalen Hieb mitten in die Fresse, der mich sofort taumeln lässt. Wow, da hat er ja einiges angestaut. Meine Finger kribbeln, weil ich zurückschlagen will, aber ich darf nicht, und er grinst ein bisschen teuflisch.

Mit dem Handrücken wische ich das Blut aus meinem Gesicht und winke ihn wieder heran. Einstecken wie ein Mann, nennt man das. Schon hat er mir einen heftigen Schlag in den Magen verpasst, der mich in die Knie zwingt, und setzt noch einen Kinnhaken hinterher. Mein Kopf dreht sich und der Schmerz pocht durch mein Gesicht. Blut benetzt meine Lippen und meine Nase. Ich stützte mich mit den Händen auf dem Boden ab und versuche, zu atmen, aber es gelingt mir kaum wegen des Magenhiebs. Scheiße. Hat sie sich auch so gefühlt? Ich hasse es und ich zwinge mich, nicht zu ihr zu sehen.

Stattdessen schaue ich zu ihm hoch und stehe wieder auf. Sein Blick sagt: *Du Idiot, bleib unten,* doch ich erwidere: *Ich bin noch nicht fertig.*

»Fuck«, flüstert er und ich winke ihn wieder heran, wobei ich ein bisschen wanke. Er verpasst mir so einen heftigen Schlag, dass ich merke, dass er sich bis jetzt noch zurückgehalten hat. Ich drehe mich einmal im Halbkreis und stütze mich am Tisch ab, dann kickt er mir in die Kniekehle und ich sacke zu Boden. Wow, er ist echt sauer. Ich lehne meine Stirn an den Tisch und mein Körper schreit mich an, einfach unten zu bleiben, aber mein Stolz und das Chaos in mir zwingen mich wieder auf die Beine. Die ersten erstaunten Laute ertönen um uns herum.

Caden ist so angepisst, weil ich wieder aufgestanden bin, obwohl der Kampf erst aufhört, wenn ich auf dem Boden liege, weil ich keine Kraft mehr habe. Er hasst es und lässt seinen Nacken erneut knacken. Er setzt alles daran, dass ich endlich unten bleibe. Jetzt packt er mich an den Schultern, rammt mir sein Knie in den Magen und schubst mich gegen den Tisch. Die Leute um uns herum keuchen auf und ich kriege sofort einen Hieb gegen meine Kieferpartie hinterher. Mein Kopf dröhnt noch, als er mir noch eine verpasst, ich zu Boden gehe und mich gerade noch so mit den Händen auffangen kann.

»Sauber«, sagt Dorian. »Ich glaube, das reicht.« Ich bleibe einfach liegen, weil ich mich nicht mehr bewegen kann. Mein Kopf pocht wie die Hölle, in meinem Gesicht klebt ausnahmsweise mal mein eigenes Blut und tropft auf den Boden unter mir. Ich bin verschwitzt und zittere vor Schmerz. Mir hat noch nie jemand so sehr die Scheiße aus dem Leib geprügelt. Eigentlich bin ich immer an seiner Stelle. Wäre diese verdammte Alayna nicht abgehauen, hätten wir uns das alles gespart.

Ich schließe die Augen und atme angestrengt. Caden hockt neben mir, als ich ein Auge öffne. Er sieht mich besorgt an und flüstert: »Lebst du noch?«

»Nein«, knurre ich heiser. Mein Kiefer tut weh und mein Gesicht fühlt sich an, als wäre die Hälfte nicht mehr vorhanden.

»Du hättest am Boden bleiben sollen, als ich es gesagt habe.«

Ich lächle träge. »Gerade deswegen habe ich es nicht gemacht. Jetzt geh und hol meinen Scheiß aus dem Apartment, damit ich ausziehen kann und deine Fresse nicht mehr sehen muss.«

»Carter …« Er hat ein schlechtes Gewissen, ich spüre es sofort, aber es ist ganz gut, wenn er mal so was wie Reue empfindet. Denn das passiert nie.

»Geh weg, mach keinen Aufstand jetzt, Caden.«

Dorian tritt von hinten an Caden heran und ich spanne mich an, weil ich nicht weiß, was er will. Keiner von uns wird gern von hinten überfallen, und ich mag es nicht, wenn jemand von hinten an meinen Bruder herantritt.

Er tippt ihm auf die Schulter und Caden fährt herum, die Hand am Griff seiner Waffe, aber dann lässt er los und steht auf.

»Geh jetzt und hol seinen Scheiß, Caden. Du hast ihn doch gehört, lass ihn in Ruhe.«

Caden sieht aus, als hätte er sich verhört. Ich hoffe, dass er jetzt nichts Dummes macht, weil ich gerade echt indisponiert bin, um seinen Arsch irgendwie hier rauszuschaffen, wenn das der Fall sein sollte.

Sie liefern sich ein Blickduell. Schließlich ist Caden schlau genug, abzutreten und an mir vorbeizulaufen. Lustigerweise reicht Dorian mir die Hand. Ich ergreife sie und lasse mir von ihm aufhelfen.

19. Als wärt ihr gestorben, Caden

Alayna

Ich bin barfuß sicherlich drei Blocks über den heißen Asphalt gerannt. Die Mittagssonne brennt auf meiner Haut. Ich schwitze in dem dunkelblauen hochgeschlossenen Kleid und keuche. Meine Lungen schmerzen und mir ist schlecht. Immer wieder drehe ich mich um, weil ich denke, dass gleich irgendein Bonzenauto neben mir hält und mich jemand in die Dunkelheit zieht. Die Passanten schauen mich ganz verstört an, als ich in den erstbesten Imbiss stürze. Das Glöckchen über meinem Kopf klingelt fröhlich, als ich die Kühle des Ladens betrete und keuche: »Kann ich bitte telefonieren? Dringend! Es ist dringend.« Ich habe natürlich kein Handy mehr und nur den Hunderter, den du mir in die Hand gedrückt hast. »Ich kauf auch was!« Ich reiße ein Wasser aus dem Kühlschrank neben mir und knalle es auf den Tresen vor die total verwirrte, indisch aussehende Frau. Sie nickt leicht verstört und reicht mir das Telefon aus der Halterung. Dann nimmt sie den Schein und kassiert ab, während ich mit zittrigen Fingern die eine Festnetznummer wähle, die ich noch auswendig kenne. Ich bete, dass sie sich nicht geändert hat und dass jemand zu Hause ist.

Nach dem fünften Klingeln, als ich schon aufgeben will, nimmt jemand ab. »Ja?«, fragt Ava verwirrt, weil heute Sonntag ist und die Rushs Festnetzanrufe oder Türgeklingel hassen. An jedem Tag. Aber ich war noch nie so glücklich, ihre Stimme zu hören.

»AVA!«, rufe ich erleichtert. »Ich brauche deine Hilfe, ist dein Vater da?«

»Alayna?«, fragt sie verwundert und flüstert dann: »Bleib liegen und sei um Gottes willen leise, Donovan.« Ich habe keine Zeit, das zu verarbeiten, aber ich bin verstört.

»Ja, ja, ja. Ich bin's. Alayna. Bitte, bitte gib mir deinen Vater.«

»Okay, warte kurz!« Sie klingt genauso durcheinander, wie ich mich fühle. »Ich komme gleich«, wispert sie jetzt wieder und eine männliche, raue Stimme murmelt: »Fünf Minuten.« Jetzt bin ich noch verstörter und schaue mich um, ducke mich leicht, weil das Schaufenster so groß und durchsichtig ist. Dinge fallen mir ins Auge, die mir früher nicht mal einen Blick wert waren. Wie etwa der große tätowierte Mann auf der anderen Straßenseite oder der Typ, der gerade telefonierend den Laden betritt.

»Ava, schnell«, flüstere ich.

»Ja, warte doch! Ich muss mich anziehen!« Verfickte Scheiße. Ich wippe ungeduldig mit dem Fuß und der Mann neben mir bestellt sich eine Pizza Funghi, bevor er sich auf einen Hocker setzt und wartet.

Ich stecke schnell das Rückgeld ein, das noch auf dem Tresen liegt, und exe das Wasser.

Jetzt höre ich, wie sich eine Tür öffnet und schließt sowie ihre Schritte auf der Treppe. »DAD«, schreit sie und hämmert vermutlich gegen die Tür.

»WAS?«, schreit er genervt zurück und mir war lange nicht mehr so warm ums Herz.

»TELEFON! ES IST ALAYNA HASTINGS!« Panisch schaue ich mich um, ob jemand meinen Namen durch das Telefon gehört hat. Aber niemand beachtet mich, außer die Imbissfrau, die mir immer wieder zweifelnde Blicke zuwirft. Ich lege ihr noch zwei Dollar hin, weil das Telefonat schon so lange dauert und damit sie die Klappe hält.

Die Tür wird aufgerissen und er scheucht Ava weg, wie ich höre. »Alayna?«, fragt er verwirrt.

Erleichtert atme ich aus. »Oh mein Gott, Mason! Ich bin beim Kino in der Innenstadt in dem kleinen Imbiss. Was ist das für eine Adresse?«, flüstere ich in die Richtung der Verkäuferin.

Sie antwortet mit starkem Akzent und ich gebe ihre Worte schnell weiter.

»Bitte, bitte komm schnell und hol mich. Jetzt! Bitte! Caden und Carter …«

»Ich bin gleich da. Bleib, wo du bist, geh auf die Toilette und schließ dich ein.« Er hat schon aufgelegt. Ich drücke der Frau das Telefon in die Hand und gehe zu den Toiletten. Ich bin völlig ausgelaugt.

Die Kabinenwände sind vergilbt und zu dünn. Sie bieten mir keinen wirklichen Schutz. Ich tigere in dem kleinen Raum auf und ab und zerwühle mein Haar. Der Dutt ist mir beim Rennen aufgegangen. Ich wasche mein Gesicht mit eiskaltem Wasser, meide aber den Blick in den Spiegel, und stütze mich am Waschbeckenrand ab, kann mich einfach nicht beruhigen. Stattdessen fühle ich mich wie ein gehetztes Tier.

Gott.

Die Zeit vergeht schleppend und ich höre immer wieder über mir ein Poltern oder Schritte. Jedes Mal zucke ich zusammen und starre panisch zur Tür, weil ich denke, dass Carter gleich echt angepisst hier reinstürmt und mich an den Haaren zurück in das Horrorhaus schleift. Ich kann da nicht wieder hin. Ich kann einfach nicht. Das geht nicht. Ich will das nicht.

Wie lange braucht man von Masons Haus bis hierher, wenn man über ein Blaulicht verfügt? Hoffentlich benutzt er es! Es sind vielleicht fünfzehn Kilometer, also knapp zehn Minuten, wenn er Gas gibt. Gott, ich hoffe, er gibt Gas.

Ich kralle mich wieder in meine Haare und fange erneut an, auf und ab zu tigern. Dabei versuche ich, meine Atmung zu beruhigen und nicht umzukippen, weil das echt nicht hilfreich wäre.

Als es gegen die Tür hämmert, zucke ich erst zusammen, aber dann höre ich Masons Stimme. »ALAYNA«, blafft er. Ich bin so erleichtert, dass ich fast wirklich umkippe. Gerade noch so schaffe ich es, zur Tür zu taumeln – meine Beine zittern, meine Hände zittern – und sie aufzureißen. Dann wird alles schwarz und er kann mich mit einem »Fuck« gerade noch so auffangen.

* * *

Meine Beine fühlen sich wie Blei an, als ich eingesunken in der gemütlichsten Couch der Welt langsam erwache. Komischerweise weiß ich sofort, wo ich bin und muss mich nicht orientieren. Es ist so vertraut. Ich kenne das Haus in- und auswendig. Bevor ich die Augen öffne, weiß ich, wo was stehen wird. Wie es riechen wird. Wo die Sonne auf den Boden treffen wird.

Als ich blinzelnd die Lider hebe, erschrecke ich mich, weil Mason Rush direkt vor mir auf dem Couchtisch sitzt, die Unterarme auf die Oberschenkel gestützt und die Hände ineinandergefaltet. Mittlerweile sieht er ganz anders aus als damals, als ich ihn das letzte Mal gesehen habe. Er hat mehr Falten auf der Stirn, seine Augen sind hart und glanzlos und seine Lippen sind missmutig verzogen. Wie eine Ratte auf dem Seziertisch starrt er mich an. Ich erinnere mich daran, wann ich in den letzten Tagen so angesehen wurde und wie oft Carter mir diesen Blick zugeworfen hat. Sofort zucke ich zusammen und will mich unter der Decke verkriechen, die über mir ausgebreitet wurde.

Er legt den Kopf schief. »Was ist los, wovor hast du Angst?« Ich blicke panisch durch den Raum, weil ich bereits befürchte, dass irgendwelche Dorians und Bosse und Mafiosi und bösartige Nutten auf mich warten, aber da ist nichts. Gar nichts. Und ich entspanne mich wieder mit einem Ausatmen.

»Alayna.« Ich suche wieder Masons Blick. »Warum bist du hier?«

»Caden.« Deinen Namen auszusprechen tut ein bisschen weh. Sein Blick wird hart wie Stein. »Er hat mich …« Ich will das gar nicht erzählen. »Aus Kentucky geholt. Und mich mitgenommen in dieses Haus. Heute war Gottesdienst, und dann hat Carter gesagt, dass ich zu Fuß laufen soll, weil ich ihn angepisst habe. Caden hat mich aussteigen lassen, mir hundert Dollar gegeben und hat gesagt, ich soll laufen. Dann bin ich gelaufen. Bis zu diesem Imbiss.«

Er sieht total verwirrt aus. »Okay, noch mal von vorne, Alayna. Wieso hat Caden dich aus Kentucky geholt?«

»Weil Carter außer Kontrolle ist.« Sein Bild schießt in meinen Kopf und ich sehe wieder Mason an. »Er ist so außer Kontrolle, ich erkenne ihn gar nicht mehr. Er ist so … bösartig und wütend und unruhig und voll mit Drogen. Er macht schlimme Dinge. Sehr schlimme Dinge, Mason.« Zum Ende hin flüstere ich nur noch und meine

Gedanken sind wirr. »Und dann ist da Dorian!« Bei dem Namen beißt er die Zähne zusammen. »Er und Carter sind die neuen Brüder. Carter hat was mit Isabelle denn sie ist wieder da. In einem Monat soll sie Dorian heiraten. CARTER HAT WAS MIT IHR und Caden nicht mehr … und dann ist da noch John. John ist gar nicht freundlich, er ist so sauer, wenn man ihn zu lange ansieht, und scheucht die Frauen ständig durch die Gegend. Alle fassen einen an und gucken einen an, und dann ist da der *BOSS*, dem Carter anscheinend sein Leben geschenkt hat. Er ist so ein Idiot und Caden, Caden ist dort nicht sicher. Caden will das nicht. Er muss da raus, sofort. Aber Carter steckt so tief drin, dass ich befürchte, er kommt da nie wieder raus. Und er hat was mit ISABELLE! Isabelle ist die Tochter von einem anderen Boss und der ist echt nicht nett oder lustig. Wenn sie rausfinden, dass Carter was mit ihr hat, dann stirbt er, und ich will nicht, dass er stirbt, egal wie böse er ist. Du musst was machen, Mason!«

Er hat den Kopf in eine Hand sinken lassen und sieht so gebrochen aus. Ohne mich anzusehen, fragt er: »Hat dir jemand wehgetan? Oder etwas getan, was du nicht wolltest?«

»Nein. Caden hat auf mich aufgepasst«, sage ich Es fühlt sich so falsch an, diese Worte zu sagen, denn sonst hat immer Carter auf mich aufgepasst.

Er atmet tief durch und dann gleich noch mal.

»Und Caden hat mich nur geholt, weil man mich anscheinend schon kannte und sie Carter bedroht haben. Ich sollte ein Druckmittel sein, und alles, was Carter falsch gemacht hat, sollte auf meine Kappe gehen.«

Er sieht zu mir auf. »Ich muss kurz telefonieren. Bleib liegen.« Ich sehe ihm nach, als er nach oben geht, und kuschle mich unter die Decke, die so gut duftet. Nach Emilias Waschmittel, was sie immer schon benutzt. Es ist so unwirklich, hier zu sein, besonders nach diesem Horrorhaus, und ich weiß nicht, wie es jetzt weitergeht oder was ich machen soll. Ich bin im Arsch und will mein Leben zurück, so wie es war, in Kentucky.

Am liebsten mit dir.

Aber das geht nicht. Das wird niemals gehen. Denn du gehörst ihnen – und wirst niemals mir gehören.

* * *

Ich habe geduscht und Ava hat mir was Frisches zum Anziehen gegeben. Am Abend sitze ich mit nassen Haaren, einem weiten Shirt und Shorts auf dem Sofa und starre in zwei gleiche Augenpaare, deren Besitzer mir gegenüber die Sessel eingenommen haben, während Emilia neben mir Platz genommen hat. Zuvor gab es Spaghetti, die ich aber kaum runterbekommen habe, weil mein Magen immer noch so verkrampft ist. Jetzt trinken wir Kaffee und keiner spricht. Ava ist oben, weil sie den Stress spürt und weil Mason nicht will, dass sie das alles mitbekommt.

Dein Überdad kann einem echt Angst machen. Er trägt schwarze Klamotten und hat dunkle Haare. Seine undefinierbaren Augen mustern mich durchdringend, während er auf dem Sessel sitzend schweigt.

Ich mag es nicht, wenn er schweigt, das macht mich nervös. Es ist wie bei dem legendären *Boss*. Er hat den gleichen Blick und die gleiche Art, den Kopf schief zu legen. Caden, du hast diese Art auch. Mason sitzt auf der anderen Seite und wippt ungeduldig mit seinem Fuß. Er ist sehr weit im Sessel nach unten gerutscht. Ich schaue von ihm zum Überdad und sehe darin euch beide. Somit ist ein Teil von euch auch hier. Ich versuche, nicht zu viel über euch nachzudenken oder darüber, wie sehr ihr im Haus fehlt und wie sehr man eure Abwesenheit spürt. Wie angespannt hier alle sind. Wie sehr Mason Emilias Blick meidet, wie wenig Emilia mit ihm spricht und wie abgekämpft beide wirken.

»John und weiter?«, fragt Keaton Rush.

»Ich kenne keine Nachnamen«, nuschle ich.

Er legt den Kopf auf die andere Seite. »Was macht Carter für die Leute?«

»Er besorgt Geld von irgendwelchen Drogengeschäften und so was. Er ist immer voll mit Blut und hat immer eine Knarre und … Ich weiß es nicht genau.«

Emilia zuckt zusammen, als ich das erzähle, und schluckt. Ihre Augen verraten, wie traurig sie ist. Ich wünschte, ich könnte ihr das ersparen.

»Caden?«

»Leute suchen, Leute überwachen und einschüchtern, mehr weiß ich nicht. Was ich weiß, weiß ich von Caden.«

»Von Caden?«, fragt Mason abfällig.

Ich nicke. »Er war mein einziger Halt dort.«

Mason schnaubt nur und Emilias Blick schießt zu ihm rüber. »Hör auf, Mason.« Er hebt eine Augenbraue und schaut sie langsam an.

»Sei still, Emilia.«

Keaton spannt sich an. Ich verstehe nicht, was hier jetzt los ist, aber ich habe das Bedürfnis, in die Couch zu kriechen, als Mason sie ansieht – wie Carter mich. Ich spüre beinahe selbst ihren Schmerz, weil ich weiß, wie es sich anfühlt, von dem Mann, den man liebt, so angesehen zu werden.

»Mason, beruhig dich«, sagt Emilia erschöpft.

Er schließt die Augen, rollt seine Schultern vor und zurück, und als er sie wieder öffnet, blickt er mich an.

»Also, Caden hat dich aus deinem Umfeld gerissen, dich hergebracht – an den Haaren hingeschleift –, und er war dein einziger Halt?« Wenn er das so sagt, hört es sich noch verrückter an, als es sich für mich angefühlt hat.

Ich sehe zu Keaton und hoffe, dass er mich versteht, als ich langsam erkläre. »Sie haben ein Druckmittel gegen Carter gebraucht, weil er so außer Kontrolle ist, und dachten, dass ich die Richtige bin, weil sie Fotos von uns hatten, woher auch immer. Dann musste Caden mich holen und vor den anderen auf eine bestimmte Art behandeln, weil sonst aufgeflogen wäre, dass …«

»Ja?«, fragt Mason. »Dass was?«

Mein Herz schlägt schneller, weil sein harter Tonfall mir Angst macht und mich so sehr an Carter erinnert. Ich glaube, sein Dad macht eine ähnliche Phase wie er durch. Nur vielleicht ohne Koks und Nutten.

»Wenn Carter einen Fehler gemacht hat, wurde ich bestraft. Und Carter macht sehr viele Fehler, weil er sehr viele Drogen nimmt und ihm alles egal ist, was eine gefährliche Kombination sein kann.« Emilia, Mason und Keaton runzeln die Stirn und Emilia murmelt: »Oh ja.«

»Ja, und trotz all der Fehler, die er macht, lieben ihn alle. Er ist dort schon richtig integriert.«

Mason streicht sich über das Gesicht. »Ich brauche eine Zigarette.« Er steht auf, geht auf die Terrasse und knallt die Tür hinter sich zu.

Keaton beugt sich vor und stützt seine Unterarme auf die Oberschenkel. Seine Augen sind so durchdringend und ruhig, dass ich ihm mein ganzes Leben vor die Füße kotzen will. Wie macht er das?

»Was hast du dort so gesehen? Beschreibe es mir.« Und ich fange an zu erzählen. Alles. Jedes noch so kleine Detail. Er stellt immer wieder gezielte Fragen, geht auf jede Kleinigkeit ein und ich sage ihm alles, was ich weiß.

Wieso sollte ich das auch nicht tun?

* * *

Emilia hat mir das Gästezimmer hergerichtet. Ich höre sie neben mir streiten, aber das ist nicht der Grund, weshalb ich nicht schlafen kann, sondern wach daliege und an die Decke starre, über die immer wieder Schatten tanzen, wenn die Scheinwerfer der vorbeifahrenden Autos das Haus streifen. Mason hat gesagt, ich solle erst mal hierbleiben, weil es hier am sichersten ist. Dann wird er mich persönlich nach Kentucky zu meinem Dad zurückbringen. Mit ihm habe ich heute telefoniert. Er macht sich gar keine Sorgen und hat mich gefragt, wie es mit meinem Freund auf meinem Karibiktrip so läuft, ob ich mal Bilder schicke und wieso ich ihm nicht erzählt habe, dass ich so einen smarten, tollen Freund habe. Ich habe nur den Kopf geschüttelt und mich gefragt, wie du das jetzt schon wieder gemacht hast. Mein Vater ist normalerweise nicht begeistert, wenn ich mich mit jemandem treffe. Das war früher nicht anders, bevor er in seiner eigenen Welt lebte. Aber dich mag er nur durch ein Telefonat.

Ich überlege, was du jetzt machst. Ob du in dieser Hölle bleibst und das deine Zukunft ist. Ich kann nicht schlafen und bin rastlos. Alles in mir zieht mich durch den Flur in die Garage, die wahrscheinlich nicht mehr so sein wird, wie sie mal war. Müde und erschöpft, aber innerlich hellwach, stehe ich auf und durchquere barfuß das Zimmer. Ich brauche kein Licht im Flur, ich kenne mich hier selbst im Schlaf nach wie vor aus. Als ich an Masons Schlafzimmer vorbeigehe, höre ich Emilia brüllen. »WIESO KANNST DU NICHT WENIGSTENS

MAL VERSUCHEN, RATIONAL ZU BLEIBEN UND NICHT MIT DEINEM KAPUTTEN HERZ ZU DENKEN? DAS BRINGT UNS ALLE NICHT WEITER, DU KANNST DA JETZT NICHT EINMARSCHIEREN, MASON! SETZ DICH HIN!«

»Hör auf, mich zu umklammern, Emilia«, knurrt er dunkel. Ich laufe schnell nach unten, weil ich ahne, dass es gleich in Sex ausartet, und ich diesen Wütend-verzweifelten-Hassliebe-Sex gerade nicht ertragen kann.

Ich gehe in die Garage. Die Tür ist nicht abgeschlossen und ich schalte das Licht ein, dessen Strahlen den Raum fluten. Alles sieht genauso aus wie damals. Sogar der Aschenbecher ist voll, vielleicht von Mason. Wahrscheinlich hat Emilia es nicht übers Herz gebracht, ihn auszuleeren, weil das hier alles ist, was ihr von ihren Söhnen geblieben ist. Auf dem Sofa, auf dem du immer gesessen hast, ist ein Whiskeyfleck und der Sitzsack ist eingedrückt, als wäre Carter gerade eben erst daraus aufgestanden. Vertrocknete Blätter und Blütenstaub liegen auf dem Boden.

Ich erinnere mich, wie ich euch hier vorgefunden habe, auf dem Boden mit zerschlagenen Gesichtern – lachend –, und wie es danach in eine wilde Fummelei ausgeartet ist. Die Gedanken machen mich ein wenig atemlos und ich muss mich an der Kommode festhalten, wo Carter seine Drogen aufbewahrt hat. Es ist ein bisschen, als wärt ihr gestorben, und das seid ihr auch irgendwie. Ich denke an die Lernstunde zurück, als Carter so sauer auf mich war, mal wieder, und wir das erste Mal offiziell miteinander geschlafen haben. Wie er mich dabei angesehen hat … Mein Magen verkrampft sich heftig, als ich weiter in den Raum gehe zu der Treppe. Auf der obersten Stufe hat er gestanden, als du mich für immer wegekeln solltest. Und als er nicht eingegriffen hat.

Langsam gehe ich die Treppe nach oben und streiche über das Geländer. Als ich die Tür ins Schlafzimmer öffne, schlägt mir Carters Duft entgegen wie eine dichte Wolke. Ich atme tief und zittrig ein. Das Bett ist ungemacht und das Neonlicht aus. Auf dem Boden liegt ein benutztes Handtuch, und ich frage mich, ob Emilia auch das hat liegen lassen, weil sie sich gern vorstellt, dass er jeden Moment nach Hause kommt, um später mit allen am Frühstückstisch zu sitzen. Im Badezimmer auf dem Waschbeckenrand finde ich meine Haarspange, die ich bei meiner überstürzten Flucht vergessen habe. Ich schlucke mehrfach. Auf dem Spiegel sind Fingerabdrücke von ihm und sein Rasierer liegt im Waschbecken, genau wie ein paar Bartstoppeln. In der Dusche steht noch mein Lieblings-Shampoo. Ich will nach seinem Duschgel greifen, um daran zu riechen, aber gleichzeitig möchte ich nichts berühren und entweihen. Es ist alles genau so, wie er es platziert hat, deswegen will ich es nicht anfassen und kaputt machen. Der alte Carter, mein Carter. Den es nicht mehr gibt.

Ich verlasse das Bad und gehe wieder ins Schlafzimmer. Die Tür des Kleiderschranks steht offen und es ist ein heilloses Chaos aus schwarzen Jeans,

Pullis und T-Shirts. Es liegen noch ein paar Schuhe auf dem Boden und benutzte Socken neben dem Wäschekorb, der auch noch voll ist. Ich öffne ihn, ziehe ein T-Shirt heraus und halte es mir an die Nase. Es riecht noch schwach nach ihm. Ich weiß nicht, wie lange ihr schon weg seid … aber es fühlt sich an, als würdet ihr gleich hier reinkommen und mich fragen: »Ist was, Alayna?«

Eine schwarze Box unter der Sockenschublade sticht mir ins Auge. Ich ziehe sie heraus und setze mich auf den Boden. Vorsichtig öffne ich den Deckel und muss schlucken – wieder. Es ist eine geheime Box, wie ich sie auch mit seinen Sachen zu Hause hatte. Da sind Polaroid-Fotos von uns drin, keine Bilder von Melissa oder sonst jemandem. Nur von ihm und mir. Es sind so bedeutungslose Aufnahmen. Zum Beispiel seine Hand an meinem Gesicht, ich beim Schlafen, im Garten am Pool, wir zwei zusammen im Bett liegend und verpennt. Ich sehe das Leben in seinen Augen, was jetzt nicht mehr da ist. Ein roter Slip von mir befindet sich auch in der Box, genau wie mein Lieblingslippenstift und der Ring, den ich überall gesucht habe. Ich nehme das Foto von uns beiden raus, das Emilia von uns gemacht hat. Wir sitzen in der Küche, ich habe mich an ihn gelehnt und sein Arm liegt locker auf meinen Schultern. Ich habe nicht bemerkt, wie er mich angesehen hat, aber Emilia. Ich habe nicht bemerkt, wie warm sein Blick auf mir lag, wie liebevoll und beschützend. Tränen steigen in meine Augen, weil ich mir wünsche, dass er mich noch einmal so ansieht, aber weiß, dass es nicht passieren wird. Wir haben uns zu oft das Herz gebrochen und er ist zu weit weg, so weit abgedriftet wie noch nie. Natürlich hatte er oft Phasen, in denen er nicht so wirklich da war, aber es war noch nie derart schlimm. Kann ein Mensch sich so sehr verändern, dass er zu einem ganz anderen wird? Oder bin ich einfach nicht diejenige, die ihn zurückholen kann, wenn er da noch irgendwo versteckt ist? Ich lasse das Bild draußen, als ich die Box wieder an ihren Platz schiebe. Dann werfe ich noch mal einen Blick ins Schlafzimmer und verbiete es mir, an dem Kopfkissen zu riechen, wie ich es früher so oft getan habe, weil das alles nur noch schlimmer machen würde.

Ich gehe, ohne zurückzusehen, weil es zu sehr wehtut, und wische mir die Tränen mit dem Handrücken aus dem Gesicht. Als ich die Tür hinter mir schließe, ist es, als würde ich den echten Carter dort zurücklassen. Ich presse mir die Hand vor den Mund, damit ich nicht aufschluchze, und stolpere fast über meine eigenen Füße, als ich nach oben haste, mit dem Foto in meinen zittrigen Fingern. Ich nehme immer zwei Stufen und lande in deinem Dachzimmer, ohne es wirklich gewollt zu haben. Wieder kommt es mir vor wie eine Zuflucht vor dem Schmerz. Ich gehe zu deinem Bett, in dem ich schon so oft gelegen habe. In dem Bett, in dem du mich schon so oft berührt hast, während dein Körper sich an meinen gepresst hat. In dem ich immer wusste, dass alles irgendwie gut wird, solange ich dich spüre. Ich lege mich auf den Rücken, das Bild von Carter und mir an die

Brust gepresst und den Blick aus der Glasfront in den sternenklaren Himmel gerichtet.

Du bist immer noch in diesem Raum so präsent, als würdest du gleich zur Tür reinkommen – vom Footballtraining oder aus der Dusche mit einem Handtuch um die Hüften, wie du es so oft getan hast. Ich ziehe deine Decke über meinen Körper, wie ich das so oft getan habe. Dein Zimmer ist sauber, aber nicht, weil Emilia darin herumgepfuscht hat, sondern weil du so bist. Der Nachttisch ist ein bisschen verstaubt. Darauf liegt ein Paar Ohrringe, das nicht mir gehört. Das gefällt mir nicht, aber es ist, wie es ist. Sie war da, sie hat dein Herz erobert und dich zu einem anderen gemacht. Nicht ich.

Und auch das ist okay, weil es vielleicht so sein musste.

Zum Schluss hast du mir gehört. Kurz habe ich dein wahres Wesen gesehen und es hat mich mitgerissen wie ein Tsunami. Dann war es auch schon vorbei.

Ich vermisse dich so, Caden Rush.

Ich liebe dich und ich werde dich immer lieben.

Für alle Zeit.

Trotzdem können wir niemals zusammen sein, weil wir auf zwei verschiedenen Seiten des Lebens stehen. Du in der Dunkelheit, ich im Sonnenschein. Es gibt für uns keine Schatten, in denen wir uns verstecken können.

Ich drehe mich auf die Seite und ziehe die Beine an den Körper, dann falle ich in einen endlos tiefen Schlaf. Das Foto immer noch an die Brust gepresst.

20. Verlieb dich nicht in mich, Isabelle

Carter

Ich liege in meinem neuen Schlafzimmer auf dem Rücken und habe zur Abwechslung nichts gezogen, aber geraucht wie ein Junkie. Drei Joints habe ich innerhalb der letzten zwei Stunden vernichtet, weil. Mir. Alles. Wehtut. Das Licht ist aus, selbst das brennt in meinen Augen. Von draußen fallen immer wieder Scheinwerfer ein, wenn wieder irgendwelche Idioten zurückkommen und parken. In diesem Haus ist es nie ruhig, es ist ein bisschen wie klein New York, es schläft nie, ist voll mit Ratten, es gibt immer wieder mal einen Toten und es wird so viel rumgeschlichen.

Ich lebe jetzt im Haus des Todes.

Ich habe so viele Wunden in meinem Gesicht, aber wenigstens habe ich es geschafft, meine Klamotten auszuziehen, bis auf meine Shorts. Mein Körper brennt, ich kann nicht klar denken, weil ich vor allem Watte im Kopf habe. Ich mustere die stuckverzierten, massiven Holzdecken und die hohen Kleiderschränke in dem modernen, schwarz-weiß gehaltenen Schlafzimmer. Es ist lustig. Diese Villa ist so riesig und es leben so viele Menschen hier, dass man jeden Tag einem neuen Gesicht begegnet und am Morgen auch mal ein total fremdes sieht. Ich hoffe, dass mich gerade keine böse Überraschung erwartet, als die Tür aufgeht. Leider habe ich nicht abgesperrt, weil ich so fertig war, was ein fataler Fehler sein könnte, denn hier darf man nie mit offener Tür schlafen. Ein bisschen überrascht bin ich schon, als ich sehe, wer sich da reinschleicht.

»Schließ ab«, sage ich sofort. Es ist Isabelle. Sie trägt ein schwarzes, seidiges Negligé, was ihr gerade mal bis unter den Arsch reicht. Ich weiß, dass ihr Wichser von einem Verlobten will, dass sie so ins Bett geht und auf ihn wartet, bis er kommt, weil alle hier gleich sind. Ihre schwarzen Haare sind offen und glänzen im Mondschein. Das feine Kreuz um ihren Hals reflektiert die Scheinwerfer und ihr Gesicht ist leicht grünblau verfärbt. Fuck, ich habe extra nicht fest zugeschlagen.

Ich strecke die Hand aus. »Komm her!« Sie kommt und sieht mich mit verzogenem Gesicht an.

»Du siehst so scheiße aus, Carter.«

»Du auch.« Sie lächelt mich ein bisschen an.

»Setz dich auf mich!« Ich fahre mit meinen Händen über ihre nackten Oberschenkel, sobald sie das getan hat. Ihre Haut unter meinen Fingern ist so seidig weich.

»Es tut mir leid«, sage ich rau und fahre mit den Fingerspitzen über ihre Wange.

»Vergiss das … Es ist gar nicht schlimm.« Wem will sie das einreden, sich selbst oder mir? Ihre Handflächen gleiten über meine nackte Brust. Ich habe immer noch Magenschmerzen und böse blaue Flecke, kann aber froh sein, dass er kein lebensnotwendiges Organ getroffen hat. Das hätte Caden jedoch sowieso nicht gemacht. Auch wenn es nicht den Anschein hatte, er wusste genau, was er tat. Das weiß er immer.

»Wieso bist du hier, Prinzessin?« Ihre Haare fallen in ihr Gesicht und ich fucke gerade so ab. Ich weiß nicht, was das hier schon wieder für eine Scheiße ist, und Cadens Worte gehen mir nicht aus dem Kopf.

»Ich wollte nach dir sehen. Er hat ja echt zugeschlagen.«

»Das kann mein Bruder am besten.«

»Du weißt, dass Dorian will, dass du Caden hasst.«

»Dafür brauche ich keinen Dorian, das schafft Caden schon ganz allein.« Sie sieht mir in die Augen, direkt in die Augen, obwohl ich weiß, dass in meinen nur Härte und Kälte herrscht, aber sie schreckt nicht davor zurück. Das ist sie noch nie.

»Weiß er das mit uns?«

»Ja. Was ist das denn mit uns, Prinzessin?«, frage ich rau und ich streiche über ihren Hintern. Sie trägt einen schwarzen String und ich fahre mit zwei Fingern darunter entlang.

»Ich hab keine Ahnung, aber es ist einfach da …« Sie streckt mir ihren Hintern entgegen.

»Isabelle«, sage ich und ihre Augen, die gerade zugeglitten sind, schießen wieder zu mir. »Wir sollten das ni…« Mit einem Mal ist sie direkt über meinem Gesicht und hält mir den Mund zu. Ich hebe eine Braue.

»Sag das nicht.«

»Da will man einmal vernünftig sein …«, nuschle ich gegen ihre Hand.

»Ich liebe es, wenn du nicht vernünftig bist.«

»Isabelle, wir können ni…« Sie küsst mich einfach.

»Wenn er das …«, versuche ich es trotzdem und sie küsst mich tiefer. Ihre Zunge gleitet in meinen Mund.

Fuck.

Meine Lippe brennt wie Feuer, aber ich ignoriere es, so gut es geht. Sie hat ihren Arsch gehoben und meine Finger tasten wieder unter ihren String zu ihrer feuchten Mitte, während sie an meinem Mund stöhnt.

»Oh, scheiß drauf«, flüstere ich und reiße ihr das Stückchen Stoff vom Körper, bevor ich von hinten mit zwei Fingern in sie gleite.

»Ich hab fünfundzwanzig Minuten«, haucht sie atemlos. Ich würde uns so gern rumwirbeln, aber ich habe Schmerzen.

»Dann nutz die Zeit«, raune ich. Sie befreit meinen Schwanz aus den Boxershorts und lässt sich auf mir nieder. Langsam und vorsichtig, weil sie weiß, dass ich etwas ramponiert bin.

»Gib mir drei Tage, dann ficke ich dich wieder richtig«, knurre ich, als ich ganz in ihr bin. Ich halte ihre kleine schmale Taille mit beiden Händen und sie bewegt ihre Hüften nach vorn und hinten. Ihre Haare fallen auf ihren Rücken, als sie den Kopf in den Nacken schmeißt. Es ist wie damals, als wir uns die Sorgen weggefickt haben, bis wir gar nicht mehr denken konnten. Ich stütze mich auf einen Ellbogen und unterdrücke den Schmerz in meinem Bauch. Mit den Fingerspitzen gleite ich über das Kreuz an ihrem Hals, von dort streiche ich die Träger ihres Negligés nach unten. Es rutscht über ihre Brüste, die ich küsse. Sie stöhnt lauter und umfängt meinen Kopf mit einem Arm.

»Schhht«, murmle ich an ihrer Haut. »Nicht so laut, Prinzessin, oder willst du, dass uns jemand hört?« Sie legt vorsichtig beide Hände an meine Kieferpartie, hebt meinen Kopf und presst ihre Lippen auf meine, während sie sich schneller und drängender bewegt. Ihre Zunge ist in meinem Mund, schon wieder, und sie schmeckt nach Limoncello und Weed. Ich gleite mit meinen Fingern über ihren Rücken an ihren Hinterkopf und kralle mich in ihr dichtes schwarzes Haar. Sie stöhnt lauter meinen Namen an meinen Lippen. Ich mag es, wenn sie meinen Namen stöhnt.

»Du bist ein bisschen lebensmüde, Baby, oder?« Sie grinst mich an und macht das Pussyding. Ich werfe mich jetzt stöhnend auf den Rücken zurück und knurre: »Fuck, Isabelle!« Sie kichert atemlos, und als sie kommt, ragt sie über mir auf wie eine Königin. Das schmale Gesicht gen Decke gereckt, die Lippen geöffnet, die Finger in meinen Bauch gekrallt und die langen Haare auf Schultern, Brüste, überall um sie herum. Sie stöhnt noch mal meinen Namen, zieht sich um mich herum zusammen. Schweiß glänzt auf ihrem Dekolleté. Ich beiße die Zähne zusammen und drücke die Hüften nach oben, als ich tief in ihr komme und ... Scheiße, was ist das?

Sie ist kurz davor, nach unten zu sacken, hält sich aber auf, weil sie mir nicht wehtun will, und rollt sich schwer atmend neben mich. Ihr Atem kitzelt meinen Hals und ich verschränke die Hände hinter meinem Kopf. Ich denke daran, wie es mit Alayna war, als ich Isabelles Shampoo rieche. Fuck, es ist ein ganz anderes Level und ich bringe es nicht fertig, die beiden miteinander zu vergleichen, weil sie so verschieden sind. Und auf so unterschiedliche Weisen begehrenswert.

Scheiße.

Sie stützt sich auf einen Ellbogen und sieht mich unter ihren dichten schwarzen Wimpern an. Ihr Zeigefinger streicht über meine Unterlippe.

»An was denkst du gerade?« Sie ist wie Caden, deswegen passen sie auch nicht zusammen. Sie würden sich sofort umbringen. Und Alayna, ich würde sie umbringen. Auf jeden Fall. Ich drehe ihr den Kopf zu.

»Das willst du nicht wissen, Prinzessin.« Ich lache ein bisschen und zucke zusammen, weil es wehtut. Dann schnippe ich meinen Ring auf und will die Hand an meine Nase heben, als ihre sich auf meinen Handrücken legt und mich aufhält. Ich sehe sie ein bisschen irritiert und angepisst an. »Was wird das, Isabelle?«

»Das ist nicht gut, Carter. Warum willst du dich so dringend selbst zerstören?«

»Ich will mich nicht zerstören«, sage ich total bekifft und sie lacht. Ich mag, dass sie so viel lacht, obwohl ihr Leben so scheiße ist.

»Carter, du bist so ein Chaos.« Sie senkt meine Hand und ich lasse es zu. »Du brauchst das nicht, Baby.« Damit beugt sie sich über mich und küsst mich sanft. So hat sie mich noch nie geküsst. Es irritiert mich ein bisschen, wie viel in mir passiert, als sie es tut, aber ich erwidere den Kuss so zaghaft, wie ich auch schon lange nicht mehr geküsst habe. Zuletzt SIE. Es fühlt sich befremdlich an, weil da zu viel mit im Spiel ist, was ich sonst unterdrücke. Ich kann es nicht ertragen. Also schiebe ich sie mit einer Hand ein Stück von mir und sehe in ihre Augen, die nicht stark und hart funkeln, sondern verletzlich schimmern. Ich streiche ihr die Haare hinters Ohr. »Mach nicht den Fehler, den sie gemacht hat. Verlieb dich nicht in mich.«

Sie weicht zurück und sagt: »Mach ich doch gar nicht. Ich hab dich nur geküsst.« Ihre Stimme ist ziemlich leise und ein bisschen zögernd.

»Okay«, erwidere ich mit einem wissenden Lächeln und streiche über ihr Knie. »Es ist nicht gut für dich. Du hast ja heute gesehen, zu was ich fähig bin.«

»Was hättest du denn sonst tun sollen?« *Mir selber eine Kugel verpassen*, denke ich. *Dorian abknallen. Das Haus abbrennen.*

»Nichts«, sage ich laut.

»Carter.«

»Ja?«

»Du machst aber nicht, was er gemacht hat, oder?«

»Was meinst du?« Ich bin total irritiert.

»Mich benutzen, um rauszufinden, ob du noch fühlen kannst, und dann zu ihr zurückgehen.« Das fickt mich gerade und ich weiß gar nicht, was ich sagen soll, deswegen knurre ich: »Dann verlieb dich nicht in mich.«

»Tue ich nicht«, antwortet sie mit Nachdruck.

»Sieben Minuten, Isabelle«, meine ich nach einem Blick auf die Uhr und mein Herz rast los. »Fuck, du musst noch ans andere Ende des Hauses. Geh! Und nimm dein Höschen mit. Kein Beweismaterial. Verbrenn es oder so.«

Sie lacht auf. »Du bist so süß, wenn du dir um mich Sorgen machst.« Ihre Augen funkeln und ich muss wegsehen. Fuck, Cadens Worte gehen mir immer noch nicht aus dem Kopf. Sie beugt sich zu mir runter und küsst mich auf den Hals, bevor sie aufsteht und ihr

Höschen nimmt. An der Tür wirft sie mir noch ein keckes Lächeln über ihre Schulter zu.

»Bis morgen, Bodyguard.«

»Erinner mich nicht daran.«

»Ich sag ihm, er soll dir morgen erst mal freigeben. So kannst du mich ja nicht beschützen.« Sie grinst frech.

»Wenn du wüsstest. Sechs Minuten!« Sie kichert und verschwindet durch die Tür. Ich lasse mich in die Kissen zurückfallen und muss ein bisschen grinsen wie ein dämlicher Idiot.

Fuck, was ist das?

21. Wie es läuft, Isabelle

Carter

Ich muss natürlich am nächsten Tag antreten, obwohl ich keinen Schritt schmerzfrei machen kann. Das ist meine Strafe, weil ich Alayna verloren habe. Sie macht mir nur Probleme, sogar, wenn sie nicht da ist. Ich frage mich, wo sie jetzt ist und ob sie noch lebt. Hier erzählt einem ja niemand was. Nur Dorian hat angedeutet, dass sie von den übelsten Kerlen gesucht wird. Ich hoffe, dass sie bei meinem Vater ist und Caden nichts Dummes macht. Wie zum Beispiel, sie wieder herzuschleppen, da er anscheinend wieder einen Narren an ihr gefressen hat. Ich scheiß auf diese Scheiße, ich will gar nicht darüber nachdenken, sonst explodiere ich.

Stöhnend und keuchend habe ich mir ein schwarzes Hemd und gleichfarbige Jeans angezogen. Scheiß auf Schmerzmittel. Mein Gesicht sieht gar nicht so schlimm aus, wie ich dachte, wahrscheinlich ist mein Körper die Scheiße schon gewohnt. Meine Wangen sind verfärbt und eine Augenbraue ist aufgeplatzt. Außerdem habe ich ein fettes Veilchen, aber sonst ist alles total paletti. Ich ziehe meine Frühstücksnase und lasse den Nacken knacken, bevor ich meine Waffe in meinen Hosenbund stecke und gehe. Kurz muss ich an den Überdad denken, der meinen Vater immer angeschissen hat, wenn der die Waffe nicht im Holster hatte, dann schüttle ich den Gedanken ab und verlasse mein Zimmer.

Ich bin froh, am Morgen nicht zuerst Cadens Fresse zu sehen, der neuerdings immer angepisst ist, weil ihm irgendwas nicht passt. Er ist überhaupt nicht mehr locker, das langweilt mich. Aber vielleicht wird sich das ja ohne Alayna wieder ändern. Ich remple Luca an, der gerade die Treppe nach oben kommt. Entspannt schlendere ich die Stufen runter, als würde diese verfickte Villa mir gehören, und renne direkt in den *Boss*. Ich stolpere einen Schritt zurück und halte mich am Geländer fest. »Guten Morgen«, presse ich hervor und stehe stramm wie ein Soldat.

Er seufzt. »Du siehst nicht gut aus, Carter. Du solltest das kühlen. Isabelle wartet schon draußen auf dich, du bist drei Minuten zu spät, aber ich lasse es dir durchgehen, weil ich mir vorstellen kann, dass es ein harter Kampf war, dich heute Morgen anzuziehen.« Er klopft mir auf die Schulter und ich zucke zusammen. »Und weil du ein Guter bist.«

»Danke«, bringe ich gequält hervor und er klopft noch mal drauf. Erst als er weg ist, fasse ich mir an die Stelle und reibe darüber.

Dann trete ich raus in die Sonne. Ich hasse die Sonne und setze die Brille auf. Isabelle hat irgendwelche Sachen in der Stadt zu erledigen und ich soll sie begleiten. Wie bin ich eigentlich von einem Geldeintreiber und Fressenpolierer zu einem verschissenen Girlie geworden, das shoppen geht und so eine Scheiße? Na ja, aber man kann das Prinzesschen ja nicht allein rausschicken, wie wir gesehen haben. Nicht, dass sie noch wegläuft. Ich stocke in meinen Schritten. In diesem Moment fällt mir auf, wie gefickt ich wäre, wenn ich sie *auch noch* verlieren würde. Ich muss ihr gleich auf jeden Fall erst mal einen Text reindrücken, wie das ablaufen wird. Guter Sex hin oder her.

Sie sitzt auf der Motorhaube meines SUVs, was ich gar nicht mag, und wippt fröhlich mit ihren Füßen hin und her. Sie trägt ein beigefarbenes, lockeres Sommerkleid mit dünnen Trägern, natürlich Heels, die echt heiß sind. Ihre Haare sind im Nacken zu einem Knoten verflochten, und sie grinst mich an. Ihr dunkelroter Lippenstift glitzert in der Sonne. Ich weiß, dass ich von irgendwem irgendwo beobachtet werde, und gehe direkt zur Beifahrertür, um sie zu öffnen.

»Steig ein, bevor mir irgendjemand in den Hinterkopf schießt.«

»Ah, du bist aber gut drauf heute.« Sie rutscht von der Motorhaube, schlendert an mir vorbei. Ihr Duft steigt mir in die Nase und sie lässt es sich nicht nehmen, kurz mit einem scharfen Fingernagel über meinen Unterarm zu streichen, bevor sie sich auf den Sitz fallen lässt. Ich knalle die Tür zu. Sie wird mein Tod sein, das ist klar.

Ich werfe einen kurzen Blick zum Haus, und gerade, als ich einsteigen will, rollt das Auto meines Bruders an. Ich stocke und er fährt langsamer, sieht durch die Windschutzscheibe. Sein Blick wird ungläubig und pissig in einem, als er Isabelle auf dem Beifahrersitz entdeckt. Ihre Augen sagen: *Was willst du noch?* Sie beherrscht unsere nonverbale Kommunikation perfekt.

Jetzt sieht er mit einer erhobenen Braue zu mir und fragt mich: *Ernsthaft*?, und ich hebe eine Braue, bevor ich einsteige, den Motor starte und an ihm vorbeirausche.

Fick dich doch, du Bastard.

* * *

Wir sitzen im Auto und fahren Richtung Stadt. Die Musik ist laut. Isabelle hat sie ausgesucht und der Song hallt durch das kühle Auto, während draußen die Sonne vom Himmel scheint. Sie geht in dem beigefarbenen Ledersitz förmlich unter, weil sie so zierlich und klein ist. Alayna ist einen Kopf größer als sie und hat eine kurvigere Figur. Unter normalen Umständen ist Isabelle zu hundert Prozent mein Typ Frau. Alayna hat mir den Kopf mit anderen Dingen weggeblasen, damals, zu einer anderen Zeit. Ich sehe zu Isabelle rüber, weil ich bemerke, dass sie mich ununterbrochen mustert.

»Was?«, frage ich angepisst, weil es zu früh ist.

»Ich dachte, dein Bruder wäre der schönste Mann, den ich je gesehen habe, aber du hast so einen abgefuckten Ausdruck in den Augen. Das ist so heiß.« Sie lehnt den Hinterkopf an ihren Sitz.

»Machst du mich an, Isabelle? Jetzt schon? Es ist neun Uhr.« Ihre vollen Lippen verziehen sich zu einem Schmunzeln.

»Fühlst du dich angemacht, morgens um neun Uhr?«

»Kannst du auch mal an was anderes denken als an meinen Schwanz?«, frage ich amüsiert.

»Nein, eigentlich nicht«, gibt sie freimütig zu. Obwohl ich so pissig bin, muss ich ein bisschen grinsen und lege meine Hand auf die Automatikgangschaltung. Ehe ich mich versehe, hat sie ihre Finger darübergelegt. Das mache ich eigentlich nicht, außer mit Alayna damals. Händchenhalten und so ein Scheiß sind gar nicht mein Ding, also sehe ich mahnend zu ihr rüber.

»Du sollst das nicht tun.«

»Halt mich auf«, sagt sie und zieht meine Hand auf ihr Bein und klemmt sie zwischen ihre Schenkel. Das fühlt sich gar nicht so schlecht an. Ihre weiche Haut unter meinen rauen Fingern tut gut und beruhigt mich, aus welchen Gründen auch immer. Das wirft mich so sehr aus der Bahn, dass ich meine Hand zurückziehe und die

Zähne aufeinanderpresse. Ich umfasse das Lenkrad fester, schaue sie nicht mehr an und knurre hart: »Ich sag dir jetzt, wie das läuft.« Sie sieht mich ein bisschen irritiert an, weil ich sonst nie so mit ihr rede. »Du denkst nicht mal dran, wegzulaufen. Wenn du auch nur einen Schritt von mir wegmachst, fange ich dich wieder ein und wir müssen uns mit deinem Verlobten an einen Tisch setzen und darüber reden.« Sie zieht die Augenbrauen nach oben. Jetzt sehe ich sie an. »Ich bin nicht der Ritter, der dich beschützen wird. Schlag dir das aus dem Kopf.« Das habe ich schon so oft gesagt, aber keine Frau hat jemals darauf gehört. Am Ende waren sie dann alle enttäuscht und haben rumgeheult.

»Okay«, antwortet sie ruhig, wendet sich von mir ab und sieht aus dem Fenster. Ich rede mir ein, dass es gut so ist.

* * *

Der Termin ist in einem Brautmoden-Kacke-weißes-Zeug-Geschäft. Sie behandelt mich wie ihren Bodyguard und so, als wäre da sonst nichts. Das ist gut so. Ich halte ihr die Tür auf, die mit einem Bimmeln eines Glöckchens ankündigt, dass Kundschaft den Laden betreten hat. Als die Tante hinter dem Tresen bemerkt, wer Isabelle ist, schließt sie hinter uns ab und lässt die Rollläden halb runter. Während ich die Räumlichkeiten kurz checke, muss sie warten.

Isabelle fragt die Tussi: »Ist es fertig?«

»Ja, Miss Marino, einen Moment bitte.« Ich sehe ihr dabei zu, wie sie in die riesige Umkleidekabine geht und ihre Handtasche abstellt. Natürlich schließt sie nicht den Vorhang und ich beiße die Zähne zusammen, während ich direkt neben der Tür stehe. Ich hasse diese Jobs, denn ich mag es nicht, auf jemand anderen aufpassen zu müssen; ich kann ja nicht mal auf mich selbst aufpassen. Das ist eher was für Caden.

Als sie mich durch den Spiegel ansieht und ihre Heels von den Fersen stülpt, ohne die sie auf einmal so klein ist, kehrt die Verkäuferin mit einem riesigen Kleidersack zurück. Die Umkleidekabine ist fünfmal so groß wie eine normale. Sie geht mit ihr rein.

»Ich helfe Ihnen damit.« Mit ihren weißen Handschuhen schließt sie den Vorhang. Ich lasse meinen Nacken knacken und ziehe schnell noch eine Nase. Diese Scheiße hier überfordert mich. Es dauert eine Ewigkeit und ich werde langsam unruhig, aber ich muss stillstehen bei diesem Job. Wann war das eigentlich mal der Fall? Als sie heraustritt, will ich eigentlich nicht hinsehen, denn ich halte nichts vom Heiraten und dem ganzen Bullshit im weißen Kleid, aber ich kann es nicht verhindern. Als sie auf das kleine Podest steigt und vor dem riesigen Spiegel mit dem Rücken zu mir verharrt, denke ich mir nur: *Fuck*. Das Kleid hat keine Ärmel. Ihr Dekolleté wird betont und die von Natur aus gebräunte Haut hebt sich ab. Obenrum liegt es eng an. So fucking eng. Ab ihren Hüften gleitet es seidig und fließend über gefühlte zehn Kilometer bis zu meinen Füßen, als die Verkäuferin es ausbreitet. Kleine Diamanten glitzern im oberen Teil und ich verwette meinen Arsch darauf, dass es mehr kostet als mein Auto.

»Wie finden Sie es?«, fragt die Verkäuferin und sie antwortet hohl: »Perfekt, wie alles andere auch.« Aber ich sehe ganz genau, wie unwohl sie sich in dem Kleid fühlt, mit allem hier, und wie gern sie einfach verschwinden würde. Ins Exil, wo ich sie kennengelernt habe – mit Sneakers, Jeans und wildem Lachen. Ohne Kohle, ohne Diamanten und ohne diesen Klunker an ihrem Finger. Er reflektiert in der Sonne und passt so gar nicht zu ihr.

Fuck, der Anblick fickt mich ein bisschen. Ich hasse es genauso wie sie. Sie dreht ihren Kopf leicht zu mir, ihre roten Lippen und die strahlend grünen Augen fixieren mich einen Moment. Als ich merke, dass ich die Luft angehalten habe, stoße ich langsam und leise den Atem aus und sehe von ihr weg.

Scheiße!

Was ist das schon wieder?

Wieso fickst du mich so, Isabelle?

22. Männer wie er, Ava

Alayna

Ich bin seit sieben Tagen bei den Rushs und werde bald wieder zurück nach Kentucky gehen, mit Mason, der mich bei meinem Vater abliefert. Er besteht darauf. Ich freue mich so darauf, meinen Dad wiederzusehen und einfach wieder normal zu leben. Arbeiten zu gehen und so schnell wie möglich zu vergessen, was passiert ist. Nicht dich. Nicht ihn. Niemals könnte ich dich vergessen. Aber die Angst sowie die Anspannung und so behandelt zu werden, hat keine Frau dieser Welt verdient. Ich will endgültig erneut mit diesem Kapitel abschließen und mein ganz normales Leben weiterführen.

Jede Nacht mache ich mir, wenn ich im Bett liege, Gedanken um dich und frage mich, wie es dir geht. Ob das, was ich zwischen uns gespürt habe, echt war. An die Möglichkeit, dass dir vielleicht was passiert ist, will ich lieber gar nicht denken. Am liebsten würde ich irgendwie mit dir Kontakt aufnehmen und fragen, ob alles okay ist. Doch das wäre so dumm.

Ich weiß jetzt, dass das FBI schon lange hinter eurem Ring her ist und dass ich ihnen wichtige Informationen geliefert habe, aber Mason hat mir versichert, dass er mich raushalten wird. Ich weiß außerdem, dass sie die ungefähren Abläufe und Gesichter kennen. Mason hat mir in den letzten Tagen mehrere Bilder vorgelegt und gefragt, ob ich die Person darauf kenne. Bei drei Stück war es der Fall, von den anderen hatte ich keine Ahnung. Ich war ja auch nicht so lange da. Gott sei Dank.

Langsam verklingt alles zu einer Art schlechtem Traum und ich helfe Emilia beim Abendessen machen, was nicht dasselbe ist. Ich bin jetzt eine Woche hier und konnte mich immer noch nicht daran gewöhnen, dass ihr nicht da seid. Es ist so still im Haus, dabei habe ich gerade das Leben bei euch immer so geliebt. Das Chaos. Das Rumgeschreie und laute Lachen, und Mason, der deine Mom so sexy angelächelt und angemacht hat – vor uns allen. Und Ava, die wie ein Flummi rumhibbelte. Sie hat sich auch verändert und ist sehr ernst und in sich gekehrt geworden. Ich frage mich, woran das liegen mag. Sie erinnert mich ein bisschen an die Frauen im Horrorhaus, dabei ist sie erst achtzehn und sollte noch nicht so abgestumpft und desillusioniert sein. Wie so oft, Caden, kriegen deine Eltern nicht viel davon mit, wie Ava sich fühlt, denn auch wenn ihr nicht da seid, nehmt ihr den ganzen Raum ein. Ich weiß, dass es schon früher so war, weil ihr die zwei rebellischen Sorgenkinder wart und Ava irgendwie nebenher gelaufen ist. Obwohl sie damals mein Vertrauen missbraucht hat – okay, ich muss zugeben, du hast ihr sicher keine Wahl gelassen –, habe ich mich die letzten Tage viel mit ihr unterhalten.

Sie scheint mich irgendwie zu verstehen und ich habe ihr vergeben, so wie ich dir auch vergeben habe.

Jetzt sitzt sie am Tisch, das goldblonde Haar offen über den Rücken fließend. Sie trägt ein eng anliegendes weißes Oberteil und ich bemerke wieder einmal, wie weiblich ihre Figur und auch ihr Gesicht geworden sind. Mit den vollen Lippen und den undefinierbaren Mason-Rush-Augen ist sie so unglaublich schön, wie gemalt, und diese Jeans ist so unglaublich eng. Sie spielt mit einem Krümel auf ihrem Teller. Ich weiß nicht, wie du es finden würdest, sie so niedergeschlagen zu sehen, oder Carter. Sie ist gar nicht mehr der nervige Flummi und das finde ich schade, weil sie immer noch mehr Leben reingebracht hat. Es gibt keine Diskussionen mehr darüber, wo sie hindarf oder nicht. Mir ist klar, dass sie jemanden hat, zu dem sie nachts ab und zu schleicht und der auch schon hier war. Aber wen genau, will sie mir nicht sagen, und ich dränge sie nicht.

Wir sitzen um den Esstisch herum – ich gegenüber von Ava auf deinem Platz neben deiner Mom –, und ich schaue immer wieder auf die leeren Stühle. Mason sitzt auf seinem üblichen Stuhl, und das war's. Das ist wirklich wenig für eure Verhältnisse. Wir hatten früher für sieben Personen gedeckt, ich erinnere mich noch daran …

Wir essen unsere Spaghetti – das dritte Mal, seit ich hier bin –, als es an der Tür klingelt. Emilia runzelt die Stirn. Dein Vater stöhnt genervt, brummt: »Fuck!«, und schmeißt sein Besteck auf den Teller, bevor er in den Flur stampft und die Tür aufreißt. Er war noch nie so dauerhaft geladen. Momentan gehe ich ihm aus dem Weg, obwohl ich früher gern meine Zeit mit ihm verbracht habe. Seine und noch eine männliche Stimme dringen gedämpft aus dem Flur zu uns und nähern sich. Ava sitzt mit einem Mal stramm und schaut auf ihren Teller. Ich werfe ihr einen irritierten Blick zu. Was ist das schon wieder? Emilia bemerkt es gar nicht, weil sie so fixiert darauf ist, wer reinkommt.

Mason folgt ein großer, breit gebauter Mann, dessen Anblick mich zusammenzucken lässt. Ich habe keine Ahnung, wieso. Er ist äußerst attraktiv, hat eine dominante Aura, die alles im Raum sofort verschlingt, einschließlich mir. Ich rutsche ein bisschen auf meinem Stuhl nach unten. Er hat dunkelbraune Haare, eiskalte, blaue Augen, ist glatt rasiert und trägt ein enges, schwarzes T-Shirt und eine gleichfarbige Jeans. Seine Haare sind nach hinten gekämmt und sein Blick gleitet wie nebenbei durch den Raum, aber ich weiß, dass er alles in sich aufnimmt. Kurz bleibt er an mir haften und mein Herzschlag erhöht sich. Von ihm geht eine Gefahr aus, die ich nicht einordnen kann.

»Iss doch mit uns, Donovan. Ist irgendwas passiert, weil du hier bist?«, fragt Emilia. Seine Stimme klingt dunkel, als er sagt: »Okay. Nein, nichts passiert.« Er lässt sich auf den Stuhl neben Ava sinken, die er noch nicht einmal eines Blickes gewürdigt hat. Sie schaut noch vehementer auf ihren Teller, während ihre Wangen eine sanfte Röte überzieht. Ich weiß sofort, dass er der Mann ist, mit dem sie was hat, obwohl er sehr viel älter und zu düster für so ein sonniges Wesen ist.

»Er wollte nur eine Akte vorbeibringen.« Mason schmeißt sie auf den Tresen, während Emilia Donovan einen Teller hinstellt und ihm Besteck hinlegt.

»Wie weit bist du noch gekommen, Donovan?«, fragt Mason und isst weiter.

»War ganz erfolgreich.« Er spricht in einem rauen Tonfall, der alles in mir zum Beben bringt. Am liebsten würde ich aufspringen und wegrennen. Was ist das für ein Mensch?

»Alayna, ist alles okay?«, fragt Emilia. »Du siehst so blass aus.« Avas Kopf schießt nach oben und alle sehen mich an.

»Alles gut«, erwidere ich angespannt. »Ich hab heute ein bisschen Kopfweh.«

»Donovan, das ist Alayna«, sagt Emilia. »Sie ist die Freundin meines Sohnes und wollte uns besuchen.« Meine Augen werden groß, als sie das sagt.

»Schön, deine Bekanntschaft zu machen.« Irgendwas an seinem Ton lässt das Blut in meinen Adern gefrieren.

»Ebenso«, antworte ich betont gleichgültig und esse noch ein bisschen, auch wenn ich keinen Hunger mehr habe.

»Und wie war's bei dir, Mason? Warst du auch erfolgreich?«, fragt Donovan jetzt Mason und rollt seine Spaghetti betont langsam um seine Gabel. Avas Augen folgen der Bewegung wie hypnotisiert. Am liebsten würde ich sie unter dem Tisch treten. Heilige Scheiße, was hat er mit ihr gemacht? Sie ist wie gebannt von ihm.

»Scheiße war es bei mir, Donovan. Danke der Nachfrage.« Mason ist sein pissigstes Ich. »Ich muss die beiden da rausholen, so schnell wie möglich. Ich kann nicht mehr«, meint er und Emilia sagt sofort: »Ich auch nicht.«

»Wir sind ja dran«, beruhigt Donovan Mason im lässigen Tonfall und schiebt sich die Gabel mit den eingerollten Spaghetti in den Mund. Ava starrt auf seine Kiefermuskulatur beim Kauen. Jetzt trete ich sie unter dem Tisch und sie zuckt zusammen. Ihr Blick fliegt zu mir. Ich sehe sie bedeutungsvoll an und nicke leicht Richtung Mason, sodass sie den Kopf wieder senkt.

»Und du, Alayna? Was machst du so? Hast du noch Kontakt zu deinem Freund? Und welcher ist es überhaupt?«, will Donovan wissen.

»Ähhh …«, stammle ich und sehe Emilia Hilfe suchend an.

»Sie ist mit Caden zusammen. Seit Neuestem. Wieder«, meint sie ein bisschen spöttisch. Ich werde knallrot, weil das so unglaublich peinlich ist, allein daran zu denken, auch wenn wir eigentlich nicht zusammen sind oder so.

»Caden. Das ist der mit dem Köpfchen und dem Gedankenmanipulationszeug, oder?«

»Japp«, sagt Ava bedeutungsvoll und zuckt aus heiterem Himmel zusammen, ohne dass er sie angeschaut hat.

»Und wann hast du ihn das letzte Mal gesehen?«

»Ähhh.«

Mason geht dazwischen. »Ach, jetzt hör auf, sie am Tisch zu verhören, Donovan, und friss!«

»Ist ja gut, Boss«, sagt er rau und dreht sich wieder Spaghetti auf die Gabel, ganz langsam, und Avas Augen folgen erneut. Es dauert genau zwei Minuten, dann sehen mich seine eisblauen Augen wieder an und er fragt: »Und? Hat er dich schon mal manipuliert?« Seine linke Hand verschwindet unter den Tisch und Ava reißt die Lider ein bisschen auf. Ich will genervt aufstöhnen, wie Carter immer, aber verkneife es mir gerade so.

»Sicher«, antworte ich trocken und sein Mundwinkel zuckt ein bisschen.

»Und? Wie war das so?«

Ava fängt an zu husten und trinkt ihr Glas aus.

»Interessant.«

»Zu was hat er dich denn so gebracht?« Seine Hand ist immer noch unter dem Tisch und ich verenge die

Augen. Ich habe die Schnauze voll von solchen Männern.

»Zu allem, was er wollte«, keife ich ihn an und jetzt grinst er wirklich.

»Interessant.«

»Ja, total interessant. Mein Sohn ist ein kleiner, manipulativer Bastard, der im größten Mafiaring der Stadt untergekommen ist. *So interessant.*« Mason sticht aggressiv auf seine Spaghetti ein und Emilia reibt sich über die Stirn.

»Mason, jetzt beruhig dich«, sagt sie halbherzig, weil sie das wahrscheinlich die letzten Wochen, wenn nicht Monate, schon so oft getan hat.

»Und der andere Zwilling? Hattest du zu ihm auch Kontakt?«

»Wir waren auch mal zusammen!«, antworte ich genervt und ein bisschen trotzig. »Und du? Hast du sie mal kennengelernt?«

»Ja. Ich hatte das Vergnügen«, meint er und sieht mich abwartend an.

»Schön.« Ich stopfe meine Nudeln aggressiv in mich rein und Emilia muss ein bisschen lachen.

Ava japst: »Oh mein Gott, gib mir das Wasser!« Als Donovan Wild seine Hand zurückzieht und ihr das Wasser reicht, flüstert sie: »Mein Gott!«

»Alles okay?«, frage ich spitz, wie du es immer tust, weil ich so genervt bin, und Ava schüttelt mit großen Augen den Kopf, nickt aber danach.

Mason sieht sie stirnrunzelnd an. »Ist irgendwas mit dir, Ava?«

»Nein«, haucht sie und sinkt tiefer in den Sitz.

Ich verdrehe die Augen so, dass Donovan es bemerkt. In dem Moment klingelt Masons Handy, was immer auf dem Tisch liegt, egal ob wir essen oder was anderes machen. Er wirft einen kurzen Blick auf das Display und steht dann auf.

Als er verschwunden ist, sieht Emilia Donovan fragend an. Er rollt sich wieder gemächlich seine Spaghetti auf. »Im Büro ist die Hölle los. Die ganze Mafiasache wird langsam heiß und sie planen, bald einzulaufen.«

Emilia wird blass und ich verschlucke mich an meinem Wasser.

Donovan fährt einfach fort und sogar Ava kriegt große Augen. »Mason versucht, deine Zwei herauszuhalten, aber ich denke nicht, dass das möglich sein wird. Mit einer Gefängnisstrafe sollten sie rechnen«, sagt er emotionslos und ein bisschen lauernd. Sein Blick aber liegt auf den Spaghetti, die er aufrollt.

Der Bastard! Ich weiß genau, was er tut, weil ich genau sehe, was er für einer ist.

»Was denkst du, wie lange? Mason redet mit mir gar nicht darüber.«

Die Finger seiner linken Hand trommeln gemächlich auf der Tischplatte und er kaut seine Spaghetti in Ruhe, bevor er antwortet: »Zwanzig?« Er lässt es wie eine Frage klingen und Ava keucht auf. »Na ja, da kommt einiges zusammen, wenn man für die Mafia arbeitet – auch noch an so hoher Stelle. Und zwanzig sind noch gut gedrückt.«

Emilia vergräbt ihr Gesicht in einer Hand und streicht sich über die Stirn.

Ich lege meine Hand auf Emilias Unterarm, der unter einem beigefarbenen, lockeren Oberteil verborgen ist. Sie sieht mich an und ihre türkisblauen Augen sind so verdammt traurig und so verdammt vertraut.

»Mason würde das nie zulassen. Er würde alles tun, um sie rauszuhalten. Das weißt du. Vertrau ihm.« Sie sieht zurzeit nicht aus, als würde sie ihm vertrauen. Was ist nur aus ihnen geworden?

Donovans Blick folgt der Berührung meiner Finger auf ihrem Arm interessiert, bevor er von dort wieder in meine Augen sieht und ich zurückzucke. Fuck, was hat er nur an sich? Ich sollte ihm vertrauen, denn er ist vom FBI, und Mason tut es auch.

Aber seine Augen …

»Tja«, sagt er leise und ruhig – seelenruhig. Dann tupft er sich den Mund mit einer Serviette ab, faltet sie fein säuberlich und lehnt sich zurück. »Manchmal ist sogar ein Keaton oder Mason Rush machtlos.«

Avas Blick schießt zu Donovans Gesicht, als Emilia aufsteht und laut das Geschirr abräumt. Er sieht langsam zu ihr runter, sie schluckt und er zuckt fast schon bedauernd mit den Schultern. Sie presst die Lippen zusammen. Ich verstehe nicht, was das zu bedeuten hat, und als sie wieder nach unten schaut, schimmern ihre Augen feucht.

Das gefällt mir alles nicht und ich blicke zu Donovan. Er legt den Kopf schief und schaut zurück. Der Bastard grinst.

Als Mason zurück in den Raum kommt, fahre ich zusammen. Ich muss mit ihm über diesen Donovan reden, wenn es sich ergibt.

»Fuck«, flucht er und setzt sich laut auf seinen Platz, während Emilia die Teller schrubbt, obwohl sie eine Spülmaschine hat. »Alayna, ich kann morgen nicht mit dir fliegen. Bei uns ist Alarmstufe rot.« Dann fährt er zu seiner Frau herum. »Emilia, hast du Zeit?«, bellt er in ihre Richtung.

»NEIN«, antwortet sie im gleichen Tonfall und sieht dann zu mir. »Sorry, Süße, ich habe morgen eine Hochzeit zu fotografieren.«

»Schon gut, ich kann auch allein fliegen«, sage ich, fühle mich dabei mehr als unwohl.

»Aah, ich liebe Hochzeiten«, erwidert Donovan entzückt und Ava entkommt *fast* ein Schnauben. »Ich kann dich fahren, Alayna. Bei uns läuft es zwar gerade heiß, aber ich bin nicht so wichtig wie dein Schwiegervater.« Bei dem Wort runzle ich die Stirn. »Ich kann für eine Stunde weg und sie wenigstens zum Flughafen bringen und warten bis sie weg ist. Oder Mason? Bei mir ist sie sicher.«

Mason sieht erleichtert aus. »Klar, gute Idee.«

»Super, Big Boss«, sagt er grinsend zu Mason, der die Augen verdreht.

Ich fühle mich äußerst unwohl bei dem Gedanken, dass Donovan mit mir irgendwo hinfährt, aber ich widerspreche nicht. Erstens vertraue ich Mason und zweitens will ich ihm nicht noch mehr Stress machen.

Donovan steht auf. »Wann geht dein Flug?«

»Kurz vor zwei.«

»Dann bin ich um zwölf da. Sei fertig.« Er verabschiedet sich von allen, bedankt sich fürs Essen und dreht sich um. Als er geht, gleitet er mit dem Zeigefinger über Avas Haare, sodass nur ich es sehen kann, und er weiß ganz genau, dass ich es sehe.

Avas Augen fallen zu und sie atmet zittrig ein. Erst als die Haustür sich schließt, sieht sie mich wieder an. *Das ist nicht gut, Ava*, sage ich mit meinen Augen, weil ich weiß, wovon ich spreche. Gott, Caden, wenn du deine Schwester jetzt sehen könntest. Ich bin so froh, dass ihr nicht hier seid.

Sie antwortet stumm: *Ich weiß.*

23. Hat nicht jeder was zu verheimlichen, Caden?

Caden

Ich hasse euch alle, ihr kleinen Parasiten, schießt es mir durch den Kopf, als Carter und ich durch die Abfertigungshalle schlendern und überwachen, ob alles geregelt abläuft.

Wir sind am Hafen, es ist später Nachmittag. In den Lagerhallen unseres *Bosses* strecken unsere Männer die neue Ladung Kokain und packen es zum Weiterverkauf ab. Zehn Meter lange Tische reihen sich aneinander. An jedem der fünf Tische arbeiten jeweils acht Männer mit Mundschutz.

In einer Ecke türmen sich bereits die fertigen, mit Folie eingeschweißten Pakete, die die Fahrer, wie wir es einmal waren, heute Nacht verteilen werden. Das Zeug kommt frisch aus Kolumbien und ätzt mir fast die Nasenscheidewand weg, ohne dass ich großartig viel, so wie etwa Carter, konsumiert hätte, und obwohl ich, im Gegensatz zu Carter, einen Mund-und-Nasen-Schutz trage. Der hat sich die Taschen vollgeladen, weil er nie so pures Zeug kriegt, außer wenn es frisch geliefert wird. Der *Boss* hat ihm väterlich erlaubt, sich so viel zu nehmen, wie er möchte. Mich wundert nur, dass er nicht mit einem Bagger ankam. Seine Hosen- und Arschtaschen sowie die Taschen seiner Lederjacke sind vollgestopft, während er total dicht ist, als er neben mir hergeht – die Hände rechts und links weit von sich gestreckt durch das frische, strahlend reine Koks mit den Fingerspitzen streichend. Dann leckt er jeden einzelnen Finger genüsslich ab und ich schüttle nur angewidert den Kopf.

»Aaah … ich liebe die Scheiße«, sagt er und reibt sich die Nasenspitze.

Wir treten aus der Halle und sind direkt am See, wo die Nachmittagssonne auf dem Wasser schimmert. Es ist ein bisschen windig. Carter setzt sich sofort seine Sonnenbrille auf und schwankt ein bisschen. Seine Pupillen sind allein davon, was er da eingeatmet hat, riesengroß.

»Klar, bring dich ruhig schon mal selbst um, bevor jemand Bestimmtes herausfindet, dass du jemand

Bestimmten fickst.« Ich sehe ihm emotionslos in die Augen. Er lächelt und macht sich eine Zigarette an.

»Den Gefallen tue ich dir nicht, Bro.« Du bist seit einer Woche weg und das Verhältnis zwischen Carter und mir hat sich etwas beruhigt, bis auf die Tatsache, dass er immer noch Isabelle fickt und ich das immer noch nicht mag. Ich gewöhne mich nicht daran, zu sehen, wie sie am Tisch blickficken, wie sie es immer mit mir getan hat. Manchmal würde ich einfach nur gern Carters Nase brechen. Einfach so. Oder sie dazu bringen, mir zu verfallen, und wieder spielen. Meine Spiele fehlen mir. Es ist so langweilig geworden. Weil ich mich permanent unterordnen muss und nicht bestimmen kann, wie meine Marionetten tanzen. Alles hintenrum zu machen ist extrem ermüdend und nervig.

Aber ich bin so froh, dass du nicht da bist, Alayna. Du bist jetzt bereits im Flugzeug nach Kentucky. Neun Minuten vor zwei bist du losgeflogen und ich muss sagen, dass es gar nicht so leicht war, dich einfach gehen zu lassen. Wieder. Ich habe natürlich auch meine kleinen Vögelchen, die die Stellung für mich halten und mir Informationen besorgen.

Du warst für eine Woche bei meinen Eltern. Donovan Wild, der Kollege meines Vaters, den ich einfach nicht ausstehen kann, weil er zwei Seiten hat, fährt dich zum Flughafen. Er ist mir außerdem viel zu ähnlich, aber das macht nichts. Ich weiß trotz allem, dass du bei ihm sicher bist. Es ist nur wichtig, dass du hier wegkommst. Ich muss zugeben, dich noch mal gesehen und noch mal gefühlt zu haben, wie es ist, wenn du mich auf diese Art ansiehst, hat mich gefickt, und ich habe darauf keinen Bock mehr. Deshalb verstehe ich meinen Bruder, und wieso er so viel kokst, besser denn je.

Ich will das auch nicht mehr fühlen. Es ist, als hätte ich mein Traumauto gekauft und es am nächsten Tag mit Vollgas gegen eine Wand gefahren. Als hätte ich kurz alles gehabt, was ich tief in mir drin wirklich wollte, und es wäre mir für immer entglitten, ohne die Möglichkeit, es je wiederzubekommen. Alayna, ich hatte ja keine Ahnung, wie wichtig du mir nach wie vor bist. Ich hatte keine Ahnung – von gar nichts! Ich reiße Carter die Zigarette aus der Hand und ziehe selbst daran. Fest und tief.

Carter bemerkt nicht mal, in welcher Stimmung ich bin, weil er so high ist, und ich erzähle ihm nicht, dass du heute geflogen bist, weil er sonst noch mehr abfuckt. Er lässt das alles an Isabelle aus und achtet darauf, dass ich auch ja Bescheid weiß und es mitbekomme. Ich habe sie gesehen. Heute Morgen. Sie lag am See in ihrem Bikini. Carter stand neben ihr, um auf sie aufzupassen, als sie den Stoff ein wenig nach unten geschoben hat, um ihm ihre Nippel zu zeigen, bevor sie leise von sich gab: »Oh Caden, ich habe ja gar nicht gemerkt, dass du auch da bist«, während ich vorbeiging. Und ja, ich hätte fast geantwortet: »Als ob du nicht wüsstest, wo ich bin.« Aber ich habe es mir verkniffen. Ich werde mich nicht auf irgendwelche Spiele von anderen einlassen.

Carter ist wieder total hibbelig. Sein Handy piept und er schaut drauf, dann zu mir. Ehe er erneut auf das Handy sieht und zu mir.

»Was?«, frage ich gereizt.

»Ich bin kurz achtzehn Minuten weg!«

Ich schüttle genervt den Kopf, denn ich weiß, was er tut. »Lass dich nicht erwischen«, knurre ich.

»Niemals.« Er grinst mich an und geht. Ich funkle ihm hinterher und schnippe die Zigarette in den See.

Ja, ich muss dringend mal wieder ein paar Spiele spielen. Meine eigenen.

Ich bin in Stimmung für ein bisschen Chaos, jetzt, da du weg bist.

Endgültig.

* * *

Alayna

Ich stehe vor dem Haus der Rushs. Mason und Emilia sind nicht da und Ava ist in ihrem Zimmer geblieben. Sie hat mich lange umarmt und geflüstert, dass ich auf mich aufpassen soll. Total kryptisch, aber ich habe es so hingenommen.

Jetzt sehe ich zur Garage und von dort zum Dach. Mir wird klar, dass ich mich nun endgültig von alldem verabschieden muss. Es ist an der Zeit, es endlich hinter mir zu lassen und zu akzeptieren, dass du und ich keine Chance haben – auch mit Carter nicht.

»Kommst du?«, fragt Donovan Wild hinter mir und ich drehe mich mit dem Koffer in der Hand zu ihm um. Er fährt einen schwarzen brandneuen Audi A7 mit getönten Scheiben, wie bei der Mafia, durch die man nicht sehen kann. Aber das ist wohl ein Zufall. Die Fahrertür steht offen und er lehnt darin, einen Unterarm auf das Wagendach gestützt und die Beine überkreuzt. Er trägt schwarz und ist glatt rasiert. Seine vollen Haare schimmern in der Sonne und sein kleines Kreuz an der Goldkette reflektiert ihre Strahlen. Die kalten Augen sind von einer Sonnenbrille bedeckt.

Ich gehe zu ihm rüber, und als mein Arm seinen nackten Oberarm streift, zucke ich zurück. Er hat diese Aura, bei dem mein Instinkt mir rät, zu fliehen. Ich bin froh, wenn ich wieder aus seinem Auto aussteigen kann. Er nimmt mir den Koffer ab und verstaut ihn im Kofferraum, während ich auf dem Beifahrersitz Platz nehme. Meine nackten Beine kleben am Leder, da ich nur einen kurzen dunkelgrünen Jumpsuit trage, weil es so heiß heute ist.

Donovan steigt ein und bringt eine Duftwolke mit, die mir direkt ins Hirn schlägt. Ich will das Fenster öffnen, weil der Geruch mich schummrig macht, aber es geht nicht, also sehe ich ihn fragend an.

»Aah«, macht er rau. »Das hatte ich ja ganz vergessen.« Er entsichert die Fenster und die Panik, die mich eben noch überkommen hat, lässt nach. Ich habe mich sofort daran erinnert, dass die Autos bei *euch* auch alle von innen komplett verriegelt waren.

Wir fahren los und der Motor schnurrt, die Klimaanlage bläst mir ins Gesicht. Donovan schaltet die Musik ein und das Blut gefriert in meinen Adern, als ich ein italienisches Lied wiedererkenne, was in der Villa mal gelaufen ist.

Ich fange an, mit dem Knie zu wippen, und sein Blick streift über mein Bein. Etwas in meinem Hirn befiehlt mir, stillzuhalten und ich sehe langsam schluckend zu ihm rüber.

»Bist du Italiener?«, frage ich vorsichtig.

Er hat das linke Handgelenk auf das gepolsterte Lenkrad gestützt. Die andere Hand liegt auf dem Gangknüppel. Seine Stimme ist immer äußerst ruhig und rau – so, als wäre er gerade aufgestanden und hätte den Sex seines Lebens gehabt.

»Ja, ich habe italienische Wurzeln«, antwortet er langsam.

Ich schlucke trocken. »Kannst du auch italienisch sprechen?«

»*Si. Non hai idea di cosa stiano aspettando i tuoi due Romeos. (*Du hast keine Ahnung, was deine zwei Romeos noch erwartet*)*«, sagt er auf Italienisch. Es hört sich so unglaublich sinnlich an, dass ich Gänsehaut bekomme. Was ist das für ein Dämon?

»Was heißt das?«, frage ich mit pumpenden Herzen.

Sein Tonfall verändert sich immer noch nicht. »Dass wir heute verdammt schönes Wetter haben.« Er sieht mich grinsend von der Seite an und ich muss den Blick abwenden. »Und du? Hast du irgendwelche Wurzeln?«

»Nicht wirklich«, lüge ich, weil ich das Gefühl habe, ihm besser nichts zu verraten.

Wir stehen an einer roten Ampel und die Bässe irgendeines Hip-Hop-Songs dröhnen aus einem anderen Auto zu uns rüber. Er mustert mich ununterbrochen. »Du siehst ganz schön rassig aus.«

»Kann sein«, sage ich und erwidere seinen Blick ein bisschen herausfordernd. Ich traue ihm irgendwie nicht, Caden.

»Ein bisschen spanisch vielleicht ... oder auch italienisch.« Er fährt wieder los und ich muss den Blick von ihm abwenden. Er hat was echt Einschüchterndes an sich.

»Ich weiß es nicht. Kann sein. Meine Mutter hat sich immer sehr bedeckt gehalten mit der Familiengeschichte.« Und das hat sie wirklich. Wehe man hat sie darauf angesprochen.

Er überholt einen Nissan. Dabei ist ihm scheißegal, dass er hier nur siebzig fahren darf, während uns ein entgegenkommendes Auto beinahe erwischt, ehe er mit hundertzwanzig wieder auf die korrekte Spur wechselt. Ich reiße die Augen auf. Er hingegen ist total gelassen, als würde er bei Tempo fünfzig gemütlich vor sich hin tuckern, und ich habe Mühe, die Finger aus dem Sitz zu lösen.

»Mmmh, wahrscheinlich hatte sie was zu verheimlichen.« Er schmunzelt in sich hinein.

»Hat das nicht jeder?«, frage ich und er hebt einen Mundwinkel, ohne mich anzusehen.

»Wahrscheinlich.«

Statt die Abzweigung zum Flughafen zu nehmen, fährt er links und ich sehe über meine Schulter dem Flughafenschild nach.

»Ähm …«, sage ich und schaue ihn wieder an. Meine Brust schnürt sich schmerzhaft zusammen. »Zum Flughafen geht es nach rechts.«

Er blickt nach vorn und drückt aufs Gas, als wir auf den Highway fahren. »Wir fahren nicht zum Flughafen, Alayna Hastings.«

24. Gegen meine Regeln, Isabelle

Carter

Fuck, Isabelle, ich bin so high. Das Zeug ist so pur wie deine Pussy. Ich sitze tief in meinem Stuhl und würde dich am liebsten auf meinen Schoß ziehen. Baby, du siehst so heiß aus. Ich weiß nicht, warum er dich mit hier runter zwischen die hungrigen Wölfe gebracht hat. Würdest du mir gehören, würdest du auf meinem Schoß sitzen und keiner dürfte dich anfassen. Aber du stehst hinter seinem Platz, direkt mir gegenüber, und der Rauch von seiner Zigarre zieht dir ins Gesicht. Deine langen, schwarzen Wellen sind offen und fallen über eine Seite deines perfekten Gesichts. Deine grünen Augen stechen besonders hervor, weil du sie dunkel geschminkt hast. Du trägst tiefroten Lippenstift von gestern Nacht, als ich dich kurz im Auto hatte. Wir haben ganz schön viel aus diesen zwölf Minuten gemacht.

Dein dunkelblaues Kleid hat einen größeren Ausschnitt, als ich es gut finde. Das goldene Kreuz liegt zwischen deinen Brüsten, die ich vorgestern gefickt habe. Du bist so heiß und bist für alles zu haben. In knapp zwei Wochen hast du es geschafft, mich süchtig nach dir zu machen. Caden hatte recht: Ich bin gefickt.

Das Kleid gleitet eng über deine Taille und deine Hüften, auf denen ich eben noch im Hinterzimmer meine Hände hatte. Dein Arsch, den ich mir, als du dich herumgedrückt hast, genauer beäugt habe, wölbt sich unter dem dünnen Stoff hervor. Ich will ihn, so wie in der Nacht vor vier Tagen, spanken und dann ficken. Die kleine Hand, die vorhin noch an meinem Schwanz lag, ruht jetzt auf seiner Schulter. Deine neuerdings langen Nägel sind rot lackiert und der Ring funkelt. Ich hasse ihn. Am liebsten würde ich ihn in den See schmeißen.

Die letzten Tage haben wir damit verbracht, dass du mir geschrieben hast, wie viel Zeit wir haben und ich zu dir gerannt kam. Ich habe dich von einer Wand zur nächsten Tür und auf den Boden gepresst. Fuck, Isabelle, du hast es wirklich geschafft, dass ich kaum an *sie* gedacht habe. Das ist wie eine fucking Erlösung.

Ich hasse es jeden Tag ein bisschen mehr, dich zu ihm gehen zu lassen, wenn ich mit dir fertig bin, oder dich mit ihm zu sehen. Aber diese Gefühle kokse ich weg, sonst stirbt jemand, und das wäre nicht gut. Ich habe dich schon vor sechs Tagen so hart gefickt, dass du danach sicher keinen Sex ertragen hättest und es noch Stunden danach gespürt hast. Doch ich weiß, dass ich es nicht immer machen kann. Mir ist klar, was mit dir passiert, wenn du dich ihm verweigerst, und ich mag es nicht, wenn du dich mal wieder nicht traust, bei mir dein Shirt auszuziehen, weil deine Rippen blau sind – so wie heute. Ich habe keine Ahnung, was passiert ist, denn du erzählst mir so was nicht, weil du weißt, was ich sonst tun würde. Aber er hat definitiv zugetreten und die Vorstellung macht mich rasend.

»Carter«, zischt Caden. »Du bist dran, und hör auf damit!« Ich zucke ein bisschen zusammen, wende den Blick von dir ab, sehe in meine Karten und setze. Wir sind im Salon und pokern. Die Musik dröhnt durch die Boxen, es riecht nach Rauch und die halbnackten Nutten tanzen auf Tischen. Luca fickt gerade eine der Bitches hinten in der Ecke. Ich mag es nicht, wie er dir immer auf den Arsch sieht, wenn du aufstehst.

Ich nehme meine qualmende Zigarette aus dem Aschenbecher und ziehe fest daran. Meine Augen wandern wie von selbst unter schweren Lidern wieder zu dir und du schmunzelst ein bisschen, als du runtersiehst, weil du weißt, was in meinem Kopf vor sich geht und wie grandios wir vorhin waren.

Caden verpasst mir eine mit seinem Ellbogen, weil ich dich schon wieder anstarre. Aber ich kann nicht anders, du bist einfach zu schön, um es nicht zu tun. Ich verstehe jetzt, was Caden in dir gesehen und was ihn so fasziniert hat. Was mich in den sechs Wochen an dich gebunden und was mich so genervt hat, wenn ich dich mit Caden ertragen musste.

Du hast diese Art, einen Menschen komplett zu verzaubern, so wie Alayna. Allmählich erkenne ich da ein Muster, was meinen Typ Frau angeht. Ich habe mit ihr – soweit ich dazu in der Lage war – abgeschlossen und bin froh, dass sie nicht mehr hier ist, denn ich vertraue mir selbst nicht. Es hätte sonst passieren können, dass ich ihr wehtue, sie quäle oder verletze, weil ich weiß, wie abgefuckt ich immer noch bin – am meisten auf mich selbst, weil ich so viel Scheiße mit ihr gebaut habe.

Das will ich für sie nicht mehr.

Das will ich mit dir auch nicht, Prinzessin.

Ich habe keine Ahnung, wo sie ist, aber weil Caden relativ ruhig ist, gehe ich davon aus, dass er Informationen hat, die er mir nicht mitteilen will, weil er mir in Bezug auf sie nicht vertraut und Angst hat, dass ich wegen meines Loyalitätskonflikts zum *Boss* renne und es ihm verrate. Das würde ich nicht tun, aber das muss er nicht wissen. Sie ist mir weggelaufen, weshalb ich die Tracht Prügel meines Lebens bekommen habe. Das tat so gut. Die zwei Tage danach war ich relativ entspannt. Du trägst den Rest dazu bei, nimmst mir die Wut, die mein Leben lang mein Begleiter war, auch wenn es immer wieder in mir brodelt und ich es wegkoksen muss.

Caden ist wieder der Abfuck der Menschheit, der er damals war. Jetzt, da Alayna weg ist, noch mehr. Ich weiß nicht, was ich davon halten soll, aber ich lasse es ruhen, weil sie ohnehin nicht hier ist. Daher ist es scheißegal, ob er sie liebt oder nicht. Er kann sie nicht vor meinen Augen ficken und dich auch nicht, weil du sowieso tabu bist wegen Dorian. Mich interessiert das nicht. Du könntest die Verlobte vom Präsidenten sein und ich würde dich trotzdem ficken. Jetzt, da ich dich mit anderen Augen sehe, werde ich damit nie wieder aufhören. Und Isabelle, seit ich hier bin, also seit guten acht Monaten, bist du das Einzige, was mich nicht abfuckt. Ganz im Gegenteil. Aber so weit will ich nicht denken, deswegen öffne ich meinen Ring, gefüllt mit dem ungestreckten, frischen Kokain, und ziehe eine Nase.

»Mach langsam, Bro«, knurrt mein Bruder. »Ist irgendwas, weshalb du dich so vollpumpen musst?« Er stichelt, denn er mag es nicht, dass wir ficken, obwohl er Alayna *liebt*.

»Aaah, mir geht es richtig gut«, sage ich und grinse ihn an, bevor ich von meinem Whisky trinke. Die haben hier den guten Scheiß und er fließt meine Kehle runter wie flüssiger Honig.

Caden setzt und schmeißt die Chips achtlos auf den Tisch. Er ist genauso weit auf seinem Stuhl runtergerutscht wie ich und trägt ein weißes Hemd sowie dunkle Jeans. Inzwischen ist er wieder ganz sein abgefucktes, manipulatives Psycho-Ich.

»Hmm, dabei warst du nie ein Fan vom Teilen«, murmelt er in meine Richtung gebeugt und Diego schreit: »ICH BIN RAUS, IHR WICHSER!« Damit schmeißt er seine Karten auf den Tisch. »Dank euch bin ich pleite, ihr Hurensöhne.«

Eines der Mädchen in einem durchsichtigen, schwarzen Hemdchen sowie einem Rock kommt zu Caden und lehnt sich über seine Schulter. Sie schaut ihm in die Karten, worauf er sie sinken lässt, weil man nie weiß, wer hier eine Ratte ist und verrät, welches Blatt man hat. Dann flüstert sie ihm etwas zu. Er sieht sie nicht mal an, als er sie mit zwei winkenden Fingern zu mir weiterschickt. Andere Frauen interessieren ihn momentan nicht, buhu.

»Der hat's gerade nötiger«, sagt er mit einem fiesen, provokanten Lächeln in meine Richtung. Ich schiebe meinen Stuhl zurück und erlaube ihr, sich auf meinen Oberschenkel zu setzen. Sie hat dunkelbraunes Haar und trägt exquisites Parfüm. Daran sieht man, dass unsere Mädchen keine billigen Straßenhuren sind, sondern Frauen mit Klasse, aber sie gehen alle neben dir unter, Baby.

Ich lege meinen Arm um ihre Hüften, als Dorian sich setzt und an seiner Zigarre zieht. Er greift nach deiner Hand, die immer noch auf seiner Schulter ruht, und zieht dich auch auf seinen Schoß. Du stolperst ein bisschen, weil du Heels trägst. Die Brünette lässt ihre Finger an meinem Oberkörper entlangstreichen. Dabei meide ich deinen Blick, weil ich ohnehin weiß, was ich sehen würde, du besitzergreifendes Miststück. Ich liebe es, dass du jedes Mal, wenn ich mich mit einer anderen amüsiere und du zusehen musst, danach so wütend wirst und in meinem Schlafzimmer dein Besitzrecht auf mich geltend machst. Du bist dann so heiß, reitest mich, kratzt mich, beißt mich und du beschimpfst mich auf Italienisch. Jedes Mal komme ich zu früh, weil du so eine Granate bist.

Dorians Hand, mit der er die Karten hält, ist auf den Tisch gestützt. Mit den Fingern der anderen streicht er deinen nackten Arm auf und ab. Diesen Arm hast du gestern um meinen Nacken gelegt, als ich dich hochgehoben und an die Wand gepresst habe.

Ich hoffe wirklich, dass du keine Gänsehaut bekommst, wenn er dich berührt, weil ich sonst viel zu viel Koks ziehen muss, dennoch kann ich es mir nicht verkneifen, dich doch anzusehen. Deine Augen sind auf Dorians Profil gerichtet, aber sie huschen kurz zu mir rüber, also zeige ich dir an der Frau auf meinem Schoß, was ich jetzt am liebsten mit dir tun würde. Ich ziehe ihr Gesicht an meines und küsse sie so, wie ich dich vorhin geküsst habe, als ich dich zufällig im Flur getroffen habe, bis sie keine Luft mehr kriegt. Ihre Lippen sind nicht so weich wie deine und schmecken nicht nach Weed und Limoncello. Ich werde das Zeug nie wieder trinken können, ohne an dich zu denken. Und ich werde nie wieder einen rauchen können, ohne daran zu denken, wie wir uns nach dem Sex eine Tüte teilen.

»Carter«, zischt mein Bruder wieder. Ich lasse von der Brünetten ab und sehe träge zu ihm rüber. »Du bist!«

»Aaah, ich war ein bisschen abgelenkt«, erwidere ich seufzend.

»Ich hab's gesehen.« Die Mädchen, die mit Caden oder mir rummachen dürfen, sind immer richtig happy. So wie die Dunkelhaarige auf meinem Schoß gerade. Ihre Finger fahren in meinen Hemdkragen und sie streicht über meine Haut. Caden nimmt einen Chip von mir und schmeißt ihn auf den Haufen in der Mitte, damit es endlich weitergeht. Woher weiß der Penner überhaupt, was für Karten ich habe, hä?

Ich rutsche tiefer in den Sitz und werfe einen Arm über die Rückenlehne. Die Tussi verlagert etwas ihr Gewicht. Ich spüre, wie du kochst und mich prüfend musterst, um zu erfahren, ob die Tussi mich anmacht oder nicht. Aber wenn ich hart bin, dann wegen deiner Blicke und wegen dem, woran ich die ganze Zeit denken muss und später noch mit dir machen werde.

Caden bringt gerade Luca, der wieder am Tisch Platz genommen hat, dazu, sein Auto beim Spiel zu setzen, indem er ihm weismacht, dass er in seinem Leben nichts mehr wollte. Dumm genug ist er, obwohl er wissen sollte, dass man gegen Caden nicht gewinnen kann. Dorian schmunzelt, denn er liebt es, wenn Caden in dieser Stimmung ist – und das ist er seit einer Woche.

Ich drücke der Tussi mein leeres Glas in die Hand und schiebe sie am unteren Rücken von meinem Schoß, damit sie mir noch was holen kann. Dabei würde ich es lieben, wenn du mir meinen Drink servieren würdest.

Dorian spielt mit deinen pechschwarzen Haaren und wickelt sie sich um den Finger. Das gefällt mir nicht. Da hatte ich vor drei Tagen noch meine Hand drin, als du vor mir im Labyrinth gekniet hast. Ich würde dir gern so viele Sachen sagen, aber ich tue es nicht, weil ich mir selbst nicht traue und nicht zugeben will, dass ich gegen meine eigenen Regeln verstoße.

»Und, Dorian?«, fragt Caden und schnippt mit dem Daumen den Chip zielsicher auf den Tisch. »Wie laufen die Hochzeitsvorbereitungen?« Aaah, Caden ist wieder im Carter-Stichelmodus. Du bemerkst es, weil du ihn kennst, und spannst dich an. Kurz gleitet sein kühler Blick zu dir. Ich mag es nicht, Isabelle, gar nicht, wie er dich ansieht. Mit so viel Verachtung. Das macht Dorian nichts aus, solange er dich nicht begehrend anschaut, so wie ich es tue. Ich zwinge mich, meine Maske aufrechtzuhalten.

»Keine. Verdammte. Ahnung!«, sagt Dorian beschwingt. Du hebst ihm den kleinen Spiegel unter dir Nase, als er dir ein Zeichen gibt, damit er sein Scheißkoks schnupfen kann. Als würde er da nicht selbst rankommen, dieser Hurensohn.

»Das wird alles von den Oberen geregelt! Bis auf dieses Kleidgetue und so. Das geht auf die Kappe meiner Mom.« Er schnieft, lässt seinen Kopf gegen die Lehne fallen und zieht dich mit. Ich hasse es so sehr.

Caden sieht dich wieder an. So emotionslos wie ein Roboter. »Und, Isabelle? Gefällt dir dein Kleid?«, fragt er ruhig – zu ruhig.

Du nickst hölzern, weil du weißt, du solltest eigentlich nicht mit Dorians Männern reden. Allerdings sollten sie dich auch nicht direkt ansprechen, aber Caden ist im vollen Ist-mir-egal-Modus, wobei wir uns beide kaum daran halten.

Dorian schaut sich nur gelangweilt seine Nägel an, als hätte er nichts mitbekommen, während hinten jemand schreit, der beim Blackjack verloren hat: »FUCK, SCHEIßE!« Ich knalle meinen Chip auf den Tisch, als ich an der Reihe bin, und Caden schnippt seinen wieder hin, ohne hinzusehen oder auf das Spiel zu achten.

»Dein Auto gehört mir, Luca. Und? Habt ihr schon Ringe?« Ohne in seine Richtung zu blicken, deckt Caden seine Karten auf. Luca ebenfalls, dann rastet er aus.

»SCHEIßE!« Luca flippt aus. »SCHEIßE! SCHEIßE! SCHEIßE! FICK DICH!« Vor Caden türmt sich schon ein riesiger Haufen Chips, der jetzt noch größer wird, als Luca seinen Mercedesschlüssel hinknallt, seine Karten auf den Tisch wirft und geht. Ein bisschen muss ich schmunzeln. Mein Bruder kann so ein Bastard sein.

Die Brünette kommt zurück zu mir, setzt sich mit einem neuen Whisky auf meinen Schoß und ich ziehe ihre Beine seitlich über meine.

»Wir bekommen die meiner Großeltern«, informiert uns Dorian und verlagert sein Gewicht ein bisschen. Du wirst deswegen kurz nach vorn gestoßen und musst dich am Tisch abfangen. Fast knirsche ich mit den Zähnen. Sein Arm umfängt deinen Bauch und zieht dich fest an seine Brust. Caden stützt sein Kinn auf einen Handballen und strahlt euch an. »Ihr seid so ein schönes Paar. Hoffentlich kommt nie was dazwischen. Eine andere Frau oder ein anderer Mann.«

Dorians Hand streicht deine Taille entlang und stockt kurz, als Caden das sagt, gräbt sich aber dann auf Höhe deiner Rippen genau in die Stelle, von der ich weiß, dass sie lila verfärbt ist. Du drehst den Kopf weg, damit es keiner hier sieht, und keuchst. Ich lasse meine Schultern rollen, verberge mein Gesicht an der Schulter des Mädchens auf meinem Schoß und muss tief atmen, weil ich sonst über den Tisch greife und seine Visage zu Brei verarbeite.

»Wenn die Frau betrügt, wird sie schwer bestraft, das weißt du doch«, kontert er locker und setzt.

Caden sieht sinnierend zum Kronleuchter über uns und tippt sich gegen die Lippen. »Vielleicht zu Recht?«

Du bist total angespannt und ich habe Angst, dass Dorian es bemerkt. Ich hasse diesen Ficker neben und gegenüber von mir und würde sie gerade beide gern einfach abknallen. Aber ich wahre meine Maske. Laut des *Bosses* bin ich der fucking Gute und Caden der Illoyale, wenn es nach Dorian geht. Also sollte er jetzt besser still sein und keinen Scheiß erzählen.

»Ganz sicher. Eine Frau sollte wissen, wo ihr Platz ist. Oder, *Amore*?« Dorians Augen fahren an deinen Brüsten hinauf in dein Gesicht und du nickst. Ich sehe förmlich dein Herzrasen.

»Ich weiß nicht, was ich mit dir tun würde, wenn ich je …« Er tänzelt mit seinen Fingern über die Schwellung deiner linken Brust nach oben. »Erfahren würde …« Er tastet sich weiter nach oben zwischen deine Schlüsselbeinknochen zu deinem Puls. »Dass ein anderer Schwanz in dir war.«

Du schluckst und siehst ihm in die Augen. Ich nutze die Zeit, um Caden anzustarren – diesen Ficker –, und lasse ihn all meine Wut und meinen Hass auf ihn spüren. Dabei packe ich die Nutte fester als geplant, aber sie sagt nichts, natürlich nicht. Das tun sie nie.

Er verdreht die Augen und wendet sich wieder an Dorian. »Aber ich glaube, du hast eine sehr starke und treue Frau an deiner Seite. Sie wird dir sicher nicht fremdgehen.«

Ich exe meinen Whisky und ziehe noch eine Line, weil ich kurz vorm Durchdrehen bin. Dorian sieht zu mir. »Spiel«, sagt er auffordernd und ich schmeiße zwei Chips in die Mitte. »Willst du wirklich mitgehen, Carter? Oder aussteigen, bevor du alles verlierst«, fragt Dorian mit kalten Augen.

Ich schaue genau so kalt zurück und stelle mir vor, wie ich ihm eine Kugel verpasse. »Ich bin kein Mann, der aussteigt, Dorian.« Ich bemerke im Augenwinkel, wie mein Bruder einen Chip in die Mitte schnippt. »Spiel«, fordere ich Dorian auf.

»Aaah, ich spiele bis zum Ende. Ich liebe es, zu spielen.« Er schiebt seinen Chip dazu. »Ich will sehen.«

Bevor ich meine Karten aufdecken kann, sagt mein Bruder, ohne hinzusehen: »Carter hat gewonnen.« Und zündet sich eine Zigarette an.

Ich schleudere ihm meine Karten entgegen und ziehe meinen Gewinn heran. Und er lächelt. »Immer nur so lange, wie es mich amüsiert.«

25. Endlich zu Hause!

Isabelle

Ich breche ihm gleich die Finger, wenn er nicht aufhört, sie in meine Rippen zu drücken, wo ich immer noch ziemlich schlimme Schmerzen habe, weil Dorian üble Verfärbungen und Prellungen hinterlassen hat. Es ist gestern passiert, weil ich wegen der Nacht mit dir, Carter, so müde war, dass ich nicht vor Dorian aufgestanden bin, wie es eine *gute Frau* in dieser Welt zu tun hat, und ihm nicht seinen Kaffee und einen Blowjob serviert habe. Ich hasse es, dass ich dich nicht ansehen kann, wenn ich es will, obwohl du mir so nahe bist, und ich nur über den Tisch greifen müsste, um deine tätowierte Hand zu berühren, die darauf abgestützt ist und die Karten hält.

Du hast eine dieser Frauen auf dem Schoß, sie heißt Teresa. Dorian hat sich gestern von ihr einen blasen lassen, als ich duschen war, und es ist mir egal. Völlig egal. Ich bin froh, wenn jemand anderes seine unersättlichen Bedürfnisse stillt. Die Frau muss treu bleiben und der Mann darf vor ihren Augen Nutten ficken, so viele er will. Das ist einer der Gründe, weshalb ich weggelaufen bin. Aber nur einer davon …

Ich mag es nicht, wie du sie an deinem Körper herumspielen lässt. Ich mag es nicht, dass du sie geküsst hast, und ich mag es nicht, wie sie sich auf deinem Schoß reibt, denn ich weiß nicht, ob es dir gefällt. Das macht mich ganz verrückt.

Ich habe jeden verfluchten Tag mit dir verbracht. Es ist ein bisschen so, als wären wir zwei nicht hier, sondern irgendwo in einem Abfuckviertel und würden uns, nur wir zwei gegen den Rest der Welt, durch die dunklen Gassen schlagen.

Seine Hand drückt ein bisschen fester, als würde er meine Gedanken lesen können. Ich senke den Blick in seine stechenden Augen. Er sieht mir auf die Brüste und ich seufze leicht, um seinen Zorn nicht heraufzubeschwören. Noch eine Tracht Prügel heute und ich kippe um. Ich hasse es. In zwei Wochen muss ich ihn heiraten und das gleicht einem Todesurteil. Ich will mit ihm nicht alt werden und Kinder kriegen. Gott, ich will keine Kinder von ihm, weil er Erben braucht und weil er der Ansicht ist, dass man Frauen nur deshalb heiratet.

Ich kann es mir nicht verkneifen und sehe zu dir. Du hast gegen Dorian gewonnen und bist so tief in deinem Sitz versunken, dass ich glaube, du wirst gleich auf dem Boden landen. Dein schwarzes Hemd, das du trägst, schmiegt sich eng um deine Brustmuskeln, die sich gestern noch so fest an meine gepresst haben, als ich auf dir saß und meine Hände in deinen vollen Haaren vergraben habe. Deine Ärmel hast du hochgekrempelt und die Tattoos, die ich vorgestern mit dem Finger erkundet habe, schauen heraus. Du hast dich wieder mal nicht rasiert und das Kinn, über das ich gestern gefahren bin, ist bedeckt von wilden, dunklen Stoppeln, die sich über deine Wangen ziehen. Eine neue Verfärbung bedeckt dein linkes Auge. Ich habe nicht vor, dich zu fragen, was du wieder gemacht hast, als ich vorgestern am Nachmittag in dein Zimmer kam und es leer war. Im Grunde weiß ich nie, wo du bist, aber das ist okay, weil ich weiß, dass du irgendwann wieder zurückkommst. Diese Gewissheit hatte ich bisher bei keinem in meinem Leben und es hat mir auch bis jetzt noch nie so viel bedeutet. Du beißt dir auf die volle Unterlippe, die ich gestern zwischen meine Zähne gezogen habe, als du darüber nachdenkst, welchen Zug du machen sollst. Deine Augen, diese tiefen, türkisblauen, immer leicht glasigen Augen, weil du permanent bedröhnt bist, gleiten langsam vom Pokertisch an mir herauf und erwidern meinen Blick. Du neigst den Kopf, als die Nutte deinen Hals küsst, und ich weiß, dass du mich nicht eifersüchtig machen willst, sondern daran denkst, wie ich das vor drei Tagen getan habe. Ich sehe in deinen Augen, dass du mich schon wieder ficken willst, vor allem, weil ich auf seinem Schoß sitze, und muss mich zwingen, nicht unruhig hin und her zu rutschen. Dorian zieht auf einmal hart an meiner Haarsträhne, mit der er eben noch sanft gespielt hat, und mein Kopf ruckt in seine Richtung. Ich hasse es. Meine Kopfhaut tut noch weh, weil du mein Haar so fest gepackt hast, als ich vor dir auf den Knien war. Ich sehe von dir weg, es darf nicht zu auffällig werden. Er zieht mich enger und legt seine linke Hand auf mein nacktes Knie, ein Zeichen, dass ich die Beine öffnen soll, denn er liebt es, wenn ich seine Körpersprache verstehe. Ich hasse ihn.

Natürlich spreize ich sie leicht, nicht zu sehr, weil er es nicht mag, wenn andere mich so sehen, aber er liebt es, zu demonstrieren, wem mein Körper angeblich gehört.

Er schiebt eine Hand zwischen meine Knie und von da ein bisschen weiter nach oben, sodass sie zwischen meinen Schenkeln eingeklemmt ist. Ich hoffe so sehr, dass du dich beherrschen kannst.

»Carter, du bist«, blafft Caden dich an und ich werfe dir einen kurzen Blick aus den Augenwinkeln zu. Du lässt deinen Nacken knacken, weil du schon wieder eine Line gezogen hast. Ich weiß, wieso du es tust, und ich mag es nicht. Man kann alles ausprobieren, aber nicht im Übermaß, und ich will nicht, dass du dich noch kaputter machst.

Du schnippst deinen Chip in die Mitte und deine Muskeln zucken. Ich sehe zu Caden, weil ich hoffe, dass er eingreifen kann, falls du dich verlierst. Das tust du nämlich sehr schnell, und ich kann dich unter diesen Umständen nicht stoppen, sonst killt er uns beide, weil wir auffliegen.

Caden ist total entspannt und wieder ganz der Mann, den ich damals kennengelernt habe. Er hat einen Ellbogen auf den Tisch gestützt und sein Kinn ruht auf Daumen und Zeigefinger. In der anderen Hand hält er seine Karten. Er hat keine Blessuren im Gesicht. Seine Haare sind ordentlich nach hinten gekämmt und er trägt wieder weiß – als Einziger zwischen all den Männern hier. Sein Hemdkragen steht offen und seine Tätowierungen schauen etwas heraus. Seine türkisfarbenen Augen sind klar, obwohl er sicherlich auch schon was genommen hat. Keiner an diesem Tisch oder in diesem Haus ist irgendwie nüchtern.

Er bemerkt natürlich sofort, dass ich ihn anvisiere. Eine seiner Brauen hebt sich und ich denke daran, wie verbunden wir mal waren, bis er mich verraten hat – mit *ihr*. Ich war echt verrückt nach ihm, das war nicht gespielt, auch wenn ich so was oft vorgespielt habe, um daraus zu profitieren. Bei ihm war es anders. Während du nur Alayna im Kopf hattest, wie ich ja schon die Wochen zuvor mitbekommen habe, weil wir viel redeten, habe ich mich wirklich in ihn verliebt, und zwar nicht nur wegen des grandiosen Sex, sondern weil er mich herausgefordert hat. Dennoch habe ich es geschafft, zu gehen, auch wenn es schwer war, aber ich war zu sehr auf meine Flucht fokussiert und hatte zu große Angst, gefunden zu werden oder euch mit reinzuziehen.

Das hat ja super geklappt mit dem Raushalten. Jetzt sitzt ihr hier.

Caden und ich haben uns nie zu hundert Prozent vertrauen können. Ich hatte immer die Befürchtung, dass er zu viel erfahren und mich irgendwie ausliefern oder verraten könnte. Dir, Carter, wollte ich es in unseren sechs Wochen erzählen, aber als ich angesetzt habe, hast du den Kopf geschüttelt und mir gesagt, dass du es besser nicht wissen willst, weil das nicht gut wäre. Also habe ich den Mund gehalten.

Tja.

Hätte ich gewusst, dass ihr so nahe seid …

Ich hebe ebenfalls eine Braue. Nach wie vor bin ich sauer auf ihn. Erstens hat er gleich Alayna gefickt und sie hergeholt – so viel zu Liebe und Loyalität. Und zweitens ist da noch diese Sache, dass er dich verletzt hat. Mit ihrer Hilfe, obwohl du sie noch geliebt hast wie verrückt. Deswegen hasse ich beide. Außerdem stichelt er die ganze Zeit und ist eifersüchtig. Wieso eigentlich? Er hat kein Recht dazu.

Er macht sich nichts aus meinem Blick und ich schaue wieder weg.

Als Dorian einen Chip in die Mitte schiebt, beugt er sich vor, weshalb meine Seite gegen den Tischrand gepresst wird. Ich unterdrücke es, aufzuschreien, als es sticht. Das Kleid foltert mich schon genug, sodass permanent meine Rippen malträtiert werden. Dorian lässt sich Zeit und ich stemme eine Hand gegen seine harte Schulter, damit er sich ein Stück zurücklehnt, aber er funkelt mich nur mit seinem Was-soll-das-Blick an und ich lasse die Hand langsam wieder sinken.

»SPIEL«, speist du hasserfüllt in seine Richtung und ich zucke zusammen, genau wie alle anderen am Tisch, außer Caden und Dorian.

»Aaaah«, seufzt Dorian. »Immer diese Ungeduld. Du solltest nicht so viel koksen.« Jetzt lehnt er sich endlich wieder zurück und ich atme erleichtert aus. Seine Finger zwischen meinen Beinen kneifen mich ein bisschen, aber ich bleibe still sitzen. Meine Hand an seiner Schulter zittert, wegen des Schmerzes in meinen Rippen.

Dann sieht Dorian über deinen Kopf hinweg und ich folge seinem Blick, als die schweren Flügeltüren aufgestoßen werden und eine dunkle Energie wie eine Gewitterwolke durch den ohnehin schon verpesteten Raum schießt.

Ich unterdrücke ein Keuchen, als ich erkenne, wer da reinkommt. Dinge kochen in mir hoch, die mir gar nicht gefallen, die mir den Boden unter den Füßen wegreißen, die mich fast schwindlig machen. Da ist *er*.

Er präsentiert sich, als wäre er eine Offenbarung an die Menschheit, und er sieht immer noch so aus wie damals. Nur sein Gesicht ist noch ein bisschen arroganter und perfekter geworden – als wäre das möglich.

Er ist genauso groß wie Dorian. Seine dunkelbraunen Haare sehen aus wie Cadens und seine stechend eisig blauen Augen schauen so gelassen wie deine manchmal und so überheblich wie die deines Bruders. Seine Gesichtskonturen sind scharf geschnitten – wie

Dorians. Beide könnten Models sein. Er trägt ein schwarzes, hautenges Longsleeve mit V-Ausschnitt, was sich um seinen muskulösen, klar definierten Oberkörper schmiegt, denn er besitzt kein einziges Gramm Fett. An seinem Hals baumelt das goldene Kreuz, wie es alle hier tragen – außer ihr beiden, weil ihr euch daran verbrennen würdet. Seine schwarze Hose endet perfekt an den Knöcheln. Gemächlich lässt er seine eisblauen Augen einmal durch den Raum schweifen und genießt, wie ihn alle anstarren, inklusive euch. Ihr seht ein bisschen schockiert aus, warum auch immer.

Dann klatscht er einmal laut in die Hände und alle anderen Männer außer jene an unserem Tisch zucken zusammen. Er ist so ein Motherfucker. Mit ihm ist echt nicht zu spaßen und ich hasse ihn, weil ich ihn mal geliebt habe.

»Endlich zu Hause! Wo ist mein Bruder, wo ist meine Schwägerin?« Er strahlt und seine weißen, perfekten Zähne blenden mich beinahe, als seine Augen an unserem Tisch hängen bleiben und ich wie gelähmt bin.

Oh mein Gott. Ich kann mich nicht rühren. Ich kann nicht atmen.

»Steh auf«, sagt Dorian rau und schiebt mich am Arsch von seinem Schoß, sodass ich unsanft auf meinen Heels lande. »Begrüß ihn.«

Ich richte mein Kleid, was er ein bisschen nach oben gezogen hat, und weiß, dass alle Augen auf mir liegen. Ich hasse es, aber ich kann damit umgehen. Ignoriere meine pochende Seite, hebe mein Kinn und gehe selbstbewusst auf ihn zu.

Er strahlt immer noch und beobachtet mich ganz genau, als ich näher komme. Jeden Schritt, wie er es immer getan hat, und ich erkenne ganz genau, was in seinen Augen aufblitzt. Er riecht wie früher.

Mit einem angewinkelten Finger hebt er mein Kinn, und seine eisblauen Augen schimmern weich, aber nur, wenn sie mich ansehen, und sein Mund lächelt. Das sind seine zwei Gesichter. Ein Stromschlag durchfährt mich, als er mich berührt.

Erst mal starrt er mich nur an, wie er es schon so oft getan hat, dann wispert er: »Du wirst von Jahr zu Jahr schöner, *Tesoro*.« Seine Stimme ist heiser, bevor er nach meiner Hand greift, mir in die Augen sieht und einen Kuss auf meinen Handrücken haucht. Ich bemerke, dass Dorian kommt, schlucke den Kloß in meinem Hals runter und ziehe meine Hand ruckartig zurück.

Ich trete einen Schritt zur Seite, als sie sich in die Arme fallen. So unterschiedlich im Kern, so ähnlich im Äußeren.

Dorian klopft ihm auf den Rücken, bevor sie sich loslassen, sich mustern und auf Italienisch miteinander sprechen. Ich höre nur mit halbem Ohr zu, weil es um widerliche Dinge geht. Um eingesperrte Rehe, was wahrscheinlich ein Deckname für Frauen ist, und all so ein Scheiß.

Mit zwei Fingern deutet Dorian mir, voranzugehen, und ich beeile mich, ihm Folge zu leisten. Ich weiß, dass er es nicht mag, wenn ich schneller bin als er, weshalb ich betont anmutig schreite. Dabei kann ich es nicht verhindern, dass meine Augen zu dir wandern. Ganz kurz.

Caden hat dich unauffällig am Unterarm gepackt, weil du schon startbereit bist, aufzuspringen und was sehr Dummes zu tun. Wieso? Wegen mir? Wegen was?

Und Caden, der jeder Lage gewachsen ist, ist ungewohnt blass und rührt sich nicht. Hat es was mit Donovan zu tun?

Ich bleibe neben Dorians Stuhl stehen, auf den er sich setzt und den Spieler neben ihm wegscheucht, damit sein Bruder Platz nehmen kann. Donovan dreht den Stuhl, sodass er falsch herum darauf sitzt und legt einen Arm locker über die Rückenlehne.

Seine Augen haften jetzt auf euch. »So trifft man sich wieder.« Kurz schweifen seine Augen zu dem Mädchen, was neben unserem Tisch sitzt, und er hebt, genau wie Dorian es vorhin bei mir getan hat, zwei Finger. »Bring mir einen Cognac und eine Zigarre. Und beeil dich. Ich bin sehr durstig.« Seine Stimme ist stets dunkel und ruhig. Wenn sie zu ruhig ist, ist er wütend, dann sollte man laufen. Wie die eine Frau, die er mal eingearbeitet hat. Ich weiß nicht, ob sie noch lebt, aber ich denke eher nicht.

Caden wirft dir noch einen warnenden Blick zu, lehnt sich zurück und lässt seinen Nacken knacken. Seine Arme liegen locker auf den Stuhllehnen.

»Ja, so sieht man sich wieder, Donovan Wild. Ich wusste, dass mit dir was nicht stimmt.«

Sein Cognac kommt und das Mädchen zittert, als sie das Glas abstellt und die Zigarre hinlegt. Er nimmt sanft ihr Handgelenk und sieht zu ihr auf. »Niemals zittern. Niemals, Kleines.« Damit lässt er sie los und scheucht sie mit einem Lächeln weg. Dann wendet er sich wieder an Caden.

»Aah, mit niemandem hier drin stimmt was, Caden Rush. Und mein Name hier ist Donovan de Luca und nicht *Wild*.«

Du lässt den Nacken knacken und versuchst krampfhaft, ruhig zu bleiben. Ich würde dir so gern helfen, aber ich kann nicht. Mit meinen Augen versuche ich, dir zu sagen, dass du runterkommen sollst, warum auch immer du so wütend bist. Und woher auch immer ihr Donovan kennt, denn *dass* ihr euch kennt, ist mittlerweile klar. Ich weiß, dass Donovan eine Zeit lang weg war, weil er Undercoverarbeiten erledigen musste. Hatte das was mit euch zu tun?

Dorian legt den Kopf zurück und sieht zu mir auf. Dann hebt er einen Finger, den er an meine Handfläche legt, um mich mit dieser kleinen Berührung zu ihm zu lotsen, direkt auf seinen Schoß. Ich sitze seitlich mit dem Gesicht zu Donovan. Das ist auch der Einzige am Tisch, den ich ansehen darf, ohne dass es kracht.

Wenn Dorian nur wüsste. Dann würde er mich ihn nicht mehr ansehen lassen.

Er zieht mit dem Zeigefinger Kreise auf meiner Hüfte.

»Ich glaube es nicht«, murmelst du rau und streichst dir mit einer Hand über das Gesicht. Die Tussi auf deinem Schoß ist Gott sei Dank weg. Sie ist gegangen, als Donovan kam. Du bist wieder total hibbelig, Carter. Dein Bein wippt auf und ab. Ich will meinen Kopf an deine Schulter lehnen und die Augen schließen. Automatisch sinke ich tiefer in Dorians Schoß, was er mag, weil er denkt, ich schmiege mich an ihn.

»Und? Was gibt es hier so Neues?«, fragt Donovan und pafft seine Zigarre. »Außer, dass *ihr* jetzt hier seid.« Er schaut dich und deinen Bruder an.

»Weiß nicht, erzähl du mal, was es Neues gibt.« Caden sieht gar nicht amüsiert aus – alles andere als das.

»Bei mir ist viel passiert in letzter Zeit. Ich hatte so viel Spaß«, sagt er und ext seinen Cognac. Ich werfe einen Blick zu euch und sehe, wie Cadens Wangenmuskel zuckt.

»Fuck«, flüsterst du. Irgendwas kannst du einfach nicht glauben.

»Was denn zum Beispiel?«, fragt Caden gepresst.

Er hebt eine Hand, als hätte er etwas Wichtiges zu verkünden. »Übrigens, bevor ich es vergesse. Das Allerwichtigste – *la Famiglia*.« Er macht eine ausladende Handbewegung. »Schönen Gruß von Ava, also eurer Schwester. Sie ist so traurig, ihr fehlt ihr so sehr.«

Caden greift nach deinem Unterarm, ohne dich anzusehen, weil du schon wieder aufstehen willst. Dein Blick ist sofort pechschwarz und du bist auf hundertachtzig.

Was ist mit Ava? Hat Donovan etwa was mit Ava? Denn wenn das so ist, ist sie verloren. Ich halte den Atem an und Dorian presst seinen Finger in meine Wirbelsäule, bis ich keuchend ausatme. Donovan wird natürlich sofort wie ein Löwe auf der Jagd auf mich aufmerksam.

Seine Augen sind so durchdringend und analysierend. »Alles in Ordnung, *Isabelle*?«

Ich nicke schluckend und bekomme als Belohnung einen Streicher über meinen Rücken.

»Das ist gut. Dir soll es immer gut gehen.« Beschwingt sieht er wieder euch an. Du kochst und Caden hat nicht ein einziges Mal den Blick von ihm genommen. »Zurück zu Ava. Sie wollte ja eigentlich mit mir mitkommen, aber …« Er pafft weiter an seiner Zigarre und knallt den Stapel Karten vor Caden. »Misch. Auf jeden Fall dachte ich mir, dass das hier kein Ort für sie ist, bedacht, wie ich bin. Ich konnte sie gerade so davon überzeugen, nicht herzukommen, aber wir wissen ja, wie das mit verliebten Mädchen ist. Sie machen die dümmsten Dinge.« Caden mischt mechanisch und starrt ihn tödlich an. Du, Carter, zuckst immer wieder nach oben, als wolltest du auf ihn losgehen und als würde dich irgendwas – wahrscheinlich Caden unter dem Tisch – zurückhalten.

»Wollt ihr wissen, wie es ihr geht? Ihr habt sie ja ewig nicht mehr gesehen.«

Carter, deine Augen sind immer noch so ungläubig, als würde er chinesisch sprechen. Deine Muskeln zucken, deine Finger mit den schweren Ringen trommeln angespannt auf dem Tisch. Du hast dein Kinn in eine Hand gepresst und streichst immer wieder darüber, während dein Fuß immer schneller wippt und deine Augen stets zu deinem Bruder huschen.

»Ich erzähle es euch einfach mal. Sie ist sehr weiblich und hübsch geworden. Jeder will sie vögeln. Ich komme kaum hinterher, alle zu beseitigen, die ihr auf den Arsch schauen oder auf die Titten, wenn sie durch die Nachbarschaft läuft. Sie ist nur ein bisschen sehr verschüchtert und verängstigt von mir. Verstehe ich gar nicht. Ich war in der Tat sehr sanft zu ihr die letzten zwei Jahre. Und jetzt ist sie wie ein kleines Reh. Das kennst du ja, Caden, diese süßen kleinen Bambis mit ihren unschuldigen Augen, aber die sind ja im Bett bekanntlich die wildesten Tiger. Kann ich so bestätigen.« Er sieht sinnierend an die Decke. »Ava hat so viel gelernt. Es ist mir echt schwergefallen, sie zurückzulassen. Wer weiß, vielleicht hole ich sie ja doch zurück. Ein Mann hat Bedürfnisse, vor allem ich. Und wenn man schon mal jemanden hat, der über zwei Jahre so perfekt auf einen getrimmt wurde, so ein perfektes Kunstwerk …« Nachdenklich pafft er seine Zigarre. Ich verstehe langsam und sehe vorsichtig zu euch rüber, befürchte das Schlimmste. Und mir wird wirklich, wirklich schlecht.

Caden verteilt wütend die Karten und versucht gleichzeitig, wie ich an den leichten Bewegungen sehen kann, dich zurückzuhalten. Du bist kurz davor, durchzudrehen, und ziehst eine Line. Schon wieder. Fuck, Carter.

»Du hast meine Schwester gefickt?«, vergewissert sich Caden mit einer eindeutigen Drohung im Blick.

Donovan schweigt lächelnd und greift nach seinen Karten. »Ein guter Spieler verrät nie seine Trümpfe.«

»Du …«, zischst du und willst ihn beleidigen, bekommst aber einen Tritt von Caden und schließt den Mund wieder.

»Aaah, mein Bruder ist der beste Spieler, den ich je getroffen habe«, ruft Dorian und schmeißt seinen Arm über die Rückenlehne, wie du es getan hast.

»Das glaube ich. Das mit dem Pokerface hat er gut drauf, oder?« Caden schnippt einen Chip auf den Tisch.

Donovan wendet sich an mich. Meine Seite prickelt, wenn er mich ansieht. »Schieb so viele in die Mitte, wie du willst, *Tesoro*.« Ich schiebe mit Zeige- und Mittelfinger jeweils einen Chip in die Mitte und nähere mich gefährlich deinen trommelnden, nervösen Fingern. Oh Baby, du musst dich besser beherrschen.

Dann ziehe ich schnell meine Hand zurück.

»So bescheiden. Das habe ich immer an dir gemocht.«

Dorian presst mich mit dem Unterarm an meinem Bauch fest gegen sich und ich spüre unter meinem

Hintern, dass er hart ist. Oh nein, ich habe keine Lust, mit ihm zu schlafen. Gar nicht.

»Pokerface ist das A und O, nicht wahr, Caden?«, fragt Donovan an Caden gewandt.

»Carter, du bist dran«, sagt Caden und lässt einen Chip zwischen seinem Zeige- und Mittelfinger wirbeln. Du knallst aggressiv deine Chips auf den Tisch, dann ist Caden dran.

Er schnippt den Chip mit dem Daumen in die Mitte. »Spiel«, fordert Caden an Donovan gewandt.

Und der sieht wieder mich an.

Diesmal schiebe ich drei Chips und er lächelt mich an. »Deine Finger haben mir schon immer Glück gebracht.« Ich habe Mühe, meine Augen nicht aufzureißen und weder Dorian noch dich anzusehen.

»Jedenfalls! Wenn Ava hier auftaucht, dann sollte ich sie mit offenen Armen empfangen. Oder was sagt ihr?«

»Spiel, Carter«, knurrt Caden. Du knallst drei Chips in die Mitte.

Donovans Augen fahren wieder zu mir. »*Isabelle*, was sagst du dazu? Wie würdest du an meiner Stelle reagieren, wenn sie hier auftaucht? Sie liebt mich total und ist mir so verfallen.« Seine Stimme wird dunkler. »Und ich kann sie doch nicht im Regen stehen lassen, oder?«

Ich schlucke trocken und sehe zu Dorian.

»Antworte«, befiehlt er locker und rau.

»Ich würde sie nach Hause schicken, Donovan.« Es ist das erste Mal, dass mir heute Abend wirklich erlaubt wird, etwas zu sagen. Ihn direkt anzusprechen, nach all der Zeit, fühlt sich komisch an. Er hat seinen Undercoverjob jetzt schon ein paar Jahre, aber wirklich aus der Villa ausgezogen ist er, als ich damals weggelaufen bin. So habe ich es mitbekommen. »Sie hat hier nichts verloren.«

Donovan legt den Kopf schief. »Kennst du sie etwa? Ava Rush?« Du wirst total steif. Caden lässt sein Gesicht in eine Hand sinken und reibt sich mit zwei Fingern über die Augen. Ich weiß, dass er mich gerade verflucht.

Dann sehe ich wieder zu Dorian und er deutet mir, dass ich antworten darf. Ich hasse es.

»Natürlich kenne ich sie nicht«, sage ich mit meiner unschuldigsten Stimme, meiner Kirchenstimme. »Woher sollte ich sie denn kennen?«

Jetzt sinkt er tiefer in den Stuhl. »Ich habe gehört, du warst viel auf Reisen. Wo warst du denn so? Erzähl doch mal!«

Ich bleibe gefasst, er kann mich nicht ficken. Außerdem bin ich den Umgang mit den Beiden schon seit Kindesbeinen gewohnt und weiß, was ich Donovan insgeheim bedeute und wie sehr ihn mein Fortgang gefickt hat. Aber er war selbst schuld, dass es so weit gekommen ist. Ich sehe zu Dorian, denn er liebt es, wenn ich ihn immer so unsicher anblicke und er darüber bestimmen darf, wann ich rede. Er ist so ein dummes Schwein. Ernsthaft.

Als er abgewunken hat, schaue ich wieder zu Donovan. »Donovan, du warst so lange weg. Erzähl doch mal, wo du überall warst.« Ich lehne mich nach vorn. Dorian hält mich an den Hüften, als ich einen Ellbogen aufstütze und mein Kinn auf meine Faust platziere. Ich habe, was ich wollte: Ablenkung von Ava. *Bevor du noch durchdrehst.* Seine Augen rutschen natürlich auf meine Brüste, das haben sie schon immer getan, wenn ich es wollte. Er war mir schon immer verfallen, wie ich ihm auch einmal ...

»Wer ist überhaupt Ava? Wieso redest du so viel über sie? Ist sie besonders für dich? Ich meine, hier gibt es so viele Frauen. Du kannst sie alle haben. Aber du redest immer nur von ihr. Seit zwei Jahren schon? So lange läuft das? Du und eine Frau – zwei Jahre lang? Sie muss ja wirklich besonders sein!« *So wie ich es mal war.*

Er stützt sich auch auf eine Faust und lächelt mich anzüglich an. Für dieses Lächeln hätte ich mal jeden gekillt. »Wäre das ein Problem für dich?« Ich lasse mich zurück gegen Dorians Brust sinken und er umfängt mich mit beiden Armen. Er kennt es schon, dass sein Bruder mich in einer Tour anmacht, und es stört ihn nicht. Ist ja Familie. Und er hat keine Ahnung, wie weit diese Anmachen wirklich gereicht haben. Damals.

»Für mich?« Ich tippe mit zwei Fingern gegen mein Dekolleté und schiebe sie zwischen meinen Brüsten nach unten. Donovan zieht einen Mundwinkel hoch. »Nein, für mich nicht. Aber sicher für all die anderen Frauen, die sich jetzt die Augen ausheulen.«

Ich bin so froh, dass er euch nicht mehr anvisiert, bevor du noch eine Waffe an seinen Kopf hältst und dafür eine Kugel in deinen bekommst.

»Oh nein, die anderen will ich nicht, *Tesoro*. Die interessieren mich nicht.«

Dorian platziert eine Hand zwischen meine Knie, wie vorhin, und hebt eine Braue. »Und die, die du willst, kriegst du nicht«, sagt er zu seinem Bruder.

»*Dann* habe ich ja noch Ava. Also nicht jetzt, aber sicher bald.«

»Seid ihr jetzt fertig?«, fragt Caden angepisst in Donovans Richtung.

»Das ist eine Familienwiedervereinigung. Wir sind noch lange nicht fertig«, antwortet er. Ich sehe zu Dorian und flüstere in sein Ohr: »Ich muss auf die Toilette.«

Er wirft einen Blick auf seine Breitling. »Fünf Minuten. Geh.« Endlich lässt er mich los und ich kann wieder atmen, als ich an dir vorbeihusche, weil ich dein wütendes Gesicht nicht sehen will, und zu den Toiletten gehe.

Fuck.

26. A, B oder C?

Carter

Ich bin so angepisst, Isabelle. Ich kann nicht glauben, was hier gerade passiert. Es ist wie in einem schlechten, fucking Film. Donovan Wild, der Kollege meines Vaters, ist der Bruder von Dorian, dem guten alten *Dorian. Er ist ein de Luca* und fickt meine Schwester. Seit zwei Jahren. Ich weiß gar nicht, auf wen ich angepisster sein soll. Auf Donovan oder Caden, weil mir sofort klar wird, dass Caden das mit Ava wusste und mir nichts gesagt hat.

»Geh an die Luft eine rauchen, Bro«, meint Caden und tippt sich mit dem Zeigefinger gegen die Unterlippe, sein Ellbogen ruht auf dem Tisch. Mein Blick sagt ihm: *Ich bring dich um*. Und seiner: *Jetzt nicht.*

Dann stoße ich mich mit einem Ruck ab und verlasse dieses verfickte Zimmer. Bevor ich noch was tue, was uns allen den Arsch kostet. Ich bin so sauer. Mit beiden Händen stoße ich wütend die Flügeltüren auf, sodass sie gegen die Wände krachen, und scheiße darauf, eine zu rauchen. Ich brauche jetzt was anderes.

Ich gehe zu den Toiletten, denn ich weiß, dass du dort bist. Weil du nicht mehr konntest. Ich habe es bis zu mir gespürt und ich hasse es, wie dieser Mistkerl mit dir umgeht. Keine Ahnung, wen von den beiden ich als Erstes umbringen werde. Und was war da zwischen Donovan und dir? Da war doch irgendwas, oder?

Es ist nicht abgesperrt, was ich hinter mir erledige. Ich sehe dich vor dem Spiegel stehen, die Hände aufs Waschbecken gestützt, den Kopf gesenkt. Du hebst ihn, als ich eintrete und wir schauen uns ein paar Sekunden über die Spiegelung an. Dann hält mich nichts mehr. Ich weiß, dass du gerade viel Scheiße durchlebst, aber ich kann mich nicht dazu durchringen, auch nur ansatzweise sanft und vorsichtig zu sein. Oder über irgendwas zu reden. Nicht jetzt.

Mit drei Schritten bin ich bei dir, packe dein Gesicht und küsse dich. Du krallst deine kleinen Hände an meine Handgelenke und keuchst, als du gegen das Waschbecken krachst. Der Kuss wird stürmischer, doch wir haben keine Zeit.

Du hauchst an meinen Lippen zittrig: »Ich hab nur noch vier Minuten, Carter.« In mir zieht sich alles zusammen. Ich hasse es, Isabelle.

Ich öffne meine Hose. »Mehr brauchen wir nicht.« Dann setze ich dich aufs Waschbecken, schiebe deinen Slip zur Seite, bevor ich hart in dich stoße und du stöhnend den Kopf nach hinten fallen lässt. Du wimmerst, als ich mich noch mal in dich schiebe, und ich weiß, dass es wegen deiner Rippen ist, also zwinge ich mich, aufzuhören.

Aber du keuchst atemlos: »Mach weiter, Carter.«

Mit einem tiefen Stöhnen tue ich dir und mir den Gefallen, halte mich neben deinem Körper am Waschbeckenrand fest, während du dich an mein Gesicht klammerst. Ein Bein hast du um meine Hüfte geschlungen und dein Absatz bohrt sich in meinen Schenkel.

»Fuck, Baby«, flüstere ich an deinem Mund. »Ich bringe ihn um. Ich kann das nicht mehr lange mit ansehen.«

Du senkst den Kopf, sodass meine Lippen an deiner Stirn verbleiben, während ich weiter hart in dich stoße. Ich fühle mich wie getrieben.

Du suchst wieder meine Lippen, küsst mich einfach, und ich beruhige mich innerlich etwas, denn du fühlst dich so gut an. Ich kann den Orgasmus nicht zurückhalten und stoppe wieder, weil du noch nicht so weit wegen deiner Schmerzen bist.

»Baby, lass dich gehen«, flüsterst du an meinem Mund und selbst, wenn ich wollte, könnte ich es nicht mehr zurückhalten. Als ich das nächste Mal in dich stoße, komme ich, packe dich an deinem Arsch und drücke dich mir entgegen. Meine Stirn fällt gegen deine Schulter und ich presse meine Lippen an deine Haut, wo du so verfickt gut riechst. Du hältst mich fest umklammert. Ich weiß, dass du nicht dorthin zurückwillst.

»Dreißig Sekunden«, wisperst du atemlos in mein Haar. Oh Gott, ich hasse es. Aber ich ziehe mich aus dir zurück und schließe meine Hose, bevor ich deinen Slip richte und dich sanft vom Waschbecken hebe.

Du siehst mir in die Augen, dein Hintern ist noch gegen das Waschbecken gelehnt, und ich blicke in deine. Ich weiß, was du mir sagen willst, also nicke ich, damit du gehst, sonst lasse ich dich nicht mehr. Du huschst an mir vorbei und bist weg.

Fuck.

Ich wasche mein Gesicht mit eiskaltem Wasser, richte mein Hemd und ziehe eine Nase, bevor ich nach draußen gehe, um wirklich eine zu rauchen. Noch kann ich nicht zurück, denn ich will nicht, dass du noch mehr Probleme kriegst.

Die Sommernachtluft ist warm und die Grillen zirpen. Überall im Boden leuchten die dort eingelassenen Strahler in einem warmen Orange. Akazien, durch die der Wind rauscht, säumen die Einfahrt. Man denkt wirklich, man wäre in Italien, wenn es so heiß ist und das Wasser des Engels-Brunnens im Hintergrund leise plätschert. Es ist absolut still, was nicht oft passiert. Langsam lasse ich mich auf die Stufen sinken und ziehe tief an meiner Kippe. Dabei versuche ich, mit dieser ganzen Scheiße klarzukommen.

Fuck.

Donovan Wild ist eigentlich Donovan de Luca. Das bedeutet, er hat meinen Vater über Jahre verarscht, was wiederum bedeutet, er hat sicher einiges gedreht, was er nicht durfte und als Maulwurf beim FBI gearbeitet. Er hat meinen *Vater verarscht*. Ich hasse den Gedanken, dass jemand meinen Vater verarscht, der nicht ich oder Caden ist. Und dass es niemand wusste – nicht mal der Überdad. Wie raffiniert müssen sie vorgegangen sein?

Ich lasse meinen Nacken knacken und ziehe wieder an meiner Kippe. Der dichte Rauch verschwindet in die Nacht. Ich höre ein lautes Lachen und Poltern von drinnen. Vielleicht fickt irgendjemand irgendwo eine Nutte und irgendwas ist zu Bruch gegangen.

In diesem Haus wird immer irgendwo gefickt.

Außerdem hat dieser Bastard meine *Schwester* gefickt. Über Jahre. Als ich mit ihr am Tisch saß und dachte, sie ist ach so unschuldig. Ich kann es einfach nicht fassen. Wie konnte das unseren Eltern nicht auffallen? Der Typ ist älter als sie und so abgefuckt.

Ich lasse meinen Kopf in die Hand, in der ich die Zigarette halte, fallen. Ernsthaft, ich will nicht wissen, was dieser verdammte Bastard mit Ava … Fuck. Am liebsten würde ich sie anrufen, aber ich tue es nicht. Es wäre nicht gut. Ich darf keinen Kontakt zu meiner Familie haben. Scheiße, was ist das?

Und Caden wusste es ganz sicher, zumindest das mit Ava. Ich habe es ihm angesehen. Er hat nichts dagegen unternommen und mir ist klar, wieso. Ich kenne ihn. Er wollte was gegen sie in der Hand haben, falls er es mal braucht. Das war für ihn das Wichtigste. So ist er eben. Als ich meine Zigarette bis zum Filter runtergeraucht habe, stehe ich auf und gehe rein. Je länger ich allein bin, desto mehr steigere ich mich rein, und keiner hier will, dass ich mich zu sehr aufrege, weil sonst dieses Haus brennt.

Ich trete wieder in den Salon und erfasse die Situation am Tisch. Zuerst sehe ich nach dir. Du stehst wieder hinter ihm und siehst so müde aus. Deine Haare sind ein bisschen zerzaust und der Lippenstift halb weggeküsst. Ich habe Gott sei Dank mein Gesicht gewaschen, auch wenn ich dabei nicht an den Lippenstift dachte, aber zur Sicherheit wische ich mir noch mal über den Mund. Dorian hängt in seinem Stuhl. Er ist runtergerutscht und spielt mit den Chips vor sich. Caden tut das Gleiche und hält in der anderen Hand eine qualmende Zigarette. Donovan liebt es, dich abzuchecken. Immer wieder zwischendurch. Obwohl sich Dorian wie ein Wachhund bei allen anderen benimmt, lässt er ihn und beachtet es gar nicht.

Mein Bruder sieht mich an, als ich reinkomme. Sein Blick fragt: *Geht es dir jetzt besser?*

Ich lasse meinen Nacken knacken, bevor ich mich setze und nach dem Glas greife, das mir in meiner

Abwesenheit hingestellt wurde. Ich exe den Inhalt und knalle es auf den Tisch.

»Wir haben uns gerade darüber unterhalten, welche Frau uns so richtig mal den Kopf weggefickt hat«, sagt Caden trocken. Er kann einfach nicht aufhören.

Ich schaue jetzt lieber nicht zu dir.

»Das war bei uns beiden wohl dieselbe. Alayna«, antworte ich locker in seine Richtung. Seine Finger stocken kurz.

»Alayna«, wiederholt Donovan. »So ein schöner Name für so eine schöne Frau.« Ich frage mich, woher Donovan de Luca weiß, wie Alayna aussieht. Cadens Blick schießt herum und sticht ihn förmlich auf.

»Sie hat einen *echt* hübschen Hintern«, sinniert Donovan und trinkt einen Schluck. »Da kann man nur zugreifen!«

Ich spüre, wie mein Bruder sich immer mehr anspannt und in mir brodelt es, denn ich mag es nach wie vor nicht, wenn jemand sie so ansieht oder so von ihr spricht. Auch wenn ich einen Hass auf sie habe, das mag ich nicht. Gar nicht. Überhaupt nicht.

»Und dann erst diese Augen. Sind sie grün? Sind sie braun? Wenn sie weint, sind sie eher grün«, sinniert er weiter.

Jetzt bin ich es, der meinem Bruder auf den Fuß tritt, als er sich aufrichten will und seine Hand zu der Waffe im Hosenbund gleitet, obwohl ich selbst aufstehen und ihm eine reinhauen will.

»Woher kennst du Alayna?«, frage ich gepresst.

»Das weißt du gar nicht?«, erkundigt er sich überrascht. »Soweit ich weiß, hat dein Bruder hier bei uns eine kleine Ratte, die ihn mit Informationen über eure Familie und alles Mögliche versorgt. Ich dachte, er hätte euch erzählt, wo Alayna jetzt ist. Hat er nicht? Oder weiß er es vielleicht noch gar nicht?«

»Wo. Ist. Sie?«, knurrt Caden. Ich muss erst mal verarbeiten, dass dieser Pisser mir so viel verschwiegen hat. Richtig wichtige Dinge, die unsere Familie betreffen und SIE. Was zum Teufel geht hier vor?

»Also, ich erkläre es dir kurz, Carter. Du siehst so verwirrt aus, das ertrage ich nicht. Was hast du für einen Bruder? Meiner erzählt mir alles. Also wirklich alles.« Er zwinkert dir zu und ich will ihm die Zähne ausschlagen, weil er wahrscheinlich weiß, wie du nackt aussiehst und es sich in diesem Moment vorstellt. Ich balle meine Hände zu Fäusten und er blickt mich wieder an. »Na ja, kann nicht jeder so loyal sein. Ich weiß, dass DU ihm alles erzählst.« Caden explodiert gleich und ich beiße die Zähne zusammen. »Jedenfalls sollte ich *Alayna* heute zum Flughafen fahren. Kurze Randinfo: Sie war die ganze Zeit bei deinen Eltern und ihr ging es gut, Carter.« Ich kann es nicht glauben. Ehrlich nicht. Ich habe echt gedacht, sie wäre vielleicht schon tot oder wurde vergewaltigt oder sonst was, und dieser Ficker, den ich jetzt besser nicht ansehe, hat es nicht für nötig gehalten, mir das zu sagen? »Na ja, da dein Vater keine Zeit hatte, weil sie gerade eine große Wir-fangen-die-Mafiosi-Jagd beim FBI veranstalten, habe ich sie gefahren. Freundlich, wie ich bin. Sie sollte zum Flughafen, um nach Kentucky zu ihrem Daddy zu fliegen und ihr glückliches Leben in vollen Zügen zu genießen.« Ich spüre, wie mir schlecht wird. Kentucky? Ich wusste nicht mal, dass sie da war, und wieso? Wieso ist ihr Vater dort?

Ich habe gar kein gutes Gefühl und streiche mir wirr über das Gesicht, das kribbelt. Ich brauche schon wieder eine Line und schnippe meinen Ring auf. Es ist mir scheißegal, wie das irgendwer findet.

»Wo ist sie jetzt?«, fragt Caden erneut. Ich spanne mich an, weil ich weiß, dass die Antwort uns nicht gefallen wird, und mache mich auf das Schlimmste gefasst.

»Habt ihr schon mal eine Ratte in unseren Kreisen bestraft?« Er wendet sich an Dorian, der wie eine Katze vor dem Mauseloch sitzt und die Show genießt. »Hatten sie schon das Vergnügen?«

Dorian hebt die Brauen und nickt. »Mehrmals.«

Ich bekomme keine Luft mehr, wenn ich mir vorstelle, dass sie mit ihr getan haben, was wir so mit Ratten tun. Was ich auch schon so oft mit Verrätern gemacht habe.

»Sie hat alles erzählt, was sie wusste. Einfach alles. Mason und Keaton Rush wissen genauestens Bescheid, und so ungern ich es auch zugebe, die beiden will ich nicht unterschätzen.« Mein Bruder pumpt unter dem Tisch mit einer Faust, sobald diese Namen fallen, aber sein Gesicht ist unbewegt.

»WO IST SIE?«, belle ich jetzt, weil Caden wie gelähmt scheint.

Donovan stützt sein Kinn auf eine geballte Faust. Ich will ihn packen und ihm seine eigene Faust direkt ins Nasenbein rammen, bis in sein Hirn.

»A«, fängt er an. »Sie liegt mit durchgeschnittener Kehle und abgeschnittener Zunge in einem Wald und wurde entsorgt.« Wir beide spannen uns an und mein Herz setzt aus, ich will mir das nicht vorstellen. Ich kann nicht. Dabei denke ich an damals, als Caden mir bei einem Test in der Schule geholfen und mir gesagt hat: *Wenn du dir nicht sicher bist, kreuze einfach B an, das stimmt meistens.*

»B: Sie ist in einem Keller und hat ganz viel Spaß dort.«

Fuck, bitte nicht B. Fuck. Ich kann nicht denken, mein Gehirn ist wie in Watte gehüllt.

»Oder Möglichkeit C: Sie wurde verkauft und ist jetzt nach Marokko unterwegs. Die Araber stehen auf hübsche, weiße Mädchen mit hübschen, runden Ärschen.«

Caden und ich bewegen uns nicht und sind beide erstarrt – er noch mehr als ich. Wenn sich jetzt einer von uns bewegt, passiert etwas sehr, sehr Schlechtes und wir werden sehr, sehr tot enden. Das erste Mal, seit ich hier bin, will ich das nicht.

Fuck!

Keine von den Möglichkeiten gefällt mir. Wenn er sie wirklich verkauft hat, werden Caden und ich nach

Marokko reisen und sie suchen müssen. Wahrscheinlich irgendein Scheich, überlege ich und gehe die Liste unserer Kunden durch, die ich beim Buchhalter gesehen habe, und die mir gar nicht gefällt. Nur gewalttätige, perverse Irre.

»Was denkt ihr? A, B, oder C? Wer richtig rät, bekommt eine Überraschung, und wer falsch rät, eine Strafe. Ihr müsst die Antworten gleichzeitig sagen. Auf drei.« Er grinst Caden an. »Eins … zwei … Los!« Unsere Zungen sind taub, wir reagieren beide nicht, starren ihn nur an. Es amüsiert Dorian sehr, wie ich im Augenwinkel sehe. Er hat seinen Kopf an deine Hüfte gelehnt und beobachtet uns grinsend wie eine Katze, die die verfickte Maus gefressen hat.

»Aaah, ihr seid heute wohl im Gegensatz zu sonst nicht so in der Spiellaune, hm?« Donovan sieht von mir zu Caden. »Ich dachte, es wäre so lustig mit euch. Na ja, ich will mal nicht so sein. Ich sage es euch!« Der Pisser beugt sich verschwörerisch zu uns rüber und ich bin versucht, ihm die Faust direkt in die Fresse zu schieben. Auch Cadens Arm zuckt. Aber wir reißen uns erstaunlicherweise zusammen.

»Es ist B«, wispert er kaum hörbar und wirft sich tief ausatmend in seinen Sitz zurück, total zufrieden, als hätte er endlich alles gesagt, was ihn schon lange beschäftigt hat.

Caden entspannt sich plötzlich und ich sehe ihn an, als hätte er seinen Verstand verloren. Ich frage mich, was es da zu entspannen gibt. Ist er bescheuert?

Donovan hat gerade nicht nur zugegeben, dass er unsere Schwester fickt, sondern auch die Frau, die Caden angeblich liebt, irgendwo eingesperrt hat. Ich sehe es gerade. Das muss Liebe sein. Ich wäre sofort losgestürmt und hätte dich gesucht.

Bei dem Gedanken erstarre ich und blinzle ein paarmal. What the fuck?

Langsam sehe ich zu dir rüber. Du siehst mich auch mit schief gelegtem Kopf und ein bisschen mitleidig an und in mir zieht sich alles zusammen.

Fuck.

Ich greife nach Cadens Glas und leere es in einem Zug.

»Okay«, sagt Caden locker und rutscht wieder nach unten. »Dann viel Spaß mit ihr. Versuch es von hinten, das liebt sie, und es ist so krass.« Er legt Zeigefinger und Daumen aneinander und deutet damit an, wie krass es mit ihr von hinten ist.

Ich starre ihn an, als wäre er geistesgestört, und er erwidert meinen Blick »Was, Bro?«, fragt er genervt. »Hat es dir etwa nicht gefallen, sie von hinten zu ficken – bei dem Arsch?« Aber seine Augen sagen: *Er lügt. Entspann dich und spiel mit.*

Mir fällt ein Stein vom Herzen, als ich es verstehe, und ich rutsche entspannter nach unten und lache auf. »Doch, voll, total. Wow«, murmle ich und deine Augen sehen mich warnend an. Meine hingegen sagen: *Entspann dich, Baby.*

Du siehst gar nicht entspannt aus. Das verstehe ich gar nicht. Wir hatten doch gerade so guten Sex – wie immer.

»Okay, danke für den Tipp. Ich werde es probieren und ich richte ihr aus, wie wenig euch das interessiert, obwohl sie wegen euch in dieser Scheiße steckt.«

»Okay, mach das. Können wir dann jetzt weiterspielen?«, fragt Caden genervt und nimmt seine Karten wieder vom Tisch.

Donovan findet das alles viel zu amüsant.

Ich sehe es in seinen Augen.

Und ich sehe ebenfalls in seinen Augen, dass er weiß, dass wir zwei ficken.

Das wird noch Probleme geben. Jede. Menge. Fucking. Probleme. Isabelle.

27. Du gehörst mir, Isabelle

Carter

Ich habe Caden gehen lassen, obwohl ich ihn gegen die Wand pressen und fertigmachen wollte, weil er mir all das verschwiegen hat. Aber er hat so sehr gebrodelt, dass ich mal der selten Vernünftige war. Als er nach dem Spiel den Stuhl hart zurückgeschoben hat und gegangen ist, habe ich ihn gelassen. Morgen knöpfe ich ihn mir vor. Für heute bin ich bedient. Ich habe mir noch ein paar Lines gezogen, so viele, dass mein Herz gar nicht mehr aufgehört hat zu rasen. Es flatterte regelrecht, aber dafür fühle ich nicht mehr diese Wucht an Emotionen, die mich vorhin überkommen haben.

Ich liege in meinem Bett in der Villa, weil ich ja immer noch dein Bodyguard bin. Außerdem will ich momentan gar nicht in Cadens und meinem Apartment über den Dächern Chicagos wohnen, denn ich fühle mich hier viel mehr zu Hause. Auch wenn durch seine Abwesenheit immer was fehlt. Zurzeit sind wir ohnehin nicht die beste Gesellschaft füreinander und das hätte ich damals nie gedacht.

Die Musik dröhnt aus meinen Boxen und ich liege in völliger Dunkelheit. Nur der Mond und die Laternen um die Villa erleuchten das große Zimmer. Ich habe mich bis auf die Shorts ausgezogen und bin hellwach. Garantiert werde ich die Nacht kein Auge zumachen. Es ist acht Minuten vor drei und ich weiß, dass Dorian noch mit Donovan, diesem Hurensohn, und ein paar anderen unterwegs ist. Er wollte, dass ich mitkomme, aber ich kann Donovans Gesicht gerade nicht sehen. Wenn ich zu viel trinke, werde ich aggressiv und dann bringe ich ihn um. Einfach so. Das wäre nicht gut, wie du wahrscheinlich weißt, Isabelle. Ich hasse es, dass er dich *Tesoro* nennt. Was soll das? Du bist kein *Tesoro*. Du bist meine Prinzessin. Wieso macht dieser Wichser dich eigentlich an und was hat er mit seiner Bemerkung gemeint? Hattet ihr mal was? Ich weiß nicht, was ich mit ihm machen soll, wenn es so ist.

Ich würde so gern zu Hause anrufen, um rauszufinden, wie es meiner kleinen Schwester geht, aber ich tue es nicht. Niemals wieder. Das ist eines der Prinzipien, die ich an diesem prinzipienlosen Ort habe. Ich gefährde nicht meine Familie, zumindest alle außer fucking Caden, weil der selbst auf sich aufpassen kann.

Meine Tür öffnet sich. Isabelle, wieso? Wieso öffnet sie sich jetzt? Wieso kommst du jetzt hierher? Wieso habe ich nicht abgesperrt? Wieso bist du so lebensmüde? Und wieso bist du so schön?

Du schiebst dich lautlos durch einen kleinen Spalt und schließt hinter dir ab. Dein weißes seidiges Nachthemd mit dünnen Trägern und Spitze am Saum leuchtet in der Dunkelheit. Deine Haare sind offen, wie ich sie am meisten liebe, und deine gebräunte Haut wird durch den hellen Stoff hervorgehoben.

Du kommst barfuß auf mein Bett zu. An deinem Knöchel baumelt eine goldene, kleine Kette, genau wie die um deinen Hals. Du hast den Ring abgezogen. Ich liebe das ein bisschen.

»Ich hab dir doch gesagt, du sollst nicht herkommen«, sage ich und ziehe dich zu mir aufs Bett, sobald du in Reichweite bist.

»Ja, ich höre aber nicht auf dich«, murmelst du und setzt dich wie immer auf mich drauf.

»Irgendwann werden wir beide sterben wegen dieser Scheiße.«

Du lächelst mich an und deine grünen Augen funkeln im sanften Schein der Laternen. Mein Fenster steht offen und die warme Nachtluft lässt die weißen, durchsichtigen Vorhänge sanft wehen. Deine Hände streichen über meine Brust.

»Dann war es das wert.«

Ich muss ein bisschen grinsen und fahre über deine glatten Oberschenkel. »Der Sex mit mir ist also so gut, dass du dafür sterben würdest?«

Du lässt dich vorsichtig, wegen deiner Prellung, auf meinen Oberkörper sinken. Deine Lippen sind direkt an meinen und ich lege meine Hände auf deinen Arsch den du ein bisschen nach oben streckst.

»Sofort«, flüsterst du und küsst mich. Ich kann gar nichts mehr sagen, weil du wie der Himmel schmeckst. Meine Lider gleiten wie von selbst zu, als du deinen Kopf schief legst und den Kuss vertiefst. Meine Hände fahren von deinem Arsch aufwärts unter das Nachthemd und über deinen nackten Rücken. Ich ziehe es über deinen Kopf und schmeiße es beiseite. Ich liebe es, dass du nichts darunter trägst. Für mich.

Du wisperst: »Wir haben ungefähr drei Stunden.« Das sind die schönsten Worte, die du je zu mir gesagt hast. Du rutschst an meinem Körper hinab, deine warmen Lippen streichen über jeden Zentimeter Haut, den du erwischst. Ich berühre dich nicht und lasse dich einfach machen, als du an meinem Bauch mit deiner Zungenspitze verrückte Sachen tust, die mich fast in meine Boxershorts kommen lassen.

Fuck.

Du schaust zu mir hoch mit diesen Augen und diesem kleinen Lächeln und diesem Fick-mich-Blick, was mich schon damals um den Verstand gebracht hat. Deine linke Hand streicht an meinem Bauch nach oben. Ich nehme deine Fingerspitzen und küsse sie. Mit dir ist es leicht, so zu sein. Sanft und zärtlich – das war ich noch nie. Aber bei dir denke ich nicht mal darüber nach. Es ist einfach natürlich, und ich will meine Gedanken ausschalten, die mich sowieso nicht schlafen lassen. Deine Hand liegt auf meinem immer noch rasenden Herzen. Ich weiß nicht mehr, ob die Drogen der Auslöser sind oder du. Wahrscheinlich eher Letzteres, denn du ziehst langsam meine Boxershorts runter und küsst mich überall, nur nicht da. Ich beiße die Zähne aufeinander, aber als ich deinen warmen Mund an meinem Schwanz spüre, kann ich ein heiseres Stöhnen nicht mehr zurückhalten. Dafür genieße ich viel zu sehr, was du da tust. Ich bin bereits so kurz davor, dass ich dich wegdrücke und auf den Rücken drehe, bevor ich mich über dich beuge.

»Du hast erst noch einen gut«, murmle ich rau und halte deine Handgelenke links und rechts mit meinen Händen fest.

»Was denn?«, fragst du mit lustgetränkten Augen, umrahmt von langen Wimpern, und roten Wangen. Du bist so schön. Ich beuge mich an dein Ohr und streiche mit meinen Händen über deine. Du verschränkst deine Finger mit meinen.

»Einen Orgasmus, Prinzessin.« Damit küsse ich deinen Hals und drücke deine Hände fester ins Kissen. Ich küsse mich an deinem Hals hinab bis zu deinen perfekten Titten und dazwischen immer weiter runter über deinen Bauch und hasse diese verfärbte Haut über deinen sanft geschwungenen Rippen. Dort küsse ich dich besonders sanft und fahre mit den Händen deine Arme, deine Seiten hinab und packe dich an deiner schmalen Taille, bevor ich weiter nach unten gleite und deinen Venushügel anpuste. Du stöhnst und reckst mir dein Becken entgegen, doch ich drücke es wieder runter, was dich kichern lässt.

»Sei nicht so ungeduldig, Prinzessin«, raune ich fast an deiner Mitte, bevor ich mit meinen Bartstoppeln zart über deinen Venushügel streiche. Du reckst wieder dein Becken nach oben. Ich beiße dich sanft, sodass du kurz quiekst und ich heiser stöhnen muss, bevor ich dir meine Zunge gebe und du laut stöhnend den Kopf ins Kissen drückst und deine Beine ein bisschen weiter spreizt.

Fuck!

Es dauert nicht sehr lange, bis du explodierst. Ich stöhne, als ich unter meinem Mund spüre, wie dein Orgasmus dich überwältigt.

Mit meiner Geduld am Ende, schiebe ich mich nach oben und in derselben Bewegung bis zum Anschlag in dich, während du noch kommst. Du packst mich an den Oberarmen und wirfst den Kopf von links nach rechts – du bist so heiß, wenn du kommst. Ich bleibe ganz still, um deinen Orgasmus bis zum letzten Pulsieren zu genießen, fange erst dann an, mich zu bewegen. Dann sehe ich dich an, so wie du mich. Deine Hände streichen von meinen Armen zu meinen Schultern und ich senke den Kopf, als du dich in meinen Nacken krallst und von dort mit deinen magischen Fingern über meine Wirbelsäule streichst. Du schwingst deine Beine um meine Hüften und wimmerst ein bisschen, weil du Schmerzen hast. Normalerweise würde ich total drauf abfahren, aber bei dir kann ich es kaum ertragen.

Du willst mich einfach nur in dir und ich will einfach nur in dir sein. Ich liebe es, dass ich das jetzt drei Stunden lang sein kann.

Du bist mein Himmel, Isabelle.

* * *

Isabelle, wir haben zweieinhalb Stunden verrückten Sex gehabt. In allen Stellungen und auf allen Möbelstücken. Du hattest sieben Orgasmen und von mir will ich erst gar nicht anfangen. Jetzt sitzt du auf der Kommode, deren Fuß abgebrochen ist. Und ich stehe mit neben deinem Körper aufgestützten Händen zwischen deinen Beinen, den Kopf gesenkt, und glaube, ich krepiere gleich. Du auch, denn du bist schweißgebadet und hast den Kopf nach hinten fallen lassen. Deine Hände sind in meinem Haar.

»Ich glaube, ich sterbe gleich«, flüsterst du keuchend und heiser vom Schreien, obwohl ich dir den Mund zugehalten habe, du lebensmüdes Ding.

»Ich auch.« Ich packe dich und trage dich, wie du bist, zum Bett, wo ich dich vorsichtig hinlege und mich neben dich schmeiße. Du ziehst die Decke zwischen deine Beine und umklammerst sie, wobei sie sich auch über meine Hüften legt. Ich kann nach wie vor kaum atmen und leere fast eine ganze Wasserflasche, während du mich mit großen Augen anstarrst, dann den Rest trinkst und ich mir einen Joint anmache.

Ich bin so fertig, dass mein Hirn im Leerlauf ist, und total relaxt, wie seit Langem nicht mehr. Mein schwerer Atem beruhigt sich langsam. Mein Handrücken liegt auf meiner Stirn, der Joint qualmt zwischen meinen Fingern, und du bist so fuckingschön.

Deine feuchten Haare kleben überall an deinem Körper, deine Lippen sind geschwollen, deine Augen glänzen so befriedigt und deine Wangen sind rot.

Ich ziehe dich an mich, auch wenn ich so was eigentlich nicht tun wollte. Aber ich kann nicht widerstehen. Ich bin eben ein kleiner, schwacher Scheißer, wenn es um dich geht.

Du schmiegst dich an meine Seite und bist so warm und weich. Meine Fingerspitzen streichen ziellos über deinen oberen Rücken, während du dich in die Kuhle zwischen meiner Schulter und der Brust presst.

Ich spüre, dass du mich musterst.

»Was?«, frage ich, ohne dich anzusehen.

Du nimmst mir den Joint ab. »Woher kennst du Donovan?«, fällst du mit der Tür ins Haus, wie du nun einmal bist. Bei seinem Namen spanne ich mich wieder an und funkle dich an.

»Dasselbe wollte ich dich auch fragen.«

Du bleibst locker. »Ich bin mit ihm und Dorian aufgewachsen. Er ist sein Bruder. Und er hat mich entjungfert.«

Ich hebe meine Brauen. »Verarschst du mich gerade, Isabelle? Denn ich lache nicht.«

Du streichst einfach so über meine Lippen. Jeder anderen Bitch würde ich jetzt wahrscheinlich den Arm abreißen, wenn sie so was tun würde, nachdem sie mir diese Neuigkeiten eröffnet hat. »Ich sollte es mit Dorian haben und hatte die Befürchtung, dass es ein bisschen unschön werden könnte. Deshalb habe ich es erst mit Donovan gemacht. Er war rücksichtsvoller. Und … eine Weile hatten wir was, das ist alles.«

In mir kocht die Wut. Isabelle, das kannst du mir doch nicht einfach so sagen. Ich bin nicht Caden. »Eine Weile?« Ich raste gleich aus. »Rücksichtsvoller?«, wiederhole ich zwischen zusammengepressten Zähnen, und du grinst.

»Ja.« Du nickst. »Und du? Woher kennst du ihn?«, fragst du arglos, aber du weißt ganz genau, wie es in mir aussieht. Ich schubse dich von mir runter, drehe mich um und pinne dich mit der flachen Hand an der Brust in die Matratze. Meine Augen sind ernst in deine gerichtet.

»Rede noch einmal so fuckingfröhlich über einen Schwanz, der dich vor mir gefickt hat, und du wirst danach gar nicht mehr reden können.«

Du kicherst und wirst rot. Ich starre dich völlig fassungslos an. Andere Leute scheißen sich in die Hosen, wenn ich diesen Tonfall anwende. Wirklich! Sie scheißen sich in die Hosen. Und du lachst, Isabelle. Du lachst.

Was soll ich jetzt mit dir anstellen?

Du kicherst immer noch, bist knallrot und wedelst dir Luft zu. »Du bist so heiß, Carter. Ich kann nicht mehr. Bitte hör auf!« Du kannst nicht mehr vor Lachen.

Ich schüttle fassungslos den Kopf. »Fick dich, Isabelle.«

»Wir haben noch vierzig Minuten – mindestens. *Du* kannst *mich* ficken und ich beantworte dabei all deine Fragen.«

Mit verengten Augen mustere ich dich. Da ist doch was faul. Ich kann es nicht ganz glauben. Oder du bist wirklich die perfekte Frau?

Ohne weiter nachzudenken, schiebe ich mich mit meiner gesamten Länge in deine wunde Pussy und du keuchst, aber genießt es auch sichtlich.

»Also. Läuft da noch was?« Ich ziehe mich komplett aus dir zurück.

»Nein!« Deine Augen sind zusammengekniffen. »Er macht mich nur an und provoziert gerne. Das war's! Das mit uns ist schon lange vorbei.« Du wedelst mit der Hand, damit ich mich weiterbewege. Mir gefällt die Information nicht, dass er dich anmacht. Und ich weiß genau, dass du bei deiner Erzählung einiges ausgelassen hast. Ich merke es.

Ich drehe dich ruckartig auf den Bauch, packe dich am Nacken und drücke dich tief in die Matratze, bevor ich mich wieder in dich schiebe. Dann beuge ich mich über dein Ohr und knurre: »Du magst es, mich richtig wütend zu machen, oder Isabelle?.«

Du kicherst in die Kissen und stöhnst gleichzeitig. »Jaaaa.«

»Fuck«, flüstere ich. Ich ficke dich noch zweimal, bevor ich mich wieder zurückziehe, auch, wenn es mir immer schwerer fällt. »Du wirst ihm nie wieder deine Titten entgegenstrecken. Wieso hast du das gemacht? Ich hab gesehen, dass du ihn vor mir angemacht hast!«

»Ich wollte ihn von euch ablenken. Du weißt schon, warum«, keuchst du, hebst mir deinen Hintern entgegen und wackelst an meinem Schwanz mit ihm rum. Ich schiebe ruckartig die Hüften vor, sodass du schreist. Dann richte ich mich auf, packe deine Kehle und ziehe dich hoch, deinen Hinterkopf an meine Brust gepresst. Deine Haare kleben überall.

»Auch irgendwelche Fragen?«, sage ich in dein Ohr und ficke dich in einem konstanten Rhythmus. Du lässt den Hinterkopf gegen meine Schulter sinken und führst meine andere Hand an deine Brust.

»Woher kennst du ihn?«, flüsterst du heiser.

»Durch meinen Vater«, antworte ich. Du erschauerst, als mein Atem deinen Nacken streift. Mich turnt es nicht mal ab, über ihn zu reden, weil du es bist und ich gar nicht abgeturnt sein kann, wenn ich in dir bin. »Er ist sein FBI-Kollege.«

Du runzelst die Stirn, aber kannst nicht richtig folgen, weil du im Rausch bist.

»Noch Fragen?«, wispere ich und stoße einmal richtig hart in dich, nur damit ich höre, wie du schreist.

Ich streiche von deiner Brust zu deinem unteren Bauch und führe deine Beckenbewegungen, die Fingerspitzen auf deinem Venushügel. Du ziehst dich um mich herum zusammen und kommst fast.

Ich halte still, du fluchst auf Italienisch. Jetzt komme *ich* fast.

Langsam bewege ich mich weiter. »Also?«

Ich wandere mit meinen Fingern an deinem Hals an dein Kinn und fahre über deine Lippen, ziehe sie ein bisschen herunter. Du stöhnst wieder. Dein heißer Atem bricht sich an meiner Hand und du lässt deine Zunge gierig darüberstreichen. Jetzt bin ich es, der aufstöhnt. Fuck.

»Nein, keine Fragen«, hauchst du lusterfüllt. Und ich ficke dich härter.

»Ich will nicht, dass er dich so anfasst, wie ich es tue, Isabelle«, flüstere ich weiter und du presst mir deinen Arsch entgegen.

»Das kann er gar nicht«, keuchst du.

»Ich will nicht, dass er dich vor mir noch mal so behandelt.« Deine Hand greift von hinten in meinen Nacken und du krallst dich darin fest.

»Scheiß drauf, Carter.« Ich liebe es, wenn du meinen Namen beim Sex sagst.

»Ich will nicht, dass du bei ihm bist.«

Du antwortest nicht, weil du keine Lügnerin bist, und wir wissen beide, dass das nicht möglich ist.

»Du gehörst mir, Isabelle.«

»Das tue ich«, hauchst du und ziehst dich noch mal um mich herum zusammen. Ich kann mich nicht mehr beherrschen und komme tief in dir, während ich dich so fest halte, als würde mein Leben davon abhängen. Und irgendwie glaube ich, das tut es auch.

Fuck!

28. Wann hat dieser Wahnsinn angefangen, Keaton?

Caden

Ich stehe in unserem Apartment, was für mich auch immer noch Carter gehört, und hoffe, dass er irgendwann zur Besinnung kommt – auf den Boden der Tatsachen zurück, raus aus Isabelles Pussy. Da ich aber selbst weiß, wie süchtig diese machen kann, genau wie sie als Mensch mit ihrer Art, habe ich vorerst akzeptiert, wie es ist. Außerdem ist es mir gerade scheißegal.

Ich bin im Büro. Das schummrige Licht der Ecklampe scheint auf die vor mir aufgereihten Akten, die ich aus dem von mir zuvor gehackten FBI-Register geholt habe, sowie die Fotos an den Wänden, die durch Post-it und

Linien ein Bild ergeben, das nur ich verstehe. Ich habe die Hände auf dem schweren Schreibtisch aufgestützt und begutachte die einzelnen Gesichter, überlege, wo du sein könntest, während ich versuche, das Puzzle in meinem Kopf zusammenzusetzen. Dabei hätte ich niemals gedacht, dass es so laufen würde. Donovan DE LUCA muss ein verfickt intelligenter Wichser sein, wenn es weder Dad, der Überdad noch ich bemerkt habe, was für ein Scheißer er ist. Es gibt keine Mafia-Akte über ihn. Keine Mafia-Geburtsurkunde, nichts. Es ist, als würde es ihn in diesen Kreisen gar nicht geben. Aber ich weiß, wie es in diesen Kreisen läuft. Man hat ihn bedeckt gehalten, dann hat er sich eine neue Identität zugelegt, die viel zu echt ist, komplett nachvollziehbar, mit Schulabschlüssen, Urkunden, FBI-Akademieabschluss und allem, was dazugehört.

Mit einem leisen »Fuck« lasse ich den Kopf nach vorn hängen. Ich hasse dieses ganze Pack. Und die ganzen Geheimnisse, die ständig auf irgendeine Art rauskommen. Dieser Wichser fickt Ava und vielleicht auch dich. Ich wusste über meine Schwester Bescheid, aber ich dachte, es wäre nur eine Affäre, weil sie den Nervenkitzel genauso liebt wie wir alle in der Familie. Aber dass sie so tief drinsteckt und an einen de Luca geraten ist, ändert alles. Ich frage mich, ob und wie lange, vorausgesetzt dem ist so, sie schon über seine wahre Identität Bescheid weiß. Und wie viel von dem, was er heute Abend von sich gegeben hat, wahr ist. Ich erkenne einen Lügner normalerweise nach ein paar

Worten, aber ihm traue ich alles zu – er beherrscht dieses Spiel genauso gut wie ich. Weswegen ihm klar ist, auf was er achten muss. Fuck, wenn er dich wirklich hat, was macht er dann mit dir? Ich weiß, wie sie Frauen behandeln, und ich weiß, was sie mit Leuten machen, die Geheimnisse ausplaudern oder darüber reden, was sie da gesehen haben.

Scheiße, Alayna, das hättest du dir doch denken können. Wieso hast du mit Dad gesprochen? Wieso? Weil du so gutmütig und vertrauensvoll bist? Das wird dein Untergang sein.

Wie oft soll ich dich eigentlich noch aus der Scheiße stoßen, nur damit du wieder mit Anlauf reinspringst? Andererseits wäre das alles niemals passiert, wenn ich dich in dieser einen Nacht in der Bar nicht angesprochen hätte. Dann wärst du jetzt mit irgendeinem ganz normalen Typen zusammen, hättest eine kleine Wohnung in der Stadt und wärst irgendwo angestellt. Du würdest euch nach Feierabend was vom Chinesen mitnehmen, am Wochenende mit ihm Pizza machen und Kochshows angucken. Ihr hättet wahrscheinlich sogar einen Hund. Ansonsten würdest du im Garten rumliegen, um die Sonne zu genießen, und mit deinem Lachen jeden Raum fluten. Alles wäre so normal.

Ich trinke einen Schluck direkt aus der Cognacflasche. Langsam lässt mich mein Verstand im Stich, denn ich stehe hier schon seit zwei Stunden. Sonst komme ich perfekt allein klar, aber ich bin überfordert, weil der

Gedanke, was er mit dir machen könnte und was ich mit dir gemacht habe, mein Gehirn lahmlegt.

Ich muss mit jemandem sprechen, der mehr Erfahrung und Wissen hat als ich. Da ich jedoch niemanden in Gefahr bringen will, lasse ich mein Handy liegen, denn jeder bei uns wird getrackt – habe es schließlich selbst installiert. Sogar das Auto lasse ich stehen, denn auch das ist mit einem GPS-Sender versehen.

Ich ziehe meinen Hoodie sowie meine Lederjacke an und verlasse das Penthouse, während ich mir die Kapuze über den Kopf ziehe. Dann gehe ich die drei Blocks zum Taxistand, denn auch mit dem Handy ein Taxi zu rufen, ist zu riskant. Ich steige in das wartende Auto und sage dem Fahrer, wohin ich will.

An einen Ort, wo ich eigentlich nie wieder sein sollte.

* * *

Der Vorgarten gleicht einem Anzeigenbild in einer Zeitschrift für Gartenfreunde. Die Trauerweide weht sanft im leichten Wind hin und her, die Rosenbüsche blühen und duften, genau wie die bunten kleinen Blumen überall. Selbst die Blumenkästen sind bestückt. Der Rasen ist gemäht und die Hollywoodschaukel auf der weiß gestrichenen Veranda bewegt sich leicht hin und her. Das hier wirkt wie das Paradies. Ich sehe, wie Carter und ich hier als kleine Kinder Verstecken gespielt haben. Alles ist sauber und gepflegt, ganz anders als bei Mom und Dad. Ich habe es immer geliebt, hier zu sein, mit dem Überdad durch die Gegend zu ziehen, in Büchern zu lesen und Schach mit ihm zu spielen. Als ich ihn das erste Mal mit zwölf Jahren beim Schach geschlagen habe, habe ich etwas in seinen sonst undefinierbaren Augen gesehen, das nur sehr Wenige von ihm bekommen. Stolz.

Jetzt, zehn Jahre später, hat er sich sicher einen anderen Lebensweg für mich vorgestellt. Ich muss ihn so sehr enttäuscht haben, was ich noch mehr hasse, als meine eigene Mutter zu enttäuschen.

Ich muss nur einmal klingeln, auch wenn es fünf Uhr am Morgen ist. Die Lichter im Haus gehen sofort an. Mit dem Arm lehne ich im Türrahmen, denn ich bin total im Arsch und auch ziemlich betrunken, als er die Tür öffnet und mich ungläubig ansieht.

»Komm rein, aber schnell, bevor dich jemand sieht«, meint er und holt mich rein. Ich schlendere mit Schuhen, weil ich sogar zu fertig bin, sie auszuziehen, ins Wohnzimmer, setze mich auf das beigefarbene Sofa, stütze die Ellbogen auf die Knie und vergrabe den Kopf in den Händen, bevor ich durch meine Haare streiche.

Er zieht mir die Kapuze vom Kopf und stellt mir einen Cognac hin. Ich trinke ihn sofort auf ex und lehne mich dann zurück. Der Überdad sitzt auf dem Couchtisch vor mir und trägt nur eine Schlafhose. Unter müden schweren Lidern mustere ich ihn und er zieht eine Augenbraue hoch.

»Baby, wer ist das?«, höre ich die verschlafene Stimme oben. Mir wird ein bisschen warm ums Herz, aber nur, weil ich betrunken bin.

»Geh schlafen, Olivia!« Der Überdad ist mal wieder total charmant und sie grummelt irgendwas total Genervtes vor sich hin. Er sieht alles andere als erfreut aus und runzelt ein wenig die Stirn. Ich muss schief grinsen, obwohl mir danach eigentlich nicht ist.

Erst, als die Schlafzimmertür sich schließt, sieht er mich drängend an. »Also? Was ist jetzt?«

»Hmmm, du bist so sauer auf mich«, stelle ich fest und grinse immer noch.

»Wenn ich so sauer auf dich wäre, wärst du schon tot oder würdest im Knast sitzen. Also, wieso bist du hier?« Aah, mein Dad muss ihm erzählt haben, dass wir ihn beim Einsatz vor dem Club in Downtown getroffen haben.

»Ich hab da ein kleines Problem«, erkläre ich trocken und lallend. »Ihr habt einen Maulwurf beim FBI. Dieser Maulwurf hat Alayna und ich werde wahnsinnig, Keaton.«

Er starrt mich an und seine Augenbrauen schießen in die Höhe. »Wer soll das sein?«

»Donovan fucking Wild alias De LUCA und … Den kennst du, oder?« Ich hebe einen Zeigefinger und tippe ihm gegen die Brust. Vermutlich beißt er mir gleich den Finger ab. »Er fickt auch Ava seit zwei Jahren. Aber du darfst es niemals irgendwem verraten, sonst sterbe ich oder Carter.« Er sieht mich immer noch etwas erstaunt an, aber er weiß, dass ich keine Scheiße erzähle – nicht ihm.

»Fuck«, flucht er jetzt leise und streicht sich durch das Haar.

»Japp.« Ich halte ihm mein Glas hin, damit er mir nachschenkt, doch er nimmt einfach die Flasche, öffnet sie und trinkt selbst einen Schluck, bevor er sie mir gibt und ich es ihm gleichtue.

»Was heißt, er hat Alayna? Ich dachte, sie ist in Kentucky?«, fragt er und ich seufze schwer.

»Ja, das dachte ich auch. Dann kam der Penner und erzählte was von A, B oder fucking C. Alle Möglichkeiten waren Scheiße, doch er hat nicht gelogen, er hat sie wirklich. Ich weiß nur nicht, wo, und ich kann das gerade nicht allein, weil ich den Verstand verliere. Ich weiß nicht, wann genau der Wahnsinn angefangen hat, aber ich werde verrückt.« Das zu sagen ist für mich befremdlich und unangenehm.

»Ich weiß, wie du dich fühlst. Du hast deine Frau verloren und das verkraften wir Rushs nicht gut«, sagt er rau. Ich lasse den Kopf gegen die Lehne fallen und schließe die Augen, weil ich dein Gesicht sehe. »Es war dumm von dir, herzukommen, aber ich freue mich dass ich wenigstens einen von euch lebend sehen kann und nicht unter anderen Umständen.«

»Ich weiß nicht, was ich machen soll, dabei weiß ich das sonst immer. Ich bin so machtlos, ich hasse das. Ich kann nichts beeinflussen oder steuern oder manipulieren oder programmieren und hacken oder bewachen oder stalken. Ich kann nichts machen. Mir sind die Hände gebunden.« Ich schaue meine Hände an, meine Hände, die sonst immer alles konnten und sogar fast das Unmögliche wahr machten. Jetzt bist du ihnen entglitten, steckst in der Scheiße und ich kann dich nicht rausholen. Ich rolle meine Schultern und lasse meinen Nacken knacken, aber das hilft auch nicht mehr. »Ich wusste immer, was sie macht und wie es ihr geht, sogar, als sie in Kentucky war. Jetzt weiß ich nicht einmal mehr, ob sie noch atmet.«

»Sie atmet noch. Sie brauchen sie als Druckmittel gegen euch beide. Sie lieben Druckmittel.«

Ich lache trocken. »Sie ist Carter scheißegal, er fickt jetzt fröhlich Isabelle. Mit seinen neuen Bros hängt er in Bars ab und liebt sein Leben.«

Keaton lächelt mich ein bisschen an. »Sie *ist* ein Druckmittel für ihn, glaub mir. Und es ist ihm nicht egal. Er ist wie Mason, er ist wütend auf sie, weil sie ihm genauso entglitten ist – damals – wie dir jetzt, und er redet sich gerade jede Menge Dinge ein.«

»Er fickt die Verlobte von Dorian de Luca, während der ein paar Zimmer weiter ist. Weißt du, was passiert, wenn er erwischt wird? Weißt du das? Ich kann nicht immer auf ihn aufpassen. Er baut nur Scheiße, eine nach der anderen, schlägt sich mit Leuten, mit denen er sich nicht schlagen sollte; fickt Frauen, die er nicht ficken sollte; nimmt so übermäßig viel Drogen, dass ich gar nicht mehr weiß, wie er in normalem Zustand ist, und fuckt richtig ab. Allerdings merkt er davon nichts, denn er liebt es viel zu sehr. Ich kann nichts tun, außer zuzusehen, wie er in sein Verderben rennt. Schon wieder. In keinem Bereich schaffe ich es, irgendwas zu tun, ich bin so nutzlos … Fuck!« Ich setze die Flasche an meine Lippen an und trinke noch einen großen Schluck. »Er wird sterben, wenn er so weitermacht. Entweder er bringt sich selbst um, oder Dorian verpasst ihm eine Kugel, weil er seine Frau vögelt.«

Keaton genehmigt sich auch noch einen, bevor die Flasche komplett leer ist. Die Sonne geht bereits langsam auf und ich sollte eigentlich los, aber ich kann nicht. Hier ist alles so normal und ich fühle mich nicht so ausgeliefert. Außerdem würde ich echt gern auf die Pfannkuchen warten, die bald auf dem Esstisch stehen werden. Ich denke daran zurück, wie ich dich das erste Mal mit hierhergenommen habe und wie du dich mit Keaton angelegt hast. Wie einfach und unkompliziert da alles war. Da ging es nur darum, wer von uns beiden dich als Nächstes bekommt. Hätte ich Carter nur spätestens ab dem Zeitpunkt rausgehalten, denn da wurde es verrückt. Total verrückt. Jetzt ist jeder normale Wahnsinn überschritten und mein Leben ist ein einziges Chaos. Und ich hasse es, ich hasse Chaos.

»Ich werde nach ihr Ausschau halten, und wegen Donovan, verhalte dich möglichst unauffällig ihm gegenüber. Das werde ich auch tun. Warte …« Er verschwindet kurz die Treppe hoch und ich höre, wie er ins Arbeitszimmer geht. Kurz darauf kommt er zurück und gibt mir ein Wegwerfhandy. »Wenn was ist, egal was, ruf an«, meint er. Sein Blick sagt: *Du bist nicht allein, auch, wenn du das denkst.*

Ich schaue das Handy ein paar Sekunden an, stecke es dann mit einem leisen »Danke« ein, bevor ich weiter darüber nachdenken kann. »Wie geht's Mom und Dad?«, frage ich heiser, denn ich weiß, ich muss jetzt gleich los. Mein Magen zieht sich zusammen.

»Beschissen. Richtig, richtig beschissen. Ich weiß nicht mal, ob das ihre Ehe übersteht, weil es schon seit fast einem Jahr heftig bröckelt. Seit ihr weg seid.«

»Dad hat wieder seine Ausraster, oder?«

Er nickt.

Ich wäre so gern mit Carter daheim. Wir würden Mom beistehen und Dad mit dummen Sprüchen, die er eigentlich mag, ein bisschen runterbringen.

Ich hasse mein Leben.

Aber ich muss wieder los und schalte in meinen Modus.

»Also …«, sage ich ohne meinen normalen Elan. »Danke für das Plastikteil und die weisen Ratschläge, ich muss jetzt gehen.« Er lächelt schwach, aber in seinen Augen steht der Kummer wegen dem, was hier alles gerade passiert.

»Bitte«, erwidert er trocken und wir erheben uns gleichzeitig.

Ich gehe wortlos an ihm vorbei und verlasse das Haus ohne einen Blick zurück, weil ich es sonst gar nicht mehr schaffe. Aber ich spüre seine Augen auf mir, bis ich die Straße runtergelaufen und um die Ecke gebogen bin.

Fuck!

29. Finger weg, Caden!

Carter

Die Scheißsonne knallt ins Zimmer mitten in mein Gesicht, als ich die Augen öffne. Sofort weiß ich, du bist weg. Ich liege allein in dem verschissen großen Bett. Kurz nach unserem letzten epischen Mal bin ich eingeschlafen, allerdings warst du zu dem Zeitpunkt noch da. Ich mag es nicht, dass du dich zurück in sein Bett schleichen musst. Ich mag es überhaupt nicht, dass mein Bett nicht dein Bett ist und dass er dich wahrscheinlich noch mal gefickt hat, als er von seinem Bar-Trip nach Hause kam. Ja, eigentlich wollte ich solche Gedanken nicht zulassen, aber es war im Prinzip klar, dass ich wieder zu undiszipliniert bin und es nicht schaffe. Ich drehe mich auf den Bauch und strecke mich.

Schon lange habe ich nicht mehr so fucking gut geschlafen. Gähnend richte ich mich auf und taste nach meinem Handy – erst mal die Nachrichten checken.

Um fünf Uhr zwei hast du mir was geschickt, Isabelle, du Verrückte. Du weißt doch, wie gefährlich das mit den Scheißhandys ist, und solltest mir deshalb nicht einfach schreiben. Als ich die Nachricht öffne, bin ich nur noch verwirrt, denn da steht: *Ich hab es doch getan.* Nichts weiter. Ich überlege schon, welche Leiche ich verschwinden lassen muss, weil du wieder ausgeflippt bist.

WAS? Wo bist du? Was ist los?, frage ich total panisch und sitze stocksteif im Bett. Du schickst fast sofort mehrere verdammte Fuckinglachsmileys zurück.

Ich bin im Garten. Bin wundgefickt, das ist los. Und ich hab mich doch in dich verliebt, informierst du mich einfach so. Ich lege mein Handy schockiert ganz weit von mir weg. Am liebsten würde ich in den Garten rennen oder rausschauen, aber ich tue es nicht. Als es noch mal vibriert, springe ich auf und renne ins Badezimmer. Ich kann das jetzt nicht, Isabelle. Schließlich habe ich dir gesagt, dass du es nicht tun sollst. Verfickte Scheiße! Du heiratest in zwei Wochen! Wie stellst du dir die Scheiße vor?

Ich gehe in die Dusche und stehe ewig unter dem Wasserstrahl, ohne wirklich zu checken, was ich mache, bis mir einfällt, dass ich ja schon längst unten sein müsste. Also verlasse ich fluchend die Kabine und ziehe mich an. Schwarze Jeans, schwarzes Hemd, Waffe in den Bund. Die Haare lasse ich nass und schnappe mir noch das verdammte Handy. Schnell lösche ich den Chat, ohne nachzusehen, was du geschrieben hast, stecke meine Ringe an und den Geldbeutel ein, während ich überlege, wie ich damit umgehen soll. Ich habe keine Ahnung, echt nicht. Muss ich jetzt aufhören, dich zu ficken, damit du mich nicht mehr liebst? Und liebst du mich wirklich, oder liebst du einfach nur den Kick?

Unser Sex ist das Einzige, was mich gerade über Wasser hält und mich vergessen lässt, wie scheiße alles läuft – außer das mit dir. Und überhaupt, ich hatte genau den gleichen Mist mit Alayna und Melissa. Wird sich jetzt alles wiederholen? Werde ich alles verlieren? Verdammt, Isabelle, ich kann dich nicht verlieren!

Ich gehe die Treppe nach unten und schüttle meinen Kopf, um nicht darüber nachdenken zu müssen. Erst mal frühstücken. Also biege ich Richtung Küche ab, wo die Mädchen alles vorbereiten. Ich habe zwar nur fünf Stunden geschlafen, aber ich fühle mich so ausgeruht wie schon seit Monaten nicht mehr. Unten herrscht schon chaotisches Treiben, was mich total überfordert, weil ich noch ganz woanders mit meinem Kopf bin. Luca rennt brüllend durch das Haus und telefoniert. Ich hasse diesen Wichser. Wieso ist er einer der engsten Männer? Er ist ein Wichser. Und John steht vor dem Arbeitszimmer des *Bosses*, was bedeutet, dass da drin irgendwas Wichtiges passiert. Kaffeegeruch kriecht mir in die Nase. Ich knalle Luca meine Hand gegen den Hinterkopf, als er an mir vorbeigeht. Er schaut mich verwirrt funkelnd über seine Schulter an. »Schnauze, Bro! Es ist zehn Uhr morgens«, fahre ich ihn an und schubse ihn dann aus dem offen stehenden Vordereingang, damit er draußen seine Scheißgeschäfte erledigen kann. Dein Verlobter schlendert mir mit der Hand in der Hosentasche entgegen. Wieder kommt mir der Gedanke, dass er dich sicher noch mal gefickt hat, als er betrunken heimkam. Ich kann einfach nicht aufhören, mir das vorzustellen. Während er mit seinem Autoschlüssel spielt und meine Richtung ansteuert, lasse ich meinen Nacken knacken. Ich will doch nur in die Küche. Warum hält mich die ganze Zeit jemand auf?

»Oh Carter, du siehst richtig erholt aus heute.« Er schnippt mit dem Schlüsselbund.

Ich antworte nicht, sonst würde ich sagen: *Und du siehst richtig scheiße aus.* Er hat nämlich tiefe Ringe unter den Augen und seine Pupillen sind riesig.

»Heute kein Koks gefrühstückt?«, will er wissen. Mir fällt auf, dass es wahr ist. Ich habe gar nichts gezogen, weil du mich mit deiner Scheißnachricht so abgelenkt hast. Dafür hole ich das jetzt schnell nach und er schmunzelt. Als das beruhigende Brennen nachlässt, lasse ich noch mal meinen Nacken knacken und frage ihn direkt, weil um den heißen Brei reden nicht mein Ding ist. »Weißt du, wo Alayna ist?«

»Ich? Woher sollte ich es denn wissen?«, antwortet er so aalglatt, dass ich genau weiß, dass er mich anlügt. »Vielleicht weiß es ja mein Vater, oder du stellst dich mit

Donovan gut …« *Vorher friert die Hölle zu,* denke ich mir.

»Und? Was hast du gestern Nacht noch so gemacht?«, fragt Dorian. »Wieso bist du nicht mitgekommen? Wir hatten so viel Spaß in meinem neuen Stripschuppen.«

»Ich hab doch hier genug Nutten, was soll ich in einem Stripschuppen?«

»Und was *hast* du gemacht?«, bohrt er weiter. Ich schaue sehnsüchtig zum Frühstückstisch, wo die meisten schon versammelt sind, weil ich viel zu spät bin.

»Was man halt so macht in der Nacht … Schlafen, Musik hören, kiffen …« *Deine Verlobte vögeln, hart, drei Stunden lang* … Ich merke, dass ich anfange, zu grinsen.

»Scheint ja guter Stoff gewesen zu sein, den du geraucht hast, wenn er dich so glücklich macht.«

»Oh ja, der Stoff war exquisit. Darf ich jetzt frühstücken?«

Er tritt mit einem »Klar« einen Schritt zur Seite und ich gehe zum Tisch, doch kurz darauf sagt er noch: »Übrigens gehst du heute Geld eintreiben. Dein Bruder passt auf Isabelle auf.« Er schlendert aus dem Haus wie ein kleiner mieser Wichser. Und ich denke mir nur: *Fuck, Isabelle, das gefällt mir gar nicht.* Wieso diese ganzen Fragen? Sind wir aufgeflogen?

Ich muss mit dir reden.

* * *

Ich habe die Infos, wo ich das Geld eintreiben soll, von John erhalten. John ist immer sehr freundlich. Er erinnert mich an den Überdad und seine Loyalität gilt nur dem *Boss*. Mich würde er auch von drei Panzern überfahren lassen, ohne mit der Wimper zu zucken, während er in seinem schwarzen Anzug danebensteht und eine Zigarette raucht. Gerade gehe ich raus und wil zu meinem Auto, als ich dich in einer geöffneten Garage lehnen sehe. Du winkst mich mit einem Finger zu dir und verschwindest dann weiter hinten den Schatten.

»Fuck«, flüstere ich und blicke kurz über meine Schulter. Ich weiß, dass jeder Ficker hier beobachtet wird, aber ich kann auch nicht nicht zu dir kommen. Was, wenn es wichtig ist? Hä? Dann wird dein Verlobter froh sein, dass ich in der Nähe war. Immerhin könnte ein Bär um die Ecke trotten, wahrscheinlich nur ein Waschbär, aber auch die können scheißgefährlich werden. Und vergessen wir nicht sämtliche Fabel- und Märchengestalten. Der schwarze Mann. Gefahren lauern überall. Ich beeile mich, damit mich keiner sieht, in die Garage zu kommen. Du ziehst mich sofort am Kragen an dich und küsst mich heiß. Ich will dich ja wegstoßen, wirklich, aber ich drücke dich an die Wand und küsse dich zurück, pinne deine Hände über deinem Kopf und verschränke unsere Finger. Du seufzt und ich ziehe mich zurück.

»Was?«, blaffe ich dich an.

Deine Pupillen sind etwas geweitet, denn du bist noch ganz high von meinen Lippen. Du trägst dieses fuckrote

Sommerkleid. Deine Brüste, dein Körper, deine Haare und deine Haut, selbst dein Blick ziehen mich an. Alles an dir schreit: *Fick mich, Carter!*

Fick dich, Isabelle!

»Du hast mir nicht geantwortet«, beschwerst du dich. Ich halte immer noch deine Hände über deinem Kopf mit meinen verschränkt. Du stellst dich auf die Zehenspitzen, also tue ich dir den Gefallen, beuge mich runter und küsse dich noch mal kurz. »Wieso antwortest du nicht, wenn ich schreibe, Carter?«, fragst du sehnsüchtig und reibst mit deiner Nase über mein Gesicht.

»Ich war spät dran und außerdem sollst du mir nicht schreiben, Isabelle. Oh Baby, du wirst uns noch beide umbringen«, raune ich und küsse dich erneut.

»Und du?«, willst du wissen. »Hast du es auch getan?«

»Isabelle, halt den Mund«, erwidere ich viel zu gequält und küsse dich noch mal.

Fuck … was machst du mit mir? Du lächelst an meinen Lippen.

»Du hast es getan, oder?«, fragst du strahlend und ich spüre dieses Kribbeln in meinem Bauch, was gar nicht gut ist.

»Ich muss jetzt los«, sage ich und lasse dich los. Du stehst atemlos in dieser dunklen Ecke, in deinem roten Kleid. »Ach, und bevor ich es vergesse …« Ich drehe mich kurz zu dir um. »Mein Bruder passt heute auf dich auf. Ich habe was anderes zu tun. Wenn ich höre, dass du auch nur zu lang in seine Augen gesehen hast, kille ich dich, bevor Dorian *uns* killen kann.«

»Du bist so heiß, wenn du eifersüchtig bist«, erwiderst du nur. Ich verdrehe die Augen und dein Lachen folgt mir bis zu meinem Auto.

Fuck, Isabelle, du kleine, heiße Irre.

* * *

Ich fahre langsam Richtung Tor, und als es sich öffnet, biegt der weiße Mercedes von meinem Bruder um die Ecke. Ich versperre ihm mit meinem Auto aggressiv den Weg und mache eine Vollbremsung. Er kommt mir gerade recht. Denn es gibt da noch ein paar Dinge, die ich ihm längst sagen wollte. Isabelle, du lässt mich die ganze Zeit alles vergessen. Das ist nicht gut. Mit dir wollte ich eigentlich auch reden und nicht wie ein verdammter Teenie in der Ecke rumknutschen.

Er schaut mich total genervt an, als ich aussteige, zu ihm gehe und seine Tür aufreiße. Sein Anblick ist schrecklich. Er sieht scheiße aus, ist blass, hat Ringe unter den Augen und er riecht wie eine Schnapsleiche. Eindeutig hat er gestern wie verrückt getrunken. Doch es ist mir egal, was mit ihm los ist, weil ich ihm ebenfalls am Arsch vorbeigehe. Also packe ich ihn an seinem weißen Hemdkragen, reiße ihn aus seinem Auto und presse ihn dagegen. Die Wachleute am Tor machen gar nichts, weil hier so was dauernd passiert und sie uns kennen.

»Was ist, Carter?«, fragt er rau und total genervt.

»Wann wolltest du mir sagen, dass Donovan meine kleine Schwester fickt? Du wusstest es, oder Caden?« Er fährt sich geschlagen übers Gesicht.

»Ja, ich wusste es.«

»Und wieso hast du es mir nicht erzählt?«

»Weil es ihre Scheißfuckingsache ist, Carter.«

»Nicht mit diesem Kerl! Gib zu, du wolltest nur irgendwas in der Hand gegen sie haben, du egoistisches Stück Scheiße. Und dafür hast du alles riskiert!« Ich presse ihn fester gegen das Auto, denn ich bin so sauer auf ihn. Immer hält er irgendwas geheim, doch am Ende finde ich es so raus und will Amok laufen.

»Fuck … ja, ich weiß, dass das nicht gut war. Bist du dann fertig?«

»Oh nein!« Ich presse ihn weiter gegen das Auto. »Was ist mit Alayna? Was hat sie in Kentucky gemacht?«

»Ich hab sie dahin geschickt«, sagt er trocken. Meine Augen fallen mir gleich raus. Was zur Hölle? Als ich sie angerufen habe – wie ein kleiner Hund –, war sie in Kentucky, weil er sie dahin geschickt hat? Als ich sie gebraucht habe und sie sehen wollte, war sie weg. Wegen ihm. Vielleicht wäre sonst alles anders gelaufen und ich hätte mich nie entschieden, diesen Weg einzuschlagen, weil sie in der Nähe gewesen wäre und mich im Licht gehalten hätte.

»Was?«, presse ich hervor.

»Du wolltest nichts mehr fühlen und ich wollte sie aus deinen Augen schaffen, damit du sie vergisst. Erinnerst du dich, als du mich angebettelt hast, dass ich es wegmachen soll?« *Ist dir ja super gelungen*, denke ich. »Und außerdem hätten wir sie zerstört. Beide.«

Ich schüttle fassungslos den Kopf. Jetzt auf einmal interessiert es ihn, wie es ihr geht? Ob er sie zerstört? *Bitte!*

»Du musst mir nicht glauben«, sagt er. »Es ist mir egal.«

Ich presse ihn härter gegen das Auto. »Und du hast die ganze Zeit gewusst, dass sie bei unseren Eltern gewesen ist? In Sicherheit? Nachdem du sie hattest laufen lassen? Das konntest du mir nicht sagen?«

Seine Miene bleibt ungerührt. »Sie ist doch nur eine Bitch, Carter, oder?«

Ich lasse meinen Nacken knacken und bin versucht, eine Line zu ziehen, aber das ist jetzt nicht der richtige Moment, um meinen Ring aufzuschnippen. Das ist eher der richtige Moment, um ihm den Ring in die Fresse zu hauen.

Fuck!

»Weißt du, wo sie ist?«, frage ich angepisst.

»Nein! Du?«, hakt er äußerst interessiert nach. Er denkt, dass ich ihm Dinge verheimliche, weil er von sich selbst ausgeht. Er denkt, dass ich mit den anderen unter einer Decke stecke und nicht mehr mit ihm in einem Team spiele. Mittlerweile ich mir scheißegal, was er denkt, Isabelle.

»Nein, weiß ich nicht, aber so skrupellos, wie du bist, Caden, kannst du dich ja mit dem Mann, der unsere

Schwester fickt, an einen Tisch setzen. Vielleicht sagt er es dir ja freundlicherweise.«

»*Ich* bin skrupellos?«, fragt er ungläubig. »Ich? Ehrlich?«

»Ja, du. Ich verletze äußerlich, aber du fickst Köpfe, du Wichser.« Ich lasse ihn los und donnere ihn noch mal gegen das Auto. Er ist zu fertig, um sich zu wehren. Außerdem hat er keinen Bock auf dieses Gespräch, das sehe ich ihm deutlich an, aber ich bin meinen Scheiß losgeworden.

»Übrigens …«, sage ich, während ich zu meinem Auto laufe. »Dorian will, dass du heute auf Isabelle aufpasst …« Ich rede nicht weiter, weil ich mich nicht vor den Wachleuten verraten will, aber ich warne ihn mit meinen Augen: *Finger weg!*

Seine erwidern: *Fick dich!*

Wie so oft in letzter Zeit.

»Fick dich selber«, zische ich, steige ein und warte, bis er den Rückwärtsgang eingelegt hat, damit ich vorbeifahren kann.

30. Bereit für den Kampf, Caden

Caden

Isabelle sitzt auf meinem Rücksitz, weil sie so weit wie möglich von mir wegwollte. Ich sehe sie durch den Rückspiegel an. Dorian hat zu mir gesagt, ich solle sie zu seinen Großeltern bringen, die totale Wichser sind, um die Ringe abzuholen. Das kann natürlich kein anderer tun. Es ist sicher wieder einer seiner beschissenen Tests. Das bin ich ja schon gewohnt, weil ich selbst immer gern alles überprüfe.

Sie schaut aus dem Seitenfenster und ich sehe dieses verdächtige Glänzen in ihren Augen, diesen Schimmer, und ihre geröteten Lippen. Sowie die roten Wangen. Sie hat sicher gerade noch mit Carter rumgemacht, denn ich habe den gleichen Glanz in seinen Augen gesehen. Es wäre gelogen, wenn ich sagen würde, dass es mir egal ist. Dafür war sie mir zu wichtig, als dass es mir von einem Moment auf den anderen nichts ausmachen würde, dass sie sich nachts in sein Bett schleicht und sie überall, wo sie allein sind, übereinander herfallen. Sie seufzt und lehnt den Kopf an den Sitz – so in Gedanken versunken. Dann seufzt sie noch mal und spielt mit ihren Haaren.

»Ist alles okay bei dir? Soll ich die Klimaanlage anmachen oder ein Fenster auf? Willst du ein Hustenbonbon? Warum seufzt du so?«, frage ich angepisst. Ihre Lider fliegen auf und sie wird noch einen Ton dunkler.

»Alles gut«, murmelt sie schnell.

»Versuchst du echt gerade, mir was vorzumachen, Isabelle?«

»Mir geht's gut, Caden, und dir?«, fragt sie jetzt angepisst.

»Bestens«, sage ich mit dem absoluten Todesblick und sie seufzt noch mal, aber diesmal anders.

»Was ist los?«, blaffe ich sie an, weil ich heute keine Geduld für diese Scheiße und irgendwelche Spielchen habe.

»Ich habe dir nie gesagt, was für ein Wichser du bist.«

»Ah, heute ist Caden-ist-der-Wichser-Tag«, stelle ich amüsiert fest und winke einladend. »Na dann, lass es raus.«

»Ich bin monatelang von da nach da geflohen und habe keinen einzigen Schwanz auch nur ein einziges

Mal angeguckt, weil ich die ganze Zeit gedacht habe, irgendwann sehen wir uns wieder, aber als ich dich dann wiedergesehen habe, hast du sie schon fröhlich gevögelt.« Sie sieht aus, als würde es ihr wahnsinnig guttun, das endlich rauszulassen. Ich runzle die Stirn.

»Ich habe dir nicht gesagt, du sollst gehen.«

»Ich musste gehen, weil ich wusste, dass du in Gefahr bist.«

»Ah ja …«, erwidere ich gelangweilt und biege rechts ab. »Du musstest gehen, ohne mir was zu sagen, aber Carter hast du was gesagt? Da war die ganze Zeit noch was zwischen euch, aber du wolltest es nicht sehen und er auch nicht. Das war schon immer dein Scheißproblem. Du warst dem Falschen gegenüber loyal.«

»Wie es aussieht nicht.« Ich sehe, wie wütend und verletzt sie ist.

»Wieso hast du dich gleich wieder auf sie gestürzt, Caden? Du wusstest, dass dein Bruder wegen ihr gelitten und sie geliebt hat.«

»Ah … liebt er sie jetzt nicht mehr?«

»Tut er nicht«, sagt sie total zickig. In dem Moment wird mir klar, dass sie sich total in diesen Wichser verliebt hat und nicht nur mit ihm rumfickt, um sich das Leben mit ihm ein bisschen angenehmer zu machen.

»Also, wieso hast du sie gleich gevögelt?«

»Ich hatte es nie vor, ich wollte sie einfach nur hierherbringen, für den *Boss*, und dann in Ruhe lassen, doch dann …«

»Bist du in sie gestolpert.«

»Dann habe ich gemerkt, dass ich sie liebe und dass sie alles für mich ist und dass ich nie aufhören werde, um sie zu kämpfen«, sage ich ziemlich angeschlagen, weil es mir echt scheiße geht. Aber sie hat Ehrlichkeit verdient. Sie schluckt und sieht aus dem Fenster. »Und es ist doch auch eigentlich egal, denn du bist offensichtlich total in meinen Bruder verliebt.«

»Was hat es damit zu tun, dass du mich verletzt hast und ich dich? Das ist eine ganz eigene Geschichte.« Sie verschränkt die Arme vor der Brust. Ich weiß, warum sie das macht. Damit versucht sie, ihre Gefühle nicht zu zeigen und sich zu distanzieren, weil das nun mal ihre Art ist.

Ich atme tief durch, greife nach hinten und nehme ihre Hand. Ihr Blick schießt verwirrt hoch und ich sehe sie durch den Rückspiegel an. »Ich wollte dich nie verletzen. Ich habe es ernst gemeint, als ich gesagt habe, dass ich verrückt nach dir war. Ich habe dich geliebt und du hast mir geholfen, zu fühlen und zu erkennen, was wichtig ist. Deswegen will ich keine Wut zwischen uns. Du hast so viele Probleme und Feinde, Isabelle, scheiß einfach auf das, was passiert ist.« Ich hebe ihre Hand hoch und ihr vertrauter Duft steigt mir in die Nase, als ich ihre Fingerspitzen küsse. Dann platziere ich ihre Finger wieder auf ihrem Knie. Sie schluckt und ihr Blick ist so verletzlich. Mir wird klar, dass Isabelle die stärkste, aber auch emotionalste Frau ist, die mir je begegnet ist, weil in ihrem Herzen so viele Gefühle toben, die sie nicht nach außen trägt. Das kenne ich. So gut.

»Es tut mir leid, dass ich einfach weggelaufen bin«, meint sie leise. »Ich wollte nur nicht, dass ihr irgendwie in diesen Strudel geratet ... Du hast keine Ahnung, wie schwer das für mich war.«

»Ich weiß. Für mich war es auch nicht leicht.«

Wir atmen beide tief durch. »Hier gibt es schon genug Feinde, lass uns nicht gegeneinander kämpfen.«

Sie lacht auf. »Ich hab die Nase voll von Kämpfen, ich kämpfe jeden Tag.«

»Das weiß ich.« Ich fahre mir durchs Haar. »Lass die Finger von Carter, du verbrennst dich an ihm. Wenn er aufbraust und das rauskommt, verliere ich meinen Bruder.«

»Er wird nicht aufbrausen, vertrau ihm einfach mal. Du musst ihn nicht immer kontrollieren.« Jetzt ist es an mir, aufzulachen.

»Ohne meine Kontrolle, die er so sehr hasst, wäre er schon hundertmal tot.«

»Dann vertrau *mir*. Er wird nicht aufbrausen.« Ich wundere mich darüber, wie viel Vertrauen sie in Carter steckt, wie sicher sie sich ist – kein Funken Unsicherheit, Angst, Verwirrung in ihren Augen. Nur Gewissheit, als wüsste sie genau, was sie tut, wer er ist, was er braucht und wer er sein wird.

Wir schweigen ein paar Minuten und ich rolle den Waldweg zu dem Anwesen der de Luca-Großeltern hoch. »Es tut mir leid, dass du sie wieder verloren hast.«

»Ich hab sie selbst weggeschickt.«

»Vielleicht solltest du das nicht mehr tun, wenn du sie noch mal bekommen solltest, und mit ihr abhauen, statt sie allein wegzuschicken.«

»Ich kann nicht abhauen wegen Carter.«

»Mach dir keine Sorgen um Carter. Um Gottes willen, du bist nicht sein Vater. Er hat mich und er wird mich noch eine ganze Weile haben, egal was in zwei Wochen passiert.«

Oh Alayna, ich würde so gern an ihre Worte glauben, aber auch wenn Carter total unter Kontrolle und sicher wäre, weiß ich nicht, ob ich mich lange von ihm fernhalten könnte. Ohne ihn halte ich es nie lange aus. Ich brauche ihn in meiner Nähe, auch wenn wir nicht miteinander reden oder uns hassen. Es reicht mir schon zu wissen, dass er irgendwo ist, wo ich auch bin, und dass es ihm gut geht und ich ihn spüren kann.

Bevor ich noch was sagen kann, öffnet sich das Tor des Grauens vor uns. Isabelles Gesicht verdüstert sich.

Ich sehe sie durch den Rückspiegel lächelnd an. »Drachen kannst du gut zähmen, mach dir keine Sorgen.«

* * *

Carter

Er hat sie nach Kentucky geschickt, Isabelle. Ich kann es einfach nicht fassen. Er hat sie regelrecht vor mir versteckt.

Ich hole aus und verpasse diesem Wichser vor mir, von dem ich gerade siebentausend Dollar einkassiert habe, noch mal eine. Er taumelt und hält sich wankend am Bartresen fest, aber ich bin so fucking wütend, dass es mich einen Scheiß interessiert.

Meine Ringe prallen gegen seinen Kiefer und er stöhnt. Er ist mit seiner Zahlung eine Woche zu spät dran, also wird es dabei nicht bleiben, und er muss noch mal die Hälfte drauflegen, einfach, weil ich es entscheide.

Er hat gewusst, dass sie bei meinen Eltern war, und ich habe mir nachts die schrecklichsten Bilder ausgemalt, dass sie schon tot ist und wirklich irgendwo im Wald liegt, weil das eigentlich so läuft. Dieser Wichser hat mir nichts gesagt. Und ich habe sie auch noch aussteigen lassen. Wenn ihr was passiert wäre …

Ich boxe ihm noch mal mit voller Wucht in den Magen und er krümmt sich keuchend. »Fuck, okay, okay, ich treibe den Rest auf. Gib mir zwei Tage.« Ah, ich bin nicht in Stimmung, zu warten, Isabelle, schon gar nicht, wenn ich vollgekokst bis oben hin bin, so wie jetzt. Als ich mit dir in der Garage war, war alles so perfekt, doch jetzt habe ich diese Scheiße rausgefunden und explodiere innerlich in tausend Teile. Mein Körper kribbelt bis in meinen Nacken und mein Herz rast. Mir ist so verfickt heiß. Die Wut hört nicht auf, immer wieder neue Wellen durch meine Venen zu pumpen.

»Du hast zwei Stunden, sonst darfst du dir eine Stelle aussuchen, in die ich eine Kugel schieße.« Ich trete ihn zu Boden und seine verkrampften Finger lösen sich vom Tresen. »Zwei Stunden, du Wichser.« Damit lasse ich ihn liegen und stoße seinen Partner, der mit gesenktem Kopf die ganze Zeit danebenstand, hart mit der Schulter an.

Fuck!

Ich lasse mein Auto stehen und laufe zwei Blocks durch die vertrauten Straßen in Downtown. Hier ist alles anders als in dem Viertel, aus dem ich komme. Hier gibt es nur Scheiße und Abfall, deswegen fühle ich mich hier so wohl. Deswegen habe ich kein Gewissen. Jeder hier hat irgendwelchen Dreck am Stecken und einen Schuss verdient. Jeder.

Auf beiden Straßenseiten ragen baufällige Hochhäuser in die Höhe. Ich kicke im Gehen eine benutzte Nadel von irgendeinem Junkie beiseite. Es ist heiß, der Asphalt flimmert in der prallen Mittagssonne und es stinkt nach Müll. Nutten stehen am Straßenrand, und als sie mich sehen, senken sie die Blicke, weil sie wissen, wer ich bin. Man darf uns nicht in die Augen sehen. Nie.

Ich mache mir eine Kippe an. Während ich meine blutigen Fäuste knete, hängt sie mir im Mundwinkel und der Rauch steigt in meine Augen.

Dorians neuer Stripclub ist an der Ecke Elm Street und sticht hervor wie ein Diamant zwischen Kieselsteinen. Ich stecke meine Hände in die Hosentaschen. Der Wachmann hält mir die Tür auf und nickt mir zu. Ich lasse den Nacken knacken, bevor ich reingehe. Alle Clubs von Dorian oder dem *Boss* haben zu jeder Tageszeit geöffnet, außer die Diskotheken. Sie nutzen jede Sekunde, um Geld zu machen.

Als die Tür sich hinter mir schließt, wird die helle Sonne ausgesperrt. Ich mag keine Sonne, sie ist so verräterisch. Hier drin ist es dunkel, nur die schummrigen Deckenspots senden rötliche Lichtstrahlen auf die Bühne, wo die Stripperinnen sich an jeweils einer Ecke lasziv bewegen und ihre Ärsche Richtung Publikum strecken.

Ich lasse mich auf einen Sessel an der Bühne nieder und rutsche tief bis zur Kante. Kaum sitze ich, erscheint eine der Mitarbeiterinnen vor mir. Sie trägt ein silbernes Paillettenkleid, dessen Glitzerzeug im Licht funkelt. Natürlich sieht sie perfekt aus, ist perfekt geschminkt und weiß genau, wie sie sich zu verhalten hat. Caden legt hohen Wert darauf, die Mädchen intensiv einzuarbeiten. Das ist nämlich auch eine seiner Aufgaben.

Sie stellt mir einen Whisky hin, genau wie ich ihn mag. Normalerweise hätte ich sie jetzt, um mich abzulenken, hier direkt an der Bühne kurz gefickt, aber ich tue es nicht. Am liebsten würde ich in dir sein, denn keine Pussy ist so wie deine.

Ich trinke einen Schluck und lasse den Kopf zurückfallen. Sie geht wieder.

Fuck.

Ava.

Alayna.

Donovan.

Caden.

Ich könnte durchdrehen. Wieso verschweigt mein Bruder mir so was? Wenn ich mir vorstelle, dass sie in meinem Zuhause war, kommen Bilder hoch, die ich schon längst weggeschnupft hatte. Sie in meinem Bett oder auf meiner Couch oder auf meinem Boden, weil wir es nicht mehr ausgehalten haben, an mein Garagentor gedrückt, oder in Cadens Bett, als sie mir vorgelesen hat. Das werde ich nie vergessen. Oder die vielen Male, als sie bei uns am Tisch saß oder in der Küche zu diesem grauenhaften Song getanzt und mir den Burger aus der Hand geklaut hat, nachdem wir so verfickt heißen Sex gehabt und sie gedacht hatte, ich wäre Caden gewesen.

Ich erinnere mich, als sie mit meiner Mutter im Wohnzimmer saß und über irgendwelchen Frauenscheiß geredet hat. Als sie mir das erste Mal gesagt hat, dass sie was für mich empfindet, und ich ihr Melissa trotzdem vorgezogen habe. Als wir mit dem Auto hochgefahren sind, Whisky getrunken haben, und ich sie auf der Motorhaube unter mir hatte.

Jetzt frage ich mich, wo sie ist. Wohin diese leichte, unkomplizierte Zeit verschwunden ist. Ich dachte, ich wäre damals so abgefuckt und überfordert gewesen. Hätte ich gewusst, wie leicht man das loswerden kann, hätte ich es gleich getan. Das Verschwinden ein paar Wochen im Jahr, wenn es mir zu viel wurde, wäre mir heute nicht mehr genug. Ich brauche entweder dich oder die totale Vernichtung. Keine Ahnung, wann ich mit dir an diesen Punkt gekommen bin, den andere Frauen, auch Alayna, sich hart erarbeiten mussten, aber jetzt bin ich dort, wo ich schon so oft war. Am Rand einer Klippe. Es gibt nur zwei Möglichkeiten. A: Ich stürze herunter und B: Ich drehe mich um und gehe zurück.

Aber ich kann nicht mehr zurück, nie wieder. Ich kann nicht noch mal nach Hause zu meiner Familie. Dieses Leben wird mich nie wieder berühren und mir nie das geben, was ich brauche. Ich kann nie wieder zurück zu ihr. Sie ist nicht stark genug für mich und ich bin zu zerstörerisch für sie. Zu aufbrausend. Zu grob und unbedacht und verletzend. Ich kann sie nicht halten, fangen oder schützen, weil ich immer derjenige sein werde, der sie schubst, fallen lässt oder der Gefahr ausliefert. Das ist jetzt schon zu oft passiert und es wird immer wieder passieren, das ist mein Wesen.

Du, Isabelle, kannst mit alldem umgehen und schaffst es sogar, es mich in einem anderen Licht sehen zu lassen. Du bist so dunkel wie ich. Ihr Licht blendet mich nur.

Ich liebe sie, das werde ich immer, weil sie mich dort berührt hat, wo es nur sehr wenigen Menschen gelingt, aber ich bin nicht gut für sie. Wie oft muss es noch passieren, dass ich sie wegschicke und dann wieder in irgendeine Hölle reiße? Ich wollte, dass sie sich von mir fernhält, und habe ihr absichtlich wehgetan, weil sie mich sonst niemals verlassen hätte. Ein paar Wochen später war ich schon wieder am Telefon und wollte sie zurück. Sie wäre an mir zersplittert wie Glas auf einem kalten, harten Boden. Und Caden, Caden kann zersplitterte Scherben mit viel Geduld wieder zusammensetzen. Er ist viel ruhiger als ich, viel durchdachter, viel strukturierter. Ich kann es nicht glauben, aber tief in dem, was von meinem Herzen noch übrig ist, weiß ich, dass er sie liebt. Das hat er immer und deshalb hat er sie abartig gehasst, als sie sich für mich entschieden hat. Das tun die Frauen immer, weil ich ihnen das Gefühl gebe, der Held zu sein, dabei bin ich genau das Gegenteil. Caden steht zu seiner abgefuckten Scheißart und zu seinen Taten, aber tief in seinem Inneren ist er viel besser als ich.

Ich muss ein bisschen an dem Rand meines Glases grinsen. Immer habe ich gedacht, dass er der Teufel von uns ist, nur weil er so überaus intelligent und manipulativ ist. Er liebt es einfach, den Teufel darzustellen. Sicher kann ein Mensch, der gern in Gehirnen von anderen rumpfuscht, kein Engel sein. Aber zumindest ist er näher am Licht, als ich es je war. Ich fühle mich, als wäre ich metertief in einem Abgrund, und wenn ich hochsehe, fällt ein kleiner Lichtstrahl herein, der mir nach oben helfen will, doch ich habe mich schon lange entschieden, mich von ihm abzuwenden und lieber die Hand zu nehmen, die von unten aus der Schwärze ragt – habe mich nach unten ziehen lassen, in vollem Bewusstsein.

Caden denkt, ich wüsste nicht, was ich tue. Das ist okay so. Dabei weiß ich ganz genau, was ich tue und habe nicht vor, was daran zu ändern. Ich fühle mich wohl hier unten in der Dunkelheit, in der Kälte zwischen den steinharten Mauern, die mich umgeben, die ich die letzten Monate aufgestellt habe. Denn ich will nie wieder so eine Scheiße fühlen. Isabelle, das ist der Grund, warum ich mich nicht in deine überaus lockenden Arme fallen lassen darf.

Ich bin der Teufel.

Und du bist ein gefallener Engel.

Diese Kombination kann tödlich sein.

Aber lieber nehme ich das Gift, was du bist, als meines in *sie* zu pumpen.

Ich liebe dein Gift und sie hasst meines.

Als ich meine Augen öffne, sehe ich verschiedene Brüste an mir vorbeihuschen, weil die Tänzerinnen wechseln. Die dunklen Bässe von Manson dröhnen durch den dunklen Raum, der nach Zigaretten und Sex riecht.

Ich hebe zwei Finger, winke die Kleine von vorhin heran und deute auf meinen Nacken. Sie versteht, stellt sich hinter mich und massiert meine verspannten Schultern, während ich den Nacken unter ihren Berührungen bewege.

Ich stelle mir vor, wie sie in Kentucky gelebt hat. Mir ist klar, warum Caden diesen Ort ausgesucht hat. Es hat den klassischen, amerikanischen Charme. Die Sonne strahlt ununterbrochen und es ist nicht so windig, kalt und grau wie bei uns in Chicago, was niemals zu ihrem sonnigen Gemüt gepasst hat, auch wenn es hin und wieder mal richtig heiß werden kann. Was sie da wohl gemacht hat? Weiterstudiert? Einen Standardtypen kennengelernt? Es ist mir egal, was Caden sagt, ich bin immer noch der Ansicht, dass sie kein normales Leben leben kann. Das passt nicht zu ihr, sie ist zu außergewöhnlich. Meine Dunkelheit würde sie verschlingen, aber Cadens Balance zwischen Schatten und Licht ist genau richtig für sie. Ich hasse es. Weil ich schon wieder nicht das sein konnte, was sie braucht. Das konnte ich nie. Ich habe immer nur alles kaputt gemacht.

Ich leere meinen Whisky und reiche der Tussi das Glas, damit sie es auffüllt. Noch mindestens drei brauche ich, weil das Koks allein nicht mehr reicht, um all diesen Gefühlsscheiß zu unterdrücken.

Sie bringt es mir in zwanzig Sekunden. Auch etwas, was Caden den Mädchen einbläut. Zeit ist Geld.

Ich weiß nicht, wann alles angefangen hat, so seltsam zu werden. Aber ich habe das Gefühl, dass sich bald einiges ändern wird. Und zwar gravierend. Ich kann es kaum erwarten, weil ich bereit bin, in einen Kampf zu ziehen und alles und jeden vom Schlachtfeld zu fegen. Auch wenn es mein Bruder ist.

31. Ratten hinter meinem Rücken

Carter

Ich stehe vor dem Laden, in den ich zwei Stunden später zurückkommen wollte. Schließlich habe ich es versprochen und ein Mann sollte sein Wort halten, weshalb ich pünktlich bin. Ich will ja nicht unhöflich sein, wie Caden immer sagt.

Ich lockere noch mal meine Schultern, lasse meine Finger knacken und ziehe meine Waffe. Gemächlich schlendere ich die Treppe nach unten in den Keller, wo sich die Bar befindet, und streiche mit dem Lauf an der Wand entlang. Dabei pfeife ich ein bisschen wie damals, als ich total abgefuckt war und Alayna zusammengezuckt ist, weil sie genau gesehen hat, dass ich nur noch mit einem Fuß im Licht stand. Sie konnte mich nicht rausziehen, sosehr sie es auch wollte.

Der Ficker hat ein total demoliertes Gesicht und sitzt an einem der Tische. Blut ist an seiner Nase getrocknet und er kann seinen Kiefer kaum bewegen. Sein Partner steht hinter der Bar und seine Hand zittert, als er mir einen Whisky hinstellt. Billige Scheiße, aber ich exe sie, weil ich einen Schluck brauche.

»Und?«, frage ich, stelle mich zu ihm an die Sitzgruppe und beuge mich vor – die Unterarme auf die Lehne eines Stuhles gestützt und die Waffe locker zwischen meinen Fingern. Seine braunen Augen sehen zur Waffe und dann zu mir, bevor er mir wortlos tausend Dollar hinschiebt.

Ich verziehe das Gesicht. »Das sind zweitausendfünfhundert zu wenig.« Und deute mit der Knarre auf das Geld. »Was machen wir jetzt?«

Ich sehe das Gebettel in seinen Augen, noch bevor es losgeht.

»Also? Ich hab noch einen Termin!« Mit der Knarre wedle ich vor seinem Gesicht herum, damit er den Scheißmund aufmacht.

»Mehr habe ich nicht. In zwei Tagen!« Ich habe kein Mitleid mit ihm. Ich habe mit niemandem Mitleid, schon gar nicht mit diesen scheinheiligen Wichsern, die Koks an Minderjährige verkaufen und sogar die eigene Mutter auf den Strich schicken würden. Keine Ehre, dieses Pack.

»Das ist scheiße. Ich habe keine Lust, zwei Tage zu warten. Steh auf.«

Zitternd gehorcht er. Ich packe ihn am Kragen und schubse ihn auf den Boden, bevor ich langsam neben ihm in die Hocke gehe. Ein Knie auf dem Boden und den Unterarm mit der Hand, in der die Waffe liegt, locker auf den Schenkel gestützt. »Bitte«, jammert er. Ich hasse diese Typen. Immer machen sie einen auf dicke Hose, und wenn es drauf ankommt, können sich nichts als rumheulen wie kleine Mädchen. Sogar du würdest eine Kugel besser wegstecken als die meisten Männer, die ich kenne.

»Messer oder Knarre? Du darfst entscheiden. Und damit sind wir dann auch quitt, du musst mir nichts mehr zahlen.« Ich bin so freundlich heute.

Er fährt sich mit feuchten, zittrigen Fingern über das Gesicht und atmet schwer.

»Knarre«, keucht er und presst die Lider zusammen.

»Und wo willst du es?«, frage ich ihn, als wäre er eine Jungfrau, die ich gleich ficke.

Er hält mir den linken Arm hin und ich streiche mit dem Lauf der Waffe über seine Brust. »Nicht lieber hier?«

»Heilige Scheiße, nein!«, keucht er.

»Okay.« Ich nicke. »Aber das nächste Mal, wenn du zu spät zahlst, trifft sie dich hier.« Ich tippe mit dem Lauf gegen seine Brust, wo sein Herz schlägt. »Verstanden?«

Er nickt. »Okay.« Ich sehe zu seinem Partner. »Das könnte ein bisschen laut werden«, sage ich und hebe dabei einen Finger.

Er bewegt sich nicht, ich weiß nicht mal, ob er atmet. Ich packe sein Handgelenk und pinne es auf dem Boden fest, bevor ich ihm in den Oberarm schieße und sein Blut heiß mein Gesicht benetzt. Er schreit auf, hält sich sofort die getroffene Stelle und ich verdrehe die Augen. Die tausend Dollar nehme ich trotzdem, stecke meine Waffe ein und schlendere zu der Treppe.

Beim ersten Mal schreien sie alle. Wie kleine Jungfrauen, ich sag es ja.

* * *

Dorian ruft mich an, um mir zu sagen, dass ich schon wieder diese Scheißsexclubs, die überall am Stadtrand verteilt sind, abchecken soll.

Ich sitze in meinem Auto, drehe die Musik komplett auf und fahre gemächlich durch das Südviertel. Weiter vorn gibt es eine Verkehrskontrolle, aber das kümmert mich nicht, obwohl meine Waffe, aus der kürzlich geschossen wurde, auf dem Beifahrersitz liegt, ich Blut im Gesicht, Blut auf den Händen und eine nicht geringe Menge an Drogen überall im Auto und im Körper habe. Fast jeder wird herausgezogen, um kontrolliert zu werden. Der Drogenverkauf in der Stadt ist wieder erheblich in die Höhe gegangen seit unserer letzten Lieferung, und jetzt flippen die Bullen aus, obwohl sie wissen, wer dahintersteckt, aber sie haben keine

Beweise. Ich verwette meinen Arsch darauf, dass Donovan, dieser Hurensohn, nicht der einzige Maulwurf bei der Polizei oder beim FBI ist, von dem wir nichts wissen. So was weiß nur der *Boss*, weil die Gefahr zu groß ist, dass etwas nach außen dringt.

Als sie mein blutverschmiertes Gesicht und meine total bekokste Fresse sehen, wollen sie mich rausziehen, dann gleitet ihr Blick zu meinem Nummernschild. Zähne werden aufeinandergebissen und Nasenflügel gebläht, bevor ich aggressiv weitergewunken werde. Ich lächle winkend, als wäre ich ein Kollege von ihnen, dann fahre ich mit viel zu hohem Tempo einfach weiter. Niemand folgt mir. Die sind alle geschmiert oder scheißen sich in die Hosen.

Die Sexclubs sind ziemlich versteckt und wir wissen nicht, wem sie gehören. Der Besitzer ist total anonym unterwegs und hat extreme Vorsichtsmaßnahmen ergriffen, weshalb wir kein Schutzgeld erpressen können. Der *Boss* hat es uns außerdem strikt untersagt. Aber Dorian, der anscheinend nicht eingeweiht ist, will seine Nase überall drin haben und schickt mich ständig hierher, um wenigstens Präsenz zu zeigen.

Der Club, zu dem ich fahre, heißt lustigerweise **RUSH**, aber ich bin mir ziemlich sicher, dass das nichts mit meinem Namen zu tun hat, sondern mit dem berühmten Rausch. Ich parke mitten im Wald – wer eröffnet einen Club mitten im verfickten Wald? – quer vor dem Eingang und steige aus. Sonnenstrahlen schimmern leicht durch die Baumkronen. Das Haus selbst ist von einem hohen, schwarzen Metallzaun umgeben.

Ich stöhne genervt, denn ich habe gar keine Lust, da jetzt reinzugehen. Es fühlt sich jedes Mal irgendwie ein bisschen komisch an und macht mich nicht gerade an, obwohl die Frauen dort echt der Hammer sind und die Einrichtung interessant. Nur drei Autos parken davor, weil ich zu einer Zeit hergekommen bin, in der kein Betrieb herrscht und nur Mitarbeiter den Abend vorbereiten. Ich laufe den gekiesten Weg zum Eingang durch die offene Tür. Die Vögel zwitschern und es riecht nach Sommer und Natur, was echt seltsam ist, weil dieses Satanshaus hier steht.

Ich trete einfach mit meinen matschigen Schuhen ein, lasse die Tür hinter mir laut ins Schloss fallen. Dann atme ich tief und seufzend durch. Mir ist klar, dass jeder weiß, wer ich bin, also schlendere ich wortlos durch den Gang. Man sieht, dass hier kürzlich renoviert wurde. Es riecht immer noch nach frischen Möbeln und alles ist größer als beim ersten Mal, als ich hier war. Die Bühne reicht mitten durch den Hauptraum, die Bar befindet sich links und eine Sitzecke auf einem Podest, wo auch viele andere verstörende Dinge stehen. Ich entdecke einen Typen, der dort auf dem Sofa fläzt. Sein Arsch hängt fast auf dem Boden. Seine Haare sind dunkelbraun und durcheinander und an den Seiten kürzer. Er hat so einen abgefuckten Zug im Gesicht, wie wir alle – zumindest alle, mit denen ich zu tun habe. Man sieht, dass er groß und sportlich ist. Er trägt ein offenes Button-down-Hemd in Schwarz und Rot, darunter ein schwarzes Tanktop, sowie eine dunkle Jeans und Boots, die nicht geschnürt sind. Sein Gesicht ist rasiert und Tattoos schauen aus dem Tanktop. Im Kopf gehe ich die ganzen Motherfucker durch, die ich so kenne, aber ihn habe ich noch nie gesehen. Ich bin versucht, Caden ein Foto von ihm zu schicken. Wären wir zurzeit nicht so abgefuckt, hätte ich es schon längst getan.

Ich gehe die Stufen zu ihm nach oben und er bemerkt mich. Auf seinem Schoß sitzt eine Brünette mit dem Rücken zu mir. Sie hält ein Klemmbrett in der Hand und hakt irgendwas ab.

Er sieht mich an und hebt eine Braue. Ich tue es ihm nach.

»Kann ich helfen?«

Ich schüttle langsam den Kopf und ziehe meine Waffe gemächlich aus dem Hosenbund, ehe ich mit ihr in den Raum deute. »Wollte mich nur mal bisschen umsehen«, sage ich emotionslos und rau.

Die Frau auf seinem Schoß kriegt große Augen und schaut von ihm zu mir. »Bleib sitzen«, knurrt er genervt. »Keine Panik. Der will uns nur einschüchtern.« Seine dunkelgrünen Augen sehen zu mir auf. »Oder?«

Ich richte meinen Blick auf ihn, entsichere die Waffe und schieße in die Decke, sodass der Kronleuchter bedrohlich wackelt. »Japp.«

Die Tussi springt schreiend auf und versteckt sich hinter der Couch. Gott, das langweilt mich. Denkt sie, ich könnte sie da nicht wieder hervorziehen, wenn es sein muss?

Aber er sagt nur: »Das ist Kieferstein.« Besagter bröckelt auf den Boden und meine Schuhe.

»Und das ist eine Baretta.«

»Was willst du? Ich weiß, aus welcher Hölle du kommst!« Immer noch gelassen.

»Ich wollte nur mal guten Tag sagen. Darf man nicht mal höflich sein?«

Er macht sich eine Zigarette an. »Ich weiß, was ihr unter höflich versteht.«

»Gut, dann weißt du ja auch, wie es läuft.«

Er lächelt mich an und ich muss mich zusammenreißen, seine Fresse nicht zu polieren. Das war nicht der Auftrag.

»Oh ja«, antwortet er.

»Gut. Dann wünsche ich noch einen schönen Tag.« Ich sehe ihm direkt in die Augen, bevor ich meine Waffe einstecke. Ungerührt erwidert er meinen Blick.

»Wünsche ich auch.«

Ich nicke, drehe mich um und schlendere zur Tür. Man soll seinen Feinden ja nicht den Rücken kehren, aber ich habe keine Angst vor Ratten, die hinter meinem Rücken kriechen.

Ich lasse die Tür offen stehen, als ich gehe.

Epilog

Carter

Die Sonne geht unter und bedeckt den Himmel mit einem kräftigen, orangefarbenen Schein. Ich sitze im Auto vor unserem Apartment – seit zwanzig Minuten. Mein Bruder ist oben, aber ich muss mich erst mal wieder dazu bringen, die ganzen Gefühle zurückzudrängen. Eine Nase habe ich bereits gezogen und kurz überlegt, dich anzurufen, aber das geht ja nicht so einfach. Ich frage mich, was du gerade machst und ob ich es wissen will. Denn ich bin nämlich abgefuckt genug, irgendjemanden zu killen.

Die Gegend, in der wir wohnen, hat nichts mit Downtown gemeinsam, und ich fühle mich hier nicht so wohl. Alles ist geordnet, jeder steht um sechs auf, geht zur Arbeit und kocht am Mittag, ehe er abends fernsieht. Das ist kein Leben für mich, weswegen ich meine letzten Sachen holen und meinem Bruder verkünden will, dass ich endgültig gehe – nicht nur für die Zeit, in der ich dein Aufpasser sein soll.

Ich atme tief durch, schleudere meine Waffe unter den Sitz und steige aus. Die letzten Reste des Kokains schniefe ich nach oben und rolle meine Schultern, bevor ich meinen Schlüssel nehme und reingehe. Wir haben einen Aufzug, also fahre ich ganz nach oben, wo die Türen sich direkt zum Wohnzimmer öffnen.

Ich stolpere fast über meinen Bruder, der auf dem Boden liegt, und glaube kurz, dass er tot ist. Mein Herz bleibt stehen.

Dann sieht er träge zu mir rüber und gibt ein Stöhnen von sich.

Was zur Hölle?

Er trägt nur Jeans und hat die Beine theatralisch von sich gestreckt. Neben ihm eine angebrochene Flasche Brandy und eine geöffnete Zigarettenschachtel. Musik dröhnt aus seinem Büro. Es sieht hier genauso abgefuckt aus, wie er wirkt. Alles ist chaotisch und teilweise zerschmettert, als hätte er einen Wutanfall gehabt, wie ich sonst immer. Es ist nicht zu übersehen, dass es ihm nicht gut geht, aber das kenne ich gar nicht von ihm. Diese Unordnung, dieses heillose Chaos und die Verwüstung. Das ist mehr Carter als Caden. Der demolierte Tisch, die herumliegenden Sofakissen, die zerrissenen Wandkalender …

Ich bin kurz versucht, mich neben ihn zu hocken, eine Tüte anzuzünden und ihn zu fragen, was wir jetzt machen sollen, weil es immer darauf hinauslief, dass wir am Ende zu zweit gegen den Rest der Welt standen.

Aber ich tue es nicht und steige über ihn drüber. Mir ist schon klar, warum es ihm so scheiße geht, doch ich kann ihm das nicht nehmen, genau wie er es mir damals nicht richtig nehmen konnte, als er sie mir genommen hat.

Ich ziehe die Sporttasche unter meinem Bett hervor – sogar in meinem Schlafzimmer hat er sich ausgetobt. Mein Nachttisch ist aufgerissen, mein Wäschekorb ausgeleert und ein Loch hat er in meine Wand geschlagen. Nett.

Ich schmeiße noch ein paar Klamotten und wichtige Unterlagen achtlos in die Tasche. Das hier fühlt sich nicht wie ein Zuhause für mich an, nur wie eine Zwischenstation an einem Bahnhof, wenn man auf den nächsten Zug wartet. Ich brauche dieses Höllenhaus, in dem die ganzen Dämonen leben – und du, mein schwarzer Engel.

Ich schultere die Tasche und verlasse mein Zimmer, wobei ich auf die Scherben einer kaputten Vase trete und es unter meinen Fußsohlen knirscht.

»Ich gehe«, verkünde ich. Caden stützt sich auf einen Ellbogen und trinkt aus seiner Flasche.

»Wohin?«

»Nach Hause«, sage ich. Er weiß, dass ich nicht unser Elternhaus meine.

Er lässt sich wieder auf den Rücken sinken und sieht mich an. Seine Augen sind trüb, weil er wahrscheinlich nicht nur Alkohol im Blut hat.

»Willst du das wirklich machen? Deine Seele verkaufen? Endgültig?«, fragt er hohl.

»Ich kann nichts verkaufen, was ich nicht besitze.«

Er lacht trocken. »Glaub mir, du besitzt eine. Und du wirst kaputtgehen.«

»Vielleicht ist es das, was ich will.«

Er funkelt ein bisschen wütend zu mir auf. »Ich hasse dich, Carter, weil du uns das antust.«

»Ich hasse dich auch für so vieles«, speie ich ihm entgegen. Ich habe kein Mitleid mit ihm. Um das noch empfinden zu können, habe ich zu viel gesehen.

»Das wollten sie nur«, sagt er jetzt. »Dass du mich hasst und dass wir getrennt sind.«

»Es war ja nicht schwer für sie, das hinzukriegen«, meine ich locker. Darüber bin ich mir im Klaren, es interessiert mich nur nicht. Das hier ist meine Entscheidung und nicht ihre oder Cadens.

Er deutet mit dem Finger schwankend auf meine Brust. »Du hast dein Herz verloren, Carter.«

»Und du deinen Kopf, Caden«, antworte ich, drehe mich um und gehe, ohne noch mal zurückzusehen.

Ich blicke nicht mehr zurück.

Nie wieder.

ENDE

Vorschau – Teil 3

Nichts, was du noch verletzen kannst, Isabelle

Carter Rush

Ich wasche das Blut von meinem Körper und es rinnt in den Abfluss. Es ist nicht einmal zwei Stunden her, dass ich Caden auf dem Boden liegenlassen habe und hergefahren bin. In mein neues Zuhause, was eigentlich schon seit Monaten mein Zuhause ist. Ich verspüre keine Trauer oder Wehmut oder Sehnsucht nach meinen Eltern – oder meinem Bruder.

Ich stütze meine Hände an den Fliesen ab und senke den Kopf. Das Wasser peitscht auf meinen Nacken und läuft über meine Nasenspitze und ich sehe, wie es immer reiner in den Abfluss verschwindet, bis kein Blut mehr übrig ist.

Meine Fingerknöchel brennen, weil sie aufgeschürft sind und ich habe Kopfschmerzen, weil mein Hirn gefickt ist. Ich denke an das Apartment zurück und an den umgeworfenen, schweren Sessel im Wohnzimmer. Den zertrümmerten Couchtisch und die ganzen zerrissenen Papiere und zerschlagenen Wände. Ich denke an mein

Zimmer, das er komplett auseinandergenommen hat, aber ich hatte keinen richtigen Blick dafür in diesem Moment. Ich wollte einfach nur raus, weg dort, für immer weg.

Es bedeutet mir nichts. Nichts bedeutet mir irgendwas. Außer du und ich weiß nicht, wo du bist.

Ich lasse das Wasser in mein Gesicht fließen und schalte es eiskalt, bis mein Körper prickelt und dann so taub wird, wie alles andere in mir ist. Erst dann steige ich heraus und wickle mir ein Handtuch um die Hüften, ohne mich abzutrocknen.

Als ich das Bad verlasse, stocke ich, weil du mitten auf meinem ungemachten Bett sitzt, worin wir gestern noch so epischen Sex hatten.

Du trägst ein schwarzes Kleid, mit dicken Trägern und einem kleinen Schlitz im Ausschnitt. Deine Brüste sind zusammengedrückt und dazwischen liegt wie immer dein feines, goldenes Kreuz. Zu welchem Teufel betest du, Isabelle? Deine tiefschwarzen Haare sind in große Locken frisiert und fallen sanft über deine Schultern und deine Brust. Deine hellgrünen, so wissenden Augen sind betont und wirken größer als sowieso schon und sie schauen geradewegs in mich hinein. Ich kann das nicht zulassen, Isabelle. Und deine Lippen, deine tiefroten Lippen schimmern sanft in der untergehenden Sonne, die halb auf dein Gesicht und deine Haare fällt. Dein Parfüm strömt zu mir herüber, wie es auch überall in diesem Zimmer festsitzt, weil das hier unsere kleine Höhle ist.

Du siehst mir in die Augen und ich sehe in deine und du zuckst nicht mal, obwohl ich weiß, wie leer sie gerade sind und in deinen liegen so viele Geheimnisse, die du mir auf den Tod nicht verraten würdest.

Ich gehe an dir vorbei zu meiner Jeans am Boden und ziehe meine Kippen raus, um mir eine anzumachen.

»Wo ist Caden?«, fragst du, weil du ahnst, dass mein derzeitiger Zustand vor allem mit meinem Bruder zu tun hat.

Die Kippe hängt mir im Mundwinkel, während ich zum Schrank gehe. »Da, wo er hingehört.« Ich ziehe mir schwarze Jeans und ein schwarzes Hemd heraus. Heute Abend werde ich dich und deinen Verlobten mit einer Menge anderen Leuten in einen Nobelclub begleiten, wo ich auf dich aufpassen soll. Ich weiß nicht, wieso ich immer auf andere aufpassen soll, wo ich doch derjenige bin, vor dem man sich in Acht nehmen sollte. Aber eins muss ich sagen, Isabelle, ich würde dich mit meinem Leben beschützen. So oder so.

»Carter«, sagst du leise und auffordernd. Ich lasse das Handtuch fallen und ziehe die Jeans an, bevor ich mich zu dir umdrehe und sie schließe.

»Was?« Meine Stimme ist hart und ziemlich rau.

Du stehst auf, kommst barfuß durch den Sonnenschein zu mir in den Schatten rüber, und stoppst erst, als du direkt vor mir stehst und den Kopf zurücklegst, um zu mir aufzusehen. Ich sehe zu dir runter und nehme die Kippe aus meinem Mund. Als der Rauch dein Gesicht streift, blinzelst du nicht mal.

»Hör auf damit.« Du legst deine Fingerspitzen auf meine Brust. Ich sehe deine Hand an und dann wieder in deine Augen, während du weiter nach oben gleitest und dein heißer Atem meinen Körper streift. »Du machst dich nur selber kaputt«, sagst du sanft.

Die untergehende Sonne streichelt deine Wange und du bist wirklich mein schwarzer Engel. Aber ich packe dein Handgelenk und senke deine Finger. »Ist doch scheißegal, oder? Ist doch nicht dein Problem. Du heiratest in zwei Wochen.«

Ich lasse dich los und wende mich wieder ab, um mein Hemd auszuziehen.

»Wenn du das nicht willst, musst du nur was sagen«, höre ich dich leise, aber eindringlich hinter meinem Rücken wispern und ich habe schon ein Arm ins Hemd gesteckt und stocke kurz.

»Und dann? Was machen wir dann?«, frage ich zynisch.

»Abhauen? In unser Viertel? Irgendwo schlafen, wo wir den Kopf betten und einfach zusammen sein?« Oh Isabelle, daran glaubst du doch wohl selbst nicht, oder?

Ich hebe meine Augenbrauen und ziehe den anderen Ärmel über. »Du kannst nicht vor ihnen weglaufen. Und schon gar nicht mit mir, Isabelle. Das wird nie passieren, ich mache das nicht.« Ich weiß, wie hart und unnachgiebig mein Gesicht ist, während ich die Knöpfe schließe und ich sehe Schmerz in deinen grünen Augen. Etwas, was du sonst nie zeigst. Egal, was dir auch angetan wird.

»So groß ist deine Loyalität ihnen gegenüber?«

Ich antworte nicht und als mein Hemd zu ist, gehe ich wieder an dir vorbei ins Bad zurück und höre, wie du mir folgst. Ich wische mit der flachen Hand über den von der Dusche beschlagenen Spiegel und sehe dich durch die Reflektion hinter mir. Fuck, du bist so schön und ich liebe es, wie du so stark bleibst, egal was in dir tobt.

Dich kann man nicht so leicht in die Knie zwingen, Isabelle. Aber du schaffst es, erwachsene Männer in die Knie zu zwingen. Nur bei mir nicht. Bei mir wird das nicht gehen, weil ich nichts mehr habe, was du verletzen kannst.

»Du solltest jetzt gehen. Dorian läuft hier irgendwo rum.«

Du legst den Kopf schief und ich sehe, dass du einen Schritt auf mich zumachen willst, aber mein Blick hält dich davon ab, und das habe ich noch nie getan.

Du hebst das Kinn, siehst mich beinahe so an, als wärst du auf den Boden der Tatsachen zurückgekommen. Gut so. Dann drehst du dich um und gehst und hinterlässt nur deinen Duft in meiner Nase.

Mehr als das, Isabelle

Carter

Er hat eine Lounge klargemacht, Isabelle. Nur das Beste für dich.

Du siehst mich nicht an, kein einziges Mal, als wir in dem Club sind, der dem Boss gehört, und das ist genau richtig so. Deine Augen sollten nicht auf so einem Bastard wie mir liegen. Unter uns im Erdgeschoss befindet sich die Tanzfläche und wir sind zwei Stockwerke darüber in einer der Loungen, die rundherum angebracht wurden. Die Geländer sind schwarz verglast und man kann von hier aus runtersehen. Ich stehe auf einer Seite der Lounge, und weiß, dass mein Bruder noch was erledigen muss für den Boss und dann auch herkommt. Es ist mir egal, soll er doch.

Donovan, Dorian und jede Menge andere De Lucas oder Männer der Organisation sitzen auf den schwarzen Sofas, trinken, rauchen, lachen, zocken und fummeln an den Frauen rum, die immer und überall dabei sind.

Ich musste mir noch eine Nase reinziehen, nachdem du gegangen bist und du stehst vorne am Geländer, die

Arme aufgestützt und siehst nach unten. Die blauen und weißen Spots tanzen über dein Gesicht, was ich von der Seite sehe, und deine langen, schwarzen Haare liegen über deinem Rücken. Dein Gesicht ist so leer, wie ich mich fühle und es wirkt, als würdest du dich am liebsten nach unten auf die Tanzfläche stürzen. Nur deine kleinen Hände, die so fest um das Geländer geschlungen sind, halten dich davon ab und ich mache automatisch einen Schritt näher zu dir.

Du siehst herunter und stellst dich auf die Zehenspitzen, den Oberkörper nach vorne geneigt und ich spanne mich an und mache noch einen Schritt zu dir. Dein Blick gleitet zu mir, so emotionslos und fast schon entschlossen.

Ich schüttle warnend den Kopf. Meine Finger zucken, mein Herz fängt an zu rasen und ich bin bereit, sofort zuzugreifen. Du lässt dich langsam wieder auf die Hacken zurücksinken und wir schauen uns an.

Du bist so abgefuckt, Isabelle, und ich liebe dich.

Du legst den Kopf schief und runzelst die Stirn, weil du was in meinen Augen siehst, was ich dir nicht zeigen wollte und du willst gerade den Mund aufmachen und sicherlich etwas sagen, was sehr, sehr dumm wäre, als Dorian sich mit einem Mal zwischen uns schiebt und unseren Blickkontakt trennt. Ich mache die zwei Schritte und lasse meinen Nacken knacken. Er steht hinter dir und presst sich an dich, einen Arm um deinen Bauch geschlungen. Die andere Hand neben deiner mit dem fetten Klunker auf das Geländer gestützt. Er trägt schwarz, wie immer, das tun wir alle, außer Caden in letzter Zeit.

Langsam streicht er dir das Haar aus dem Nacken und als er seinen Kopf neben deinen vorlehnt, neigt sich deiner automatisch und ich beiße die Zähne zusammen und schlucke alles runter, was ich jetzt gerne sagen würde. Ich hasse dieses Bild, es ist nicht richtig.

Seine Lippen liegen an deinem Ohr und er redet laut genug, dass ich ihn hören kann, »Spring doch, Amore. Keiner wird dich aufhalten.« Deine Lider gleiten zu, weil ich glaube, dass du wirklich darüber nachdenkst und ich lege den Kopf schief und bin kurz davor, ihn runterzuschubsen.

»Auch nach dem Tod gehörst du noch mir. Also versuch nicht, vor mir wegzulaufen. Es gibt keinen Ausweg. Du bist mein.« Er presst sich noch näher an deinen Arsch und meine Hände, die ich vor meinem Schoß aufeinandergelegt habe, verkrallen sich ineinander, damit ich sie nicht um seinen Hals lege.

Er nimmt deine Hand und küsst deine Fingerspitzen, wie ich es getan habe, als du gestern an mir runtergeglitten bist und du siehst langsam zu ihm auf – mit so viel Hass in den Augen, während deine Finger noch an seinen Lippen liegen.

»Du kannst meinen Körper haben und das ist alles«, sagst du und er lächelt.

»Das reicht vollkommen.« Bevor er eure Finger miteinander verschlingt und dich hinter sich her zieht. Weg von den Loungen und ich sehe noch, wie du dich nach mir umdrehst. Ich kann nicht anders, meine Füße setzen sich ganz alleine in Bewegung, als ich euch hinterhergehe.

Er zieht dich in die dunklen Flure, die hier oben verschlungen liegen und drückt dich dort fest gegen die Wand mit dem Gesicht voran, sodass deine Wange dagegen knallt. Du beißt die Zähne zusammen und stützt dich ab, während deine Lider zugleiten. Fuck, nein, ich will das nicht. Willst du es? Sicher nicht, Isabelle. FUCK!

Ich will gerade losgehen und ihm die Fresse polieren, wie es noch nie jemand getan hat, diesem Wichser, als mein Bruder die Treppen hochkommt und zu den Loungen will. Er sieht mich, meinen Blick, dann euch und stockt.

Dorian reißt dir das Kleid nach oben und öffnet seine Hose und ich mache wieder einen Schritt, aber Caden packt mich am Arm und zieht mich zurück.

»Nein!«, knurrt er und schüttelt den Kopf. »Carter, du machst es nur noch schlimmer. Wahrscheinlich bringt er sie um, wenn du das jetzt tust. Komm jetzt!«

Ich reiße meinen Arm zurück, Wut pumpt durch meine Venen. »Nein. Ich muss auf sie aufpassen.«

»Sie kann das selber. Vertrau mir. Komm!«

Ich werfe nochmal einen Blick zu euch, er hält dich fest in seinem Griff und du siehst mich an, Isabelle. Und deine Augen sind voll mit Schmerz und ich kann das nicht sehen. Ich bringe ihn um. Ich werde ihn umbringen dafür, was er da macht. Du scheuchst mich mit der Hand unauffällig davon und mein Bruder zerrt mich weg. Ich fühle mich wie erstarrt, meine Finger kribbeln und meine Kehle ist trocken. Ich bin so sauer, dass ich jemanden umbringen könnte und zwinge mich, die Beherrschung nicht zu verlieren. Nicht jetzt. Nicht so.

Ich bin nicht bei mir, als wir zurückkommen und ich mich an meinen vorigen Posten stelle, Caden mir gegenüber. Wir stehen beide da, er sieht mich an, ich sehe an ihm vorbei und warte, dass du zurückkommst und jede Sekunde ist eine einzige Qual. Fuck. Ich will nicht, dass er dir wehtut und ich beiße die Zähne zusammen und werde gleich wahnsinnig. Mein Herz pumpt hart in meiner Brust und ich hab Schweißausbrüche und atme gepresst. Was macht er mit dir? Wo seid ihr? Ich brenne gleich den Laden nieder. Ich bringe ihn um. Nein, wirklich, ich bringe ihn um.

Ich merke gar nicht, wie ich an meine Waffe greife und wieder loslaufen will, aber Caden drängt sich in mein Blickfeld, seine Augen sind hart.

»Nein«, sagt er leise. »Tu das nicht. Denk an sie. Sie wird darunter leiden, nicht du.« Er hat recht. Ich weiß, was sie mit Frauen tun, die fremdgehen und deswegen bleibe ich stehen, und wenn es das Schwerste ist, was ich je getan habe.

Es dauert noch gute acht Minuten, die mir wie Stunden vorkommen, bis ich sehe, wie ihr zurückkommt. Deine Haare sind wild und durcheinander und du trägst keinen Lippenstift mehr. Du siehst so müde aus und schaust mich nicht an, als du hinter Dorian läufst, den Blick gesenkt, an Caden vorbei und wartest, bis Dorian sich gesetzt hat. Er streckt die Hand nach dir aus. Du rutschst neben ihn und ich bemerke genau den kurzen Schmerz, der über dein Gesicht blitzt, als du das Polster berührst und fange an, mit dem Fuß zu wippen, obwohl ich eigentlich komplett still bleiben müsste.

Er schmeißt den Arm um dich und trinkt seinen Drink, ohne großartig nach dir zu schauen, und du rutschst unruhig auf deinem Sitz herum. Dorian redet gerade mit Donovan und als du nicht aufhörst, zu zappeln, reißt er seinen Blick zu dir herum und funkelt dich an. Du hältst still und ich hasse das, weil deine eigentliche Natur so wild und ungezähmt ist. Donovan wirft dir ab und zu ein paar Blicke zu, die ich nicht deuten kann und was ist das, Isabelle? Was war da zwischen euch? Was will er?

Ich werde Dorian killen, denke ich ganz trocken. Früher oder später. Aber Caden hat recht, ich kann nicht einfach den Kopf verlieren, und wild um mich schießen.

Du beugst dich an sein Ohr und sagst was und er winkt dich weg, woraufhin du aufstehst. Dann sieht Dorian mich an und deutet mir, dir hinterherzugehen.

Ich setze mich sofort in Bewegung und ich muss an mich halten, als er mir in die Augen sieht, nichts in meinen durchkommen zu lassen.

Ich folge dir und gehe so lange schneller, bis ich dich eingeholt habe und nah hinter dir bin. Hier sind so viele Menschen, ich mag das nicht, du bist so klein. Und am liebsten würde ich dich einfach über die Schulter werfen und mit dir davonlaufen, aber das wird nicht passieren. Das kann nicht passieren, niemals.

Du weißt, dass ich da bin, aber drehst dich nicht zu mir um, als wir die Treppen nach unten gehen, du deine Hand auf das Geländer legst und es nachstreichst.

Wir gehen über die Tanzfläche, und ich versuche, die meisten Körper von dir abzuschirmen, bevor wir in den schummrigen Flur kommen, wo bereits eine Schlange steht, wie immer vor den Weibertoilletten.

Mit einem Mal, sobald wir aus dem Blickfeld sind, dränge ich dich an die Wand und stelle mich vor dich.

Ich sehe dich an und du siehst mich mit diesen Wunderaugen an und ich packe dein Kinn. »Macht er das öfter?«, frage ich angespannt.

Du versuchst, dich meinem Griff zu entziehen, aber ich packe dich fester. »Antworte, Isabelle.«

»Wir haben halt ganz normalen Sex. Lass mich los, Carter.«

Ich lasse meinen Nacken knacken. »Das sah nicht nach normalem Sex aus.« Widerwillig lasse ich von dir ab und versuche wirklich, meine Wut jetzt nicht an dir auszulassen. Ich bin so wütend auf diesen Wichser, ich hasse ihn.

»Ich hab nicht nein gesagt.« Du ziehst die Brauen nach oben und ich beiße die Zähne zusammen, als du so kämpferisch in meine Augen starrst und dein Grün funkelt.

»Sei nicht so dumm, Baby, es hat nicht nur was mit Neinsagen zu tun.«

»Ah Carter, lass mich jetzt.« Du schiebst mich ein bisschen von dir und gehst die zwei Schritte an der Schlange vor. Ich mahle mit den Kiefern und stehe neben dir. Ich würde so gerne eine Nase ziehen. Kurzerhand tue ich es einfach, öffne meinen Ring und ziehe ein bisschen bestes Kokain in mich rein, weil ich diese Scheiße anders nicht ertrage und es mir egal ist, wer zusieht.

Du schaust mich angepisst von der Seite an, aber ich reagiere nicht und schiebe dich am Rücken nach vorne, als die Schlange sich weiterbewegt.

»Es kann dir doch eh egal sein. Ich heirate ihn in zwei Wochen.« Du siehst herausfordernd zu mir auf, so wie du ihn niemals ansehen dürftest.

»Ich werde nicht mit dir weglaufen«, sage ich ernst und sehe dich eindringlich an.

»Okay.« Du schaust wieder nach vorne und kühlst ab, wie du es getan hast, als wir in die Stadt gefahren sind, um dein Scheißkleid anzuprobieren, und dir nicht gepasst hat, was ich zu dir sagte.

»Fuck«, flüstere ich und reibe mir über das Gesicht und durch das Haar. »Was erwartest du von mir? Ich erfülle nämlich keine Erwartungen.«

Du schnaubst. »Nichts. Gar nichts.« Deine Stimme ist hohl und deine Augen leer und ich würde dich am liebsten in mein Bett zerren, um wieder Leben in dich zu vögeln. Und dich festzuhalten und an mich zu drücken und dich das alles vergessen zu lassen, wie du mich alles vergessen lässt und das nicht nur mit Sex. Sondern auch mit deiner Stimme und deinen Blicken, mit deiner Hingabe und deinen frechen Sprüchen und deiner Stärke, wenn du immer wieder aufstehst, obwohl du doch gerade erst wieder geschubst wurdest, Baby, und das nicht von mir.

Aber ich wahre meine Maske.

»Ich hab dir gesagt, du sollst ES nicht tun. Ich habe dir gesagt, ich bin kein Ritter, der dich rettet.«

Du gehst einen Schritt weiter vor und nickst. »Das hast du.«

Du pisst mich an, Isabelle, ich mag es nicht, wenn du so bist und ich bin heute sowieso schon so angepisst und will es nicht an dir rauslassen, nach allem, was ich eben gesehen habe. Fuck. Ich will nicht daran denken, was ich eben gesehen habe. Und was das wirklich war.

»Ich habe schon verstanden«, sagst du nun und schaust mich nicht mehr an. »Zum Vögeln bin ich immer gut genug. Aber nicht zum Retten.« Damit gehst du in eine der Kabinen und ich bleibe davor stehen und schüttle perplex meinen Kopf.

Fuck.

Fuck.

Was redest du da?

Ich schaue dir nach und würde dir am liebsten in die Kabine folgen, aber ich bin erstarrt und pumpe meine Fäuste. Fuck, Isabelle. Ich weiß nicht, was das zwischen uns ist und was ich denken soll, aber ich will dich sicher nicht nur vögeln. Und ich will auch nicht, dass du von dir selbst denkst, dass du nur dafür gut wärst und dich dadurch selber wie eine Hure darstellst. Du bist so viel mehr als ein hübscher Körper oder guter Sex.

»Ffffuck!«, knurre ich nochmal und unterdrücke den Drang, an die Wand zu boxen. Ich bin so aggressiv heute. Die Infos von gestern über Alayna und Ava, zu erfahren, dass Donovan Alayna irgendwo versteckt hält, dass Caden sie damals nach Kentucky geschickt hat, ohne mir auch nur ein Wort davon zu erzählen und dass Donovan meine fucking kleine Schwester gevögelt hat – wieso verdammt nochmal eigentlich? – dann diese Scheiße mit Caden, sein Ausraster zuhause und seine abgefuckten Augen, und die ganzen Wichsgestalten, mit denen ich mich auseinandersetzen musste.

Und jetzt du. Ich hab das alles noch nicht mal ansatzweise verarbeitet und bei den vielen Informationen reicht kein Koks der Welt.

Die Tussis in der Schlange starren mich alle an und ich würde sie am liebsten anbluffen, aber ich lehne mich nur an die Wand und ramme meine Hände in die Hosentaschen. Lasse den Kopf nach hinten fallen und schließe geschlagen die Augen für ein paar Sekunden. Ich kann jeden Messerstich abfangen und ich kann mich gegen jeden Mann wehren. Ich kann mich vor dich werfen, wenn dir jemand wehtun will und ich kann Geld eintreiben, wenn nicht gezahlt wurde und ich kann dafür sorgen, dass gestandene Männer sich in die Hose pissen. Ich kann jeden Knochen brechen. Aber ich kann dich nicht lieben, wie du es brauchst. Egal, wie stark die Anziehung auch ist. Ich darf das nicht. Zwing mich nicht dazu. Es hat noch nie gut geendet. Und das wird es auch diesmal nicht.

Du kommst wieder raus, wischst dir die nassen Hände an deinem Kleid ab, bevor du dicht an mir vorbeigehst und ich dich am Arm packe. Ich weiß, dass das hier riskant ist, aber ich kann es nicht dabei belassen.

»Du bist nicht nur zum Vögeln gut«, sage ich, drücke dich gegen die Wand und küsse dich. Du krallst dich sofort in mein Hemd und reckst dich mir entgegen und deine Lippen sind wild und weich und ich will mehr, beinahe sofort, aber das geht jetzt nicht. Mit beiden Händen packe ich deine schlanke Taille und ziehe dich an mich. Du keuchst meinen Namen und deine Hände verfangen sich in meinen Haaren. Scheiße, ich kann dich nicht lieben, aber ich kann dich auch nicht gehen lassen. Wie immer. Es ist alles wie immer. Der einzige Unterschied ist, du bist die einzige Frau, die mich auch nicht gehen lassen würde, oder, Isabelle?

Du ziehst deinen Kopf zurück und das passt mir gar nicht, aber dann senkst du deinen Blick und lehnst deine Stirn an meine Brust und ziehst meinen Duft ein und meine Arme umfangen dich noch fester. Du bist so klein und zierlich, ich könnte dich so leicht zerdrücken, und doch bist du der einzige Mensch, bei dem ich das nie tun würde.

»Lass mich los, Carter«, sagst du schwach.

»Ich kann nicht.«

»Sie könnten uns sehen.«

»Dann hätte ich schon eine Kugel im Rücken.«

Mit einem Mal schiebst du mich mit beiden Händen an der Brust so fest von dir, dass ich fast nach hinten stolpere und du die zwei Schritte auf mich zukommst, um mich anzufahren. »Sag sowas nie wieder!« Tränen schießen in deine grünen Augen und schimmern im blauen Neonlicht.

»Alles gut, Prinzessin. So schnell erwischt man mich nicht.« Ich lächle dich ein bisschen an und du wischst dir fast schon beschämt unter den Augen entlang. In dem Moment sehe ich hinter dir eine Bewegung, die meinen Instinkt weckt. Mein Herzschlag stockt, als der Kerl mit eindeutigen, nicht guten Absichten hinter dich schleichen will. Ich sehe etwas in Silbernes in seiner Hand aufblitzen und handle, ohne zu überlegen, als ich meine Waffe ziehe und den Arm über deine Schulter strecke. Deine Augen werden groß und du starrst mich ängstlich an.

»Nicht bewegen«, sage ich ruhig und kurz steht die Zeit still, als dein Atem stock und ich meine Wut runterschlucken und mich fokussieren muss.

Fokus!

Der Typ will dich abstechen ... und ich schieße diesem Bastard, der dich gerade abstechen wollte, direkt ins Bein. Durch den Schalldämpfer gibt es keinen lauten Knall und er geht schreiend in die Knie. Die Leute schrecken auseinander, sie wissen nicht genau, was passiert ist. Du sinkst mit einem Keuchen gegen meine Brust. Automatisch lege ich einen Arm um dich, ziehe dich zu dem Kerl, der brüllend und blutend am Boden liegt und gebe Caden über das Headset Bescheid, dass er dich holen soll. Dann schalte ich es aus, während ich den Hurensohn am Kragen packe und dich hinter mich schiebe. Ich drücke ihn an die Wand. Sein Gesicht ist schmerzverzerrt, das Messer liegt blitzend auf dem Boden.

»Wer hat dich geschickt?«, knurre ich ihn an und er stöhnt.

»Fick dich.«

Ich knalle ihn nochmal fester an die Wand. »Wer hat dich geschickt?«

»Ich sag kein Wort!«, zischt er und ich spüre Caden hinter mir.

»Bring sie hoch!«, blaffe ich, ohne den Blick von ihm zu nehmen. Mein Bruder versteht und legt einen Arm um dich. Ich kann nicht zu euch sehen, weiß nur, dass er mit dir zurück nach oben geht und du sicher bist.

Ich zerre den Wichser an seinem Kragen hinter mir her, humpelnd zum Hintereingang und wir hinterlassen eine dunkelrote Spur. Alles in meinem Blick ist immer noch verschwommen und durch meine Adern pumpt das Adrenalin. Fuck, wenn du alleine hier unten gewesen wärst, was wäre dann? Mir läuft es eiskalt den Rücken herunter, als ich den Kerl in die stinkende Gasse direkt neben dem Club zerre und auf die Knie drücke. Ich packe meine Waffe und halte sie an seine Stirn.

»Wer hat deich geschickt?«

»Vielleicht deine Mutter!«, sagt er keuchend und grinst mich schmierig an.

Ohne weiter nachzudenken, drücke ich ab und er fällt mit aufgerissenen Augen nach vorne. Ich werde jeden Einzelnen umbringen, der es wagt, dir zu nahe zu kommen.

Ob ich es nun darf, oder nicht. Ob es einen Befehl dazu gab oder nicht. Wenn es um dich geht, kann ich vorher nicht nachdenken, Isabelle. Bei dir schaltet mein Kopf ab, weil ich dich nur fühlen kann.

Und das könnte meinen Untergang bedeuten – aber es ist mir scheißegal!

Danksagung

Wir danken all unseren Bros, die mit Carter und Caden diese Reise gemacht haben. Es ist noch lange nicht vorbei, es fängt gerade erst an! Der nächste Teil wird noch ein bisschen dramatischer, epischer und heißer. Sagt nicht, wir hätten euch nicht gewarnt ;)

Wir danken unserer Lektorin Isabell Arndt, für ihre wunderbare Arbeit.

Unserer wunderbaren Coverdesignerin Marie Grasshoff.

Unserem unfehlbaren Korrektor Andreas März und natürlich dem A.P.P. Verlag.

Wir danken jedem einzelnen Blogger, der etwas über unsere Bücher sagt und mit so viel Leidenschaft dabei ist. Wir danken jedem einzelnen Leser, der mitfiebert, mitlacht, mitweint und sich mitreißen lässt.

Wir danken jedem einzelnen der berusht ist!

Wir sind schon MEGAGESPANNT auf eure Meinungen, Rezensionen und Posts und haben noch einiges mit euch geplant.

Jetzt sitzen wir da und kauen eine Runde unsere Fingernägel, bis wir wissen wie ihr es findet. ALSO BITTE SAGT UNS: WIE FINDET IHRS?

Eure Don und Maria <3

Über Don Both

Die 30-jährige Tschechin, die in Bayern lebt, fing im Alter von zwölf Jahren an Geschichten zu schreiben, weil sie die beste Kurzgeschichte in der Schule abliefern wollte. Der Plan gelang und sie entdeckte dadurch ihr Talent, Geschichten erzählen zu können.

Während ihrer Schulzeit und ihrer Berufsausbildung als Kinderpflegerin ließ sie ihrer Fantasie als Hobbyautorin freien Lauf. Der Schwerpunkt ihrer Erzählungen lag anfangs meist bei Liebesromanen, und humorvollen Komödien. Jedoch kam auch das Drama, die Fantasy und der Horror nicht zu kurz. Im späteren Verlauf floss auch immer mehr Erotik ein und diese Kategorie entwickelte sich schnell zu einer ihrer liebsten.

Im Jahr 2010 wagte sie den großen Schritt und stellte einige ihrer Erzählungen auf einer Fanfiktion- Seite einer breiteren Leserschaft zu Verfügung. Ihre Angst Spott und Häme dafür einzustreichen, war mehr als unbegründet. Sie hatte durch ihre provokanten aber ehrlichen Geschichten schnell eine große, begeisterte Leserschaft und gewann einige Wettbewerbe und Preise.

Durch diese Erfolge ermutigt veröffentlichte sie im Jahr 2013 ihren ersten erfolgreichen Roman »Immer wieder Samstags« und gehört seit dem zu einer der meistgelesenen Autoren auf dem ebook- Markt.

Privat engagiert sie sich für den Tierschutz und lebt mit ihren Katzen, ihrem Mann und ihrem Sohn im kleinsten Kuhkaff der Welt.

Lesetipp

Vorgängerteile – Unter deiner Haut – Reihe!

Unter deiner Haut: http://amzn.to/2kvnPBv

Immerwieder – Reihe (The unholy Book of Tristan Wrangler)

Lesetipp, wenn man mehr über Tristan, Mia und Robbies Vorgeschichte erfahren will.

»Die Geschichte wurde schon tausendmal erzählt - er, jung, sexy, knackig und reich. Sie klug, mollig, unsicher, aus armen Verhältnissen … Eigentlich habe ich nicht wirklich damit gerechnet, dass es mich packt - aber wir reden hier von Tristan Wrangler … und der ist wirklich heiß! Und man merkt schnell, dass hinter seiner perfekten äußeren Fassade ein wundervoller Mensch steckt. Ich mag den Schreibstil von Don Both sehr gerne. Sie kann so dreckig schreiben, wie Tristan grinst!«

(The unholy Book of Tristan Wrangler – Sammelband zum Sonderpreis): http://amzn.to/2c3VpKd

(Immer wieder Verführung – Sammelband zum Sonderpreis: https://www.amazon.de/Immer-wieder-Verf%C3%BChrung-Sammelband-ebook/dp/B01C63HCWC/ref=asap_bc?ie=UTF8

(Immer wieder Tristan und Mia: https://www.amazon.de/Immer-wieder-Tristan-Mia-ebook/dp/B012AQ6FPK/ref=asap_bc?ie=UTF8

(Immer wieder ist nicht genug): http://amzn.to/2cq2tT6

(Travel zum Glück): https://www.amazon.de/Tristans-Travel-Gl%C3%BCck-kuschelige-Weihnacht-ebook/dp/B01MYSERYR/ref=pd_sim_351_1?_encoding=UTF8&psc=1&refRID=VDKYHM3BY7S1TJGTR2WW

Wer mehr über Lilian Price und Vladimir Romanov erfahren will:

Mad Love: http://amzn.to/2c3Xt4D

Bad Love: http://amzn.to/2cqdXpl

Und vor allem Ménage à trois: http://amzn.to/2c3XFkr(Hier gehts um Kristovs Eltern)

Die Towerreihe umfasst noch einen Teil von Kera Jung, allerdings nicht mit den euch bekannten Charakteren: https://www.amazon.de/gp/product/B00LGUV7FK/ref=series_rw_dp_sw

Wer mehr über Luca Cavalli und seine Isabella erfahren will:

Isabella Parker ist zweiunddreißig Jahre alt und hat als erfolgreiche Staatsanwältin beruflich alles erreicht, was man erreichen kann. Privat sieht es ganz anders aus – sie braucht keine Liebe, keine Freunde und keine Familie. Sie ist gern Einzelgängerin, bis sich, im (Zwangs)Urlaub ihre und die Wege des charismatischen Luca kreuzen, der ihr zeigt, was es heißt zu leben.

Einerseits hat sie so einen aufmerksamen, charmanten und attraktiven Mann noch nie getroffen, doch andrerseits existiert da eine dunkle Seite – eine, die ihr zum tödlichen Verhängnis werden könnte.

Als sie davon erfährt, ist es bereits zu spät und sie den subtilen Verführungskünsten des mysteriösen Fremden verfallen.

Womit der erste Zug seines Spiels vollbracht wäre.

Der etwas andere Don Both Roman …

Abgeschlossene Romanze/Erotik/Thriller

Corvo – Spiel der Liebe: http://amzn.to/2cqcmzY

Über Maria O'Hara

Maria O'Hara wurde 1991geboren und lebt in Baden-Württemberg. Schreiben ist für sie der Ausgleich zum Alltag, die Balance zwischen Realität und Fantasie. Mit den richtigen Musikern an ihrer Seite, die es ihr ermöglichen, Momente genau vor ihrem inneren Auge zu erfassen, und vielen Tassen Milchkaffee, kommt es auch mal vor, dass die Nacht vorbei und drei neue Kapitel erstellt sind. Im Vordergrund steht in Marias

Büchern das Drama; je verworrener und tiefgreifender, desto besser.

Bisher erschienen:

Wild Cherry, Sweet Cherry

Ride or die – Obsession, Ride or die – Black summer, Ride or die – Dark Paradise

Beautiful Mess

Rebels – Band eins, Rebels – Band zwei

Pretty in White – Emily, Pretty in Black – Emma, Pretty in Red – Ami

Pure Sin:

Mit Emily Key:

The Plaza Manhattan:

1. Room 666
2. Diamondheart
3. Game of souls
4. White Satin

Una Palabra

Mit Don Both:

Seducing, Mr. O'Connor

Rejecting Mr. O'Connor

Tempting Mrs. Waldorf

Obsessed

Possessed

Run, Baby, Run

Cry, Baby, Cry

Stay, Baby, Stay

Garden of Sin

Mit Kera Jung:

14 Carat

20 Carat

24 Carat

Printed in Poland
by Amazon Fulfillment
Poland Sp. z o.o., Wrocław

57561585R00425